U0542760

清词研究新境域丛书

主编 张宏生

经典传承与体式流变：
清词和清代词学研究

张宏生 著

南京大学出版社

《清词研究新境域丛书》总序

2008年,我主编了一套《清词研究丛书》,出版至今,已经整整十年。十年来,这个新的学科增长点显示出蓬勃的生命力,在不少方面,都有了新的发展。

首先,清词中的一些以往重视不够的领域,得到了关注。一些"亚文体"研究,如集句词、檃栝词、回文词等,都被放在一个很大的时空范围内,得到了讨论。还有某些题材,如祝寿词、咏物词、题画词、战乱词、民俗词、观剧词等,也都出现了新的研究成果。其次,一些老领域被赋予了新思考。如一直是清词研究重要关注点的清初词风,其演化的痕迹,得到了进一步梳理。而晚清以降,如四大家的词学理论、王国维的词学思想、由晚清延及民国的词学建构等,也都有了新的研究思路。第三,一些有意义的、值得进一步探讨的新问题被提出,如清词经典化研究、清词统序构建研究、清词中的自度曲研究、清代的唱和词研究、清词与宋词的传承新变研究、明清词曲之辨研究、选本批评与清代词选研究、经学与清词关系研究、填词图研究、近代报刊中的词体创作研究等。第四,过去一些较为薄弱的环节得到了弥补,如乾隆词坛的发展面貌、乾嘉词学的基本特征、道咸词坛的分化演绎等。清词研究长期形成的"两头大,中间小"的格局,逐渐得到了改变。第五,清词的地域性特征得到更广泛的体认,研究范围除以往着眼较多的江苏、浙江、广东、广西外,也延伸到云南、湖北、安徽、贵州、河南等地,甚至一些边疆地区。第六,视野更为开阔,不仅本土的著述得到重视，域外的词学也被包括进来，如关于日本《填词图谱》《词律大成》的研究，关于越南词学、韩国词学的研究等，也别开生面。至于《全清词》的陆续出版，给清词研究提供了新的文献资源，对清词研究产生了重要的推动作用，更是显而易见的。

十年来，清词的研究确实取得了很大的成绩，在中国学术史上，写下了浓墨重彩的一笔。不过，就一个新的学科增长点而言，清词研究要进一步发展，还有很长的路要走，还有很多的领域要加强。在这方面，或许有两点应该特别提出来。

文献是从事研究的基础。与宋词文献整理相比，清代词籍的文献尚未得到充分发掘。作为一代总集的《全清词》的编纂，固然要大力推进，而其他方面的文献整理，如年谱、提要、传记、序跋、评点、资料汇编等，也应该予以重视，全面展开。另外，以往的清词研究，涉及外部因素的较多，如历史传承、时代特征、地域因素、家族特色、政治内涵、学术互动等，但进入具体审美层面上的，如风格、意象、手法、体式、语言、句法等，尚有欠缺。无论是专人、专书还是专题，这一类的研究都应该更为加强。清词，说到底还是一种文学作品，如果说，清词的创作在文学史上确有其重要价值的话，最主要的标准之一，还是要看其在审美上提供了什么新的因素。

随着清词的价值和意义得到不断挖掘和认识，清词研究的总体趋势是向着更为广阔、更为深入的方向发展，清词研究的参与者也越来越多，特别是一批年轻学者，表现出旺盛的创造力。因此，我们有理由期待，在下一个十年，清词研究一定会取得新的、更大的成就。

张宏生

2018 年 3 月

目 次

《清词研究新境域丛书》总序 / 001

导　言　清词研究的空间和视野 / 001

第一章　流派之传承 / 026
第一节　历史评价与接受策略 / 026
第二节　师承授受与浙西立派 / 042
第三节　朱规茹随与隔代继响 / 051
第四节　迦陵魅力与雍乾词坛 / 067
第五节　重理旧韵与抉发新题 / 091

第二章　经典之接受 / 117
第一节　创作厚度与时代选择 / 117
第二节　情感体验与字面经营 / 132

第三节　宏观把握与微观示范 / 154

第四节　晚清词学与自我经典 / 173

第三章　谱调与批评 / 195

第一节　统序观念与明清词学 / 195

第二节　词曲之辨与资书为词 / 212

第三节　《填词图谱》与中日词学 / 237

第四章　世变与词心 / 254

第一节　社会变迁与边塞主题 / 254

第二节　战争体验与记忆叠加 / 280

第三节　时代变局与词史书写 / 299

第五章　体式与格调 / 316

第一节　回文词的传承与发展 / 316

第二节　檃栝词的特色与成就 / 338

第三节　词与曲的分合与互动 / 358

第四节　学术走向与创作选择 / 378

后记 / 404

| 导言　清词研究的空间和视野 |

"晚清四大家"之一的文廷式在其《云起轩词钞自序》中说:"词家至南宋而极盛,亦至南宋而渐衰。其衰之故,可得而言也。其声多嘽缓,其意多柔靡,其用字则风云月露,红紫芬芳之外,如有戒律,不敢稍有出入焉。迈往之士,无所用心。沿及元明,而词遂亡,亦其宜也。有清以来,此道复振。国初诸家,颇能宏雅。迩来作者虽众,然论韵遵律,辄胜前人。而照天腾渊之才,溯古涵今之思,磅礴八极之志,甄综百代之怀,非窭若囚拘者所可语也。"① 著名的评论家陈廷焯认为:"词创于六朝,成于三唐,广于五代,盛于两宋,衰于元,亡于明,而复盛于我国朝也。国朝之诗可称中兴,词则轶三唐两宋而等而上之。……故论词以两宋为宗,而断推国朝为极盛也。"② 晚清的词坛领袖朱祖谋也指出:"清词独到之处,

---

① 文廷式《云起轩词钞自序》,陈乃乾辑《清名家词》第 10 册,《云起轩词》卷首,上海:上海书店出版社,1982,第 1 页。
② 陈廷焯《云韶集》卷十四,见屈兴国校注《白雨斋词话足本校注》,济南:齐鲁书社,1983,第 810—811 页。

虽宋人也未必能及。"①这些晚清的重要作家和批评家一致认为,清词的创作,成就巨大,某些部分,即使和词学发展的大盛时期两宋相比,也不遑多让,体现出新时代的新风貌,在中国文学史上,写下了浓墨重彩的一笔。

近二三十年来,随着文献整理的不断推进和理论探索的不断深入,这些批评家的观点重被提起,清词的价值得到普遍认定,清词研究也越来越引起学术界的关注,已经成为重要的学术增长点。下面仅就个人涉猎所及,对这一研究领域的学术空间略加申述,借以窥豹一斑,提供参考。

一、建构经典

清代是词学的总结期,多元发展,号称复兴。在这个时代,经过前代批评家和本朝批评家的努力,唐宋词的不少经典都已确立,对清代词学的建构,产生了重大影响。不过,在文学的发展中,当代文学总是有着更大的吸引力,尤其在充满自信的清代词人看来,尽管唐宋词人开疆拓土,成就巨大,但在词的创作上,或前修未密,后出可精,或空间尚大,有待探索。这种心理,也激发了清代词学批评家对本朝词体文学创作的经典化意识,在某些层面、某种程度上,构成了一种集体审美追求。

在清代词人经典化的过程中,朱彝尊和陈维崧可以作为最典型的例子。朱彝尊和陈维崧在清初就已经有了很高的地位,前者作为浙西词派的领袖,后者作为阳羡词派的领袖,均领一时风骚,本身的创作也很受时人的关注。但是,他们成为清代词坛所公认的经典,仍然是在后世接受

---

① 叶恭绰《全清词钞序》,叶恭绰编《全清词钞》,香港:中华书局香港分局,1975,第1页。

的过程中才真正实现的。考察这一过程,可以让我们看到清词经典化的路向。首先看选本。乾隆间蒋重光《昭代词选》选清词,以陈维崧和朱彝尊分居第一、二名,姚阶等《国朝词雅》只是将朱彝尊和陈维崧倒了过来,仍分居第一、二名。谭献《箧中词》号称推崇纳兰性德、项鸿祚、蒋春霖三家,但选朱彝尊词 18 首、陈维崧词 9 首,仍居前列。① 选本是文学批评的重要形式之一,这种状况,体现了清人的一种集体意识。其次看词话。清人词话中对朱、陈虽有批评指责,但整体上是将二人推为清初词坛之冠冕者居多,甚至有词学家认为清代词人中能与宋代相媲美者也仅朱、陈两家,如陈廷焯早期推崇的词家五圣,朱、陈即居其中:"贺方回之韵致,周美成之法度,姜白石之清虚,朱竹垞之气骨,陈其年之博大,皆词坛中不可无一,不能有二者。"②其后期词学虽有调整,对朱彝尊、陈维崧有些微词,但在艳情一体上对朱彝尊十分推崇,认为朱氏的艳词"空诸古人,独抒妙蕴,其味浓,其色淡,自有绮语以来,更不得不推为绝唱也"③。对陈维崧,则指出其词"魄力雄大,虎视千古,稼轩后一人而已"④,"在国初诸老中,不得不推为大手笔"⑤。夏敬观《蕙风词话诠评》也指出:"清初词当以陈其年、朱彝尊为冠。"⑥再次看序跋。康熙以降,词的创作仍然很丰富,出版也非常发达,不少批评家都利用为人作序跋的机会,来发表词学见解。在这些序跋中,也不时见到朱、陈二人的影子。如江炎《杉亭词序》:"风雅之体,降而为词,穷极变化矣。本朝诸先生辈如竹垞之雅

---

① 龙榆生《近三百年名家词选》选陈维崧 34 首、朱彝尊 26 首,分居第一、第三,一定程度上代表着当代清词选本对清词经典的看法。
② 陈廷焯《词坛丛话》,唐圭璋编《词话丛编》,北京:中华书局,1986,第 3732 页。
③ 陈廷焯《词则》,上海:上海古籍出版社,1984,第 983 页。
④ 陈廷焯《词则》,第 401 页。
⑤ 陈廷焯《白雨斋词话》卷三,《词话丛编》,第 3837 页。
⑥ 夏敬观《蕙风词话诠评》,见《蕙风词话附录》,《词话丛编》,第 4585 页。

艳,迦陵之豪宕,皆跨绝前代,直接宋元。"①顾诒禄《归愚诗馀序》:"国朝擅场,推梅村、迦陵、竹垞三先生。"②吴锡麒《董琴南楚香山馆词钞序》:"词之派有二:一则幽微要眇之音,宛转缠绵之致。戛虚响于弦外,标隽旨于味先。姜、史其渊源也,本朝竹垞继之,至吾杭樊榭而其道盛。一则慷慨激昂之气,纵横跌宕之才。抗秋风以奏怀,代古人而贡愤。苏、辛其圭臬也,本朝迦陵振之,至吾友瘦铜而其格尊。"③茹纶常《古香词自序》:"国初如迦陵、竹垞,亦几使后来者难乎继响矣。"④都是自觉地将朱、陈并列,体现出对清初词创作的认识。至于朱祖谋《清词坛点将录》将朱、陈推尊为"词坛都头领二员"⑤,其地位分别与《水浒》中宋江、卢俊义相对应,也是另一种批评方式。还有一个重要方面,也必须提出来,即创作实践中的经典化。如我们所熟知,古人的文学批评,形式原是多样的,不少作家,本身并不具体撰写所谓的文学批评论著,但并不意味着他们没有文学批评的见解,其见解往往是通过创作来达成的,他们在创作中表现了自己的取向。如乾隆年间的茹敦和,写有《茶烟阁体物续集》,几乎遍和朱彝尊《茶烟阁体物集》,既表达了对朱彝尊词学的理解,实际上也推动了朱彝尊词学的传播。朱彝尊本人的门人弟子和后学众多,如闵荣"为朱竹垞太史弟子,诗词得其旨趣"⑥。其他如沈翼、郭徵、戴锜、张大受、楼俨等,也都传其词学。对陈维崧的接受也非常多元化。如和陈维崧词学活动密切相关的《迦陵填词图》,作为文学史上的第一幅填词图,

---

① 冯乾编校《清词序跋汇编》,南京:凤凰出版社,2013,第506页。
② 冯乾编校《清词序跋汇编》,第515页。
③ 冯乾编校《清词序跋汇编》,第603页。
④ 冯乾编校《清词序跋汇编》,第626页。
⑤ 朱祖谋《清词坛点将录》,载《同声月刊》1卷9号(1941)。
⑥ 沈爱莲《梅里词辑》卷五,张宏生编《清词珍本丛刊》第23册,南京:凤凰出版社,2007,第732页。

当时就影响巨大,康熙年间的题咏者就有梁清标、朱彝尊、王士禛、严绳孙、毛先舒、纳兰性德、宋荦、洪昇等,雍乾时期的题咏者则有史承谦、洪亮吉、吴锡麒、汪如洋、沈初等。更重要的是,在雍乾年间,仅以词作形式记录的填词图就有三十多种,说明当年填词图的影响程度是如何之大。而不少作家以联章的方式写艳词,以及不少逞才使气,发扬蹈厉之作,往往也都说是模仿陈维崧。至于他的"词史"理论对周济等人的影响,以及对鸦片战争以后词坛的重大影响,更是显而易见,常被提及的。所以,晚清谭献讨论清词发展时所提出的一个著名论断:"锡鬯、其年出,而本朝词派始成。……嘉庆以前,为二家牢笼者,十居七八。"①就是从这些事例中总结出来的。从朱、陈二人的例子可以看出,清代的清词经典化,已经有了非常成熟的观念,他们选择了不同角度,采取了不同形式,都增强了广度和深度。清代的著名词人还有很多,通过类似的梳理,当能够对清代词史得到别一种理解。

在讨论清代词坛的经典化问题时,还有一个较为特殊的现象,也应该提出来,即清代的词人或词学批评家在对本朝词进行经典化的时候,往往会把自己摆进去。

清代词人有着非常明确的历史观念,他们自信地认为,既然自己是清词创作群体中的一员,因此,当然也是在建构传统,创造历史。在这种意识的指引下,他们不仅希望对前代作家作品予以定位,而且也往往明确表示要将自己纳入文学史的思潮中,自述特色,思考成就。如陈廷焯认为写词应该体现儒家诗教,温柔敦厚,怨而不怒,他举的例子是自己的《蝶恋花》(镇日双蛾愁不展),而且自己作评:"怨而不怒,尚有可观。"②

---

① 谭献《复堂词话》,《词话丛编》,第 4008 页。
② 陈廷焯《白雨斋词话》卷六,《词话丛编》,第 3946 页。

认为可以置于经典之列。至于这种自我经典化的企图是否能够有效,今天当然也能有所检验。即如况周颐的《苏武慢·寒夜闻角》一词,他自己很是看重,认为比起宋代汪莘之作,虽然意境略同,但更为"婉至",当时"半塘翁最为击节"①。从读者反应看,从王鹏运到朱祖谋、叶恭绰、王国维等,确实都高度评价,王国维甚至认为这篇作品"境似清真,集中他作,不能过之"②,说明况氏的创作自信并不是自我尊大。

不仅如此,他们也把自己的作品选入选本。选本是中国文学批评的一种重要方式。在一个选本里,哪个作家入选,哪个作家的作品选得多,往往都是选家批评观念的表达。以当代人的身份选当代词,并把自己的作品选入其中,这个现象始于宋代。如周密《绝妙好词》共选宋代词人132人,词作384首。其中入选最多的,正是选家周密本人,共22首。这部词选在清代评价很高,所以,清人可能受其影响,而变本加厉,更加突出。如清代第一部大型当代词选《倚声初集》,共收50年间的词人476人,词作1948首③,而选家邹祗谟和王士禛的词,就分别占199首和112首,居于第一和第三。王士禛和邹祗谟都是当时词坛上的风云人物,得到不少作家的追随,这种做法也是一个顺理成章的体现。到了晚清,谭献选录清人的词作,有《箧中词》十卷。不仅"以己作与诸家并列"④,而且将自己的作品单独成为一卷,置于非常醒目的位置,较之前人更有发展。可见,这种做法,在清代是一脉相传,被人们所认可的。本来,在中国选本批评传统里,连是否选入同时代人,有时都会引起争论,遑论选入

---

① 况周颐《蕙风词话》卷二,《词话丛编》,第4441页。
② 王国维《人间词话》附录,北京:中国人民大学出版社,2011,第36页。
③ 李丹《顺康之际广陵词坛研究》:"由于《倚声初集》词作是不断补刻的,所以没有准确数字。今人对于数字的统计,多是据卷首目次中所言1914首,实际上要多于此数,今据南京图书馆所藏统计得1948首。"(上海:上海古籍出版社,2008,第82页)
④ 冯煦《箧中词序》,谭献《箧中词》卷首,清光绪八年(1882)刻本。

自己之作。清人如此大规模地采取这种方式，不能仅仅看成他们热衷求名，而应该从他们的创作自信上去思考。

尽管如此，以今天的眼光看，清词经典化的程度是远远不够的。考察有清一代词坛，很明显，对前期词人的经典化程度较高，中后期则较低。这与一代代词人创作发展过程中的取向有关，也与"五四"新文学运动以后，思想观念发生的变化有关。胡适对清词评价非常低，他说："自清初到今日(1620—1900)，为模仿填词的时期。""三百年的清词，终逃不出模仿宋词的境地，所以这个时代可说是词的鬼影的时代。"①这个观点影响民国以来词学界甚深，使得经典化过程受到极大的冲击，甚至在一定程度上，可以说停顿了。

经典化过程中，最突出存在的问题，是美学价值的认定。所谓经典，不仅要成为清代的经典，而且要成为整部词史上的经典。一方面，研究者要充分注意清人已经提出探讨的经典，发掘其在文学史上的独特价值和地位，另一方面，也不能完全遵从清人的标准，而应该站在一个更高的高度，去加以思考。在这方面，还有很大的空间，有待充分认识。

二、探索边界

唐宋时期，词体文学创作虽然不断发展，但由于词的地位不够高，创作观念调整的幅度不够大，因此，尽管唐宋词人涉及了不少题材内容，探索了不少表现形式，站在后人的角度看，就显得只是开了一个头。作家们不免追问：既然词体文学别是一家，具有特殊性，则沿着唐宋词人开辟的道路，去表现特定的生活，其受容性有多大？其边界又在什么地方？在他们看来，找到了这个边界，也就至少在一定程度上超越了唐宋词人。

---

① 胡适《词选·自序》，北京：中华书局，2007，第2页，第3页。

事实上，这体现的是清代词人所具有的文体意识，也是清人面对前代遗产的一种态度。以下举几个例子予以说明。

艳词是词的一个重要题材，广义上说，凡写男女情爱者，都可以称为艳词。其发展，又有自己的传统，往往在情和欲两个方面取得平衡。稍有变化，都能引起特别的关注。《花间集》中欧阳炯的《浣溪沙》（相见休言有泪珠）一篇被况周颐认为是"自有艳词以来，殆莫艳于此矣"①，就是看出它和当时很多作家的创作都不相同。秦观写出"销魂。当此际，香囊暗解，罗带轻分"，也被周济敏感地指出，"将身世之感打并入艳情，又是一法"②。不过，总的来说，词从代言体发展到自我抒写，从和歌妓的一般交往，发展到融入个人身世，主线还是重情的，如姜夔写自己的合肥情事，朱彝尊写自己的隐秘情怀，都是佳例。但自从南宋以来，咏物词逐渐发达，艳词的表现又有了新的空间。刘过以咏物方式写的《沁园春》二首，或咏手，或咏足，开艳情咏物之先河，元代关注者尚少，至明末清初，就吸引了一大批作家投入其中。清词复兴的重要机缘之一，是《乐府补题》的重现，使得咏物之风大盛，艳情咏物，正好作为一种样本，鼓励人们去探索其边界，所以，从顺康开始，作品渐多，至乾隆年间，则达到极致。如果说，朱彝尊著名的《沁园春》写艳诸作，只是写了额、鼻、耳、齿、胆、肠、肩、背、臂、掌、乳、膝诸事，至乾隆年间的殷如梅，就大张旗鼓，变本加厉，改变一般作者袭用朱彝尊《沁园春》的做法，而改用《金缕曲》，作《美人杂咏》二十四首，分别是发、额、耳、眉、目、泪、鼻、唇、齿、舌、腮、颈、肩、背、臂、乳、腰、肚、手、指甲、阴、臀、膝、足。不仅范围大大增加，而且写法上和以前主要用典故来刻画，将女子的身体部位作为一般意义上的物来

---

① 况周颐《蕙风词话》卷二，《词话丛编》，第 4424 页。
② 周济选评《宋四家词选》，尹志腾校点《清人选评词集三种》，济南：齐鲁书社，1988，第 236 页。

对待有所不同。殷氏的描写在某些地方追求白描，就增加了色情的成分，特别是写阴和臀的两首，突破了一般人的心理预期，可以说，是在通俗读物之外，进行艳情的描写，触碰到了词这一文体的底线。所以，即使奉行"诗庄词媚"的传统，这样的词也无法得到读者的普遍接受。盛时就是衰时。乾隆以后，在嘉庆、道光年间，随着常州词派的兴起，由于人们不能接受这样的写法，作品也就渐渐少了起来，艳词的边界，就在这一过程中被触碰到了①。

唐宋词的发展，按照叶嘉莹先生的看法，经历了歌词之词、诗化之词，以及赋化之词的过程②。所谓赋化之词，也可以说是以文为词，这在南宋辛弃疾、刘过诸人手上，表现得非常突出。像辛弃疾的《沁园春·将戒酒，止酒杯使勿近》，融入问答、议论等，写得很像散文；刘过《沁园春·寄辛承旨。时承旨招，不赴》，变本加厉，以白居易、林逋和苏轼的对话，构成全篇。以文为词因而成为辛派词人的重要特征。这一路写法，一直到清代，都有人感兴趣，如乾隆时期的殷如梅，写有《沁园春·菊》，让陶渊明、杜牧和陆龟蒙三个人跨时空对话，辩难口吻，有迹可循，而将主题集中在菊，则又有自己的思路。

不过，以文为词，在宋代只是开了一个头，清人敏感地注意到这一点，又多向展开，不断探索不同的层面。如顺治年间，因科场案，吴兆骞被流放宁古塔，处境悲惨，顾贞观以词代书，写下两首《金缕曲》，"纯以性

---

① 还有朱昂，写有《百缘语业》，由女性身体又发展至各种状态，达百首之多。著名学者王鸣盛为之序，赞扬道："适庭所拈诸题，乃别出新意，镂空绘虚，不背不触，不粘不脱，此殆如迦叶微笑，天女散花，法喜为妻，月上名女。较之刘、邵诸贤之所咏，尤觉色即是空，空即是色，深有得于镜花水月之旨矣。"可从一个特定角度看到当时风气。王序见冯乾编校《清词序跋汇编》，第479页。

② 叶嘉莹在1988年撰写的论文《对传统词学与王国维词论在西方理论之观照中的反思》中最早提出这一看法。该文收入叶著《词学新诠》，北京：北京大学出版社，2014。

情结撰而成,悲之深,慰之至,丁宁告诫,无一字不从肺腑流出,可以泣鬼神矣"①。顾贞观的这一创造,很快就引起后来词人的关注,而且进一步发展,如甘国基《多丽·寄京师兄弟,以词代书》,开头写"自暮春,与兄弟睽离后",结尾写"休忘却,千万珍重,国基拜手"②,尚是顾氏之调,而查涵的《抛球乐·与绿堂程廊渠书》,结作"八月戊寅,旬后七日,五岭三江署寓。栖凤晓窗,某某谨布"③,就更从形式上靠近书信体了。至于乾隆年间的张玉穀和沈光裕,他们都选择词中最长的调子《莺啼序》来写,那就是故意将短信变为长信,探索以词代书的广度了。当然,将词作为实用性文字来写,并不只有书信,清人在这方面伸出了多个触角。如查涵有一首《哨遍·吊程怀远将军墓》,就把词写成了祭文,全篇如下:"岁在丙申,辛酉朔越。湖上诸生某。谨顿首,敢告故程公,清怀远将军之墓。公世歙人也,长不过乎七尺,有力雄于虎。当十有三年,耿藩闽畔,天子征之以武。公掀髯、一怒下天都。曾横槊辕门直上书。千里招携,献功麾下,隶王前部。　於。君不见夫。仙霞岭外兵如堵。公既入其阻。料擒王在一鼓。奈李广终穷,封侯未遂,白头堂上春光暮。嗟雁叫三更,书来片纸,赢得愁肠无数。看功名顷刻贱如土。竟匹马秋风遂解组。归去来、田园将芜。卜居西子湖上,年七十而殂。芳草萋萋,英雄安在,空有征衫如故。人情从古秀才无。灵其有知来鉴否。"④完全就是按照《哨遍》这个词牌所要求的声调格律写出的一篇散文。从审美的角度看,当然缺少了一些涵泳的意味,但文学本来就有历史价值和认识价值,这样的作品,能够让我们看到宋人所开创的道路,清人会怎么接着走,以及能

---

① 陈廷焯《白雨斋词话》卷三,《词话丛编》,第 3832—3833 页。
② 张宏生主编《全清词·顺康卷补编》,南京:南京大学出版社,2008,第 1565 页。
③ 《全清词·顺康卷补编》,第 2499 页。
④ 《全清词·顺康卷补编》,第 2496 页。

走多远。

再如词的学问化。随着词的创作从演唱渐渐走向案头,文人们更多地是将其作为文本来创作,而不是作为歌词来对待,这样一来,词就会更加向诗靠拢,体现出诗的某些特色。南宋的辛弃疾被后人讥为"掉书袋",就是一个明显的例子。《乐府补题》对用典的刻意经营,也能体现出这方面的特点。但是,在宋代,尽管已经出现了"掉书袋"的现象,为自己的作品作注的现象还少见,可见对所谓以学问为词,仍然比较内化。至清代,不少学人都喜欢从事词的创作,他们也往往更多地体现了学人本色,不仅展露学问,而且唯恐读者不明其意。朱彝尊《茶烟阁体物集》共收词112首,其中就有33首带有作者自注,解释典故,特别是生僻典故之所由来。顺康词坛的这种倾向,在乾嘉词坛得到了延续。厉鹗以一代文史大家的身份,在提倡雅洁词风的同时,也将学问倾注其中,对当时词坛有重大影响。比如从清代初年开始的以《雪狮儿》一调咏猫,至乾隆年间,作者众多,甚至互相竞赛,郭则沄《清词玉屑》记载说:"华亭钱葆馚以《雪狮儿》调咏猫,……一时和什如云。竹垞和成三阕,遍搜猫典。后厉樊榭与吴绣谷复效其体。樊榭有词四阕,选典益僻,自稗官琐录,以逮前人诗句、古时俗谚,搜罗殆备。"①他特别指出厉鹗在用典上后出转"僻",是一个准确的观察。至于著名经学家焦循,其《河传·波斯鸡冠》一词,一共才51个字,但是,由于所咏之物罕见,正好是逞才使气的绝佳题材,因此,其自注不惜连篇累牍,喋喋不休,总共用了近千字,除了运用史传、方志、地理书外,更多的是佛经,如《一切经音义》《无上依经》《涅槃经》《楞严经》等,不唯事僻,而且字僻,这都是以往所少见的。倪象占有

---

① 郭则沄《清词玉屑》卷十一,朱崇才编纂《词话丛编续编》,北京:人民文学出版社,2010,第2855页。

两首《小诺皋》，一首咏蚤，一首咏虱，作者在词题中说"征事甚少"，意思是可征之事不多，因此他多方搜索，务求新奇。前者所引的书有《尔雅翼》、《山堂肆考》、《草木子》、《小言赋》、《格物总论》、《旧唐书》、《淮南子》、《庄子》、《韩子》、《令禽恶鸟论》（曹植）、《太玄经》、《易林》、《蚤赋》（卞梆）、《讨蚤赋》（尤侗）、《五杂组》、《闻见录》、《酉阳杂俎》、《月令》、《艺苑卮言》、《抱朴子》，以及欧阳修诗；后者所引的书有《谈苑》、《尸子》、《问答录》、《史记》、《战国策》、《山堂肆考》、《商君书》、《清议录》、《阿房宫赋》、《大人先生传》、《列子》、《南楚新闻》、《鸡肋编》、《千金方》、《稽神录》、《绝交书》（嵇康）、《晋书》、《墨客挥犀》、《虱赋》（李商隐）、《抱朴子》、《后虱赋》（陆龟蒙）、《淮南子》、《酉阳杂俎》、《醳史》、《邵氏闻见录》，以及佛教著作和唐人小说。不仅时间跨度大，而且种类繁多，流品很杂，其逞才使气之意，非常清楚。

　　对于这类作品，词史上往往予以负面评价，如谢章铤《赌棋山庄词话》指出："宋人咏物，高者摹神，次者赋形，而题中有寄托，题外有感慨，虽词，实无愧于六义焉。至国朝小长芦出，始创为征典之作，继之者樊榭山房。长芦腹笥浩博，樊榭又熟于说部，无处展布，借此以抒其丛杂。然实一时游戏，不足为标准也。"① 这当然是有道理的，尤其是从审美的角度看，很难创造一般意义上的美感。但是，一方面，不可忽视时代的氛围，如乾嘉学风的影响；另一方面，即使从词史的角度看，也可以看出，这实际上是清代词人面对南宋以来词的学问化所做出的反应。这个反应可能极端了些，但也说明他们希望沿着这条道路继续探索。这种探索是成功还是失败，可以交给历史来判断。站在今天的角度，回看他们的创

---

① 谢章铤《赌棋山庄词话》卷九，《词话丛编》，第 3443 页。

作努力,我们可以不喜欢他们的作品,但应该认识他们的动机①。

三、建构统序

两宋时期,词的创作虽然非常兴盛,但统序意识还不强。作家们从个体上当然都有自己的审美倾向,师法取舍,有所选择,但有意识地互相传承的群体,似乎还不突出。即使文学史上有所谓"辛派"之说,那也多是一种风格的总结,而不一定是实际的存在。晚宋张炎作《词源》,阐扬姜夔一路,隐然有了统序观念,虽然尚显粗疏,也给了后人很大启发,尤其在明清之际的词学建构中,起到了很大的推动作用。

崇祯六年(1633),卓人月刊行《古今词统》十六卷,收隋唐至明词486家,计隋1家,唐33家,五代19家,宋216家,金21家,元91家,明105家,共2023首②。《古今词统》作为清代之前规模较大的一部词总(选)集,其选词思路,特别推重周邦彦、姜夔、史达祖、高观国、吴文英诸家,明确表示了对典雅格律一派的提倡,即使是表彰辛弃疾及辛派词人,也纳入声律等因素。这是由于,宋代以来,词乐渐失,声既不存,标准难定,就难免一定程度上造成创作的紊乱。卓人月等人显然已经有了弥补弊端的意识,对朱彝尊产生了极大的影响。在《词综发凡》中,朱彝尊提

---

① 关于探索词创作的边界,还有很多课题,可以发挥。比如宋人开创的回文词,尚比较简单,到了清代,就大大发展了,达到回文词创作的最高峰。清代词人往往去处理更为复杂的长短句结构,体现了驾驭语言的能力。而清代出现的一些重要的创作回文词的作家,都很有创造力。如丁澎创作了19组回文词,不是像一般人那样回环为同一调式,而是回环为另外一调,进一步开拓了回文词的创作空间。顾长发则专门撰写了一部回文词谱《诗馀图谱》,不仅试图对回文词的历史进行总结,而且全部作品主要由其本人创作,反映出回文词在清初已经成为一种不可忽视的现象。诸如此类,由于篇幅限制,未能一一列举。
② 此统计数字据《新世纪万有文库》本《古今词统》之《本书说明》。卓人月汇选、徐士俊参评《古今词统》卷首,沈阳:辽宁教育出版社,2000。

出了著名的词学观:"世人言词,必称北宋,然词至南宋始极其工,至宋季而始极其变。"①在突出典雅格律一路风格上,二者取向相似。但《古今词统》出现的时期毕竟词坛还比较凋敝,所面临的问题也相对比较简单,更主要的是,受到传世词学文献的限制,尽管编者对词史具有一定的大局观,也能提出一定的思路,仍然不可能像后世词学建构那样具有针对性。所以,它确实是在观念和思路、角度上产生了一定影响,但深度上显然有所欠缺。而《词综》则一方面调整了调式的安排,特别是增加了长调的比例;另一方面多纳入名篇,嵌入统序的基石,明确地给出了这样的建构:"鄱阳姜夔出,句琢字炼,归于醇雅。于是史达祖、高观国羽翼之,张辑、吴文英师之于前,赵以夫、蒋捷、周密、陈允衡、王沂孙、张炎、张翥效之于后。"②因此,从《古今词统》到《词综》,可以看出一种特定的思路,即越来越明确地在词学中确定统序。

清代词学发展的不同阶段,往往都有一定的批判精神,如浙西词派之于云间词派,常州词派之于浙西词派等。但是,词史上的许多作家,或某些作家的某些作品,并不一定能够完全纳入一个特定的框架,而是具有一定的超越性。所以,在更新思维,建立新统序时,如何对待前人所确立的经典,是一个很重要的问题。文学史的现场远比教科书的总结更为丰富和复杂,后来者建立自己的理念时,面对前人确立的经典,往往不是完全排斥,而是予以包容并重新阐释,这也就构成了清代词学统序建构中的一个重要特点。

例如,姜夔的《暗香》和《疏影》南宋末年就非常有名,张炎在其《词源》中曾经大力赞扬,誉之为"前无古人,后无来者,自立新意,真为绝

---

① 朱彝尊、汪森编《词综》卷首,上海:上海古籍出版社,2005,第10页。
② 汪森《词综序》,《词综》卷首,第1页。

唱"①。至清初，朱彝尊提出"姜尧章氏最为杰出"②，并在《词综》中选入这两篇。朱彝尊的意思被浙西后学许昂霄接了过来，在《词综偶评》中对其厚重之意蕴，轻灵之笔致，多用暗示、侧面描写的方式，做了具体分析，从而将"醇雅"和"清空"的意旨落实，为浙西词派的创作具体指明了路径。常州词派惩浙西词派之弊而登上历史舞台，张惠言《词选》虽然选篇甚严，在唐五代两宋词中，仅取116篇，却也同样收入了姜夔的这两篇。张惠言将这两篇作品看成互相呼应的一个整体：前一首言自己用世之志不泯，而寄望于范成大；后一首言二帝被掳之事，而寄托恢复之志。他的看法，得到了后来宋翔凤、蒋敦复、邓廷桢、陈廷焯等人的呼应，而其阐释重点，就大多并不放在具体的写作手法上，而是注重对内涵的挖掘。也就是说，事实上，浙西、常州二派虽然彼此对立，却同样都将此二篇视为经典，只是在具体的操作时，转换了关注的中心，从而也就差不多将论述的倾向完全转变过来了。可见清代的词学批评家眼光宏通，善于整合前代遗产，既能够照顾到文学史的客观性，又能够展示自己的独特眼光。

作品是如此，作家也是如此。比如王沂孙，这个作家在清代以前，影响都不大，直到清初浙西领袖朱彝尊编选《词综》，选入其词31首，才使其地位得以突出；而至清代后期，常派后劲周济作《宋四家词选》，将王沂孙视为"领袖一代"③的卓荦人物，陈廷焯的《白雨斋词话》甚至将其比为诗中的曹植和杜甫④。可以看出，在清代，对于王沂孙的推重是不分派别的。

朱彝尊对王沂孙的推重，主要是表彰其咏物词，其中贯穿着对骚雅

---

① 张炎《词源》卷下，《词话丛编》，第266页。
② 朱彝尊《词综发凡》，《词综》卷首，第10页。
③ 周济《宋四家词选目录序论》，尹志腾校点《清人选评词集三种》，第205页。
④ 陈廷焯《白雨斋词话》卷二，《词话丛编》，第3808页。

格律的提倡。这一取向,在当时和后来的乾隆年间,都影响甚大。而张惠言创建常州词派,在《词选》中选入王沂孙的 4 篇,也都是咏物之作,其基调则是:"碧山咏物诸篇,并有君国之忧。"①这个思路也被周济接了过来。最有意思的是,周济所选的王沂孙词,完全见于朱彝尊的《词综》,连前后次序都一模一样,只是数量减少了十三首而已,考虑到《宋四家词选》的篇幅本来就小于《词综》,这也很正常。很明显,周济是要将这个相同的选源,赋予崭新的内涵,以便向词坛宣示,自《词综》以来,词的阐释和词的创作颇有偏差,从而指出向上一路。从题材来看,周济所选,也基本上是咏物词,单单从这个角度看,和朱彝尊、厉鹗等人所提倡的风气并无差别,只是他所强调的"身世之感"、"家国之恨"②,则使人看出他的重点转到了立意,与张惠言一脉相承。而他将王沂孙立作领袖,使之从朱彝尊确立的姜夔一体的脉络中脱拔出来,也是一个重大变化。所以,虽然浙西、常州二派都同样选择了王沂孙的咏物词,甚至篇目也相同,却走出了不同的道路。这一方面可以说明王沂孙的作品具有相当的厚度,可以提供转换角度加以诠释的可能,另一方面,也可以看出清人如何以理论来统合材料。考察清词流派或思潮,所谓"代兴",往往并不意味着代替。即如嘉道之后的浙西词派,在一般的词史建构中,似乎已经没有了声音,其实,它的发展一直不绝如缕,能够数得出来的作家就至少有 100 多人。所以,就算是常州词派已经强势登场,那也是多元并存,互相影响,不能只见树木,不见森林。

　　清代词坛,流派众多,此消彼长,情况复杂。在清理清词发展的过程中,要充分认识其中既强烈批判,又兼容并包的特色,在统序的更替中,

---

① 《张惠言论词》,《词话丛编》,第 1616 页。
② 周济选评《宋四家词选》,尹志腾校点《清人选评词集三种》,第 279 页。

往往新中有旧，旧中有新，这样，才能对清代词学思潮以及与之有着密切关系的词体创作，做出更合乎实际的认识。

四、吸纳新知

唐宋两代，词的创作和演唱的渊源很深，所以，尽管创作境界不断扩大，题材内容不断增多，总的来说，还是有着较强的惯性，以及被当时所认定的文体规定性。到了清代，观念发生很大变化，词人们从传承开拓的角度去思考传统，认识到词的创作还可以和社会生活发生更为密切的关系，因此，作品中就注入了很多新的因素。

前面已经说过，在清词的发展中，《乐府补题》的重出是一个重要的事件，重要性的表现之一，就是大大开启了作家的创作思路，因为这五题三十七首，有些题材是词史所首见，有些则旧题新做，多向发展，这些都启发清初的作家开疆拓地，进一步跳出原来的创作藩篱。朱彝尊的《茶烟阁体物集》，所咏范围非常广泛，有物候物象，有日常器皿，有身体部位，有植物花卉，有禽鸟虫鱼，有饮食之物，如此等等，不一而足，站在词史发展的角度看，变化巨大，甚多新奇，如大象、骆驼之类，为前人所不可想见。循此一路，清人继续探索，在一个相当大的层面，展示了词体创作的丰富性。这里尤其应该指出的是，清代词人对新异事物给予了特殊的关注，从而非常及时地使得词的创作和时代的发展互相呼应。

早在清代初年，词坛就对域外传来之物非常敏感，徐葆光于康熙五十七年（1718）任琉球副使，作有《奉使琉球词》一卷，里面就写到不少新奇事物，如自鸣钟、千里镜、鹿毛笔等。他不一定是清人最早涉及此类题材的作家，但这一类作品，确实引起了时人浓厚的创作兴趣。如大致生活在同一时期的姚之骃写有《南乡子·咏西洋四器》，分咏自鸣钟、千里镜、百步灯、顺风耳。明代末年，东西方的各种交流进一步加强，特别是传教士来华,将不少西方物质文明成果带入中国。清代初年,此风依旧。这些物质文明成果开始可能是作为礼品进献给皇帝的,后来渐渐也在官员们的身边出现,并在一定范围内得到认识。清初词人的这种创作旨趣,在后世回响不绝,如嘉庆、道光年间的顾巙、张鸿卓、丁瀛都有咏自鸣钟和八音盒之作,而且都是将两种事物合在一起写,可能是因为它们都能发声。但前者是清初题材的继响,后者则是当下的新题材,可以看出不同时代文人的共同心理。至于查元偁,其《齐天乐·齐梅麓制浑天球,求其式,仿西洋自鸣钟,而三垣、昏中、旦中,可俯而窥,洵奇器也》,写齐彦槐于道光十年(1830)制作"自动浑仪"事,堪称与时俱进。此类作品不仅可以看出清代词人的好奇之思,而且可以逸出文学之外,进行社会史或生活史的研究,探讨这些外来之物是怎样影响当时某些阶层的生活的。比如,自鸣钟是清代词人最喜欢写的西洋传来的器物之一,在词体文学之外,也多用其他文体来写,如纳兰性德就有著名的《自鸣钟赋》。跨越阶层,合而观之,可以启发我们思考,这个来自异域的报时器,如果真的使用在了日常生活中,那么,它是否影响了,以及在多大程度上影响了中国人的时间观念。

鸦片战争之后,随着国门被西方列强的坚船利炮打开,大量涌进的西方文明,更给词体文学创作增添了新的素材。创刊于1872年的《申报》,在其出刊之初,就多有这方面的作品,如一个笔名为"滇南香海词人"的作家,1872年9月4日发表了四首调寄《沁园春》的《洋场咏物词》,分咏"地火"、"电线"、"马车"和"轮船",将自己在上海洋场所见所闻入词,体现了面对新生事物的浓厚兴趣。而当词人迈出国门,欧风美雨也会浸染到词体创作中。光绪十三年(1887),潘飞声赴德国讲学,三年间,著有《海山词》一卷,多写异乡见闻。如《金缕曲》写在柏林观看德国士兵操练等,其中多有新名词和新意象。还有曾经出使巴西的廖恩焘,游马丹萨钟乳石岩,作有《西河》一词,序云:"岩在古巴,距都城二百里,平地下百三十馀尺。道光末叶,吾国人垦地海岸,得隧道丛莽中,告居人,相率持火入。蜿蜒行十馀里,峭壁四起,滴水凝结,累累如贯珠,如水晶,如玉,作山川神佛珍禽异兽形状,又肖笙磬琴筑,叩之铿然有声,美利坚人沿径曲折环以铁阑,涧谷则架桥通焉,电灯照耀如白昼,洵奇观矣。相传岩由海底达美国边界,迄未能穷其究竟也。"还有《望海潮·美舰士兵纪功碑三十年纪念感赋》、《大酺·哥仑布故居放歌拟清真》、《莺啼序·古巴总统蝉联就任,是夕国宴,用梦窗丰乐楼均纪之》、《喜迁莺·夜听阿根廷人弄乐器》等,都是非常新颖的题材。当时的词坛领袖朱祖谋评价他的词:"惊采奇艳,得于寻常听睹之外,江山文藻,助其纵横,几为倚声家别开世界。"①是恰如其分的评价,也使我们想起了"子美集开诗世界"②的历史评价,在某个层面确可比观。

值得提出的是,这些词,放在当时的背景中,别有意义,值得思考。19世纪末,在风云变化的中国大地上,文学上有所谓"诗界革命"的口号,一般认为,这一主张,是由梁启超在1899年提出的。在写于是年的《夏威夷游记》中,梁启超明言"诗界革命"所具备的三个要素,即新意境、新语句和旧风格③,不少学者都认为这就是真正的"诗界革命"的开始。但是,"诗界革命"又往往被认为不大成功。以新语句写新意境,是否还能含有旧风格? 从这个角度来看这些词,至少有两个方面可以提出来:

---

① 夏敬观《忍古楼词话》,《词话丛编》,第4798—4799页。
② 王禹偁《小畜集》卷九《日长简仲咸》,《四部丛刊》景宋本。
③ 梁启超《夏威夷游记》云:"支那非有诗界革命,则诗运殆将绝。虽然,诗运无绝之时也。今日者,革命之机渐熟,而哥仑布、玛赛郎之出世,必不远矣。""欲为诗界之哥仑布、玛赛郎,不可不备三长:第一要新意境,第二要新语句,而又须以古人之风格入之。"见《饮冰室合集》第7册《新大陆游记附录二》,北京:中华书局,1989,第191页,第189页。

1. 这些作品都写在"诗界革命"之前,这有助于我们考察"诗界革命"兴起的原因。显然,19世纪末这一口号的提出,不可能是一个突如其来的事情,文学创作领域中的一些先行者,对梁氏等人有什么样的启发,尚需更为细致的研究,这些作品则可以提供一定的参考。2. 这些作品虽然描写了某些新事物,但某种程度上来看,其所使用的语言大致上仍然较为传统,是否诗词之间的文体之分,在这里有一些体现,也可以进行深入探索。当然,在"诗界革命"的意义上,词的写作远比诗要少,题材也不够丰富,这使得二者的比较受到一定的限制。在文学史上,并没有"词界革命"的说法,但如果广泛清理文献,综合加以考虑,特别是从文体学的角度,将这一类的词放在"诗界革命"前后的大背景中,则或能对当时的文学史发展有一些新的认识,也能够创造新的话题。

当然,所谓"新知"的含义,还可以再扩大一些,外来文化或事件对词体文学的刺激及其反应,还可以从不同层面展开。比如,鸦片战争以及后来的八国联军占领北京,以及中法之战等,都是近代历史上的重大变故,词坛的反应值得认真梳理。以鸦片战争而言,很多年以前,阿英出版过一本《鸦片战争文学集》,里面包括了若干文学体式,但没有词。这当然有其可以理解的原因,相对而言,清词缺少整理,涉猎者少,资料零散,搜集不易。但现在已经了解到,以词体创作来记载和反映鸦片战争的作品,有相当的数量。如1842年英国军舰沿江而下,镇江守军与之展开激战。江开写《渡江云》一词,特别指出这是"新愁",因为"云颓铁瓮,月涌戈船,竟扬帆直走"[①],与西洋军舰在中国内河发生战事,是前所未见之事。事实上,当时不少词人,无论身在何处,都非常关心这场战事。而且,在创作中,至少还有下面两点值得特别注意。一是词中反思的广度

---

① 江开《浩然堂词稿》卷一,清刻本。

和深度,如孙超《圣无忧·与吴康甫绍闻谈白下事》将太平天国的战争与鸦片战争联系起来思考,认为南京这座城市的衰落,并不是太平天国时期才开始的,这个六朝金粉之地,当英国的舰船沿着长江打过来之时,就显得气运不佳了,所以,他才惊叹,自 1842 年开始,十年间的战争疮痍还没有平复,但新的战火又烧起来了。可见在当时人眼里,这二者实有着密切的因果关系。二是考察鸦片战争中词体文学的创作,可以促进对词风变化的认识。道光二十六年(1846),姚椿为张鸿卓《绿雪馆词》作序时说:"吾乡王述庵侍郎以诗古文辞名海内,其中年尤喜为词。吾乡前后从而和之者尤众,大旨以南宋为宗,而折衷于姜、张二家。如华亭张子筱峰,则亦其闻风而兴起者也。筱峰之词宗其家玉田,而予以为有不必尽似者。玉田生当南宋之末,其词多寓黍离之感,览者苟不深维其故,则亦无以会其微妙。筱峰生当清晏,意在歌咏太平而已。然其用意婉曲,乃复有与玉田近焉。古今人之相及,未可知其同不同,或有当索于意言之表者与?予亦少好为词,中年以后,顾不暇以为。今乃读君之作,私复有感。顷又与君论壬寅年间英夷犯吾郡事。君所居虽不犯贼锋,而其事有可与乡人同患者。君独能倡义卫捍,闾里卒以安集。吾观南宋词家如辛幼安、陈同甫诸人,俱不甘以词人自限。然则如君之所为,固亦贤者之所宜尽心也夫?"①就明确认为,鸦片战争对社会所造成的冲击,正是呼唤词体文学要注重意蕴的一个契机,因而面对类似的变局,在创作中提倡新事、新意、新表现,原是一个顺理成章的发展,也为进一步展开研究,提供了很大的空间。

五、精进有待

清词研究的空间很大,涉及的层面相当多,以上所述,都是非常个人

---

① 冯乾编校《清词序跋汇编》,第 913—914 页。

化的,仅仅是举例的性质,并不能涵盖整体的清词研究。

近年来,清词研究有很大进展,特别是一些年轻学人,表现出学术锐气和热情,几乎每年都能看到新著作的出版,令人高兴。不过在梳理近年来学术史的过程中,我也感到,就出版的专著而言,通论性的较多,往往部头求大,篇幅求长,建构求宏,这当然也没什么不好,只是尚有不少未尽之意。我觉得,至少在以下三个方面,还可以更为关注,我称之为"三专":

第一专是专篇。所谓专篇,就是单篇的意思。清词是中国词史上的又一个高峰,这个观念,人们都已经基本接受了。但是,所谓高峰,并不能仅仅体现在人海战术,作家众多,而一定要和具体的创作水准结合在一起。文学史上不乏"孤篇独绝,竟为大家"的现象,这个孤篇,是由于艺术的突出,而挺立在古代作家之群中的。一篇作品的价值,有文学史价值,也有美学价值,有时二者是相联系的,有时也可能有所分离,比如有些作品可能不美,但在文学史上很新,也值得重视。但在清词研究中,还是应该更多地关注那些既有文学史价值,又有美学价值的作品,并给予详细具体的阐发,而且这种阐发要落实到具体的"篇"。也就是说,在研究中,要能够指出,清代出现的哪些作品,既有过去所没有的新,同时又可以作为美典,而进入经典化的序列,毕竟有唐宋词的大量经典在前,倘要在清词中有独特的发现,也不是一件容易的事。不少对清词的研究,涉及具体作品的评价时,往往引述一些词话作为佐证,这当然是重要的论据,但词话这种特定的文学批评形式,往往言其然,而不言其所以然,因此作为现代的研究者,应该能够在接受前人观点时,说得更为具体、深入和透彻,而不是出语含糊,泛泛带过。更何况,清词中的大量文学现象,是前人未及关注的,就更需要现代研究者予以审美解读。具体地说,如果一篇清词,其所提供的美感是以往所不曾有过的,或者以往虽曾有过,但表现的手法不同,那么,就应该敏锐指出,予以阐发。关键是要在词美学发展史的过程中,给相关作品定位,而不是让人有古已有之的感觉。数十年前,程千帆先生解读《题龙阳县青草湖》一篇,就是希望发掘一个不甚知名的作家所创作的一篇不甚知名的作品的美学价值①,这种精神,也应该体现在对清词的解读中。就我自己的看法而言,一篇扎扎实实的、真正有见解的、能够体现出独特美感的作品解读,其价值并不亚于数万字的、四平八稳的通论性文章。如果有了几百篇对单篇清词进行这样解读的文章,则清词的价值自然能够更好地被人们所认识和接受。

第二专是专人。清词有数十万首,作家数千,著名词人至少也有几十个。但是,从现状来看,真正进入研究视野,即被当成个案进行研究的,仍然少之又少。做文学史的研究经常有这样一个感觉,即求同易,求异难。意思是说,如果要将某一创作群体的共同倾向总结出来,相对来说,比较容易;但若要具体分析某一作家和另一作家之间的差异,特别是艺术上的差异,将此一作家和另一作家的不同创作个性揭示出来,就不那么容易。这需要具有文学史的视野,具有对其当下创作环境的判断,对其家世、出身、生平、经历、学养、师承等因素的综合考量,对其审美追求的敏锐感受,还要在一个前后左右、纵横比较的大背景中去思考问题,等等,因此,似小而大,似微实宏。难以想象,有清三百年,号称中兴的清词创作群体,其主体只是靠着这么少的个案来支撑着。但是,如同前面已经指出过的,清词的经典化本来就不够充分,清人自己在词话或其他论著中所集中论定的,有一定的局限性,和具体创作过程中所展示的风貌,也不一定完全吻合,这就需要充分利用现在的条件,进行全面、细致

---

① 程千帆师《说唐温如〈题龙阳县青草湖〉》,载师著《古诗考索》,上海:上海古籍出版社,1984。按此篇为元末明初唐珙所作,陈永正先生有考证,千帆师从之,见《程千帆选集》本篇附记,沈阳:辽宁古籍出版社,1996。

的梳理，不仅对前人确立的经典进行再认识，而且通过更多的个案研究，让更多的词人能够进入经典化的过程。

第三专是专题。在清词的专题研究方面，学界已经做出很大的成绩，尤其是对流派、群体和思潮研究，成果突出。但是，不少成果都是在一些既定的框架中进行的，范围还不够广泛。如果格局能够再开阔一些，就会发现，还有不少新领域，有待探索。比如清词中的田园主题，将家国情怀、个人理想、友朋交往、老庄思想等交织在一起，内容上非常丰富，里面又浸润着叙事、抒情、议论等多重元素，是对以往词坛中田园描写的重大发展。再如清词中的边塞主题，在原来的边塞书写传统中，又加入海疆的内容，体现出鲜明的时代气息。又如清词中的题画词，很少有人涉猎。尽管以词题画，李后主已开先河，两宋时期，不断发展，但若论作者之众，数量之多，题材之广，调式之多样，内容之丰富等，清词都远远超过唐宋词。更重要的是，清代距今不远，不少画作在博物馆或艺术馆中都还能看到，可以提供具体的物质形态，去进行文学史、文化史、艺术史等方面的综合研究，也能在一定程度上还原清代词人的创作生态。又如词的声律之学，也值得进一步展开研究。清代从初期起，在其"复兴"的观念中，就有声律的概念。他们认为，虽然词不断向诗歌靠拢，不断借鉴诗歌的艺术表现手法，但词之为词，仍然应该有其文体特征，这个特征的重要表现之一，就是其声韵格律，因此才有万树的《词律》、康熙主持编纂的《钦定词谱》，以及后来戈载的《词林正韵》等出现。对这种现象的研究，是清代词学建构的一个重要组成部分，但不能仅限于这些著作本身，而应该同时尽可能地回到创作的现场，看看这些著作的出现，或相关理念的出现，和具体创作之间有什么样的关系。比如，《词律》《词谱》出现后，相当长的一段时间，人们仍然遵从明代张綖的《诗馀图谱》和程明善的《啸馀谱》，这是什么心理？又反映了什么样的创作情景？大量作品中都有作家自己对所采用的声调格律的自注说明,显示出对于声律的探讨,不仅体现在专著中,也体现在创作中。现在随着《全清词》的陆续出版,对上述这些现象进行总结,也会比以前更为方便。

　　作为一个新的学术增长点,清词研究无疑已经取得了很大的成绩,如何百尺竿头,更进一步,是现在需要进一步思考的问题。清人蒋士铨在讨论唐宋诗时,曾经发出过这样的感慨:"宋人生唐后,开辟真难为。"[①]说的是宋代诗人面对唐诗的成就,所感到的挑战。清代词人面对唐宋词,也有类似的处境。但正如宋诗在唐诗的藩篱之外又辟一境一样,清词在唐宋词之后,也是有所创新,有所发展的。目前,清词的文献整理正在稳步进行,《全清词》的《嘉道卷》和后面的《咸同卷》不久将会陆续推出,从而为各类研究,提供比以前更好的条件。某些看起来似乎孤立存在的现象,倘能放在一个比较大的创作场域中,放在一个彼此互相联系的文本范围内,往往能够有新的认识。因此,我们也有理由期待,通过总结和反思,在不久的将来,清词的研究还会有一个新的、更大的突破。

---

① 蒋士铨《辩诗》,邵海清校、李梦生笺《忠雅堂集校笺》卷十三,上海:上海古籍出版社,1993,第986页。

第一章　流派之传承

第一节　历史评价与接受策略
　　——清代词学中的《暗香》《疏影》

　　《暗香》和《疏影》可以毫无疑义地归入姜夔最负盛名的词作之列。对于这两篇作品,历代评论家都给予了较多的关注,特别是对其内容主旨,歧见甚多。这里不拟对种种见解的得失做具体分析,而是希望从词学思想演变的角度,特别是从清代词学思想演变的角度,对这两篇作品的接受者所体现出来的不同策略,提出自己的认识。

　　为了便于展开论述,先将这两篇作品抄录如下。

暗　香

　　旧时月色,算几番照我,梅边吹笛。唤起玉人,不管清寒与攀摘。何逊而今渐老,都忘却、春风词笔。但怪得、竹外疏花,香冷入瑶席。　江国。正寂寂。叹寄与路遥,夜雪初积。翠尊易泣。红萼无言耿相忆。长记曾携手处,千树压、西湖寒碧。又片片、吹尽也,几时见得。

疏　影

苔枝缀玉。有翠禽小小,枝上同宿。客里相逢,篱角黄昏,无言自倚修竹。昭君不惯胡沙远,但暗忆、江南江北。想佩环、月夜归来,化作此花幽独。　犹记深宫旧事,那人正睡里,飞近蛾绿。莫似春风,不管盈盈,早与安排金屋。还教一片随波去,又却怨、玉龙哀曲。等恁时、重觅幽香,已入小窗横幅。

这两篇作品前,姜夔的小序说明了创作缘由:"辛亥之冬,予载雪诣石湖。止既月,授简索句,且征新声,作此两曲。石湖把玩不已,使工妓隶习之,音节谐婉,乃名之曰《暗香》、《疏影》。"

一、浙西词派系列中的评价和接受

《暗香》和《疏影》,据其小序说,作于辛亥之冬,即宋光宗绍熙二年(1191)冬天。姜夔在世时,除了小序中提到范成大"把玩不已",表示激赏之外,其他似乎没有多大反响。不过,大约在姜夔逝世之后不久,词坛就予以了关注,除了一些词人效之而创作之外,在词学批评中,黄昇的《花庵词选》共选姜夔词34首,其中就包括《暗香》、《疏影》。黄昇论姜夔词有云:"词极精妙,不减清真乐府,其间高处,有美成所不能及。"[①]将姜夔与周邦彦放在一起加以考察,也开始关注了词史上的创作源流问题。

---

① 黄昇《花庵词选》,上海:上海古籍出版社,2007,第249页。

不过，黄昇并没有具体提到《暗香》、《疏影》二篇妙处何在[①]，一直要到宋元之际的张炎，才在其《词源》中予以大力赞扬，先是在"清空"条中将其与姜夔的其他作品如《扬州慢》、《一萼红》、《琵琶仙》、《探春》、《八归》、《淡黄柳》等词并列而论，誉之为"不惟清空，又且骚雅"，后又在"意趣"条中评为"清空中有意趣"，在"杂论"条中评为"前无古人，后无来者，自立新意，真为绝唱"[②]。张炎论词主"醇雅"、"清空"，姜夔乃是其树立的主要标的。

元明两代，姜夔较受冷落，特别是明代词学，盛行《草堂诗馀》，而《草堂诗馀》并未选录姜夔之作，因而也就无法为社会提供学习的样板。明代有两部最有成就的词话，一部是陈霆《渚山堂词话》，一部是杨慎《升庵词话》，陈氏之作未有只字提及姜夔，杨氏之作有一条提及姜夔，但前半部分完全抄撮黄昇《花庵词选》，主要谈姜夔与周邦彦的关系，后半部分提到姜夔的词当时已不能歌唱，是很重要的资料，但无关词本身的评价。至于其中说到"其腔皆自度者"，也并不符合实际。明清之际多沿明代之风，一直到朱彝尊的时代，姜夔才真正获得了崇高的地位。他所提出的"世人言词，必称北宋，然词至南宋始极其工，至宋季始极其变。姜尧章氏最为杰出"[③]，已经成为浙西词派重要的理论指标。

朱彝尊对姜夔的推崇，放在清初特定的文学背景中，也不是孤立的。比他稍早，或与他同时的一些批评家，已经开始对姜夔词的艺术有所认识。这种认识，大致上可以表现为以下几个方面。一是仿照四唐说，为

[①] 至宋元之际，周密的《绝妙好词》也收入这两首，但这个选本长期湮没无闻，在清以前的接受史上，影响似乎不大。
[②] 张炎《词源》卷下，唐圭璋编《词话丛编》，北京：中华书局，1986，第259页，261页，266页。
[③] 朱彝尊《词综发凡》，《词综》卷首，上海：上海古籍出版社，2005，第10页。

宋词分期,将姜夔等人置于中唐,如刘体仁、尤侗所云①;二是突出姜夔等人在长调发展中的地位,如邹祇谟所云②;三是称赞姜夔词作的语言之工,如宋徵璧所云③;四是称赞姜夔等人词的风格有"冲澹秀洁"之美,如顾咸三所云④;五是讨论姜夔咏物词之妙,如邹祇谟所云⑤;六是论姜夔词的结构之妙,如邹祇谟所云⑥。由此可见,朱彝尊以姜夔诸人为师法对象,予以大力表彰,正是总结和发展了清代初年词学建设的成果。

朱彝尊的《词综》确立了浙西词派的纲领,其中也选入了《暗香》、《疏影》,不过并没有任何评论。朱彝尊同时代的人倒是有所讨论,或者指出其中句子与周邦彦之关系,如先著所云⑦;或者指出其题面与本体之间离合的关系,如毛先舒所云⑧;或表示对其中的句子费解,如刘体仁所云⑨。这些虽然比较零碎,也是接受史的重要组成部分。不过,朱彝尊

---

① 刘体仁《七颂堂词绎》:"至姜白石、史邦卿,则如唐之中。"(《词话丛编》,第 618 页)尤侗《词苑丛谈序》:"词之系宋,犹诗之系唐也。唐诗有初、盛、中、晚,宋亦有之。……石帚、梦窗,似得其中。"(徐釚《词苑丛谈》,北京:中华书局,2008,第 1 页)
② 王又华《古今词论》:"词至长调而变已极,南宋诸家凡以偏师取胜者无不以此见长,而梅溪、白石、竹山、梦窗诸家,丽情密藻,尽态极妍。"《词话丛编》,第 650 页。
③ 徐釚《词苑丛谈》卷四引宋徵璧语:"姜白石之能琢句。"《词话丛编》,第 89 页。
④ 高佑釲《湖海楼词序》,《湖海楼词集》卷首,清乾隆六十年(1795)刻《湖海楼全集》本。
⑤ 邹祇谟《远志斋词衷》:"咏物固不可似,尤忌刻意太似。取形不如取神,用事不若用意。宋词至白石、梅溪,始得个中妙谛。"《词话丛编》,第 653 页。
⑥ 邹祇谟《远志斋词衷》:"而梅溪、白石、竹山、梦窗诸家,丽情密藻,尽态极妍。要其瑰琢处,无不有蛇灰蚓线之妙。"《词话丛编》,第 650 页。
⑦ 先著《词洁辑评》:"美成《花犯》云:'人正在、空江烟浪里。'尧章云:'长记曾携手处,千树压、西湖寒碧。'尧章思路,却是从美成出,而能与之埒,由于用字高,炼句密,泯其来踪去迹矣。"《词话丛编》,第 1359 页。
⑧ 王又华《古今词话》引毛先舒语:"沈伯时《乐府指迷》论填词,咏物不宜说出题字,余谓此说虽是,然作哑谜亦可憎,须令在神情离即间乃佳。如姜夔《暗香》咏梅云:'算几番照我,梅边吹笛。'岂害其佳?"
⑨ 刘体仁《七颂堂词绎》:"咏物为词,更难于诗。即'昭君不惯风沙远,但暗忆、江南江北',亦费解。"《词话丛编》,第 621 页。

在《词综》里虽然对《暗香》、《疏影》没有具体表述,"姜尧章氏最为杰出"的判断实则已为此类作品定下了调子,况且,他的具体意见,后来也在很大程度上被许昂霄表达出来了。

许昂霄是浙派后人,他曾作《词综偶评》,对于《词综》中所选的一些作品具体作评,或许说出了朱彝尊想说而没有说出的话。他是这样评《暗香》和《疏影》的:

> 二词如绛云在霄,舒卷自如;又如琪树玲珑,金芝布护。"旧时月色"二句,倒装起法。"何逊而今渐老"二句,陡转。"但怪得、竹外疏花"二句,陡落。"叹寄与路遥"三句,一层;"红萼无言耿相忆",又一层。"长记曾携手处"二句,转。"又片片、吹尽也"二句,收。《疏影》别有炉鞴熔铸之妙,不仅以檃栝旧人诗句为能。"昭君不惯胡沙远"四句,能转《法华》,不为《法华》所转。宋人咏梅,例以弄玉、太真为比,不若以明妃拟之尤有情致也。……"还教一片随波去"二句,用笔如龙。"但暗忆、江南江北",借用法。"莫似春风"三句,翻案法。作词之法,贵倒装,贵借用,贵翻案。读此二阕,密钥已尽启矣。①

张炎评价姜夔的词是"醇雅"、"清空",这一观念被朱彝尊接过来,而许昂霄的评语,正是要具体指出这一观念的含义。张炎并没有具体解释什么叫"醇雅"、"清空",从许昂霄的话可以看出,所谓"醇雅",就是厚重,意谓不要清浅见底;所谓"清空",就是多用暗示、侧面的方式,显得笔致

---

① 许昂霄《词综偶评》,《词话丛编》,第1558页。按《词话丛编》本仅至"用笔如龙","但暗忆"以下,引自吴熊和《唐宋词汇评》,杭州:浙江教育出版社,2004,第2784页。

轻灵。这些,都是从创作方法上着眼的。

今以《暗香》为例,将许氏的意思加以具体说明。上片先写词人以往经常与佳人相携赏梅,即使天寒地冻,仍然共同攀摘。现在人已老去,渐渐懒散,但梅花并未相忘,阵阵冷香,沁入瑶席,似在提醒过去的日子①。下片写现在独处的寂寞,欲摘花寄远,却无由送达,于是感到酒杯似在哭泣,红花似在无言相忆。不禁勾起词人对当年西湖赏梅的追想,而现在春色已深,梅就要凋落,什么时候能够再见呢? 一语双关,既写梅,又写人,一起绾合。由上可知,姜夔虽是写咏梅词,但通篇并不直接写梅,全是暗示烘托,特别是以人的形象贯穿过去、现在和将来。这种写法,如果是小令,一般人尚能把握得住,作为长调,就非常困难。试比较同时高观国的词,这位在后代几乎可以作为姜夔羽翼的作家②,写了不少咏梅词,如《金人捧露盘·梅花》:"念瑶姬,翻瑶佩,下瑶池。冷香梦、吹上南枝。罗浮梦杳,忆曾清晓见仙姿。天寒翠袖,可怜是、倚竹依依。 溪痕浅,云痕冻,月痕澹,粉痕微。江楼怨、一笛休吹。芳音待寄,玉堂烟驿两凄迷。新愁万斛,为春瘦、却怕春知。"③这首词的描写非常工致。上片写梅并非凡间之物,所以有冷香阵阵,脱俗品格。下片以溪、云、月为梅花构建了一个清冷的背景,又写芳心寂寞,无人能晓,为迎春而不惜瘦损,却又不让春知,亦即无争春之意。写梅之品、梅之香、梅之境、梅之意等,

---

① 这一描写显然从周邦彦《六丑·蔷薇花谢后作》来,周词有"长条故惹行客,似牵衣待话,别情无极",不写人惜花,偏说花恋人。但周邦彦词的脉络是写人本处于惜花的情境中,而姜夔则写人欲淡忘,而花偏多情,继承中又有发展。唐圭璋编《全宋词》,北京:中华书局,1965,第610页。

② 汪森《词综序》:"鄱阳姜夔出,句琢字炼,归于醇雅。于是史达祖、高观国羽翼之。"《词综》卷首,第1页。《词综》收高观国词20首,名列宋代词人的第12位,也可以说明这个问题。

③ 《全宋词》,第2349—2350页。

也能转换角度,堪称咏物高手,但跳荡性不是太大。在这一点上,姜夔的写法就与之完全不同,范成大肯定是发现了这一点,因而啧啧称赞,并不是没有道理的。事实上,范成大也写过一些咏梅词,我们看他的《霜天晓角》:"晚晴风歇。一夜春威折。脉脉花疏天淡,云来去、数枝雪。 胜绝。愁亦绝。此情谁共说。惟有两行低雁,知人倚、画楼月。"①《鹧鸪天·雪梅》:"压蕊拈须粉作团。疏香辛苦颤朝寒。须知风月寻常见,不似层层带雪看。 春髻重,晓眉弯。一枝斜并缕金幡。酒红不解东风冻,惊怪钗头玉燕干。"②艺术上确实平平,和姜夔的作品放在一起,实在不能同日而语。

姜夔的这两首词都是一个写法,即多用侧面描写,多方烘托渲染,时间和空间跳荡都比较大,意象带有多义性。对此,王国维评价说,词虽然号称咏梅,却"无一语道着"③,虽然带有贬义,却也真是准确的观察。但这一点,恰恰为后来的阐释创造了比较大的空间。

至此可以做一总结:从宋代末年到清代初年,除了某些特定时段外,姜夔的《暗香》《疏影》一直是处在接受视野中的,但是,接受的重点主要是在技术层面,也就是表现手法层面。这种现象,至朱彝尊为代表的浙西词派出,更达到了一个高度,影响很大。康熙至乾隆词坛,模仿二作的词非常多,如顾湄《暗香·竹初大令写赠〈梅边吹笛图〉,小词志谢,用白石道人韵》:"谢他月色。恁天涯冷澹,照侬吹笛。只少梅花,未许寒香试攀摘。旧事而今漫省,又乞取、钱郎仙笔。乍唤起、一夜相思,清梦散瑶席。 花国。转凄寂。叹烟水路迷,香雪低积。水龙频泣。借得

---

① 《全宋词》,第1622—1623页。据《全宋词》编者按,此词出自《全芳备祖》前集卷一"梅花门",知为咏梅诗。
② 《全宋词》,第1619页。
③ 王国维《人间词话》,《词话丛编》,第4248页。

参差诉长忆。翠袖莫教寒却,修竹外、漫天空碧。便数尽、红豆也,怎生禁得。"①吴省钦《疏影·用白石道人韵题顾伴檠孝廉〈梅边吹笛图〉》:"半湖寒玉。趁一丸明月,橛头船宿。拍拍轻凫,点破疏烟,断续有人吹竹。年来懒踏孤山路,但携向、水南花北。听几回、裂石穿云,只似夜窗吟独。　休把东风引到,惹绕堤芳草,烘染晴绿。仙骨如君,消受苍凉,莫管陆居非屋。自怜衣袖缁尘浣,久别了、鹤楼残曲。算恁时、香雪林边,扶老共欹巾幅。"②也都是按照这种思路去操作的。

二、常州词派系列中的评价和接受

可是,到了常州词派登上历史舞台,对这两篇作品的接受就进入了另一个层面。

嘉庆二年(1797),张惠言撰作《词选》,虽然选篇甚严,在唐五代两宋词中,仅取116篇,却也收入了姜夔的《暗香》和《疏影》,从而开创了接受史的新篇章。张惠言是这样评价这两篇作品的:

> 此为石湖作也,时石湖盖有隐遁之志,故作此二词以沮之。白石《石湖仙》云:"须信石湖仙,似鸱夷、翩然引去。"末云:"闻好语,明年定在槐府。"与此同意。首章言已尝有用世之志,今老无能,但望之石湖也。……此章(《疏影》)更以二帝之愤发之,故有"昭君"之句。③

---

① 顾澍《金粟影庵词初稿》,清刻本。
② 张宏生主编《全清词·雍乾卷》,南京:南京大学出版社,2012,第1703页。
③ 《张惠言论词》,《词话丛编》,第1615页。

张惠言将这两篇作品看成互相呼应的一个整体：前一首言自己用世之志不泯，而望之于石湖；后一首言二帝被掳之事，而寄托恢复之志。张惠言的阐释思路是：必须入世，才能致力于恢复中原的大业；而致力于恢复中原的大业，也就不能隐遁不出。当然，姜夔的生卒年，是后来才考订清楚的，张惠言当时可能并不了解这些，从今天的观点看，他把几乎小于范成大30岁的姜夔说成是"今老无能，但望之石湖也"，是很荒唐的。不过，他显然是注意到姜夔曾经作《大乐议》和《琴瑟考古图》，并上给朝廷，又进献《圣宋铙歌十二章》，得到"免解"的待遇，可以参加进士考试，却没有及第，因而显示出姜夔虽然以隐士、名士著称，仍然有用世之心。事实上，张惠言主要是想表达一种理念，考虑到这一点，我们当然也可以不必纠缠于历史的细节。常州词派的阐释方式主要是拈出具有社会情怀和政治情怀的寄托，从张惠言对这两篇作品的评价上，可以看得很清楚。

随着常州词派影响越来越深，声势越来越大，张惠言的这种社会性、政治性的解读，得到了较为广泛的呼应。如下面几段：

> 词家之有姜石帚，犹诗家之有杜少陵。继往开来，文中关键。其流落江湖，不忘君国，皆借托比兴，于长短句寄之。……《暗香》《疏影》，恨偏安也。盖意愈切，则辞愈微，屈宋之心，谁能见之？乃长短句中复有白石道人也。
>
> ——宋翔凤《乐府馀论》①

词原于诗，即小小咏物，亦贵得风人比兴之旨。唐、五代、

---

① 《词话丛编》，第2503页。

北宋人词,不甚咏物,南渡诸公有之,皆有寄托。白石、石湖咏梅,暗指南北议和事。

——蒋敦复《芬陀利室词话》卷三①

(《疏影》)前阕之"昭君不惯胡沙远,但暗忆、江南江北。想佩环、月下归来,化作此花幽独",后阕之"还教一片随波去,又却怨、玉龙哀曲",……乃为北庭后宫言之,则《卫风·燕燕》之旨也。

——邓廷桢《双砚斋词话》②

南渡之后,国势日非,白石目击心伤,多于词中寄慨,不独《暗香》《疏影》二章发二帝之幽愤,伤在位之无人也。特感慨全在虚处,无迹可寻,人自不察耳。

——陈廷焯《白雨斋词话》卷二③

比起张惠言,诸家更加落到实处。第一,结合姜夔的生活状态来讨论他的作品,塑造出一个虽漂流江湖,但不忘家国之事的形象,从而将范仲淹在《岳阳楼记》中的"处江湖之远,则忧其君"印证在姜夔身上;第二,从词中"但暗忆、江南江北"句,具体将其意旨落实到"南北议和事",意为批评偏安,点出作者的关注;第三,不仅点出词意是"为北庭后宫言之",甚至进一步追溯其渊源,认为是从《诗·卫风·燕燕》而来。据《诗小序》:"《燕燕》,卫庄姜送归妾也。"郑玄《笺》:"庄姜无子,陈女戴妫生子名完,

---

① 《词话丛编》,第 3675 页。
② 《词话丛编》,第 2531 页。
③ 《词话丛编》,第 3797 页。

庄姜以为己子。庄公薨，完立，而州吁杀之，戴妫于是大归，庄姜远送之于野，作诗见己志。"孔颖达《疏》："隐三年《左传》曰：'卫庄公娶于齐东宫得臣之妹，曰庄姜，美而无子。又娶于陈，曰厉妫，生孝伯，早死。其娣戴妫生桓公，庄姜以为己子。四年春，州吁杀桓公。经书'弑其君完'，是庄姜无子，完立，州吁杀之之事也。由其子见杀，故戴妫于是大归；庄姜养其子，与之相善，故越礼远送于野，作此诗以见庄姜之志也。'"①之所以能和《燕燕》结合起来，是因为《燕燕》是写后宫相送之事，而《疏影》中写到了王昭君，王昭君是宫女，因而就可以进一步联想金兵灭北宋之时，宋皇后宫被掳至大都之事。不管其中是否牵强，这样，就能与《诗经》的比兴寄托传统结合起来，推尊词体的意图也就更为明显。

常州词派的这种解读方式，晚清仍然影响很大，一直到现代词坛，仍然如此，如俞陛云、刘永济、唐圭璋诸家所论，与此一脉相承，不再一一述及。当然，常州词派内部对姜夔的评价有不一致之处，但对于这两篇，则几乎是众口一词地给予好评。

三、浙西、常州二派的阐释策略

在浙西词派的论述系统中，对《暗香》《疏影》的选择一开始就比较明确。周密的《绝妙好词》是朱彝尊非常欣赏的词选，朱曾在《书〈绝妙好词〉后》中评价说："周公谨《绝妙好词》选本，虽未全醇，然中多俊语。方诸《草堂》所录，雅俗殊分。"②这个选本共选姜夔词13首，其中就有《暗香》《疏影》。不过，由于这个选本长期湮没无闻，而且，其中并无具体评语，因此，更容易加以认识的，是张炎的《词源》。朱彝尊等人对姜夔词的

---

① 《毛诗正义》卷二，阮元校刻《十三经注疏》，北京：中华书局，1980，第298页。
② 朱彝尊《曝书亭集》卷四十三，《四部丛刊初编》本。

提倡,正是接续张炎的思路,在新的时代进行的发挥。

张炎在《词源》中对姜夔的肯定,主要是从咏物词着眼的,这一点正好被朱彝尊接过来,为清初的词坛建设服务。特别是康熙年间《乐府补题》重新问世,其文本本身固然是重要的经典,足以提供词坛揣摩模仿,但是,正如中国古典美学一再证明的,追溯渊源与确立经典一样重要。《乐府补题》对所咏诸物的操作,从方法上看,多半虚实相间,重在侧面刻画,这也正是姜夔词的重要艺术手法之一。况且,《乐府补题》中也收录了张炎诸作,而从张炎逆推至姜夔,也正是朱彝尊的思路。在这个背景中,《暗香》、《疏影》二作越来越受到重视,自然是题中应有之义。

如果说,在浙西词派的论述系统中,对《暗香》、《疏影》的认识,服务于整体对姜夔的推重,越过了元、明两代的词学批评,直接南宋,表达出词学建设正本清源的思想,有意无意批评元、明词学之衰的话,常州词派则是充分体认到浙派词学话语的强大,为了本派的观念,也承接这一思路,却做出了不同的诠释。

如前所述,自从张惠言《词选》选录了《暗香》、《疏影》,而且予以社会政治上的阐释之后,常州词派的传人,或者受到常州词派影响的词家,往往都从这一思路予以发挥,而基本上很少再像浙西词派一样,从艺术描写的角度加以探讨了。至于其中所寄托的内容,也是见仁见智,各有发挥。

张惠言认为姜夔《暗香》"有用世之志",《疏影》写"二帝之愤",不知所据为何。从姜夔本人来看,他曾经有上书朝廷之事,当然是期望能够为朝廷所用,这或者就是张惠言的论据之所从来。至于"二帝之愤",姜夔有《扬州慢》一词,序云:"淳熙丙申至日,予过维扬,夜雪初霁,荠麦弥望。入其城,则四顾萧条,寒水自碧。暮色渐起,戍角悲吟,予怀怆然,感慨今昔,因自度此曲。千岩老人以为有黍离之悲也。"萧德藻以为其中有

"黍离之悲",证之词中"自胡马、窥江去后,废池乔木,犹厌言兵"诸句,非常清楚①。然而,《疏影》一篇的文字也能有所暗示,如"昭君不惯胡沙远,但暗忆、江南江北",里面出现了前往匈奴和亲的王昭君,还特别指出其"不惯胡沙",是则或者就能够引起二帝被掳、宫人北去的联想。如果仅仅从语典来看,唐代王建就有《塞上梅》,提到昭君:"天山路傍一株梅,年年花发黄云下。昭君已殁汉使回,前后征人惟系马。"②是则将昭君与梅相联系,也是其来有自。只是该怎样理解,仍然可以有不同的角度,例如刘永济认为就是寄托二帝之愤③,夏承焘则不同意,虽然指出"白石感慨,泛指南宋时局,则未尝不可",却仍然怀疑"此词亦与合肥别情有关"④。事实上,对于这一句的理解,也涉及咏物词的创作问题。一般来说,倘若拘泥于所咏之物,则作品不仅窒碍缺少灵动,而且境界也往往不够高,但若是纵笔写去,跨度太大,则与所咏之物的关系又往往引起质疑,所以刘体仁在《七颂堂词绎》中就说:"'昭君不惯风沙远,但暗忆、江南江北',亦费解。"⑤这恐怕也是不少读者共有的疑惑。对此,许昂霄用"借用法"三字来解释,寻绎其意,除了有王建的诗作为借鉴外,或者也是将塞外的苦寒、昭君的风骨与梅花的人文品格联系在一起,至于张惠言,则明显是将昭君的身份与北宋末年被掳的宫人联系在一起,而塞外是否有梅花,并不是阐释者考虑的重点。不过这也从一个方面看出,姜夔在

---

① 姜夔《扬州慢》,夏承焘笺校《姜白石词编年笺校》,上海:上海古籍出版社,1981,第1页。
② 尹占华校注《王建诗集校注》,成都:巴蜀书社,2006,第15页。
③ 见刘永济《微睇室说词》,上海:上海古籍出版社,1987,第119—121页。按寄托二帝之愤说,早见于郑文焯《郑校白石道人歌曲》之姜夔《疏影》批,云:"此盖伤心二帝蒙尘,诸后妃相从北辇,沦落胡地,故以昭君托喻,发言哀断。考građ王建《塞上咏梅》诗曰……,白石词意当本此。"转引自吴熊和《唐宋词汇评》,第2787页。
④ 夏承焘笺校《姜白石词编年笺校》,第49页。
⑤ 《词话丛编》,第621页。

词中创造了一个想象的空间,后人完全可以见仁见智,别创新解。

在常州词派走上词坛之后,可以看得非常明显,对于《暗香》、《疏影》二篇,讨论的中心主要就是寄托的问题,而且几乎所有重要的批评家都介入进来了。常州词派对浙西词派所建构的经典予以再阐释,取得了非常显著的效果,差不多将论述的倾向完全转变过来了①。

四、结论:选择与更新

清词号称中兴,考察其建构理论、从事创作的过程,非常具有启发性。

浙西词派登上词坛,以朱彝尊编纂出版《词综》为重要标志。《词综》的一个重要特点,就是向学界展示了一些一直被公共阅读所忽视的文献,从某种意义上说,也是新材料的发现,从而转换了读者长期以来的惯性思维。《词综发凡》云:"周公谨、陈君衡、王圣与,集虽抄传,公谨赋《西湖十景》,当日属和者甚众,而今集无之。《花草粹编》载有君衡二词,陆辅之《词旨》载有圣与《霜天晓角》等调中语,均今集所无。至张叔夏词集,晋贤所购,合之牧仲员外、雪客上舍所抄,暨常熟吴氏《百家词》本,较对无异,以为完书。顷吴门钱进士宫声相遇都亭,谓家有藏本,乃陶南村手书,多至三百阕,则予所见,犹未及半。"②这段文字充分说明,像周密、陈君衡、王沂孙这样的后世比较知名的词人,其作品的情况在清初却非常混乱。卓回在《古今词汇缘起》中也说,他在建康时,有朋友"出藏书数

---

① 在张惠言的理论出现之后,不少著名词学批评家都是按着这一思路加以论述的,也许只有王国维是一个例外,他在《人间词话》中对《暗香》、《疏影》二作非常不满,认为虽然是咏梅,却"无一语道着",这就又接续了浙西词派的思路,只是立足点不一样罢了。
② 朱彝尊《词综发凡》,《词综》卷首,第10—11页。

种,皆目不经见,且获蠹馀钞本,有碧山、草窗、玉田诸家"①。例如,其中所提到的张炎词集的行世,就和朱彝尊的努力分不开。李符《龚刻山中白云词序》这样写道:"予曩客都亭,从宋员外牧仲借钞玉田词,仅一百五十三阕。越数年,复睹《山中白云》全卷,则吾乡朱检讨竹垞录钱编修庸亭所藏本也。累楮百翻,多至三百首。始识向购特半豹耳。"②龚翔麟是著名藏书家,他刊刻张炎的词,也要有赖于朱彝尊从钱曾处过录的全本。朱彝尊、李符和龚翔麟同在"浙西六家"之列,他们致力于宋人词集再问世的努力,可以代表浙西词派当时的思路。

　　浙西词派中不乏藏书家,他们致力于发掘词学文献,对于扭转词风起到了重要的作用。顺康年间,可以说是清代对前代词籍进行大规模整理的一个时期,虽然姜夔的《暗香》《疏影》一直还在词坛的视野之内,但整个明代,《草堂诗馀》特别盛行,而《草堂诗馀》之中却并无姜夔的一点影子,因此,浙西词派在发掘词学文献的过程中,大力表彰姜夔,仍然有着让读者一新耳目的作用,也能提供一个典型的创作范例。朱彝尊清理词坛统序,特别表彰浙地,其《孟彦林词序》云:"宋以词名家者,浙东西为多。"③但是他在真正建构浙西统序时,则引入了姜夔等:"夫浙之词,岂得以六家限哉……在昔鄱阳姜尧章、张东泽,弁阳周草窗,西秦张玉田,咸非浙产,然言浙词者必称焉。是则浙词之盛,亦由侨居者为之助。犹夫豫章诗派,不必皆江西人,亦取其同调焉尔矣。"④于是,他就建构了这样的统序:"鄱阳姜夔出,句琢字炼,归于醇雅,于是史达祖、高观国羽翼之,张辑、吴文英师之于前,赵以夫、蒋捷、周密、陈允衡、王沂孙、张炎、张

---

① 赵尊岳辑《明词汇刊》,上海:上海古籍出版社,1992,第1544页。
② 张炎著、吴则虞校辑《山中白云词·序录》,北京:中华书局,1983,第167页。
③ 朱彝尊《曝书亭集》卷四十,《四部丛刊初编》本。
④ 朱彝尊《鱼计庄词序》,《曝书亭集》卷四十,《四部丛刊初编》本。

鬻效之于后。"①通过将以往的文学材料重新组合,构成了其理论展开的逻辑。至于其后,乾隆年间四库馆的开设,使唐宋两代的词籍文献得到了比较充分的整理,等到常州词派走上词坛,在文献发现上留给他们的空间已经不大了。因此,他们主要是采取对原有文献进行再阐释的方式来建构其词学论述的②。

在另外一篇文章中,我曾经讨论王沂孙在词学接受史上的升沉起伏,指出自朱彝尊《词综》给予崇高地位之后,张惠言《词选》入选4首,也是非常重视,至周济将其列入宋词四家,以为领袖一代的人物,则更是非常尊崇。值得注意的是,周济所选的王沂孙词,完全见于朱彝尊的《词综》,连前后次序都一模一样,只是数量减少了13首而已。很明显,周济是要对这个相同的选源,赋予崭新的内涵,以便向词坛宣示,自《词综》以来,词的阐释和词的创作颇有偏差,从而指出向上一路。不仅如此,从题材来看,周济所选基本上是咏物词,这个角度和早期浙西词派如朱彝尊,中期浙西词派如厉鹗等人也是接续的。但是,看他的评价,如《南浦·春水》(柳下碧粼粼),评云:"碧山故国之思甚深,托意高,故能自尊其体。"《齐天乐·蝉》(绿槐千树西窗悄),评云:"此身世之感。"又同题(一襟馀恨宫魂断),评云:"此家国之恨。"③就都能看出他希望在立意上的提升。

---

① 汪森《词综序》,《词综》卷首,第1页。
② 当然,浙西词派也并不只是致力于挖掘新文献,他们也会对原有文献进行重新阐释,以建立自己的评价系统。例如,在明代中叶曾经红极一时的马洪,在朱彝尊的论述中,就给予了彻底的批判,显然是为了清除《草堂诗馀》的影响。关于这一点,参看拙作《词学反思与强势选择——马洪的历史命运与朱彝尊的尊体策略》,载《文学遗产》2007年第4期。
③ 周济选评《宋四家词选》,尹志腾校点《清人选评词集三种》,第274页,278页,279页。

这一点,正是常州词派面对浙西词派所采取的策略①。

从这个角度去清理《暗香》、《疏影》的流传过程与接受历史,我们可以看到大致相似的状况。在清代词史上,对这两篇作品的评价,为什么浙西词派和常州词派如此不同,也就可以得出比较平实的答案了。

第二节 师承授受与浙西立派
——曹溶与吴陈琰

关于清代浙西词派,文学史已经公认,其创始者是曹溶。这一看法出自朱彝尊的一段论述,云:

> 彝尊忆壮日从先生南游岭表,西北至云中,酒阑灯灺,往往以小令慢词更迭倡和,有井水处辄为银筝檀板所歌。念倚声虽小道,当其为之,必崇尔雅,斥淫哇,极其能事,则亦足以宣昭六义,鼓吹元音。往者明三百祀,词学失传,先生搜辑南宋遗集,尊曾表而出之。数十年来,浙西填词者,家白石而户玉田,春容大雅。风气之变,实由先生。②

严迪昌先生认为,"朱彝尊说这话是以一派宗主的身份对曹溶的'开先河'地位的确认,所以,成为权威性的论定"③。其后,清词的研究者一般也都是这个思路。

---

① 参看本书第二章第一节《创作厚度与时代选择》。
② 朱彝尊《静惕堂词序》,陈乃乾辑《清名家词》第1册,《静惕堂词》卷首,上海:上海书店出版社,1982,第1页。
③ 严迪昌《清词史》,南京:江苏古籍出版社,2001,第256页。

这当然是没有问题的。曹溶确实是浙西词派的开先河者，而朱彝尊也确实受到曹溶的影响。然而，当人们细致考察曹溶的成就时，却又发现另外一个问题，即曹溶所提出的主张，在他本人的创作中并没有完全体现出来，因此，对曹溶加诸浙西词派的影响，未免也打一个折扣。如严迪昌先生即通过考证曹、朱二人的交往，指出："曹、朱二人缔结词学渊源的时期，正值曹溶颠踬宦海、几度浮沉，而朱彝尊则飘萍南北，落魄佗傺之际。所以，准确地说，曹溶对朱彝尊词创作诱导的真正有影响的阶段应是竹垞《江湖载酒集》的创作时期。"①这段评价，就主要是讨论曹溶的创作与朱彝尊创作的具体关系。如曹溶在顺治末到康熙初供职赴山西云中所作的《念奴娇·将赴云中留别胡彦远兼戏其卖药》："疮痍四海，笑澄清计短，须髯如戟。酒社飘零诗友散，高卧元龙百尺。女子知名，男儿失意，聊学韩康剧。千金肘后，何妨堪愈愁疾。　我亦北阮穷途，鲛人泪尽，双鬓多添白。风雪差排关塞去，不唤伤心不得。马背多寒，貂裘易敝，秉烛娱今夕。渭城歌彻，楼外晚山重碧。"②严先生指出："此种牢骚满纸，颓唐情态，哪里是朱彝尊所谓的'春容大雅'、'鼓吹元音'？"③当然也就不是典型的浙西风调。因此，"曹溶对朱彝尊的词创作实践起着启导的作用，他确是竹垞的师辈，但影响所及只是朱氏的初期和中期的词创作。所以，曹溶除了为《词综》的编纂提供了丰富资料外，与'浙西六家'的成派事实上并没有直接的关系。"④所谓初期和中期，最有代表性的还是朱彝尊创作《江湖载酒集》的时期，曹尔堪《曝书亭词序》云："顷与

---

① 严迪昌《清词史》，第 256 页。
② 南京大学中文系《全清词》编纂研究室编《全清词·顺康卷》，北京：中华书局，2002，第 826 页。
③ 严迪昌《清词史》，第 257 页。
④ 严迪昌《清词史》，第 258 页。

锡鬯同客邗沟,出示近词一帙,芊绵温丽,为周柳擅场,时复杂以悲壮,殆与秦缶燕筑相摩荡。"①这个"'殆与秦缶燕筑相摩荡'的'塞上羽音',正是朱彝尊受曹溶'晋啸'的影响,骋情引吭的一面"②。

然而,文学中影响与被影响的关系,是非常复杂的情态。曹溶在其创作中,固然取向较杂,并不局限于师法南宋的一面,但是,关于他对浙西词人的影响,并不一定全从这个方面看待。朱彝尊在谈到《江湖载酒集》时,其实也已经承认曹溶在提倡南宋方面对他的影响。著名的《解佩令·自题词集》就说:"不师秦七,不师黄九,倚新声、玉田差近。"③这里的"玉田差近"应该并不仅仅是只有"骋情引吭的一面"。在我们看来,曹溶对浙派的影响确是非常之大的,他搜集南宋词集,提出师法对象,都是浙派从事理论探讨和创作实践的出发点。只是,除了朱彝尊之外,浙派中其他人的有关记载不够充分,以至于对这个问题的认识还不够明确。如果我们进一步发掘资料,就能够看到,曹溶在当时的影响,应该跳出现有文学史著述来予以认识,他的创作实践和文学思想也应该放在一个统一的系列中进行思考。以下以吴陈琰为例予以探讨。

吴陈琰④,字宝崖,一字宇町,钱塘(今浙江杭州)人。监生。浮沉场屋,一生落拓不遇。与唐梦赉等作有《辛丑同游倡和诗馀》。吴氏是曹溶的弟子,在他的作品里,或表示对老师的推崇,或表示对老师的怀念,或表示对老师的追随,不一而足。如下列作品:

《金人捧露盘·范蠡湖放生,次秋岳师韵》

---

① 屈兴国、袁李来点校《朱彝尊词集》附录,杭州:浙江古籍出版社,1994,第445页。
② 严迪昌《清词史》,第264页。
③ 屈兴国、袁李来点校《朱彝尊词集》,第99页。
④ 按《全清词·顺康卷》"琰"误作"炎"。

《华胥引·咏白秋海棠,和倦圃师韵》

《法曲献仙音·同豹岩先生吴山坐雨,有怀秋岳师,即用其壁间旧韵》

《满江红·寄怀曹秋岳夫子》

《满江红·感怀呈秋岳夫子,迈人、豹岩两先生》

《天香·倦圃再集,留别秋岳先生暨同席诸公》

《琐窗寒·坐金明寺怀倦圃先生》

《瑞鹤仙·寿倦圃师》

《摸鱼儿·禾城喜晤秋岳师》①

人们认可曹溶开浙西词派先河的地位,朱彝尊即明确表示对曹溶的推崇,但是,直接将曹溶当作老师的,还不多见,因此吴陈琰其人就特别值得重视。

吴陈琰一生坎坷,词中牢愁独多,如下面两首《满江红》,其一题为《湖上同豹岩先生赋》,其二题为《寄怀王迈人先生》,云:"是也非耶,蓦然想、大槐亲识。重来此、旧家荒径,钱唐门北。范叔尚怜寒士服,沈郎几认邻人屐。对湖山为主我为宾,君非客。 芳草路,青俱圻。杨柳岸,词难敌。叹庸流碌碌,马尘车迹。漏尽钟鸣月乍黑,梦回酒醒天将白。愧年来、事事不如人,何言昔。""万丈光芒,最欣慕、斯人才识。曾告我、路车生耳,东西南北。黄石赤松孺子履,乌衣白袷先生屐。百年间、逆旅此乾坤,都成客。 岁寒节,冰难圻。惊人语,锋谁敌。记湖山曳杖,几番游迹。老矣一腔肝胆热,壮哉几寸须眉白。奈阮生、痛哭只穷途,依然昔。"词中有自负,有牢骚,也有企求援引的期盼,写出一介寒士的辛酸。

---

① 本文引吴陈琰的作品,均见张宏生主编《全清词·顺康卷补编》,南京:南京大学出版社,2008。下文不再一一注出。

至于《貂裘换酒·自题停鞭拂剑图小像》二首，则更多的是激愤了："问尔何为者。俯中原、非儒非侠，襟期潇洒。高卧菰芦无人识，兴到偶然入画。气一似、昆仑倾泻。如此行藏崎岖甚，叹许身稷契成虚话。磨灭尽，连城价。　纵横万里琴囊挂。解貂裘、旗亭贳酒，柳边停马。姹女红牙翻新拍，肠断夕阳之下。英雄泪、征衫盈把。醉倚吴钩长天外，正星昏月黑寒光射。聊一笑，梦中也。""谁谓栖栖者。扣吾胸、半生热血，临风频洒。金铸不成丝堪绣，莫待麒麟图画。饮百斛、长鲸吞泻。说剑谈兵兼挝鼓，猛回头、尽是凄凉话。文有命，赋无价。　悠悠身世何牵挂。爱逍遥、为庄为蝶，呼牛呼马。屈子史公空悲愤，毕竟又居其下。废万卷、毛锥休把。猿臂封侯寻常事，纵蓝田真虎何劳射。游倦矣，盍归也。"这些作品，当然也能看出曹溶的影子。不过，千古寒士，人同此心，在古代社会，这原是一种比较普遍的情绪，又不必简单地与师承画上等号。

吴陈琰的作品中也隐约可以见出故国之思，如《望海潮·北固怀古》："髯孙战罢，寄奴灭后，几多霸业全消。怒激海门，狂奔铁瓮，大江日夜滔滔。狠石倚僧寮。叹山川如此，难问英豪。万岁楼前，千秋桥下景萧条。　霜风木叶吹凋。有沙鸥汀鹭，曾见前朝。残照断烟，零箫剩管，秣陵罗绮空骄。两点认金焦。待乘他巨浪，驾我轻舠。明月多情，古今不改送归潮。"镇江与南京的关系非常密切，从镇江入手，感慨六代兴亡，原是题中应有之义。而南京既是明朝定都之地，又是南明抗清重镇。明亡之后，亡国遗民以南京为题所写的怀古之作特别多，吴陈琰的这一类作品，也可算作其中的一个回响。曹溶少见写六朝怀古的作品，或者是他的身份所致，但看其《绮罗香·云中吊古》："垒学流云，沟成积雪，摇落城头军鼓。锁钥千门，高去旧京尺五。杂花映、美酒人家，软沙到、玉骢归路。诧无端、衰草牛羊，边声瞬息便今古。　金舆曾过宴赏，愁人瑶筝，变貔狖新谱。锦帐嫌寒，肯管征人辛苦。看辇道、数改莺啼，有乱山，不随黄土。几时再、杨柳春风,朱楼灯下舞。"①描写的对象不同,详略也不同,温婉内敛却也有相似之处。

辛弃疾的地位自南宋末年以来就已经被词坛确认,即使元明词风凋敝,辛词仍然作为经典,在社会上广泛流行,至清代初年,由于沧海桑田的家国之变,使得许多词人的生活发生天翻地覆的变化,因此也往往借稼轩风格来抒发内心的愤懑。曹溶的集子里就有类似的作品,如《沁园春·节饮,效稼轩体》:"醇酒何为,司马曾言,信陵与游。苦浸淫过量,药翻成病,解排寡效,恩易招尤。纵诞形骸,消磨岁月,从古餔糟少俊流。逃名事,盍辞嵇放阮,伶妇堪谋。 长安风雪红楼。笑赍去行装乏软装。况进前妖女,痴心搔痒,突逢俗客,狂语冲喉。老子如今,绝交书就,封爵何劳署醉侯。书无据,且三杯两盏,权取忘忧。"②饮酒是为了忘忧,忧既不能忘,则饮有何用,徒然伤身,故不如节之。话虽如此说,一种无可奈何之情跃然纸上。

吴陈琰显然对他的老师非常理解,因此变本加厉,写得更加淋漓尽致。如《沁园春·责书》:"书尔何哉,累累蝇头,皆蝌蚪虫。甚言称道德,休谈李耳,编分内外,莫问庄蒙。万轴奚为,五车无味,不肯兴云类画龙。算春夏、也只宜射猎,岂独秋冬。 真须咄咄书空。纵屈首穷经未有功。请去而学剑,青萍长价,徒然读易,白首如童。无字存碑,投书有渚,毕竟钱神计最工。吾休矣,效养鱼范蠡,卖李王戎。"又《戏代书答》:"嗟尔为谁,终岁咿唔,音如草虫。谅死谈章句,嘲他鲁叟,精研史传,许汝吴蒙。何假百城,应藏四库,自是潜龙岂亢龙。忆当日、有萤窗永夕,雪几隆冬。 名场勋业非空。怪底事论予罪与功。况诗成李泌,曾呼小友,序

---

① 《全清词·顺康卷》,第 835 页。
② 《全清词·顺康卷》,第 840 页。

传王勃,不负神童。臣乃子虚,公原亡是,司马凌云赋笔工。君须信,信吾家故物,全胜谈戎。"

这两首虽然不像曹溶明确标明效仿辛弃疾,其风格正是从辛而来。试比较辛弃疾《沁园春》:"杯汝前来,老子今朝,点检形骸。甚长年抱渴,咽如焦釜,于今喜睡,气似奔雷。漫说刘伶,古今达者,醉后何妨死便埋。浑如此,叹汝于知己,真少恩哉。 更凭歌舞为媒。算合作平居鸩毒猜。况怨无小大,生于所爱,物无美恶,过则为灾。与汝成言,勿留亟退,吾力犹能肆汝杯。杯再拜,道麾之即去,招亦须来。"①辛弃疾的这首词如班固的《宾戏》,扬雄的《解嘲》,"乃是把古文手段寓之于词"②。曹溶的仿效之作固不待言,吴陈琰则进一步把一首变为两首,更是典型的主客问答体,而且多用议论和典故,体现了浓厚的"以文为词"的特色。清代初年,钱谦益、吴伟业、黄宗羲等人都对"诗史"的理论进行了重新阐发,陈维崧则从理论和创作两个方面,揭示了"词史"的重要内涵。吴陈琰的这两首词,可以视为时代精神的直接响应,比起他的老师,更是青胜于蓝了。

当然,谈到曹溶和吴陈琰的师生授受,更重要的是看曹溶开启浙西词派的词学思想是否得到了继承。总的说来,曹溶的《静惕堂词》所体现出来的风貌还比较杂,从其中所选择的师承对象看,有《花间》之风,有北宋情韵,也有南宋境界。以往学者讨论曹溶的创作,往往觉得他的词和他所提倡的理论不一定完全符合,这当然也是有道理的。但是,我们也不可忽略他的词中确实有南宋一派,如对张炎的某些模仿。虽然这种模仿尚未成气候,毕竟为词坛提供了一个重要启示。与他的创作理论结合

---

① 邓广铭笺注《稼轩词编年笺注》,上海:上海古籍出版社,2007,第398—399页。
② 陈模《论稼轩词》,邓广铭笺注《稼轩词编年笺注》附录二,第623页。

起来,就可以发挥重要的作用。何况,曹溶的作品中还有不少咏物词,也使人可以隐约看见后来浙西词派的主导风气的由来。

学生往往是老师创作主张的最敏感的领会者。曹溶对南宋词的或明或暗的提倡,特别是对张炎的推崇,在吴陈琰的作品中得到了直接响应,如下面诸作:

趁晴昼。载丹橘黄橙,青鱼绿酒。喜轻帆重挂,秋山总依旧。枫肥两岸迟迟落,偏是篱花瘦。踏荒畦、树坠鸦巢,楼危鸳甃。 浅水下滩骤。盼几叠烟云,越峰吴岫。借问江神,能趁晚潮否。曲尘波縠迎双桨,篷背频回首。怪秋深,还听曲中折柳。

——《探芳信·和张玉田韵》

秋色平分,晴光不改,天涯良聚。侍郎宅,绿水桥西旧朱户。闲居别有经纶在,爱管领、编篱补树。恰花前飞盖,竹边卷幔,淡烟催暮。 樽俎。挑灯处。喜桂魄仍圆,忍教虚负。娇丝脆竹,曲中若个频顾。漏残香烬人俱醉,又石畔、歌翻白纻。尘初静,恁露零、风颤绛云遏住。(有歌者在座。)

——《月下笛·中秋后一日,张蘧林少司马招饮,用玉田体》

冷占山村,艳宜荒野,不用红裙争妒。作意飘流,可有御沟佳句。疑鹃血、滴尽寒枝,是夕照、醺将高树。短长亭、铺做芳茵。江头镇日送人去。 柏林渐觉头白,有芦花共老,此情堪许。绣出微波,恰与锦机同谱。羞寂寞、蓉逞新妆,笑瘦损、柳垂衰缕。认三春,满地闲花,踏残牛背雨。

——《绮罗春·和张玉田韵红叶》

这种学习,应该与其老师的鼓励分不开。但我们看吴陈琰的词中,对南宋词风的追求又并不局限于张炎,如《夜行船·本意,用周草窗韵》:"枕上分明来梦蝶。眠难稳、破篷穿月。未访桐君,重寻钓叟,添我新词填箧。 柔橹频移情倍怯。数残更、悲欢休说。一夜滩声,半天星影,恼乱酒醒时节。"《齐天乐·用史邦卿韵咏衢橘》:"信安烽火伤佳种,年来战馀重见。翠盖荷枯,紫英菊老,木友千头偏晚。荒原不远。伴枫叶芦花,能禁凄怨。买得盈筐,载将风力片帆健。 洞庭还拟胜赏,只桐江一渡,借尔消遣。嫩滑留唇,微酸溅齿,胜似青梅盐点。娇娃指软。定剖出琼浆,手香难散。且佐清樽,兰溪新酿满。"《西子妆·和吴梦窗韵有怀西湖》:"花港鸥盟,梅亭鹤梦,隔断几重烟雾。秋光先到白苏堤,草将衰、六桥桥堍。停歌罢舞。留不得、游人少住。傍垂杨,问钱唐苏小,同心谁许。(禾中亦有苏小墓。) 缘非误。尘掩西湖,争似南湖去。逆知金粟又飘香,任霜零、无多残树。江关旧句。怕萧瑟、兰成难赋。且开樽,却说吴山夜雨。"在朱彝尊所编纂的《词综》里,选周密词54首,选史达祖词26首,选吴文英词45首,都是他所着力推崇的南宋词人,如果说,作为一种理论见解,这一看法是从曹溶而来的话,则吴陈琰用自己的创作实践了老师的思路。

至此,我们可以做一个总结:第一,曹溶主要是以他的理论影响当时的词坛的,他的理论并未完全体现在自己的创作中,但并不影响时人从创作上对其追随,这体现出文学影响的多元性。另外,创作实践中所体现出的倾向,有时是非常明显的,有时却是比较隐晦的,只有最敏感的作家才能从隐晦的倾向中看出本质的内容,而学生往往就具有这种敏感性。第二,从曹溶到浙西词派大盛,有一个过程,即时间的跨度。与此相关,在曹溶与"浙西六家"之间,还有一个不小的空间,需要填补。以往人们更多地将曹溶与"浙西六家"直接联系起来,不免发现其中存在一些断裂。但是,如果通过深入发掘文献,找出类似吴陈琰这样的以前鲜为人知的作家,则所谓的断裂就能得到一定的弥补了。这提醒我们,面对清代如此复杂的文学现象,还要转换角度,更全面地予以认识,这样才能得出更接近于实际的结论。

第三节 朱规茹随与隔代继响
——从《茶烟阁体物集》到《和茶烟阁咏物词》

一、问题的提出

朱彝尊的《茶烟阁体物集》,共收词112首,全部都是咏物之作,对此,今人的评价一般不高。不过,历史地看,这个集子一度有着较高的地位,不仅康熙年间得到不同层面的接受,而且,到了乾隆年间,随着朱彝尊的地位进一步提升,随着浙西词派进一步得到发展,他创作的咏物词也得到更多人的关注,从而对当时的词坛建构产生了重要的影响。下面拟从茹敦和《和茶烟阁咏物词》一集来探讨这个问题。

二、茹敦和的生平与创作

茹敦和,字逊来,号三樵,浙江会稽(今绍兴)人,占籍广东。生于康熙五十九年(1720)。乾隆十八年(1753)举人,十九年(1754)进士。他曾在多处任地方官,有着较强的治理能力,特别善于兴修水利。乾隆二十九年(1764)任南乐县令,"南乐地故卑下,当猪龙河之冲。敦和审地形高下,因势利导,水不为患。县地多茅沙盐碱,教以周礼土化之法,多种杂树,瘠田皆变沃壤。邑人以麦秸编笠为生,率荒本业,敦和劝令种桑,勒碑记以示民,民获其利。调大名县。地滨漳河,水患尤剧。漳之旁有梁河,敦和谋开渠以杀其势,议甫定,内迁大理寺评事,不及上请履勘。乃劝民兴修,刻期集河干,亲为指示形势,民具畚锸来者以万计。及旬而渠成。嘉庆十年入祀名宦祠"①。以后,从大理寺左评事再擢湖北德安府同知,又擢守宜昌府事。致仕后,布衣蔬食,杜门课子以自娱。卒于乾隆五十六年(1791)。当时评其为"笃学醇行,居官清慎"②。

茹敦和精《易》学,相关著作有 11 种,尤以《周易小义》、《周易二闲记》负有盛名③。另有经学著作《尚书杂记》、《读春秋札记》。小学著作《越言释》,还有散文集《竹香斋古文》,词集《和茶烟阁体物词》。

茹敦和以学者名家,文学或为其馀事。观其《半舫斋诗钞序》,讨论诗歌历史有云:"古诗自汉魏至陶公而止,颜谢而下,无诗焉。唐人称再兴,自李杜至东坡而止,黄山谷、陆务观而下无诗焉。"④眼光颇高。不过,他对作诗一道,非常谦虚,曾有自述:"敦和自幼从先君子学为诗,先君子弗之许也,曰:孺子他日不复与吾事矣。故敦和至今绝不敢为诗。"⑤这并不意味着他不写诗,他也曾回忆自己追随老师时,进行诗歌创作时的心境:"余昔为夏门弟子,侍于先生两年尔,而得诗几千馀首。及余谢先生去,或经岁不得一诗。往来道秦邮,谒先生于里居,先生必问曰:不见如干年,得诗几何矣?予默然无以应也。"⑥可见他对于作诗的严谨态度。他提到的那千馀首诗,尚未能寓目,不知是否刊刻。就目前所见,他只有词集行世,或许他本人认为,词更能代表其文学创作的

---

① [嘉庆]《大清一统志》卷三十六,《四部丛刊续编》景印清史馆藏进呈写本。
② 阮元《两浙𬨎轩录》卷二十九引蔡英语,影印清嘉庆刻本,《续修四库全书》第 1683 册,上海:上海古籍出版社,2002,第 168 页。
③ 刘锦藻《清续文献通考》卷二百五十七《经籍考》一,北京:商务印书馆,1955。
④ 茹敦和《半舫斋诗钞序》,《竹香斋古文》卷上,清刻本。
⑤ 茹敦和《半舫斋诗钞序》,《竹香斋古文》卷上。
⑥ 茹敦和《曾敬五诗叙》,《竹香斋古文》卷上。

成就。

　　茹敦和之师夏之蓉(1697—1784)，字芙裳，又字醴谷、南芷，号半舫，江苏高邮人。雍正四年(1726)举人，授盐城教谕。雍正十一年(1733)中二甲第三十五名进士。乾隆元年(1736)，召试博学宏词，列二等，授翰林院检讨。三年(1738)，任一统志馆纂修官。九年(1744)，任福建乡试正考官，次年授广东学政。十三年(1748)改湖南学政。《清史稿》有传。著有《读史提要录》《半舫斋偶辑》《半舫斋诗文集》《半舫斋古文》《半舫斋诗钞》《骎征集》《诸经考辨》《慎道篇》《汲古篇》《酌雅集》《正味集》《兴艺录》等。夏之蓉对茹敦和非常器重，评价甚高。在《送茹三樵归粤》一诗中，夏曾回忆对茹敦和的赏识："正始日以远，大雅谁匡扶？卓哉三樵生，乃与古为徒。我行南海郡，搜材别良楛。忽惊漆室中，得此破雾珠。诘朝召见之，冠綦何舒徐。六籍指诸掌，如聚米画图。"①又在《除夕得茹三樵书札，诗以报之，三樵时为南乐令》一诗中写其才具："君才自是古干莫，能使群雄尽披靡。丰城奇气众所识，漫以风胡相比拟。"又写期待："南乐风光竟若何，使君安坐还高歌。耳中弦诵满城邑，早知仁义能渐摩。一麾出宰非细事，莫道烹鲜聊小试。儒林循吏可并传，经术之光应远被。"②在老师的心目中，茹敦和应该同时是儒林传和循吏传中的人物。夏之蓉论诗文持发展的观点，在《圭斋文集序》中说："文章之道与时相盛衰，然一代之兴，必有一代之人以撑拄其间。昔者弇州持论，往往远述周汉，而近诋宋元，似宋元之文，无足当其许可者。而归先生熙甫独起而争之，目之为妄庸，比之于蚍蜉之撼。因以知宋元作者固各有其所至，非深造自得，心知其意，未可以醯鸡之见相量测也。"③所以他论明代

---

① 夏之蓉《半舫斋编年诗》卷十三，清乾隆夏味堂刻本。
② 夏之蓉《半舫斋编年诗》卷二十。
③ 夏之蓉《半舫斋古文》卷五，清乾隆刻本。

的诗就这样说:"前明一代论风雅,谁擅作手开其源。三百年中凡几变,别裁伪体驱旁门。"历举众名家之后,乃下一结论:"读书论世贵得真,文章千古通精神。高吟贸贸者谁子,莫缘横议迷仙津。少陵野老公且恕,不薄今人爱古人。"①茹敦和不以诗名,但诗词相通,这种在继承中求变化和发展的观点,对茹敦和无疑深有影响。

三、茹敦和的《和茶烟阁咏物词》

茹敦和出生时,朱彝尊已经逝世十一年了(朱逝世于 1709 年),或许是出于大同乡的关系,当然,更主要的应该是出于当时词风的需求,他对朱彝尊的词,尤其是对其咏物词产生了浓厚的兴趣,因而写下这一卷《和茶烟阁咏物词》。

茹敦和的这个集子共收词 82 首,但有 6 首并非咏物,因此,他一共和了 76 首。他只选择了 76 首,而没有遍和,从他所忽略的部分看,似乎是有着自己的追求。比如,朱彝尊《茶烟阁体物集》中的《柳色黄·对雨》《渡江云·欲雪》《春风袅娜·游丝》《无梦令·飞花》等篇他都没有和,或许就是认为,写雨、雪、游丝、飞花之类,前人已有不少,缺少挑战。他的这个集子在编排上也并未按照朱彝尊原来的顺序,可能创作之时,有一定的选择。

考察茹敦和对《茶烟阁咏物词》的关注,可以看出,他的着眼点主要在三个方面。

一是延续"拟补题"唱和。《乐府补题》是宋元之际诸遗民以词相唱和所编成的一个咏物词集,唱和的参加者共 14 人,分 5 个词牌,咏 5 题,凡 37 首。当时大约并未刊刻行世,历元、明两代,未见显著影响,直至康

---

① 夏之蓉《与友人论明诗》,《半舫斋编年诗》卷十七。

熙年间,汪森从长兴藏书家处购得常熟吴氏抄本,朱彝尊应博学鸿儒科时携至京师,康熙十八年(1679)前后,由蒋景祁镂板刊行,遂引起了一场大唱和①,参加者在40位以上,创作作品在150首以上,大大促进了浙西词派的进一步发展。沿至乾隆年间,和《乐府补题》的热忱仍然没有消退,据不完全统计,共有30多人参与其中,创作作品100馀首。这是浙西词派发展过程中的一个重要现象,后人体认乾隆词风,也往往都与对《补题》的判断有关。茹敦和《和茶烟阁体物词》里共和《乐府补题》4调6首,即《桂枝香·蟹》2首、《天香·龙涎香》2首、《摸鱼儿·莼》1首和《水龙吟·白莲》1首。虽然并未5调皆和,在当时也算比较突出,对于朱彝尊可以说是紧紧追随。

二是有意识地追求创作难度。创作难度,一指题材。朱彝尊以词咏物,多用僻题,往往都是以往词中非常少见的内容,如咏骆驼。朱彝尊的开创性描写显然也引起茹敦和的兴趣,他的《扫花游·骆驼》这样写道:"冷风吹远。叹痴骨棱棱,软毛新剪。碱花水浅。更左右闲蠡,背峰斜敛。逐队迤逦,自是生来性缓。堠亭晚。看彳亍野烟,都不知倦。　辛苦曾略见。把石墨驮来,断塍颓岸。柳边小偃。早腥烟土铎,满城皆遍。却羡驴儿,短券频租村碾。只闲到,麦黄时、磨成连展。"②朱彝尊写骆驼,主要是用侧面烘托之法,茹敦和刻画其枯瘦、老迈却又耐劳,都有自己的角度。而且,同是操劳,下片以驴之乐来衬托驼之苦,也体现了别致的思路,对朱彝尊又有所发展。二指手法。朱彝尊写词,为了体现创造性,往往从作诗的路数中加以借鉴,极尽腾挪之事。如他写有《金缕曲》4

---

① 关于《乐府补题》刊刻行世的过程与时间,参看严迪昌《清词史》,南京:江苏古籍出版社,2001,第247—248页。
② 张宏生主编《全清词·雍乾卷》,南京:南京大学出版社,2012,第1056页。

首咏水仙花，提出的创作要求是"禁用湘妃、汉女、洛神事"①。这种"禁体"，本是北宋欧阳修、苏轼咏雪诸诗所进行的探索，是对诗歌创作中形神关系的一种艺术思考。北宋以后，渐成绝响，偶有效颦，也都无法相提并论②。朱彝尊将诗歌创作中的禁体物语拿过来，所禁之事，正是此题用典多所涉及者。以词咏水仙，以前的词创作中原就不多，系向诗歌题材借来者，而引入诗的这种创作手法，更是将这一趋向发展得淋漓尽致。茹敦和显然注意到这一点，也写了4首。如其二："暖日融春院。似荆山、玲珑片玉，琢成娇面。纵有冰棱销未尽，午后屏帘仍卷。怕缕缕、香丝横断。撇得银沙平似镜，只英山、瘦谱寻难见。芒鞋踏，翠峰遍。　妆楼素影回双钏。喜朝来、小婢银盘，不曾偷剪。锦帐笙歌声沸处，未必有心相恋。谁更把、袜尘羁管。况是横斜披短薤，早轻黄、小额涂痕浅。闲描上，市头绢。"③果然是因难见奇，完全回避了那些常用的典故。只是欧、苏禁体所禁，除了典故，还有颜色等，无疑是更大的挑战，这一点，或许朱彝尊和茹敦和并未刻意加以模仿。

三是追随特定的写艳风气，特别体现在对女性身体物化的描写。明清之际，写艳之风盛行，不仅多写男女之情，而且进一步转入咏物范畴，以女性身体作为咏唱对象。当时的艳词高手如董以宁、彭孙遹等皆有所作，而最突出的是朱彝尊，共有《沁园春》13首④，分咏女性的各身体部位，包括指甲、额、鼻、耳、齿、肩、臂、掌、乳、胆、肠、背、膝。这一类作品，

---

① 屈兴国、袁李来点校《朱彝尊词集》，杭州：浙江古籍出版社，1994，第222页。
② 参看程千帆师、张宏生《火与雪：从体物到禁体物——论白战体及杜、韩对它的先导作用》，《被开拓的诗世界》，上海：上海古籍出版社，1990。
③ 《全清词·雍乾卷》，第1040页。
④ 年长朱彝尊10岁的仁和（今浙江杭州）人沈谦写了此类作品14首，比朱彝尊还多2首。不过，其间的关系，暂时还不够清楚。

后世评价不高,不过,康熙年间咏唱者甚多,蒋景祁编《瑶华集》,甚至以"雅"来作评①,可见关于这个词的含义,以及体现出的创作观念,历史上的认识有所不同,至少在康熙年间,评价大多是正面的。这种情况,到了到乾隆词坛,继续延续着,仍然吸引了不少词人的注意,相关作品屡见而非一见。茹敦和对朱彝尊的这12首都有和作,和很多人一样,他更为关注的,或许也是题材的新颖和创作的难度。

四、茹敦和对朱彝尊咏物词的入与出

咏物之作,首先面对的就是物,怎样将这个物写出来,是非常重要的考虑。朱彝尊的咏物词并非铁板一块,其中有着不同的创作追求,这些,在茹敦和的笔下都有继承,有时还有变化。

首先,朱彝尊的咏物词有着非常突出的传形的追求。我们曾经指出,朱彝尊推动《乐府补题》的刊刻行世,掀起了一场声势浩大的和《补题》唱和,可是他自己的创作却有意无意地偏离了《补题》意有所托的立场。这并不是说他不懂得《补题》在这方面的特色,也不完全是他对政治社会存在忧惧,而是在很大程度上,表达出他对咏物词创作的一种思考,即努力传形②。咏物词的创作虽然从南宋开始有了很大发展,但对物象的表达,还是有不小的局限。开拓词境,需要在题材上进一步扩大,对于咏物词来说,一方面应该不断发现新题材,另一方面则应该在表现方法上不断探索,采取不同的方式,使得所咏唱的物象被表现得更生动,更有力度,无疑是其中重要的方面。这一思路,显然茹敦和也是明白的,他的不少和作都有这种特点,如《摸鱼儿·莼》、《满江红·塞上苇》等,就非常

---

① 蒋景祁《刻瑶华集述》,《瑶华集》卷首,北京:中华书局,1982,第7页。
② 参看拙作《朱彝尊的咏物词及其创新精神》,载《文学遗产》1994年第6期。

努力从不同侧面来描写物象。

不过,茹敦和虽然模仿学习朱彝尊的词,却也并非没有自己的追求。即如大量用典的学问化倾向,茹敦和也不能例外,只是他有时也会保持一定的距离。词学史上经常提到清代初年以《雪狮儿》的词调咏猫,这一题材是钱葆酚最先尝试的。由于这是一个新内容,因此,钱词一写出来,就引起了不少作家的浓厚兴趣,特别是用典方面,彼此似乎有着非常明确的竞赛心理。乾嘉时的王初桐曾作《猫乘》,其《小引》曰:"猫之见于经史者寥寥数事而已,其馀则杂出于传记百家之书。南唐二徐竞策猫事,或二十事,或七十事,其事皆无可考。我朝钱葆酚舍人制《雪狮儿·咏猫》词,前后和者不一,皆捃摭猫事为之,极征幽递僻之能。"①民国年间的郭则沄《清词玉屑》也说:"华亭钱葆酚以《雪狮儿》调咏猫,……一时和什如云。竹垞和成三阕,遍搜猫典。后厉樊榭与吴绣谷复效其体。樊榭有词四阕,选典益僻,自秭官琐录,以逮前人诗句,古时俗谚,搜罗殆备。"②这种"捃摭猫事","极征幽递僻之能"的现象,是从朱彝尊等人至乾隆诸作家的重要特色之一。也有人尝试着从另外的角度去写作,嘉道间人吴兰修(字石华)有《沁园春·咏猫》,序云:"钱葆酚有《雪狮儿·咏猫》词,竹垞、樊榭、穀人并和之,征引故实,各不相袭,后有作者,难为继矣。余则全用白描,亦击虚之一法也欤?"③其实,吴氏所说的这一点也

---

① 王初桐《猫乘》,《续修四库全书》第1119册,第359页。
② 郭则沄《清词玉屑》卷十一,朱崇才编纂《词话丛编续编》,北京:人民文学出版社,2010,第2855页。
③ 他的词全文如下:"江茗吴盐,聘得狸奴,娇慵不胜。正牡丹丛畔,醉馀午倦,荼蘼架底,睡稳春情。浅碧房栊,褪红时候,燕燕归来还误惊。伸腰懒,过水晶帘外,一两三声。 休教刬损苔青。只绕着墙阴自在行。更圆睛闪闪,痴看蛱蝶,回廊悄悄,戏扑蜻蜓。蹴果才闲,无鱼惯诉,宛转裙边过一生。新寒夜,爱薰笼斜倚,伴到深更。"吴兰修《桐华阁词》,清宣统三年(1911)刻本。

并不始于他,至少,比他早不少年的茹敦和所作的《雪狮儿·猫》四首就已经有所尝试了。如第一首:"新妆欲罢,早是鹦哥,唤茶时候。锦被掀开,似雪狻猊堆就。春生残九。也不管、稚莺娇柳。只自把、旧梦重寻,小屏风后。 袅袅炉烟深昼。怪裙铃响细,乍时还又。消受温香,双凤鞋边蹲久。午餐过否。且莫理、残绒重绣。娇声逗。跳上麻姑纤手。"第三首:"乌云盖处,白雪堆中,爪花须辨。只看春来,午后小园初暖。流云送暗。抓不住、落红点点。早踏破、何师画里,半畦新苋。 耳畔绒丝微颤。自牙边拾唾,羞容频浣。小婢厨头,半晌短匙敲断。寻来都遍。急待把、旧绦重绾。忙兜转。窜入鸡群声乱。"①前者写猫的慵懒,后者写猫的顽皮,虽然也偶用典故,但更为注重白描,是可以肯定的。这说明,乾隆年间对朱彝尊的接受,并不是亦步亦趋,也不是众口一声,文学史上的这种复杂的现象应该给予更为具体的分析。

朱彝尊《茶烟阁体物集》中的《沁园春》写艳12首,分咏女子身体的12个部位,虽然广义上可以置于艳词的范畴,不过,由于已经大大物化了,而且作者的创作动机是呼应咏物词的一种创作方式,即展露才学,因此,香艳的部分实际上被这些疏离开来,体现出来的往往是历史典故的一个个片段而已。朱彝尊的这12首词,每一首后面都有自注,标识其出典,提醒我们也要从那个展示才学的时代特点和个人特点中来看待这些作品。如《肩》:"纨质停匀,比似陆郎,何曾暂离。被词人赋就,望中疑削,画工减尽,染处恒垂。篱弱才过,墙低乍及,结伴还从影后窥。缘红索,上秋千小立,恰并花枝。 蜻蜓领下诃梨。剪云叶玲珑一半亏。记量成尺六,难增分寸,饮过三爵,易致斜敧。爱拍樽前,频扶倦里,细步惟应处处随。吟飞雪,怕玉楼生粟,拂袖遮伊。"其后的自注是这样的:"海

---

① 《全清词·雍乾卷》,第1055页。

盐陆东美妻有容止,夫妇相重,寸步不离,时号'比肩人'。《洛神赋》:肩若削成。画法:美人无肩。《汉杂事》:肩广尺六寸。苏子瞻《雪》诗:冻合玉楼寒起粟。玉楼,谓肩也。"①试比较茹敦和的同题词:"月下风前,叠影双双,欢情不离。更牙梳未了,云丝屡拂,明珰乍动,珠缕仍垂。露冷频遮,尘轻自拍,纵是墙低未许窥。闲经过,只蔷薇小架,略碍横枝。春风吹遍棠梨。恨一担春光渐欲亏。只闲庭得句,吟边半笀,小盘试舞,步里先欹。订就箫盟,联成酒约,一路喁喁雁影随。纱窗外,怕檀郎并立,烛处羞伊。"②就并不刻意追求学问,显得明快清通多了,这也可以看作是从朱彝尊而来,同时又有所变化的例子。

同时,对于朱彝尊咏物词中含有比兴寄托之意的作品,茹敦和也能够有所认识。朱彝尊写咏物词,固然有不少偏离了其所推重的《乐府补题》传统,但也并不都是这样,其中最著名的是其咏雁之作,这是他早年流落大同时,由于临近雁门关,因而产生的对大雁命运的一种联想。朱彝尊是学习张炎的,张炎曾写有《解连环·孤雁》,在词史上享有盛名。但朱彝尊把张炎的咏孤雁变成咏群雁,是考虑到表现角度的出新,也是对当时人民不幸流离失所的凄惨命运的某种反映。朱词调名为《长亭怨慢》,云:"结多少、悲秋俦侣。特地年年,北风吹度。紫塞门孤,金河月冷恨谁诉。回汀枉渚。也只恋、江南住。随意落平沙,巧排作、参差筝柱。别浦。惯惊移莫定,应怯败荷疏雨。一绳云杪,看字字、悬针垂露。渐欹斜、无力低飘,正目送、碧罗天幕。写不了相思,又蘸凉波飞去。"③这一篇,"感慨身世,以凄切之情,发哀婉之调,既悲凉,又忠厚,是竹垞直逼

---

① 屈兴国、袁李来点校《朱彝尊词集》,第214—215页。
② 《全清词·雍乾卷》,第1050—1051页。
③ 屈兴国、袁李来点校《朱彝尊词集》,第256—257页。

玉田之作"①。基本上，历来研究清词的学者，都认为这是朱彝尊最优秀的作品之一，尤其是其中蕴有比兴寄托之意，更是其咏物词中的别调。

茹敦和显然也了解朱彝尊这篇作品的特点，因此，他的和作也不是单纯写物，而是寄予了某种意蕴，只是并没有随着朱彝尊亦步亦趋。茹词云："叹使节、羁栖谁侣。翘首西风，玉关频度。十九年来，毡庐况味倩伊诉。寒星旧渚。争忍得、闲停住。几日到长安，早太华、孤峰如柱。前浦。到芦花梦醒，都是冷霜寒雨。远天声断，看点点、云堆穿露。只潇湘、渌水生时，又乍恐、碧山春暮。且岣嵝重寻，拓得残碑归去。"②通篇和朱彝尊相比，差距自是不少，不过，其中刻意渲染雁足传书，将苏武其人其事贯穿其中，从而与只在大雁身上做文章的朱词区别开来。当然，茹敦和并非没有所本，考其句意，乃是上承张炎之《解连环·孤雁》，就"料因循误了，残毡拥雪，故人心眼"数句加以发挥，只是更加具体，更加细致。这也看出，茹敦和在创作和作时，有着非常明确的思路。

五、乾隆词坛与朱彝尊的影响

作为浙西词派形成过程中的一个重要人物，朱彝尊的地位在康熙年间就已经确定了。这既体现在他的创作上，也体现在他的理论上，人们已经公认他是浙西词派的领袖。但是，康熙之后，朱彝尊在清代词史上的影响力仍然还在发展。而且，虽然康熙年间他的声望已经如日中天，可是，由于距离太近，可能在某种程度上人们对他看得也不一定都是那么清楚，那么深刻。在这个意义上，乾嘉时期的词坛对朱彝尊的认识，或许也有值得特别关注之处。朱彝尊的许多创造或具有其本人特色的创

---

① 陈廷焯《白雨斋词话》卷三，唐圭璋编《词话丛编》，北京：中华书局，1986，第3835页。
② 《全清词·雍乾卷》，第1054页。

作倾向,正是由于乾嘉词坛的接受,才更加稳定、更加明确了。

乾隆年间的厉鹗无疑是朱彝尊最好的继承者。我以前曾经指出,正是厉鹗将朱彝尊极力推崇却并未完全予以实现的对姜夔的学习,落实到了实际的创作中①。人们讨论清代浙西词派的发展,将厉鹗列为关键性的人物,认为其"分席姜王,继竹垞而兴,奠浙词之宇"②,是完全正确的。不过,讨论这个问题,同时还应该看到,厉鹗并不是一个孤立的现象,他代表着的是一种将朱彝尊不断经典化的倾向,表现出来的层面也是多元的。

首先,《词综》一书虽然在康熙年间就有盛名,如徐釚《词苑丛谈》、万树《词律》、沈雄《古今词话》、田同之《西圃词说》等都在文献方面受到《词综》的影响③,但进入乾隆年间,影响有着进一步扩大的趋势,其中最重要的标志是《四库全书》的推许。《四库全书》总结词学的发展,在乾隆以前清人所编纂的词总集中,除《御选历代诗馀》外,只将《词综》放在重要位置,可见其地位的独特。乾隆年间,人们也不断提及《词综》一书。如乾隆十六年(1751),夏秉衡编纂《清绮轩词选》,其自序总结历来词选情况之后,就直接指出:"惟朱竹垞《词综》一选,最为醇雅。"④而沈德潜序《清绮轩词选》,则明确认为,这部词选是"准乎朱竹垞太史之《词综》"⑤的。许昂霄曾作《词综偶评》,"每一阕中,凡抒写情怀,描模景物,以及音韵法律,靡不指示详明,直欲使作者洗发性灵,而后学得藉为绳墨,洵词

---

① 参看拙作《厉鹗与姜夔:浙西别调与白石新声》,见《清词探微》,上海:上海古籍出版社,2008。
② 王煜《樊榭山房词钞序》,见王煜编《清十一家词钞·樊榭山房词钞》卷首,上海:正中书局,1947。
③ 参看于翠玲《朱彝尊〈词综〉研究》,北京:中华书局,2005,第143—145页。
④ 施蛰存主编《词籍序跋萃编》,北京:中国社会科学出版社,1994,第763页。
⑤ 施蛰存主编《词籍序跋萃编》,第762页。

家之郑笺已。"①无疑也使得《词综》能够更加容易被理解,更加能够深入人心。至于从王昶开始出现的《词综》补遗或续编系列,当然也能推动人们对这部选本的接受。

其次,康熙年间就非常盛行的对《乐府补题》的追和活动,至乾隆年间仍然声势浩大。词坛上的一些重要作家,都有追和之举,如厉鹗作有6首,吴烺作有9首,王昶作有5首,赵文哲作有5首,方成培作有4首,吴翌凤作有5首,吴泰来作有3首,王初桐作有5首,江炳炎作有2首,钱大昕作有2首。如上所述,康熙年间对于《乐府补题》的追和与朱彝尊的推动密切相关,到了乾隆年间,这一趋势继续发展,也就说明朱彝尊的影响力继续在起着作用。还应该指出的是,在康熙年间,李良年就在当时和作《乐府补题》的热潮中,自出手眼,另用5调,并另拟5题,分别是《尾犯·笋》、《留客住·鹧鸪》、《惜秋华·牵牛花》、《催雪·珍珠兰》、《琐窗寒·倭茇》,吸引曹贞吉、高层云、陆葇、沈皞日、沈岸登等与之唱和②。乾隆年间的词人注意到这个创造,不仅有人对《乐府补题》亦步亦趋,而且有人用其原调,另拟5题,分别为薛镜、漳兰、茨、络纬和银鱼。此种创制由厉鹗发端,也引起了当时词坛的浓厚兴趣,唱和者屡见而非一见。显然,这一定会加深人们对《乐府补题》的集体记忆,从而更进一步确定朱彝尊的地位。与此相关,乾隆词坛出现了大量的咏物词,从不同层面探索咏物词的题材内容和表现手法,名家辈出,如殷如梅、吴蔚等人,就是其中杰出的代表。

这些,只能说是朱彝尊在乾隆年间得到词坛接受的若干侧面,但是,

---

① 张载华《词综偶评跋》,《词话丛编》,第1579页。
② 刘喜仪对这个问题有所关注,参看其博士论文《浙西六家词学研究》第三章第四节《李良年与乐府"后补题"的唱和活动》,香港中文大学2011年博士论文。

了解了这些,就能够清楚,在朱彝尊的影响力不断提升的过程中,乾隆年间是一个重要的时期,而茹敦和的《和茶烟阁体物集》的出现,不仅能够反映出这一背景,而且更能作为一个方面的重要代表,印证乾隆年间词坛的这一趋向,尽管具体到不同作家,也还各有自己的特点。

六、追和现象与词风建构

在清词复兴的过程中,唱和是起到非常重要作用的文学现象。顾贞观曾经描述清初唱和盛况:"国初辇毂诸公,尊前酒边,借长短句以吐其胸中。始而微有寄托,久则务为谐畅。香岭倦圃,领袖一时。唯时戴笠故交,担簦才子,并与燕游之席,各传酬和之篇。而吴越操觚家闻风竞起,选者作者,妍媸杂陈。渔洋之数载广陵,实为斯道总持,二三同学,功亦难泯。"①确实是"一唱百和,未几成风"②。张渊懿、田茂遇在辑《清平初选后集》时,也对这种状况做出了明确说明:"词坛巨公每有倡和之作,或一调而多至数十阕,如西泠倡和之《满江红》,秋水轩倡和之《贺新凉》,广陵倡和之《念奴娇》,美不胜收。"③

关于清初词坛同时代人的互相唱和对清词复兴所起的所用,学界已经有了充分的估计,严迪昌先生对于秋水轩唱和的研究堪称深入④,我本人也专门思考过王士禛诸人红桥唱和的意义⑤。倘若翻阅《全清词·顺康卷》,可以看到,里面唱和之作连篇累牍,声势浩大,不少题目都是一和再和。对古人的追和,虽然不如同时代人的彼此唱和那么多,也

---

① 陈聂恒《栩园词弃稿》卷首所录《顾梁汾先生书》,清康熙且朴斋刻本。
② 李渔《耐歌词自序》,《李渔全集》第2册,杭州:浙江古籍出版社,1991,第31页。
③ 张渊懿、田茂遇辑《清平初选后集·凡例》,清康熙十七年(1678)刻本。
④ 参看严迪昌《清词史》第一编第三章第二节《龚鼎孳·京师词坛·秋水轩唱和及周在浚》。
⑤ 参看拙作《王士禛扬州词事与清初词坛风会》,载《文学遗产》2005年第5期。

是一个突出的现象。在文学史上,追和前人的现象虽然很早就出现了,不过似乎是宋代才开始形成规模的。宋代比较早的追和古人,是苏轼的和陶诗,从任职扬州开始,苏轼表现出对陶诗的浓厚兴趣,以至于最后遍和陶诗,不仅表现了他本人诗风的某些转变,而且推动了陶诗的经典化。宋代词坛对前人的追和,比较著名的是方千里的《和清真词》,这是南宋词坛推崇周邦彦的集中体现,也意味着周邦彦的词学地位更进一步得到了承认。四库馆臣对这个集子非常推崇,认为虽有"芒忽之差",但"天然谐婉","亦似唐摹晋帖,几于乱真"①。南宋词坛和周邦彦的还有杨泽民、陈允平等。他们的这种尝试,给了后人很大的启示,清初词人尤其从中获得启发,也多追和古人之举。著名的和《乐府补题》,已见前述,还有一些成就突出的词人,也都受到特别的关注,如苏轼和辛弃疾,周邦彦和史达祖,都是被追和比较多的词人。尽管在清代初年,由于词学文献尚不够充分,人们所进行的选择,还有一定的局限性,例如,明代最著名的词选《草堂诗馀》中对姜夔的忽视,就使得清初的追和古人,比较缺少这一环节。不过,在清初,人们仍然有一定的自觉意识,与当时的词风建设有一定的关联。比如,追和苏、辛,无疑是宋词经典化一直以来的延续,可是,正如我们所熟知的,清初的阳羡词派写词往往悲慨激扬,这与他们对"稼轩风"的喜爱密切相关,因而在追和的选择中,有所显示。周邦彦和史达祖都是一直享有盛名的词人,对词的艺术性建构贡献甚大,在词史的发展中,他们一直有着重要的地位,尤其是周邦彦,更是得到众口一词的称赞。不过,对于这两个人在清代初年得到的大量追和,仍然可以从当代词风建构的角度加以考察。如人们所共同认知的,浙西词派

---

① 永瑢等《四库全书简明目录》卷二十《集部十·词曲类·和清真词》,上海:上海古籍出版社,1985,第890页。

的建立有一个过程,在这个过程中,他们对和姜夔同样在词的创作上富有启发意义的史达祖,给予了崇高评价,而周邦彦则堪称可以沟通南北宋的最重要的作家。因此,这种追和,显然也能从另外一个方面,促进浙西词派的发展壮大。

我们也应该站在这个角度来看待茹敦和的《和茶烟阁体物词》。在清初以来唱和之风大盛的情况下,茹敦和以其对朱彝尊咏物词的喜好,大量而且集中地写下和作,既是朱彝尊所开创的这条道路在乾隆年间的合乎情理的发展,又促进了乾隆词坛对朱彝尊的接受,特别是他学人的身份,也正好符合朱彝尊将词的走向带入学人化的用心,因而更能得到当时词坛的关注,也更能符合乾嘉学术的需求。至于他本人,由于他是从康熙时代发展而来的,比朱彝尊晚了不到一百年,在这个意义上,他对朱彝尊的咏物词算得上追和;可是,在另外的意义上,他们也可以说是同时代人,因此,也带有同时代人唱和的意思。从这个意义看,他的这些作品实际上具有多重的含义。

七、结论

从以上论述,我们可以得到下面的认识:

1. 茹敦和作为一个在当时比较知名的学人,他和朱彝尊的《茶烟阁体物集》,是清词走向学人之词的重要表现之一,也反映了朱彝尊影响力不断延续的趋势。

2. 茹敦和虽然努力学习或模仿朱彝尊的风格,但在和作中也会努力表现自己的个人特色,这体现了苏轼和陶诗以来,有追求的文学家的一种风貌。

3. 乾隆年间是朱彝尊的地位得到确立的时期,茹敦和对朱氏咏物词的和作,顺应了当时的大趋势,促进了朱彝尊的作品更加深入人心。

4. 在中国文学的发展过程中,唱和是促进风格形成,引导探索深入的重要因素之一。词坛上的唱和活动,不论是追和,还是同时代人的唱和,在清代初年都起到了重要的作用。茹敦和的这一卷和作,继承了这一传统,在新的时代,发挥了新的作用。

谢章铤《赌棋山庄词话》卷七曾经说:"余尝怪今之学金风亭长者,置《静志居琴趣》、《江湖载酒集》于不讲,而心摹手追,独在《茶烟阁体物》卷中,则何也?"①谢章铤已经是清代嘉庆、道光年间的人了,他所指出的现象,主要应该是他所处的时代所存在的创作状况,可见对《茶烟阁体物集》的兴趣,整个清代,经久不衰。当然,此集中的一些作品,早已经被不少人有选择地加以学习或模仿了,但是,作为整个集子进行唱和的,则茹敦和是开了先河的,因此,在朱彝尊的接受史上,茹敦和应该占有一个重要的地位。

第四节　迦陵魅力与雍乾词坛

晚清谭献讨论清词时,曾提出一个著名论断:"锡鬯、其年出,而本朝词派始成。"他认为,朱彝尊和陈维崧是清词发展中的重要代表人物,并特别指出:"嘉庆以前,为二家牢笼者十居七八。"②谭献是在词学理论上具有卓越建树的批评家,他的看法历来为学界所重视。从具体实践来

---

① 谢章铤《赌棋山庄词话》,《词话丛编》,第3415页。
② 谭献《箧中词》今集二。按谭献提出了朱彝尊和陈维崧在清词史上的重要地位,他的这一段论述,可以和清词接受史上的相关论述互参,如康熙间将景祁《瑶华集》和乾隆间蒋重光《昭代词选》选清词,都以陈维崧和朱彝尊分居第一二名;乾隆间姚阶等《国朝词雅》选清词,则将朱彝尊和陈维崧倒了过来,但也分居第一二名。晚清的夏敬观《蕙风词话诠评》则指出:"清初词当以陈其年、朱彝尊为冠。"(唐圭璋编《词话丛编》,北京:中华书局,1986,第4585页)

看,对于朱彝尊的研究,已经证明了他的这一论断的正确,但有关陈维崧的接受史,学界虽也有过一些探讨,却还留有相当大的空间。

关于陈维崧词在清代的接受,就笔者所见,专门的研究文章有侯雅文的《"清词选本"中的"陈维崧词"——兼论陈维崧词接受史》[1]和李睿的《论陈维崧词在清代的接受》[2]。前者从清代的清词选本和现当代的清词选本中挑出王士禛、邹祗谟《倚声初集》,王昶《国朝词综》,谭献《箧中词》,陈廷焯《词则》,朱祖谋和张尔田《词莂》,龙沐勋《近三百年名家词选》,夏承焘和张璋《金元明清词选》中"清词选"的部分,考察其中对陈维崧词的接受情形。后者将清代词坛对陈维崧的接受分为三个时期,认为清代前期陈维崧词获得高度认可与评价,清代中期对陈维崧词的评价略有下降,清代后期对陈维崧的接受则较为复杂,但总的来说,陈维崧仍然受到肯定,特别是陈廷焯对陈维崧有了再发现。侯雅文的文章是试图抽样选取不同时期的清词选本,来探讨陈维崧词的经典化内涵及其过程,不过其中与此处所论有关系的只有王昶《国朝词综》一种,虽然前后对照,一定程度揭示了其价值,但对如何反映雍乾词学倾向,尚未能展开。李睿的文章是全面讨论陈维崧词在有清一代的接受,其认为清代中期对陈维崧词的评价略有下降,是有一定道理的推理,但是,或者是限于篇幅,涉及的文献较为简单。至于在专书中论及雍乾年间对陈维崧的接受,有关讨论以严迪昌先生《清词史》最见功力,其书第三编第二章题为《阳羡词风的派外流响与界内新变》,对乾嘉年间受到陈维崧影响的一些词人作了探讨,不过严著只选择了特定的几家,涉及的层面也还不够多元。至于其他研究清词的著述,也都会不同程度地涉及对陈维崧的接

---

[1] "二○○九上海·中国词学国际学术研讨会"论文,上海华东师范大学中文系、《词学》编辑部主办,2009,未刊稿。

[2] 李睿《论陈维崧词在清代的接受》,载《中国韵文学刊》2012年第3期。

受,这里不再赘述。总的来说,在清代词学对陈维崧的接受中,是前后两头的研究较为充分,康熙以后,嘉庆之前这一段时间,则较为薄弱,因此,笔者拟以雍乾词坛为中心,对此进行讨论。

研究这一阶段词坛对陈维崧的接受,所涉及的材料有当时的词作、词选本、词话、序跋、论词绝句等,笔者拟主要从词作和词选本入手,探讨雍乾年间词坛对陈维崧的记忆和对陈维崧词创作的模仿、对陈维崧"词史"观念的接受以及当时词学批评家对陈维崧词的风格定位,至于其他各类资料,则根据具体情形,予以处理。另外,本节探讨雍乾词坛对陈维崧的接受,所涉及的词作,都是见于《全清词·雍乾卷》者,对其作者不再一一标示年代。但是,关于时限,有时无法机械性处理,对于前后略有参差者,将随文说明。

一、记忆:陈维崧的魅力

陈维崧是顺康文坛上的知名人物,他的知名,在一定程度上和他的身世际遇、绝代才华和文采风流有关,因而某些轶事在其身后也就继续流传下去,不断引起回响。

陈维崧本是贵家子弟,其父陈贞慧是明季四公子之一。明清易代,乃到处漂泊,后来希望能够走上仕途,也久久不得其门。但陈维崧流落京师时,却也不乏对他激赏者,其中的代表人物就是龚鼎孳。顺治十五年(1658),陈维崧以《乌丝词》一集受到龚鼎孳的青睐,龚氏写有《沁园春·读〈乌丝集〉次曹顾庵、王西樵、阮亭韵》,表达了深深的怜才之意:"相怜处,是君袍未锦,我鬓先霜。"[1]对此,陈维崧非常感动,一直念念不忘,在康熙十八年(1679)考中博学鸿儒后,怀念已经逝世的龚鼎孳,曾在

---

[1] 南京大学中文系《全清词》编纂研究室编《全清词·顺康卷》,北京:中华书局,2002,第 1139—1140 页。

词中(如《金缕曲》"事已流波卷"等①)记述此事。这无疑是文士知遇的一段佳话,因此,在雍乾时期也仍然不时被提起,甚至其特定的语言也不断得到模仿。如董邦超《永遇乐·牧堂仲弟四十初度》:"孰料而今,行年四十,头颅如故。我鬓先霜,君袍未锦,大被相怜语。"②当然,随着清政权的不断巩固,龚鼎孳被乾隆归入"贰臣"之列,事涉敏感,或有顾忌,但此事不会被忘却,也是可以肯定的。

陈维崧和云郎的关系也是人们津津乐道的。云郎姓徐,字九青,号曼殊,艺名紫云,原是如皋冒襄家的童伶。明代灭亡后,陈维崧流落在外,曾长期居于冒襄家,与云郎产生感情,后来也一直对其非常关心。这件风流之事当时就在文人圈中不胫而走,沿至雍乾,也仍然是人们的谈资。如金兆燕《沁园春·江橙里借观云郎卷子,一年后,重加装潢以归,赋此志谢》:"浣手重看,离合神光,乍阳乍阴。似潘郎车上,载归珍果,鄂君舟里,拥到香衾。培护名花,品题佳士,费尽风流一片心。添新韵,问彩灰芳醑,几度同斟。 凉宵展卷沉吟。恁尤物移人直至今。笑破帽书生,年年苦雾,蒯缑羁客,夜夜秋霖。吴市魂销,江潭影悴,谁向天涯更铸金。真侥幸,便髯翁地下,也慰遥襟。"③一直到乾隆以后的石韫玉,还写有《金缕曲·题陈树香重摹紫云像卷》:"颍水佳公子。忆如皋、雪鸿纤印,吴舠曾志。海内三髯相伯仲,首屈宜兴一指。并脍炙、云郎轶事。一夕一金犹未足,(原注:其年初假馆于冒,索俸三百馀金,冒讶其多,曰:"但得紫云相伴,一夕当一金可耳。")更梅花百咏诗盈纸。君勿笑,痴如此。 画师词客工摹拟。浣丹青、重开生面,唇朱眉翠。都恐雌雄迷扑朔,故尔不衫不履。仿佛见、幽斋秘戏。爱色怜才无限意,算风流今古归

---

① 《全清词·顺康卷》,第4259页。
② 张宏生主编《全清词·雍乾卷》,南京:南京大学出版社,2012,第6283—6284页。
③ 《全清词·雍乾卷》,923页。

名士。恨未识,杨枝耳。(原注:杨枝亦冒辟疆歌童。)"①陈维崧和云郎的这段故事,虽然评价可以见仁见智,但能够反映出明清之际社会风气的一个侧面,也类似于一种传奇,因而不断形诸题咏,原是自然不过的。

在陈维崧的词学活动中,《迦陵填词图》也是一件值得关注的事。该图作者是清初诗画名僧大汕,创作时间是康熙十七年(1678)。图的内容是:"髯敷地衣坐,手执管,伸纸欲书,若沉吟者,意象洒如。旁一蕉叶,坐丽人,按箫将倚声,云鬟铢衣,神仙中人也。"②《迦陵填词图》虽然也与云郎有关,但作为文学史上的第一幅填词图,又别有其意义存在。乾隆五十九年(1794),陈维崧从孙陈淮将《迦陵填词图》及其相关题咏付刊,康熙年间的题咏者就有梁清标、朱彝尊、王士禛、严绳孙、毛先舒、纳兰性德、宋荦、洪昇等③。特别是朱彝尊的《迈陂塘·题〈其年填词图〉》,将陈维崧的地位、风格等都写了出来,历来被视为经典之作。在雍乾时期的词坛上,也有一些对《迦陵填词图》的题咏,如史承谦《点绛唇·题〈迦陵先生填词图〉》④、洪亮吉《满江红·〈陈其年先生填词图〉,为伯恭学士赋》⑤、吴锡麒《百字谣·陈伯恭同年崇本属题〈迦陵先生填词图〉》⑥、汪如洋《洞仙歌·题〈陈其年填词图〉》⑦等,或言其身世浮沉,或言其文学地位,或言其友朋风流,等等,都可以看出时人借图咏发表对陈维崧的看法,乃至对清初词学发展的认识。当时的论词绝句,也颇有涉及于此的,

---

① 石韫玉《花韵庵诗馀》,清嘉庆十年(1805)《独学庐二稿》本。
② 沈初《陈检讨填词图序》,清乾隆五十九年(1794)陈淮刻《迦陵填词图》卷首。
③ 关于填词图的研究,参看夏志颖《论"填词图"及其词学史意义》,载《文学遗产》2009年第5期。又,毛文芳《长鬣飘萧,云鬟窈窕:陈维崧〈迦陵填词图〉题咏》也有细致研究,文载毛氏《图成行乐:明清文人画像题咏析论》,台北:学生书局,2008。
④ 《全清词·雍乾卷》,第3296—3297页。
⑤ 《全清词·雍乾卷》,第6375页。
⑥ 《全清词·雍乾卷》,第6610页。
⑦ 《全清词·雍乾卷》,第7566页。

如沈初有《题陈迦陵前辈填词图五首》①，对这件文人雅事表示艳羡，也提到名流竞相为之题咏之事。这里要提出的是，据今人研究，《迦陵填词图》在乾隆末年刊出后，填词图的创作在其后相当长的时间里并未得到重视，直到道光之后才真正盛行②。但通检《全清词·雍乾卷》，共有44首作品系题咏填词图，去除题咏前代陈维崧者，再通过对其馀作品进行具体分析，可以得知，雍乾年间，仅以词作形式记录的填词图就有30多种③，说明继《迦陵填词图》之后，当时确实出现了不少填词图，而且种类更多，不仅为当代人作，也为前代人（如姜夔）作④；不仅为男词人作，也为女词人（如归佩珊）作⑤。这些都与词坛对陈维崧的认识和接受是分不开的。

二、词风：模拟中的认知

作为对康熙词坛的一个自然承接，雍乾时期，陈维崧的文采风流固

---

① 见王伟勇《清代论词绝句初编》，台北：里仁书局，2010，第137—138页。沈初生于雍正七年(1729)，卒于嘉庆四年(1799)，有词收入《全清词·雍乾卷》。按王伟勇所编《清代论词绝句初编》是目前收录清代论词绝句较为齐全的书，共得133家，1067首，其中雍乾年间所作论及陈维崧者为9家，13首。
② 夏志颖《论"填词图"及其词学史意义》。
③ 由于有些作品的信息比较含糊，因此，精确的判断并不容易，如吴蔚有《一萼红·题友人填词图，时同客扬州》，这里所提到的填词图并无具体名称，也不知这个友人姓甚名谁，这就很有可能和其他作品中提到的填词图是重复的，但由于无法确认，只能存疑。类似的情况并不止一处，综合考虑，只能做出三十多种的判断。吴词见《全清词·雍乾卷》，第7714页。
④ 如詹应甲《疏影·题白石填词图，为钱蘅依作》，《赐绮堂集》卷二十六，《续修四库全书》，第1484册，第610页。按，詹应甲生于乾隆二十五年(1760)，乾隆五十三年(1788)举人，本来也可以将其编入《全清词·雍乾卷》中，但考虑到他一直活到了道光年间，因此我们就没有将其放入。此处将其视为乾隆时人来对待，亦无不可。
⑤ 如赵怀玉《壶中天·归佩珊女史雨窗填词图》，《全清词·雍乾卷》，第6775页。

然广被人口,他的创作成就也深深吸引着后人,以其作为学习榜样者很多。如蒋士铨在其《贺新凉·〈陈其年洗桐图〉,康熙庚申夏周履坦画》中写道:"一丈清凉界。倚高梧、解衣盘薄,髯其堪爱。七十年来无此客,馀韵流风犹在。问何处、桐阴不改。名士从来多似鲫,让词人、消受双鬟拜。可容我,取而代。"①说是要取代陈维崧的地位,不过是表示作为继承人的强烈意愿。还有一位张埙,少与蒋士铨齐名,蒋氏对陈维崧的推崇,在他这里也能找到反响。他当时被称为"小迦陵",《贺新郎》自序:"归愚师为予言,山樵先生于文酒大宴论江南少年之士,必首指予,呼为小迦陵,属诸公毋以前辈抗行,一时奖借如此。"②他将这个称呼记在自己的作品中,说明他确实视陈维崧为师,而且以此为荣。至于延续陈维崧创作精神者,当然也不在少数,应该重视③。

文学史上的作家传承关系,往往有着非常复杂的情形,雍乾年间的词体创作中对陈维崧的接受,层面是非常多元的,这里拟从当时人创作中最直观的表述入手,对此加以讨论。

第一,对写日常生活感受的小令的关注。

清代初年,云间一派提倡唐五代词风,特别关注小令的创作,流风所及,当时词坛出现了不少小令名家④,虽不一定完全沿云间一路发展,但源流本末,往往可以互参。在小令的创作中,陈维崧堪称别调,其最大的特点是豪迈俊爽,创作个性非常突出。著名的,如《点绛唇·夜宿临洺

---

① 《全清词·雍乾卷》,第1515页。
② 《全清词·雍乾卷》,第4936页。
③ 如严迪昌先生认为史承谦重情的词作,就是对陈维崧的继承。见其《论史承谦及其〈小眠斋词〉——兼说清词流派之分野》,《严迪昌自选论文集》,北京:中国书店,2005,第238页。
④ 比如对严绳孙,厉鹗《论词绝句十二首》之十一就评价道:"独有藕渔工小令,不教贺老占江南。"《樊榭山房集》诗集卷七,上海:上海古籍出版社,1992,第514页。

驿》和《醉落拓·鹰》等,都是如此。故陈廷焯推崇其小令"波澜壮阔,气象万千,是何神勇"①。雍乾词坛上,如洪亮吉所写的《伤春怨·剑客》(匕首飞将过)等,大致相似。陈维崧的小令还有一种,文字较为浅易,风格较为清新,尤以写日常生活感受见长。这种风格也为雍乾词坛所认识,有的人就予以效法。如金兆燕有《减字木兰花》九首,题云:"偶读陈迦陵集中岁暮灯下作家书后小令数阕,走笔效之。"作品写客子漂泊在外,表达对家乡的思念,对家人的叮咛,对温馨家庭生活的眷恋,对自己事业无成的慨叹,以及对自己无法照顾家庭的内疚等。如第三首:"晨昏菽水。难向家山谋负米。就养何方。抛却庭帏滞异乡。 馈酬潆瀇。养志堂前惟汝事。雪地冰阶。鸠杖尤须慎滑苔。"第七首:"粉香脂馥。自昔争夸罗绮窟。也有柴关。补屋牵萝翠袖寒。 鸿妻莱妇。荆布半生惭累汝。一事差强。幸免人呼卖绢郎。"第九首:"暮云天闷。客路未离三百里。梦断鸳机。何限辽阳老戍妻。 须藏斗酒。待我归来消九九。准拟今年。看汝椒花颂一篇。"②陈维崧原词题为《岁暮灯下作家书竟,再系数词楮尾》,合共七首。试看其第一首:"天涯飘泊。湖雨湘烟无定着。暗数从前。汝嫁黔娄二十年。 当时两小。乐卫人夸门第好。零落而今。累汝荆钗伴槁砧。"第七首:"客船风雨。冷雁湿猿齐夜语。欲作家书。腹转车轮一字无。 经年如此。愁里光阴能有几。预报归期。又在梅开似雪时。"③风格确实比较相似,其间的一些情感脉络,也有互通之处。类似风格的作品,蒋士铨也写了三首,题为《城头月·中秋雨夜书家信后》,如其二:"清宵定置高堂酒。料得杯当手。弱妇扶持,雏孙宛转,怎及儿将母。 遥怜扶杖依南斗。明岁儿归否。穷达难知,团

---

① 陈廷焯《白雨斋词话》卷三,《词话丛编》,第 3838 页。
② 《全清词·雍乾卷》,第 919—920 页。
③ 《全清词·顺康卷》,第 3905 页。

圈最乐,悔煞长安走。"①前面所举蒋士铨《贺新凉》中曾表示对陈维崧的仰慕,甚至要取而代之,是则他的此类词体现出对陈维崧的学习,也是题中应有之义。不过,当时词坛笼罩在浙西词风中,对陈维崧特别"神勇"的小令关注却不够,也是事实。

第二,对联章写艳的欣赏与模仿。

顺康之际,词坛盛行写艳之风,陈维崧也是一个具有代表性的人物。虽然他曾说,对于自己早期的"多作旖旎语"②,如收在顺治末康熙初《倚声初集》中的艳词,见到就有"哕呕"之感③,但他的艳词在当时仍然可以成为一家。陈廷焯就根据这一点,在《白雨斋词话》中对他有所评论:"闲情之作,非其年所长,然振笔写去,吐弃一切闺襜泛话,不求工而自工。才大者固无所不可也。"④陈廷焯说陈维崧才气大,因此写艳情也不在话下,而且能够"吐弃一切闺襜泛话",这体认到陈维崧的艳词在一个方面的特色,应该是非常内行的。艳词是词创作中很常见的题材,各种类型,难以具论,雍乾词坛的作家尤维熊写有《蝶恋花·迦陵有记艳十阕,聊复效之》,或者就能够说明他们对陈廷焯所提到的陈维崧艳词的某一方面的兴趣。这十首词写作者和一位女子的交往,其中写了非常丰富的生活场景,如其三:"愿去闰年留月小。暗数千春,此意侬知道。风定玉炉烟自袅。铜壶声里催眠早。　便不诙谐庄亦好。才说从前,便有些儿恼。骤起戏击红烛照。含嗔不稳还重笑。"其四:"香梦醒来弹粉汗。倦起梳头,满握春云乱。才拨流苏搴绣幔。隔窗早有流莺唤。　忆昔金堂帘押蒜。生小双弓,不许人多看。羞涩而今除一半。凤鞋脱了郎前换。"但

---

① 《全清词·雍乾卷》,第 1511 页。
② 陈宗石《跋湖海楼词》,见陈维崧《湖海楼词集》卷首,《四部备要》本。
③ 蒋景祁序陈维崧词云:"刻之《倚声》者,过辄弃去,间有人诵其逸句,至哕呕不欲听。"见陈维崧《湖海楼词集》卷首。
④ 《词话丛编》,第 3844 页。

是,造化弄人,终在无奈中离别,此即第一首所写:"十里藕花风猎猎。载去吴船,玉笛船窗挾。记得酒浓和泪裹。别卿江上云千叠。 短短篙儿小小楫。今日扁舟,真个迎桃叶。天意不乖人意惬。三生合了鸳鸯牒。"①这组联章词第一首写分别,后九首都写以往情事,恰如以倒叙开始的一篇叙事之作。尤维熊所模仿的陈维崧之词,即《蝶恋花·纪艳十首》,各篇标题为《避人》、《促坐》、《斗叶》、《跳索》、《听歌》、《迷藏》、《围炉》、《教箫》、《中酒》、《潜来》②,这在陈维崧一生风流偶傥的生活中,应该也是一种纪实。顺康之际,以词为传奇之风甚盛,龚鼎孳、朱彝尊等都有佳作,陈维崧在这一风气之中,可以占有一席之地,雍乾词坛对他的这种体认,也反映了特定的敏感性,至于在结构上的变化,则体现了雍乾词人的一定的创造性。

第三,对逞才使气之风的延续。

如果说,上面两点主要体现在题材上的追步,此处涉及的问题则主要是在表现形式上的认同。康熙年间的词坛,唱和之风盛行,是清词复兴在一个方面的重要表现。唱和能够超越地域,超越流派,具有特殊的功能。清初有若干次重要的唱和,如"秋水轩唱和"、"《乐府补题》唱和"等,陈维崧都是重要的参与者,也产生了非常大的影响。唱和带有文人之间竞赛的意识,有时一和再和,展示才气、学问的意图非常明显,这种盛况,前此尚不多见。与唱和密切相关的,还有同一作者,一再用原韵,不断创作者,有时达十几首或几十首,也并不少见。这种逞才使气的写法,固然是陈维崧个人风格的重要表现,但也体现了当时词坛的一种生态。雍乾之际,从清初发展而来的学人之词进入到一个新阶段,这种情形,正好符合人们展示才华和学问的需求,因此,当时人在进行模仿的同

---

① 《全清词·雍乾卷》,第 8092 页。
② 《全清词·顺康卷》,第 3946—3948 页。

时,也强化了陈维崧本人的形象。雍乾词人喜用迦陵词韵写作,仅词题上说明"用(和、次、步)迦陵韵"者,就有45次(有些不止一首,有些不一定在词题中明说,因此,具体作品肯定多于此)。像陈维崧喜押险韵,往往一写再写的特点,雍乾词坛也给予了充分注意。如张埙《贺新郎·题王叔佩词,用陈迦陵韵》:"枯树寒窗罅。叹王孙、一贫如此,失波之鲊。博得眼光如炬大,千古精灵注射。半夜过、柳郎墓下。杯酒冷浇芳草地,月明中、现出屯田怕。断魂笛,高楼挂。　可知春恨如铅泻。病愁人、蛾眉深浅,入时难画。每到五更怎睡着,伴熟西风铁马。莫向我、心头乱打。呕在盘中成碧血,又何须、迟至三年者。劝字字,休狼藉。"①陈维崧用这个韵部一口气就写了16首以上,确实是才气逼人,在当时就很有影响,和作者甚多。张埙显然看出了这一点,因此,不仅"用陈迦陵韵",而且模仿他,也至少写了10首。说是10首,那是由于在词集中是明说并接排的,其实,张埙有时虽不明言,实际上却是模仿迦陵,如《观洪昉思〈长生殿〉剧,三用前韵》:"雨摆梨花罅。佛堂前、风波平地,可怜人鲊。未必卿卿能误国,何事六军激射。唐天子、何其懦下。一世夫妻犹若此,为今生、反使来生怕。双星恨,高高挂。(明皇与太真誓曰:生生世世愿为夫妇。)　夜深蜡炬和灰泻。蜀当归、关山烽火,他年入画。提起宫中行乐事,苦了将军战马。又苦了、鸳鸯棒打。虢国夫人无结局,与梅妃、一样三人者。同命薄,无依藉。"②连着三首都是如此。这些作品,从

---

① 《全清词·雍乾卷》,第4935页。
② 《全清词·雍乾卷》,第4935页。按此篇作品,不仅用韵模仿陈维崧,从陈维崧以此调此韵所写的《五人之墓》来看,其咏史词心也大略相似。陈词云:"古碣穿云罅。记当年、黄门诏狱,群贤就鲊。激起金阊十万户,白棓霜戈激射。风雨骤、冷光高下。慷慨吴儿偏嗜义,便提烹、谈笑何曾怕。抉吾目,胥门挂。　铜仙有泪如铅泻。怅千秋、唐陵汉隧,荒寒难画。此处丰碑长屹立,苔绣坟前羊马。敢轻易、霆轰电打。多少道傍卿与相,对屠沽、不愧谁人者。野香发,暗狼籍。"《全清词·顺康卷》,第4238页。

押韵所用的字来看,其中有的常用,有的却不怎么常用,如"罅"、"鲊"、"藉"等,难得的是一口气写十首或十数首,当然是逞才使气。雍乾年间,对陈维崧此类词感兴趣的并不止张埙一人,如杨瑛昶《金缕曲·赤壁怀古,用迦陵虎邱剑池韵》以及《读〈项羽本纪〉,用前韵》[①]、殷圻《金缕曲·军营感事用迦陵词韵》[②]等,都是如此。当然,张埙表现得更为突出,在他的作品中,类似这种多次用前韵的作品不少,当时人称他为"小迦陵",并不是无缘无故的。

关于陈维崧创作的影响,雍乾词坛还有很多内容可以讨论,陈维崧的那些写得慷慨激楚、豪放飘逸的作品,当然为人们熟知而深有体认,但是,也许正是由于熟知,他们反而不一定直接说出来。以上所论,都是雍乾词人直接表明学陈维崧者,所涉及的,也可能只是陈维崧的一个侧面,但是,由于得到了直截了当的说明,因而应该给予特别的注意。如果考虑到某些方面在后世接受中不一定受到重视,则更加有必要指出来,以见雍乾词坛的特定关注点。

三、词史:创作中的践行

在清初词坛上,陈维崧是一个有着独特理论见解的批评家,他的重要观点之一是提出了"词史"的观念,主要体现在他为《今词苑》所写的序言中。这篇序言是清初最重要的词学理论建树之一,其基本思路是:通过对于文体的探讨,批判了传统的词为小道的思想;通过对文学发展观的论述,指出文学要能变化精神和会通才智;通过探讨文体大小、正变之说,为词的进一步发展,即尊体意识的进一步高扬,指出了向上一路。其

---

① 《全清词·雍乾卷》,第7286页。
② 《全清词·雍乾卷》,第7920页。

中的核心,正是所谓的"为经为史"的精神①。道光以后,随着常州词派的兴起,这一观念被敏感的批评家接了过来,成为词体创作的重要根基之一,主要论述见于周济《介存斋论词杂著》:"感慨所寄,不过盛衰。或绸缪未雨,或太息厝薪,或己饥己溺,或独清独醒,随其人之性情、学问、境地,莫不有由衷之言。见事多,识理透,可为后人论世之资。诗有史,词亦有史,庶乎自树一帜矣。"②还有谢章铤《赌棋山庄词话续编》:"予尝谓词与诗同体,粤乱以来,作诗者多,而词颇少见。是当以杜之《北征》、《诸将》、《陈陶斜》,白之《秦中吟》之法运入减偷,则诗史之外,蔚为词史,不亦词场之大观欤!""今日者,孤枕闻鸡,遥空唳鹤,兵气涨乎云霄,刀瘢留于草木。不得已而为词,其殆宜导扬盛烈,续铙歌鼓吹之音,抑将慨叹时艰,本《小雅》怨诽之义。人既有心,词乃不朽,此亦倚声家未辟之奇也。"③

周济出生在乾隆四十六年(1781),其《介存斋论词杂著》原列于《词辨》前,而《词辨》作于嘉庆十七年(1812),基本上反映的是嘉庆后期常州词派开始有所影响之后的观念,谢章铤的年代则更为靠后。那么,在此之前的百年左右的时间里,陈维崧的"词史"说是否也有反响呢?

侯雅文曾经梳理清代"词史"观念的流变,将陈维崧和张惠言、周济以及谢章铤等人的"词史"观加以对照,认为互有同异。她的分析非常细致,富有启发。在她看来,从"同"的一方面说,至少可以认为,陈维崧的"词史"观中,有"指作品内容乃描写刚大至正的思想、情操或事功"者;张、周二人的"词史"观念中,"史"的指向之一是"词作乃在反映时代变迁

---

① 参看拙作《清初词坛的"词史"意识》,见《清词探微》,上海:上海古籍出版社,2008。
② 《词话丛编》,第 1630 页。
③ 分别见《词话丛编》,第 3529 页,第 3567 页。

的情境";而"谢氏'词史'观念中,'史'有三方面的含义:一方面指词人所面对的时局;二方面指被写入词作的题材;三方面则指作者借作品而寓寄的政教批判意识"①。将这些联系起来,应该可以看出其间有着一脉相承的某些关系。当然,我对侯氏在这方面的论述也有所商榷,比如,她认为陈维崧所谓"史","广义地指宇宙人生、历史文化的种种境况,并不拘限于某一特定时空下的政教事件",因此和后来周济、谢章铤等不同之处多些,我曾经指出,在陈维崧提出其"词史"观的那篇序中,就明确推崇庾信出使北周和徐陵滞留北齐的作品,这正是"某一特定时空下的政教事件"②。拙作《清初词坛的"词史"意识》也特别指出,陈维崧的"词史"观与词史上的尊体观念有关,与对杜诗精神的体认有关,与比兴寄托的概念有关,等等。从这个观念出发,对社会现实政治的关心就是陈维崧"词史"观的重要体现之一,本节即重点谈这个问题。

从目前掌握的材料看,自康熙中叶以至嘉庆前期,词坛上似尚无人直接提及"词史"一说,但是,理论并不一定总是在理论形态的作品中体现,陈维崧所提倡的"词史"精神,在雍乾词坛的创作中,仍然继续着。

关心民瘼是雍乾词坛上的一个重要题材,不少词作表达了对农民不幸命运的深刻同情。如郑板桥有《满江红·田家四时苦乐歌》,其中写农民秋天之苦:"云淡风高,送鸿雁、一声凄楚。最怕是、打场天气,秋阴秋雨。霜穗未储终岁食,县符已索逃租户。更爪牙、常例急于官,田家苦。"写冬天之苦:"老树槎枒,撼四壁、寒声正怒。扫不净、牛溲满地,粪渣当户。茅舍日斜云酿雪,长堤路断风吹雨。尽村舂、夜火到天明,田家

---

① 侯雅文《论清代"词史"观念的形成和发展》,载《编译馆馆刊》第 30 卷,第 1、2 期合刊,台北:编译馆,2001,第 282 页,第 299 页,第 302 页。
② 见拙作《清初词坛的"词史"意识》,《清词探微》,第 169—170 页。

苦。"①胡成浚《玲珑四犯·壬戌六月悯旱》写大旱之年的农民之苦："雌蜺贯空,豭猪烧烬,搔头呼,奈何许。稻苗枯欲死,不见商羊舞。天瓢拾归何处。有人人、牧羊江浒。烟雾鬔鬔,柳郎邂逅,云是洞庭女。　谁鞭雨工骑去。看云雷震荡,弥满区宇。踏翻星宿海,倒卷银潢注。高滩转粟无留滞,省教叹、流移雁户。还寄语,人间石田农更苦。"②张埙则有意识地以古乐府之题为词题,创作了大量作品,似是复古,实际上反映了他的现实情怀。如《长亭怨慢·驱车上东门行》："挽车上、东门之路。不见人形,但题人墓。药送神仙,寿凋金石白杨树。杂依松柏,犹宛转、入门户。下有陈死人,永杳杳、黄泉难寤。　朝露。叹阴阳浩浩,逝者直如斯去。人生对酒,也就是、纸钱羹脯。有一二、吊客青蝇,也何异、衰麻儿女。算只让圣贤,还不流光虚度。"《阳关引·出门行》："九曲黄河涝。四扇潼关隩。空墙古驿,萧萧柳,离离枣。有官人带剑,岂是夷门老。络马头,朱缨一点太行小。　某某名都势,乡团堡。但飞鸿逝,霜花白,戍楼晓。听楼中芦管,绿鬓为翁媪。不些时、离人一夜首蓬葆。"③郑板桥是陆震的学生,陆震出生于康熙十一年(1672),陈维崧过世时,他还不到15岁,但他对这位前辈非常景仰,不仅屡用其韵创作,而且直接声称"迦陵狂客,竟称我友"④。他曾作有《满江红·丁酉夏获麦村中,感情即事,得词八首,不避俚俗,聊抒真率云尔》,这八首词,前人已经指出,对郑板桥深有影响⑤。如果说郑板桥的词是新乐府的话,则张埙的词就是古乐府。不管是新乐府,还是古乐府,都体现了"惟歌生民病"的现实主义精

---

① 《全清词·雍乾卷》,第 343 页。
② 《全清词·雍乾卷》,第 8411—8412 页。
③ 《全清词·雍乾卷》,第 4798 页。
④ 陆震《沁园春·题修翁填词小影》,《全清词·顺康卷》,第 11592 页。
⑤ 严迪昌《清词史》,南京:江苏古籍出版社,2001,第 377 页。

神,而张埙以乐府古题为词题,反映了将乐府引入词中的深刻用心,在词史上,值得特别关注。

如果说词中也能书写社会史的话,那么关心民瘼之作体现了一个更为接近底层的面向,而对读书人在科举制度下的心灵活动的描写,则体现了另一个较为特殊的面向。在这方面,蒋士铨有一组奇作《满江红·壬午京兆闱中咏物》,共 8 首,分咏科举闱中之物,分别是《蓝笔》、《荐条》、《号簿》、《落卷箱》、《供给单》、《御厨》、《官烛》、《魁鸡》,这组作品是雍乾时期咏物之风大盛的产物,在词史上是全新的题材,其中有对所咏之物所做的细致刻画,也有对士子们心理状态的细腻表现。严迪昌先生评价这组是"历代咏物词中的奇作","可作为《儒林外史》的韵语补笔来读"①,说得非常正确。袁钧有一首《满江红·报罢后叠闱中题壁韵》:"命竟何如,毕竟是、文章无用。猛回头、半生旧恨,痛馀思痛。九日吴山清兴尽,廿年辽海秋风送。倒不如、白眼对黄花,开新瓮。　尘世事,同春梦。方头客,怕钻缝。便三年刻楮,我还嗤宋。客路云深槐影乱,斜阳人老霜华重。笑苍苍、何苦把英雄,猢狲弄。"②是写落第读书人的心态,表达了一腔的委屈、不平和愤懑,尤其是末二句,写得刻骨铭心。徐志鼎的《金缕曲》则写出了另外一种悲剧,其小序云:"钱塘祁郊民聘馀杭程氏女,应省试,扶病出闱,讹传已死。女作绝命词数首,投缳死。生不复娶,移葬程氏于钱塘,因作此解。"词云:"心似芭蕉卷。绕屏山、疏篱低矮,惊传黄犬。小立秋风无限恨,花下泪珠偷泫。怪不道、青鸾先遣。薄命今番成底事,怅蓝桥、天付良缘浅。螺黛冷,玉钗断。　广陵渺渺游魂遍。(原注:'片魂依旧到钱塘',女辞中句也。)念鳏鱼、鸳衾梦冷,永抛

---

① 严迪昌《清词史》,第 391 页。
② 《全清词·雍乾卷》,第 7074 页。

鸿案。回首烟迷松柏路,只有青山满眼。算愁绪、并刀难剪。潘岳年来双鬓改,探囊中、破镜还堪辨。夸信史,重黄绢。"①这或者是出于意外,但这个和科举结合在一起的故事,仍令人唏嘘不已。知识分子的心灵活动是社会变化的重要的晴雨表,这也是另一种史笔。清末徐琪(1849—1918)曾作有《醉太平》八首,分咏秋闱杂事,从"小寓"、"录遗"、"考具",一直写到"发榜"、"鹿鸣宴",所谓"五百年来,入彀英雄,靡不由此"②,与蒋士铨诸人的作品一脉相承。

另外,雍乾时期,虽然清政权的统治已经稳固,其合法性也得到绝大部分知识分子的承认,但对明清鼎革的记忆并未完全忘却,在词中仍有表现。如张埙《满江红·饮菱湖草堂大醉,复宴宝纶堂,与表伯潜村太史、表兄鹗扬孝廉话旧》:"草树离离,谁认得、司农阀阅。(原注:四雨庄也。)有遗老、开元旧话,呜呜咽咽。燕子楼中人去远,凤凰台上箫吹歇。看鱼龙、百戏舞秋烟,灯明灭。 儿女地,寒鸦舌。歌舞散,黄金铁。且猛拚醉也,兴亡休说。双手喜攀嵩华顶,百年归卧沧江楫。何为乎、风景自欷歔,空房妾。"③这尚是一般的感慨。至于吴锡麒《木兰花慢》小序云:"韩旭亭是升家居吴门,所葺小林屋即其曾大父贞文先生洽隐园也。先生与郑君敷教、金君俊明皆为胜国遗老,鼎革后互砺名节,朝夕于斯。后旭亭之兄键属吴兴沈宗骞为画《洽隐园三友图》,今又三十馀年矣。旭亭来征余题,谱此应之。贞文先生讳馨,字幼明,少有声南雍,党事起,几罹于祸,五人墓碑其所书也。贞文盖私谥云。"词云:"借苍烟片席,写水木、倍清华。看竹互松交,迷迷古雪,吹出疏花。仙家。石枰劫后,醉青

---

① 《全清词·雍乾卷》,第2112页。
② 徐琪《玉可盦词补》,清末张鸿辰钞本。题旨说明见郭则沄《清词玉屑》卷三,朱崇才编纂《词话丛编续编》,北京:人民文学出版社,2010,第2583页。
③ 《全清词·雍乾卷》,第4907页。

山留浸一壶霞。只合冬心共话,柴门莫许轻挝。 堪嗟。局外满风沙。旧梦老兼葭。剩断碣残阳,伤心碧处,几字欹斜。天涯。画图展看,认苔岑无数白云遮。合眼须眉宛在,飘萧细雨窗纱。"①则就比较具体,与陈维崧时代的对故国之思的描写有所传承。

乾隆朝号称盛世,但不少词人正是用自己手中的笔,写出了这个盛世的另一面。周济和谢章铤,或许正是从雍乾词坛看到了这样的作品,才进一步认识到陈维崧的理论之深刻性。

四、选本:浙派视野中的陈维崧

雍乾时期的词学批评对陈维崧也有特定的认识,其中值得特别关注的是当时的词选。

选本是中国文学批评的一种重要方式,清代初年,词选就非常发达,尤其是当代词选,在清词复兴的过程中,起到了非常重要的作用。雍乾年间,选政之事较清代前后期均弱,据不完全统计,这一时期的通代词选主要有夏秉衡《清绮轩词选》、陈鼎《同情集词选》、汪之珩《东皋诗馀》,当代词选主要有吴翌凤、林蕃锺《国朝词选》,薛廷文《梅里词绪》,蒋重光《昭代词选》、姚阶等《国朝词雅》,王昶《琴画楼词钞》和《国朝词综》。其中陈鼎《同情集词选》和汪之珩《东皋诗馀》都相对狭窄,吴翌凤、林蕃锺《国朝词选》是稿本,篇幅较小,薛廷文《梅里词绪》是地域性词选②,王昶《琴画楼词钞》所收主要是雍正以来至当代的词人,所以,下面讨论的中心集中在其馀数种,其中提及陈维崧,所体现的思路,可以从一个侧面看出当时批评界对他的看法。

---

① 《全清词·雍乾卷》,第 6546—6547 页。
② 按,薛氏另有一部《梅里词选》,规模较小,或为《梅里词绪》的初本。

夏秉衡的《清绮轩词选》是一部通代词选，所选唐宋词和清代词较多，而元明二代则仅作点缀①，这说明了选家对词起于唐，盛于宋，衰于元明，而复兴于清的认识。夏氏选词主情，所喜欢的是"艳冶"而不流于"秽亵"之作，号称"一以淡雅为宗"②，对此，陈廷焯评价甚低，以为"大半淫词秽语，而其中亦有宋人最高之作。泾渭不分，雅郑并奏，良由胸中毫无识见。选词之荒谬，至是已极"③。此评诋之过甚，不仅"大半淫词秽语"之说不够持平，而且断言其标准不统一，恐也不具有很大的说服力。《清绮轩词选》共选陈维崧词7首，没有占据一个重要的位置，从风格来看，也很平泛，只能说是对陈维崧有所介绍。

这一时期，有三个当代词选值得特别提出来。

第一个是蒋重光的《昭代词选》。这个选本刊于乾隆三十二年(1767)，声称是继承蒋景祁选《瑶华集》的旨趣④，希望对自清初以迄当代的词有所总结。从其所选诸家分布来看，显然是重顺康而轻雍乾，说明他是在历史发展中去认识词坛，而对当代尚未固定的创作，有所保留。在所有顺康词人中，陈维崧词入选计2卷，达194首，应是最多的。尽管这一安排可能与各家存词数量有一定关系，也有备览的意图，但仍然应该体现了他对顺康诸家重要性的认识。该选的宗旨，据蒋氏说："惧艳词之或涉于淫，于是选防闲惟力。"⑤这显然是针对顺康以来词坛艳风盛行

---

① 夏秉衡《清绮轩词选发凡》："词始于唐而盛于宋，故唐宋诸公名作，虽习见者，不敢删去。元明所见绝少，仅存一二。至我朝则人人握灵蛇之珠，家家抱荆山之璧，几于美不胜收。故集中所登，与两宋相埒。"《清绮轩词选》卷首，清乾隆刻本。
② 夏秉衡《清绮轩词选发凡》，清乾隆刻本。
③ 陈廷焯《白雨斋词话》卷五，《词话丛编》，第3888页。
④ 蒋重光《昭代词选序》："自吾家京少先生《瑶华集》后，甲子矣，其间虽有沈蕉音、夏谷香辈稍稍采掇，然无人大裒集之，法曲仙音，久恐零落。"《昭代词选》卷首，清刻本。
⑤ 蒋重光《昭代词选序》。

所进行的反思,惧"涉于淫",就是要以"雅"节制,是则所采用的正是浙西词派的标准。虽然陈维崧的词仍有其特色,但相当部分的定位是与浙西词派相通的。

第二个是《国朝词雅》。这个选本是姚阶、张远春和汪秋白所编,成书于乾隆四十五年(1780)。姚氏三人都是浙江人,对朱彝尊非常推崇,尤其称赞《词综》的廓清之力,该选亦号称"辑百馀年来诸家之作,以续竹垞之后"①,因此,其中表达的主要是浙派的观念。《国朝词雅》共选朱彝尊词51首,但选陈维崧词也达44首,居于第二,虽然入选的作品有点杂,仍能看出选者努力想突出其符合浙派特点的一面。

第三个是王昶《国朝词综》。这个选本编成于嘉庆七年(1802),和姚阶等人一样,也是推尊朱彝尊浙西词派的倾向,正如王氏本人所声称的:"余弱冠后与海内词人游,始为倚声之学,以南宋为宗,相与上下其议论。因各出所著,并有以国初以来词集见示者,计四五十年来所积既多,归田后,恐其散佚湮没,遂取已逝者择而抄之,为《国朝词综》四十八卷。选词大旨,一如竹垞太史所云。"②显然体现了浓厚的浙派色彩。《国朝词综》共选陈维崧30首,风格倾向于幽淡清疏,多是陈维崧词中具有浙西之调者。比如,其中所选《琵琶仙·阊门夜泊用白石词韵》和《喜迁莺·雪后立春用梅溪词体》,都是典型的代表。对此,谢章铤已经看出来了,他批评说:"《湖海楼集》哀然数寸许,然腹笥既富,成篇自易,堆垛之病,同于繁缛。去其浓醯厚酱,真味乃见……述庵(按王昶号述庵)乃宝其楗而多

---

① 王昶《姚莳汀〈词雅〉序》,《春融堂集》卷四十一,清嘉庆十二年(1807)塾南书舍刻本。
② 王昶《国朝词综序》,《续修四库全书》第1731册,第1—2页。按,《国朝词综》编定于嘉庆七年(1802),与本文所讨论的雍乾词坛在年代上有参差。但我们看王昶的序文,他编《国朝词综》经历了一个漫长的过程,至"归田后"逐渐完成,而他的"归田"在乾隆五十八年(1793),因此,尽管《国朝词综》最终编定于嘉庆七年(1802),但王昶的选政活动却主要在乾隆年间。

遗其珠,动以姜、史相绳,令此老生气不出,余所以不能无间于《国朝词综》者,率以此类。盖选家须浏览全集,取其长技,不得以意见为去取也。"①谢氏批评该选以姜夔、史达祖之作为准绳,去选取陈维崧的作品,认为没有抓住其特色,甚至认为是由于未读陈氏全集。这种意见,是只见其一,不见其二,因为王昶本就是以浙西的标准来选词的,而非作一般性的介绍,他用自己的标准来决定去取,有一定的道理。

从以上诸词选可以看出,在雍乾词坛,慷慨激楚、真率言情固然是陈维崧的重要形象特征,但是在浙派进一步发展之际,在很多人心目中,陈维崧也可以视为浙派的成员来看待。这个问题值得进一步论述。

陈维崧其人,现在往往作为阳羡词派的领袖加以讨论,而从当时词坛实际来看,他和浙西词派的关系并不容易区分开。人所共知的两个事实,一是在为《浙西六家词》作序时,他曾希望不要以地域设限:"倘仅专言浙右,诸公固是无双;如其旁及江东,作者何妨有七。"②表示自己至少也可算是浙西词派的同道人;二是后来引发浙西词派迅猛发展,并对乾隆词坛发生重大影响的"《乐府补题》唱和",他也是积极推动者之一③。在词史上,他是一个全能型的作家,因此,简单划分,总是难以明确定位。

---

① 谢章铤《赌棋山庄词话》卷四,《词话丛编》,第 3378—3379 页。
② 陈维崧《浙西六家词序》,《陈检讨四六》卷九,影印文渊阁《四库全书》第 1322 册,上海:上海古籍出版社,1987,第 130 页。
③ 关于《乐府补题》的复出,朱彝尊《乐府补题序》有这样的记述:"《乐府补题》一卷,常熟吴氏抄白本,休宁汪氏购之长兴藏书家。予爱而亟录之,携至京师。宜兴蒋景祁京少好倚声为长短句,读之赏激不已,遂镂板以传。"(朱彝尊《曝书亭集》卷三十六,《四部丛刊初编》本)而蒋景祁和陈维崧的关系,见于其《迦陵先生外传》:"先生为吾乡名宿,景祁获侍先生于里中十有馀载,及客燕台,往还尤密。"(钱仪吉《清代碑传全集》,上海:海古籍出版社,1987,第 241 页)至于陈氏在推动《乐府补题》唱和中的作用,见于毛奇龄《鸡园词序》:"《花间》、《草堂》各不相掩,其后,迦陵陈君偏欲取南渡之后,元明以前,与竹垞朱君,作《乐府补遗》诸倡和,而词体遂变。"(毛奇龄《西河集》卷三十八,影印文渊阁《四库全书》第 3521 册,第 319—320 页)

对此，为其词集作序的蒋景祁已经指出："读先生词者，以为苏辛可，以为周秦可，以为温韦可，以为《左》、《国》、《史》、《汉》、唐宋诸家之文亦可。盖既具什佰众人之才，而又笃志好古，取裁非一体，造就非一诣，豪情艳趣，触绪纷起，而要皆含咀酝酿而后出。"①乾隆年间的万之蕙为史承谦《小眠斋词》作序，也延续了这个说法："偷声减字，肇自唐贤。换羽移宫，传诸宋代。元明渐降，国朝聿兴。金粟舒生花之妙管，江湖扬白石之新声。弹指清芬，纳兰婉利。王司李之《衍波》，靡惭倦圃；陈秋田之《弃稿》，远过香严。而吾乡迦陵先生，以天吴紫凤之才，作镂月裁云之调，豪俊则苏辛并驾，谐媚乃秦李争妍。短什长谣，协宫商之变；穿杨彻札，空南北之军。固已一时无两，千载少双者矣。"②既然陈维崧的创作具有如此的多样性，则其具有南宋姜、史一路，被浙西词派认为同道中人，甚至本身就是浙西词派的成员，也并非不可接受。事实上，乾隆词坛上，将陈维崧和朱彝尊作为一个创作群体加以并论，是一个常见的现象，如汪由敦《满江红·题翠羽词》："减字偷声，我笃爱、梅溪白石。数能事、今人不薄，迦陵竹垞。"③就把陈维崧和朱彝尊都看作能够继承史达祖和姜夔的人物。另外还有一个例子可以进一步对此予以说明，即在文学史上一向被认为是师法和继承陈维崧、并作为阳羡词派后劲的史承谦，其弟史承豫为其《小眠斋词》作序时却是这样评价："先兄位存，酷嗜读书，姿禀超异。生平所为诗古文词，在在具有神解，而尤精于倚声之学，自南唐两宋以迄昭代诸名家，靡不搜采研诵，吸其精英，而淘洗出之。高者直轧白石、梅溪，次亦不失为竹垞、华峰诸前辈。"④这里提到的宋代词人，是姜

---

① 蒋景祁《陈检讨词钞序》，陈维崧《湖海楼词集》卷首。
② 马大勇《史承谦词新释集评》附录三，北京：中国书店，2007，第430—431页。
③ 《全清词·雍乾卷》，第2969页。
④ 见马大勇《史承谦词新释集评》附录三，第431页。

夔和史达祖,提到的清代词人则是朱彝尊和顾贞观,并无辛弃疾、陈维崧,非常耐人寻味。储国钧为《小眠斋词》作的序,提到师法对象时,北宋有"小山、少游、美成诸君子",而"降至南宋,虽不乏名家,要以梅溪为最"。同时,又说"我朝诸前辈""标白石为第一,以刻削峭洁为贵",但"不善学之,竟为涩体,务安难字,卒之抄撮堆砌,其音节顿挫之妙荡然。欲洗'花草'陋习,反堕浙西成派,谓非矫枉过正欤?"因此,称赞"位存当稍知厌弃之时,大畅厥旨"①。这个"旨",正是浙西诸前辈的初衷,而非后来"浙西成派"的矫枉过正。而史氏本人的创作,也多有近于浙西者,对此,前人已经有所指出,如《探芳讯》(冶城暮)和《一萼红·桃花夫人墓》(楚江边),陈廷焯《词则·别调集》卷五评前者:"幽情逸韵,神明乎姜史。"②《白雨斋词话》卷四评后者:"清虚骚雅,用意忠厚。"③谢章铤也曾指出,王昶《国朝词综》所选史氏之词"将三十首",都是"近于浙派者"④。由此可见当时迦陵一系与浙西的关系。正是由于这些因素,近人吴梅就明确指出:"后人每好扬朱而抑陈,以为竹垞独得南宋真脉,盖亦偏激之论。世之所以抑陈者,不过诋其粗豪耳,而迦陵不独工于壮语也。《丁香·竹菇》、《齐天乐·辽后妆楼》、《过秦楼·疏香阁》、《愁春未醒·春晓》、《月华清》诸阕,婉丽娴雅,何亚竹垞乎?"⑤

---

① 见马大勇《史承谦词新释集评》附录三,第430页。
② 陈廷焯《词则》卷五,上海:上海古籍出版社,1984。
③ 陈廷焯《白雨斋词话》卷四,《词话丛编》,第3855页。按关于史承谦词的浙西风调,马大勇《史承谦词新释集评》多有论说,可参看。
④ 谢章铤《赌棋山庄词话续编》卷三,《词话丛编》,第3528页。
⑤ 吴梅《词学通论》,上海:复旦大学出版社,2005,第122页。按,吴梅之论,系出陈廷焯。陈廷焯针对后世扬朱抑陈的看法,曾指出:"国初词家,断以迦陵为巨擘。后人每好扬朱而抑陈,以为竹垞独得南宋真脉。呜呼,彼岂真知有南宋哉!"(《词话丛编》,第3837页)揣摩其语气,陈廷焯似乎认为,并不是朱彝尊"独得南宋真脉",陈维崧也不遑多让。陈廷焯曾与浙派关系密切,他的看法值得重视。

因此，雍乾词坛对陈维崧的看法至少有两种，一是以其风格为慷慨激楚，将其与朱彝尊作为两种相异风格的代表，如江炎《杉亭词序》："本朝诸先辈如竹垞之雅艳，迦陵之豪宕，皆跨绝前代，直接宋元。"①又如吴锡麒《董琴南楚香山馆词钞序》："词之派有二：一则幽微要眇之音，宛转缠绵之致，戛虚响于弦外，标隽旨于味先。姜史共渊源也，本朝竹垞继之，至吾杭樊榭而其道盛；一则慷慨激昂之气，纵横跌宕之才，抗秋风以奏怀，代古人而贡愤。苏辛其圭臬也，本朝迦陵振之，至吾友瘦铜而其格尊。"②出生在乾隆中叶的郭麐和吴衡照分别在其《灵芬馆词话》和《莲子居词话》中也说，"迦陵词伉爽之气，清丽之才，自是词坛飞将"③；"今人学辛稼轩，叫嚣打乖，堕入恶趣。无迦陵先生才，不可作耳"④。一是将其放在浙西词派的架构中予以讨论，如上述。这是陈维崧词经典化的过程中一个有代表性的现象，都能够反映陈维崧词的一个方面。只是，后来不少批评家为了更细致地进行风格的划分，更为强调陈维崧的某一面，而将其近于浙西的部分有意无意地忽略了⑤。

五、总结

通过上面的论述，可以得出以下结论：

第一，雍乾时期是陈维崧接受史的一个重要时期，其基本的创作趋

---

① 吴烺《杉亭词》卷首，清乾隆刻本。
② 吴锡麒《有正味斋集骈体文》卷八，影印清嘉庆十三年（1808）刻《有正味斋全集》增修本，《续修四库全书》第 1468 册，第 665 页。
③ 郭麐《灵芬馆词话》卷一，《词话丛编》，1509 页。
④ 吴衡照《莲子居词话》卷三，《词话丛编》，第 2450 页。
⑤ 其实，今人论及陈维崧词，也已经认识到其多元性，如严迪昌先生曾说："《湖海楼词》本具两种风格。"见其《论史承谦及其〈小眠斋词〉——兼说清词流派之分野》，《严迪昌自选论文集》，北京：中国书店，2005，第 238 页。当然，从陈维崧的实际创作看，或也并不限于两种风格。

向和风格特色都得到了认识，但尚未有定于一尊的看法。这个时期，人们与陈维崧还没有充分拉开时间的距离，认识中也夹杂了不少感情的因素。

第二，陈维崧提出的重要学说"词史"说，在雍乾时期未见理论上的直接回应，但在创作中却有着一定的体现，可以视为一种特定的影响，从一个特定的主要是反映政治社会现实的角度，搭起了后来周济、谢章铤"词史"理论的桥梁，成为一个重要过渡。

第三，雍乾时期，不少批评家仍然将陈维崧视为浙西词派的一员，这既反映了陈维崧本人创作风格的丰富和多元，也反映了雍乾词坛建设中希望出现强势风格力量的强大。关于陈维崧的流派归属，一直以来就有争议，雍乾词坛体现了这种多元性。随着流派意识的不断增强，现在陈维崧大致作为与朱彝尊相异的一个作家而进入词史，但雍乾词坛对他的认识可以让我们进行全方位的思考。

总之，雍乾年间是陈维崧作为一个词学经典被建立的重要时期，虽然有些现象还不明显，但作为一个重要的过渡，既体现了前一个时期的馀波，又为此后的词坛接受开拓了广阔的空间。

第五节　重理旧韵与抉发新题
—— 雍乾年间的咏物词及其与顺康的传承与对话

一、问题的提出

清代的雍正、乾隆年间，词体文学的创作挟清初词学复兴之势，进入了一个新时期。雍乾词人对过去的遗产全面总结，并结合当时词坛建构的需求，在不少方面都有新的探索。

咏物词是宋代已取得一定成就,但发展尚不够充分的一种词体创作样式。在清初词学复兴的过程中,这个领域的巨大空间被揭示出来,吸引不少词人投身其中,写出了非常优秀的作品;特别是一些词坛领袖,引领风气,推动了不少次唱和,以群体形象,展示出富有时代性的追求,体现了清词发展的一种新面貌。顺康时期咏物词创作中所取得的成就以及群体活动所体现的广泛影响力,都在雍乾时期,被最敏感的词人所关注。

雍乾词坛,虽然总体成就不及顺康,仍然词人辈出,一片繁荣,其中成就最为突出,影响力最为重大的词人是厉鹗。在那个时代,他被公认为浙西词派的后劲,代表着中期浙派的最高成就,是朱彝尊之后的第一人。郭麐说:"国初之最工者,莫如朱竹垞,沿而工者,莫如厉樊榭。樊榭之词,其往复自道,不及竹垞,清微幽渺,间或过之。白石、玉田之旨,竹垞开之,樊榭浚而深之。"[①]这个思路,能够被文学史的创作所印证。

笔者拟以雍乾年间厉鹗倡导的两次重要唱和——《雪狮儿》咏猫和《天香》咏烟草——为研究对象,讨论顺康与雍乾词坛的传承、对话以及异同等问题。

二、两个题材的选择

猫与人类的活动很早就结下不解之缘,因此,也很早就被写入文学作品中。

与猫相关的作品,以诗而言,在宋人笔下,数量开始激增。如黄庭坚《乞猫》诗[②],陆游《鼠屡败吾书,偶得狸奴,捕杀无虚日,群鼠几空,为赋

---

① 郭麐《梦绿庵词序》,冯乾编校《清词序跋汇编》,南京:凤凰出版社,2013,第 604 页。
② 黄庭坚《山谷外集》卷六,刘尚荣校点《黄庭坚诗集注》,北京:中华书局,2002,第 975 页。

此诗》①,都是其中较著者。

以猫作为词的题材来写咏物之作,是从清初钱芳标(字葆馚)开始的,钱词调寄《雪狮儿》。《雪狮儿》一调最早出现在宋代,但现存作品与猫无关。清代词人的写作往往喜欢在词牌上做文章,《雪狮儿》的本意是雪狮,所以陈维崧和陆进写有《雪狮儿·本意》,都和雪狮有关。但猫中也有名狮猫者,长毛而白色,雍乾词人吴锡麒《雪狮儿》四首之一:"但要狮毛长就。傍临安朱户,那愁消瘦。"②自注引《咸淳临安志》:"都人蓄猫,长毛白色者名狮猫,盖不捕之猫,徒以观美,特见贵爱。"③《金瓶梅》中潘金莲养的一只纯白的猫就叫雪狮子。所以,在清代词人的心目中,"雪狮儿"或者可以指狮猫,并进一步可以泛指猫。无论如何,钱氏的这一吟咏,很快就引起了朱彝尊的注意。作为在咏物词的创作上有意开疆拓宇的词坛领袖,他敏锐地看到了这一新的题材所具有的挑战性,因此非常感兴趣,一口气和了 3 首④。在他的推动下,据说当时"和什如云"⑤,不过收录于《全清词·顺康卷》的,只有 13 首,可能不少都没有保留下来。这些作品,当然是从不同方面对猫进行描写,但最主要的特点,

---

① 陆游《剑南诗稿》卷六十五,《四部备要》本。
② 张宏生主编《全清词·雍乾卷》,南京:南京大学出版社,2012,第 6599 页。
③ 潜说友《咸淳临安志》卷五十八《风土》,清道光十年(1830)钱塘汪氏振绮堂仿宋刻本。
④ 朱彝尊的《雪狮儿》题为"钱葆馚舍人书咏猫词索和,赋得三首",见南京大学中文系《全清词》编纂研究室编《全清词·顺康卷》,北京:中华书局,2002,第 5340—5341 页;厉鹗《雪狮儿》小序,也说"华亭钱葆馚以此调咏猫,竹垞翁属和,得三阕",见《全清词·雍乾卷》,第 246 页。不过,《曝书亭词拾遗》还有一首《雪狮儿》,题为"钱葆馚舍人书咏猫词索和,赋得四首",见《全清词·顺康卷》,第 5375 页。不知是后来又补和一首,还是作品的真实性值得怀疑,姑录于此备考。
⑤ 郭则沄《清词玉屑》卷十一,朱崇才编纂《词话丛编续编》,北京:人民文学出版社,2010,第 2855 页。

就是"遍搜猫典"①,以广博的学问和巧妙的呈现,来展示其艺术匠心。本来,黄庭坚的咏猫诗,后世论者,尚有认为"喻小人得志,冀用君子之意"②,带有比兴寄托的意思,不过朱彝尊在咏物词的创作上,有刻意消减寄托,转向专门探索"传形"的意图③,因此,这样一个题目,正是他发挥所长的好机会。

雍乾之际是浙西词派进一步发展的时期,也是朱彝尊的词坛形象被进一步建立的时期。因此,由朱彝尊诸人推动的这一唱和,理所当然地被当时的词人所关注。以《全清词·雍乾卷》加以统计,《雪狮儿》咏猫之作共26首④,另外还有以其他词牌所写的咏猫之作,都是受到顺康时期《雪狮儿》唱和的影响,因此,雍乾年间的追随者阵容有着相当的规模。

顺康时期的咏猫诸作,珠玉在前,如何超越,是雍乾词人必须思考的问题。以当时的词坛代表厉鹗而言,他在学习自己的前辈朱彝尊的同时,无疑具有很强的挑战意识,这一点首先就从数量上体现了出来,因为朱彝尊和钱芳标写了3首,而厉鹗则一口气写了4首。当然,更重要的是,厉鹗在写法上有意识地与朱彝尊保持距离,郭则沄就特别指出:"樊

---

① 郭则沄《清词玉屑》卷十一,《词话丛编续编》,第2855页。
② 褚人获《坚瓠集》八集卷一,《笔记小说大观》第15册,扬州:江苏广陵古籍刻印社,1983,第249页。
③ 参看拙作《清代词学的建构》第二章《咏物词的传承与开拓——以朱彝尊的咏物词为例》,南京:江苏古籍出版社,1998。
④ 由于《全清词》编纂的实际情况,两个时代的统计或有重叠处,比如《顺康卷》中有吴焯《雪狮儿》四首,小序云:"竹垞先生赋猫词二阕,吾友樊榭广为三作,皆征事实,斐然可诵。爰仿其例,二家所有者不引焉。凡四首。"吴氏生于康熙十五年(1676),卒于雍正十一年(1733),和厉鹗有交集。这里,根据成书,将其算作于顺康人。又,他说朱彝尊猫词为二阕,实应为三阕;厉鹗三作,实为四作。吴词见《全清词·顺康卷》,第11665—11668页。

榭有词四阕,选典益僻,自稗官琐录,以逮前人诗句,古时俗谚,搜罗殆备。"① "选典益僻"四字,说出了其基本特色,厉鹗正是从这个方面展开自己的追求的。

烟草原产于南美,传入中国的时间,学术界尚有争论,较为通行的看法,认为大约是明代嘉靖年间。至于传入线路,也有若干条,而以吕宋较多被提及。

烟草传入中国后,迅速在社会上流行开来,到了明代崇祯末年,据说西南一方,已经"无分老幼,朝夕不能间"②。至清代乾隆年间,"士大夫无不嗜烟,乃至妇人孺子,亦皆手执一管"③。或者有所夸张,但也不会空穴来风。虽然有人曾指出吸烟之弊④,最高统治者也有禁戒之令⑤,但并没有扭转这一大趋势。

吸烟一事既然已成晚明以来的一种重要的社会风气,自然也会成为文人吟咏的对象。顺康年间的方孝标有《吃烟》一诗:"塞俗如同麻麦收,翠茎红蕊种三秋。沙畦摘焙传方法,土炕宾朋当款留。金碗吸如鸿渐品,玉山颓似杜康谋。革囊铜管偕刀鐎,已见吹嘘遍九州。"⑥ "吹嘘遍九

---

① 郭则沄《清词玉屑》卷十一,《词话丛编续编》,第 2855 页。
② 张介宾《景岳全书》卷四十八,北京:中国中医药出版社,1994,第 639 页。
③ 陆耀《烟谱·好尚》,《续修四库全书》第 1117 册,第 484 页。
④ 如施闰章《矩斋杂记》有"烟害",略谓:"南乡孟氏家畜蜜,旁有种烟草者,蜜采其花,皆立死,蜜为之坏。以是知烟之为毒,不可向迩。"《四库全书存目丛书·子部》第 249 册,第 591 页。
⑤ 如康熙皇帝曾"传旨禁天下吸烟",见陈其元《庸闲斋笔记》卷三"圣祖不喜吸烟",北京:中华书局,1989,第 73 页。乾隆也下达过禁烟令,大约推行了 10 年时间,但似乎没有达到预期的效果。参看王宏斌《清代前期禁止烟草政策初探》,载《社会科学辑刊》2014 年第 2 期。
⑥ 方孝标《钝斋诗选》卷十六,《续修四库全书》第 1405 册,第 441—442 页。

州"的描写,非常生动。其他各种诗赋,不一而足①。

清代咏物词的发展过程中,对新题材的尝试,始终是作家们非常感兴趣的。顺康年间,此风已开,至雍乾之际,一方面,承接顺康,追求新创,乃是词坛的普遍意识;另一方面,社会上的嗜烟之风,也给词人们提供了创作素材,因此,在厉鹗的引领下,词坛上掀起了一次调寄《天香》的咏"淡巴菰"唱和。《天香》一调,据《法苑珠林》:天童之子"天香甚香"②。《词谱》认为:"调名本此。"③此调宋代已有不少人创作,宋元之际诸老以之咏龙涎香,从"香"字入手,已经有了内容和形式表里一致的意思。厉鹗可能也是从这一点着眼的,正如赵翼《吃烟戏咏》所说:"喷浮银管香驱秽。"④烟草有香,是当时人的共识,如此设计,也见巧思。

厉鹗是当时的词坛领袖,非常有号召力,他写了《天香》一词咏烟草之后,很快就风靡一时,引起了大规模的唱和,据《全清词·雍乾卷》统计,厉鹗之外,以《天香》一调咏烟草,或淡巴菰、食烟、鼻烟等,还有24首,大致都和厉鹗此作有渊源。

三、对旧题之挑战

顺康时期,词体复兴之势已成,作家们在创作上投入了很大的精力,对唐宋词人尚未涉猎者,固然多有探索;对唐宋词人有所涉猎者,则努力精进,探求其所能达到的边界。以咏物词而言,作家们多方搜求,多元展

---

① 从文学史的角度谈烟草,刘耘华的《烟草与文学:清人笔下的"淡巴菰"》一文是较早者,载《上海师范大学学报》(哲学社会科学版)2012年第3期。本文对刘文有所参考。
② 释道世撰、周叔迦等校注《法苑珠林校注》卷二,北京:中华书局,2003,第61页。
③ 陈廷敬主编《康熙词谱》,长沙:岳麓书社,2000,第717页。
④ 赵翼《瓯北集》卷五十,《续修四库全书》第1447册,第179页。

开,更借追和《乐府补题》,向纵深发展。钱芳标、朱彝尊等人的《雪狮儿》咏猫之作,正是在这个大背景下产生的。

猫的形态、动作、习性等,是人们所常见的,并没有什么特殊之处,要在这方面出新,并不是太容易,顺康词人选择这一题材,主要是在征典上下功夫,因为由此入手,可见其难度:"猫之见于经史者,寥寥数事而已,馀则杂出于传记百家之书。"①这对于一般来说总是更为熟悉经史的士人而言,当然是一个挑战,挑战他们对"杂"书的阅读和掌握,以及整合的能力,而这个"杂",似乎更多见于唐以后的书,道光年间的王初桐和咸丰年间的黄汉分别辑有《猫乘》和《猫苑》,其所采摭诸猫事,都可以证明。

钱芳标《雪狮儿》词题说:"京邸无事,戏同锡鬯作。"②朱作题云:"钱葆馚舍人书咏猫词索和,赋得三首。"③由此可知,是钱氏先有一首,朱氏继和三首。钱氏之作虽用典,但并未注出,朱氏则在每一首的后面,都详注出典,明显是指出此次唱和的用心所在,也带有竞赛的意思。朱彝尊是重要的学人,知识广博,见闻丰富,他这样做,具有示范意义。

雍乾年间,以厉鹗为首的词人创作群体,发现了顺康词坛这次唱和所具有的挑战性,他们沿着朱彝尊所开创的道路向前走,既是向朱氏致敬,也是向朱氏挑战。厉鹗《雪狮儿》咏猫词序云:"华亭钱葆馚以此调咏猫,竹垞翁属和,得三阕,征事无一同者。予与吴绣谷约,戏效其体,凡二家所有,勿重引焉。"④这种在创作中对某些方面进行避或禁的做法,可

---

① 王初桐《猫乘小引》,《续修四库全书》第1119册,第359页。
② 《全清词·顺康卷》,第7590页。
③ 《全清词·顺康卷》,第5340页。
④ 《全清词·雍乾卷》,第246页。

能是借鉴了北宋欧阳修、苏轼诸人咏雪诗的"禁体物语"①。厉鹗之作，基本方式全同朱彝尊，也是在篇后详注出典，但具体看来，也有不同。第一，朱彝尊的三首，所自注的典故，各篇多寡不一，而厉鹗则较为平均，前三首都用8个典故，后一首用9个典故；第二，朱彝尊自注之典，集中在子部和集部，而以子部为多，特别是用了画谱图录，而厉鹗则更为广泛些，像《埤雅》《尔雅翼》，都属经部，尤其是集部，所取甚多；第三，在集部中，厉鹗又特别注重征引诗歌，朱彝尊的三首仅仅征引了5首诗，而厉鹗则征引了15首诗，显然是试图在这方面开一新局；第四，朱彝尊征引的5首诗，分别为唐代2首，北宋1首，南宋2首，而厉鹗征引的15首诗中，南宋和金元各有7首。厉鹗治学，对宋代特别是南宋的历史和文学都非常熟稔，有《宋诗纪事》《南宋杂事诗》《绝妙好词笺》等，他还作有《辽史拾遗》，对金元两代文事，也并不陌生。他多用宋金元之诗，正是他的学术背景的充分反映。如其《雪狮儿》第一首："扑罢蝉蛾，更弄飞花成阵。穿篱远近。未肯傍、茸毡安稳。念寒夜、偎衾暖处，梦寻灯晕。"自注引宋叶绍翁《猫》诗："醉薄荷，扑蝉蛾。"张良臣《山房惠猫》："从来怜汝丈人乌，端正衔蝉雪不如。江海归来声绕膝，定知分诉食无鱼。"又《祝猫》："江上孤篷雪压时，每怀寒夜暖相依。从今休惯穿篱落，取次怀春屡不归。"将南宋江湖诗人的作品信手拈来，虽然某些描写如扑蝉蛾，原是猫的一般行为，但给出出处，就增加了进一步的联想。上引郭则沄的评价，说厉作用典时，各个类别，"搜罗殆备"，可能夸张，但若说广泛搜求了南宋和金元间的咏猫之诗，确也如实。

厉鹗的这种创作心理，在雍乾年间得到了词坛的关注，并引起仿效。

---

① 参看程千帆师和我合写的《"火"与"雪"：从体物到禁体物——论"白战体"及杜、韩对它的先导作用》，载《中国社会科学》1987年第4期。

如赵文哲作有《雪狮儿》二首，小序中说："昔竹垞《莼》、《鲛》、《咏猫》，唱和征事，无一同者。近见《厉樊榭集》四阕，更出新意，几令前贤畏后生矣。暇日戏复为之，又得如干事，要亦非僻书也。"①虽然不是僻书，但作者也很得意，因为他认为前人没有用过。李汝章《雪狮儿·猫，为复初上人作》，或者由于赠送对象是僧人，所以用了《佛游本记》、《因果续录》等书中的佛典②，也是刻意求新。吴锡麒追随其后，更明确指出："《曝书亭集》中有《雪狮儿》猫词三阕，盖和华亭钱葆馚作也。吾杭樊榭、尺凫两先生相继有咏，其捃摭也富矣。暇日戏仿其体，复成四章，凡诸家所有，不引焉。"其所引诸书，有《采兰杂志》、《物理小识》、《东皋杂录》、《咸淳临安志》、《野获编》、《鸟兽续考》、《桯史》、《在园杂志》、《续墨客挥犀》、《耳谈》、《湖湘野录》、《孔丛子》、《黄山志》、《七修类稿》、《江南野史》等③，不见得前人就完全没有使用过，但确实很有特色。清代中期的重学之风，也可以从这里体现出来。

通过将朱彝尊和厉鹗的《雪狮儿》咏猫词进行对比，后者的创作心理昭然若揭。对于雍乾来说，顺康是刚过去的时代，差不多也可以认为是当代。清代词人面对当代创作成果的焦虑及其所采取的策略，或可看出一点端倪。

四、对新题之抉发

如果说，咏猫之作是在前人的基础上，争取新创，那么咏烟草之作则是雍乾词坛的发明，可谓新题。厉鹗《天香》开其先河，云：

---

① 《全清词·雍乾卷》，第 1482 页。
② 《全清词·雍乾卷》，第 2161 页。
③ 《全清词·雍乾卷》，第 6599—6601 页。

瀛屿沙空,星槎翠剪,耕龙罢种瑶草。秋叶频翻,春丝细吐,寄与绣囊函小。荷筒漫试,正一点、温麐相恼。才近朱樱破处,堪怜蕙风初褭。　　娇寒战回料峭。胜槟榔、为销残饱。旅枕半欹熏透,梦阑人悄。几缕巫云尚在,溅唾袖、馀花未忘了。唤剔春灯,暗紫醉抱。

词前有序,云:"烟草,《神农经》不载。出于明季,自闽海外之吕宋国移种中土。名淡巴菰,又名金丝薰,见姚旅《露书》。食之之法,细切如缕,灼以管而吸之,令人如醉,祛寒破寂,风味在曲生之外。今日伟男鬌女,无人不嗜,而予好之尤至。恨题咏者少,令异卉之湮郁也。暇日斐然命笔,传诸好事。"①《露书》是晚明姚旅所著,上面记载:"吕宋国出一草曰'淡巴菰',一名曰'醺'。以火烧一头,以一头向口,烟气从管中入喉,能令人醉,且可辟瘴气,有人携漳州种之。"②这或者是那个时期的人们对烟草的基本认识。

这首词乃以赋法写烟草,上片从烟草之传自海外,写到其种植、烘焙,以及烟具、气味、样态等,下片写其功用,如驱寒、化滞、解闷等。其中可以注意的,至少有两点。第一,对于这种从海外传进中国的新事物,作者虽也用典,却并不像当时一般的广征博引,而是以联想的方式展开。如"星槎",就是用晋张华《博物志·杂说下》:"旧说云,天河与海通,近世有人居海渚者,年年八月有浮槎,去来不失期。人有奇志,立飞阁于槎上,多赍粮,乘槎而去。十馀日中,犹观星月日辰。"③以此来写烟草传自海外。又,明代的费信曾先后四次随郑和下西洋,著有《星槎胜览》,也可

---

① 《全清词·雍乾卷》,第260页。
② 姚旅《露书》卷十,福州:福建人民出版社,2008,第261页。
③ 张华《博物志》卷三,《四部备要》本。

以与此有所联系。第二,同样也是由于这是一个新事物,并无现成经验,于是就选择了和以往经验相关的类比之法。如为了说明吸烟可以化滞,而有"胜槟榔、为销残饱"一句。罗大经《鹤林玉露》:"岭南人以槟榔代茶,且谓可以御瘴,……功有四:……四曰饱能使之饥。盖食后食之,则饮食消化,不至停积。"①晚明张介宾将槟榔与烟对举:"烟性峻勇,用以散表逐寒,则烟胜于此;槟榔稍缓,用以和中暖胃,则此胜于烟。"②烟的功能就有"饱能使之饥"等。清代顺治年间的沈穆写烟草功能:"四曰饱能使之饥。"③道光年间的陈琮《烟草谱》也说:"饭后食之,则饮食消化,不至停积,盖饱能使之饥也。"④"饱能使之饥"一语,都全抄《鹤林玉露》。当然这也可能就是晚明以来人们的基本认识。第三,词的下片,差不多完全使用了咏物诗创作中"言其用不言其名"的赋法。化滞是一个例子,另如"娇寒战回料峭",是说吸烟可以御寒,从前引赵翼《吃烟戏咏》:"喷浮银管香驱秽,暖入丹田气辟寒。"⑤也可以得到证明。既然是赋法,就不妨和与厉鹗大致同时代的全祖望《淡巴菰赋》加以对照:"岂知金丝之薰,足供清欢;神效所在,莫如辟寒。若夫蠲烦涤闷,则灵谖之流;通神导气,则仙茅其俦。槟榔消瘴,橄榄祛毒,其用之广,较菰不足。"⑥描写确实颇有相通之处。

厉鹗写了这首词之后,"继和者几遍大江南北,逞妍抽秘,妙绝一

---

① 罗大经《鹤林玉露》丙编卷一,北京:中华书局,1983,第247页。
② 张介宾《景岳全书》卷四十九,第655页。
③ 沈穆《本草洞诠》卷九,中国文化研究会编纂《中国本草全书》第88卷,北京:华夏出版社,1999,第272页。
④ 陈琮《烟草谱》卷二,《续修四库全书》第1117册,第427页。
⑤ 赵翼《瓯北集》卷五十,《续修四库全书》第1447册,第179页。
⑥ 全祖望《鲒埼亭集》卷三,《续修四库全书》第1428册,第708页。

时"①。考察这些作品,基本描写手法,不少模仿厉鹗,有些连意象都相似,可见厉鹗在这一领域的经典作用。当然,有些作品也是同中有异,如陈皋《天香·和樊榭咏烟草》:

> 湘管吹春,银灯借暖,晴窗漫幻云气。色染鹅黄,揉同茧缕,更着幽馨兰芷。爱他吻角,最常是、泥人微醉。堪笑荷囊满注,都如佩觿牢致。 曾闻寄根海外。倩飞帆、度来天际。栽遍断畦荒圃,别添耕事。试问茶香可配,便酒酽、难教比风味。好伴敲吟,暗消旅睡。②

这首词非常平实,分别写吸烟的姿态,烟草的色泽、形状、气味,吸烟带给人的感受,烟草的由来、栽种等,特别是后面与茶、酒合写,三者一体,构成了一种特定的文化意味,而末二句中的"好伴敲吟",将吸烟与写作结合在一起,更是写出了读书人的生活形态。

顺治十八年(1661),沈穆出版《本草洞诠》,其中卷九对烟草有这样的记载:"烟草一名相思草,言人食之,则时时思想,不能离也。"③本是说吸烟能使人上瘾,但"相思"二字无疑可以做另外的联想,因此,不少作品也从这一点加以发挥。如吴蔚光《天香·咏淡巴菰》:"称与匣中,红豆子名齐唤。还恐相思味尽,为细拨、馀灰蕴香炭。一炷愁苗,秋衾梦断。"④吴锡麒《天香·烟草》:"百种相思欲寄。奈化作、巫云又轻坠。飓出纹

---

① 程瑜《天香》小序,《全清词·雍乾卷》,第6676页。
② 《全清词·雍乾卷》,第1371页。
③ 沈穆《本草洞诠》卷九,《中国本草全书》第88卷,第271页。
④ 《全清词·雍乾卷》,第6035页。

帘,合成心字。"①都是从烟草的别名,延伸到感情的浓度,后者的想象尤其丰富别致。

五、日常生活描写的琐细化

自杜甫以来,以平凡琐细的日常生活入诗,就成为诗人关注的重点之一,经过宋代诗人的发展,逐渐成为诗歌创作的一个重要方面。在词体文学史上,自唐宋以迄金元明,这种状况虽然也有出现,但一直要到清代,在词学复兴的大趋势中,才更加明显,更加突出。许多在传统上并不入词的题材,都被词人们多方搜求,写入笔下。咏物词也是如此,代表作家如朱彝尊,其《茶烟阁体物词》中,很多题材都前无古人,平凡琐细,体现了词史的新内涵。当然,从杜甫而来的这种倾向和咏物词中的这种情形,不一定完全相同,但也可以放在同一背景中加以思考。

猫是日常生活中常见的动物,歌咏之中,注入日常生活的经验,原是题中应有之义,因此虽然重在征典,其中仍努力和日常生活密切结合。如茹敦和《雪狮儿·猫》四首之二:"悄悄檐牙偷渡。到邻家、土灶乱柴堆处。才过腥风,暗里双睛斜注。待伊移步。还剩取、残鳞相付。归来暮。一觉齁声耽误。"②写猫在檐牙潜行,在邻家闲卧,特别闻到鱼腥,"双睛斜注",非常生动。又如李翮《雪狮儿·同年萧碧畦爱猫,歌以赠之》二首之二:"懒调鹦鹉,藤墩欲下,花间潜伏。蛱蝶飞来,引动双睛回复。芳丛拂扑。误惹落、红香蔌蔌。"③和上一首一样,重点也写了猫的眼睛。这个最具有代表性的部位,是人们在生活中印象非常深刻的,摄入笔下,更

---

① 《全清词·雍乾卷》,第 6574 页。
② 《全清词·雍乾卷》,第 1055 页。
③ 《全清词·雍乾卷》,第 2442 页。

为传神。

和猫不同,烟叶或淡巴菰虽然是一种植物,但和这种植物密切相关的是人的活动,因此,对这个题材的咏唱,更有其独特性。

首先,作者本身就往往与其歌咏的对象有着密切的关系。厉鹗在其《天香》的小序中说:"今日伟男鬌女,无人不嗜,而予好之尤至。"他"少孤家贫,其兄卖淡巴菰叶为业以养之"①。或许正是在这种生活中,他不仅了解了社会上的嗜烟程度、各种表现,而且自己也身体力行,并深深地上了瘾。乾嘉时期的名医何其伟曾有诗写三个著名的嗜烟文士韩菼、厉鹗和陈琮:"嗜之尤者韩尚书,鱼熊去取深踌躇。后有太鸿亦至好,恨少题咏传巴菰。陈君夙号餐霞客,兔管筠筒两难释。慨然三唤烟先生,含芬弗扬是谁责。"②诗中提到的韩菼,曾任礼部尚书,王士禛《分甘馀话》记载:"韩慕庐宗伯(菼)嗜烟草及酒,康熙戊午与余同典顺天武闱,酒杯烟筒不离于手。余戏问曰:'二者乃公熊、鱼之嗜,则知之矣,必不得已而去,二者何先?'慕庐俯首思之良久,答曰:'去酒。'众为一笑。"③陈琮即撰有《烟草谱》者,他曾描述自己的生活:"信手闲拈玉管,探囊细吸金丝。味美于回,嗜在酸咸之外;心清闻妙,香生茹吐之间。"④雍乾年间以《天香》一调撰写烟草词的作家,如朱昂、程瑜,也都嗜烟。朱昂提及顺康年间韩菼烟事:"国初韩宗伯文懿公爱烟尤至,虽入直,必灼管吸之,其友为赋《淡巴菰歌》。"并说自己:"仆非其人,略同嗜好。"⑤程瑜也自述:"仆病

---

① 全祖望撰厉鹗墓碣铭,厉鹗《樊榭山房集》附录三,上海:上海古籍出版社,1992,第1739页。
② 陈琮《烟草谱·题词》,《续修四库全书》第1117册,第478页。
③ 王士禛《分甘馀话》卷二,北京:中华书局,1989,第30页。
④ 陈琮《烟草谱》序,《续修四库全书》第1117册,第409页。
⑤ 朱昂《天香·烟草》,《全清词·雍乾卷》,第1312页。

疏酒,而嗜之尤专,风帘月榭间,一枝湘管,比诸好友之依依。"①

既是瘾君子,烟已成为须臾不离之物,在生活中的体验非常深,非常细,因此写在笔下,也就往往非常具体,非常琐碎。如朱方霭《天香·淡巴菰,和秋潭》:

瀛岛传香,闽山分翠,江乡近日都有。绿叶齐干,金丝细切,味比槟榔差厚。玉纤拈得,待吸取、清芬盈口。朵朵巫云轻飏,馀痕隔帘微透。　筠筒一枝在手。闷无聊、尽消残昼。留客茶铛未熟,探囊先授。最忆宵寒时候。频唤剔、春灯小红豆。几度氤氲,如中卯酒。②

首写烟草来自海外,先在福建种植,渐渐传至中国各地。再写炮制之法,是将烟叶晒干,切成细丝,其醇厚之味,赛过槟榔。下片很像是具体写自己的行为:无聊之时,手持烟筒,吹嘘之间,打发时日。而客人来访,茶沏未成,香烟先奉,也是极好的相待之道。天寒日暮,独对孤檠,几口之后,暖意渐生,于是感觉飘飘欲仙,其效果,如饮卯酒。所谓卯酒,俞平伯解释说:"古人于卯时饮酒称'卯酒',亦名'扶头酒'……'扶头'原义当为醉头扶起。'扶头酒'是一复合的名词。……宿醒未解,更饮早酒以投之,所用只是较淡的酒,以此种饮法能发生和解的作用,故亦以'扶头'称之。或自饮,或待人侑劝,且有作为应酬者,以扶头倩人也。酒薄却云易醉者,乃重饮故耳。"③如此,则所谓"几度氤氲",正是吸烟者感到

---

① 程瑜《天香》词序,《全清词·雍乾卷》,第 6676 页。
② 《全清词·雍乾卷》,第 1080 页。
③ 俞平伯编著《唐宋词选释》,北京:人民文学出版社,1979,第 148 页。

的非常享受的状态。

这种写法,将自己的日常经验,贯注到咏物之作中,非常贴近生活,不嫌琐细,也很自然①。

考察雍乾之际的咏烟草词,里面经常出现女性,而且往往不是侍奉吸烟的女性,而是自身吸烟的女性,这也是和当时的日常生活密切相关的。

清代康熙年间的江之兰曾描述江南的吸烟之风:"尤可骇异者,豪右之门,召集女客,不设帘箔,观剧飞觞。二八妖鬟,手擎烟具,先尝后进,一如姣童之奉其主。甚至含烟缓吐,视生旦之可意者而喷之,无所顾忌。"②这和刘廷玑的记载可以对读:"黄童白叟,闺帏妇女,无不吸之。"③金学诗则特别记载了苏州的风俗:"苏城风俗,妇女每耽安逸,搢绅之家尤甚。日高舂,犹有酣寝未起者,簪花理发,举动需人,妆毕向午。如出闺房,吸烟草数筒,便销晷刻。"④可见厉鹗所说,"今日伟男髻女,无人不嗜",是纪实之笔。著名女诗人归懋仪作有《烟草吟》,云:"谁知渴饮饥餐外,小草呈奇妙味传。论古忽惊窗满雾,敲诗共讶口生莲。线香燃得看徐喷,荷柄装成试下咽。缕绕珠帘风引细,影分金鼎篆初圆。筒需斑竹工夸巧,制藕涂银饰逞妍。几席拈来常伴笔,登临携去亦随鞭。久将与化嘘还吸,味美于回往复还。欲数淡巴菰故实,玉堂文已著瑶篇。"⑤写得如此真切,如此琐细,恐怕也是她自己的实际生活的某种反映。这就

---

① 在此前的若干文献中,烟的一些类似的功能和效用也曾经出现过,这说明了人之所同,词中的个人化体验仍是存在的。
② 江之兰《文房约》,转引自陈琮《烟草谱》卷三,《续修四库全书》第 1117 册,第 433 页。
③ 刘廷玑《在园杂志》卷三,《续修四库全书》第 1137 册,第 67 页。
④ 金学诗《无所用心斋琐语》,转引自陈琮《烟草谱》卷三,《续修四库全书》第 1117 册,第 433 页。
⑤ 转引自陈琮《烟草谱》卷六,《续修四库全书》第 1117 册,第 466 页。

无怪厉鹗词中有"才近朱樱破处,堪怜蕙风初裛"①,朱昂词中有"隐约朱唇启处,看一朵、巫云暗飞去"②。

以《天香》一调所写的词,甚至有专门题作"美人食烟"的,如陆烜所作③。从词中"行雨"、"巫云"的字眼来看,所描写的或是青楼女子。这也并不新鲜,早在顺康年间,尤侗就有《董文友有美人吃烟诗,戏和六首,用"烟"字韵》,其一:"起卷珠帘怯晓寒,侍儿吹火镜台前。朝云暮雨寻常事,又化巫山一段烟。"其六:"彤管题残银管燃,香奁破尽薛涛笺。更教婢学夫人惯,伏侍云翘有袅烟。"④这种风气,至雍乾时期也延续下来了。雍乾年间的朱昂写有《百缘语业》一集,以百首《沁园春》,咏女子的形貌体态、行为心理等,其中有《吸烟》一首⑤,里面的主人公身份有点模糊,似有青楼女子的影子,不过朱氏的整组词也有写闺阁女子者,此处也不能排除这种可能。其中写家居生活,特别是待客之际,先奉香烟,烟瘾上来时,频频呵欠等,真是非常生动,非常具体,非常琐细,从一个侧面看到了当时女子的日常生活。

在日常生活中追求诗意的表现,原是宋以后文学创作的重要方面之一,清词在发展的过程中,不断注入这一理念,而在不同方面都有表现。无论是咏猫,还是咏烟,都能在一定程度上看到这个特色。

六、词体创作的海外视野

唐宋两代,词的创作和音乐的渊源很深,所以,尽管创作境界不断扩

---

① 厉鹗《天香》,《全清词·雍乾卷》,第 261 页。
② 朱昂《天香·烟草》,《全清词·雍乾卷》,第 1312 页。
③ 陆烜《天香·美人食烟》,《全清词·雍乾卷》,第 3746 页。
④ 尤侗《西堂小草》,《四库禁毁书丛刊》第 129 册,第 435 页。
⑤ 《全清词·雍乾卷》,第 1343 页。

大，题材内容不断增多，总的来说，还是有着较强的惯性，以及被当时所认定的文体规定性。到了清代，观念发生很大变化，词人们从传承开拓的角度去思考传统，认识到词的创作还可以和社会生活发生更为密切的关系，因此，作品中就注入了很多新的因素。

前面已经说过，在清词的发展中，《乐府补题》的重出是一个重要的事件，其表现之一，就是大大开启了作家的创作思路，因为这五题三十七首，有些题材是词史所首见，有些则是旧题新做，多向发展，这些都启发清初的作家开疆拓地，进一步跳出原来的创作藩篱。这在朱彝尊的《茶烟阁体物集》中都有具体的展示。值得特别提出的是，清初词人也对域外传入的新异事物给予了特殊的关注，从而非常及时地使得词的创作和时代的发展互相呼应。如徐葆光于康熙五十七年(1718)任琉球副使，作有《奉使琉球词》一卷，里面就写到不少新奇事物，包括自鸣钟、千里镜、鹿毛笔等，大致生活在同一时期的姚之骃也写有《南乡子·咏西洋四器》，分咏自鸣钟、千里镜、百步灯、顺风耳。自明代末年以来，东西方的各种交流进一步加强，特别是传教士来华，将不少西方物质文明成果带入中国。这些物质文明成果开始可能是作为礼品进献给皇帝的，后来渐渐也在官员们的身边出现，并在一定范围内得到认识[①]。

不过，这些从西洋而来的物件，在相当长的一段时间内，实际上并没有真正进入普通人的生活中。《红楼梦》中描写了贾府的自鸣钟，是人们所熟知的例子，这个"烈火烹油，鲜花着锦"的府第，自非一般家庭所能比。徐葆光以词体写千里镜等，也是由于他的琉球副使身份，在海上能够具体使用这些东西，应该是比较特殊的经历，并不意味着那些物件已

[①] 关于清代词坛对海外新事物的关注，我在《清词研究的空间与视野》一文中有所涉及，文载《北京大学学报》(哲学社会科学版)2017年第4期。

经普及化。因此，总的来说，这类创作还只是局限在一个小圈子里，在相当长的时间里，也没有对词坛产生明显的影响。

烟草也是舶来之物，从大的范围说，似也可以归入"洋"的一类。它传入中国，却很快就风行一时，弥漫全社会。这或者和烟草价格一般来说不那么高企，功能较切实，较易得到民间社会的呼应有关。当然，当时人多认为烟草来自吕宋，可能觉得其来处没有那么了不起，或者可能在地理上也没有那么强烈的遥远感。不过，即使是吕宋，也带有一个"洋"字。清初顾祖禹在其《读史方舆纪要》中曾引《漳郡志》："东洋有吕宋、苏禄诸国，西洋有暹罗、占城诸国。"①试比较鼻烟，原本流行于达官贵人之家，如《红楼梦》第五十二回："宝玉便揭开盒盖，里面是个西洋珐琅的黄发赤身女子，两肋又有肉翅，里面盛着些真正上等洋烟。"借此写出了大家族的繁华。雍乾之际的余集《天香·树荫山房赋鼻烟，同沈孝廉作》②，也对鼻烟有所描写。可以看出，当时即使同是赋烟之作，可能其中所指，仍有些不同。不过，从余集也使用《天香》一调来看，他应该也是受到了厉鹗的影响。整部《雍乾卷》中，赋鼻烟者，只找到了这一首，说明此物当时在民间尚不那么常见③。回过头来看烟草，据记载，在康熙皇帝六十大寿时，有传教士致送欧洲葡萄酒和巴西烟叶为贺，"都是在中国最为稀罕的东西"④。这一点，倒是和这位皇帝接受其他来自海外的礼

---

① 顾祖禹《读史方舆纪要》卷九十九，《续修四库全书》第610册，第289页。
② 《全清词·雍乾卷》，第2096页。
③ 据赵汝珍说："雍正三年，意大利亚教化王伯纳第多贡方物，其中以鼻烟为最多，从此鼻烟遂遍于东土。"如此，则鼻烟盛行，正是在雍乾之后，但当时词坛或尚未来得及对此加以全面描写。赵说见其所著《古玩指南续编》，北京：金城出版社，2010，第206页。
④ ［意］马国贤(Matteo Ripa)著、李天纲译《清廷十三年：马国贤在华回忆录》，上海：上海古籍出版社，2004，第73页。

物的心理有相似之处，却也正好说明，烟草之传入，虽是来自"洋"，却很快就融入本土，融入上下各阶层，是一种较为特别的情形。

如同《雪狮儿》咏猫一题所展示，追求征典繁富，运用巧妙，原是咏物词的重要操作范式之一。不过，对于来自海外之物来说，可能又有不同。当然，这种不同之中，本身也有差别。如咏自鸣钟，康熙年间，纳兰性德作《自鸣钟赋》，对自鸣钟的外观、声音、功能、作用等加以描写，往往用中国传统的计时方式进行比附，是一种特定的用典之法。写此题材的词作，或者也有类似。但咏烟草就较为另类。烟草传入中国之前，中国人并不知烟为何物，可以比附者甚少，因此，写作这一题材，往往无法从征典上入手，而只能另辟蹊径。雍乾时期，众多的作者，都是将吸烟的动作、状态、心理、作用等写入作品中，当然也有受到咏物传统的启发，只是在描写时，经常直接和具体的行为对应，而且这个具体的行为，可能就是其本人生活经验的体现，这也是一个重要特色。当然，这一描写手法在咏物词的传统中也有迹可寻，如刘过的《沁园春·美人指甲》，为描写指甲，分别写了剔污、拨火、抚琴、掬水、摘花、镂枣、弹泪、绾玉、搔体、画阑、掐郎等，全是指甲之"用"，但和写自己相比，毕竟还是有别。

将新的咏物题材予以日常生活化的琐细描写，咏烟草或许是一个特例，但这一特例是和明清文学的日常生活化书写大趋势结合在一起的。晚清以来，海外的新事物不断传入。19世纪末的"诗界革命"号召以旧文体写新事物，特别是从海外传入的新事物。要了解其表现手法，这一场咏烟草的大唱和，无疑可以提供观察的视角。厉鹗领导的这一次唱和活动，顺应了求新求异之风，顺应了群体活动的需求，顺应了文学日常化的趋势，因此，才能具有如此的影响力。其在文学史上的意义，值得进一步认识。

七、领袖作用与群体意识

无论是《雪狮儿》咏猫,还是《天香》咏烟草,能够在雍乾年间此唱彼和,蔚成风气,厉鹗的领袖作用不可忽视,正是在他的引领下,词坛的群体意识才得到了大大的提升,构成了一个独特的文学现象。

清词复兴,原就伴随着群体意识的高扬。顺康年间,先后有云间词派、阳羡词派、浙西词派以及其他各种词坛群体,构成了非常繁盛的局面。与此相关,扬州的"红桥唱和",北京的"秋水轩唱和",杭州的"江村唱和"等,也有力地促进了词学风气的形成。而在这些唱和中,王士禛、龚鼎孳、曹尔堪、陈维崧、朱彝尊等,都起到了重要的作用,特别是朱彝尊借《乐府补题》重现,推动咏物词的创作,更是产生了重大影响。

关于《乐府补题》重现于康熙年间,朱彝尊在《乐府补题序》中说:"《乐府补题》一卷,常熟吴氏抄白本,休宁汪氏购之长兴藏书家。予爱而亟录之,携至京师。宜兴蒋京少好倚声为长短句,读之赏激不已,遂镂板以传。"[1]由于朱彝尊的赏识,蒋景祁的刊刻,再加上朱彝尊本人的身体力行,连写8篇和作,就引起了一个追和的热潮。据现有材料统计,清初追和《乐府补题》者共有43位,其中22人遍和5题[2]。我曾在讨论朱彝尊对《乐府补题》的追和诸作的心理状态时,认为除了对清朝统治的承认,消减了原来的比兴寄托之意外,"更多地却是追求对所咏之物的多侧面铺张刻画,而有意无意地忽略或丢掉了对原作'尚意'的学习"[3]。而当时那些追和之作,基本上和朱氏同一取向,应是其影响力的体现。而

---

[1] 朱彝尊《乐府补题序》,《曝书亭集》卷三十六,《四部丛刊初编》本。
[2] 此数字是门人蔡雯翻查《全清词·顺康卷》和《全清词·顺康卷补编》后得出的,见其《清代咏物词专题研究》,南京大学2011年博士论文。
[3] 张宏生《清代词学的建构》,第35页。

且,当时模仿《乐府补题》的作家,又有后《补题》5 首的唱和。像陆葇"在京师与竹翁并和宋末《乐府补题》诸调",发现李良年作有《乐府后补题》5 首,就大加称赏,推其为"词家仙笔",不仅自己遍和之,而且为之刻笺作叙,使得"时工词者皆和之"①。后《补题》5 首的出现是清初词坛的一件大事,其基本创作精神和朱彝尊所推动者相似,因此,也可以看作是受到了朱彝尊的影响。

厉鹗对朱彝尊非常推崇,自称"心折小长芦钓师"②。学术界也公认,他是继朱彝尊之后的新一代词学领袖。前引郭麐语,指出"国初之最工者,莫如朱竹垞,沿而工者,莫如厉樊榭。……白石、玉田之旨,竹垞开之,樊榭浚而深之。"张其锦《梅边吹笛谱跋》引其师凌廷堪之言:"(清初)风气初开,音律不无小乖,词意微带豪艳,不脱《草堂》前明习染,唯朱竹垞氏专以玉田为模楷,品在众人上,至厉太鸿出,而琢句炼字,含宫咀商,净洗铅华,力除俳鄙,清空绝俗。"③从厉鹗的生平看,他不仅在词的创作上追步朱彝尊,也不仅在词学理论上延续朱彝尊,而且还充分认识到朱彝尊之所以能够发挥那么大的作用,和其所进行的词学活动,特别是群体活动密不可分。因此,他在雍乾年间领袖群伦,推动词风时,也借鉴了这一点。

厉鹗出身寒微,在仕途上也不顺利,但他能够凭借绝代才华、人格力量,成为一代文坛领袖。他长期居住在扬州马曰琯、马曰璐兄弟的小玲珑山馆,利用马氏藏书,著书立说,并展开文学活动,当时"联句之盛,莫

---

① 李集、李富孙《鹤征录》卷一,《四库未收书辑刊》二辑第 23 册,第 573 页。
② 厉鹗《论词绝句十二首》之十,《樊榭山房集》诗集卷七,第 513 页。
③ 冯乾编校《清词序跋汇编》,第 630 页。

过于马氏小玲珑山馆"①。他在杭州和著名学者全祖望、杭世骏等结交，一起纵论经史，考辨掌故，写诗吟词。他在天津水西庄，和陆培、查为仁等十位朋友相唱和，仿《乐府补题》而自拟五题，由查为仁辑为《拟乐府补题》一卷刊行。这些，都略见厉鹗在雍乾年间的词坛上，通过群体活动，所起到的引领作用。对他的影响力，汪沆在《樊榭山房集文序》中说："吾师樊榭厉先生……尤工长短句，瓣香乎玉田、白石，习倚声者，共奉先生为圭臬焉。忆前此十馀年，大江南北，所至多争设坛坫，皆以先生为主盟。一时往来通缟纻而联车笠。韩江之雅集、沽上之题襟，虽合群雅之长，而总持风雅，实先生为之倡率也。"②在他过世之后，全祖望这样感叹："风雅道散，方赖樊榭以主持之，今而后江淮之吟事衰矣！"③王昶也说："自樊榭老仙逝后，武林词学歇绝。"④

在雍乾词坛与厉鹗相关的唱和之作中，不少都涉及《乐府补题》，其基本思路和清初朱彝尊相似。查为仁为《拟乐府补题》作序，指出："赋物词以宋人《乐府补题》为极诣，浙西六家多和之。此绝唱，不当和也。樊榭、南香诸君即其词别拟一题，织绡泉底，杼轴自我。"⑤这个"杼轴"，显然也和朱彝尊有渊源。

从这个角度，就可以了解，厉鹗倡导《雪狮儿》咏猫和《天香》咏烟草唱和，是他以领袖的魅力推动词风的一个重要表现。在这样的群体活动

---

① 阮元《广陵诗事》卷七，扬州：广陵书社，2005，第103页。如"韩江雅集"所记参加者，计有全祖望、厉鹗、胡期恒、唐建中、马曰琯、马曰璐、方士庶、王藻、方士㦂、汪玉枢、陈章、闵华、陆钟辉、赵昱、杭士俊、史肇鹏、张四科和程梦星等，堪称一时之选。
② 《樊榭山房集》文集卷首《樊榭山房集》，第703—704页。
③ 全祖望撰厉鹗墓碣铭，《樊榭山房集》附录三，第1740页。
④ 王昶《沁园春》(檀箕生香)，《全清词·雍乾卷》，第1210页。
⑤ 转引自李桂芹《〈拟乐府补题〉的词学文献价值》，载《南阳师范学院学报》(社会科学版)2011年第7期。

中，厉鹗继承了顺康之际诸位前辈，特别是朱彝尊的词学活动思路，以自己具体的创作，让词坛更为清楚地了解了他的创作思想，也激发了词坛的创作热情，使得顺康之际开始的繁荣，至雍乾仍然流风未歇。当时的一个在词体创作上非常有热情的作家朱昂（字适庭，号秋潭），就很受厉鹗的影响，遂以自己的词学活动，与之呼应。他自述："昔曾咏《天香》淡巴菰词，和者颇夥。"①可见他将厉鹗的新创之题，引入自己的小群体，以首唱之姿，吸引友人作和。据现存材料，还可以看到下面三首作品：金兆燕《天香·咏烟为朱秋潭作》、朱方霭《天香·淡巴菰，和秋潭》、吴泰来《天香·朱秋潭属和烟草词》②。这样，大圈子中又套着小圈子，如此互相影响，彼此呼应，不断产生合力，就进一步营造了词坛的繁荣局面。

因此，从顺康到雍乾，可以见出下面一个事实：题材的选择是群体活动的重要驱动力之一，而掌握这种驱动力的，又必须是具有领袖气质的人。朱彝尊是如此，继承朱彝尊词学事业的厉鹗也是如此。时代要求、美学追求、领袖作用、群体意识等，在一个特定的人身上体现出来，或者在一个或多个题材上体现出来，就代表了文学史的走向。将厉鹗和他所倡导的这两个题材的唱和放在雍乾词坛中来考察，正好可以说明这一点。

当然，厉鹗在继承朱彝尊的时候，也多有立异之处，是在借鉴中，加入了自己的思考。这也是清词发展中的一个重要特色。对此，前面已有涉及，这里不赘。

八、结语

清代雍乾年间，词坛延续顺康之风，仍酷爱咏物词的写作。从出新

---

① 朱昂《沁园春·吸烟》自注，《全清词·雍乾卷》，第1343页。
② 分别见《全清词·雍乾卷》，第910页，第1080页，第4214页。

的角度看,当时词人主要采取两种策略,一是用旧题而出新意,一是采新题而见时代。《雪狮儿》咏猫和《天香》咏烟草,正是其中的代表。从这一类文学创作中,可以看出清词发展过程中,后代作家面对前代传统的心理焦虑,以及由此发展出来的争胜心态,这也正是文学向前发展的重要推动力。

抒情文学的日常书写是文学研究的重要内容之一。所谓"日常",涵盖很多层面,但追求琐细化,无疑是宋代以后的重要趋势。咏物词也一样,从两宋发展到清代,日常化、特别是琐细的日常化程度不断加深。猫和烟这两种题材,当然是这一趋势的产物,但二者也有区别。猫是家居生活中融实用和观赏为一体的动物,作家们在描写中体现了自己的生活经验,也有特定的表现角度,但主要的展示形式,却是以捃摭典故而出现的。烟草则大致无直接典故可用,作家们笔下的烟草,往往是和吸烟之人的行为、动作、心态等联系在一起的,因此,就自然在咏物之作中注入了非常日常化的内容。咏物词的这种写法,以往并非没有,但如此生活化,还是值得特别指出。

咏烟一题是对海外传进的新事物的描写。在清词发展的过程中,从顺康开始,词坛就对这一角度有所关注。但是,西洋的物件,当时还没有进入普遍的日常层面,清初词人的此类写作,大都还是出于好奇的目的。烟草也有"洋"的标识,但在雍乾词人的笔下,却超越了猎奇,而进入了日用。就此而言,当时的咏唱,就不仅是对日常化的一种探索,而且是对海外新事物与广泛的民众生活需求相结合的一种文学表达,有其特定的文学史认识意义。

厉鹗是中期浙西词派的重要代表人物,他以朱彝尊为榜样,不仅学习其创作手法和词学理论,而且借鉴其文学活动,以调动群体意识,倡导并推动了这两个题材的唱和,引领了一时风气,展示出词坛领袖的风采。

雍乾时期的词坛，群体活动众多，不断凝聚力量，造成声势，是构成雍乾之际词坛格局的重要方式之一。厉鹗所参与或倡导的唱和并不限于这两个题材，但二者也可作为其中的重要代表。

本节所论只是举例的性质，主要是希望从面对旧题和创作新题两个方面来讨论雍乾年间的咏物词成就，虽不能涵盖雍乾年间的咏物词全貌，但或许可以接近当时的某种创作心态。以厉鹗为代表的雍乾词人，在其唱和活动中，当然也有面对唐宋词所做的思考，也应该予以关注，只是笔者主要希望在清词发展的背景中讨论，更为注重的是其当代性。雍乾词坛是顺康词坛的一个自然延续，对雍乾来说，顺康在某种意义上仍是"当代"，因此，就既有对顺康词坛创作成就的不断经典化，也有面对他们所体认的顺康相关经典的主动挑战，还有敢为人先的创新意识。这些，也是这两次唱和所提供的一种重要启示。

然而，虽然雍乾词坛对创新有着非常敏感的意识，作家们也努力体认经典或建构经典，其创作实绩仍然要放到文学史的发展中予以检验，才能做出全面的价值判断。对雍乾词坛的这两组咏物词，后世虽仍有津津乐道者，但嘉庆、道光之后，总的说来，在审美上的评价，似乎有保留，甚至受到批评。这或许是不同时代文学观念的变化所致，但确实也是探讨清代词体文学发展所必须重视的现象，因为其中体现了清词经典化过程中的复杂性。不过，这已经是另外一个问题了，将留待以后再加以讨论。

第二章 经典之接受

第一节 创作厚度与时代选择
——王沂孙词的后世接受与评价思路

一、问题的提出

在词学批评史上,王沂孙词的升沉起伏是值得探讨的一个问题。在词话系列里,他的词在宋金元明都基本上无人提及,直到清初沈雄《古今词话》,才引朱彝尊《词综》,做出一定的评价,但到了晚清陈廷焯的《白雨斋词话》,就给了他"诗中之曹子建、杜子美"的地位[①]。在词选系列里,宋亡之后,周密的《绝妙好词》就已经收入了王沂孙词,但其后的明代诸

---

① 陈廷焯《白雨斋词话》卷二,唐圭璋编《词话丛编》,北京:中华书局,1986,第3808页。

词选,仅偶一提及,没有给予重要的位置,如号称"博洽"的陈耀文①,其《花草粹编》亦仅选王沂孙词一首,而卓人月等《古今词统》则未选王沂孙词。直到清初朱彝尊《词选》,才将王沂孙作为姜夔的仿效者②,选入其词 31 首。可能受到朱彝尊影响的卓回《古今词汇》,则选入王沂孙词 19 首。但这还不是王沂孙登峰造极的地位,清代后期周济的《宋四家词选》将王沂孙作为"领袖一代"③的卓荦人物,才使得王沂孙的词崇高无比。

对历史人物的评价悬殊,背后有着非常丰富的因素,找出这些因素,并将这些因素放在文学史的大背景中加以探讨,无疑有助于认识复杂的文学现象,从而加深对文学史的理解。

二、宋代以迄明代对于王沂孙的认识

宋代最早关注王沂孙词的,是他的同时代人张炎和周密。张炎在其《琐窗寒》的序中,称赞王沂孙"能文工词,琢语峭拔,有白石意度"④,在《湘月》的序中则赞其为词能"雅丽"⑤。这是首次将王沂孙与姜夔联系起来,而且明确用"雅"字加以形容,在相当长的时间里,为认识王沂孙词定下了调子。只是,张炎的这些评论都是在其词作中提出的,而清代以

---

① 永瑢等《四库全书总目》之《天中记》提要:"有明一代,称博洽者推杨慎,后起与之争者,则惟耀文。"(北京:中华书局,1965,第 1154 页)
② 汪森《词综序》:"鄱阳姜夔出,句琢字炼,归于醇雅。于是史达祖、高观国羽翼之,张辑、吴文英师之于前,赵以夫、蒋捷、周密、陈允衡、王沂孙、张炎、张翥效之于后。"朱彝尊、汪森编《词综》卷首,上海:上海古籍出版社,2005,第 1 页。
③ 周济《宋四家词选目录序论》,尹志腾校点《清人选评词集三种》,济南:齐鲁书社,1988,第 205 页。
④ 张炎著、吴则虞校辑《山中白云词》,北京:中华书局,1983,第 10 页。
⑤ 张炎《山中白云词》,第 37 页。

前,他的词流传并不广①;至于他在词学史上名声卓著的《词源》一书,则对王沂孙只字不提,这也就限制了其观点的流布。周密的《绝妙好词》选了王沂孙10首,这在该部词选中所占的比例并不算小。但是,在很长时间里,《绝妙好词》并未流行。据厉鹗《题绝妙好词》所云:"张玉田《乐府指迷》云:近代如《阳春白雪集》、《绝妙词选》,亦有可观,但所取不甚精一,岂若草窗所选《绝妙好词》为精粹。惜之此板不存,墨本亦有好事者藏之。"②据此则是书在元时已为难得,有明三百年乐府家未曾见其只字。"③正因为如此,朱彝尊就指出:"周公谨《绝妙好词》选本,虽未全醇,然中多俊语,方诸《草堂》所录,雅俗殊分。顾流布者少。"④据说,朱彝尊从钱遵王处得到《绝妙好词》是使了一点手段的,真伪如何,仍需考证⑤,但可以说明一个事实,即在清初以前,看过《绝妙好词》的人恐怕不多,周密对南宋词的有意表彰,特别是其中体现出来的明确的宗风意识⑥,也就没有多少人知道。

---

① 关于张炎词的流传情况,见朱彝尊《词综发凡》。又见本书第三章第一节《统序观念与明清词学》。
② 按此段所撮述者,出自张炎《词源·杂论》,《词话丛编》,第266页。
③ 周密辑,查为仁、厉鹗笺,徐文武、刘崇德点校《绝妙好词笺·题跋附录》,保定:河北大学出版社,2006,第239页。
④ 朱彝尊《书绝妙好词后》,《曝书亭集》卷四十三,《四部丛刊初编》本。
⑤ 何焯《读书敏求记》:"竹垞既应诏,后二年典试江左,遵王会于白下。竹垞故令客置酒高宴,约遵王与偕。私以黄金翠裘予侍书小史启镛,预置楷书生数十于密室,半宵写成而仍返之。当时所录,并《绝妙好词》在焉。"然柯崇朴《绝妙好词序》则说:"往余与朱检讨竹垞有《词综》之选,摭拾散逸。采掇备至,所不得见者数种,周草窗《绝妙好词》其一也。嗣闻虞山钱子遵王藏有写本,余从子煜为钱氏族婿,因得假归。"二氏之说,并见《《绝妙好词》纪事》,徐文武、刘崇德点校《绝妙好词笺》卷首,第5页。
⑥ 陈匪石说:"周氏在宋末,与梦窗、碧山、玉田诸人皆以凄婉绵丽为主,成一大派别。此书即宗风所在,不合者不录。"而萧鹏则特别指出《绝妙好词》与张炎《词源》有着较为一致的审美倾向,见其《群体的选择——唐宋人选词与词选通论》,台北:文津出版社,1992,第202页。

今存明本《玉笥山人词集》，据著录，只有四种，分别是吴讷所辑的《唐宋名贤百家词》、紫芝所抄的《宋元名家词》、石村书屋所抄《宋元明三十三家词》、文淑所抄本①。这几种，在明代都是抄本，应该都是在一个小范围中流传的，在整个社会词学凋敝的情形下，关注者应该不多，所以，明代词话作家，博洽如杨慎，其《升庵词话》中也未见只字，其他可想而知。

明代词选，也有选入王沂孙者，但一则数量很少，二则所选入的作品，也不见得是后世所喜欢的，如《花草粹编》中选入4首，分别是《八六子》（卷十六）、《三姝媚·次周公谨故京送别韵》（卷十九）、《无闷·雪意》（卷十九）、《望梅》（卷二十三）。这种状况，几乎可以忽略不计。因此也可以认为，在明代词选系列里，基本上没有王沂孙的一席之地。

这种情况，进入清代以后，得到了根本的改变。

三、清代王沂孙地位的提高

清代初年，随着朱彝尊《词综》的问世，王沂孙也开始渐渐得到了关注。

朱彝尊为编《词综》，做了非常充分的准备。访问了许多藏书家，积累了大量的资料。他在其《词综发凡》中提到王沂孙有《碧山乐府》二卷，想必是他经过调查，已经掌握了明代王沂孙词集的抄本，这也就可以解释，为什么在明代词选中被如此忽视的一个词人，突然有31首作品被朱彝尊选入《词综》。

朱彝尊的《词综》刊行于康熙十七年（1678），卓回的《古今词汇初编》刊行于康熙十六年（1677）秋冬之间，前者选王沂孙词31首，后者选19

---

① 高献红编著《王沂孙词新释辑评·版本目录》，北京：中国书店，2006，第375页。

首,虽然有数量上的差别,考虑到篇幅,卓回对王也算是重视的了。虽然其刊行较《词综》略早,但卓回选词的不少资源都是从朱彝尊处获得的。其写于康熙十七年(1678)的《古今词汇缘起》曾经这样记述,说是建康的朋友"出藏书数种,皆目不经见,且获蠹馀抄本,有碧山、草窗、玉田诸家……"①。明确指出是在编纂《古今词汇》的过程中,获见碧山词之抄本的,而所谓朋友,就有朱彝尊。还是在这篇《缘起》中,卓回进一步说到:"去秋复自家之江宁,雪客启藏书楼阁,检验宋元秘本,且丐贷于俞邰、瑶星、锡鬯诸子。"②这样看来,朱彝尊获得了这些南宋词家的集子,并没有敝帚自珍,而是与朋友分享,这种气度也是造成当时兴盛局面的重要原因之一。

卓回的《古今词汇》有其一定的价值,不过,也许是由于作者的声望不够,所起到的影响不够大,在清初百派回流的局面中,很快就被淹没了。而朱彝尊的地位一直很高,而且,有一批同志及后学推波助澜,因此,《词综》的影响越来越大,王沂孙也就被越来越多的读者所认识。

因缘际会,王沂孙的词由于朱彝尊的表彰而开始广为人知,这其中,其实还有另外一个重要因素,即《乐府补题》的重新问世。《乐府补题》是宋亡之后,几个遗民结社唱和词作的结集,大约当时即未刊刻,仅以抄本的形式存在,而且词学逐渐衰微,也就没有人在意,自宋亡以来,四百年间,甚少有人提及。直到汪森购得此书,引起朱彝尊关注,并由蒋景祁将其刊刻出来,才引起人们的浓厚兴趣。对这个过程,朱彝尊曾有记述:"《乐府补题》一卷,常熟吴氏抄白本,休宁汪氏购之长兴藏书家。予爱而亟录之,携至京师。宜兴蒋京少好倚声为长短句,读之赏激不已,遂镂板

---

① 赵尊岳辑《明词汇刊》,上海:上海古籍出版社,1992,第1544页。
② 赵尊岳辑《明词汇刊》,第1543页。

以传。"①结果,有力地推动了词风的发展,当时记载词体因此发生变化的,就有蒋景祁和毛奇龄二人。蒋云:"得《乐府补题》而辇下诸公之词体一变。"②毛则云:"迦陵陈君偏欲取南渡以后,元明以前,与竹垞朱君作《乐府补题》诸唱和,而词体遂变。"③《乐府补题》对当时词坛所起到的推动作用,有一个动态的指标,即该集刊刻之后,唱和之风大盛,据估计,当时一共有100多人参与其中,可见声势之浩大。文学的传播有各种各样的方式,唱和虽然是一种创作,但同时也是对原唱的传播,这样,包括王沂孙在内的那些作家突然爆得大名,也就可以理解了。

不过,在浙派后进厉鹗手中,虽然他本人对南宋非常感兴趣,也曾和查为仁一起笺注《绝妙好词》,不仅搜集了可以和王沂孙的词互相印证的一些资料,而且考证出王沂孙生平的某些新资料④,显示出对于王沂孙研究的新进展。但是,除此之外,对于王沂孙的具体阐发,特别是从词的创作上,却没有一个明确的思路。而厉鹗本人的创作,虽然有着王沂孙的影子,却更主要是对朱彝尊提倡却在实际上有所忽略的姜夔词的继承发展⑤。倒是其后不久,张惠言敏锐地发现了在朱彝尊推动下所刊刻的《乐府补题》的价值,也许还注意到《绝妙好词》中对《乐府补题》的引录,从另外一个角度做出了自己的选择。他的《词选》选入王沂孙4首词,这在仅收词116首的这部词选中,算是相当重视了。其阐释动机,我们下面再说。张惠言的这一选词思路,被常州后学接了过来,因此就出现了

---

① 朱彝尊《乐府补题序》,《曝书亭集》卷三十六,《四部丛刊初编》本。
② 蒋景祁《刻瑶华集述》,《瑶华集》,北京:中华书局,1982,第8页。
③ 毛奇龄《鸡园词序》,《西河集》卷三十八,景印文渊阁《四库全书》第3521册,第319—320页。
④ 例如,据《延祐四明志》,王沂孙在至元中曾任庆元路学正,此条资料,之前似乎未见用过,而被厉鹗等发掘。徐文武、刘崇德点校《绝妙好词笺》,第227页。
⑤ 参看拙作《浙西别调与白石新声》,见《清词探微》,上海:上海古籍出版社,2008。

周济《宋四家词选》中对王沂孙的格外推崇。

周济对王沂孙的推崇,达到了此前的最高峰。他在《宋四家词选目录序论》中指出:"清真,集大成者也。稼轩敛雄心,抗高调,变温婉,成悲凉。碧山餍心切理,言近旨远,声容调度,一一可循。梦窗奇想壮彩,腾天潜渊,返南宋之清泚,为北宋之秾挚。是为四家,领袖一代。"①这就不再是朱彝尊提出的仅仅具有姜夔一体的内涵,而认为其达到了一种风格或创作倾向的极致,因而具有领袖的意味。到了晚清,常州词派的后学陈廷焯②从自己的词学理论体系出发,将张惠言、周济的阐释思路予以发挥,遂将王沂孙的地位抬得更高。本来,从宋代以来,以唐例宋,就是文学批评经常采取的话头,不仅诗是如此,词也是如此。如清初尤侗就已指出:"唐诗有初、盛、中、晚,宋词亦有之……约而次之,小山、安陆其词之初乎,淮海、清真其词之盛乎,石帚、梦窗似得其中,碧山、玉田风斯晚矣。"③是将王沂孙归入晚唐。凌廷堪也曾指出:"词者,诗之馀也,昉于唐,沿于五代,具于北宋,盛于南宋,衰于元,亡于明。以诗譬之,慢词如七言,小令如五言。慢词,北宋为初唐,……宋末为中唐,玉田、碧山风调有馀,浑厚不足,其钱、刘乎?"④则又将王沂孙归入中唐。凌廷堪不仅分时代,而且有阐释,但对于这个定位,特别是说王沂孙"浑厚不足",陈廷焯很不以为然,他指出:"南宋词人,感时伤事,缠绵温厚者,无过碧山。"又更进一步认为:"王碧山词,品最高,味最厚,意境最深,力量最重。

---

① 周济《宋四家词选目录序论》,尹志腾校点《清人选评词集三种》,第205页。
② 按陈廷焯的思想资源并不仅仅从常州词派来,但其大格局仍然在常州词派中,因此还是可以认定其为常州后学。
③ 尤侗《词苑丛谈序》,徐釚编著、王百里校笺《〈词苑丛谈〉校笺》卷首,北京:人民文学出版社,1988,第3页。
④ 谢章铤《赌棋山庄词话续编》卷三,《词话丛编》,第3510页。

感时伤世之言,而出以缠绵忠爱。诗中之曹子建、杜子美也。"①遂给其以无以复加的地位。

以上是对清代王沂孙地位的变化的一个简略的描述,当然,和文学史不断昭示的一样,每一个变化后面,都有特定的社会原因和文学原因。

四、朱彝尊和周济、陈廷焯的异同

朱彝尊虽然非常赞赏《绝妙好词》,但具体到王沂孙,他并没有按照《绝妙好词》的思路发展。考察《绝妙好词》中收录的王沂孙词10首,只有《高阳台》(残萼梅酸)②被朱彝尊选入《词综》,显然是认为,《绝妙好词》中所选录的词,至少王沂孙的部分,绝大多数并不符合其文学思想。事实上,《绝妙好词》中的王沂孙部分,其选篇有3首是和周密本人有关的,分别是《法曲献仙音·聚景亭梅,次草窗韵》、《淡黄柳》(花边短笛)、《踏莎行·题草窗词卷》,这或者可以从两个方面来理解,一是周密选词把自己的个人生活放在了一个重要的位置③,二是他可能没有看到王沂孙所有的作品,否则无法解释,为什么后来长期传诵的词作,在他的词选中却全不见踪影。郁玉英和王兆鹏的《清人词学视野中的宋词经典》一文,通过统计,得出结论,王沂孙的《眉妩·新月》(渐新痕悬柳)和《齐天乐·蝉》(一襟馀恨宫魂断)分别排在清代百首宋词经典名篇的第46和第48位④,但这两篇在《绝妙好词》中都没有选。还有历来传诵的名篇如《南浦·春水》等,也没有选。所以,应该说,朱彝尊是借鉴了《绝妙好词》

---

① 并见陈廷焯《白雨斋词话》卷二,《词话丛编》,第3797页、第3808页。
② 按这首词首句《词综》作"浅萼梅酸",见《词综》,第482页。
③ 这种与自己生活有关的作品,在《绝妙好词》的其他部分也常出现,如:李彭老选词12首,与周密交游唱和的占4首;李莱老选词13首,与周密交游唱和的占3首。
④ 郁玉英、王兆鹏《清人词学视野中的宋词经典》,载《江海学刊》2009年第1期。

的一些思路,而做了很大的改造。

考察朱彝尊对王沂孙的推重,主要是从咏物和骚雅格律一路着眼的,这当然与他当时所提倡的词学观点有着密切的联系。在他选入的这些作品中,有些有词题,有些没有词题,而仅仅从有词题的部分看,咏物之作就已经达到了17首,结合《乐府补题》刊行之后,文学界掀起的声势浩大的后补题唱和活动,实际上也就是咏物的唱和,颇可以看出一些端倪。《词综》所选王沂孙诸作都没有评,浙西后学许昂霄则对其中的几篇做了点评,如评《水龙吟》三首云:"俱明隽清圆,无堆垛之习。"评《南浦》"别君"四句云:"点化文通《别赋》,却又转进一层,匪夷所思。"评《摸鱼儿》云:"笔路与想路俱极尖巧,尤妙在无一点俗气,否则便类市井小儿声口矣。"①"明隽清圆,无堆垛之习",就是清空;"无一点俗气",就是醇雅。许昂霄的这些评语,或许说出了朱彝尊没有明言的话。

自从朱彝尊等人提倡《乐府补题》唱和之后,词坛上的咏物之风大行,一直到乾隆年间,仍然毫不衰竭,可见咏物这种形式确实还有很大的空间,吸引一代又一代作者投入其中。可是,正如诗学上早已尝试过的一样,咏物无疑有一个形和意的问题,词坛上众多模仿《乐府补题》的咏物之作,虽然确有立意深微的,但是大部分还是从题材的扩大和表现手法的丰富着手,这种状况,也就引起了有识之士的忧虑,就如清末谭献所总结的:"《乐府补题》,别有怀抱,后来巧构形似之言,渐忘古意,竹垞、樊榭不得辞其过。"②这或者也就是为什么张惠言《词选》所选入的王沂孙的作品都是咏物词的原因。张惠言所选的四首分别是《眉妩·新月》、《齐天乐·蝉》、《高阳台》(残雪庭除)、《庆清朝·榴花》,其评第一首云:

---

① 许昂霄《词综偶评》,《词话丛编》,第1564—1565页。
② 谭献《箧中词》今集二,《续修四库全书》第1732册,第643页。

"碧山咏物诸篇,并有君国之忧。此喜君有恢复之志而惜无贤臣也。"①评第四首云:"乱世尚有人才,惜世不用也。"②张惠言特别指出王沂孙的咏物词,"并有君国之忧",这就好像是他在评论温庭筠《菩萨蛮》诸词时先戴的一个帽子一样:"此感士不遇也,篇法仿佛《长门赋》,而用节节逆叙。"③都反映着张惠言对这些作家某一方面的总体认识。而所谓"并有君国之忧",也隐隐针对了自朱彝尊以来阐释王沂孙词时的某种惯性。

就如同整体上周济对张惠言的传承一样,张惠言的这个思路也被周济接了过来,而且,针对性更加明显。所谓针对性,指的就是,周济所选的王沂孙词,完全见于朱彝尊的《词综》,连前后次序都一模一样,只是数量减少了13首而已,考虑到《宋四家词选》的篇幅本来就小于《词综》,这也很正常。很明显,周济是要将这个相同的选源,赋予崭新的内涵,以便向词坛宣示,自《词综》以来,词的阐释和词的创作颇有偏差,从而指出向上一路。从题材来看,周济所选,也基本上是咏物词(至少有10首),而且,在附于其后的24首词中,咏物词也至少有10首④。这就说明,周济以王沂孙作为一代领袖,主要是从咏物的角度考虑的,而这个角度也是和朱彝尊以后,经过厉鹗等人大力提倡,词坛上弥漫的咏物之风密切相关的。看他对几首咏物词的评价,如《南浦·春水》(柳下碧粼粼),评云:"碧山故国之思甚深,托意高,故能自尊其体。"《齐天乐·蝉》(绿槐千树西窗悄),评云:"此身世之感。"又同题(一襟馀恨宫魂断),评云:"此家国

---

① 《张惠言论词》,《词话丛编》,第1616页。
② 《张惠言论词》,《词话丛编》,第1616页。
③ 《张惠言论词》,《词话丛编》,第1609页。
④ 这个统计主要是从词题标识来看的,事实上,有的作品,没有词题,未必就不是咏物之作,如王沂孙的《望梅》(画阑人寂)。但是,这里从严,仍然按照词题来划分。

之恨。"①就都能看出他希望在立意上的提升。另外,还值得注意的是,他把王沂孙立作领袖,而从朱彝尊确立的姜夔一体的脉络中脱拔出来,让姜夔进入辛弃疾的序列,也是用心良苦。不过,周济到底还是一个艺术感觉非常敏锐的批评家,而并不仅仅是从思想上立论的,因此,他也并不否认王沂孙与姜夔在艺术上的联系,甚至还会指出王沂孙的一些不足之处,但他也特别强调,王沂孙并不逊于姜夔。在评价王氏《花犯·苔梅》(古婵娟)一词时,他就这样说:"赋物能将人、景、情、思一齐融入,最是碧山长处,由其心细笔灵,取径曲,布势远故也。"因此,他更总结一句说:"不减白石风流。"②这就将自朱彝尊以来的相关词选观点一并纳入自己的体系,周济的气度,确实不同一般。

周济之后,陈廷焯给了王沂孙更为崇高的评价,甚至拟之为词中老杜。对于谁人堪称词中老杜,清人一直在进行探索,基本的意见是周邦彦。但是,也有一些另外的意见值得重视。例如,宋翔凤在其《乐府馀论》中曾经指出:"词家之有姜石帚,犹诗家之有杜少陵,继往开来,文中关键。其流落江湖,不忘君国,皆借托比兴,于长短句寄之。如《齐天乐》,伤二帝之北狩也;《扬州慢》,惜无意恢复也;《暗香》、《疏影》,恨偏安也。盖意愈切,则辞愈微,屈宋之心,谁能见之?乃长短句中,复有白石道人也。"③他这个立论的出发点,乃在于姜夔的"流落江湖,不忘君国",这虽然不免过甚其词,但正可以看成常州词派的一种策略,即对于浙西词派所树立的典型予以另外的阐释。陈廷焯也是这个思路,不过,他所选取的王沂孙,显然比姜夔更具有说服力,因为王沂孙亲身经历了国破

---

① 周济选评《宋四家词选》,尹志腾校点《清人选评词集三种》,第274页。
② 周济选评《宋四家词选》,尹志腾校点《清人选评词集三种》,第274—275页。
③ 宋翔凤《乐府馀论》,《词话丛编》,第2503页。

家亡，比起姜夔仅仅处在偏安之小朝廷，不时有一点兴亡之感，还是有很大的区别。选择王沂孙，更加符合杜甫的精神，所以，他才能这样说："诗有诗品，词有词品。碧山词，性情和厚，学力精深，怨慕幽思，本诸忠厚，而运以顿挫之姿，沉郁之笔。论其词品，已臻绝顶，古今不可无一，不能有二。"①当然，陈廷焯也难免夸张，事实上，在他心目中，词中老杜也并非只有一个人，他在《词坛丛话》中还说："词中陈其年，犹诗中之老杜也。风流悲壮，雄跨一时。"②把清初的陈维崧也比作老杜，说明他本人也还在不断摸索的过程中。不过，相对来说，他对王沂孙的这种定位更加符合其基本的理论——"沉郁"，要在宋代找这样的词人，宋元之际最为合适，而在宋元之际，张炎和周密都难免有清浅处，王沂孙的作品，尽管在陈廷焯同时，评价上有不同的声音③，后来有的人甚至认为王词太过隐晦曲折④，不过，这些隐约其词之处，也可能正是眼见国运凋敝，不能不言而又不能尽言的表现，因此，用"沉郁"这个标准来看，也还是有几分道理。至此，对王沂孙作品的阐释，也就越来越具有主观性了。

五、浙西后学的思路

周济所提出的从王沂孙入门之法，是一个完整的学词统序，他将王

---

① 陈廷焯《白雨斋词话》，《词话丛编》，第3808页。
② 陈廷焯《词坛丛话》，《词话丛编》，第3731页。
③ 龙榆生曾经记载："是时彊村先生方僦居吴下听枫园，周旋于郑、况诸子之间，折衷至当，又以半塘翁有取东坡之清雄，对止庵退苏进辛之说，稍致不满，且以碧山与于四家领袖之列，亦觉轻重不伦，乃益致力于东坡，辅以方回（贺铸）、白石（姜夔），别选《宋词三百首》，示学者以轨范。"龙榆生《晚近词风之转变》，《龙榆生词学论文集》，上海：上海古籍出版社，1997，第382页。
④ 胡适就不喜欢王沂孙的词，他在《词选》中说到："我们细看今本《碧山词》，实在不足取。咏物诸词，至多不过是晦涩的灯谜，没有文学的价值。"胡适选注《词选》，北京：中华书局，2007，第317页。

沂孙赋予如此崇高的地位，当然是总结了前代的遗产，尤其是对词学批评的逐渐深入的体认，从而形成的。清人非常重视学词门径，朱彝尊提出南宋诸家的特色，将他们视为姜夔之一体，已经提出了门径的问题，只是他的论述尚需要进一步细化。从这个角度看，虽然周济不完全赞同朱彝尊，其所做的借鉴仍然不可否认。

不过，很多文学现象的出现都不是孤单的。在梳理从朱彝尊到周济、陈廷焯的词学发展时，也不能忽略中间还有其他一些环节。如我们所熟知的，浙西词派自朱彝尊下世后，经过厉鹗的传承，仍然有一定的辉煌，但厉鹗之后，虽然这个谱系还能提出郭麐等，事实上已经渐渐走向衰落。尽管如此，衰落也并不等于消亡，后期浙西词派仍然具有一定的生命力，而且体现出一些和前中期浙西词派不同的特色。清词的发展，有所谓"后吴中七子"之说，基本上被学界认为是后期浙西词派的重要代表，其中的戈载，又是这个群体中最有成就者。

戈载以《词林正韵》一书而在清代词学中获得大名，奠定了其作为格律派的极为重要的地位。事实上，他的另一部著作《宋七家词选》，也应该得到应有的重视。这部词选，在宋代选择了七位重要的以"雅"为特色的词人，按照戈载在《宋七家词选》中的说法，就是"欲求正轨，以合雅音，惟周清真、史梅溪、姜白石、吴梦窗、周草窗、王碧山、张玉田七人，允无遗憾。"①将姜夔作为重要的师法对象，是朱彝尊提出来的，不过，朱彝尊虽然有此思路，具体操作上，却也还没有定于一尊，即使他本人的创作，也只是到达了张炎②。姜夔地位的真正确立，从创作上，要到厉鹗才完成，而在理论上，则有赖于浙西其他后学的一起努力。如嘉庆元年(1796)吴

---

① 戈载辑、杜文澜校注《宋七家词选》卷首，影印清光绪十一年(1885)曼陀罗华阁重刻本，台北：河洛图书出版社，1978。
② 参看拙作《浙西别调与白石新声》，见《清词探微》。

蔚光在《〈自怡轩词选〉序》中就提出："文极于《左》,诗极于杜,词极于姜,其馀皆不离乎此者近是。"①同年许宝善在《自怡轩词选·凡例》中也提出:"白石,词中之圣也。"②戈载在《宋七家词选》卷三所选姜夔词后的跋语中指出:"白石之词,清气盘空,如野云孤飞,去留无迹,其高远峭拔之致,前无古人,后无来者,真词中之圣也。"③就和这个背景有关。

令我们非常感兴趣的是,戈载虽然提出了姜夔的如此崇高的地位,同时也指出,要学习他是不容易的,必须有一个过渡,而这个过渡的最佳人选就是王沂孙,因此,他认为姜夔词空前绝后,学习时无从入手,而只有王沂孙能够学之,因此可以从王沂孙寻求入门之道④。这个思路显然和朱彝尊、汪森不同。在朱、汪看来,王沂孙具姜夔之一体,还只是指出姜夔的词风被后世接受所表现出来的不同侧面,并未涉及学词门径问题。而戈载在这里无疑是在为许多浙西后学解惑,不仅告诉他们什么是最高的境界,而且告诉他们如何达到这个境界。这种做法与宋人确定了杜甫作为最高典范,江西后学是通过学黄(庭坚)、学李(商隐)而达其境界,江湖后学则是通过学晚唐而达其境界,在方法上非常相似。

戈载(1786—1856)和周济(1781—1839)是同时代人,戈载的《宋七家词选》成书于道光十年(1830),周济的《宋四家词选》成书于道光十七年(1837),时间相隔不远,而都以宋词作为对象,希望示人以学词津筏,同时又都以王沂孙作为入门正途,恐怕不是偶然的。虽然戈载是希望由王沂孙而达至姜夔,与周济不同,但是,这个选择本身,恐怕也很难避免

---

① 施蛰存主编《词籍序跋萃编》,北京:中国社会科学出版社,1994,第765页。
② 施蛰存主编《词籍序跋萃编》,第768页。
③ 戈载辑《宋七家词选》卷三。
④ 戈载辑《宋七家词选》卷六:"白石之词,空前绝后,匪特无可比肩,抑且无从入手,而能学之者,则惟中仙。其词运意高远,吐韵妍和。其气清,故无沾滞之音;其笔超,故有宕往之趣。是真白石之入室弟子也。"

从张惠言以来常州词家的影响,因而,若说戈载其人作为浙西传人,同时也沾染了一些常州风貌,应该不致太过离谱。我们还对戈载这份名单中以周邦彦打头感到兴趣,除了周之外,其他六人都是南宋的。这里面体现了什么信息?戈载没有明说,我们不妨为他铺陈一下。如前所述,戈载确实提出姜夔之词是"前无古人,后无来者,真词中之圣也",但是,这个思路主要应该是他作为浙西传人而对传统浙西词学的接续,在他的潜意识中,还有一个周邦彦是应该给予更高地位的,是必须经由姜夔才能达到的境界。如果这个推测可以成立的话,则戈载和周济的关系就耐人寻味了。同时,我们对嘉道之后常州词派和浙西词派的关系,也可以从另外一个角度,做出一些新的理解。

六、结论

1. 宋末以迄明末,王沂孙的词虽然一直流传,但始终没有真正进入文学批评的领域,直到朱彝尊编《词综》,才体认到其价值,而至常州词派,更加给了其非常崇高的地位。浙、常二派对王沂孙阐释权的争夺,分别也是他们建立自己理论体系的过程。

2. 浙西词派推崇王沂孙是从咏物和骚雅的角度入手的,常州词派则从比兴寄托的角度入手。值得注意的是,二派都选择了王沂孙的咏物词,甚至篇目也相同,却走出了不同的道路。这一方面可以说明王沂孙的作品具有相当的厚度,可以提供转换角度加以诠释的可能,另一方面,也可以看出清人如何以理论来统合材料,亦即体现出词派形成的一些特点。

3. 戈载和周济是同时代人,他们的《宋七家词选》和《宋四家词选》先后问世,相隔不到10年,二人一属浙派,一属常派,却在思路上有些相似之处。这种倾向可以说明,清代中后期之后,常州词派固然方兴未艾,浙西词派也还继续发展,而且,二派的壁垒并非特别森严,颇有互相沟通之处。这对于从宏观的角度认识清代词史,也有一定的意义。

第二节 情感体验与字面经营
——纳兰词与王次回诗

李勖①在其出版于1927年的《饮水词笺》中,曾经指出纳兰词有多处从王次回(王彦泓字次回)诗来。虽然,他提到的这些作品的原始出处,有些是否真是出自王次回,还须打个问号,但是,如果将李勖的注释作一统计,则赫然可以发现,其中所征引的文献,就诗词来说,绝大多数出自唐宋,除了王次回的诗词,其他出于明代的不到10处。笺注是中国文学的批评形式之一,李勖的这种安排,即使其中或有牵强之处,也能体现出他的一个观点,即纳兰词与次回诗关系密切,在当代文学的脉络中,王次回是纳兰所接受的重要资源。近年来,纳兰词的研究成为热点,但这个角度很少有人涉及,或虽有提及,但基本上未做学理上的探讨,因此,在这里尝试进行一些探索。

一、关于王次回的作品

王次回的作品,世所通行者有《疑雨集》和《疑云集》二种,前者初刊

---

① 李勖其人,生平不详,《饮水词笺》有龙沐勋序,记载道:"乐清李君志遐,曩岁游学沪上,从予治学特勤,先后为《花外》、《饮水》二笺,既写定有年,稿毁于淞沪之乱。乱定,复理旧业,当先以《饮水词笺》出版行世。"据此,知李氏为龙榆生的学生。李勖的《饮水词笺》是关于纳兰词较早的一个注本,对后世影响较大,如今人张草纫所撰的《纳兰词笺注》(上海:上海古籍出版社,1995),所参考者即为李注本,而沿用李注的均补出篇名。但李笺本所据纳兰词在语句上与康熙三十年(1691)刻《通志堂集》本有一定的出入,应是来自另外的系统。

于康熙年间，主其事者为侯文灿。作序者严绳孙对当时《疑雨集》的流传及刊刻情况有这样的叙述："今《疑雨集》之名籍甚，江左少年传写，家藏一帙。溉其馀沥，便欲名家，而本集顾未有锓版以传者。侯子蔚毉读而赏之，爰加校定，付之剞劂，由是先生之诗，显然共天下矣。"①这里提到《疑雨集》在刊刻前即广泛流行，可见时人的喜爱。康熙年间刊行的《御选宋金元明四朝诗》和《明诗综》所选王次回诗，大都见于《疑雨集》，唯文字略有不同。另外，李勖注纳兰词所引诸作，也都出自《疑雨集》，可见，当时人们所看到的，主要就是《疑雨集》。

由于清初其他人亦每提及《疑雨集》②，而且严绳孙等人的序言之凿凿，因此，其初刊在康熙年间，殆无疑义。不过，据今人研究，康熙本却不知尚存世间否③，《疑雨集》作为一种物质形态的刻本，大量见于清末民初之时。据耿传友统计，仅在1905至1936年间，《疑雨集》被刊刻了30多次④，这种社会需求，令人惊叹。

几乎在清末民初《疑雨集》大量刊行的同时，又出现了题为王次回所撰的《疑云集》，计有诗531首，词102首。《疑云集》之名，就阅读所见，明清之际尚无人提及，延至清末，突然出现，当时即颇启人疑窦。所以，其书出版不久，徐珂即发现，其中有22首词实为其师俞廷瑛所作，因而

---

① 严绳孙语，见《疑雨集》严序，王彦泓撰、郑清茂校《王次回诗集》，台北：联经出版事业公司，1984。
② 贺裳《皱水轩词筌》云："王次回喜作小艳诗，最多而工，《疑雨集》二卷，见者沁入肝脾，里俗为之一变，几于小元白。"唐圭璋编《词话丛编》，北京：中华书局，1986，第713页。
③ 当然，也有一种可能，即序虽写好，由于种种原因，书并未刻出。不过，从后来王诗的流行，以及刻本的形制看，似乎可以排除这种情形。
④ 耿传友《王次回：一个被文学史遗忘的重要诗人》，载《中国韵文学刊》2006年第3期。

指出,这是"奸贾射利,攘师词以附益之,冀使卷帙稍富也"①。1945 年前后,钱锺书先生读罢此书,以其对于创作风格的敏感,感觉到里面的"诗不佳,也不像次回风格",因而觉得此集"真伪难定"②。虽然出言谨慎,大约也是倾向于否定。近年,耿传友在前人基础上,做了进一步研究,发现《疑云集》中的词竟全部见于清末俞廷瑛《琼华词集》,《疑云集》中的诗也有近二百首见于俞廷瑛《琼华诗集》",因而"认为署名王次回的《疑云集》完全是一部伪书"③。

综上,《疑雨集》的作者是王次回,应该没有疑义,但是《疑云集》则应为伪书。因此,下面的论述以《疑雨集》为根据。

二、王次回诗的传播与纳兰的交游圈

纳兰在词中虽然大量借鉴王次回的诗,但遍检《通志堂集》,没有看到他提及王次回,如何判断他对王氏的接受呢?

王次回的诗在江南一带非常流行,"今《疑雨集》之名籍甚,江左少年传写,家藏一帙"。纳兰所喜欢结交的文人,正好比较集中于江南。他的几个好朋友,都对王次回非常熟悉。

首先要提到的,就是为《疑雨集》作序的严绳孙。严绳孙(1623—1702)字荪友,自号勾吴严四,复号藕荡老人、藕荡渔人。无锡人。与朱彝尊、姜宸英并称"江南三布衣"。康熙十八年(1679)举博学鸿儒,授翰林院检讨,迁翰林院编修等。严绳孙长纳兰三十二岁,二人结识于康熙十二年(1673)。康熙二十三年(1684),严绳孙被纳兰留于家中,至次年

---

① 徐珂《可言》卷五,《丛书集成续编》第 217 册,台北:新文丰出版公司,1988,第 77 页。
② 《钱锺书致锺来因信八封注释》之第三封,载《江苏社会科学》2000 年第 3 期。
③ 耿传友《王次回〈疑云集〉辨伪》,载《中国典籍与文化》2006 年第 4 期。

四月,始请假南归,而纳兰则在一个月后辞世。如此亲密的关系,当然二人不可能不谈到王次回诗,事实上,当时王的集子也已经编好了。如此重要的事,严肯定会与纳兰有所交流。

纳兰的另一个好友陈维崧对王次回也比较熟悉,曾经指出其"以香奁艳体盛传吴下"①。董元恺《苍梧词》之《解语花》(幽兰啼露)一篇有陈维崧评语,谓:"咏茉莉词向推王次回作,得此阕,踞王前矣。"②王次回善诗,词不多作,陈维崧能够知道其传世甚少的词,则他对王氏的整体创作深有了解,也是必然的。

朱彝尊对王次回的创作也有所关注,曾经指出:"启正诗人善言风怀者莫若金沙王次回,定远稍后出,分镳并驱。次回以律胜,定远以绝句见长。"③朱彝尊与纳兰的关系很深。康熙十八年(1679)朱彝尊应博学鸿儒科,虽然有康熙的眷顾,取为一等,但在官职的安排上受到不公平对待,后得纳兰明珠干预,才得到解决④。明珠对朱彝尊有恩,两家的关系自是不同。纳兰死后,朱彝尊曾有祭文写二人十二年的交往:"曩岁癸丑,我客潞河。君最年少,登进士科。伐木求友,心期切磋。投我素书,

---

① 陈维崧《妇人集》,《丛书集成初编》第 3401 册,北京:中华书局,1985,第 14 页。
② 董元恺《苍梧词》卷十九,张宏生编《清词珍本丛刊》第 6 册,南京:凤凰出版社,2008,第 445 页。
③ 沈初等撰《浙江采集遗书总录》癸集下《冯钝吟集》提要引朱彝尊语,《海王村古籍书目题跋丛刊》第 2 册,北京:中国书店,2009,第 398 页。
④ 《朱竹垞家书》:"我于三月初一日在太和殿前试。是日赐宴体仁阁下,上遣侍卫苏大取我草稿进看,看讫发出。上次鄚州,束卷亲阅,将我卷及汪苕文卷折角记认,注意甚专。不期冯中堂怪我不往认门生,杜中堂极贬我诗,李中堂因而置我及汪于一等末,又对上言说我卷不好。上谓一日短长,亦不足定人生平。三中堂及掌院所取,皆意中私人,文有极不堪者,诗有出韵重韵者,皆在我前。上心不甚悦,遂有一等、二等皆修《明史》之局。吏部极其可恨,循资限格,仅拟授我等布衣为孔目。明中堂不平,乃改议授待诏。把局而顿改,真出意外。"转引自于翠玲《朱彝尊〈词综〉研究》,北京:中华书局,2005,第 236 页。

懿好实多。改岁月正,积雪初霁。纲履布衣,访君于第。君时欢聚,款以酒剂。命我题扇,炙砚而睇。是时多暇,暇辄填词。我按乐章,缀以歌诗。剪绡补衲,他人则嗤。君为绝倒,百过诵之。迨我通籍,簪笔朵殿。君侍羽林,鲛函雉扇。或从豫游,或陪曲宴。虽则同朝,无几相见。"①康熙十八年(1679)夏,纳兰曾与朱彝尊、陈维崧、秦松龄、张见阳、姜西溟、严绳孙等在北京净业寺赏荷并唱和。纳兰《浣溪沙·郊游联句》也系这一年张见阳召集纳兰、朱彝尊、陈维崧、秦松龄、严绳孙、姜宸英宴集其山庄而作②。事实上,纳兰与朱彝尊一同崛起于词坛,他一直非常关心朱彝尊的探索,康熙二十三年(1684),他得到了朱彝尊编的《词综》,曾经写信给梁佩兰(字药亭),表达希望有所竞争的愿望:"近得朱锡鬯《词综》一选,可称善本。闻锡鬯所收词集凡百六十馀种,网罗之博,鉴别之精,真不易及。然愚意以为,吾人选书,不必务博,专取精诣杰出之彦,尽其所长,使其精神风致涌现于楮墨之间。……仆意欲有选,如北宋之周清真、苏子瞻、晏叔原、张子野、柳耆卿、秦少游、贺方回,南宋之姜尧章、辛幼安、高宾王、程钜夫、陆务观、吴君特、王圣与、张叔夏诸人,多取其词,汇为一集。馀则取其词之至妙者附之,不必人人有见也。"③这一方面看出纳兰不同流俗的审美观,如果天假以年,或许能够在周围聚集一个可以和其他流派抗衡的群体;另一方面,也可以看出,在那个时候,浙西词派

---

① 纳兰性德《通志堂集》卷十九"附录上",上海:上海古籍出版社,1979,第818页。
② 见张一民《张纯德与纳兰性德交游考》,载《承德民族师专学报》1997年第4期。
③ 纳兰性德《与梁药亭书》,《通志堂集》卷十三,第533—534页。按,从纳兰的这个构思来看,虽然他表示对朱彝尊的思路有所不满,但其对南宋词的选择,也似乎受到了朱彝尊的影响。按我们通常的理解,纳兰"好观北宋之作,不喜南渡诸家"(徐乾学《通议大夫一等侍卫进士纳兰君墓志铭》,《通志堂集》卷十九"附录上",第744页),可惜纳兰早逝,未能完成这个选本,否则,也许会如朱彝尊一样轰动,甚至推动一种风气的产生。

也还没有占据压倒性优势。纳兰在词学上的追求是建立在对词坛充分了解的基础上，并非仅仅独任性灵而已。纳兰对朱彝尊编《词综》一事并不陌生，因为其中不少书就是从他那里所借①。值得特别提出的是，在李勘的《纳兰词笺》中，清初词坛的词人差不多只对朱彝尊的词有少量的征引，这或者也可以说明，在笺注者心目中，纳兰与朱彝尊的关系确实是值得关注的。

关于纳兰的朋友，张任政曾经有过一段叙述："生平挚友如严绳孙、顾贞观、朱彝尊、姜宸英辈，初皆不过布衣，而先生固已早登科第，虚己纳交，竭至诚，倾肺腑。"②他的这些朋友，大都对王次回有所了解，这显然为纳兰接受王次回词创造了良好的条件。当然，最根本的原因应该还是纳兰本人发自内心的喜爱，而且，从气质和文学追求上来看，纳兰之喜爱王次回，也是一个必然的现象。因此，纳兰不仅喜爱王次回的诗，而且下了不少功夫，也就是题中应有之义了。

三、纳兰词用《疑雨集》的一般情况

考察纳兰词中用王次回诗，大约有以下几种情况：

（一）全用其句。

这一类的例子，如纳兰《浣溪沙》："五字诗中目乍成。"全见于王次回《有赠》四首之二③。纳兰《浣溪沙》："但是有情皆满愿。"全见于王次回《和于氏诸子秋词》二十五之十九④。纳兰《金缕曲》："但有玉人常照

---

① 朱彝尊《词综发凡》："是编所录，半属抄本，……京师则借之宋员外牧仲、成进士容若。"朱彝尊、汪森编《词综》卷首，上海：上海古籍出版社，2005，第7页。
② 张任政《纳兰性德年谱·自序》，冯统编校《饮水词》，广州：广东人民出版社，1984，第246—246页。
③ 《王次回诗集》卷三，第201页。
④ 《王次回诗集》卷一，第49页。

眼。"全见于王次回《梦游十二首》之七①。

（二）略作改易、增减，或打乱次序。

这一类的例子如纳兰《浣溪沙》："尽教残福折书生。"王次回《梦游十二首》之四："半宵残福折书生。"②（按李勗《饮水词笺》作"一宵残福折书生"。）纳兰《临江仙·塞上得家报，云秋海棠开矣，赋此》："曾记鬓边斜落下，半床凉月惺忪。"王次回《临行，阿琐欲尽写前诗……》十六首之十四："可记鬓边花落下，半身凉月靠阑干。"③（按李笺作"可记鬓边斜落下，半床凉月靠阑干"。）纳兰《鹊桥仙·七夕》："忆素手、为余缝绽。"王次回《春暮减衣》："难消素手为缝绽。"④纳兰《临江仙》："鸳鸯小字，犹记手生疏。"王次回《湘灵》五首之一："戏仿曹娥把笔初，描花手法未生疏。沉吟欲作鸳鸯字，羞被郎窥不肯书。"⑤

（三）综合。

这一类又分几种情况。一是取其意，如纳兰《月上海棠·瓶梅》："铜瓶小注，休教近、麝炉香气。"王次回有《寒词》，其第六首有云："终是护花心意切，倩郎移过镜函边。"自注："瓶花畏香，故嫌相逼。"⑥（按李笺作"倩郎移过枕函边"。）如果不是王次回诗中的注释，则不清楚具体所指，两篇作品的意蕴可谓暗中相联。又如纳兰《采桑子·塞上咏雪花》："非关癖爱轻模样，冷处偏佳。别有根芽。不是人间富贵花。　谢娘别后谁能惜，飘泊天涯。寒月悲笳。万里西风瀚海沙。"王次回《寒词》之十五则

---

① 《王次回诗集》卷四，第261页。
② 《王次回诗集》卷四，第260页。
③ 《王次回诗集》卷四，第308页。
④ 《王次回诗集》卷二，第148页。
⑤ 《王次回诗集》卷二，第154页。
⑥ 《王次回诗集》卷一，第80页。

有:"个人真与梅花似,一片幽香冷处浓。"①(按李笺作"此人恰与梅花似,一片幽香冷处浓"。)虽然一咏雪花,一以梅花比人,都是于冷处见佳,颇有渊源。二是将王次回的一联诗分置词的同一首,打乱其次序。如纳兰《浣溪沙》:"抛却无端恨转长。慈云稽首返生香。妙莲花说试推详。　但是有情皆满愿,更从何处着思量。篆烟残烛并回肠。"王次回《和于氏诸子秋词》二十五之十九:"但是有情皆满愿,妙莲花说不荒唐。"②王次回的两句相联的诗分别在上下片出现。三是将王次回诗的两句化作词的一句,体现出更加凝练的创作意图。如纳兰《生查子》:"散帙坐凝尘。"王次回《补前杂遗三章》之一:"凝尘落叶无妻院,乱帙残香独客床。"③(按李笺作"散帙凝尘独客床"。)四是将王次回出自不同诗中的句子嵌在同一首,如纳兰《浣溪沙》:"容易浓香近画屏。繁枝影着半窗横。风波狭路倍怜卿。　未接语言犹怅望,才通商略已瞢腾。只嫌今夜月偏明。""风波"句出自王次回《代所思别后》五首之三之"风波狭路惊团扇","未接"句出自王次回《和端己韵》之"未接语言当面笑","才通"句出自王次回《赋得"别梦依依到谢家"》之"半通商略半矜持"④。

当然,确定两个作家之间的影响和被影响关系,仅从语句方面作这样的分析,肯定是有局限性的,况且,有的句子,在王次回之前或也有人用过,但这些例子也已经能够说明纳兰确实从王次回的作品中接受了许多资源,纳兰词与王次回诗的关系确实是非常密切的。

---

① 《王次回诗集》卷一,第82页。
② 《王次回诗集》卷一,第49页。
③ 《王次回诗集》卷三,第257页。
④ 分别见《王次回诗集》卷三,第218页;卷二,第152页;卷四,第268页。

四、纳兰词对次回诗的入与出

从以上纳兰用王次回诗的具体情况来看,有些确实是直接使用,没有什么太大的变化,仅仅是作为一种熟悉的资源而纳入自己的作品中,或者只是用另一种语言方式来进行表达。这种情形基本上没有体现出纳兰的创造性。不过,也应该看到,还有不少作品,或者是把王次回的诗融入其中,构成了一种更为新鲜生动的意思,或者借题发挥,体现了别一种思路,仅仅是把王次回的诗作为一种引子而已。这些地方,必须作具体的分析,才能看出其中的多样性,看出纳兰既学习前人,又意在超越前人的思路。

有一种情况是纳兰用了王次回诗的字面,却反其意,而表达出另外一种感情。如纳兰《青衫湿·悼亡》:"近来无限伤心事,谁与话长更。从教分付,绿窗红泪,早雁初莺。 当时领略,而今断送,总负多情。忽疑君到,漆灯风飐,痴数春星。"这是一首悼亡词。"当时领略,而今断送,总负多情"数句是其中最有名者,正出自王次回的《予怀》四首之二:"憔悴明妃似画图,阿甄愁坐闭铜铺。也知此后风情减,只悔从前领略疏。频嘱诗词宜蕴藉,更教车服莫闲都。何年却话当年恨,拥髻灯边侍子于。"①从这组诗的第三首"中道风波负所欢"句看,或许所写的内容不是悼亡,而是因故与情人分手。但无论如何,也是对以往感情的追思,"也知此后风情减,只悔从前领略疏"二句即纳兰之所出。当然,这两句的感情脉络是从李商隐著名的《无题》诗"此情可待成追忆,只是当时已惘然"来,纳兰词意却集中表示,当时领略了美好,现在却永远地失去了,因此而感到无限伤心,这种写法,让我们想起普希金著名的诗句:"是不是我

---

① 《王次回诗集》卷三,第184页。

领略了你的甘美,只为了将来要永远和你分别?"①

还有一种情况是由一个共同的句子生发出来,却引向两个方向。如纳兰《蝶恋花》:"眼底风光留不住。和暖和香,又上雕鞍去。欲倩烟丝遮别路。垂杨那是相思树。　惆怅玉颜成间阻。何事东风,不作繁华主。断带依然留乞句。斑骓一系无寻处。"王次回《骊歌二叠送韬仲春往秣陵》二首之二:"怜君孤负晓衾寒,和暖和香上马鞍。村落莺花寻醉易,野桥风月减衣难。联翩好句车中获,潇宕晴山帽侧看。传语冰心顾家妇,露葵烹好劝加餐。"②纳兰词可以说是由"和暖和香,又上雕鞍去"一句引出,和王次回"和暖和香上马鞍"相同,只是,纳兰笔下的别离,是情侣之别,王次回则写的是朋友别后的羁旅之苦。但这还不是最大的区别,更为重要的,是纳兰词中的别情细腻深长,一个"又"字,先声夺人,其艺术效果,直逼晏几道著名的"梦魂惯是无拘检,又踏杨花过谢桥"③。下面的展开,也是情致绵密。柳本是折来送别的,此却欲让它遮住离别的路,无奈柳并非相思之树,只是突然的希望而已。笔势颇为顿挫。玉颜如花,所以说东风不能做主,美好的风光终于留不住,脉络直接首句。而断带上的诗句犹存,正是当时风光的见证,现在,一切风流云散,并连所思之踪迹也不知去向何处了。而回过头来看王次回的诗,则只是讲人在旅途,就显得一般。这两篇作品的比较给我们的启示是,纳兰确实是从王次回处得到了启发,可是,他写的是词,因而就带有了非常浓厚明显的文体特征,即如王国维所说的:"诗之境阔,词之言长。"④纳兰这篇作品的

---

① 普希金《再见吧,忠诚的槲树林》,戈宝权译《普希金诗歌精选》,太原:北岳文艺出版社,1994,第50页。
② 《王次回诗集》卷二,第147—148页。
③ 晏几道《鹧鸪天》,唐圭璋编《全宋词》,北京:中华书局,1965,第227页。
④ 王国维《人间词话》,《词话丛编》,第4258页。

细腻委婉曲折,都是王次回的诗所不能比拟的。盛冬铃曾举谭献评纳兰的"势纵语咽,凄淡无聊",予以解释说:"所谓'势纵',是指情感积蕴既多,发之于词,自有纵放之势,可以开阖自如。所谓'语咽',是指欲语不语,言短意长,有含蓄不尽之妙。而'凄淡无聊',则是说凄婉伤感,有一种无可寄托的悲哀。"①能得谭意。

有时候,王次回的某些用语启发了纳兰的思路,敷演出来,也能青胜于蓝。如王次回《寒词》十六首之一:"从来国色玉光寒,昼视常疑月下看。况复此宵兼雪月,白衣裳凭赤栏干。"②一个雪后的月夜,穿着白衣裳的美人依倚着红色的栏杆,形成非常强烈的对比。这个对比无疑吸引了纳兰的注意,因此他也拿来用在自己的作品中,如《采桑子》:"白衣裳凭朱阑立,凉月趖西。点鬓霜微。岁晏知君归不归。 残更目断传书雁,尺素还稀。一味相思。准拟相看似旧时。"只是,王次回主要是从一个片段来写美人的形象,有点类似李白的《清平调》:"名花倾国两相欢,常得君王带笑看。解释春风无限恨,沉香亭北倚阑干。"③纳兰词中有月,有霜,也有白衣裳和红栏杆,可以说都借自王次回,只是他更多地是从衣裳与环境的强烈对比,来写主人公内心丰富的感情波动:岁晚而不归,远别而无信,但仍然深信两心相通,相思不断。这是从一个特定角度,予以强化,加以发展的例子。

还有一种情况,纳兰在借鉴王次回的时候,有着自己明确的思路,往往把原来浓缩的地方铺展开来,把原来详细的部分压缩下去,从而达到一种独特的艺术效果。如纳兰《相见欢》:"微云一抹遥峰。冷溶溶。恰与个人清晓画眉同。 红蜡泪。青绫被。水沉浓。却与黄茅野店听西

---

① 盛冬铃《纳兰性德词选》,香港:三联书店香港分店,1986,第178页。
② 《王次回诗集》卷一,第80页。
③ 李白《李太白全集》卷五,北京:中华书局,1977,第306页。

风。"上片是一个特写,以清晨之远山来比喻其所思者在清晓画眉时所构成的难忘形象,与此一样难忘的当然还有许许多多,都放在下片来写了,而下片整个是与王次回的《丁卯首春余辞家薄游。端己首唱骊歌,情词凄窘,征途吟讽,依韵和之,并寄呈叕仲,以志同叹》五首之一有密切关系:"几夜猖狂别恨侵,踏歌相送最情深。明朝独醉黄茅店,更有何人把烛寻。"①只是我们可以明显看出,"红蜡泪。青绫被。水沉浓"就是"几夜猖狂"的具体化,而"却与黄茅野店听西风",则是"明朝独醉黄茅店,更有何人把烛寻"的压缩。纳兰在作品中所做的这种调整,是他学习前人而不完全沿袭前人的具体说明,应该认真对待。

以上诸例可以充分说明,纳兰确实是对王次回的创作有意识地学习和模仿,但是,在这个过程中,他也有自己的思考。这些思考表现在作品中,面向是不一样的,可以看出纳兰的感情形态,以及与此相关的艺术表达方式。

五、体类之别与情态之合

王次回以写艳诗著称,在当时有很大的影响。据贺裳《皱水轩词筌》记载:"王次回喜作小艳诗,……见者沁入肝脾,里俗为之一变,几于小元白云。"②元白二人,诗风开阔,对于元白体的含义,前人容有不同的看法,其主要看法之一是俗,这个俗,如果以杜牧借他人之口的表述来说,更具体表现为"纤艳不逞"、"淫言媟语"③。诗到中晚唐,趋俗的现象更加明显,在这一点上,元白获得社会的热烈接纳,也并不意外。

---

① 《王次回诗集》卷一,第60页。
② 贺裳《皱水轩词筌》,《词话丛编》,第713页。
③ 杜牧《唐故平卢军节度巡官陇西李府君墓志铭》,《樊川集·樊川文集》卷九,《四部丛刊》景明翻宋本。

贺裳说王次回"几于小元白",主要是从社会反响上来说的,实际上,在晚唐诸诗人中,人们更多拿来与王次回做比较的,是李商隐和韩偓,或李商隐与温庭筠。如朱彝尊《静志居诗话》:"风怀之作,段柯古《红楼集》不可得见矣。存者,玉溪生最擅场,韩冬郎次之。由其缄情不露,用事艳逸,造语新柔,令读之者唤奈何,所以擅绝也。后之为艳体者,言之唯恐不尽,诗焉得工?故必琴瑟钟鼓之乐少,而寤寐反侧之情多,然后可以追韩轶李。金沙王次回,结撰深得唐人遗意。(所引诸句略)皆饶风韵,诵之感心娱目,回肠荡气。"①吴雷发《香天谈薮》:"香奁艳体,至王次回《疑雨集》而极,实度越温李。"②不过,人们在比较了晚唐诸家之后,还是比较倾向王次回与韩偓更有渊源。钱锺书先生即说:"王彦泓诗很好,不是义山'无题'的传统,而是冬郎'香奁'传统中最出色之作。韩偓诗体至宋几成绝响(参看拙作《宋诗选注·序》),入明而有嗣音,至《疑雨集》而出类拔萃。"③至于王次回诗与韩偓香奁之作的异同,康正果先生说得比较具体:"(王)更接近韩,他的诗是从香奁诗的路子上来的。……不过韩偓的诗多趋于静态的描写,王次回的一个突出特征则是试图抓住心事重重的佳人在冷热、喜嗔、亲疏之间的情态变化。"④

我们也可以在这个脉络中来看纳兰的词。其实,纳兰的许多词,说到底,仍然是艳词的传统,艳词的"艳",不一定是香艳,乃是泛指对女性音容、体貌、情态等方面的描写和刻画,至于是否蕴含寄托,往往见仁见

---

① 朱彝尊《静志居诗话》卷十九,北京:人民文学出版社,1990,第570页。
② 张潮等《昭代丛书》第1册,上海:上海古籍出版社,1990,第674页。
③ 钱锺书1984年10月29日致锺来因信,《钱锺书致锺来因信八封注释》之二,载《江苏社会科学》2000年第3期。
④ 康正果《词淫和意淫——谈王次回及其〈疑雨集〉》,载《万象》2001年第7期。

智,是另一个需要专门讨论的问题①。从这个角度看王次回诗,尽管乾隆年间的沈德潜诋之甚力,以其"动作温柔乡语",而认为"最足害人心术"②,但沈氏一向用儒家所谓风人之旨来要求诗歌创作,难免偏颇,实则王次回的诗将艳情写得大胆和露骨的,据康正果的考察,也不过二、三联而已③,若是和写真正香艳之词的老祖宗《花间》词人欧阳炯诸人相比,可能还有所不如④。因此,探讨纳兰词与王次回诗的关系,就可以有一个更大的空间。

《疑雨集》中的不少作品是写妻子的,主要有两个方面的内容,一个是妻子缠绵病榻时的关心与照顾,一个是妻子逝世之后的悼亡。后者是自西晋潘岳、唐代元稹、宋代苏轼以来就有的传统,前者则能够看出王氏的不少新探索。疾病之于人,当然是一件非常无奈的事,应该与美无关,但是,大约从西施开始,女子的病态就具有了美学的意味,连带着后世叙述女子身世时,往往以"善病"作为重要的内容。但是,关于西施的记载,见于《庄子·天运》:"故西施病心而颦其里,其里之丑人见而美之,归亦捧心而颦其里。"⑤到底如何之美,也并不具体,即使是后来《红楼梦》中

---

① 严绳孙为王次回《疑雨集》作序,就谈到艳诗的传统:"诗发乎情,而《王风》之变,桑中洧外,列在三百,为艳歌之始。其后《读曲》、《子夜》,寂寥促节。在唐则玉溪悄怳,旨近楚骚;韩相香奁,言犹微婉。于是金坛王先生彦泓,以闳肆之才,写宕往之致,穷情尽态,刻露深永,可谓横绝古今也。"《王次回诗集》卷首,第 3 页。
② 沈德潜《国朝诗别裁集·凡例》,香港:中华书局香港分局,1977,第 3 页。
③ 康引的两联是《即事》十首之五的"风度枕函闻暗麝,月穿衫缕见凝酥"以及《即席口占绝句十二首》之四的"枕上不妨频转侧,柔腰偏解逐人弯"。分别见《王次回诗集》卷三,第 190 页;卷四,第 272 页。
④ 欧阳炯《浣溪沙》:"兰麝细香闻喘息,绮罗纤缕见肌肤。此时还恨薄情无。"《花间集》,沈阳:春风文艺出版社,1995,第 304 页。
⑤ 王先谦《庄子集解》,台北:世界书局,1970,第 91 页。

说到林黛玉，也只是说她"病如西子胜三分"①。可是我们看王次回的《妇病忧绝》、《呈外父时妇病方苦》、《述妇病怀》十二首等，还是能在这种人生的痛苦中，写出闺房的旖旎，从而把疾病审美化了。如《述妇病怀》十二首之四："水沉隔座卧犹闻，懒着前春染麝裙。谁识病来颠倒想，爱香人却怕香薰。"之五："瘦质真成笋一竿，隔衾犹见骨巉岏。平生守礼多谦畏，不受荀郎熨体寒。"②至于王的妻子贺氏死后，他和不少女子有交往，见于他本人记载的，至少有阿姚——后被他娶回家，还有阿琐——是他打算纳为妾的，他到处用情的记录，都在其《疑雨集》中有迹可循。这样的生活形态，虽然与纳兰无法完全类比，而且总的来说，纳兰的用情要比王次回专一，但彼此之间也颇有互参之处。如我们所熟知的，纳兰先是娶妻卢氏，继娶官氏，某些资料还说，可能也曾纳沈婉为妾，而他与其他女子也有交往，其间种种悲欢离合，都在词中有所展现。从这个角度看，纳兰对王次回的诗产生兴趣，也有其充分的理由。

说到底，能够将纳兰词和王次回诗紧密联系起来的，还是他们的作品，尽管一为诗，一为词，体类不同，情态上却深深相通。前面已经说过，王次回的诗在写艳之时，更多的是动态的，而非静态的，也就是进入了一种过程，无论是写心理还是写情态，都思路别致。如《奏记妆阁》六首之四："此生幽愿可能酬，不敢将情诉蹇修。半刻沉吟曾露齿，一年消受几回眸。微茫意绪心相印，细腻风光梦暂游。妄想自知端罪过，泥犁甘堕未甘休。"③写为了这份感情，内心的种种悬想、揣测、期待，最后归于执着，非常丰富。又如《再赋个人》九首之七："心期旧矣合欢新，蕉尾才尝

---

① 《红楼梦》第三回《贾雨村夤缘复旧职 林黛玉抛父进京都》，北京：人民文学出版社，1982，第48页。
② 《王次回诗集》卷二，第98页。
③ 《王次回诗集》卷四，第296页。

味已珍。胆小易惊还易喜,眉弯宜笑更宜颦。未形猜妒恩犹浅,肯露娇嗔爱始真。作计恼伊尝试看,自惭终近薄情人。"①沉浸在爱情中的女子,心绪每易变化,诗中虽然说是试探,其实也正是一种常态,难得的是写得非常生活化。试看纳兰下面这些作品,《临江仙》:"昨夜个人曾有约,严城玉漏三更。一钩新月几疏星。夜阑犹未寝,人静鼠窥灯。 原是瞿唐风间阻,错教人恨无情。小阑干外寂无声。几回肠断处,风动护花铃。"《山花子》:"昨夜浓香分外宜。天将妍暖护双栖。桦烛影微红玉软,燕钗垂。 几为愁多翻自笑,那逢欢极却含啼。央及莲花清漏滴,莫相催。"《落花时》:"夕阳谁唤下楼梯。一握香荑。回头忍笑阶前立,总无语,也相宜。 笺书直恁无凭据,休说相思。劝伊好向红窗醉,须莫及,落花时。"《鹧鸪天·离恨》:"背立盈盈故作羞。手挼梅蕊打肩头。欲将离恨寻郎说,待得郎归恨却休。 云澹澹,水悠悠。一声横笛锁空楼。何时共泛春溪月,断岸垂杨一叶舟。"从所描写的过程来看,从情态与心态的关系来看,与王次回都颇有渊源。

六、艳情与咏物

至少从南朝宫体诗开始,艳情的主题就在中国诗歌发展的过程中时隐时现。尽管由于儒家诗教传统的强大,经常在"淫靡"即比较过分的情况下,以"雅正"矫之,但这条线始终没有中断过。

艳诗当然必须涉及女性,包括音容笑貌、体态心理等多个层面。晚唐李商隐有两句诗:"倾国宜通体,谁来独赏眉。"②或许在某种程度上可以代表人们写作此类诗篇时的标准,所以,在诗歌的传统中,我们很少看

---

① 《王次回诗集》卷二,第136—137页。
② 李商隐《柳》,冯浩笺注《玉溪生诗集笺注》卷三,上海:上海古籍出版社,1979,第649页。

到选取女子某一特定部分,割裂开来加以题咏的。王次回写诗,虽然号称香艳,可是在这个问题上,也还是秉承着传统的诗歌理念,所以其《疑雨集》中,很少有咏物诗。仅有的一首,也并不逾矩。上面曾经提到,王次回写诗更多从晚唐韩偓"香奁"的传统来,韩偓笔下的女子,固然千姿百态,不过若说咏物层面,只有《咏手》一首,堪称具体:"腕白肤红玉笋芽,调琴抽线露尖斜。背人细捻垂烟鬓,向镜轻匀衬脸霞。怅望昔逢褰绣幔,依稀曾见托金车。后园笑向同行道,摘得蘼芜又折花。"①只是这样的作品,通篇几乎都是说"手之用",并没有多少一般"艳诗"的心理期待。不过,王次回的《疑雨集》中连这样的作品也没有,唯一勉强可以沾得上边的是其《雨馀路软,有女郎一队前行,鞋踪可玩》:"知是同家是各家,样痕端正不多差。分行细整如飞燕,散点轻匀似落花。怕滑更添腰绰约,扶墙时趁步欹斜。悬知连臂行归晚,一路风香笑语哗。"②体现的是明代文人对于缠足文化的趣味,而在描写上,则侧面烘托较多。这样的诗,并不是王次回的创造,早在五代的时候,刘章就有一首《咏蒲鞋》:"吴江浪浸白蒲春,越女初挑一样新。才自绣窗离玉指,便随罗袜上香尘。石榴裙下从容久,玳瑁筵前整顿频。今日高楼鸳瓦上,不知抛掷是何人。"③只是王次回将静态变成动态,将个体变为群体,角度有所不同。

无论是咏女子身体的某一部分,还是咏女子的穿戴,都是文学中咏物题材的一种尝试,耐人寻味的是,尽管纳兰性德经常能够敏锐地发现王次回诗歌创作的新颖别致之处,却对这一路表现恍若不见,他的那些广义上可以称作艳词的作品,也基本上没有专门咏物的痕迹,结合当时的词坛状况,值得深思。

---

① 陈继龙《韩偓诗注》,上海:学林出版社,2001,第365—366页。
② 《王次回诗集》卷二,第131页。
③ 《全唐诗》卷七百六十二,北京:中华书局,1960,第8658—8659页。

在纳兰性德生活的时代,艳词的创作已经蔚为风气,他的一些前辈,如董以宁、彭孙遹等,都是写艳高手。陈维崧比他大二十多岁,是他很好的朋友,早年也以艳词著称,虽然后来自称每有人提到那些刊于《倚声初集》的艳词作品,就想呕哕①,但一直并未停止此类题材的创作。这里特别要提到的是朱彝尊。前面提到,朱彝尊也是纳兰很要好的朋友,曾经受过纳兰之父明珠的提携。他自己有《静志居琴趣》一卷,后来被陈廷焯誉为艳词创作的极品②,在当时享有盛名。最值得提出的是,他还作有《沁园春》咏女子身体部位的词12首,可称之为宫体咏物词,尽管在词史上并非首创,在明清之际词坛也可能不是最早的创作者,但蒋景祁当时收入《瑶华集》中,并且以"雅"评之③。《瑶华集》是清初较大的能够体现清词风貌的当代词选,具有指标性的意义,加上朱彝尊本人的地位不断提高,他的此类作品也受到人们的普遍关注。

　　然而,这一类颇似宫体的咏物词,尽管康熙词坛有数十人加入题咏,在纳兰词中却全无踪迹。分析其中的原因,首先应该提到的,是纳兰的文学趣味与此不同。宫体咏物词的题咏对象,是一个个身体的具体部位,其中的描写,往往虚实相间,体现了从南宋而来咏物词发展的一些基本特点,也是朱彝尊等人论词提倡南宋的一种创作表现。朱彝尊论词,曾一再强调:"小令宜师北宋,慢词宜师南宋。"④"南唐北宋,惟小令为工,若慢词至南宋始极其变。"⑤"世人言词,必称北宋,然词至南宋始极

---

① 蒋景祁序陈维崧词说他"刻于《倚声》者,过辄弃去,间有人诵其逸句,至哕呕不欲听",见陈维崧《湖海楼词集》卷首,《四部备要》本。
② 陈廷焯曾说:"竹垞《静志居琴趣》一卷,生香真色,得未曾有。"《白雨斋词话》卷三,《词话丛编》,第3836页。
③ 蒋景祁《刻瑶华集述》,《瑶华集》,北京:中华书局,1982,第7页。
④ 朱彝尊《鱼计庄词序》,《曝书亭集》卷四十,《四部丛刊初编》本。
⑤ 朱彝尊《书东田词卷后》,《曝书亭集》卷五十三,《四部丛刊初编》本。

其工,至宋季而始极其变。"①当时他的一些同道,都非常赞成,朱彝尊自己的记述是:"曩予与同里李十九武曾(按李良年字武曾)论词于京师之南泉僧舍,谓小令宜师北宋,慢词宜师南宋,武曾深然予言。"②不过也有反对者,顾贞观是其中的代表人物之一。朱彝尊《水村琴趣序》即云:"予尝持论,小令当法汴京以前,慢词则取诸南渡,锡山顾典籍不以为然也。"③顾贞观的好友纳兰性德也是同样的看法,他的老师徐乾学就曾这样总结,说他"好观北宋之作,不喜南渡诸家,而清新秀隽,自然超逸"④。所以,从审美观点看,纳兰性德也是不喜欢这样的咏物词的。

当然,还应该提到的是,这里有一个题材的选择问题。朱彝尊将《沁园春》宫体咏物词12首编入《茶烟阁体物集》,而不是编入集中收录艳词的《静志居琴趣》,除了文体上的考虑之外,更重要的原因是,《静志居琴趣》一集是他为自己的恋人静志所写,那些刻画描写身体部位的作品,已经将女子物化了,其面向可以虚化,显然不适合加诸和自己有如此亲密关系的人。纳兰性德的词,多为自己心爱的女子所写,当然也不会琐屑到专门描写其手、足、肩等,那样的话,就非常错位了。

因此,放在那个特定的时代,纳兰性德不仅和王次回的某些作品有所疏离,而且自觉地在艳词的系列中,排斥以朱彝尊为代表的宫体咏物之风,不仅坚持了自己重北轻南的词学观念,而且坚持了以词写情的基本追求,在当时有着相当的独特性。

---

① 朱彝尊《词综发凡》,《词综》卷首,第10页。
② 朱彝尊《鱼计庄词序》,《曝书亭集》卷四十,《四部丛刊初编》本。
③ 朱彝尊《水村琴趣序》,《曝书亭集》卷四十,《四部丛刊初编》本。
④ 徐乾学《通议大夫一等侍卫进士纳兰君墓志铭》,《通志堂集》卷十九"附录上",第744页。

七、组装之美

　　纳兰多檃栝、改易、化用王次回诗入词，构成一个新的创作结构，已见上述。当然，如果扩大来看，他使用这种方式，又并不仅仅针对王次回诗，前代不少作家的作品，都是他所运用的资料①，只是对于王次回，似乎更加集中。这也启发我们去进一步思考。事实上，王次回本人就很擅长此道。贺裳《皱水轩词筌》曾经指出这一点："王次回……词不多作，而善改昔人词，殊有加毫颊上之致。如《秋千》改徐文长云：'多娇最爱鞋儿浅。有时立在秋千板。板已窄棱棱。犹馀三四分。　一钩浑玉削。红绣帮儿雀。休去步香堤。游人量印泥。'起句已比旧作较稳。换头'红绒止半索。绣满帮儿雀'，仅能刻画其纤，改语则见其誓而直矣。且雀不可以红绒绣，乃以绒绣雀于红帮上耳，亦改语为是。其《别意》改洪叔玙云：'花露涨冥冥。欲雨还晴。薄罗衫子着来轻。解道明朝寒食近，且莫成行。　花下酒频倾。纤手重增。十三弦畔诉离情。又得一宵相伴也，无限丁宁。'比洪作止存三句，词意俱换，几于虞允文用王权之卒，不止李太尉入北军也。其《茉莉》改刘叔安云：'帘栊午寂，正阴阴，窥见后堂芳树。绿遍长丛花事杳，忽接琼葩丰度。艳雪肌肤，蕊珠标格，销尽人间暑。还忧风日，曲屏罗幕遮护。　长记歌酒阑珊，微闻暗麝，笑觅衣沾露。月没阑干天似水，相伴谢娘窗户。浴后轻鬟，凉生滑簟，总是牵情处。惹人幽梦，枕边零乱如许。'起处帘中堂后，绿阴菶薿，说花时已觉有情，艳雪蕊珠状花之色，暗麝状花之香，鬟间、簟上、枕边，举护花者之张设，戴花者之神情，摹拟毕到，语复俊丽，可谓词中圣手，所用刘语，不过四句，此可

---

① 如纳兰《采桑子》"不辨花丛那辨香"，即出自元稹《杂忆五首》之三："寒轻夜浅绕回廊，不辨花丛暗辨香。忆得双文胧月下，小楼前后捉迷藏。"元稹撰、杨军笺注《元稹集编年笺注》（诗歌卷），西安：三秦出版社，2002，第367页。

竟称次回作也。"①《倚声初集》所选王次回《菩萨蛮·秋千,改徐文长》,邹祗谟作评引贺裳语后,复云:"词中最贵警语,有以一句擅场,一字增价者。次回所改旧作,类能自出新意,为古人点睛画颊。黄公复善为之阐发,即谓之次回、黄公之词可也。"(卷四)又《画堂春》,王士禛评云:"原作蕴藉,改作警丽,是进一层法。"(卷六)又《念奴娇·茉莉,改刘叔安词》,邹祗谟作评时云:"次回另出机杼,复经黄公诠绎,遂觉叔安字伧父。"(卷十七)可见,王次回的这一特色,也为清初其他人所认可。

事实上,转化前人的句子,又不仅在诗词领域,晚明的小品中也常有这种现象,如陈继儒《茶董小序》:"自谓独饮得茶神,两三人得茶趣,七八人乃施茶耳。"写得非常精致,可这并不是他的发明,因为黄庭坚就曾经说过:"品茶一人得神,二人得趣,三人得味,六七人是名施茶。"因此,陈平原讨论这一点,就总结说,读陈继儒的书,可以看出这是一个普遍的现象,在他的"许多优雅的言辞里,你会不时发现古人的身影,他的特点是善于转化,用得恰如其分,让你感觉不到哪些是抄来的"②。

如此看来,纳兰在词中多檃栝、改易、化用前人,也是晚明文学风气的一种表现③,只是他用得好,本身才情又高,有时候竟然远远超过了其

---

① 沈辰垣《历代诗馀》卷一百二十引《词筌》。按《词话丛编》收录了贺裳的《皱水轩词筌》,但其中略去了所举诸例,故此处据《历代诗馀》。
② 陈平原《从文人之文到学者之文》,北京:三联书店,2004,第44页。
③ 如汤显祖《好事近》:"帘外雨丝丝,浅恨轻愁碎滴。玉骨西风添瘦,趁相思无力。小虫机杼隐秋窗,黯淡烟纱碧。落尽红衣池面,苦在莲心荷。"《古今词统》的评价是:"前半改吴文英,殊不若。"(卓人月、徐士俊合辑《古今词统》卷五,沈阳:辽宁人民出版社,2000,第177—178页)虽然评价不高,但指出了其创作的特色。事实上,首句也可以说是改李后主《浪淘沙》中的"帘外雨潺潺"。而在作品中檃栝、改易或化用王次回的诗,清初鼎鼎大名的王士禛也是个中高手,袁枚就曾经指出:"次回才藻艳绝,阮亭集中,时时窃之。"(袁枚《再与沈大宗伯书》,《小仓山房诗文集》卷十七,上海:上海古籍出版社,1988,第1504页)这个问题留待另文探讨。

所从出者。这种情形在文学史上也并不稀罕,宋词里借用前人而青胜于蓝的,就屡见而非一见。

不过我们的思考还不能局限于这一点。宋代以后,随着物质文明的发展,印刷技术的提高,出版物的数量激增,虽说读书破万卷的可能性大大提高,但普通人不可能将如此丰富的知识都掌握于手中,因此,除了直接的提倡,前代优秀的文学成就也往往会以"复述"的方式呈现出来,亦即将优秀遗产变成当代文学。在这种情况下,那些符合当下情境的以往的名言秀句,对于一般读者来说,仍然具有新鲜感,因而一样引起他们的喜爱。事实上,文学史上为了变革,往往提倡复古,按照所倡导的理论撰写出来的作品,在大部分读者心目中,仍然具有当代性,并不会去追根溯源,寻找历史的定位在何处。大量的机械模仿固然也能蒙混过关,只有那些兼具历史眼光和当代美学批判能力的人才能加以区分;而如果仅仅是借用,又具有充分的自信和才情能够将其化为自己创作的一部分,则更不会存在什么问题了。

因此,纳兰学习王次回,并不仅仅是对晚明的一位优秀作家表示敬意,同时还体现了特定的创作习惯和追求。

八、结论

通过以上论述,我们可以获得这样一些认识:

第一,王次回在明清之际受到较大的关注,他的诗对纳兰性德很有影响,纳兰的不少词都是借鉴王氏的作品而写出来的。

第二,纳兰对王次回的学习,有时是直接应用,有时则是经过精心的安排,有所转化,因此,无论是造语还是命意,都有自己的追求,这同时也就说明,王次回诗作为一种资源,是活化在纳兰的作品中的。

第三,纳兰之所以如此明确地向王次回学习,主要是因为他所写作的词,从本质上看,和王次回的诗一样,都属于艳诗的传统,其中所描写的对象,如妻子、恋人等,有相似之处。至于其中所体现出来的感情,则都颇为真挚,二人可以说是三四十年间后先辉映的两个写艳巨匠。只是,纳兰是用词体来写,仍然有着特定的文体特点。另外,明清之际,词坛多有以咏物方式写艳之作,王次回诗中略有涉及,而纳兰则完全回避,可以见出他对创作题材的主观选择。

第四,纳兰词中多用王次回诗,一方面是由于他对这位前辈的敬重,另一方面,也反映出时代的特色,即引前人作品而为当代文学,巧妙地把那些资源化为自己的声音,由此,也可以看出由明到清,传统并未完全中断,这也可以对人们探讨明清文献之间的传承接续关系,提供一点启发。

第三节 宏观把握与微观示范
——从评点看朱彝尊的词学成就

在清初词学复兴的过程中,朱彝尊是一个在创作和理论两方面都取得了很大成就的作家。他的创作,从《静志居琴趣》到《江湖载酒集》、《茶烟阁体物集》、《蕃锦集》,都能具有独特的美学追求,是那个时代词风变化的某一方面的见证。他在词学理论方面的论述也是有破有立,促进了浙西词派的形成和发展,推动了浙西词风不断走向深入。

朱彝尊的词学理论,在表述形式上,大致由三个方面组成:一是选本,二是序跋,三是评点。可是,考察历来对朱彝尊词学理论的探讨,其选本(主要是《词综》)和序跋都得到了较为充分的关注,而评点方面则似乎还少人涉及。笔者拟对此加以讨论,以增强对这位开创风气的代表作家的全面认识。

一、评点活动是朱彝尊开始被词坛认可的标志

关于朱彝尊走上词坛的时间,据其自述:"彝尊忆壮日从先生(曹溶)南游岭表,西北至云中,酒阑灯炧,往往以小令慢词更迭倡和,有井水处辄为银筝檀板所歌。"①按朱彝尊客于曹溶广东布政使幕时为顺治十三年(1656),其后又随曹溶至山西大同,所以,论者往往认为他是从顺治十三年(1656)才开始填词的。不过,在我看来,他从事词的创作,时间可能更早一些。在《陈纬云红盐词序》中,他这样记载自己与陈维崧的关系:"方予与其年定交日,予未解作词,其年亦未以词鸣。不数年而《乌丝词》出。迟之又久,予所作亦渐多。"②朱、陈二人定交是在顺治十年(1653),"未解作词"和"未以词鸣"其实说的是一个意思。在这个意义上,应该认为,朱彝尊追随曹溶时,只是他开始倾全力作词而已。

但是,尽管他在顺治十年(1653)之前就已经开始了词的创作,其成就却显然一时还没有得到词坛的承认,顺治末到康熙初,邹祗谟和王士禛在扬州合选的《倚声初集》完全没有提到他的词,就是明证。我们现在还无法具体还原词坛对他的认识过程,他在岭南追随曹溶,其后又到处漂泊,居无宁所,让词坛不大了解,可能也是一个原因。据况周颐记载,朱彝尊曾有早期词集《眉匠词》,编定于顺治末和康熙初。这个集子的抄本收藏在台湾的"中央"图书馆,后来收入《全清词·顺康卷》中。不过,对于其真实性,也有人提出质疑。退一步说,即使真是朱彝尊所写,这个集子在当时恐怕也没有任何影响,至少,我们目前尚未发现相关的资料。朱彝尊的第二个词集《静志居琴趣》是给他带来大名的作品集,编定于康

---

① 朱彝尊《静惕堂词序》,陈乃乾辑《清名家词》第1册,《静惕堂词》卷首,上海:上海书店出版社,1982,第1页。
② 朱彝尊《曝书亭集》卷四十,《四部丛刊初编》本。

熙六年(1667)。那么,是否可以说朱彝尊受到词坛的关注就是在这一年呢?

朱彝尊在广陵的词学活动,为我们解答了这个问题。朱彝尊是康熙三年(1664)来到扬州的。他到扬州投献诗作给王士禛,说明他希望得到已有盛名的王士禛的注意,虽然当时王士禛因前往金陵,二人未能见面,但其中可能产生了一些预期之外的效果。作为一个词人,朱彝尊当时虽然还没有真正可以打响的词集刊刻,但他的一些作品应该已经开始流传了,近距离的接触无疑使扬州的词人群体加深了对他的认识,因而也就直接导致了他被列入词学评点的队伍中。

朱彝尊的名字出现在康熙六年(1667)孙默所刊刻的词集中。在此之前的康熙三年(1664),孙默刊刻了邹祗谟、彭孙遹和王士禛三家词,还不见朱氏的身影。康熙六年(1667),孙默续刻曹尔堪、王士禄和尤侗三家词,就出现了朱彝尊为曹尔堪作的评语。让我们试着还原当时的情境。

朱彝尊是什么时候为曹尔堪的词作评的?曹尔堪序尤侗《百末词》有云:"余以放废馀生,停骖吴市,悔庵握手劳苦如平生。各有近词一帙,拟授无言较梓。"①曹尔堪以事牵连而获罪,其放归在康熙四年(1665)。王士禄也是同时受牵连者。他们一起得到宽免,适逢孙默拟在三家词之外续刻三家,所以,就把同样遭遇不幸的曹、王二人,加上"握手劳苦如平生"的尤侗,三人之作合为一帙。而康熙五年(1666),宗元鼎为陈维崧《乌丝词》作序时说:"丙午之秋,余与陈子其年俱落第后,会黄山孙子无言意欲以吾两人诗馀梓以行世。"②这就说明,在康熙四年(1665),孙默

---

① 见尤侗《百末词》,清初留松阁刻本,张宏生主编《清词珍本丛刊》第2册,南京:凤凰出版社,2007,第630页。
② 见陈维崧《乌丝词》,清初留松阁刻本,《清词珍本丛刊》第4册,第320页。

已经大致安排好了曹尔堪等三家词的刊刻,所以次年就开始从容设想刊刻陈世祥、陈维崧、董以宁、董俞四家词。

朱彝尊在扬州只停留了很短的时间,然后就继续其四方漂泊的生涯了。他接受为曹尔堪的词作评,是由于其康熙三年(1664)在扬州时,孙默已经有了为曹刊集的意思,因而在评点者中将其考虑在内,还是康熙四年(1665)曹被放归后孙才托人致送的消息,今已不可确知。但是,有一点可以非常明白,朱彝尊在康熙三、四年间就已经在扬州词坛树立起了"名流"的形象,所以孙默才会找他。或者甚至可以说,他真正在词学界亮相,是通过评点开始的。自从参与了曹尔堪词的评点,朱彝尊的地位就渐渐得到确认了。《国朝名家诗馀》共选录了十七家词①,作评者当时遍及大江南北,人数众多,据统计,为两个词集以上作评者共89人,朱彝尊以其评点六家的表现,在其中与董俞、吴伟业、严沆、孙默并列第十(在他们之前有17人,其中3人并列第三,2人并列第五,2人并列第七,2人并列第八,4人并列第九)②,这是一个不错的表现。

基本上可以说,从评点曹尔堪的词之后,朱彝尊在《国朝名家诗馀》中评点的作品越来越多,这非常明确地反映出他的词坛地位越来越高。在他的代表性词集还没有正式出版的时候,他能参加《国朝名家诗馀》的评点,就是一个非常有说服力的指标。

当然,不仅是邹祗谟和王士禛合选的《倚声初集》没有收朱彝尊的

---

① 孙默留松阁原刊《国朝名家诗馀》诸序都说是十六家词,事实上,他一共刻了十七家。至乾隆时修《四库全书》,除了以"贰臣"之故删掉了龚鼎孳之外,不知为何也没有了其中的程康庄,所以,《四库》本就题为《十五家词》。关于《国朝名家诗馀》的有关情况,请参阅拙作《孙默的词学活动与〈国朝名家诗馀〉》,见《清词探微》,上海:上海古籍出版社,2008。

② 参看李丹《顺康之际广陵词坛研究》第三章《开启与延续:广陵选政》,上海:上海古籍出版社,2008。

词,甚至后来孙默陆续刊刻的《国朝名家诗馀》也没有收朱彝尊的词。对此,清末的陈廷焯在《白雨斋词话》中就批评说,入选的不少人都无法与朱彝尊相抗衡,"去取太不当人意"①。从后人的眼光看,确实如此,但是站在当时的角度,或许也是客观现实的反映,因为朱彝尊的得名比较晚,他在词坛产生影响力,是一个渐进的过程。这也就是为什么不仅《国朝名家诗馀》十七家没有朱彝尊词,甚至该集最前面所列的 56 人名单,被认为可能是拟刊刻的词人,其中也没有朱彝尊。但不管怎么说,朱彝尊是通过其评点而广泛被词坛认识的,这一点应能成立。

二、从评点对象看朱彝尊的词学视野

由于资料的限制,我们对评点者、被评者,以及主持刊刻者之间的关系还无法做出详细的说明。比如,朱彝尊所评诸词集,是朱彝尊主动的行为呢,还是被评者的请求,甚或是主持刊刻者的要求,都还需要再作细致的考订。这些考订当然是非常有必要的,有助于还原当时词坛的生态。但即使我们对这些暂时还无法了解,朱彝尊之选择这些人作评,而不是选择那些人,除去一些偶然的因素,一定也能说明些什么。

根据目前所掌握的资料,朱彝尊一共为 15 个人的词集作了评点②,分别是:吴伟业《梅村词》、宋琬《二乡亭词》、龚鼎孳《香严词》、曹尔堪《南溪词》、陆求可《月湄词》、梁清标《棠村词》、丁澎《扶荔词》、丁炜《紫云词》、曹贞吉《珂雪词》、江闿《春芜词》、沈朝初《洪崖词》、陆次云《玉山词》、姚炳《荪溪词》、王锡《啸竹堂词》、沈时栋《瘦吟楼词》。下面根据《全清词》小传,将这 15 个人介绍如次。

---

① 陈廷焯《白雨斋词话》卷五,唐圭璋编《词话丛编》,北京:中华书局,2005,第 3887 页。
② 参考朱秋娟《清初清词评点研究》,南京大学文学院 2009 年博士论文。

吴伟业，字骏公，号梅村，江苏太仓人。明万历三十七年（1609）生。崇祯四年（1631）会试第一，廷试第二，官至少詹事。入清，累官国子监祭酒。清康熙十年（1671）以病卒。有《梅村词》等。

宋琬，字玉叔，号荔裳，山东莱阳人。生于明万历四十二年（1614）。清顺治四年（1647）进士，授户部主事，累迁永平兵备道、宁绍台道。顺治七年（1650）、康熙元年（1662）两次被诬系狱，得白，流寓吴越。寻起四川按察使。康熙十二年（1673）以入觐卒于京师。诗与施闰章齐名，有"南施北宋"之目。著有《二乡亭词》、《安雅堂未刻稿》附词。

龚鼎孳，字孝升，号芝麓，庐州合肥人。生于明万历四十三年（1615）。崇祯元年（1628）进士，官兵科给事中。降清，起吏科，转礼科，擢太常寺少卿，迁左都御史。与冯铨、刘正中争门户，为所中，骤降十一级，补上林苑蕃育署署丞，再降三级调用。卒以才名受知。康熙元年（1662）以侍郎候补，再起左都御史，累官至礼部尚书。十二年（1673）卒。谥端毅。有《香严词》，亦名《定山堂诗馀》。

曹尔堪，字子顾，号顾庵，浙江嘉善人。生于明万历四十五年（1617）。清顺治九年（1652）进士，授编修。丁艰，起补侍读，调侍讲学士。诗与宋荔裳、施愚山、沈绎堂、王阮亭、王西樵、汪苕文、程周量称海内八家。康熙十八年（1679）卒。著有《南溪词》。

陆求可，字咸一，又字月湄，号密庵，江苏山阳人。生于明万历四十五年（1617）。清顺治十二年（1655）进士。授裕州知州，入为刑部员外郎，调福建提学金事，转布政司参议，未上而卒，时在康熙十八年（1679）。有《月湄词》。

梁清标，字玉立，号蕉林，一号苍岩，直隶真定人。生于明泰昌元年（1620），崇祯十六年（1643）进士。入清历官礼部侍郎、兵部尚书、保和殿大学士。康熙三十年（1691）卒。有《棠村词》。

丁澎，字飞涛，号药园，浙江仁和人。生于明天启二年（1622）。清顺治十二年（1655）进士，官刑部主事，调礼部郎中。顺治十五年（1658）充河南乡试副考官，以科场案牵连，谪徙尚阳堡五载。康熙二十四年（1685）卒。有《扶荔堂词》。

丁炜，字澹汝，一字雁水，福建晋江人。约生于明崇祯五年（1632）。清顺治八年（1651）补县学生。十二年（1655）授漳平教谕，改鲁山丞，迁知献县，擢户部主事，除兵部武选司郎中，出为江西分巡赣南道，湖广按察使，补姚安知府。康熙三十五年（1696）卒。有《紫云词》。

曹贞吉，字升阶，又字升六，号实庵，山东安丘人。生于明崇祯七年（1634）。清康熙三年（1664）进士，考授内阁中书，出为徽州府同知，内召礼部仪制司郎中，调湖广学政，寻以疾辞归。康熙三十七年（1698）卒。工诗，为金台十子之一。有《珂雪词》。

江闿，字辰六，榜姓越，安徽歙县人。吴绮婿。康熙二年（1663）举人，康熙十八年（1679）举鸿博不第。选益阳知县，擢均州知州，再擢解州知州，拟擢员外郎，未上，卒。受知于王士禛，因占籍贵阳乡试，又自称黔人。有《春芜词》。

沈朝初，字洪生，号东田，江苏昆山人。生于清顺治六年（1649）。康熙十八年（1679）进士，改庶吉士，授编修，转左春坊左赞善，迁司经局洗马，擢左庶子，官至侍读学士。曾分纂《大清一统志》等。康熙四十一年（1702）卒。有《不遮山阁诗馀》。

陆次云，字云士，浙江钱塘诸生。清康熙十一年（1672）游洞庭，继至京师，与陈维崧、朱彝尊等唱和，并与章昺、韩铨同辑《见山亭词选》。十八年（1679）荐试鸿博，放罢。十九年（1680）授河南郏县知县，未几以忧归。康熙二十四年（1685）起复，知江苏江阴县。著有《澄江集》、《玉山词》。

姚炳，字彦辉，浙江钱塘人。与其仲兄姚之骃齐名，词继西泠十子。

著有《苏溪词》。

王锡,字百朋,浙江仁和人。累试不第,清康熙四十六年(1707),尝应南巡召试,亦不遇。早年师事毛奇龄。有《啸竹堂集》,附诗馀。

沈时栋,字成厦,一字城霞,号焦音,又号瘦吟词客,江苏吴江人。永启子。一门皆工吟咏。著有《瘦吟楼词》,编有《古今词选》。

从这份名单中,至少可以看出以下两点:

第一,朱彝尊对于词的评点至少涉及了清初三代词家:吴伟业、宋琬、龚鼎孳等大他14岁以上,谊属前辈;曹尔堪、陆求可、梁清标分别大他9—12岁,谊在前辈和同辈之间;丁澎、丁炜、曹贞吉等肯定是他的同辈;至于沈朝初,已经比朱彝尊小了足足20岁,是名副其实的晚辈了。这些或许可以从一个角度说明,朱彝尊对词坛发展的整体趋势非常关心,这使他具有了宏观的眼光,是其后来成为词坛领袖的不可或缺的因素。

第二,在他所评点的诸家中,吴伟业成名甚早,各体皆工,是公认的文坛领袖;龚鼎孳和梁清标仕清之后,作为辇毂之臣,在北京主持风雅,是引导风气的人物;丁澎、曹尔堪等分别被构陷进科场等案中,成为名满天下的词家;曹贞吉与纳兰性德等号称"京华三绝",声望也非同小可。朱彝尊为他们的词集作评,原是题中应有之义,表达了对词坛名家的进一步认定。但是,朱彝尊所评诸人中,还有几家没有什么名气,如姚炳、王锡等,也能体现朱彝尊特定的追求。王锡《啸竹堂集》共有诗馀37首,朱彝尊为其中的25首作评。对这位学生辈的词人,朱彝尊给予了热情的鼓励。但是,一般意义上的提携后进,当时词坛上不少人都能做到,朱彝尊如此欣赏王锡等,还在于要通过表彰,宣传自己的主张,如对"雅"的提倡等。作为最能代表朱彝尊理论追求的词学观念,这也不妨视为扩大声势之举,浙西词派一时产生如此浩大的影响,此种也应该是原因之一。

三、思想的发展与理论的印证

朱彝尊的词学理论有一个逐渐明确、逐渐清晰的过程,这一点,从其评点中也能看出来。

考察他来到扬州,加入《国朝名家诗馀》的评点队伍,先后为曹尔堪、吴伟业、梁清标、宋琬、陆求可、龚鼎孳诸人的词作评,按照出版的时间跨度,是从康熙六年(1667)到康熙十六年(1677)。我们暂时无法确认朱彝尊的这些评点是作于同一年,还是以后陆续交给孙默的,以当时的情形推测,倘若孙默在心里已经有了一份刊刻名单的话,则他初见朱彝尊时,或许已经对评点之事有所安排。如果这个猜测不错,则这些评点大约是同时写出的。

做出这样的判断,也有助于理解朱彝尊的这些评点。基本上,朱彝尊对上述诸人词的评点,与其他评点者相比,并无太大差别,大都是一些常见的话头。比如曹尔堪《念奴娇·湖上夏景,同澹心赋》:"西湖千顷,尽消残红粉,又倾金穴。柳带画楼珠箔静,恰是晓妆时节。小扇风回,曲栏人悄,兽炭初烹雪。泉声断续,倍添今夜呜咽。 还讶苏小当年,停歌不语,轻与多情别。离恨如天愁似海,软怯肝肠似铁。三竺云浮,六桥烟涨,总化鹃啼血。桃笙角枕,谁怜香汗微热。"朱评:"描画浓至,能令佳人心死,才子魂消。"①这是称赞曹氏此词对西湖的描写,不过淡淡着语,泛泛而论。宋琬《念奴娇·郭璞墓》:"弘农太守,挽羲轮三舍,乃心王室。龟策如神撩虿尾,臣命尽于今日。气作长虹,魂归华表,骨葬金鳌脊。冯夷舞罢,数声欸乃渔笛。 安得温峤怀中,通天犀借我,下窥龙国。江左夷吾今在否,石马沉埋荆棘。铁瓮旌旗,金山钟磬,阅尽兴亡迹。中泠满

---

① 见曹尔堪《南溪词》,清初留松阁刻本,《清词珍本丛刊》第2册,第612页。

酌,一帆高挂遥碧。"朱评:"绰板琵琶,得此淋漓慷慨,可不唱'大江东去'。"①这是进行风格论述,也是评点者常见的。至于追溯渊源者,如评宋琬《浣溪沙》(乍暖犹寒二月天):"置之欧晏集中,几不可辨。"②自然与古代文学批评中的追源之法深有渊源。而语言上的推扬就更多了,如陆求可《念奴娇》(平分秋色),朱评:"结语在人意中,却未经拈出。"③梁清标《贺新郎》(十里珠帘卷),朱评:"'东风剪漏',大是奇语,通首更复非常藩篱。"④所有这些,放在那些为孙默所刊词集作评者中,都是很普通的。

然而,朱彝尊离开扬州之后,开始构筑自己的理论体系时,他所进行的评点就开始有了自己的特点了。比如,非常明显的,他在评点中开始更加注意表彰咏物词,这种倾向不是偶然的。在朱彝尊词学思想成熟的过程中,对咏物词的提倡是一个重要的环节。康熙十八年(1679),他在京师推动刊刻复出的《乐府补题》,以至于大江南北唱和者达数百家,有力地推动了浙西词风的进一步发展。《乐府补题》所体现的外在形式,正是咏物词,因此,也可以说,浙西词派的发展过程,与对咏物词的体认密切相关。关于浙西词派推动咏物词所产生的利弊,那是另外一个问题,至少在当时,这种做法对词坛具有非常大的吸引力,展现出新气象。在讨论朱彝尊的这一类评点时,我们发现一个非常有趣的现象,即他在表彰他人的咏物词时,往往自抑。如评沈朝初《沁园春》(高压乌云):"换头处奇想天成,我亦俯首佩服。"评丁炜《八宝妆》(烟暗珠江):"向有拙作,当胜吾百筹。"前者是说局部,后者则言整体。不妨先看前者。

沈朝初《沁园春·美人额》:

---

① 见宋琬《二乡亭词》,清初留松阁刻本,《清词珍本丛刊》第1册,第715—716页。
② 见宋琬《二乡亭词》,清初留松阁刻本,《清词珍本丛刊》第1册,第642页。
③ 见陆求可《月湄词》,清初留松阁刻本,《清词珍本丛刊》第2册,第199页。
④ 见龚鼎孳《棠村词》,清初留松阁刻本,《清词珍本丛刊》第3册,第453页。

高压乌云,低分凤眼,粉样天庭。记小姑初见,覆随发短,王郎乍嫁,剃与眉平。蝉鬓轻笼,翠钿新贴,玉骨分明似琢成。堪怜甚,当瓜痕初破,蹙处声轻。　阶前拜月盈盈。惯俯首低来两袖迎。笑东都新样,广添螺翠,南朝旧主,妆伴梅清。色比酥花,形同钩月,怪底珠联罩凤屏。春寒早,有红绵一缕,浅勒吴绫。①

试比较朱彝尊同题之作:

镜槛初开,宜对粉题,休笼紫纶。记折花共剧,兰云才覆,涂妆伊始,翠钿曾安。惯叠纤罗,微嫌短发,手袅红丝着意删。犀梳敛,护貂茸一剪,阁住轻寒。　日斜倚小门阑。但端正窥人莫便还。见障羞月扇,低时半露,吹愁梅瓣,点处成斑。素奈看匀,小蝉比并,料是诗人想像间。蜂黄浅,爱夕阳无限,映取遥山。(原注:李白诗:妾发初覆额,折花门前剧。王建诗:素奈花开西子面。《卫风》:螓首蛾眉。孔氏疏云:小蝉也。温庭筠诗:额黄无限夕阳山。)②

换头处是否比朱彝尊强,或许见仁见智,但朱彝尊的"日斜倚小门阑。但端正窥人莫便还",尚是接着写,仍是对额的刻画,而沈朝初则引入拜月风俗,将形象刻画与心理描写合而为一,不仅写其形,更写其神,如此思路,确实较之朱彝尊更胜一筹,朱彝尊的评价并非故作谦虚。

---

① 沈朝初《洪崖词》,《不遮山阁诗抄》附,清康熙四十一年(1702)怀云亭刻本。
② 南京大学中文系《全清词》编纂研究室编《全清词·顺康卷》,北京:中华书局,2002,第5319页。按朱词题为《额》。

再看后者。丁炜《八宝妆·孔雀》：

烟暗珠江，雨深桂岭，归路迷离难省。十二雕栏帘幕卷，且斗云屏葱倩。晓来风信楝花，莫惜绡衣，山香按节临妆镜。（原注：孔雀毛羽，初春而生，四月后复凋，与花俱荣衰。）偏妒鹔裘鸳锦，夸他明靓。　舞罢渴想寒泉，尚愁卷角，几回羞对银井。倩谁刷、尾花项毳，向县圃、青霄重整。叹难遇、贞元画圣。暗金浅碧休抛剩。试绣向轻纨，有秦女乘鸾堪并。①

试比较朱彝尊的同题之作：

庭暗娑罗，山明踯躅，正值好春时候。不用红楼三十级，合在回廊疏牖。朝来弹指阿谁，妒杀芳心，绿蒟响处开难骤。绝胜织成步障，编他铜扣。　看场压倒窗棂，一回舞旋，更教人立屏后。数项翠尾花如缕，怎染出、轻纨图绣。除非是、边鸾好手。郁咿声里低丹咮。问饫眼蛮奴，莫销残碧暗金否。（原注：孔雀舞将罢，以咮着地鸣，乃敛其羽。）②

两篇都是写孔雀之舞，但朱作囿于观赏的特定情境，以此来描写孔雀之形态，略嫌拘谨。丁作则想落天外，不仅写孔雀的舞姿，更试图揣摩其心理，将其赋予人的感情，更符合咏物词不即不离的审美要求，也更符合朱彝尊本人所推崇的姜夔一路风格。这可以视为后出转精的典范之一。

---

① 见丁炜《紫云词》，清希邺堂刻本，《清词珍本丛刊》第6册，第839—840页。
② 《全清词·顺康卷》，第5336—5337页。按朱词题为《舞孔雀》。

当然，关于优劣问题，朱彝尊的说法只是提供一种思考角度而已，很大程度上，也可以看作一种策略，目的是推动咏物词的发展。丁炜比朱彝尊略小几岁，沈朝初则明显是朱彝尊的晚辈，作为一个已经打出旗号，迫切需要创作实绩的人，朱彝尊通过这种方式来表达自己的追求，应该是行之有效的。

更值得关注的是朱彝尊在评点中与他自己明确提出的理论彼此呼应，构成了一个互相印证的体系。在评曹贞吉《珂雪词》中的《咏物词》一集时，朱彝尊说：" '词至南宋始工'，斯言出，未有不大怪者，惟实庵舍人意与余合。今就咏物诸词观之，心摹手追，乃在中仙、叔夏、公谨诸子，兼出入天游、仁近之间。北宋自方回、美成外，慢词有此幽细绵丽否？若读者仍谓不如北宋，则舍人瓯藏之，俟后世子云论定也矣。"①"词至南宋始工"，出自朱彝尊《词综发凡》②，是朱彝尊词学理论的非常重要的纲领性论述。后来《莲子居词话》曾经解释朱的这句话："'词至南宋始极其工'，秀水创此论，为明季人孟浪言词者示救病刀圭。"③吴衡照特别提到这一点，当然是看到了此说的影响及引起的争论，因为朱彝尊要面对的是明代以来具有强势力量的词风，所以，他自己也说："斯言出，未有不大怪者。"但同时又说："惟实庵舍人意与予合。"怎么样的"合"呢？曹贞吉的友人曹禾曾这样说："云间诸公论诗宗初盛唐，论词宗北宋，此其能合而不能离也。夫离而得合，乃为大家。若优孟衣冠，天壤间只生古人已足，何用有我。实庵与予意合。其词宁为创不为述，宁失之粗豪，不甘为描

---

① 见曹贞吉《珂雪词》，清刻《珂雪全集》本，《清词珍本丛刊》第8册，第355页。
② 按《词综发凡》原文为"词至南宋始极其工"。
③ 吴衡照《莲子居词话》卷四，《词话丛编》，第2467页。

写妍媸好丑,世必有能辨之者。"①曹贞吉的意见不仅与朱彝尊合,也与曹禾合,可见当时朱彝尊还是"吾道不孤"。而曹贞吉词(主要是咏物词)的风格,据宋荦曰:"今读实庵咏物十首,仿佛《乐府补题》诸作,拟诸白石《暗香》、《疏影》,何多让焉。阮亭读之,拍案称善曰:'曹大乃尔奇绝。'予亦云。"②所以,朱彝尊的评点,正好是其整体思想的一个重要的环节,可以得到充分的证明。另外,这种思想的传播形式是借着当时另一著名词人的别集,效果又不同一般。曹贞吉的词别集是《四库全书》中唯一收录的清人词别集,可见其独特的地位,朱彝尊对此进行评点,以宣扬自己的理论,其用心也是很深刻的。事实上,这种做法可以看作朱彝尊一种有意识的行为,例如,在对王锡《啸竹堂词》作总评时,他就说:"曩与梁汾典籍论词,典籍以拙词近南宋人,意欲尽排姜史诸君。余无以难。使见《啸竹》一集,定当把臂入林,恨晚也。"③朱彝尊与顾贞观的这种思想分歧,是清初词学复兴过程中的一件大事,看来朱彝尊是非常认真地看待这一分歧的,因而他努力寻找一切机会,来阐述自己的观点。

评点中还值得提出的是对于雅词的提倡。众所周知,倡雅反俗,是朱彝尊词学思想的重要组成部分,其基本论述如下:

念倚声虽小道,当其为之,必崇尔雅,斥淫哇。

——《静惕堂词序》④

---

① 曹禾《词话》,见《珂雪词》卷首,清刻《珂雪全集》本,《清词珍本丛刊》第8册,第363—364页。
② 宋荦《跋曹实庵咏物词》,《西陂类稿》卷二十八,影印文渊阁《四库全书》第1323册,第320页。
③ 王锡《啸竹堂集》卷十六,清乾隆二十二年(1757)刻本。
④ 朱彝尊《静惕堂词序》,陈乃乾辑《清名家词》第1册,《静惕堂词》卷首,第1页。

> 昔贤论词，必出于雅正。
>
> ——《群雅集序》①
>
> 词以雅为尚。
>
> ——《乐府雅词跋》②
>
> 言情之作，易流于秽，此宋人选词，多以雅为目。
>
> ——《词综发凡》③

这些看法，已经非常明确地指向《草堂诗馀》，将这个明代人非常喜欢的词选作为批判的靶子，实际上，仍是针对明代词风而来的。这种思想，当然也会贯穿在其评点中，仅仅在对王锡《啸竹词》的评点中，就分别有"笔笔雅丽"（《南乡子》"十里芙蓉烟水乡"评）、"各句纵极香倩，亦复浑雅绝伦"（《踏莎行》评）、"不为激烈之言，一味婉转痛惜，真是大雅"（《满江红》评）。将这些论述互相印证，就说明朱彝尊的词学思想是一个整体，他不仅充分利用了评点的方式来阐述自己的思想，而且，有时候会更加具体，更加清楚。

四、词学观念的具体化和细致化

毫无疑问，朱彝尊词学理论的主要体现形式如《词综》，以及一些序跋，确实能够代表朱彝尊的词学追求，有着更大的影响力，但是，那些理论形式往往也有一点欠缺，即不够具体。具有宏观性的理论，一旦落实到具体作品中，还有一个空间，需要读者自己去填补。比如，《词综发凡》

---

① 朱彝尊《曝书亭集》卷四十，《四部丛刊初编》本。
② 朱彝尊《曝书亭集》卷四十三，《四部丛刊初编》本。
③ 朱彝尊《词综发凡》，《词综》卷首，上海：上海古籍出版社，2005，第14页。

中说:"填词最雅,莫过石帚。"①可是,这只是一个大判断,究竟如何的雅,还需要读者自己去理解。尤其是,在一个作者名下,不同的作品仍然还有不同的特性,不能一概而论。正是在这些方面,评点发挥了特定的作用,可以更加具体地阐发其词学思想,在某种程度上,甚至可以视为其词学理论体系的一个重要补充。

例如,朱彝尊促成《乐府补题》的刊刻,大力推动咏物词的创作,是浙西词风非常重要的一个组成部分。不过,关于咏物词,也还有着不同的创作思路,事实上,在咏物的旗帜下,不同的作者会有不同的体验,不同的作品也会有不同的格调,这都需要细致辨别,具体分析,才能指出向上一路。沈朝初有《念奴娇·走马灯》一词,云:"天工巧绝,惯无端、簸弄古今人物。何处沙场顷刻里,走遍北辕南辙。有焰银缸,无声金鼓,漏尽难休歇。人生何事,寸场如许炎热。 谁夸汗马江山,徒然逐鹿,麟阁多豪杰。待得弓藏高鸟尽,同作灰消烟灭。紫燕腾空,桃花拍浪,掩映中庭月。持杯高照,上元人醉佳节。"②写走马灯上历史风云的变幻和人物命运的起伏,抒发作者的感慨,这就不仅是追求咏物的工巧,而且也有特定的内涵寄寓其中,至于是什么内涵,可以见仁见智,考虑到作者身处明清易代之际,是则作品中对种种剧烈变化的描写,不可能没有一点时代的影子。对此,朱彝尊的评点是:"借小题写大文,沉雄顿挫,直逼坡仙,岂独咏物称工而已。"不仅对沈词风格的体认非常准确,更值得重视的是,朱彝尊认为这是小题大做,在咏物的工稳之外,还有一种历史的思考,能够启人遐想。文学史上一般认为,朱彝尊提倡咏物词,其本人的创作往往追求穷形尽相,过于重视物的形,而忽略了神,因而有着不良影响的一

---

① 朱彝尊《词综发凡》,《词综》卷首,第 14 页。
② 《全清词·顺康卷》,第 8730 页。

面。这种看法,在一定程度上当然是对的,只是,朱彝尊对于咏物词的态度是一个动态的过程,其中也有层次高低的区别,他对沈朝初词的这段评价,就提供了一个特定的角度,可以让我们对朱彝尊有更为全面的了解。

朱彝尊论词提倡南宋,尤其追慕姜张。在《词综发凡》中,他说:"世人言词,必称北宋。然词至南宋始极其工,至宋季而始极其变,姜尧章氏最为杰出。"①又在词中表示:"不师秦七,不师黄九,倚新声、玉田差近。"②在另外一篇文章中,我曾经指出,虽然朱彝尊提出的师法对象是姜夔和张炎,但事实上,在创作中,他更为趋向于张炎③。他本人的创作固然可以体现出实际操作的状况,评点中也可以看出这一点。我们甚至可以认为,朱彝尊在评点中揭示张炎词风的后世传承,就是服务于他整体的词学思想,提供一个更广泛的可供操作的样例。如丁炜《满庭芳·甓园夜坐》:"隔市林园,依家亭榭,闲中涉趣偏长。虚檐人悄,翠影落新篁。罨房烟庭屐遍,交枝径、不断生香。会心处,满身明月,衣露净琴张。　清狂。拚不事,筹花春社,斗酒欢场。任簟转桐阴,梦稳藜床。帘外松涛声脆,待消受、碧椀旗枪。萤灯闪,儿曹纸笔,忘却是他乡。"对于这篇作品,朱彝尊评为"幽适似《山中白云》"④。张炎论词极力推重姜夔,以姜为"清空"的代表,至于其所自作,也被公认为姜夔最好的继承者之一⑤。这里的所谓"幽适",大略有"清空"的内涵,评论家也认为张炎

---

① 朱彝尊《词综发凡》,《词综》卷首,第 10 页。
② 朱彝尊《解佩令·自题词集》,《曝书亭集》卷二十五,《四部丛刊初编》本。
③ 参看拙作《浙西别调与白石新声》,见《清词探微》。
④ 见丁炜《紫云词》,清希邺堂刻本,《清词珍本丛刊》第 6 册,第 872 页。
⑤ 如陈廷焯《云韶集》就说:"玉田词亦是取法白石,而风度高远,襟期旷达,不独入白石之室,几欲与之颉颃。"引自吴熊和主编《唐宋词汇评·两宋卷》,杭州:浙江教育出版社,2004 年,第 4157 页。

的词有"一种萧疏放荡、幽深玄远之怀"①,朱彝尊拈出此点,正可以供词坛学习和效法,有助于深化对姜、张词风的理解。

雅正也是朱彝尊大力提倡的词学理论,其具体论述上文已经言及,但里面的内涵还是应该结合所评的作品,才能认识清楚。如王锡《踏莎行·燕子》:"青草池塘,绿阴庭院。香泥衔尽残红片。春来惟傍画梁栖,晚归却趁珠帘卷。 墙外声清,楼头舞倦。穿花逐柳时时见。随风下上爱双飞,闺人泣掩新妆面。"②朱彝尊评:"各句纵极香倩,亦复浑雅绝伦。"试比较史达祖《双双燕·咏燕》:"过春社了,度帘幕中间,去年尘冷。差池欲住,试入旧巢相并。还相雕梁藻井。又软语、商量不定。飘然快拂花梢,翠羽分开红影。 芳径。芹泥雨润。爱贴地争飞,竞夸轻俊。红楼归晚,看足柳昏花暝。应自栖香正稳。便忘了、天涯芳信。愁损翠黛双蛾,日日画阑独凭。"③王词描摹的细腻,甚至基本思路,都能从这里看出传承。出语清新,而且本色,固然是雅而不俗,更可贵的是整体感强,不仅形象地传达出燕子的情态,更能宕开一笔,开启联想的空间,却又不露痕迹,所以朱彝尊用"浑雅"称之。又如王锡《满江红·吊鄂王岳武穆墓》:"宋室偏安,笑君相、不思邦族。只有个、孤忠慷慨,誓收六服。无奈朝廷金字召,可怜父老朱仙哭。便虚教、血战十年勋,同蕉鹿。 二圣驾,终难复。三字案,传成狱。痛一门节孝,尽登鬼录。旧恨早随东逝水,英风尚满南枝木。最堪悲、月夜子规声,啼空谷。"④这一首词要和明代文徵明的《满江红·题宋思陵与鄂王手敕墨本,石田先生同赋》对读:"拂拭残碑,敕飞字、依稀堪读。慨当初、倚飞何重,后来何酷。岂是功成

---

① 吴熊和主编《唐宋词汇评·两宋卷》,第 4157 页。
② 《全清词·顺康卷》,第 11073 页。
③ 唐圭璋编《全宋词》,北京:中华书局,2005,第 2326 页。
④ 《全清词·顺康卷》,第 11074 页。

身合死,可怜事去言难赎。最无辜、堪恨更堪悲,风波狱。　岂不念,中原蹙。岂不念,徽钦辱。念徽钦既返,此身何属。千载休谈南渡错,当时自怕中原复。笑区区、一桧亦何能,逢其欲。"[①]王词或感岳飞豪情盖世,功亏一篑,或悲岳飞蒙受冤屈,壮志难酬,引发深入思考时,却只用"笑君相、不思邦族"一语轻轻带过,其中有着尖锐的批判锋芒,与文徵明的词正可以互参,却又含而不露,所以,朱彝尊评为"不为激烈之言,一味婉转痛惜,真是大雅"。从这些地方,我们就可以看出,朱彝尊所谓的"雅",是怎样具体表现出来的。

五、总结

朱彝尊的词学理论大致上由词选(主要是《词综》)、词的序跋和词的评点构成,其中第一个方面已经得到了学术界充分的认识,第二个方面也在不同程度上被讨论,唯有评点,关注者较少,这对全面认识这位著名的词人和词学理论家,是有缺陷的。

事实上,朱彝尊被词坛接受的重要标志之一,正是借助于评点。康熙六年(1667)前后,他得到广陵词人群体的承认,先后为孙默所编纂的《国朝名家诗馀》十七家中的六家作评,让人们初步认识到了他的才华和思想。

根据目前所掌握的资料,朱彝尊一共为15个人的词集作了评点,这其中有他的前辈,有他的平辈,也有他的晚辈,充分体现了他对词坛创作的持续不断的关注,而且,他所评点者,既有已经名满天下的词人,也有刚刚崭露头角的新秀,在后者身上,更能体现出他提携后进,不断发展自己的理论的用心。事实上,当时师从朱彝尊或追随朱彝尊的词人不少,

---

① 饶宗颐初纂、张璋总纂《全明词》,北京:中华书局,2004,第501页。

对于他们的词学活动,尚缺少具体的认识,这些评点给了我们一个别致的思路。

朱彝尊的词学思想是一个完整的体系,评点是其中的一个重要的组成部分,可以和其他部分互相印证,互相补充。朱彝尊提倡咏物词,号召学习南宋,复兴雅词,这些在其评点实践中都体现了出来,从这个角度出发,就能够进一步理清朱彝尊的词学思想发展的脉络。

同时,还应该指出的是,朱彝尊的评点有一个其他理论无法代替的优点,即这些评点往往是针对具体作品而发的,因而可以从作品分析入手,去看他怎样在具体批评实践中实现自己的理论,进而也可以总结出其操作的可行性。正是在这个方面,朱彝尊所评点的十五家词,是一些绝好的例证,可以将他的一些理论落到实处。从这个意义来看,评点一途,自有其他批评形式所无法代替的重要价值。

第四节 晚清词学与自我经典

一、词学中的经典化历程

文学经典是经得起时间考验并在不断的阅读阐释中体现出新鲜生命力的作品。经典的形成与后世读者的体认密切相关,也与当代读者、批评家的体认密切相关。经典一般是面对"他人"的发言,因为批评家试图以此建构体系,但是,在经典化的过程中,有的批评家也把自己的作品置入批评的系列中,从而体现出一种将自己经典化的意识。在中国古代词学发展的过程中,这一现象到了晚清更加明显,值得关注。

将自己的作品纳入词的批评系列中,宋代已经开始了。不过,正如宋代的不少诗话都具有"资闲谈"的性质,除了南宋初年的《碧鸡漫志》和南宋末年的《词源》《乐府指迷》等不多的著作外，不少有关词的讨论也都是"资闲谈"，其中引入自己的作品时，也大略如此。如北宋僧人惠洪在其《冷斋夜话》中这样记载："余至琼州，刘蒙叟方饮于张守之席，三鼓矣，遣急足来觅长短句。问欲叙何事，蒙叟视烛有蛾，扑之不去，曰：'为赋此。'急足反走持纸，曰：'急为之，不然获谴也。'余口授吏书之曰：'蜜烛花光清夜阑，粉衣香翅绕团团。人犹认假为真实，蛾岂将灯作火看。方叹息，为遮拦。也知爱处实难捐。忽然性命随烟焰，始觉从前被眼瞒。'蒙叟醉笑首肯之。既北渡，夜发海津，又赠行，为之词曰：'一段文章种性。更谪仙风韵。画戟丛中，清香凝宴寝。　落日清寒勒花信。愁似海，洗光词锦。后夜归舟，云涛喧醉枕。'"①就是说明其词创作的由来。这个来自诗话的传统非常强大，一直到清代，仍然不绝如缕。

不过，在宋代，作家们在反思自己的创作时，也渐渐有了风格论的意识。苏轼在词的创作中常以柳永为对手，是人所共知的，他写出《江城子·密州出猎》后，在致友人的信中说："近却颇作小词，虽无柳七郎风味，亦自是一家。"②就是为自己的创作定位。另如北宋的黄裳，其《演山居士新词序》说："予之词清淡而正，悦人之听者鲜。"③他认为自己的创作与时人不同，作为音乐文学，不合一般人的欣赏口味，这当然不是说自己不好，而是转换方式所进行的自我肯定。南宋的姜夔是宋词发展中的一个划时代的人物，他对自己创作过程的表述，不仅有助于后人理解词发展到南宋之后的一些创作特点，而且有助于人们理解他本人的某些创作心态。其《长亭怨慢》（渐吹尽）自序云："予颇喜自制曲，初率意为长短

---

① 胡仔《苕溪渔隐丛话》前集卷五十六，北京：人民文学出版社，1962，第384页。
② 苏轼《与鲜于子骏》，《苏轼文集》卷五十三，北京：中华书局，1986，第1560页。
③ 黄裳《演山集》，影印文渊阁《四库全书》第1120册，第149页。

句,然后协以律,故前后阕多不同。"①这里,或许也有向词坛展示创作方法的动机。

还应该提出的是宋人所选的当代词选,其中往往有选入自己作品者。如我们所熟知,选本是中国文学批评的重要形式之一,这样的做法,当然也是有其用意存在的。

以上这些方面,虽然在深度上还有不足,但对后来,尤其是对词学大盛的清代,有着重要的影响。

二、清代词话中的自我经典化

一般说来,比较明显的词学批评大致在序跋、评点、词话中表现出来,在这些文献中,自我评价的现象都时有所见,其中,序跋和词话中更多些,而又以词话表现得更加充分。

发展到清代,作为一种文学批评样式,词话越来越成熟,尤其是到了晚清,更是发展到了最高的阶段,其中况周颐的《蕙风词话》和陈廷焯的《白雨斋词话》就是杰出的代表。正是在这些词话中,自我经典化的做法更加突出,可以见出批评家的主观追求。

考察这些词话中自我经典化的表现,有一些是对创作经验的描述,著名的,如况周颐《蕙风词话》中的下面两段:

> 人静帘垂。灯昏香直。窗外芙蓉残叶,飒飒作秋声,与砌鼎相和答。据梧暝坐,湛怀息机。每一念起,辄设理想排遣之。乃至万缘俱寂,吾心忽莹然开朗如满月,肌骨清凉,不知斯世何世也。斯时若有无端哀怨,枨触于万不得已,即而察之,一切境

---

① 夏承焘笺校《姜白石词编年笺校》,上海:上海古籍出版社,1981,第36页。

象全失,唯有小窗虚幌、笔床砚匣,一一在吾目前。此词境也。三十年前,或月一至焉。今不可复得矣。

吾听风雨,吾览江山,常觉风雨江山外有万不得已者在。此万不得已者,即词心也。而能以吾言写吾心,即吾词也。此万不得已者,由吾心酝酿而出,即吾词之真也,非可强为,亦无庸强求,视吾心之酝酿何如耳。吾心为主,而书卷其辅也。书卷多,吾言尤易出耳。①

虽然是自我总结,却也有示范的意思。不过,这样的表述毕竟太抽象了,真正要使人认识到经典的意义,还必须具体到作品。在这方面的做法,有时比较明显,有时则比较隐晦。先看隐晦的,也就是人们经常做的,将自己的作品与古人的作品做比较。况周颐《蕙风词话》卷二云:"余旧作《浣溪沙》云:'莫向天涯轻小别,几回小别动经年。'比阅柴望《秋堂诗馀·满江红》云:'别后三年重会面,人生几度三年别。'意与余词略同。为黯然者久之。"②这里表面上说是暗合古人,在写法上也有比较的意思,如果从表达的生动性,以及语言的整饬来看,则明显况超过柴。况周颐这里的自矜,是要在历史的线索中,为自己寻找一席之地。稍微具体一点的,见其《蕙风词话》续编卷一:"余与半塘五兄,文字订交,情逾手足。乙未一别,忽忽四年。《菱景》一集,怀兄之作,几于十之八九。未刻以前,亦未尽寄京师。半塘寓宣武门外教场头巷,畜马一、骡二,皆白。曩余过从抵巷口,见系马辄慰甚。《烛影摇红》云:'诗鬓天涯,倦游情味

---

① 况周颐《蕙风词话》,唐圭璋编《词话丛编》,北京:中华书局,2005,第4411页。
② 况周颐《蕙风词话》,《词话丛编》,第4453页。

伤春早。故人门巷玉骢嘶,回首长安道。'情景逼真。又《极相思》云:'玉箫声里,思君不见,只是黄昏。'看似平易,非深于情不能道。"况周颐论词,特别强调真:"真字是词骨。情真、景真,所作为佳。"①这里,他记述自己和王鹏运的感情,先说"情景逼真",继说"看似平易,非深于情不能道",都是现身说法,为其词学理论作注脚。和一般空洞地谈情景交融不一样,他说的是自己的经历,将特定的场景写出,因而也就更加具体,更加富于打动人的力量。

说到现身说法,更加具有代表性的是陈廷焯。这位晚清著名的词学批评家,在其《白雨斋词话》里多次以自己的创作为例,来说明其词学思想。如关于艳词的写法,陈廷焯的看法是"根柢于风骚,涵泳于温、韦"。他举自己的几篇作品为例。《倦寻芳·纪梦》:"江上芙蓉凝别泪,桥边杨柳牵离绪。望南天,数层城十二,梦魂飞渡。……正飒飒梧梢送响,搀入疏砧,残梦无据。倚枕沉吟,禁得泪痕如注。欲寄书无千里雁,最伤心是三更雨。待重逢,却还愁,彩云飞去。"《齐天乐·为杨某题凭栏美人图》后半:"樊川旧愁顿触,叹梨云梦杳,锁香何处。翠袖天寒,青衫泪满,怕听楝花风雨。"《忆江南》:"离亭晚,落尽刺桐花。江水不传心里事,空随闲恨到天涯。归梦逐尘沙。"自己作评:"虽未知于古人何如,似尚无纤佻浮薄之弊。"又如关于写词应该戒除淫冶叫嚣,他就以自己的《罗敷艳》为例:"红桥一带伤心地,烟雨凄凄。燕子楼西。难道东风不肯归。 青旗冷趁飞鸦起,沽酒人稀。旧恨依依。一树垂杨袅乱丝。"自己作评:"意境似尚深厚。"又如写词应该体现儒家的诗教,温柔敦厚,怨而不怒,就以自己的《蝶恋花》为例:"镇日双蛾愁不展。隔断中庭,羞与郎相见。十二阑干闲倚遍。凤钗压鬓寒犹颤。 昨日江楼帘乍卷。零乱春愁,柳絮飘千

---

① 况周颐《蕙风词话》,《词话丛编》,第4408页。

点。上巳湔裙人已远。断魂莫唱蘋花怨。"自己作评:"怨而不怒,尚有可观。"又如言写词应追求言浅意深、字面平易、意境沉郁的境界,仍然以自己的作品为例,《鹧鸪天》:"一夜西风古渡头。红莲落尽使人愁。无心再续西洲曲,有恨还登舴艋舟。　残月堕,晓烟浮。一声欸乃入中流。豪怀不肯同零落,却向沧波弄素秋。"他指出:"词有信笔写去,若不关人力者,而自饶深厚,此境最不易到。"①当然是认为自己的相关作品达到了这个境界。

陈廷焯《白雨斋词话》中的自我揄扬达到了极致,虽然他在自序中谦称:"暇日寄意之作,附录一二,非敢抗美昔贤,存以自镜而已。"显然不能完全当真,从他的词话所宣扬的理论,以及他举自己的作品以印证自己的理论的做法来看,他应该是把自己的词也看成了经典。

三、清词选本中的自我经典化

选本是中国文学批评的一种重要方式。在一个选本里,哪个作家入选,哪个作家的作品选得多,往往都是选家批评观念的表达。当然,这里面也有程度和层次的区别,有的选家的理论意识强一些,有的弱一些,所表现出来的价值也就不同。

在文学史上,楚辞选本中就有了选自己作品的现象。西汉刘向编《楚辞》为十六卷,王逸加上自己作的《九思》,成为第十七卷,是为《楚辞章句》②。后来的文学选本以自己的作品入选,不知是否受到类似作品的启发。至于以当代人的身份选当代词,并把自己的作品选入其中,这

---

① 陈廷焯《白雨斋词话》,《词话丛编》,第 3887 页,第 3907 页,第 3946—3947 页。
② 《九思》有注,宋人洪兴祖说:"逸不应自为注解,恐其子延寿之徒为之尔。"(洪兴祖《楚辞补注》,北京:中华书局,1983,第 314 页)如果真的是王逸为自己的作品作注,那么这个问题就更有意思了。

个现象始于宋代。宋代的曾慥《乐府雅词》、赵闻礼《阳春白雪》诸词集，都选入一定数量的选家本人的作品。至宋末，发展到了一个新阶段，可以周密《绝妙好词》为代表。《绝妙好词》共选宋代词人 132 人，词作 384 首。值得注意的是，其中的第一名，正是选家周密，共选词 22 首，超过第二名吴文英的 16 首，第三名姜夔、李莱老的 13 首，从而构成了《绝妙好词》的一大特色。

《绝妙好词》自宋末问世后，虽有张炎在《词源》中赞其"精粹"①，但当时大约没怎么流通②，历元明数百年均不见著录，直至清初发现其元抄本，才重现人世。《绝妙好词》在清初重新出现之后，受到了很高的评价，尤其是朱彝尊，从《绝妙好词》上找到了可以和同样是南宋人所选的《草堂诗馀》相对照的范本，因而予以大肆鼓吹。朱彝尊《书绝妙好词后》："词人之作，自《草堂诗馀》盛行，屏去《激楚》、《阳阿》，而《巴人》之唱齐进矣。周公谨《绝妙好词》选本虽未尽醇，然中多俊语，方诸《草堂》所录，雅俗殊分。"③后来，浙西一派都持相同的观点，如厉鹗序云："宋人选本朝词，如曾端伯《乐府雅词》、黄叔旸《花庵词选》，皆让其精粹。"④戈载《宋七家词选》云："《绝妙好词》，采掇精华，无非雅音正轨。"⑤江昱作有《论词十八首》，"断制宋元作者，津逮后学，钱塘厉鹗、赵虹、江炳炎辈争相叹服，不易其言"⑥。第十七首论词选，认为《草窗词选》要比《花庵词

---

① 张炎《词源》卷下，《词话丛编》，第 266 页。
② 张炎在称赞《绝妙好词》"精粹"之后，接着就说："惜此板不存，恐墨本亦有好事者藏之。"《词话丛编》，第 266 页。
③ 朱彝尊《曝书亭集》卷四十三，《四部丛刊初编》本。
④ 厉鹗《绝妙好词笺序》，《樊榭山房集》文集卷四，上海：上海古籍出版社，1992，第 757 页。
⑤ 戈载辑、杜文澜校注《宋七家词选》卷五，影印清光绪十一年(1885)曼陀罗华阁重刻本，台北：河洛图书出版社，1978。
⑥ 蒋士铨《江松泉传》，钱仲联主编《广清碑传集》，苏州：苏州大学出版社，1999，第 530 页。

选》精粹,继承了从张炎到朱彝尊、厉鹗的说法①。但是,外于浙西词派的批评家往往有不同的看法,如焦循《雕菰楼词话》:"周密《绝妙好词》所选,皆同于己者,一味轻柔圆腻而已。"②陈廷焯《白雨斋词话》卷二:"草窗《绝妙好词》之选,并不能强人意,当是局于一时闻见,即行采入,未窥各人全豹耳。"③王国维《人间词话》:"自竹垞痛贬《草堂诗馀》而推《绝妙好词》,后人群附和之。不知《草堂》虽有袭诨之作,然佳词恒得十之六七。《绝妙好词》则除张范辛刘诸家外,十之八九,皆极无聊赖之词。古人云:小好小惭,大好大惭,洵非虚语。"④将两种意见相比较,当能看出词学思想的一些变化,对此,或可另文讨论。不管怎么说,《绝妙好词》是清代词坛所关注的一部词选,其刻意宣扬姜夔一路词风,有非常明确的理论倾向,在宋代词选本中非常突出,而其选本的操作方式,特别是集中选录选家自己的作品,也引起了清人的浓厚兴趣。

清代是词学复兴的时代,各类词选无论在数量上,还是在质量上,都远远超过前代,清人选清词的现象更是突出。清代第一部大型当代词选《倚声初集》,共收五十年间的词人 476 人,词作 1948 首⑤,而选家邹祗谟和王士禛的词,就分别占 199 首和 112 首,居于第一和第三。王士禛之所以居于董以宁之后,排在第三位(董词计选入 123 首),主要是他本来

---

① 见江昱《松泉诗集》卷一。其诗曰:"别裁伪体亲风雅,毕竟花庵逊草窗。何日千金求旧本,一时秀句入新腔。"影印清乾隆二十六年(1761)小东轩刻本,《四库全书存目丛书·集部》第 280 册,第 177 页。
② 焦循《雕菰楼词话》,《词话丛编》,第 1494 页。
③ 陈廷焯《白雨斋词话》,《词话丛编》,第 3807 页。
④ 王国维《人间词话》,北京:中国人民大学出版社,2004,第 31 页。
⑤ 李丹《顺康之际广陵词坛研究》:"由于《倚声初集》词作是不断补刻的,所以没有准确数字。今人对于数字的统计,多是据卷首目次中所言 1914 首,实际上要多于此数,今据南京图书馆所藏统计得 1948 首。"(上海:上海古籍出版社,2008,第 82 页)

就没有写多少词,据李少雍校点的《衍波词》,不过132首,这里面,肯定有编《倚声初集》之后写的,所以,《倚声初集》中选了王士禛的112首,在当时已经差不多是其全部词作了。我们尚不知道邹祗谟和王士禛在选《倚声初集》时是否见到了周密的《绝妙好词》,但至少其中的思路有非常相似之处。尽管《倚声初集》也有着选家的艺术追求,但展示创作盛况无疑是重要的目的之一。到了顾贞观和纳兰性德选《今词初集》,其追求性灵的取向非常明确,这当然和顾、纳兰二人本身的美学追求有关,他们把自己的作品纳入其中,正好说明这个追求。毫无疑问,在清人选清词中,自我经典化的意识越来越明确,周密所首创的做法,被许多人借鉴过来,从而有效地宣扬了自己的理论观点。

当然,在中国选本传统里,连是否选入同时代人,有时都是有争论的,遑论选入自己之作了。所以,从乾隆年间开始的清代《词综》系列,就在这个问题上有所思考。丁绍仪的《清词综补·例言》这样说:"自来选录诗文,不及同时之作,惧涉标榜也。故王氏《词综》于生存各家,另编二集。黄氏《续编》,则援《绝妙好词》例,不复区分。仆素未与当世士大夫游,又僻寄海隅,于当代词人存殁,莫由咨悉,曷敢臆断? 爰仿黄氏例,一并编列。"①这段话告诉我们,王昶在撰著《国朝词综》的时候,对于如何处理并世之人,颇花心思,为了有所区别,乃采取了别置二编的方式。但黄燮清编《国朝词综续编》,就选入同时代人,不复区分,后来丁绍仪编《清词综补》,也是援引黄燮清之例。黄燮清对王昶的改动看起来颇引人注目,所以,潘曾莹为其《国朝词综续编》作序,就特别引用了他的话:"君尝言:词选最少,而词学则嘉道间尤盛。兼罗博收,以防湮没,宗草窗《绝

---

① 丁绍仪《清词综补》,北京:中华书局,1986,第3页。

妙好词》、叔旸《花庵词选》例也。"①上述这两段话,都不约而同提到了周密的《绝妙好词》,可见这部著作在乾嘉时期确实有很大的影响力,这不能不归功于查为仁、厉鹗为该书作笺。但是即使如此,从黄燮清到丁绍仪,他们对《绝妙好词》的效法,还只是选入同时人而已,并没有在其中选入自己的词。

查为仁、厉鹗的《绝妙好词笺》问世以后,"翻印者不止一家,几于家弦户诵,为治宋词者入手之书。"②于是,从周密而来的选词传统,经过清初词家以及乾嘉之际《词综》系列的推阐,终于在晚清达到了极致。其中,最有代表性的是谭献。

谭献选录清人的词作,有《箧中词》十卷。该集宗旨,据其自述,乃是"以衍张茗柯、周介存之学"③。张惠言撰《词选》,提倡意内言外、比兴寄托,周济撰《宋四家词选》等,发扬光大之。不过,他们的理论虽然是针对当下的创作,其所树立的典范,则是前代的作品,固然并不欠缺指导性,但毕竟不如当代作品亲切,因此谭献此集乃选清人之作,将其理论放在当代背景中予以印证,有着深微的动机。选中每有评点,体察词心,抉发作意,大都非常精辟,晚近以来,影响深远。该选撰述体例,冯煦已经指出,是仿周密诸人之例,"以己作与诸家并列"④。不过,宋代以迄清代诸选家,在选入自己的作品时,往往是掺入诸作之中,将自己作为创作群体中的一分子,谭献则将自己的作品单独成为一卷,置于非常醒目的位置,

---

① 黄燮清《国朝词综续编》卷首,聚珍仿宋《四部备要》第491册,台北:中华书局,1965,第1页。
② 陈匪石《声执》卷下,《词话丛编》,第4958页。
③ 谭献《复堂日记·丙子》,石家庄:河北教育出版社,2001,第72页。
④ 谭献《箧中词》卷首,杨家骆主编《历代诗史长编》第21册,台北:鼎文书局,1971,第11页。

这种做法，确是非常独特。

谭献在《箧中词》中录自己的《复堂词》一卷，操作方式与所选入的其他作品不同，并没有评语，但在特定的语境中，也并不难理解，特别是有对其他人作品的评语作参照，读者循此加以体味，能得作者词心。如果说，谭献发扬常州词派的观点，是将清代词予以检点，构成经典的系列的话，那么，他把自己精心结撰的一卷词置入其中，则明显表示了他对自己在这个经典系列中的位置的看法。他在经典化当代作家的同时，更重要的是把自己经典化了。

另外还要提到的是朱祖谋的《词莂》，这是一部专录清朝人的词选，共选录清代15家词，133首，其中朱祖谋选入了自己的词10首，占了一个不算小的比重，足以说明他对自己的定位。不过，从事选录时，由于朱祖谋心存顾忌，因而托名张尔田，直到1932年，龙榆生才以朱之本名刊行。所以，当时鲜见提及者。但这部词选所透露的消息，即自我经典化的意识，却是弥足珍贵的。

四、理论宣扬与门径意识

中国的文化传统强调名山事业，盖棺论定，贡献成就，在千秋不在一时，更重要的是后世的评价。但是，也正如杜甫所说的，"文章千古事，得失寸心知"。自我的体认有时也很重要。不过，这种做法，除了表现出强烈的自信之外，还有更深的层次，值得挖掘。晚清的词学自我经典化，与当时的批评生态有着密切的关系。

首先，常州词派经张惠言倡导后，经过周济诸人的阐发，逐渐已经在社会上引起重大影响。但是，长期以来，学术界也有一种看法，认为这主要是一个理论性的流派，在创作上有所欠缺。如吴梅的《词学概论》对常州诸子，虽然努力揭示其特长，但也指出周济的创作是"能入而不能出"①。近人如严迪昌等,也认为常州词派等晚近词人,在词的创作上,已经呈现出衰势②,或者也体现出晚清延续下来的某种看法。这可能正是谭献选录《箧中词》的动机,即以具体的创作实绩,来印证常州词派的理论。把自己放在里面,则是希望所举的例子更加实在,更加切近。

第二,常州词派虽然认识到了浙西词派发展中的弊端,并希望有所纠正,而且,确实在社会上引起了关注,取得了较大的声势,但是,在具体操作上,常州词派与浙西词派相比尚有一定的欠缺。比如浙西词派提倡醇雅清空,有其特定的操作方式,像提倡咏物词,怎样烘托气氛而不滞于物,怎样将学问与性情结合在一起等,都有一定的规范可循。但是,常州词派提倡比兴寄托,就显得比较玄虚。周济知道这个问题的严重性,所以在《宋四家词选目录序论》中细致探讨寄托问题:"夫词非寄托不入,专寄托不出。一物一事,引而伸之,触类多通。驱心若游丝之罥飞英,含毫如郢斤之斫蝇翼,以无厚入有间。既习已,意感偶生,假类毕达,阅载千百,謦咳弗违,斯入矣。赋情独深,逐境必寤,酝酿日久,冥发妄中。虽铺叙平淡,摹缋浅近,而万感横集,五中无主。读其篇者,临渊窥鱼,意为鲂鲤;中宵惊电,罔识东西。赤子随母笑啼,乡人缘剧喜怒,抑可谓能出矣。"他说了这番话之后,还特别指出,这是"余所望于世之为词人者"③。可是,如果没有具体的操作演练,这些话仍然显得太抽象。周济的做法

---

① 吴梅《词学概论》,上海:复旦大学出版社,2005,第132页。
② 严迪昌认为:"张惠言等既没有专力于诗词韵文,而在学术思想上又未脱出援古论今以至复古的轨道,所以在文艺观、审美观上严重地表现出封建诗教的执拗。""道光以后清词数量越趋浩繁,……但是,平心论之,真堪称大家者固寥寥,无愧名家之称的也已不多了。""因为词的创作实践与词的研究、词学建设毫无疑问属于不同范畴,后者替代或等同不了前者。"《清词史》,南京:江苏古籍出版社,2001,第467页,第468页。
③ 周济选评《宋四家词选》,尹志腾校点《清人选评词集三种》,济南:齐鲁书社,1988,第205页。

是选录宋代的四家词,附以相同取径者,细细评说,而谭献则是选择清代的词,予以细细评说。比较而言,清人词,由于特定的历史条件,对于当代人来说,当然就更加具有亲切感,因而可以更好地指导门径。况周颐和陈廷焯在词话中对清词的论述,也可以作如是观。

事实上,到了晚清,批评家都有了强烈的门径意识。评价他人,是为了给后学指出门径;自我评价,也不能仅仅看作是自我标榜。况周颐和陈廷焯在词话中揄扬自己的词时,几乎都采取了同样的做法,即同时引自己的一些不那么成功的作品,作为对比。如况周颐《蕙风词话续编》卷一记述:"曩作七夕词,涉寻常儿女语,畴丈尤切诫之,余自此不作七夕词,承丈教也。《碧瀣词》(刻入《薇省同声集》)《齐天乐》序云:'前人有言,牵牛象农事,织女象妇功。七月田功粗毕,女工正殷,天象亦寓民事也。六朝以来,多写作儿女情态,慢神甚矣。丁亥七夕,偶与瑟轩论此事,倚此纠之。''一从幽雅陈民事,天工也垂星彩。稼始牵牛,衣成织女,光照银河两界。秋新候改。正嘉谷初登,授衣将届。春耙秋梭,岁功于此隐交代。 神灵焉有配偶,藉唐宫夜语,诬蔑真宰。附会星期,描模月夕,比作人间欢爱。机窗泪洒。又十万天钱,要偿婚债。绮语文人,忏除休更待。'即诫余之旨也。"①这里所说的端木埰提出的纠正意见,正是以况氏自己为靶的,希望后学引以为戒。至于陈廷焯,这样的例子就更多。他特别喜欢做的,就是同时引自己的两篇或多篇作品,其中有符合标准的,有不符合标准的,彼此互相对照,以为后学参考。如《白雨斋词话》卷六,他特别引了自己的两首《蝶恋花》来说明什么是怨而不怒,什么是怨而怒:

---

① 况周颐《蕙风词话》,《词话丛编》,第 4538—4539 页。

"镇日双蛾愁不展。隔断中庭,羞与郎相见。十二阑干闲倚遍。凤钗压鬓寒犹颤。 昨日江楼帘乍卷。零乱春愁,柳絮飘千点。上巳湔裙人已远。断魂莫唱蘋花怨。"此余《蝶恋花》词也。怨而不怒,尚有可观。越二日,又赋一阕云:"谁道蓬山天外远。晓起开帘,重见芙蓉面。䩄髻笼云眉翠敛。低头不觉朱颜变。 避入花阴藏不见。细拾残红,不语思量遍。小院新晴寒尚浅。秋风先已捐团扇。"决绝如此,未免怨而怒矣。①

"怨而不怒"是儒家的文学观,具体的创作,需要在情感的表述上具有分寸感,陈廷焯的示范,让读者有了一个可以感知的例子。同时,也让读者明白,理论和实践有着复杂的互动关系,有了理论的观念,并不一定就能写出成功的作品,创作仍然有着自己的规律。

类似况周颐和陈廷焯这种自揭其短的做法,值得我们关注。这是创作中的深得甘苦之言,对于后学来说,体会一篇失败之作,比体会一篇成功之作,所得到的教益可能更多。况、陈提出自己的失败之作,当然更是为了展示自己的成功之作。他们的目的其实也就是希望得到后学的追随,从而在经典作家系列中得到一席之地。通过对照所进行的经典化,比仅仅一味揄扬,可能更有力量。

五、师友揄扬与前后传承

晚清的自我经典化并不是个人的一厢情愿,当时的词坛也注意到他们的尝试,因此不仅将其引入自己的理论中,而且进一步成为宣扬者。

谭献是常州词派的后劲,他自觉地以比兴寄托的理论指导创作,其

---

① 陈廷焯《白雨斋词话》,《词话丛编》,第 3946—3947 页。

中不乏成功之作,也引起了词坛的关注。王国维《人间词话》说:"宋直方《蝶恋花》:'新样罗衣浑弃却。犹寻旧日春衫着。'谭复堂《蝶恋花》:'连理枝头侬与汝。千花百草从渠许。'可谓寄兴深微。"①就完全复制了谭献的思路。陈廷焯《白雨斋词话》卷五则一连举了谭献不少词作,既以揭示谭献的词作特色,又以说明自己的词学主张。他指出:"仲修《蝶恋花》六章,美人香草,寓意甚远。首章云:'楼外啼莺依碧树。一片天风,吹折柔条去。玉枕醒来追梦语。中门便是长亭路。'凄警特绝。下云:'惨绿衣裳年几许。争禁风日争禁雨。'幽愁忧思,极哀怨之致。次章云:'下马门前人似玉。一听斑骓,便倚栏杆曲。'结云:'语在修眉成在目。无端红泪双双落。'真有无可奈何之处。'眉语目成'四字,不免熟俗。此偏运用凄警,抒写忧思,自不同泛常艳语。三章云:'一握鬓云梳复裹。半庭残日匆匆过。'即屈子好修之意,而语更深婉。四章云:'帐里迷离香似雾。不烬炉灰,酒醒闻馀语。连理枝头侬与汝。千花百草从渠许。''以胶投漆中,谁能别离此。'有此沉着,无此微至。下云:'莲子青青心独苦。一唱将离,日日风兼雨。豆蔻香残杨柳暮。当时人面无寻处。'凄婉芊绵,不僻而及于古。五章云:'庭院深深人悄悄。埋怨鹦哥,错报韦郎到。压鬓钗梁金凤小。低头只是闲烦恼。'传神绝妙。下云:'花发江南年正少。红袖高楼,争抵还乡好。遮断行人西去道。轻躯愿化车前草。'沉痛已极,真所谓情到海枯石烂时也。六章云:'玉颊妆台人道瘦。一日风尘,一日同禁受。独掩疏栊如病酒。卷帘又是黄昏后。'沉至语,殊觉哀而不伤,怨而不怒。下云:'六曲屏前携素手。戏说分襟,真遣分襟骤。书札平安知信否。梦中颜色浑非旧。'相思刻骨,窈寐潜通,顿挫沉郁,可以泣鬼神矣。仲修《青门引》云:'人去阑干静。杨柳晚风初定。芳春此后莫

---

① 王国维《人间词话》,第28页。

重来,一分春少,减却一分病。'透过一层说,更深,即相见争如不见意。下云:'离亭薄酒终须醒。落日罗衣冷。绕楼几曲流水,不曾留得桃花影。'此词凄婉而深厚,纯乎骚雅。又《昭君怨》云:'烟雨江楼春尽。盼断归人音信。依旧画堂空。卷帘风。　约略薰香闲坐。遥忆翠眉深锁。鬓影忍重看。再来难。'深婉沉笃,亦不减温、韦语。"①可见,谭献的自我经典化是有效的,陈廷焯的阐发,能够得谭献志意,作为一个有心进行自我经典化的作家,他完全能够理解谭献的意思,他的这些阐发,也可以视为谭献希望达到的目的。另外,况周颐的自我经典化也得到了呼应。例如,况氏有《苏武慢·寒夜闻角》一词,云:"愁入云遥,寒禁霜重,红烛泪深人倦。情高转抑,思往难回,凄咽不成清变。风际断时,迢递天涯,但闻更点。枉教人回首,少年丝竹,玉容歌管。　凭作出、百绪凄凉,凄凉惟有,花冷月闲庭院。珠帘绣幕,可有人听,听也可曾肠断。除却塞鸿,遮莫城乌,替人惊惯。料南枝明月,应减红香一半。"在《蕙风词话》中,况周颐自我评价说:"余少作《苏武慢·寒夜闻角》云:'凭作出、百绪凄凉,凄凉惟有,花冷月闲庭院。珠帘绣幕,可有人听,听也可曾肠断。'半塘翁最为击节。比阅方壶词《点绛唇》云:'晓角霜天,画帘却是春天气。'意与余词略同,余词特婉至耳。"②将自己的作品与宋代汪莘之作相比较,认为更加"婉至",确是非常自信。在当时,不仅得到了王鹏运的赏识,如其词话中所述,也得到了朱祖谋、叶恭绰、王国维等的高度评价。在《词莂》里,朱祖谋共选况周颐词9首,其中就有本篇。叶恭绰《广箧中词》选况词7首,也有本篇。而在《人间词话》里,王国维更认为这篇作品"境似清真,集中他作,不能过之"③。考虑到王国维曾经把周邦彦誉为

----

① 陈廷焯《白雨斋词话》,《词话丛编》,第3873—3874页。
② 况周颐《蕙风词话》,《词话丛编》,第4441页。
③ 王国维《人间词话》,第36页。

"词中老杜"①,这个评价不可谓不高,当然也说明,况周颐的自我期许得到了时人的认可。至于清末词坛领袖朱祖谋,他在《词莂》中共选自己的词10首,其中6首被叶恭绰录入《广箧中词》中②,也能作为一种参照。

从这些情况来看,自我经典化如果没有词坛的回应,则只能成为自己的经典,而无法成为公众的经典。艾略特在其著名的《传统与个人才能》一文中说:"现存的不朽作品联合起来形成一个完美的体系。由于新的(真正新的)艺术品加入到它们的行列中,这个完美体系就会发生一些修改。"③词至晚清,确实已经建立了一个"完美"的经典体系,但是,这个体系还在发生变化,谭献等人的自我经典化就是对这个体系的"修改",经过同时批评家的检验,置于史的脉络中,也能够占有一席之地。

晚清在这方面能够有一个良性发展,与词坛关系网的建立不无关系,其中起到重大作用的是师承授受。以谭献而言,其词学承张惠言、周济之绪,批点周济《词辨》,选《箧中词》,提倡比兴寄托,都大大开阔了张、周的门庭。所以叶恭绰在《广箧中词》卷二中说:"仲修先生承常州派之绪,力尊词体,上溯风骚,词之门庭,缘是益廓,遂开近三十年之风尚。论清词者,当在不祧之列。"④钱仲联《光宣词坛点将录》则将谭献比为托塔

---

① 王国维指出:"故以宋词比唐诗,则东坡似太白,欧、秦似摩诘,耆卿似乐天,方回、叔原则大历十才子之流。南宋惟一稼轩可比昌黎,而词中老杜,则非先生(按指周邦彦)不可。"《清真先生遗事·尚论三》,王国维《人间词话》附录,第233页。
② 前已指出,朱祖谋选录《词莂》时,由于心存顾忌,乃将己作托以张尔田之名。1932年,龙榆生恢复其本名刊行后,叶恭绰在其1935年选录的《广箧中词》就收入其中的6首,可见对朱氏本人意见的重视。
③ [英]T.S.艾略特著,李赋宁译《艾略特文学论文集》,南昌:百花洲文艺出版社,1994,第3页。
④ 叶恭绰《广箧中词》卷二,杨家骆主编《历代诗史长编》第22册,第172页。

天王晁盖,认为他能"拓常州派堂庑而大之。彊村以前,久执词坛牛耳"①。谭献的这个地位的建立,与同时人对他的体认分不开。例如,谭献与庄棫的交情非同一般,谭献甚至认为庄是他的唯一知音②,因此,在庄氏逝世后,才会如此悲痛③。而庄棫与陈廷焯有姻亲关系④,所以陈廷焯才能这样更加深刻地认识谭献词学。陈廷焯在《白雨斋词话》中大张旗鼓地表彰谭献,正是其来有自。徐珂是谭献的学生,其《清代词学概论》即"原原本本,一宗师说,可谓谭门之颜子"⑤。还有,叶衍兰与谭献为词学同道,其孙叶恭绰秉承家学,转益多师,"以复堂学派,私淑毗陵,本其说以抑扬二百馀年之作者,评骘精而宗旨正,光绪以来,言词者奉为导师"。"先辈甄录今词者,莫善于复堂谭氏《箧中词》,因其例为广录"⑥,而成《广箧中词》。《广箧中词》直接继承了谭献的《箧中词》,不仅名称上一目了然,而且体例上,以自己的作品13首(这也是一个不小的数字)附入其中,也是谭献的思路。不仅如此,《广箧中词》还充分体现出了谭献和陈廷焯的自我经典化所达到的效果。《广箧中词》共收录谭献词11首,收录陈廷焯词4首。谭献对自己的词很少评价,该集收录谭献所作,乃是对其创作进行接受的一种方式。陈廷焯对谭献有一个整体评

---

① 钱仲联《光宣词坛点将录》,载《词学》第3辑,上海:华东师范大学出版社,1985,第226页。
② 《复堂日记·丙子》载:"南朝兵争奢乱,尝于《吴歌》、《西曲》识其忧生念乱之微言,故于小乐府论其直接十五《国风》。中白而外,未必尽信予言。"谭献《复堂日记》,第75页。
③ 《复堂日记·戊寅》:"鄦人逝矣,臣质已沦。……二十馀年,心交无第二人。"谭献《复堂日记》,第80页。
④ 民国十三年(1924)《续纂泰州志·人物流寓》:"陈廷焯……工倚声,从其戚庄棫受学。"转引自屈兴国校注《白雨斋词话足本校注》,济南:齐鲁书社,1983,第853页。
⑤ 葆光子《清代词学概论序》,徐珂《清代词学概论》卷首,上海:大东书局,1926。
⑥ 叶恭绰《广箧中词》卷二,杨家骆主编《历代诗史长编》第22册,第9—10页。

价:"仲修小词绝精,长调稍逊。"所以,他的《白雨斋词话》卷五全面介绍谭献《蝶恋花》6首,这一思路,被叶恭绰完全接了过来,在《广箧中词》中所选的11首谭词中,就有这6首,可以见出印象的不断强化。至于陈廷焯本人,大概叶恭绰更为推崇其词学理论,所以只选了4首。不过,其中《鹧鸪天》一首,原是陈廷焯非常得意的,在《白雨斋词话》中,他曾在高度评价自己这首词后,不无自负地说:"书以俟教我者。"①他的这个期待被叶恭绰觉察到了,叶恭绰选了这首词,给予的评价是"跌宕",并在总评时指出:"《白雨斋词话》极力提倡柔厚之旨意,识解甚高,所作亦足相副。"②这些,都可以视为沿着谭献和陈廷焯的自我经典化,而在更广泛的范围继续展开经典化。当然,文学批评如果是在师友的网络中,也可能会有标榜之嫌,不过,从这些作品在后世的传播来看,当时揄扬者的评价倒并非阿私之言。

因此,虽然五四新文学运动大大冲击了清词经典化的过程,如胡适对清词评价非常低,他说:"自清初至今日(1620—1900),为模仿填词的时期。""三百年的清词,终逃不出模仿宋词的境地,所以这个时代可说是词的鬼影的时代。"③这个观点影响民国以来词学界甚深,清词的研究也因而受到冲击。不过,赖有晚清诸家门人弟子的努力,清词的经典化仍然在进行着,虽然微弱,终是顽强。其中接续晚清以来的自我经典化历程,在相关选本中,表现得非常明显。可惜,等到这一批新时代的旧人物过去之后,清词经典化的过程基本上就中断了,其中的自我经典化努力,也就差不多被人们忽略了。

---

① 陈廷焯《白雨斋词话》,《词话丛编》,第3876页,第3947页。
② 叶恭绰《广箧中词》卷二,杨家骆主编《历代诗史长编》第22册,第108—109页。
③ 胡适《词选·自序》,北京:中华书局,2007,第2—3页。

六、晚清词人的创作自信

将自己的作品视为经典而加以推阐,可能有两种人:一种是无知妄人,盲目自大,不知天高地厚;还有一种是真正对文学史有着深入了解,有着明确的创作追求和创作功力,所做出的自我定位。晚清不少词人都属于后一种。而这一点,又与晚清以迄民国学术界对清词的认识有关。

到了清代,文学史上一代有一代之文学的观念已经得到广泛的接受,焦循发展自元代就已产生的这一文学思想,明确提出:"汉则专取其赋,魏晋六朝至隋则专录其五言诗,唐则专录其律诗,宋专录其词,元专录其曲,明专录其八股,一代还其一代之所胜。"①对此,王国维有更为清晰的表述:"凡一代有一代之文学,楚之骚,汉之赋,六代之骈语,唐之诗,宋之词,元之曲,皆所谓一代之文学,而后世莫能继焉者也。"②然而,尽管王国维对清代词人讨论较少,特别推崇者如纳兰性德③,尚可以说是他重直陈、反"隔"理念的极端化体现,但事实上,并不能得出他否定清词的看法。这从他对自己的词的高度自信可以看出来。他曾经这样表述:"近年嗜好之移于文学,亦有由焉,则填词之功是也。余之于词,虽所作尚不及百阕,然自南宋以后,除一二人外,尚未有能及余者,则平日之所自信也。虽比之五代北宋之大词人,余愧有所不如,然此等词人亦未始

---

① 焦循《易馀籥录》卷十五,《清代学术笔记丛刊》第 37 册,北京:学苑出版社,2006,第 88 页。

② 王国维《宋元戏曲考序》,《王国维文集》,北京:燕山出版社,1997,第 50 页。按虽然王国维的这段论述非常有名,但即使在他本人看来,仍然不无可以继续深思之处,所以他还指出:"余谓律诗与词,固莫盛于唐宋,然此二者果为二代文学中最佳之作否,尚属疑问。"不过,这里所说的"最佳"和"最有代表性",是两个不同的概念,完全可以并存。

③ 王国维云:"纳兰容若以自然之眼观物,以自然之舌言情。此由初入中原,未染汉人风气,故能真切如此。北宋以来,一人而已。"王国维《人间词话》,第 16 页。

无不及余之处。"①又说："樊抗夫谓余词如《浣溪沙》之'天末同云'、《蝶恋花》之'昨夜梦中'、'百尺朱楼'、'春到临春'等阕，凿空而道，开词家未有之境。余自谓才不若古人，但于力争第一义处，古人亦不如我用意耳。"②这也就是说，虽然他在整体上肯定唐宋词的成就，却也承认了后人予以超越的可能性。

王国维的这种思路并不是偶然的，这在清末民初有着深厚的土壤，当时最有成就的作者和批评家，都有类似的表述。如"晚清四大家"之一的文廷式在其《云起轩词钞自序》中就这样说："词家至南宋而极盛，亦至南宋而渐衰。其衰之故，可得而言也。其声多啴缓，其意多柔靡，其用字则风云月露、红紫芬芳之外，如有戒律，不敢稍有出入焉。迈往之士，无所用心。沿及元明，而词遂亡，亦其宜也。有清以来，此道复振。国初诸老，颇能宏雅。迩来作者虽众，然论韵遵律，辄胜前人。而照天腾渊之才，溯古涵今之思，磅礴八极之志，甄综百代之怀，非窘若囚拘者所可语也。"③这一段讨论宋词至南宋的衰落，以及在清代的振起，实际上是认为，"词的境界，到清朝方始开拓"④。出色的评论家陈廷焯认为："词创于六朝，成于三唐，广于五代，盛于两宋，衰于元，亡于明，而复盛于我国朝也。国朝之诗可称中兴，词则轶三唐、两宋等而上之。……故论词以两宋为宗，而断推国朝为极盛也。"⑤而晚清的词坛领袖朱祖谋也指出：

---

① 王国维《苕华词自序》，《王国维先生三种》，台北：国民出版社，1954，第95页。
② 王国维《人间词话》，第47—48页。
③ 陈乃乾辑《清名家词》第10册，《云起轩词》卷首，上海：上海书店出版社，1982，第1页。
④ 叶恭绰《全清词钞序》，叶恭绰编《全清词钞》，香港：中华书局香港分局，1975，第1页。
⑤ 陈廷焯《云韶集》卷十四，见屈兴国校注《白雨斋词话足本校注》，第810—811页。

"清词独到之处,虽宋人也未必能及。"①在文学批评史的一般谱系中,王国维被认为是古典词学的终结、现代词学的开始,其词学思想与后来的新派人物胡适一系有着密切的关系;而文廷式、朱祖谋等则代表着传统词学观。两种不同类型的人物对词在清代的发展却有相似的看法,可见当时社会的共识。

从这个意义来说,晚清词学中的自我经典化是建立在当时高度的词学自信的基础之上的,是从一个特定角度对清词创作成就的体认。

七、结语

晚清所开始的比较自觉的自我经典化,是在整个对清词的经典化过程中发展出来的,这一方面体现了清人对自己创作的自信,另一方面,也能够看到,由于常州词派的理论性阐发比较充分,创作上的可操作性稍显模糊,这些深受常州词派影响的作家以自己为经典,可以向后学充分展示门径,因而具有现实的意义。

不过,通常说来,经典并不是自我认定的,将自己置于经典的系列中,只可以说是一种愿望,无法认为是一个现实。是否为经典,还要他人,尤其是后人予以承认。在这个意义上,晚清谭献、况周颐、陈廷焯诸人所进行的尝试得到了一定的回应,他们自我认可的作品也确实被放在经典的系列来加以思考了。可惜,由于五四新文化运动的强势影响,整个的清词经典化大致都处于停滞的状态,所以,上述诸人的尝试也就画上了休止符。不过,随着清词研究重新受到重视,相信他们的作品仍然会被持续讨论,如此,则他们自己的看法也就会在新的经典化过程中,受到检验,他们的理论也会激发出新的认识。

---

① 叶恭绰《全清词钞序》,《全清词钞》,第1页。

第三章　谱调与批评

第一节　统序观念与明清词学
——从《古今词统》到《词综》

一、问题的提出

词发展到明代,进入衰微期,这是清代以来学术界公认的事实。不过,在当时,明人自己也已渐渐认识到这个问题,因此,到了晚明,往往从不同方面,进行反思总结,其成果亦呈现出多样性。《古今词统》的出现,就是一个重要的象征。

《古今词统》题为卓人月汇选、徐士俊参评,凡十六卷,收隋唐至明人词486家,计隋1家,唐33家,五代19家,宋216家,金21家,元91家,明105家,共2023首[①],刊于崇祯六年(1633)。

---

① 此统计数字据《新世纪万有文库》本《古今词统》之《本书说明》,沈阳:辽宁教育出版社,2000。

《古今词统》作为清代之前较大的一部词总(选)集,虽然篇幅不如《花草粹编》,但影响似乎在其之上。对于此书,清初王士禛曾有描述:"《花间》、《草堂》尚矣。《花庵》博而未核,《尊前》约而多疏,《词统》一编,稍撮诸家之胜。"①这里提到的是《花间集》、《尊前集》、《花庵集》和《草堂诗馀》,或许主要是价值描述,而不是谈其选源,因为仅就选本而言,也还应加上《国朝(明朝)诗馀》——《古今词统》卷首列出的8篇"旧序",就有钱允治的《国朝诗馀序》。不过,看来"稍撮诸家之胜"六个字还不能真正体现《倚声初集》编者的看法,所以,邹祇谟又进一步指出:"《词统》一书,搜奇葺僻,可谓词苑功臣。"②王士禛也说:"《词统》一书,搜采鉴别,大有廓清之力。"③这些评价的分量不轻,在明末清初,意义很大。既能"撮诸家之胜",又能"搜奇葺僻","搜采鉴别",具有"廓清之力",当然是有一定目的的。关于这一点,我们在下面论述中会看得更清楚。从编者自身来看,徐士俊自序说:"古今为词者,无虑数百家。或以巧语致胜,或以丽字取妍,或望断江南,或梦回鸡塞,或床下而偷咏纤手新橙之句,或池上而重翻冰肌玉骨之声。以至春风吊柳七之魂,夜月哭长沙之伎,诸如此类,人人自以为名高黄绢,响落红牙。而犹有议之者,谓铜将军、铁绰板与十七八女郎相去殊绝。无乃统之者无其人,遂使倒流三峡,竟分道而驰耶。余与珂月,起而任之。"④这段话说明,两位编者是对词史有了一定的宏观把握,在此基础上发表自己的意见的。而他们两位,又都是著名词家,在当时深受推崇,也有资格做这样的事。

什么是"统"?指的是统序。这本是从中唐以来开始强化的倾向,道

---

① 王士禛《倚声初集序》,《倚声初集》,《续修四库全书》第1729册,第164页。
② 邹祇谟《远志斋词衷》,唐圭璋编《词话丛编》,北京:中华书局,1986,第655页。
③ 王士禛《花草蒙拾》,《词话丛编》,第685页。
④ 徐士俊《古今词统序》,卓人月汇选、徐士俊参评《古今词统》卷首,第1页。

有道统,文有文统,诗有诗统,至明代,思想上归为程朱理学,并见诸科举考试,自不待言,文坛上七子的"文必秦汉"、"诗必盛唐"说,归有光诸人的推崇唐宋八大家说等等,无不是争统序、见体系的做法。明代词学虽然不振,至晚明却渐渐引起重视,此时,有心者希望补上统序这一环,不仅总结,更在指导,也是题中应有之义。当然,从广义的角度看,任何选本都有一定的系统,但笔者的思路是,系统并不一定等于统序,前者可能只是一种客观展示,自觉性和完整性都不够强,后者则具有比较鲜明的文学承递意识,体现出一定的变化风气的精神。

关于《古今词统》的价值,可以讨论的内容有很多,笔者仅从其选词思路入手,不仅揭示其动机,而且希望展示其对清初的影响,以便从一个特定的角度,将由明至清词学发展的线索加以清理。

二、《古今词统》的选词思路考察

从《古今词统》对两宋词的选录来看,居于前几位的分别是:辛弃疾141首,蒋捷50首,吴文英49首,苏轼47首,刘克庄46首,陆游45首,周邦彦43首,秦观38首,高观国34首,黄庭坚33首,史达祖30首。这个名单与在明代非常流行的《草堂诗馀》所重视者相比,已经有了很大的不同,后者的前几名,分别是周邦彦56首,秦观25首,苏轼22首,柳永18首,康伯可11首,欧阳修10首,辛弃疾9首,张先、黄庭坚8首,晏殊6首[①]。其中所做的调整是非常明显的。

辛弃疾的词坛地位南宋已经确立,他的门人范开在为其词集作序

---

① 此统计数字见朱丽霞《清代辛稼轩接受史》,济南:齐鲁书社,2005,第551—552页。朱氏的依据或是中华书局上海编辑所1958年据吴昌绶双照楼翻刻明洪武本,今再检《四部丛刊》本《增修笺注妙选草堂诗馀》和《四部备要》本《草堂诗馀》,亦同。

时,就已经指出辛词有所成就的根源是"器大者声必闳,志高者意必远"①,因而也指出辛弃疾的创作具有极大的包容性。这一看法,被晚宋的刘克庄接了过来,其《辛稼轩集序》云:"公所作大声鞺鞳,小声铿鍧,横绝六合,扫空万古,自有苍生所无。其秾纤绵密者,亦不在小晏、秦郎之下。"②也是重点强调稼轩气象之大。胡小林比对了《古今词统》之前的诸通代词选如《草堂诗馀》、《词林万选》、《花草粹编》等,敏锐地发现,《古今词统》是第一部选录辛词数量超过苏词的词选,那三部词选对于苏辛词的选辑比例分别是:苏 22:辛 9;苏 15:辛 6;苏 52:辛 26③。对于《古今词统》选辛词独多的原因,朱丽霞指出:"徐士俊之所以选入辛词如此之多,根本原因在于……证明稼轩词皆'性情'之作的词学主张。"④胡小林则认为退苏进辛的原因是"苏词不守格律,破坏了词的基本特性"⑤。若是将两种意见综合起来,可能更为全面。宋以后的词,往往家数都比较小,能够从一体入手而名家,已经难能可贵。卓人月、徐士俊诸人大张旗鼓地表彰辛弃疾,正是给词坛悬一鹄的,希望具有震撼性的冲击力。从重性情的角度看,苏轼、陆游、刘克庄、蒋捷诸人占据了较多的篇幅,都是这一思路的体现。苏轼重情,所谓"曲子中缚不住",就是他不欲以律缚情的重要体现。陆游词也善于言情,其《钗头凤》脍炙人口,无庸辞费。其他不少地方也能看出与辛弃疾的渊源,毛晋《放翁词跋》就说:"杨用修云(陆游)纤丽处似淮海,雄慨处似东坡,予谓超爽处更似稼

---

① 范开《稼轩词序》,邓广铭笺注《稼轩词编年笺注》附录,上海:上海古籍出版社,2007,第 596 页。
② 刘克庄《辛稼轩集序》,邓广铭笺注《稼轩词编年笺注》附录,第 597—598 页。
③ 胡小林《明末清初西泠词人群体研究》,南京大学 2009 年博士论文,第 152 页。
④ 朱丽霞《清代辛稼轩接受史》,第 555 页。
⑤ 胡小林《明末清初西泠词人群体研究》,第 151 页。

轩耳。"①刘克庄是辛派代表词人之一,清人冯煦甚至认为:"后村词与放翁、稼轩犹鼎三足。"②多选入刘克庄,也就是对辛词风格的提倡。蒋捷的情况稍微复杂,但也有辛派的一面,清初毛奇龄就已经把辛、蒋并列③,其看法并受到纪昀的称赞,说毛奇龄"谓辛、蒋为别调,深明原委"④。这些,无疑符合明末重情之风,堪称在词坛上的较早提倡。同时,从"大"的角度看,重视稼轩又意味着他具有包容性,可以克服豪放词(如苏轼的某些作品)的粗放之弊,从而将声律等因素也能纳入豪放词的考虑范围之内。卓人月在《古今诗馀选序》中指出:"奈何有一最不合时宜之人,为东坡;而东坡又有一最不合腔拍之词,为《大江东去》者,上坏太白之宗风,下褒稼轩之体面,而人反不敢非之。必以为铜将军所唱,堪配十七八女子所歌,此余之所大不平者也。故余兹选,选坡词极少,以剔雄放之弊,以谢词家委曲之论;选辛词独多,以救靡靡之音,以升雄词之位。置而词场之上,遂荡荡乎辟两径云。"⑤这段话对苏轼某些失律的词表示不满,认为辛弃疾的词能够"升雄词之位",扭转人们对豪放词的成见,也可以说是用心良苦。当然,正如我们熟知的,关于苏轼是否通音律,其创作中合律与失律的比重,人们已经有了比较充分的研究,也得出了比较公允的意见,以卓人月的内行,不会看不出来,所以,这段话应该视为对于明代以来对于声律忽视的有感之言,不免过甚其词,并不能得

---

① 转引自吴熊和主编《唐宋词汇评》,杭州:浙江教育出版社,2004,第 2013 页。
② 冯煦《蒿庵论词》,《词话丛编》,第 3595 页。
③ 毛奇龄《西河词话》卷二,《词话丛编》,第 579 页。
④ 江顺诒《词学集成》卷四引纪昀语,《词话丛编》,第 3252 页。按这里江顺诒并不同意纪昀的意见。到了现代,这个思路就被胡适一派接了过去。胡适《词选》:"蒋捷受了辛弃疾的影响,故他的词明白爽快,又多尝试的意味。"胡云翼也是胡适观点的拥护和发挥者。
⑤ 卓人月《蟾台集》卷二,明崇祯刻本。按这里的《古今诗馀选》,就是指《古今词统》。

出不喜欢苏词的结论。一个明显的事实是,苏轼今存词340多首,《古今词统》选了47首,这并不能说是"极少"。推动风气者,为了改变前人成见,往往有过激之言,不足为奇。

如前所述,《古今词统》选稼轩词独多,已经从一个特定角度,隐隐点出对典雅格律的重视,而其中大张旗鼓地表彰周邦彦、姜夔、史达祖、高观国、吴文英诸家,更是明确表示了对典雅格律一派的提倡①。这一点,在词史上也有着特别重要的意义。

南宋以来,词乐渐渐失传,原来的倚声填词,声既不存,标准也就缺失了,因而难免造成创作的紊乱。于是,明人开始特别重视词谱、词律之学,著名的,如张𬘡《诗馀图谱》、程明善《啸馀谱》等,即应运而生。《古今词统》是从词选的角度来面对这一问题的,选家所提出的学习对象,在格律方面是公认的严谨,因而理所当然地代表了他们所希望起到的示范作用。

周邦彦诸人的重律,可以从以下评论中看出:

> 周美成律最精审。(刘熙载《艺概》)②
>
> 旧有刊本《六十家词》,可歌可诵者,指不多屈。中间如秦少游、高竹屋、姜白石、史邦卿、吴梦窗,此数家格调不侔,句法挺异,俱能特立清新之意,删削靡曼之词,自成一家,各名于世。(张炎《词源》)③

---

① 关于南宋姜夔、史达祖、高观国、吴文英等人,学术界或称之为"风雅词派",如邓乔彬《论南宋风雅词派在词的美学进程中的意义》,载《华东师范大学学报》1984年第2期;或称之为"典雅词派",如刘少雄《南宋姜吴典雅词派相关词学论题之探讨》,台北:台湾大学出版委员会,1995。本文参考他们的意见,以"典雅格律"为之定义。
② 《词话丛编》,第3692页。
③ 《词话丛编》,第255页。

姜白石清劲知音。(沈义父《乐府指迷》)①

吴梦窗、史邦卿影响江湖,别成绚丽,特宜于酒楼歌馆,钉坐持杯,追拟周、秦,以缵东都盛事,于声律为当行。(沈曾植《海日楼丛钞》)②

卓人月等当然也注意到典雅格律一派的发展,所以,曾经引姜夔的话评论史达祖的词,史达祖《杏花天》(软波拖碧蒲芽短),《古今词统》评:"姜尧章云:史邦卿之词,奇秀清逸,有李长吉之韵,盖能融情景于一家,会句意于两得。"③这个评价,也是后来浙西词人喜欢使用的。

同时,《古今词统》的这个做法,在一定程度上也是对《草堂诗馀》的批评。《四库全书总目》之高观国《竹屋痴语》提要曾这样说:"词自鄱阳姜夔,句琢字炼,归于醇雅,而达祖、观国为之羽翼。故张炎谓数家格调不凡,句法挺异,俱能特立清新之意,删削靡曼之词。乃《草堂诗馀》于白石、梅溪则概未寓目,竹屋词亦止选其《玉蝴蝶》一阕。"④这段提要的前半段是复述汪森《词综序》的话,后半段批评《草堂诗馀》,则从朱彝尊《词综发凡》变化而来,但更具体,而其中所指出的《草堂诗馀》的缺陷,正好被《古今词统》弥补了。这个动向,对清初的词学建构是非常有意义的。

三、《古今词统》与清初词坛

《古今词统》于崇祯六年(1633)刊行之后,经历了一个接受过程,卓人月的弟弟卓回写于康熙十七年(1678)的《古今词汇缘起》有这样的

---

① 《词话丛编》,第 278 页。
② 《词话丛编》,第 3613 页。
③ 卓人月汇选、徐士俊参评《古今词统》卷七,第 249 页。
④ 永瑢等《四库全书总目》,北京:中华书局,1965,第 1820 页。

描述：

> 余兄《词统》一书，成于壬申（按即崇祯五年）、癸酉（按即崇祯六年）间，迄兹四十五载。其时制科，专尚文艺，守一经而研八股，未之或变。乃适当文风极盛之会，士之奇才博奥者，不尚拘挛，力摹周、秦、两汉、唐、宋大家之文，然售者百一。盖庸人司命，鲜不惊怪，斥之宜也。于是又降心而为肤浅腐臭，熨帖如题，父兄督其子弟，师徒相授，友朋相切磋，曰如此则售，不如此则不售，白首溺沉，而不之改习。诗古文若仇雠，况词乎？兄意独否，然当其时，犹齐庭之瑟也，赏音者或寡矣。方今词学大兴，识者奉为金科玉律。①

这段描述从一个方面指出明代词学凋敝之因，在于士人都将精力投入八股制艺，对文学颇为轻忽。四十五年之后往回看，除了赞叹其超前意识外，也指出了其影响。如果说卓回作为弟弟，其赞扬可能要打个折扣的话，丁澎的话就肯定是比较客观的了，在《正续花间集序》中，他说："珂月《词统》之选，海内咸宗其书，垂四十年，遂成卓氏之家学。"②二者合观，可

---

① 卓回《古今词汇二编》卷首，赵尊岳辑《明词汇刊》，上海：上海古籍出版社，1992，第1544页。其实，关于这个问题，是明清之际学者所普遍关心的，徐世溥《悦安轩诗馀序》也说："近者用制义取士，白首伏习章句，无暇及斯，而逸才淹滞宦途者，则又往往演古事稗说为大曲，被之歌舞，用以适意而取名，故诗馀之道微矣。"《倚声初集》前编卷二，《续修四库全书》第1729册，第181页）后来，万树在其《词律自叙》中也说："盖缘数百年来，士大夫辈帖括之外，惟事于诗，长短之音，多置弗论。"（上海：上海古籍出版社，1984，第5页）可见，明清之际总结词学衰敝的原因，往往从"一代文学"的角度立论，与唐诗的兴盛原因做比较。其实，若是说到大的传统，诗文都没有中断，真正中断的，主要是词。
② 丁澎《扶荔堂文集选》卷二，清康熙刻本。

以看出这部词选的影响,确实不小。比如,顺治末至康熙初刊刻的《倚声初集》,据其选者自序,即有承接《古今词统》的意思。编者曾经在该书的有关评语中盛赞史达祖咏物词,盛赞姜夔《暗香》、《疏影》,并将高观国、史达祖、姜夔放在一起予以表彰,这些都正是《古今词统》的思路,值得注意①。不过,实际来看,虽然《倚声初集》中也提出了一些新的词学观念,特别体现了晚明以来重情的趋向,但保存文献无疑是其主要目的之一②。而且,《倚声初集》主要选当代词,当然也无法体现完整的词史意识。

《古今词统》在清初影响最为深刻的,是其对南宋词的提倡。总的说来,这部选本重视南宋词似乎胜过北宋词,入选的两宋词人共有173位(不包括方外、女仙、女鬼、女妖等43人),其中北宋73人,南宋100人。以陈子龙为代表的云间词派论词宗唐五代北宋,陈子龙认为"自金陵二主以至靖康……,境由情生,辞随意启,天机偶发,元音自成,繁促之中尚存高浑,斯最为盛也。南渡以还,此声遂渺。"③宋徵璧也接着这个思路,说:"词至南宋而繁,亦至南宋而敝。"④云间后学甚至极言之,认为"五季犹有唐风,入宋便开元曲"⑤。云间词派推尊唐五代北宋在形式上的追求主要是小令,而《古今词统》在选篇上,小令部分比较多,共占了8卷,可是,对于晚唐五代以小令见长的温庭筠和韦庄、晏几道只分别选了16首和7首、12首,但一般说来更以长调见长的南宋辛弃疾、高观国、吴文

---

① 以上均见《倚声初集》王士禛评语,见拙著《清代词学的建构》,南京:江苏古籍出版社,1998,第285页。
② 参看拙作《选本:独特的批评方式》,见《清代词学的建构》。
③ 陈子龙《幽兰草序》,《云间三子新诗合稿·幽兰草·倡和诗馀》之《幽兰草》卷首,沈阳:辽宁教育出版社,2000,第1页。
④ 宋徵璧《论宋词》,《倚声初集》前编卷三"词话",《续修四库全书》第1729册,第180页。
⑤ 沈亿年《支机集·凡例》,蒋平阶等《支机集》卷首,清顺治九年(1652)刻本。

英,则分别选了 52 首、23 首、15 首。云间词派提倡学习唐五代北宋的小令,或许也是有感于此,希望能够正本清源。朱彝尊在这一点上倒是一定程度上和云间词派保持一致,曾经反复说:"小令宜师北宋,慢词宜师南宋。""予尝持论谓小令当法汴京以前,慢词则取诸南渡。""窃谓南唐北宋惟小令为工,若慢词至南宋而始极其变。"①但这只是就北宋部分而言的,在对待南宋的问题上,却又跳过了云间词派。

朱彝尊在其《词综发凡》中曾就《词综》之选,开列了 14 种所参考的前代词选,而以《古今词统》殿后。事实上,那些选本,多为一般汇辑,只有《古今词统》等数种,其推动词风性质的选家之心稍稍明显。所以,如果说,朱彝尊在从事《词综》之纂时,不仅从《古今词统》中选择了相关的材料,而且借鉴了其选词的思路,应该也是一个合理的推测(卓人月和徐士俊都是杭州人,即所谓乡贤,同为浙江人的朱彝尊受他们影响,也是很正常的②)。这个推测,可以《词综》的选录宗旨来加以说明。

在《词综发凡》中,朱彝尊提出了其著名的词学观:"世人言词,必称北宋,然词至南宋始极其工,至宋季而始极其变。"③这个"世人",显然主要是指云间词人及其相关的作家。在那种强势的情形中,朱氏此说,当

---

① 朱彝尊《鱼庄计词序》、《水村琴趣序》,《曝书亭集》卷四十,《四部丛刊初编》本;朱彝尊《书东田词卷后》,同前卷五十三。

② 朱彝尊非常有家乡观念,也连带着推及文学中。如在《孟彦林词序》中,他指出:"宋以词名家者,浙东西为多。"(《曝书亭集》卷四十,《四部丛刊初编》本)但他特别推重的姜夔、张炎、周密等人并不是浙江人,因此他也说:"(数人)咸非浙产,然言词者必称焉,……是则浙词之盛,亦由侨居者为之助,犹夫豫章诗派,不必皆江西人,亦取其同调焉尔。"(《鱼计庄词序》,同前)按关于张炎,朱彝尊在《鱼计庄词序》中说他"非浙产",可是在《孟彦林词序》中,又说他是"浙西最著者",显得自相矛盾。其实,张炎祖籍陕西凤翔,宋代南渡之后,定居浙江临安,这样看来,还是应该把张炎划入"浙人"的系列。

③ 朱彝尊《词综发凡》,朱彝尊、汪森编《词综》卷首,上海:上海古籍出版社,2005,第 10 页。

然要有着极大的勇气。然而,如果从渊源上来考察,则朱氏此说也并非平白无故地产生,这一思路应该和《古今词统》有一定的关系。如前所述,《古今词统》中所选宋代词人,居于前几位的分别是:辛弃疾141首,蒋捷50首,吴文英49首,苏轼47首,刘克庄46首,陆游45首,周邦彦43首,秦观38首,高观国34首,黄庭坚33首,史达祖30首。不妨和《词综》做一比较,《词综》入选20首以上的:周密54首,吴文英45首,张炎38首,周邦彦37首,辛弃疾35首,王沂孙31首,张先27首,史达祖26首,晏几道22首,姜夔22首,陈允平22首,欧阳修21首,柳永21首,毛滂21首,蒋捷21首,高观国20首,二者相比,确实体现出较为明显的一致性,即突出典雅格律一路风格,而《词综》在这方面的推重更为加强了。

典雅格律派从北宋的周邦彦发其源,至南宋,主要就是在姜夔、史达祖、高观国、吴文英等人身上体现出来,在这一点上,两部词选颇有可以互相印证之处。这里只是要说明两个问题。第一,《古今词统》只选了姜夔10首词,而《词综》则选了姜夔22首词。据朱彝尊《词综发凡》记载,"姜夔尧章氏最为杰出,惜乎《白石乐府》五卷,今仅存二十馀阕也。"所谓"二十馀阕",到底是多少?我们知道,《花草粹编》是《词综》的选源之一,其中有4首并未采入《词综》,从这个角度看,朱彝尊至少见过26首姜词;再进一步说,其实《中兴以来绝妙词选》也是其选源之一,而该选收录了姜夔词34首,所以,在朱彝尊选录《词综》的时候,他应该至少看到姜词34首,而不是20馀首。既然朱彝尊确实已经见到过《中兴以来绝妙词选》,为什么又在《词综发凡》中说只有20多首?这个矛盾,清人田同之就已经发现了,其《西圃词说》云:"姜夔尧章崛起南宋,最为高洁,所谓'如野云孤飞,去留无迹'者。惜乎《白石乐府》五卷,今已无传,惟《中兴绝妙词》,仅存二十馀阕耳。"[1]这一段撮述朱彝尊《词综发凡》和《黑蝶斋

---

[1] 田同之《西圃词说》,《词话丛编》,第1453页。

诗馀序》，但做了改动，这样，就显得朱彝尊没有矛盾了。不过，"二十馀阕"也可能是朱彝尊的笔误，实际上也许是"三十馀阕"，因为《词综》所选的姜夔词 22 首，除了见于《古今词统》的 10 首之外，其他均见于《中兴以来绝妙词选》，包括后来汪森补的一首，说明朱彝尊对《中兴以来绝妙词选》确实是熟悉的。至于卓氏，前面提到王士禛曾称赞其《古今词统》"稍撷诸家之胜"，这个"诸家"就包括《花庵词选》①。考虑到明代流行的《草堂诗馀》没有选入姜夔的词，《古今词统》中选入 10 首，也说明卓人月等确实已经对姜夔开始重视了，这应该对朱彝尊有所启发。在这个意义上，即使朱彝尊从传世的 34 首姜词中只选入了 22 首，也已是一个不小的数字。这也可以理解，因为在掌握资料的丰富性上，朱彝尊要胜过卓人月等②。第二，《词综》所收的周密、张炎、王沂孙诸位宋季重要词人，在《古今词统》中却不见踪影。这个问题似乎也可以在《词综发凡》中找到解释："周公谨、陈君衡、王圣与，集虽抄传，公谨赋《西湖十景》，当日属和者甚众，而今集无之。《花草粹编》载有君衡二词，陆辅之《词旨》载有圣与《霜天晓角》等调中语，均今集所无。至张叔夏词集，晋贤所购，合之牧仲员外、雪客上舍所抄，暨常熟吴氏《百家词》本，较对无异，以为完书。顷吴门钱进士宫声相遇都亭，谓家有藏本，乃陶南村手书，多至三百阕，则予所见，犹未及半。"③这段文字说明，如果在朱彝尊的时代，词的搜求都是那么困难，那么，退回去三四十年，卓人月等人当然就更困难了。所

---

① 南宋黄昇选有《唐宋诸贤绝妙词选》和《中兴以来绝妙词选》，明末毛晋汇刻《词苑英华》，将二书合在一起，称为《花庵绝妙词选》，后来就简称为《花庵词选》。
② 时人和后人对《词综》文献的丰富都多有称赞，如纳兰性德《与梁药亭书》："闻锡鬯所收词集凡百六十馀种，网罗之博，鉴别之精，真不易及。"（《通志堂集》卷十三，上海：上海古籍出版社，1979，第 533 页）王易《词曲史》："《词综》三十四卷，采摭极富，别择亦精；至辨订详核处，诸家选本皆所不及。"（北京：东方出版社，1996，第 381 页）
③ 朱彝尊《词综发凡》，《词综》卷首，第 10—11 页。

以，周、张、王这些如此重要的词人，《古今词统》竟然失收，最有可能的解释，就是选者未曾寓目，因为当时一些通行的选本并没有收录。这个推论还可以从卓回的《古今词汇缘起》得到证明，其中说到在建康，有朋友"出藏书数种，皆目不经见，且获蠹馀抄本，有碧山、草窗、玉田诸家……"①。这些"蠹馀抄本"，卓人月等人就很可能没有看到。比如，关于张炎词集的情况，李符《龚刻山中白云词序》这样写道："予曩客都亭，从宋员外牧仲借抄玉田词，仅一百五十三阕。越数年，复睹《山中白云》全卷，则吾乡朱检讨竹垞录钱编修庸亭所藏本也。累楮百翻，多至三百首。始识向购特半豹也。"②尽管如此，浙西词派的理论框架，如汪森所说："鄱阳姜夔出，句琢字炼，归于醇雅。于是史达祖、高观国羽翼之，张辑、吴文英师之于前，赵以夫、蒋捷、周密、陈允衡、王沂孙、张炎、张翥效之于后。"③这个思路，在《古今词统》中也能看出个大概。

《词综》和《古今词统》的关系其实还应该进一步挖掘。《古今词汇初编》(《古今词汇初编》刊刻时间为康熙十六年即1677年秋冬之间，次年《二编》、《三编》编定，又次年全集刻成)是卓人月的弟弟卓回和周在浚一起主其事的，其选录情况，除了辛弃疾以89首、苏轼以51首、周邦彦以45首、吴文英以39首分居前四名，蒋捷以30首，刘克庄以24首，陆游以22首分居第6、第8、第9名，体现出《古今词统》的影响之外，引人注目的是加入了周密，选词22首，与陆游并列第9名，张炎，选词21首，列第11名。朱彝尊在康熙九年(1670)编成了《词综》十八卷，至康熙十一年(1672)，增广为二十六卷。康熙十七年(1678)，汪森又增编了四卷，刊行于世。虽然《古今词汇初编》与《词综》几乎同一年刻成，但朱彝尊所倡导

---

① 赵尊岳辑《明词汇刊》，第1544页。
② 张炎著、吴则虞校辑《山中白云词·序录》，北京：中华书局，1983，第167页。
③ 汪森《词综序》，《词综》卷首，第1页。

的浙西词学是一个不断加强、不断明确的过程,同是浙江人的卓回受到影响,自然是题中应有之义。卓回《古今词汇缘起》曾经自述:"去秋复自家之江宁,雪客启藏书楼阁,检验宋元秘本,且丐贷于俞邠、瑶星、锡鬯诸子。"①这个"缘起"写于康熙十七年(1678),卓回在康熙十六年(1677)"丐贷于俞邠、瑶星、锡鬯诸子",虽然当时《词综》尚未刊刻,但卓无疑应该知道此事,同时,卓回也曾经承认,《古今词汇》主要是根据《古今词统》、《六十家宋词》和《花草粹编》等选本而成的,自认是"比于《花庵》似俊,比于《词统》略备"②,之所以"比于《词统》略备",除了收录了《古今词统》问世之后四五十年的作品外,应该和他从朱彝尊那里获得一些资源不无关系。因此,卓回将《古今词统》的思路与《词综》的思路加以综合,也是一件可能的事。那么,也就可以在一定程度上证明,《古今词统》和《词综》这两部相隔数十年的词选,确实有着某种共同性,因此才使卓回在一个共同系列中予以参照。汪森在《词综序》中曾经批评"世之论词者,惟《草堂》是规,白石、梅溪诸家,或未窥其集,辄高自矜诩。"③这个批评,显然不包括《古今词统》,因为《古今词统》中选姜夔、史达祖之作都算比较多,这也就证明了,《古今词统》确实是《词综》的重要资源。这里还可以提供一个证明。严沆写于康熙十四年(1675)的《见山亭古今词选序》曾经批评《草堂诗馀》"以尧章之词竟置不录",而认为《古今词统》是优劣参半:"珂月《词统》差为善本,然俚者犹未尽去。"④严沆是杭州人,年辈较高,在当时很有声望,对朱彝尊有知遇之恩,他对《草堂诗馀》的批

---

① 赵尊岳辑《明词汇刊》,第1543页。
② 卓回《古今词汇缘起》,赵尊岳辑《明词汇刊》,第1544页。
③ 汪森《词综序》,《词综》卷首,第1页。
④ 严沆《见山亭古今词选序》,见于陆次云、章甫《见山亭古今词选》卷首,清康熙十四年(1675)刻本。

评,与朱彝尊很相似,因此,有学者认为"《词综发凡》有可能参考了这篇序文"①。如果这个推论成立的话,则朱彝尊当然也知道严沆对《古今词统》的称赞,而后者正是开始较多选姜夔词作的。

当然,无论是宗旨的明确性,还是选源的丰富性,《古今词统》都无法望《词综》的项背。不过,资料只是一方面的问题,更重要的是观念。如同《古今词统》对前代诸词选"抄撮其胜",而有了自己的思路一样,《词综》把《古今词统》作为重要的参照之一,并纳入自己的阐释思路,也是毫不奇怪的。至于《词综》以人为序的排列方式,与《古今词统》等选本更是大有不同,柯崇朴在《词综后序》中曾经批评这一类的词选,云:"所患向来选本,或以调分,或以时类,往往杂乱无稽,凡名姓、里居、爵仕,彼此错见,后先之序,几于倒置。"②当然,《古今词统》所延续的这种选词方式,自有其动机和用意,但就生发词学观点来说,当然就不如《词综》那么直接明确了③。

四、馀论与结论

尽管《古今词统》对清初词学产生了一定的影响,但是,它出现的时期毕竟词坛还比较凋敝,词坛所面临的问题也相对比较简单,更主要的是,受到传世词学文献的限制,尽管编者对词史具有一定的大局观,也能提出一定的思路,仍然具有很大的局限性,表现得不够完善,无法完全满

---

① 于翠玲《朱彝尊〈词综〉研究》,北京:中华书局,2005,第50页。
② 柯崇朴《词综后序》,《词综》卷首,第3页。
③ 于翠玲指出:"《词综》的体例别具一格,有助于梳理词史,辨析唐五代及北宋、南宋词的发展演变轨迹。朱彝尊《词综发凡》所谓'世人言词,必称北宋。然词至南宋始极其工,至宋季而始极其变'的论断,正是以这种编纂体例以及文献考订作为坚实基础的。"于翠玲《朱彝尊〈词综〉研究》,第55—56页。

足后世词学建构中的针对性。所以，它对清代有关著作的影响，更多的是一种观念和思路、角度，深度上显然有所欠缺。

也因此，我们看到，尽管清初人对《古今词统》的编纂思路有所参考，在具体操作时，却还是根据自己的词学追求做了不少调整。试将《古今词统》与《词综》所选南宋姜夔一路的词予以比较，就可以看出，首先，大致的倾向是调整了调式的安排，原来比较均衡的选目，至朱彝尊之手，增加了长调的比例。大概卓人月等人虽然发现了这几个人的创作特色，但是，他们心中仍然有一个观念，即要全面展示创作成就，因而不免追求面面俱到，而朱彝尊接过了他们的思路，进行调整，即将慢词长调作为重要的宣传对象，因此也更加符合浙西词派的审美追求。第二，纳入名篇。分析《古今词统》，我们发现，有不少后世流传甚久的名篇，他们却没有选入，这除了可能是没有见到之外，也许更加反映出编者的审美眼光问题，所以，《词综》一书在词的经典化上，贡献不小。

至此，我们可以得出以下的认识：

第一，清词复兴是学术界公认的看法，但是，清朝承明朝而来，文学的脉络不会完全随着朝代的更替而断裂。到了明代，词确实有衰敝之势，不过明词发展之中，也会或多或少地体现出后来清词复兴的先机，对此，不能采取一刀切的方式，将明词和清词看作两个截然不同的部分。吴熊和在其《〈柳洲词选〉与柳洲词派》一文中就曾经指出："清词的兴盛当然有清初的特殊背景，但自天启、崇祯以来，词的复兴气候业已形成。清初的一些词派，其源流出于明末。"① 值得进一步提出的是，不仅是词派，清初，乃至整个清代的一些词学思想，也都可以在明代词学中找到根源。例如，清代中期以后的周济在其《宋四家词选》中"退苏进辛"，以至

---

① 吴熊和《吴熊和词学论集》，杭州：杭州大学出版社，1999，第371页。

于成为晚清热议的话题之一,其渊源,至少也可以追溯到明末的《古今词统》。

第二,前代文学中所进行的一些探索,很可能是偶然的,细微的,不成熟的,其中的闪光点可能若隐若现,这些,都需要后来者以敏锐的眼光予以发现,并成为进行文学变革的资源。《古今词统》的编者所做的探索,并不是所有的后来者都能认识清楚,只有朱彝尊这样具有强烈变革意识的批评家,才能具有超越时人的敏锐性。至于后来周济等人从中发展出来的思路,就更是具有包揽古今的眼光,其中的文学史意识,达到了相当的深度。在文学史发展的过程中,这样的现象应非偶然,笔者所进行的考察,当可为认识这种现象提供一定的借鉴。

第三,从《古今词统》到《词综》,可以看出一种特定的思路,即越来越明确地在词学中确定统序,这一点,是清词发展中的一个非常重要的特点,特别是清代词学流派兴盛,往往有非常系统的理论,而理论的展开,也与对前人的体认有关。在《古今词统》中,这种情况还不明显,但无疑也能对后世有所启发。《古今词统》的统序观念还不够明晰与自觉,其选词也难免芜杂,至朱彝尊则有了更为强烈地建立统序观的意识,选词也精审许多,这从一个角度体现出明末清初词坛寻求并建立统序观的认识过程,以及明清之际词学观念的演进。

第四,清代词学的发展具有强烈的批判精神,即使能够从前代词学中吸收资源,也会进行符合当代词学建构的调整或改革,这些,从《词综》借鉴《古今词统》的思路却又大规模地变换选篇,可以看得非常清楚。从这一点出发,清代的不同的词学群体就往往能够在异同之间找到非常坚实的立足点。

第二节　词曲之辨与资书为词
——李渔的词学批评及其时代

李渔是明清之际的重要文人。在创作上，他是多面手，其小说、戏曲方面的成就已经广为人知，而在传统文体如诗文词方面，也有一定的成就，特别对词的创作非常自负①。值得提出的是，李渔的创作是和其理论探索同步发展的。笔者拟就其词学理论略事探讨。

李渔的词论，主要收录在其词话《窥词管见》中。这部词话与其词集《耐歌词》一起刊行于康熙十七年（1678），两年后李渔即逝世，因此堪称他的晚年定论。关于李渔的词论，学术界已经有了一定的关注，如词的辨体、词的情景说、词的语言特征等，都有所探讨②，但对这些理论与时代的联系，特别是对其中所体现的批判精神，却思考不够。下面即从这个角度予以展开。

---

① 李渔《耐歌词》自序："今天下词人树帜，选本实繁，予既应坊人之求，有《名词选胜》一书梓以问世，不日成之矣。乃坊人又谓：近日词家，各有专集，莫不纸贵鸡林。子为当今柳七，曲弊歌儿之口，书饱文人之腹。所未公天下者，惟《花间》、《草堂》一派耳。盍倾囊授我，使得悬诸国门？"（《李渔全集》第 2 册，杭州：浙江古籍出版社，1992，第 378 页）这个"当今柳七"之称，看来李渔也非常认可，因此，在《满江红·读丁药园〈扶荔词〉，喜而寄此，勉以作剧》中，他就自述："傀儡词场，三十载、谬称柳七。"（《李渔全集》第 2 册，第 472 页）

② 相关文章如张晶《词的本体特征：李渔词论的焦点》，载《社会科学战线》1998 年第 6 期；邬国平《李渔对文学特性的认识——兼论〈窥词管见〉》，载《古代文学理论研究》第 14 辑，上海：上海古籍出版社，1989；武俊红《论李渔〈窥词管见〉》，载《邢台学院学报》2008 年第 6 期。

一、李渔的词学交游

李渔(1610—1680)名满天下,交游甚广,当代学者曾对此进行勾勒,得800馀人①,尽管还有不少缺漏,但已是一个很大的数字。核之《全清词·顺康卷》,这800馀人中不少都有作品传世,可据以思考他与当时词坛的关系。另外,如果从当时的词坛生态看,李渔无疑已是前辈。在同辈中,李渔较为年长,他所交往者,也有很多都是晚辈。这个特点,在一定程度上决定了他面对词坛发言时的姿态。

从空间来看,李渔的词学交游主要在三个地方展开。

第一是杭州。杭州是李渔的故乡,他对当地词坛关心并熟悉,原是题中应有之义。杭州在清代词学复兴中有着重要的地位,主导当时词风的西泠十子,有好几位与李渔交厚。如毛先舒(1620—1688),自顺治中两人在杭结识后,成为数十年的至交。毛氏常为李渔作品作评,曾誉其作品"墨舞笔歌,驱染千古"②。李渔则对其《韵学通指》、《东苑诗钞》诸作有所斟酌。再如丁澎(1622—1686),李渔早年在杭就和他结交,交情一直维持到晚年。康熙十七年(1678),就在李渔去世前的两年,丁澎为其《笠翁诗集》写序,对其一生创作进行了评说。李渔也视其为同道,赞赏有加。其《满江红·读丁药园〈扶荔词〉,喜而寄此,勉以作剧》有云:"魔数尽,真人出。旭轮上,灯光没。看词坛旗帜,立翻成赤。愧我妄持修月斧,惜君小用如椽笔。急编成、两部大宫商,分南北。"③还有杭州词坛上的其他代表词人,如胡介(1616—1664)和严沆(1617—1678)。前者

---

① 单锦珩《李渔交游考》,《李渔全集》第19册。
② 毛先舒《寄李笠翁书》,《潠书》卷七,《四库全书存目丛书·集部》第210册,第742页。
③ 《李渔全集》第2册,第472页。

曾为李渔的《奈何天》作序,为《论古》、《诗集》作评,后者曾为李渔诗文写眉评,李渔都有诗文酬答。当然,除了杭州,浙江其他地方的词人也与李渔有交游,如康熙间拔贡、武义人朱慎,李渔有《复朱其恭书》,云:"屡亵如椽,为拙稿文其固陋,辱此荣彼,情何以堪?"①可见朱慎曾为其作品作评。朱慎《浮园诗集》后附有《菊山词》,卷首署"湖上李渔笠翁鉴定,新安张潮山来参订"。可见李渔对时人词创作的关注。

第二是扬州。李渔长期生活在金陵②,由于距离扬州较近,所以和扬州词坛的关系非常密切。扬州一地在清初的文学发展中非常重要,这里由于王士禛的到来,曾经出现了词学上非常兴盛的局面。邹祗谟和王士禛一起编纂《倚声初集》,孙默刊刻《国朝名家诗馀》,都大大推动了词学的发展。李渔在扬州,与不少重要词人都有交往。仅以被孙默收入《国朝名家诗馀》的词人而言,就有吴伟业(1609—1671)、龚鼎孳(1615—1673)、曹尔堪(1617—1679)、尤侗(1618—1704)、宗元鼎(1620—1698)、王士禄(1626—1673)、董以宁(1629—1670)、王士禛(1634—1711)等。吴伟业是当时的词坛名宿,他曾为李渔的《闲情偶寄》、《论古》及诗文集作评,推崇李渔的《与王汤谷直指》:"直指爱才之切,笠翁竖品之高,两足千古。"③尤侗曾为李渔《闲情偶寄》、《论古》和《名词选胜》作序,二人并多有书信来往,诗词唱和。宗元鼎曾为李渔词作评。王士禄曾为李渔《资治新书》作序。王士禛则曾将自己的著作赠给李渔,李渔《复王阮亭司李》书云:"不谓今日识荆州,果封万户侯也。尊稿四册俱领到,容以微

---

① 《李渔全集》第1册,第217页。
② 康熙十六年(1677)李渔从金陵搬回杭州时,曾有《上都门故人述旧状书》,自述"住金陵二十载"。《李渔全集》第1册,第225页。
③ 李渔《与王汤谷直指》吴伟业批语,《李渔全集》第1册,第159页。

露盥手而读之。"①对于扬州词坛起到重大作用的孙默,也是李渔的朋友,李渔有两首词是赠孙默的,分别是《玉楼春·题孙无言半瓢居》和《风入松·寿孙无言六十》②。

第三是北京。自清兵入关,形势底定以来,不少词人往来于北京,形成了一个创作中心,一定程度上引领了词风。李渔在北京交往的重要词人,首推龚鼎孳。虽然从传统意义上看,龚氏臣节不终,但是,他在当时有非常大的影响力,身边聚集着一批词人,在京师词坛起着重要的"推毂"作用。李渔在康熙五年(1666)入京时始谒龚鼎孳,其后,书信诗文,多有往来,其《闲情偶寄》写成后,曾请龚为之作序。龚鼎孳还一度拟购江宁市隐园,希望与李渔结邻而居,因此请李渔为之设计。可见二人交情非同一般。还有一位值得特别提出的词人是周亮工(1612—1672)。周氏在北京居住时间甚长,与李渔时有来往,他的儿子周在浚曾为李渔的《耐歌词》写过眉评。周在浚在北京词坛上最重要的一件事,就是组织了"秋水轩唱和",抒发了当时文人的普遍心声,并引起大江南北的广泛唱和。"秋水轩唱和"的首唱者曹尔堪也是李渔的朋友,曾为李渔的《闲情偶寄》和相关诗文作评。

这三个地方,前二者是时人心目中的"诗馀之地"③,后者作为京师,则在很大程度上引领着当时词坛的创作风气。如果对这三个地方的词

---

① 按吴仰贤《小匏庵诗话》卷三云:"李笠翁以江湖浪子,挟其笔墨小技,奔走公卿间,常与王渔洋竿牍往还,而《感旧集》中不录一诗,殆亦薄其人而摈之耳。"(《续修四库全书》第1707册,第23页)《感旧集》中不录一诗,不一定就不好,可能是有其自己的标准,吴氏所言,亦猜测之词。
② 《李渔全集》第2册,第438页,第466页。
③ 尤侗《彭骏孙延露词序》,《西堂杂组》二集卷二。又尤侗《问鹂词序》:"西湖固词人胜地也。"《西堂杂组》三集卷三。分别见《续修四库全书》第1406册,第304页,第417页。

学生态熟悉,则天下大势也就差不多了然于心了。当然,李渔的交游肯定远远超过这三个地方,如无锡人顾贞观,当时与纳兰性德、曹贞吉号称"京华三绝",也与李渔一直保持着联系。一直到康熙十六年(1677)李渔六十七岁,还与顾贞观等一起听曲看戏①,交流心得②。李渔曾编有《名词选胜》一书,认为"自有词之体制以来,未有盛于今日者"③,指出:"十年以来,名稿山积,缮本川流,坊贾之捷于居奇者,欲以陶朱、猗顿之合谋,举而属诸湖上翁一人之手。"④这也可以证明,李渔得到当时词坛的信赖。而且,在这个过程中,李渔也并不是被动的,他曾给徐釚写信索要龚鼎孳词集:"弟《词选》不久告成,闻龚宗伯全稿托吾兄授梓,何不惠弟一册以备选?"⑤可见他应时有征稿之事。《名词选胜》一书编定于康熙十七年(1678),可以视为李渔的晚年论定。所以,完全可以认为,作为一个参与者和见证人,他有可能也有资格对当时的词学发表意见。

二、词曲之辨与创作风气

在文学发展的过程中,随着文体越来越丰富,辨体的意识也越来越

---

① 李渔有一诗题为《秋日同于胜斯郡司马、顾梁汾典籍、高凤翥邑侯集何紫雯使君署中,听新到梨园度曲》,《李渔全集》第 2 册,第 235 页。
② 李渔《与韩子蘧》:"昨梁老(顾贞观)向弟云,迩来多恶抱,昨得快书一种,才读数卷,不觉沉郁顿开。弟问何书?答曰:即尊著《闲情偶寄》也。弟问何处购来,答曰:穷途焉得买书钱?不过向书船借读耳。"《李渔全集》第 1 册,第 219—220 页。
③ 李渔《名词选胜序》,《李渔全集》第 1 册,第 35 页。按李渔对清初的词体创作评价很高,虽然明知两宋的词体创作有很大成就,但在这篇序中,他仍然指出:"虽曰词始于唐而盛于宋,然唐宋之工此者,自屯田、眉山、淮海、清照、稼轩而外,指不数屈。"隐然有抬高当时词坛的意思。
④ 《李渔全集》第 1 册,第 35 页。
⑤ 李渔《与徐电发》,《李渔全集》第 1 册,第 214 页。按在李渔之前,明代王骥德《曲律》卷三《曲论·杂记》下已经指出:"词之异于诗也,曲之异于词也,道迥不牟也。"可见,自从明代以来,人们就非常关注这个问题,李渔也加入了这个潮流。见《中国古典戏曲论著集成》第 4 册,北京:中国戏剧出版社,1959,第 159 页。

明确。元代戏曲盛行,散曲创作非常繁荣,当时已经有人从一代有一代之文学的角度,突出曲的地位,实际上就是一种侧面的辨体。沿至明代,辨体意识更加明显,吴讷的《文章辨体》和徐师曾的《文体明辨》作为明代前期和后期出现的两部具有一定规模的诗文选集,其所划分的文章体裁种类繁多,复杂细密,代表着明人在辨体理论方面所达到的高度。

在这样的大背景中,词曲之辨的命题也就顺理成章地被提了出来。事实上,在清代初年词学复兴的过程中,这可以作为一个重要的信号,因为清代初年对明词衰落所进行的反思之中,"近曲"正是最重要的因素之一。

在清代初年众多的词曲之辨中,李渔的看法比较集中,也比较突出。除了他本身对文学史走向的思考之外,也和他本身兼擅词曲,因而能够以自己创作的甘苦,很好地区别二者的不同,有重要的关系。

在《窥词管见》中,李渔开宗明义即指出:

> 作词之难,难于上不似诗,下不类曲,不淄不磷,立于二者之中。大约空疏者作词,无意肖曲,而不觉仿佛乎曲。有学问人作词,尽力避诗,而究竟不离于诗。一则苦于习久难变,一则迫于舍此实无也。欲为天下词人去此二弊,当令浅者深之,高者下之,一俯一仰,而处于才不才之间,词之三昧得矣。①

将诗、词、曲分成不同的等级,是很早以前就形成的观念。从宋代苏轼以来词的革新实践来看,人们普遍认为,下位可以向上位倾斜,而上位不可以沾染下位。具体来说,以诗为词虽然被陈师道批评,也被李清照指责,但这实在是一种历史的趋势,因此,尽管从辨体理论来看,还是要

---

① 唐圭璋编《词话丛编》,北京:中华书局,1986,第 549 页。

不断提及诗词之别,但在理论家那里,真正受到重视的,其实是词曲之辨,尤其是,在清初人看来,词混于曲,是明词不振的重要原因,要使清词复兴,这是一条重要的途径。因此,李渔的重点,是在词曲之辨,而不是诗词之辨①。

所以,在建立了总体观念之后,他马上就把论述集中到词曲之辨中,而对如何辨体,则提出了"腔调"说:"诗有诗之腔调,曲有曲之腔调,诗之腔调宜古雅,曲之腔调宜近俗,词之腔调,则在雅俗相和之间。如畏摹腔炼吻之法难,请从字句入手。"至于具体做法,他认为,应该"取曲中常用之字,习见之句,去其甚俗,而存其稍雅,又不数见于诗者,入于诸调之中,则是俨然一词,而非诗矣"②。虽然仍谈到诗、词、曲的关系,第一步却是对曲中的常见之字和习见之句的鉴别,因而操作方法非常具体:

> 词既求别于诗,又务肖曲中腔调,是曲不招我,而我自往就,求为不类,其可得乎。曰,不然,当其摹腔炼吻之时,原未尝撇却词字,求其相似,又防其太似,所谓存稍雅,而去甚俗,正谓此也。有同一字义,而可词可曲者。有止宜在曲,断断不可混用于词者。试举一二言之。如闺人口中之自呼为妾,呼婿为

---

① 按前面曾提到,王骥德在其《曲律》中提出了诗、词、曲的辨体问题,对于曲来说,"诗人而以诗为曲也,文人而以词为曲也,误矣,必不可言曲也。"可是,紧接着他又指出:"宛陵以词为曲,才情绮合,故是文人丽裁。"可见从上位到下位,还是可以接受的。事实上,后来的词学批评家也都认可,词中可以出现诗语,而不可出现曲语,如陈廷焯《白雨斋词话》卷五:"昔人谓诗中不可着一词语,词中亦不可着一诗语,其间界若鸿沟。余谓诗中不可作词语,信然;若词中偶作诗语,奚何害其为大雅?"又:"诗中不可作词语,词中不妨有诗语,而断不可作一曲语。温、韦、姜、史复起,不能易吾言也。"(《词话丛编》,第3904页)李渔集中批评从下位到上位的弊病,是这个过程中重要的一环。

② 李渔《窥词管见》,《词话丛编》,第549—550页。

郎,此可词可曲之称也。若稍异其文,而自呼为奴家,呼婿为夫君,则止宜在曲,断断不可混用于词矣。如称彼此二处为这厢、那厢,此可词可曲之文也。若略换一字,为这里、那里,亦止宜在曲,断断不可混用于词矣。大率如尔我之称者,奴字、你字,不宜多用。呼物之名者,猫儿、狗儿诸儿字,不宜多用。用作尾句者,罢了,来了,诸了字,不宜多用。诸如此类,实难枚举,仅可举一概百。近见名人词刻中,犯此等微疵者不少,皆以未经提破耳。一字一句之微,即是词曲分歧之界,此就浅者而言。至论神情气度,则纸上之忧乐笑啼,与场上之悲欢离合,亦有似同而实别,可意会而不可言诠者。慧业之人,自能默探其秘。①

在清代初年的词学建构中,这样具体从语言上进行的论述,李渔并不是特例,但说得如此细致,倒是非常独特。李渔曾经自述撰写《窥词管见》是欲以金针度人:"予自总角时学填词,于今老矣,颇得一二简便之方,谓以公诸当世。"②如此长期的浸染,当然对前代词和当代词都有较为深入的了解。这个判断既是他作为一个词曲兼擅的作家的体会,也是一个历史的描述。他所举的一些常出现在曲中,而在词中应该避免或少用的例子,如"奴家"、"夫君"、"这里"、"那里"、"奴"、"你"、"猫儿"、"狗儿"、"来了"、"罢了"等,检《全宋词》,除"狗儿"一词未见外,其他都曾使用,只是频率各有不同。如"奴家"1见,"夫君"9见,"这里"13见,"那里"26见,"来了"16见,"罢了"3见。这说明,他是以自己对历史的认识来发言的。带着这个眼光审查当时的词坛,他就能发现不少问题,上引

---

① 李渔《窥词管见》,《词话丛编》,第550页。
② 李渔《窥词管见》,《词话丛编》,第555页。

词话中说"近见名人词刻中,犯此等微疵者不少",并非无的放矢。以下从《全清词·顺康卷》中各举二例说明:

用"夫君"例:

传语夫君。粉污榴笺休示人。
——邓汉仪《减字木兰花·读忆蕙轩词稿,奉赠汤夫人莱生四阕》之二①

夫君何处秦楼暖,抱温柔、脂香眉翠。
——陈祚明《疏帘淡月·闺思》②

用"这里"例:

到这里,却青蝇罢吊,白草成窝。
——金堡《沁园春·题骷髅图。梅花道人曾有此作,见其浅陋,乃为别之,得七首》之七③

这里一双泪。却愁湿、那厢儿被。
——彭孙贻《寻芳草·和稼轩嘲人忆内韵》④

用"那里"例:

---

① 南京大学中文系《全清词》编纂研究室编《全清词·顺康卷》,北京:中华书局,2002,第1457页。
② 《全清词·顺康卷》,第3466页。
③ 《全清词·顺康卷》,第991页。
④ 《全清词·顺康卷》,第1062页。

早哩做梦里,梦又不知那里,只恐梦儿也非旧。

——彭孙贻《归田乐·次山谷韵》之二①

问愁何物,记当初、那里和伊相识。

——林云铭《念奴娇·愁味》②

用"狗儿"例:

休管谁家龙凤,不若狗儿吹笛,伴取胆娘歌。

——陈维崧《水调歌头·初夏吴门舟次,董樗亭、钱葆馚留饮,顾梁汾适至,即席分赋》③

只斟时,狗儿扺笛,倚胆娘、歌罢且开怀。

——陈枋《八声甘州·酿酒》④

用"猫儿"例:

飞过鸭子,更何须、斩却猫儿。

——何采《新荷叶·蔡莲西四月九日初度,莲西学佛,因拈佛语》⑤

重诉祷、又是猫儿竟。

——张潮《拜星月慢·本意》⑥

---

① 《全清词·顺康卷》,第 1069 页。
② 《全清词·顺康卷》,第 2974 页。
③ 《全清词·顺康卷》,第 4059 页。
④ 《全清词·顺康卷》,第 8523 页。
⑤ 《全清词·顺康卷》,第 4662 页。
⑥ 《全清词·顺康卷》,第 8837 页。

用"罢了"例:

罢了。罢了。粗服乱头都好。

——尤侗《如梦令·春梦》①

南华读罢了,又去读离骚。

——赵世钺《临江仙·郊居即事》②

用"来了"例:

高兴争春,一队红妆来了。

——陆求可《斗百花·杏》③

灯来了。柳边有只船儿小。

——张圯授《忆秦娥·柳舟纪遇》④

从以上这些例子来看,作者中确实有比较知名的词坛人士,足见李渔具有针对词坛的批评意识,因而也具有转变词风的动机。

三、对于资书为词的前瞻性

李渔的年辈较高,交游亦广,他对当时的词坛非常熟悉,因而能够从自己的理念出发,指出清初词学发展中的一些问题。难能可贵的是,他不仅能够看到已经存在的问题,而且还能以其对文体的敏感,发现一些

---

① 《全清词·顺康卷》,第 1508 页。
② 《全清词·顺康卷》,第 9637 页。
③ 《全清词·顺康卷》,第 1432 页。
④ 《全清词·顺康卷》,第 2510 页。

已经露出萌芽、关涉词坛走向的问题。

李渔在论述清初词时,讲过这样一段话:

> 人皆谓眼前事,口头语,都被前人说尽,焉能复有遗漏者。予独谓遗漏者多,说过者少。唐宋及明初诸贤,既是前人,吾不复道。只据眼前词客论之,如董文友、王西樵、王阮亭、曹顾庵、丁药园、尤悔庵、吴薗次、何醒斋、毛稚黄、陈其年、宋荔裳、彭羡门诸君集中,言人所未言,而又不出寻常见闻之外者,不知凡几。①

将这段论述与其交游诸人互参,可以见出,李渔所涉及的重要的词人、创作群体或流派,覆盖面非常大,诸如西泠词人群、扬州词人群、京师词人群,还有阳羡词派,都包括进去了。非常奇怪的是,他是浙江人,却对在康熙年间逐渐兴起的浙西词派比较忽略,他的"眼前词客",并不包括朱彝尊及其群体。单锦珩《李渔年谱》康熙十八年(1679)条,曾说朱彝尊是李渔的友人,但未出证据。单氏的《李渔交游考》有"李渔在各地组稿的作者"一类,内有朱彝尊之名,但列在《四六初征》一书中。这种组稿,恐怕不一定是由于交情,而且,将朱彝尊视为擅长四六的作者,也在一定程度上表明了当时李渔对朱彝尊的认识。

朱彝尊(1629—1709)比李渔小了接近 20 岁,谊属晚辈,不过,他的《静志居琴趣》编定在康熙六年(1667),《江湖载酒集》编定在康熙十一年(1672),这两个集子都使得他名声大振,作为大同乡,李渔应有所了解。况且,李渔长期生活在金陵,扬州是他常去之地。康熙三年(1664),朱彝

---

① 李渔《窥词管见》,《词话丛编》,第 552 页。

尊曾在扬州盘桓了一段时间，四处拜访文坛名流，当时，李渔正在金陵，是否也到过扬州，暂无证据，但以他对扬州词坛的了解和交往，肯定知之甚稔。另外，康熙间京城的文人活动频繁，朱彝尊及其他浙西词人已逐渐为人所知，这从下面的几条记载中可以看得很清楚：

《朱竹垞先生年谱》康熙十年（1671）："正月游西山，携同里李良年、吴江潘耒、上海蔡湘白，自人日己未迄于壬戌，凡四日，题诗于壁，传抄者不绝，一时朝士争投缟纻，每招客，辄询坐中有朱李否。"①

朱彝尊《征士李行状》："复入都，偕游西山，题诗于壁，传抄者不绝。一时朝士争欲识吾两人，每召客，辄询坐中有朱李否。"②

陆锡熊《竹涛蔡先生遗集序》："国朝当康熙初，文教大兴，一二宗工宿老以风雅倡导于上，于是海内鸿儒硕士怀瑰抱璧，咸集于京师。时则有若秀水朱竹垞、嘉兴李武曾、吴江潘稼堂诸公，以沉博绝丽之才雄视坛坫，文场酒社，交唱叠和，翰墨流传，极一时之盛。"③

是则在康熙十年（1671）前后，朱彝尊、李良年（1635—1694）这些浙西词人就已经有很大的名气了。《窥词管见》作于李渔的晚年，以他一直都密切地关注着词坛的发展趋势的情形，在讲说知名的"眼前词客"时，却基本上没有提及浙西词人群体，这是一个饶有趣味的问题。

在我看来，李渔可能对当时逐渐兴起的浙西词派持一种观望的态

---

① 杨谦《朱竹垞先生年谱》，《曝书亭集诗注》卷首，清刻本。
② 朱彝尊《征士李君行状》，《曝书亭集》卷八十，《四部丛刊初编》本。
③ 王昶《湖海文传》卷三十一，《续修四库全书》第1668册，第671页。

度,对其中的某些发展中的倾向,甚至带有一定的警惕。这从下面一段话中可以看出来:

> 词之最忌者有道学气,有书本气,有禅和子气。吾观近日之词,禅和子气绝无,道学气亦少,所不能尽除者,惟书本气耳。每见有一首长调中,用古事以百纪,填古人姓名以十纪者,即中调小令,亦未尝肯放过古事,饶过古人。岂算博士、点鬼簿之二说,独非古人古事乎?何记诸书最熟,而独忘此二事,忽此二人也?若谓读书人作词,自然不离本色,然则唐宋明初诸才人,亦尝无书不读,而求其所读之书于词内,则又一字全无也。文贵高洁,诗尚清真,况于词乎!作词之料,不过情景二字,非对眼前写景,即据心上说情,说得情出,写得景明,即是好词。情景都是现在事,舍现在不求,而求诸千里之外,百世之上,是舍易求难,路头先左,安得复有好词。①

他说当时词坛绝无"禅和子气","道学气"也少,恐怕并不是一个准确的判断②,这一类问题此处暂不涉及。不过,他提出作词忌有书本气,可能倒是有感而发。

　　唐宋词学发展到辛弃疾,开辟了一个新境界,但是,辛弃疾创作

---

① 李渔《窥词管见》,《词话丛编》,第553—554页。
② 事实上,明清之际的词坛经常有写佛道禅语的,如何采《新荷叶·蔡莲西四月九日初度,莲西学佛,因拈佛语》:"千百年前,降生昨日牟尼。弄出神通,指天指地何为。百千载后,后一朝、又降莲西。昙衣慧钵,换来陶酒欧棋。　乾达婆提。黑风鬼国时吹。热恼饥虚,只供拍板门槌。飞过鸭子,更何须、斩却猫儿。无众生相,众生忏悔皈依。"(《全清词·顺康卷》,第4662页)至于当时许多僧人写的词,就更能表达这个特色。

中"掉书袋"的现象,也颇资非议。明清之际,云间词派提倡晚唐五代,在体格上以小令为主,这决定了其抒发性灵的主要倾向。其后,长调渐渐得到重视,尤其是在一段时间里,学稼轩之风甚盛,诸种因素的作用下,资书为词的现象就开始出现了,发展到浙西词派,更进入一个新阶段。

以浙西词人为代表的一些作家,在创作时,涉及某些题材,尤其是咏物词,往往喜欢卖弄学问,堆砌典故。这比较明显地表现在朱彝尊身上。朱彝尊《茶烟阁体物集》是专收咏物之作的词集,前人评价往往不高,如陈世宜《旧时月色斋词谭》云:"咏物词亦非不可作,然须以我为主,不以物为主。而时序之感,身世之悲,家国之事,一以寄之,则不为物所束缚,方免于呆板之弊。彼《茶烟阁体物集》,全掉书袋,直獭祭耳!"[①]对此似也不能一概而论,我以前曾经指出,朱氏有的咏物词虽用典,但也还并不掩盖性灵[②],但不可否认的是,这个集子里的不少作品确有掉书袋之嫌。《茶烟阁体物集》的刊行已在李渔逝世之后,但是,其中相当的部分都是康熙十九年(1680)之前写的,而且已经借助某些选本刊印行世。如《钗头凤·藏钩》,见于陈维崧、吴逢原、吴真嵩、潘眉的《今词苑》[康熙十年(1671)]。《玉楼春·柳》、《红情·红豆》、《满江红·塞上咏苇》、《临江仙·枯荷》、《琵琶仙·秋日桑干河见双白燕》、《摸鱼儿·鸭》,见于顾贞观、纳兰性德的《今词初集》[康熙十六年(1677)]。无论是从这两部词选本身的影响力来看,还是从李渔和编者的关系来看,他都一定是读过这些词的。至于《茶烟阁体物集》中还有许多大量用典,而且生怕别人不

[①] 转引自屈兴国、袁李来点校《朱彝尊词集》附录,杭州:浙江古籍出版社,1994,第531页。

[②] 见拙作《〈今词初集〉与清初词坛》,见《清词探微》,上海:上海古籍出版社,2008。

懂,特别喜欢加上注释的词,则暂时还不好确认写于何时①。不过,作为整体风格的延续,李渔当然也应该了解这种趋势。

李渔论词,一向主张性灵,即使所谓新,他也认为应该在耳目之间寻找,不能刻意去做:"文字莫不贵新,而词为尤甚。不新可以不作,意新为上,语新次之,字句之新又次之。所谓意新者,非于寻常闻见之外,别有所闻所见,而后谓之新也。即在饮食居处之内,布帛菽粟之间,尽有事之极奇,情之极艳。询诸耳目,则为习见习闻;考诸诗词,实为罕听罕睹。以此为新,方是词内之新,非《齐谐》志怪、《南华》志诞之所谓新也。"②进而,他就认为应该易懂:"一气如话四字,前辈以之赞诗,予谓各种之词,无一不当如是。如是即为好文词,不则好到绝顶处,亦是散金碎玉,此为一气而言也。如话之说,即谓使人易解,是以白香山之妙论,约为二字而出之者。千古好文章,总是说话,只多者也之乎数字耳。作词之家,当以一气如话一语,认为四字金丹。一气则少隔绝之痕,如话则无隐晦之弊。"③所以,"情景都是现在事,舍现在不求,而求诸千里之外,百世之上,是舍易求难,路头先左,安得复有好词。"④从这个意义看,他对浙西词派所表现出来的一种注重学问的倾向,应该是有所不满的。如果这个看法能够成立,就可以看出,李渔实具有非常敏锐的学术触觉。追随朱彝尊的浙西后学,一直到乾隆年间的厉鹗等人,在词中注入学问的风气越来越甚,厉鹗在谈论自己的咏猫之作《雪狮儿》时,就上溯至朱彝尊等:

---

① 如朱彝尊《沁园春》十二首咏艳之词,就每自为注释。这十二首都见收于蒋景祁的《瑶华集》,该集康熙二十五年(1686)编定,次年刊刻。虽然已在李渔卒后数年,但朱彝尊的创作时间应该略早,是则也不能排除李渔读过这些作品的可能。
② 李渔《窥词管见》,《词话丛编》,第 551—552 页。
③ 李渔《窥词管见》,《词话丛编》,第 555 页。
④ 李渔《窥词管见》,《词话丛编》,第 554 页。

"华亭钱葆馚以此调咏猫,竹垞翁属和得三阕,征事无一同者。予与吴绣谷约,戏效其体,凡二家所有,勿重引焉。"①以至于引起后来学者的极大不满,如谢章铤就说:"宋人咏物,高者摹神,次者赋形,而题中有寄托,题外有感慨,虽词,实无愧于六义焉。至国朝小长芦出,始创为征典之作,继之者樊榭山房。长芦腹笥浩博,樊榭又熟于说部,无处展布,借此以抒其丛杂。然实一时游戏,不足为标准也,乃后人必群然效之。"②明乎此,就不能不赞赏李渔的先见之明。

可以为上述论断加一注脚的,是李渔和顾贞观关系较好,而顾贞观与朱彝尊有一次著名的对词学上师法南宋和师法北宋的争论,见朱彝尊《水村琴趣序》:"予尝持论,谓小令当法汴京以前,慢词则取诸南渡,锡山顾典籍不以为然也。"③以李渔和顾贞观的交情,他当然清楚此事。因此,这就很可能导致他的论述中表现出了价值判断。而且,李渔所编纂的《名词选胜》,有其特定的思考,就是"以平淡为宗"④,这一主张,总的来说,也与朱彝尊有所不合。

四、李渔词学批评的思想资源

李渔词学思想的这两个方面,虽然是针对词的创作,但系统地看,也和他的整体文学思想有关。

第一,李渔有着一代有一代之文学的思想。从元代开始,一代有一代之文学的观念就开始出现了,出发点是对于曲的肯定。如虞集说:"一代之兴,必有一代之绝艺足称于后世者。汉之文章,唐之律诗,宋之道

---

① 厉鹗《樊榭山房集》卷九,上海:上海古籍出版社,1992,第677页。
② 谢章铤《赌棋山庄词话续编》卷五,《词话丛编》,第3443页。
③ 朱彝尊《曝书亭集》卷四十,《四部丛刊初编》本。
④ 徐钪《菊庄词话》:"湖上笠翁曰:仆方撰《名词类纂》、《名词选胜》二书,皆以平淡为宗。"转引自单锦珩《李渔年谱》康熙十七年(1678)条,《李渔全集》第19册,第123页。

学,国朝之乐府,亦开于气数音律之盛。"①罗宗信也指出:"世之共称唐诗、宋词、大元乐府,诚哉!"②李渔在讨论问题时也是这一思路,不过,如同人们往往对一代文学之具体名目的看法多有异同一样,李渔也有自己的看法。在《名词选胜序》中,他说:"文章者,心之花也。……花之种类不一,而其盛也,亦各以时。时即运也。桃李之运在春,芙蕖之运在夏,梅菊之运在秋冬。文之运也亦然。经莫盛于上古,是上古为六经之运;史莫盛于汉,是汉为史之运;诗莫盛于唐,是唐为诗之运;曲莫盛于元,是元为曲之运。"③在这一段文字中,他提到了唐诗和元曲,认为是一代之代表性文学,但没有提宋代的代表性文体是什么。这一疏忽,他在另外一个地方予以弥补了。他说:"历朝文字之盛,其名各有所归。汉史、唐诗、宋文、元曲,此世人口头语也。"④他说是世人的口头语,不知到底有多大的代表性,但至少他本人是认可的。将后世一般认同的以宋词作为一代之代表文学换成宋文,代表了李渔对词曲关系的认识。李渔认为:"自有词之体制以来,未有盛于今日者。"⑤也就是说,清词的成就,应该大于宋词。正是在这种思想指导下,他将文体的代兴,直通到清词。而清词若要体现出其特色,由于它是在曲之后兴盛的,因此就必须通过辨体,对曲有所回避,这是清词要成为一代文学的重要因素之一。当然,李渔是非常推崇元曲的,他说:"元有天下,非特政刑礼乐一无可宗,即语言文学之末,图书翰墨之微,亦少概见。使非崇尚词曲,得《琵琶》、《西厢》以及《元人百种》诸书传于后代,则当日之元,亦与五代、金、辽同其泯灭,

---

① 孔齐《至正直记》卷三,上海:上海古籍出版社,1987,第96页。
② 罗宗信《中原音韵序》,周德清《中原音韵》卷首,《中国古典戏曲论著集成》第1册,北京:中国戏剧出版社,1959,第177页。
③ 《李渔全集》第1册,第34页。
④ 李渔《闲情偶寄·词曲·结构》,《李渔全集》第3册,第2页。
⑤ 李渔《名词选胜序》,《李渔全集》第1册,第35页。

焉能附三朝骥尾，而挂学士文人之齿颊哉？此帝王国事，以填词而得名者也。"①但正因为元曲好，所以，清人作词，才应该有所回避，进而体现出自己的特色②。这正是李渔的思路。

第二，李渔论及各种文体，都以"性灵"为要："诗词歌赋以及举子业，无一不有务头矣。人亦照谱按格，发舒性灵，求为一代之传书而已矣。"③太过书本气，当然会滞碍性灵，李渔推崇元曲、批评后人之曲，就是从这个角度立论的："凡读传奇而有令人费解，或初阅不见其佳，深思而后得其意之所在者，便非绝妙好词，不问而知为今曲，非元曲也。元人非不读书，而所制之曲，绝无一毫书本气，以其有书而不用，非当用而无书也，后人之曲则满纸皆书矣。元人非不深心，而所填之词，皆觉过于浅近，以其深而出之以浅，非借浅以文其不深也，后人之词则心口皆深矣。"④李渔对元曲的这个看法，当然也是其来有自。比如元代的乔吉就提出作曲之法"尤贵在首尾贯穿，意思清新"⑤，这个"意思清新"，就是提倡自写其意，不要人云亦云。而明代曲学的核心概念之一，就是"本色"⑥，如王骥德即说："作戏剧亦须令老妪解，方入众耳，此即本色之说也。"⑦将

---

① 李渔《闲情偶寄·词曲·结构》，《李渔全集》第 3 册，第 2 页。
② 关于词和曲的关系，李渔提出了辨体之说，反映了清代初年的普遍意识，但是，这只是问题的一个方面，如果从创作方法来看，则他也认为同为长短句的词曲应该有所沟通。关于这一个问题，笔者将另文探讨。
③ 李渔《闲情偶寄·词曲·音律》，《李渔全集》第 3 册，第 43 页。
④ 李渔《闲情偶寄·词曲·词采》，《李渔全集》第 3 册，第 17—18 页。
⑤ 陶宗仪《辍耕录》卷八引，北京：中华书局，1959，第 103 页。
⑥ 李昌集《中国古代曲学史》，上海：华东师范大学出版社，1997，第 393 页。
⑦ 王骥德《曲律》卷三《曲论·杂论上》，《中国古典戏曲论著集成》第 1 册，第 177 页。后来，羊春秋先生就曾指出：关汉卿、马致远、白朴、张养浩、王实甫、郑光祖等"鼎盛时期的作家""具有'感人'、'自然'的艺术特色。……无论豪放也好，妍炼也好，清俊也好，要皆归于本色自然，要皆归于感人至深。"羊春秋《散曲通论》，长沙：岳麓书社，1992，第 241 页。

这个观点拿来看待词,也是一样。当然,近曲的词也不一定没有性灵,在这里,李渔是自己作了界定,有着特定的针对性。

五、李渔批判性理论的偏颇及其内在理路

以上从两个方面论述了李渔对当时词坛风貌的看法,颇可见出他本人词论所打上的时代烙印。李渔是杭州人,受西泠词派的影响较深,无论是词曲之辨,还是推重性灵,都能从这个方面找到渊源。西泠词人大都与云间词人深有渊源,尤其是深受陈子龙的影响。事实上,所谓"西泠十子","皆出卧子先生之门"①。陈子龙论词重晚唐五代北宋,他指出:"晚唐语多俊巧,而意鲜深至,比之于诗,犹齐梁对偶之开律也。自金陵二主以至靖康,代有作者。或秾纤婉丽,极哀艳之情;或流畅澹逸,穷盼倩之趣。然皆境由情生,辞随意启,天机偶发,元音自成,繁促之中,尚存高浑,斯为最盛也。南渡以还,此声遂渺,寄慨者亢率而近于伧武,谐俗者鄙浅而入于优伶。"②在提倡性灵的同时,反对"亢率"和"鄙浅",其反对的范围,正好涵括了以曲为词的浅俗和资书为词的滞涩。陈子龙的论点,尤其是反对浅俗的观点,在其再传弟子沈亿年处得到了进一步阐发,沈甚至连北宋一并排斥,他说:"词虽小道,亦风人馀事。吾党持论,颇极谨严。五季犹有唐风,入宋便开元曲。故专意小令,冀复古音,屏去宋调,庶防流失。"③李渔所指出的近曲诸语词,在《全宋词》中已经出现,但宋词与曲是否可以这样比附,还要斟酌,毕竟,作为一种文体,一般认为,从文学自身的发展来看,在宋代,曲对词产生这样的直接影响的可

---

① 毛先舒《白榆集·小传》,转引自严迪昌《清词史》,第 22 页。
② 陈子龙《幽兰草题词》,《安雅堂稿》卷五,沈阳:辽宁教育出版社,2003,第 73 页。
③ 沈亿年《支机集凡例》,蒋平阶《支机集》卷首,清康熙刻本,《清词珍本丛刊》第 22 册。

能性，应该比较小①。但是，对此，云间词派的词史观却持一种更为开放的态度，李渔显然受此影响。这个问题，扩大来说，就不仅是对清初词学的思考，而且可以引发出对词曲关系的思考：即使词中的这种倾向并非由曲而来，至少宋词中存在着多种发展的可能性，曲或许也是取其一体，加以扩展。

不过，考察李渔的观点，可能是出于扭转明代衰颓词风的动机，他所指出的那些由于近曲而应该不用或少用的词语，其实也不见得就是那么不堪。比如，他对词中用"闹"字非常不满："有䁀声千载上下，而不能服强项之笠翁者，'红杏枝头春意闹'尚书是也。……红杏之在枝头，忽然加一'闹'字，此语殊难着解。争斗有声之谓闹，桃李争春则有之，红杏闹春，予实未之见也。闹字可用，则'吵'字、'斗'字、'打'字，皆可用矣。宋子京当日以此噪名，人不呼其姓氏，竟以此作尚书美号，岂由尚书二字起见耶。予谓'闹'字极粗极俗，且听不入耳，非但不可加于此句，并不当见之诗词。近日词中争尚此字，皆子京一人之流毒也。"②宋祁"红杏枝头春意闹"一句，自宋及今，赞美者甚众，李渔认为"闹"字"极粗极俗"，"非但不可加于此句，并不当见之诗词"，这实际上就是认为，此字为曲语。但事实上，这个字运用通感的方式来写，把春天的气象尽情渲染出来，一向以艺术感觉敏锐著称的李渔，这一次似乎看走了眼。而且，自从宋祁写了这一句之后，宋人也非常欣赏，姜夔就有"闹红一舸"③，对荷花的描写，

---

① 有人认为元代的词可能受到曲的影响，如胡适指出："文学革命，至元代而登峰造极。其时，词也，曲也，剧本也，小说也，皆第一流之文学，而皆以俚语为之。"（胡适《文学改良刍议》，《胡适古典文学研究论集》，上海：上海古籍出版社，1988，第 12 页）说元词"皆以俚语为之"，显得绝对了一些，不过仍然可资参考。
② 李渔《窥词管见》，《词话丛编》，第 553 页。
③ 姜夔《念奴娇》，夏承焘笺校《姜白石词编年笺校》卷二，上海：上海古籍出版社，1981，第 30 页。

非常精彩。不过,李渔说"近日词中争尚此字",也是一个准确的描述,仅举数例:

> 还忆春回花信前。今年梅早发、闹春先。
> ——徐籀《小重山·丙戌元旦》①

> 纵繁华满眼,脂粘粉腻,一天浓闹,带雨拖烟。
> ——徐籀《沁园春·题画兰》②

> 雨抹荷池,添潋滟、闹红稠绿。
> ——吴胐《满江红·夏日》③

> 便菁影栽成,疏红不闹,衬粉玲珑。
> ——曹溶《木兰花慢·采山亭北杏花盛开》④

> 春山如笑。笑杀莺花闹。
> ——彭孙贻《清平乐·春游》⑤

这些"闹"字,明显都是从宋祁那一名句而来,颇有表现力,不必简单抹杀。

再如,李渔对于句末而非韵脚处用"也"也不赞成,他说:"句用'也'字歇脚,在叶韵处则可,若泛作助语词,用在不叶韵之上数句,亦非所宜。盖曲中原有数调,一定用'也'字歇脚之体。既有此体,即宜避之,不避则犯其调矣。"⑥这个看法也有牵强处。似这种用法,在宋词中就颇为常

---

① 《全清词·顺康卷》,第191页。
② 《全清词·顺康卷》,第204页。
③ 《全清词·顺康卷》,第251页。
④ 《全清词·顺康卷》,第832页。
⑤ 《全清词·顺康卷》,第1060页。
⑥ 李渔《窥词管见》,《词话丛编》,第557页。

见,如苏轼《满江红·东武会流杯亭》:"枝上残花吹尽也,与君更向江头觅。"①李之仪《江神子》:"不道有人肠断也,浑不语,醉如痴。"②黄庭坚《水调歌头》:"戎房和乐也,圣主永无忧。"③还有姜夔著名的咏梅词《暗香》,其中的"又片片吹尽也,几时见得"④,都与全篇浑然一体。姜夔精通声律,他在词中用这个字,肯定不是随随便便的。

其实,李渔所指出的那些问题,即那些应该不用或者少用的曲语,虽然在其本人的作品中都尽可能作了回避,但也时有出现。如其《忆秦娥·立春次日闻莺》:"春来了。枝头寂地闻啼鸟。闻啼鸟。多时不见,半声亦好。 黄鹂声最消烦恼。杜鹃声易催人老。催人老。由他自唤,只推不晓。"⑤就用了"来了"二字。《青玉案·纪遇》:"不期真到销魂地。做一夜、天台婿。是醒是眠还是醉。胡然天也,胡然而帝。总莫穷其异。说真底事何容易。说梦绝少模糊气。谁取两桩团作谜。由他懵懂,不须猜着,猜着何滋味。"⑥则在非叶韵处用了"也"字。还有《减字木兰花·闻雁》:"数声嘹唳。酿雨生风寒浙浙。贴近茅檐。影度空阶落素蟾。 有人怜你。压背霜浓飞不起。好觅芦汀。勉强孤栖待晓行。"⑦《醉春风·端阳》:"借泣曹娥泪。洒向龙舟会。暗从心里切菖蒲,碎。碎。碎。事事过期,他人端午,我应端未。 女伴良心昧。下水拖人醉。倾杯一度不教空,啐。啐。啐。你有人扶,我凭谁唤,与花同睡。"⑧则用

---

① 唐圭璋编《全宋词》,北京:中华书局,1965,第281页。
② 《全宋词》,第342页。
③ 《全宋词》,第386页。
④ 《全宋词》,第2182页。
⑤ 《李渔全集》第2册,第420页。
⑥ 《李渔全集》第2册,第455页。
⑦ 《李渔全集》第2册,第411页。
⑧ 《李渔全集》第2册,第452页。

了"你",这个字,也是李渔提出要尽量回避的。这种现象在清初也不是孤立的,其他批评家在进行词曲辨体时,也有这样的情形,即所指摘者,不仅词坛常用,而且其本人也难以避免①。

进一步应该说明的是,李渔词中有非常明显的曲化现象,已为不少学者所指出②。例如《酷相思·春闺》:"人喜人愁天不顾。一样把、芳春布。怪酒痕泪点皆成露。人在也、花千树。人去也、花千树。　花愈欢欣人愈苦。盼断归来路。若再相逢难自误。爱我也、留他住。恨我也、留他住。"这首词,余怀评云:"语浅愈深,语拙愈巧,语平愈奇,总在人思索不到处。"③语涉标榜,但所谓浅、拙、平,也都还是准确的体认,实际上就是对曲化的描述。还有《女冠子·秋夜怀人》:"夜深独啸。惊得满林鸦噪。为何来。记起歌三叠,难忘酒一杯。　五年愁雁绝,十度见花开。知他贫欲绝,愧无财。"冯青士评云:"财字为词家所忌,笠翁用之最雅。"④其实也谈不上雅,只是朋友间的恭维语而已。还有《玉楼春·双声》:"爱爱怜怜还惜惜。由衷细语甜如蜜。问他曾否对人言,附耳回云密密密。　问他失约待何如,俯身招承责责责。从来说话少单声,道是情人都口吃。"⑤这显示出,在李渔心目中,用曲语和语言风格似曲,还不是完全相同的一件事。这一方面说明,李渔更为看重的是对字法、句法的总结,希望对词坛有所指导,让词坛具有可操作性;另一方面也说明,李渔追求风格爽利,清空如话,也天然地有向曲靠近的趋势。这似乎预示着一个两难选择,不过放在那一特定的时代背景中,毋宁也可以这样

---

① 参看本书第五章第三节《词与曲的分合与互动》。
② 张成全《李渔艳词论略》中指出:"关于李渔词的艺术特色,大多数国内学者认为李渔词有明显的戏曲化倾向。"载《殷都学刊》2006 年第 2 期。
③ 《李渔全集》第 2 册,第 454 页。
④ 《李渔全集》第 2 册,第 402 页。
⑤ 《李渔全集》第 2 册,第 439 页。

认为,这是一些有眼光、有追求的批评家,面对明代词坛的凋敝,为了清词复兴,体现出来的心理焦虑,即使过甚其词,甚而出现矛盾,也值得理解。

吊诡的是,尽管李渔对逐渐兴起的浙西词派开始体现出的注重学问的创作倾向有所不满,但他要求词的创作要"上不类诗,下不类曲",介乎雅俗之间的主张,也许在操作上是很难把握分寸的,因此,真正从创作上摒弃曲语,追求雅化,还是要到浙西词派才能完成。正是浙西词派继承了李渔等前辈的批判精神,做出了符合时代的选择,终于使得明清之际所提出的词曲之辨的命题,得到了有效的解决。不过,这已经是另外一个话题了。

六、总结

李渔是文坛的多面手,他和当时的词坛有着密切的交往,对当时的词学发展有着深入的了解,为了扭转明代词风的衰颓,促进清代词学的复兴,他对当时的词坛进行了批评。这个批评主要分为两个方面:一是批评词坛上用曲语者,二是批评词坛上资书以为词者。这两点都反映了一个敏锐的批评家对于辨体的自觉,但从效果上来看,前者是对既定情形的描述,后者则是对发展趋势的掌握,带有一定的前瞻性。他的好朋友毛先舒评其《窥词管见》曰:"词学少薪传,作者皆于暗中摸索,笠翁童而习此,老犹不衰。今尽出底蕴以公世,几于暗室一灯,真可谓大公无我。是书一出,此道昌矣。"[1]对他的看法予以充分肯定。

李渔对当时词坛的批评,反映了他的词学理论中非常珍贵的时代性,但是,矫枉过正,总结历史和针砭现实,都难免有过甚其词之处。而且,他所指出的缺点,在他本人身上也不能完全避免。因此,在这个意义

---

[1] 《李渔全集》第2册,第506页。

上,不妨将他的也许不够周延的理论,视为当时有创见的批评家的一种强烈的探求意识。这些看法对于清代词学理论更加理性化、更加全面性的发展,具有启发性的作用。

第三节 《填词图谱》与中日词学

平安时代是日本填词重要的发展时期,标志之一,就是田能村孝宪推出了日本填词史上的第一部词谱著作《填词图谱》。关于这一部著作,江合友和詹杭伦分别从文献形制、编纂思想、编纂体例、材料来源、其本人的词作和词学思想等方面初步做了一定的研究①。笔者拟在江、詹二位学者的基础上,对其编撰动机、选词标准等做进一步探讨,以见其特色。

一、《填词图谱》的编纂动机

日本的填词,开始于平安时期(794—1192),其创始者,一般认为是兼明亲王,他的两首《忆江南》,学习白居易,成为最早的作品。不过,从平安时期发展到19世纪前期,却一直进展不大。

在田能村孝宪生活的年代,汉学的发展方兴未艾,在各种学问中,词学却不够发达,形成较为鲜明的对比。正如丘思纯为此书所写的序中所说:"国家建橐,奎运丕阐,凡华人所为,无所不为。独诗馀一途,聊聊无闻焉。"②《填词图谱》的产生,正是在日本全面学习中华文化的大背景

---

① 江合友《田能村孝宪〈填词图谱〉探析——兼及明清词谱对日本填词之影响》,载《西南交通大学学报》2014年第6期;詹杭伦《论日本田能村竹田的〈填词图谱〉及其词作》,载《中山大学学报》2015年第2期。
② 丘思纯《填词图谱序》,田能村孝宪《填词图谱》卷首,日本文化三年(1806)刻本。

中,希望弥补这一薄弱环节,达至均衡。

当然,这里也有田能村孝宪的个人因素。他喜好音律之学,又对清代词学复兴的创作实绩有一定的了解,特别是清代词学复兴中律谱之学的兴盛,给了他充分的资源,所以,他就萌发了雄心壮志。

《填词图谱》前有一篇托名龟阴老父的序,序前有田能村孝宪的引言,里面说道:"乙丑秋,余读书于西京佛寺,暇日,料理斯书,拟卒前志。起草后,至第三夜,灯下困睡,偶梦一庞眉,幅巾大带,自称龟阴老父。谓余曰:迂哉吾子!雕虫刻画,壮夫不为。虽然,吾子有宿债所系,我与子偿焉。从此每夜相会,订正校雠。又经三日,业方竣。遂撰是序,且箴以数语。录毕,投笔而去。欲急诘其所由,梦亦随醒。残灯犹在,户牖微开。时漏已五下,东方欲明。起而瞻望,一片晓云,杳然于西山苍翠之间耳。余怅乎深感其言,因揭左方,以证他日从游之约云尔。"[①]田能村孝宪说自己写作这部著作时,由于梦到龟阴老父,得其帮助,才最终完成。他的这个梦,是有深意的。日本汉学家神田喜一郎在其《日本填词史》中这样解释:"序文的作者假托龟阴老父之名,也是模拟被尊崇为我国填词开山祖的兼明亲王之作,由此更可以清楚地窥见竹田要中兴填词之深意。"[②]兼明亲王是当时重要的政治人物,由于受到陷害,不得不放废江湖。他著名的赋作《兔裘赋》曾写自己"陟彼西山,言采其蕨",田能村孝宪在龟阴老父序的引言中则说自己梦醒之后:"起而瞻望,一片晓云,杳然于西山苍翠之间。"《兔裘赋》中说:"吾将入龟绪之岩隈,归兔裘而去

---

① 龟阴老父《填词图谱序》,田能村孝宪《填词图谱》卷首。
② 神田喜一郎著、程郁缀等译《日本填词史话》,北京:北京大学出版社,2000,第140页。

来。"①龟阴老父的序也说:"龟续之阴,蒙笼荟蔚,松茂竹苞,曾此智仁攸息。"②而兼明亲王的两首《忆江南》,开头也正都是"忆龟山"三个字。从这些地方,很容易就可以将二人联系在一起。从历史来看,兼明亲王是否真是日本填词的开山祖,也许还有争议,但当时人无疑就是这样认识的,而田能村孝宪确实有继承兼明亲王的事业,"中兴填词之深意"。他自己写的序就这样说:"王(兼明亲王)夙好文学,才藻典丽,罹时不淑,退隐西山,掩关却扫,因制此词,寄调《忆江南》也。读之辞致凄惋,世与《菟裘》诸赋并传,当推以为我邦开山祖也。有祖无传,尔后绝响一千年于兹。"③这一段似乎有点模仿韩愈对道统谱系认识的表述方式:"尧以是传之舜,舜以是传之禹,禹以是传之汤,汤以是传之文、武、周公,文、武、周公传之孔子,孔子传之孟轲。轲之死,不得其传焉。"④只是更有单传的意思。田能村孝宪的动机非常清楚,就是将自己作为兼明亲王的继承人看待,不仅引言中描述写作《填词图谱》是受其指导,序文中也说:"幸下邳相逢,怅谷城难约,子聊努旃,吾将逝矣。"⑤"下邳"二句,出自《史记·留侯世家》,记张良遇黄石公,得其指教,建立一番事业。田能村孝宪用这个典故,隐然也有自比为张良,将龟阴老父比作黄石公的意思。

另外,田能村孝宪的这篇序以梦境的方式来写,也让我们想起刘勰。在《文心雕龙·序志》中,刘勰记载了自己的两个梦:"予生七龄,乃梦彩云若锦,则攀而采之。齿在逾立,则尝夜梦执丹漆之礼器,随仲尼而南行。旦而寤,乃怡然而喜。大哉,圣人之难见也!乃小子之垂梦欤!自

---

① 藤原明衡《正续本朝文粹》,东京:国书刊行会,1918,第8—9页。
② 龟阴老父《填词图谱序》,田能村孝宪《填词图谱》卷首。
③ 田能村孝宪《填词图谱自序》,《填词图谱》卷首。
④ 韩愈《原道》,马通伯校注《韩昌黎文集校注》卷一,香港:中华书局,1972,第10页。
⑤ 龟阴老父《填词图谱序》,田能村孝宪《填词图谱》卷首。

生人以来,未有如夫子者也。"第一个梦说梦到彩云若锦,一般都和江淹梦神人授笔而写出锦绣文章做联想。第二个梦是梦到成为孔门弟子,追随孔子南行。《论语》中曾记载孔子非常喜欢他的学生言偃,言偃是南方吴国人,所以相传孔子说过:"吾门有偃,吾道其南。"①刘勰也是南方人,他用这个典故,表示自己的抱负。明人张之象为《文心雕龙》作序,就称赞他说:"勰自负盖不浅矣!"②《文心雕龙》是中国第一部系统的文艺理论著作,体大思精,理论全面,在中国文学批评史上有着崇高的地位。当年孔子以"久矣吾不复梦见周公"③的感喟,暗喻礼乐文化的失落,表达自己壮志难酬的遗憾,此后,在文化书写传统中,借梦境来表达情怀,就成为一种特殊的方式。以刘勰在文学批评史上的地位,田能村孝宪从中得到启发,以兼明亲王继承人的姿态出现,正是一个非常合理的路数。

二、《填词图谱》与万树《词律》

以撰写《填词图谱》的方式来表示对复兴词学的追求,反映了田能村孝宪对填词一道的认识,也一定程度上反映了他对词史的认识。

《填词图谱·发凡》开宗明义就说:"诗馀废也久矣。尧章鬲指之声,君特煞尾之字,明人既不能辨,而况挨喉扭嗓,东西异音耶。比来清泊所赏,虽有《草堂》诸集,图谱数种,多置不顾。加之挂漏纰缪,相袭笥中,徒逞蠹鱼之欲耳。余有恨焉。壬戌春,过赌春草堂,得《词律》廿册,红友万氏所著也。字法句格,精严详悉,皦如见日。按之填,则鬲指煞尾,不唯

---

① 这两句话,出处不详。据清人费崇朱《孔子门人考》:"子游为今苏州府常熟人,朱子《吴公祠记》考之甚详,足以证明《史记》之说。予更有一切证:孔子曰:'吾门有偃,吾道其南。'吴在南,故云然也。"费文转引自铸九《言子琐考》,载《苏州大学学报》1991年第4期。

② 杨明照校注拾遗《增订文心雕龙校注》附录,北京:中华书局,2000,第958页。

③ 《论语·述而》,来可泓《论语直解》,上海:复旦大学出版社,1996,第174页。

不费我之齿颊,妙自彼而合。余得之,拱璧不啻也。遂编斯书。"①这一段,有两个方面特别值得注意。

第一,对明词的认识。明词衰敝,是从明代就开始的看法,至有清一代,有着更为全面的反思②。关于明词的衰敝,比较重要的一点,就是认为其在声律上比较随便。明人陈渚就有"音律失谐"之说③;清人朱彝尊更具体指出明词是"排之以硬语,每与调乖;窜之以新腔,难与谱合"④,甚至清初之词,亦有"音律不谐"⑤的毛病。"鬲指",见姜夔《湘月》的小序:"丙午七月既望,声伯约予与赵景鲁、景望、萧和父、裕父、时父、恭父,大舟浮湘,放乎中流。山水空寒,烟月交映,凄然其为秋也。坐客皆小冠练服,或弹琴,或浩歌,或自酌,或援笔搜句。予度此曲,即《念奴娇》之鬲指声也,于双调中吹之。鬲指亦谓之过腔,见晁无咎集。凡能吹竹者,便能过腔也。"⑥姜夔词的小序经常谈其创作过程,保留了不少宋代的音乐文献,这是其中的一个例子。至于"煞尾",前人已经指出:"吴君特言制词最重煞尾字。"⑦事实上,田能村孝宪的这两句,是来自万树《词律自叙》:"诗馀乃剧本之先声,昔日入伶工之歌板,如耆卿标明于分调,诚斋垂法于择腔,尧章自注鬲指之声,君特致辨煞尾之字。当时或随宫造格,创

---

① 田能村孝宪《填词图谱·发凡》,《填词图谱》卷首。
② 参看拙作《清代词评中的明词观》,见《清词探微》,上海:上海古籍出版社,2008。
③ 陈霆《渚山堂词话》卷三,唐圭璋编《词话丛编》,北京:中华书局,1986,第 379 页。
④ 朱彝尊《水村琴趣序》,《曝书亭集》卷四十,《四部丛刊初编》本。
⑤ 田同之《西圃词说》,《词话丛编》,第 1473 页。
⑥ 姜夔著、夏承焘笺校《姜白石词编年笺校》,上海:上海古籍出版社,1998,第 9 页。
⑦ 张德瀛《词征》,《词话丛编》,第 4113 页。关于吴文英重煞尾,前人屡有提及,又如诸可宝《词综续编序》:"词选之难,厥弊有五……握玉麈者,惑清谈之习;唱铜鞮者,忘正始之原。鬲指之声,訾石帚多事;煞尾之字,以梦窗太严。取快喉舌,毁弃钟吕,又何啻冠筓倚胡床之座,弦匏攪羯鼓之挝。是曰逾闲,难语同律,则亦一弊也。"见江顺诒《词学集成》卷六,《词话丛编》,第 3281—3282 页。

制于前；或遵调填音，因仍于后。其腔之疾徐长短，字之平仄阴阳，守一定而不移，证诸家而皆合。"①田能村孝宪批评明人不通音律，是认为日本"捩喉扭嗓，东西异音"，未免更加困难，因此，才要把音律之学郑重提出，而他提到当时在日本多能见到《草堂诗馀》，这也正是明代最流行的词选。

第二，对万树的推崇。《填词图谱·发凡》非常明确地指出，该书的撰作，是由于读到了万树的《词律》。这一认识，至少建立在两个基础之上。首先，万树在《词律》中批评了明人词谱中的种种弊端，如分类不伦、分体序次无据、辨析调式有误、断句错误、由于失校而调舛、随意标注平仄、任意命名词牌等②，田同之认为，"此《词律》之所由作也"③。在这个意义上，田能村孝宪实际上也是表示自己是继承了万树的批判性。其次，万树撰作《词律》，也是清词复兴的重要标志。清初词坛，作家们的创作，大大开拓了传统题材，在表现手法上做了多方面的探索，展示了新的格局。但是在声调格律上，还有着明人词谱的明显痕迹，比如《倚声初集》，其中所选的词，基本上就是按照明人词谱尤其是《啸馀谱》而填的。而万树完成于康熙二十六年（1687）的《词律》，即开始对明人词谱进行全面清算，不仅指出其谬误，而且也给出正确之例，又破又立，正本清源，就标志着清代的词学建设进入了一个新阶段。④ 万树为了复兴词学，选择的是词谱词律，而田能村孝宪希望振兴日本的填词，所选择的也是词谱词律。既然万树的《词律》对于扭转词风、复兴词学有着重要的作用，则将其拿过来，为日本的词学建设服务，当然也就是题中应有之义了。

---

① 万树《词律》，上海：上海古籍出版社，1984，第6页。按此条清人词话往往收入，如田同之《西圃词说》。
② 参看拙作《明人词谱及其在清初的反思》，见《清词探微》。
③ 田同之《西圃词说》，《词话丛编》，第1473页。
④ 参看拙作《明人词谱及其在清初的反思》，见《清词探微》。

不过,虽然他非常崇拜万树,希望在日本填词史上,也能够起到像万树那样的作用,他却并没有对万树的做法亦步亦趋,而是根据所面对的具体情形,决定了自己的取舍。具体地说,就是他选择了万树对词的音声格律的说明和辨析,同时也采取了明人词谱中的图谱标识。其中对万树的采择,最突出的就是将仄声分为上、去、入三个组成部分,他说:"其仄声又有上、去、入三声,必可分填者,音响所系,最为重矣。今一一注明之,庶几作者不至临时差误,可以被诸管弦矣。"①这实际上就是万树对明人《诗馀图谱》等著作的最重要的批评之一,因为图谱的标识,只能标出平仄,而不能进一步在仄声中标出上、去、入。这种倾向,在清初人的著作中仍然存在。万树在其《词律·发凡》中指出:"近日图谱,踵张世文之法,平用白圈,仄用黑圈,可通者则变其下半,一望茫茫,引人入暗。……又有平用□,仄用丨,可平可仄用▢,选声谓其淆乱,止于可平可仄,用□于字旁,而韵、句、叶仍注行中。愚谓亦晦而未明。何如明白书之为快也。盖往者多取简便,不知欲以此晓示于人,何妨多列几字。图谱云:方界文旁者,总求简约,以省刻资耳。此虽讥诮,亦或有然。然论其模糊圈之与竖,亦犹鲁卫,本谱则以小字明注于旁,在右者为叶、为换、为叠、为句、为豆,在左者为可平、为可仄、为作平、为某声(有字音易误读者,故为注之,如旋字、凝字之类)。"②万氏所说的"近日图谱",或指清初赖以邠的《填词图谱》,如赖氏此书的《凡例》就说:"平仄音韵,诸刻本有加圈字上者,有明注字下者,有方界文旁者,总求简约,以俭刻资,无甚同异。但段截琐碎,觉未便于初学。兹仍依古谱图圈之法,既广博于搜罗,复精严夫考订。"③但万树认为,类似张綖《诗馀图谱》这样的标识

---

① 田能村孝宪《填词图谱·发凡》,《填词图谱》,第3页。
② 万树《词律》,第16页。
③ 查培继辑《词学全书》,台北:广文书局,1971,第104页。

方式,容易使读者迷惑,而且过于看重谱式,也会忽略对前代经典的体味,因此不如选择名篇,对其平仄声律等用文字详加说明。万树指出向上一路的动机,应该肯定,但他采取的文字解说方式,不够直观,尤其对后学不够方便。后来的《钦定词谱》在很多方面都传承万树,但在平仄声律的标识方面,仍然采用了图谱式,只是将张氏原来的图谱在前,例词在后,变成了图谱列在例词旁边。田能村孝宪无疑也是这个思路,不过,他也并没有模仿《钦定词谱》,而是回到了张𬘡的标识方式,只是同时将万树的文字说明法引入图谱之中。他在《凡例》中说:"词中字当平者用白圈,当仄者用黑圈,平而可仄者白圈半黑其下,仄而可平者黑圈半白其下。其仄声又有上、去、入三声,必可分填者,音响所系,最为重矣。今一一注明之,庶几作者不至临时差误,可以被诸管弦矣。"①这个"一一注明",就是他从万树《词律》中得到的精神。田能村孝宪为自己的著作起的名字和赖以邠的书一样,或者其中就暗含着溯源的意思,因此,尽管万树在《词律》中多次将批评的矛头指向赖书,如"近复有《填词图谱》者,图则葫芦张本,谱则颦捧《啸馀》,持议或偏,参稽太略","近更有《图谱》数卷,尤是金科,凡调之稍有难谐,皆谱所已经驳正,但从顺口,便可名家。于是篇牍汗牛,枣梨充栋,至今日而词风愈盛,词学愈衰矣"②,田能村孝宪仍然按照赖的路子,吸取张𬘡之书的精华。在这个意义上,可以明确看出,他虽尊崇万树,但对自明代以来词谱探讨的状况,也是并不陌生的。正如他自己所说:"斯书参考诸家所著图谱及词撰,而专从万氏之格。"③这个"专从",实际上只是一种强调,作者仍然是有自己的选择的。

---

① 田能村孝宪《填词图谱·发凡》,《填词图谱》卷首。
② 万树《词律·自序》,第6页。
③ 田能村孝宪《填词图谱·发凡》,《填词图谱》卷首。

三、《填词图谱》的选篇及其追求

《填词图谱》所讨论的对象,都是小令,说明这应该是一个初编,由于种种原因,后面的中调和长调或许未及编出,就以这种面貌先行付梓了。

但是,编者既然将其单独出版,而未做特别的交代,也说明他认为这部书有其相对的独立性。以往的词谱词律之书对其例词往往有明确的思路。比如张綖《诗馀图谱》,都是唐五代两宋之作。赖以邠《填词图谱》的标准是:"填词,宋虽后于唐,而词以宋为盛。每调之词,宋不可得,方取唐;唐不可得,方及元明。"①万树《词律》的标准是:"其篇则取之唐宋,兼及金元,而不收明朝自度。"②《词谱》的标准是:"每调选用唐宋元词一首,必以创始人所作本词为正体。"③而此书所选词例,和以前诸词谱都不一样,不仅有唐宋元词,而且选入明代和清代的词,因而显得非常特别。门人江合友指出,这带有词选的性质,是一个很正确的见解(其中还有赏析之语,更能体现这一点)。

从选本的角度来看这部词谱,可以观察到作者的一些基本思路。全书共选词 117 首,其中唐五代 32 首,宋代 48 首(北宋 35 首、南宋 13 首),元代 7 首,明代 6 首,清代(仅清初)24 首。这说明了什么呢?首先,作者应该接受了明清之际以陈子龙为代表的云间词派对小令发展的看法,所谓"五季犹有唐风,入宋便开元曲"④,选唐五代词达 32 首,就体现了这个观点。在两宋词中,选北宋词远远多于南宋,也是出于同一思路。其次,书中所选清词中的词题多是"闺情"、"春闺"一类,大都是艳情题

---

① 赖以邠《填词图谱·凡例》,查培继辑《词学全书》,第 103 页。
② 万树《词律·自序》,第 8 页。
③ 《康熙词谱·凡例》,长沙:岳麓书社,2000,第 2 页。
④ 王士禛《花草蒙拾》引,《词话丛编》,第 686 页。

材，这可能和他所能接触到的选源有关，很像陈子龙云间词派的风格，也是学习唐五代词的一种特定路向的体现，事实上，在那个时代，这类题材写作者较多，云间词派复兴词学之举，也是从这一点着眼的。至于唐宋以后，原不在云间词派的眼里，但清初朱彝尊等人倡导变革，有一条清晰的思路，即元代去宋未远，典型犹存，而明代则是全面凋敝。这就是为什么明代的整体创作数量远远多于元代，而此书选元词反而多于明代的缘故。至于清代，由于这部著作写成于 19 世纪初，了解文献不可能全面，但仅仅清初词，就选了 24 首，也说明他注意到清词的发展，并认同不少清代评论家认为清初是词学复兴的时期的看法。同时，似乎也带有激励当时本国词坛的动机，因为面对前代丰厚的遗产，后人是否还能具有创作自信，是一个非常直接的问题，唐宋大量的名家名篇在前，清代词人仍然能有自己的创造，如此，则日本词人当然也可以按照时代的要求，创作出反映时代特色的作品来。

  从入选作家来看，最多的是周邦彦 5 首，其次是李煜 4 首，另外晏殊、苏轼、秦观都分别是 3 首。这个也应该有作者的考虑。周邦彦的词虽然以长调的铺叙勾勒更有特色，但他的小令也往往写得非常有灵气，不少都成为经典。李煜其人，不用说，在晚唐五代，他是小令写得最出色的作家之一，而且，他的作品，从内容上来说，能够体现出前后两个不同时期的面貌，扩展了词的表达范围，增加了词的广度和厚度，为后人开出一条更为广阔的道路。至于晏、苏、秦三人，他们的作品正好代表了不同的风格。如此安排，就对一定范围内的词体文学创作，有所兼顾。

  作者为了表示其作品的代表性，尽可能地从不同角度选，比如，女词人的作品，就选入了李清照的词 2 首，以及叶纨纨和张蘩的词各 1 首。李清照的词放在任何评价系统中，都在优秀之列，对此，我曾有专文予以讨论①。叶纨纨和张蘩是明清的著名女作家。叶纨纨是叶绍袁的女儿,其母亲沈宛君,妹妹叶小纨、叶小鸾皆有文学才华,叶绍袁曾以其妻女的作品为主,编成《午梦堂集》。钱谦益在其《列朝诗集小传》中曾提到叶纨纨,说她"十三能诗,书法遒劲,有晋风"②。张蘩不仅各种文体的创作都有突出成就,而且在文学批评方面也有突出见解,如论及女诗人的创作高境,分别表现为四种特色:"高者如孤云离岫,素鹤凌空;丽者如春葩竞秀,秋月呈辉;远者如叔度千顷,汪洋莫测;逸者如穆王八骏,驰骋无穷。虽变化百端,纵横万状,莫不缘情随事,因物赋形,而一本性情,岂得以香奁小技目之!"③就有其思考。如我们所熟知的,自明代开始,中国女作家的创作进入一个非常繁荣的时期,明清两代,出版有集子的女作家就有 3000 多人。作者选入这两位女词人,或者是想体现,进入明代以后,中国的文学传统出现了一些值得注意的变化,也说明他具有较为多元的思维。

四、神田喜一郎的理解与误解

神田喜一郎的《日本填词史话》是迄今对日本词史发展的最全面的论述,在这部著作里,他给了田能村孝宪相当的篇幅,进行了较为详细的讨论。总的来说,他对该书有较高的评价,认为:"此书的出版,给我国广大普通读者以了解填词的一般知识,其丰功伟绩是难以用数字计算的。并且其印刷木板一直传到今天,多次重新印刷,年年大量销售;同时在

---

① 张宏生《经典确立与创作建构——明清女词人与李清照》,载《中华文史论丛》第 88 辑,上海:上海古籍出版社,2007。
② 钱谦益《列朝诗集小传·闰集》,上海:上海古籍出版社,1983,第 755 页。
③ 张蘩《君沧道人集序》,见胡文楷编著、张宏生等增订《历代妇女著作考》,上海:上海古籍出版社,2008,第 699 页。

中国上海又出版了石刻印本。"①这一描述，一方面概括了《填词图谱》对日本人的填词所产生的作用，另一方面，也从印刷的角度，说明了该书在日本的受欢迎程度，甚至从日本传至中国，可见也引起了中国人的关注。

不过，神田氏对这部著作也有批评，他的批评主要分两个方面。第一个方面是批评田能村孝宪对于填词所持的态度："从现在的角度看，竹田对填词的态度却令人感到非常遗憾。他所理解的填词，不过是文字游戏而已；看了上面提到的《填词国字总论》，便完全明白了这一点。（《填词国字总论》："到如今升平二百年，从经学文章到稗官小说，出版物应有尽有，唯独填词却寥寥无几⋯⋯。因此编纂了此书，并等待四方风流人士的反响；即便是受到'绮言丽语，应为犁舌狱中罪人'的中伤，但作为我仍坚持做一个雪月风花派的忠臣。"）②又说："《填词图谱》中所引的例词，当然以此种作品（按指文字游戏）占多数。⋯⋯这些清人作品，除二三首外，其他选的那么多都是无聊之作，这是何因，令人不解。"③

这里恐怕有理解不够准确之处。

首先，田能村孝宪自称是"雪月风花派的忠臣"，只是沿袭以往对词的一种认识，特别是沿袭了《花间集序》中的说法："则有绮宴公子，绣幌佳人，递叶叶之花笺，文抽丽锦；举纤纤之玉指，按拍香檀。不无清绝之词，用助妖娆之态。"④如上所述，田能村孝宪梳理小令的发展，特别推崇晚唐五代，他论词而从这里寻找资源，原是题中应有之义。既然以《花间》为正宗，则风格绮丽，内容香艳一些，也可以理解，这也就是他引用法秀和尚批评黄庭坚的话，表示自己并不在意这种酷评的原因。明代以

---

① 神田喜一郎《日本填词史》，第 140 页。
② 神田喜一郎《日本填词史话》，第 140 页。
③ 神田喜一郎《日本填词史话》，第 141 页。
④ 欧阳炯《花间集序》，赵崇祚《花间集》，沈阳：春风文艺出版社，1995，第 1 页。

来,词坛上流行"花草"之风,清初词学复兴,集中批判《草堂诗馀》,却很少有人贬斥《花间集》,不仅不贬斥,而且在创作中还经常加以模仿,所以,田能村孝宪的这种做法,也是其来有自。

其次,神田氏注意到该书多引清人词例,但给予了批评,说是 20 首清人作品中,"除二三首外,其他选的那么多都是无聊之作"。他说该书引录的清词作品共 20 首,实际上应该是 24 首,他没有计算进去的清代作品,确实有一时佳作。比如朱彝尊的《桂殿秋》:"思往事,渡江干。青蛾低映越山看。共眠一舸听秋雨,小簟轻衾各自寒。"①后来的词评家一致给予较高评价,如谭献《箧中词》今集二评此词:"单调小令,近世名家,复振五代、北宋之绪。"②况周颐《蕙风词话》卷五:"或问国朝词人,当以谁氏为冠? 再三审度,举金风亭长对。问佳构奚若? 举《捣练子》(按即《桂殿秋》)云。"③再如清代闺秀词人张蘩的《清平乐·忆外》:"重门深处。听尽黄梅雨。千遍怀人慵不语。魂断临歧别路。 一天离恨分开。同携一半归来。日暮孤舟江上,夜深灯火楼台。"④从构思上,借鉴了李清照的《武陵春》:"风住尘香花已尽,日晚倦梳头。物是人非事事休。欲语泪先流。 闻说双溪春尚好,也拟泛轻舟。只恐双溪舴艋舟。载不动,许多愁。"⑤以及张元幹的《谒金门》:"鸳鸯渚。春涨一江花雨。别岸数声初过橹。晚风生碧树。 艇子相呼相语。载取暮愁归去。寒食烟村芳草路。愁来无着处。"⑥然而,李、张都是写自己忍受孤独寂寞,因而将愁装载在船上,特别是李清照,还感受到了愁的重量,而张蘩则从两个

---

① 朱彝尊撰、李富孙注《曝书亭集词注》卷一,《续修四库全书》,第 1724 册,第 487 页。
② 《续修四库全书》第 1732 册,第 632 页。
③ 《词话丛编》,第 4522 页。
④ 叶恭绰编《全清词钞》卷三十,香港:中华书局,1975,第 1574 页。
⑤ 唐圭璋编《全宋词》,北京:中华书局,1965,第 1091 页。
⑥ 《全宋词》,第 931 页。

人的角度出发,写分别之时,一天离恨,分别之后,各携一半。这样,就在传统题材中,写出了新的意蕴。这样的作品,在清代都是非常优秀的,也说明田能村孝宪具有一定的审美眼光,神田将这样的作品忽略了,似有失察。当然,神田氏所举出的清代作品,有的确实不一定特别出色,这一点,倘若从词谱的角度,而不完全从选本的角度,就能得到更好的理解了。

和上一点相关联,神田氏批评田能村孝宪没有及时关注清朝当时词坛的变化,在选目上落后于时代了:"竹田自称'雪月风花派的忠臣',为了使中国新流行的填词在日本勃兴起来,煞费苦心地著作出版了《填词图谱》,可以说是到了得意的绝顶时期。然而,当时中国词坛上颇为流行的已是张皋文(惠言)、张翰风(琦)为首倡导的词风,与竹田所想正好适得其反,竹田想的已经过了时。并且竹田对二张当时极力排斥前派朱竹垞和厉樊榭而形成的浙派词风之事,丝毫不知。"①这也是值得推敲的。

神田说《填词图谱》编纂的时候,"当时中国词坛上颇为流行的已是张皋文(惠言)、张翰风(琦)为首倡导的词风",这指的是二张编纂《词选》,常州词派登上词坛的事。《词选》编定于嘉庆二年(1797),是张惠言在歙县金榜家坐馆时为教其儿子学词而编的教材。这里存在着两个问题。一是作为大致同时出现的书,田能村孝宪能够及时看到《词选》的可能性有多大。虽然,按照张琦的话来说,嘉庆二年(1797)他和其兄张惠言编出《词选》后,"金生刊之,……版存于歙,同志之乞是刻者踵相接"②,但很可能这个初刊本仅仅在歙县一地传播,而且是一个小范围的传播,更多的人了解《词选》,主要是通过道光十年(1830)张琦的重刊本。

---

① 神田喜一郎《日本填词史话》,第142页。
② 张琦《重刻词选续》,张惠言《词选》,《续修四库全书》第1732册,第535页。

在这种情况下,田能村孝宪不了解《词选》的编纂情况,原是非常正常的。二是和上个问题相关,当时的中国词坛是否已经开始流行二张倡导的词风了？对此,学术界已经有了一定的探讨,这可以从当时的一些词话中找到线索,如冯金伯《词苑萃编》(1805)引录的多是浙派词说,每多推崇之辞。吴衡照《莲子居词话》(1818)仍多沿袭、推崇浙西一派。许宗彦在为吴书作序时,提到了张惠言:"自周乐亡,一易而为汉之乐章,再易而为魏晋之歌行,三易而为唐之长短句。要皆随音律递变,而作者本旨无不滥觞楚《骚》,导源《风》、《雅》,其趣一也。故览一篇之词,而品之纯驳,学之浅深,如或贡之。命意幽远,用情温厚,上也。辞旨儇薄,冶荡而忘反,醨其性命之理,则大雅君子弗为也。王少寇述庵先生尝言:北宋多北风雨雪之感,南宋多黍离麦秀之悲,所以为高。亡友阳湖张编修皋文为《词选》,亦深明此意。"①从这篇序来看,不能排除吴氏了解张惠言的可能性,不过,吴衡照《莲子居词话》品评同时词人,时代有晚于张惠言者,而唯独没有张氏,甚至也没有提到《词选》附录的作为创作实绩的黄景仁、左辅诸人的词。据此不妨推断,第一,吴衡照的词学观偏于浙派,他在对同时词家作选择时,有其主观取向;第二,浙派虽然渐渐走了下坡路,但其影响仍然很大,占据词坛的主导地位;第三,用浙派的眼光去看,张惠言诸人的词或许不合其审美标准;第四,张惠言的《词选》还没有产生重大影响,吴氏所论,只是一种无意识的契合,或是有感于嘉道之际内忧外患的现实,触发之不得已。因为,从许宗彦的情形来看,由于他与张惠言同为嘉庆四年(1799)进士,他之了解张氏《词选》,有着特定的条件。反过来也可以说,在嘉庆年间,张惠言的《词选》可能正是在友人中流传,而并没有得到词坛的普遍注意。而张琦重新刊刻词选是在道光十年

---

① 《词话丛编》,第 2388 页。

(1830),因此,大致上可以推断,从嘉庆二年(1797)《词选》编出,到道光十年(1830)重加刊刻,《词选》开始较大规模的流行,是1820年前后的事情①,而这时,《填词图谱》已经出版了,田能村孝宪当然不可能了解二张所倡导的词风在社会上流行的情形。

当然,进行以上的讨论,建立在《填词图谱》是一部词选的基础上,事实上,编者虽然有一定的选本意识,但它毕竟仍然是一部词谱,不必严格地按照词选的标准去要求,尤其不必严格按照具有文学批评意味的词选标准去要求。或者,这部著作最大的贡献并不是要改变词风,而是要鼓励并指导填词,从日本填词的发展历史看,这一目的应该是实现了,正如神田喜一郎在《日本填词史话》中所指出的:"竹田热心地鼓吹填词之功,并非毫无成效。幕府末期,填词的兴趣,一时在关西流行起来。……首先,直接受到竹田提携的有广江秋水。……其次是纪鹭北。……再其次是龟山梦研。……筱崎小竹在评价赖杏坪的填词时说自己'仆未学词曲',……尽管如此,却发现他也有暗中试作填词的痕迹,也是受了竹田的影响、刺激而尝试填词。"②

五、总结

在日本汉学发展史上,词的创作相对薄弱,词学的研究也同样如此。花崎采琰曾总结日本填词不彰的三个原因,前两个是"句有长短"和"韵分平仄",说明其难度所在,重要原因之一,乃在于句式和韵律,都较诗歌更为复杂,若加以发展,必须有相关的研究作为基础。田能村孝宪的《填

---

① 关于《词选》显晦,严迪昌先生已有探讨,本文有所参考。见严迪昌《清词史》,南京:江苏古籍出版社,2001,第470—472页。拙作《选本:独特的批评方式》也有思考,见《清代词学的建构》,南京:江苏古籍出版社,1998。

② 神田喜一郎《日本填词史话》,第150—152页。

词图谱》正是较早在这方面予以努力的。这部著作,一方面使得词学研究更大程度上进入学者的视野,另一方面,选择声律加以讨论,也正是针对了一般研究者和爱好者的瓶颈,因此,有着从头做起的考虑。此后,类似的研究渐渐多了起来,如森川竹磎的《词律大成》等,《填词图谱》正代表着一个重要的发展阶段①。

《填词图谱》一书主要是受到清代初年万树《词律》的影响,而万树写作此书,正是有感于自明代以来,声律之学的衰微,需要有一个全面总结和彻底清理,并提出向上一路。田能村孝宪对此能够体会,也将这一点隐含在自己的著作中,但是,在具体撰述时,他并没有对万树亦步亦趋,而是根据具体情况有所调整,特别是对于被万树批评的明代词谱之标识方式,也能有所借鉴,这也说明了他的多元化态度。

《填词图谱》所选皆小令,说明只是初纂,不过在具体的操作中,也能看出他对小令一体的展示,多继承清初陈子龙一路,推崇晚唐、五代、北宋,设立师法榜样,所以,这部著作也就不仅只是声调图谱,同时还具有选本的意义,使得读者既能明其声调之规,又能赏其艺术之美。至于选入女性之作,以为经典,更能见其通达之思,并且和清代的词学走向,能够一定程度上结合起来。

对田能村孝宪《填词图谱》,日本著名学者神田喜一郎在其《日本填词史话》中曾有深入探讨,一方面指出其重要的文学史价值,另一方面也有一些批评意见。笔者则对其中一些意见予以商榷,意在说明,对此书的认识,仍然有一个开放的空间。

---

① 对于森川竹磎的成就,相关研究成果见萩原正树《「詞譜」及び森川竹磎に關する研究》,東京:中國藝文研究會,2017。参见刘宏辉《日本词谱研究的新进展》,载《中国韵文学刊》2016 年第 4 期。本文所引花崎采琰的话,出自其《爱情的宋词序》,也转引于刘文。

第四章　世变与词心

第一节　社会变迁与边塞主题
——清初的边塞词

一、边塞词的形成及其发展

如果按照通行的词起源于唐代说，则在其刚刚兴起的时候，就已经开始出现了边塞词。唐宋文献所著录并保存至今的数百种唐五代音乐曲调中，有四十八调来自"军歌"或"边声"乐曲。而在敦煌曲子词中，也有数十首作品与边塞生活有关，主要表现的是对功勋的追求和对战争的体验，对边将的歌颂和对唐朝的归顺，对征人的怨思和对和平的祈求。敦煌曲子词大多属于民间词，最早产生于初、盛唐之际，延续到唐末、五代①。这种状况，说明了词这种文体在表情达意上本身即具有的开阔空

---

① 参看刘尊明《敦煌边塞词：唐五代的西部歌谣》，载《文艺研究》2005 年第 6 期。

间。晚唐五代基本上是被《花间》、南唐词风笼罩着,尽管欧阳炯的《花间集序》大致上揭示了当时词风的主导趋向,即旖旎柔媚,但《花间集》中仍然也有一些边塞之作,如毛文锡《甘州遍》、孙光宪《定西蕃》等。尽管此类作品多半出于心灵的想象,却也看出诗歌中所创造的传统,仍然会在抒情文学中不绝如缕,而且符合那个特定时代的某种感情需求。

但是,敦煌曲子词中的边塞之作由于其作者姓名不显,很难揣测当时在社会上的流行和影响情况。《花间集》中的边塞之作则基本上是对传统边塞主题的模仿,是为文所造之情,虽然由于作者的才华,使其仍然具有感动人心的力量,在那个特殊的时代,其不被重视,也是理所当然的。作为一个主题,边塞词真正得到发展,是在宋代。

宋代建国伊始,即面临着严重的边患,在西北地区,先后有契丹、西夏和金的威胁,因而也自然形成了产生边塞词的条件。不过,由于宋代重文轻武,文官制度已经成熟,不大可能再有唐代边塞诗形成的诸种因素,因此,边塞词不会有那么深厚的基础,也可以想见。在词的领域中首倡边塞之音的是晏殊,但是真正具有震撼力的还是范仲淹所创作的《渔家傲》诸作。宋代魏泰在《东轩笔录》中曾记其事:"范希文守边日,作《渔家傲》乐歌数阕,皆以'塞下秋来'为首句,颇述边镇之劳苦,永叔尝呼为'穷塞主之词'。"[①]"穷塞主"一语,或有揶揄,但由此亦可见出这种词风,与当时主流不同,因而能够引起宋代最敏感的作家的关注。所以,在范仲淹之后,北宋蔡挺、黄庭坚、晁端礼、吴则礼、时彦、贺铸、王安中、叶梦得、万俟咏、朱敦儒、周紫芝、曹勋等作家,南宋李纲、岳飞、胡世将、张元幹、张孝祥、陆游、辛弃疾、陈亮、刘过、岳珂、黄机、刘克庄、李好古、李曾伯、方岳等作家,先后创作了不少边塞词,汇入宋代爱国词的洪流之中。

---

① 胡仔《苕溪渔隐丛话》前集卷二十九,北京:人民文学出版社,1993,第205页。

其中的主题有边塞风光、边塞戍役、边塞战争、边塞壮志、边塞忧思、边塞怀古等,内容丰富,手法多样,是边塞词发展过程中的一个高峰①。不过,自宋代之后,历经金元,边塞词的创作处于停滞的状态。明代以来,词学不振,边塞词的创作也很少有人问津。一直要到明代末年,随着词学渐有复兴之势,才出现了一些边塞词人和词作。

当然,明代的边塞词在成化前后即有人开始关注。卒于成化十九年(1483)的祝颢写有两首《渔家傲》:"古往今来人事异。谁能解说防胡意。边患从来缘衅起。青史里。玉关曾美贤君闭。　漫筑长城遮万里。萧墙不守非良计。试看和亲并拓地。如醉寐。李陵台下昭君泪。""夷夏从来疆域异。皇家最得安壤意。铁岭遥从葱岭起。俱腹里。边城到处何曾闭。　烟火桑麻弥万里。安生乐业成家计。燕颔将军环信地。高枕寐。娇姿不洒崩城泪。"②词题是"追和范文正公题塞垣",说明范仲淹作为宋代边塞词的开山,有着绵绵不绝的影响力,而且,明朝恢复了汉人的统治,祝氏或也是有感而发。值得注意的是词中的两个地名,一个是铁岭,一个是葱岭。葱岭是古代对帕米尔高原以及昆仑山、喀喇昆仑山等西部诸山的统称,而铁岭则指今辽宁省的一个区域。两个地名把明朝的边塞从西北到东北连接起来。如果说,西北更主要是传统意义上的边塞的话(当然,传统的边塞也包括东北,只是西北更突出一些),则东北正是明王朝马上要面临的最重要的威胁。祝颢的这两首词,可以说是一个信号,点出了明朝边塞词的走向。从《全明词》所收作品来看,成化以来,明代的边塞词主要是和东北有关的,边塞词之所以开始受到关注,明显和明王朝与后金(清)之间的战争有关,作品所展示的空间基本上是在东

---

① 参看何尊沛《论宋代边塞词》,载《四川师范学院学报》1994年第5期。
② 饶宗颐初纂、张璋总纂《全明词》,北京:中华书局,2004,第261页。

北,其中夏言、茅维的有关作品,都对此有所表现。茅维是散文家茅坤的儿子,他的《小重山·梦塞上》写道:"夜半星河挂女墙。几杯残酒醒、拊空床。忽然吹梦到辽阳。光射甲,日锁阵云黄。　绿草覆沙场。胡儿腾上马、射雕忙。琵琶对舞出红妆。亲倚剑,风洒战袍凉。"①写出了边塞的豪情,其中的辽阳,已经不是唐人沈佺期诗中的象征②,而带有时代的切近感。晚明最重要的边塞词人是孙承宗(1563—1638),河北高阳人。万历间进士。天启元年(1621),以左庶子充日讲官,进少詹事。当时沈阳、辽阳相继失陷,孙承宗以通晓军事著称,被任命为兵部尚书、东阁大学士。他坚持扼守位于辽西走廊中部的宁远,以确保二百里外的山海关的安全,宁(远)锦(州)防线遂成为后金骑兵不可逾越的障碍。在此期间,他奔走于抗敌前线,深受将士的敬重。后来被朝中小人所谗,去官回乡。崇祯十一年(1638)十一月,后金(清)兵深入内地,围攻高阳,孙承宗城破被俘,不屈而死。孙承宗的边塞词,有一个基调,即充满报国的热情和必胜的信心。如《水龙吟》:"平章三十年来,几人合是真豪杰。甘泉烽火,临淮部曲,骨惊心折。一老龙钟,九扉鱼钥,单车狐撑。念河山百二,玉镡罢手,都付与,中流楫。　快得罴熊就列。更双龙、陆离光揭。一朝推毂,万古快瞻,百年殊绝。玄菟新陴,卢龙旧塞,贺兰雄堞。看群公、撑拄乾坤大力,了心头血。"③是"尤似辛(弃疾)者"④。他的作品里,也能写出雄壮的军容,如《小重山·观车》:"细柳风旋细柳营。锦裙蹀躞下、六

---

① 《全明词》,第1294页。
② 沈佺期《古意呈补阙乔如之》:"卢家少妇郁金堂,海燕双栖玳瑁梁。九月寒砧催木叶,十年征戍忆辽阳。白狼河北音书断,丹凤城南秋夜长。谁谓含愁独不见,更教明月照流黄。"《全唐诗》卷九十六,北京:中华书局,1960,第1043页。
③ 《全明词》,第1349页。
④ 赵尊岳《惜阴堂汇刻明词提要·孙文忠公词》,《词学季刊》(影印本)第1卷第3号,上海:上海书店,1985,第56页。

花成。甲光耀日雨初晴。辚辚发,霹雳小车行。 鹅鹳压层城。蛟螭烟雾里、队分明。万行齐踏静无声。牙旗转,鼓角向人明。"①还有建功立业的豪情,如《塞翁吟》:"云叶才生雨,楼外铁马嘶风。报急水,小河东。飞一箭青骢。倚天剑破长风浪,小结画影腾空。漫道是,长杨词赋,细柳豪雄。 匆匆。脱跳荡、惊帆辔满,走踥蹀、蟠花带松。有渝海、堪凭洗恨,看今日、踥血玄菟,痛饮黄龙。鸭江醋发,鹿岛萍开,谁是元功。"②钱谦益《列朝诗集小传》描述孙承宗道:"公铁面剑眉,须髯戟张,声如鼓钟,殷动墙壁。方严果毅,巍如断山,开诚坦中,谈笑风发,望而知其为伟人长德。年三十馀为举子,仗剑游塞下,历亭障,穷陒塞,访问老将退卒,通知边事要害。……东事日亟,举朝请以东事累公,遂用是大拜。单车行边,破七里筑城之议,遂自请视师。天子御门临送,诏书郑重,以汉葛亮、唐裴度为比。出镇之初,关门三十里外,圻堠不设。经营四年,辟地四百里,徙幕逾七百里。楼船铁骑,东巡至医无闾,将兴师大举祃牙有日矣。逆阉窃柄,畏公兴晋阳之甲,垂成而告罢。己巳再起,朝受诏而夕引道。东便门之役,以十八骑横穿万垒,抵危关,收悍将,手复遵、永四城,以安畿辅。先帝深知公能办东事,公亦谢绝款议,以恢复为己任。"③钱谦益所进行的个性化描写,正好可以和他的边塞词互参。作为一个前敌将领,孙承宗的边塞词完全是其心声的流露,类似的作品很少有一般的边塞之作所流露出的悲哀,基本上都是这样的昂扬之词,可以合苏辛为一体,不仅是明词的一朵奇葩,而且在中国文学史的边塞之林中,也能占有一席之地。

晚明的边塞词以东北为主要的描写空间,这一趋势一直延续到清

---

① 《全明词》,第 1353 页。
② 《全明词》,第 1354 页。
③ 钱谦益《列朝诗集小传》丁集中,上海:上海古籍出版社,1959,第 553 页。

初,是清初边塞词不同于其他时代的重要特征之一。不过,清初的边塞词也并不是仅仅局限在东北的。

二、清初边塞词的作者构成

清军入关以后,东北地区更加有了多元的意义。一方面,作为清王朝的发源之地,它具有故乡的意义,也是根本的象征;另一方面,由于统治中心南移,东北成为需要防守的地区,因而它又具有边关的性质。再加上清朝统治者由于对东北地区的特定认识和感情,在乾隆以前,往往把东北作为流放地,使其地聚集了一大批具有各种才能的人士。所以,东北地区就在清初受到了极大的关注。同时,作为另一个传统的边塞,西北也仍然是关注的重点,特别是从康熙开始的平定噶尔丹之役,无疑吸引了全国的注意力,使得西北地区又一次成为边防的重点。不过,从创作来看,在词的领域,西北的作品似乎少于东北的作品①。

在创作边塞词的作者中,大约有这样几种人。

第一种是扈从行边之士。康熙即位之后,为了治理天下,曾经到处巡游,无论是亲征噶尔丹,还是视察东北,都有一批大臣随行。清代初年的边塞诗有不少是这些大臣创作的,词的部分,则纳兰性德是一个突出的典型。康熙年间,纳兰曾多次出塞,创作了大量的边塞词,成为清词中的一朵奇葩。还有高士奇等人,也充当了这种角色。他们在扈从生涯中的创作,当然不会被限制住,如纳兰的许多边塞词,就完全与其职守无关,但有些作品也能在一定程度上反映出这种生活,如高士奇的《念奴

---

① 何尊沛《论清代边塞词》一文说:"清代边塞词题材广泛,内容丰富,具有强烈的现实性和时代感。考其涉及范围,大抵集中于描写东北边塞和东南沿海一带的自然风光与军旅生活。"(载《四川师范学院学报》1996 年第 4 期)这个判断有一定根据,只是稍嫌绝对。

娇·扈从过十三山下值清明》①。

第二种是戍守边塞的官员,他们因职分所系,来到边塞,乃写下不少作品。如尤侗曾任直隶永平府推官,驻地在长城脚下的卢龙。卢龙地处河北省东北部燕山南麓,东连抚宁,北揽明长城,自唐代以来歌咏不绝。尤侗在此地任职,也写下不少作品。还有曹溶(1613—1685),顺治初任河南道御史,累迁户部侍郎,左迁广东右布政使。遭丧归里。服除,补山西按察副使,备兵大同。在大同兵备任上,他写了不少边塞词,著名的如《踏莎行·答客问云中》、《绮罗香·云中吊古》等②。

第三种是游边的文士。也和前代一样,清初文士多有作漫游者。漫游的目的,有时带有反清复明的意图,有时也就是出于个人在事业或生活上的追求,有着非常复杂的情态。著名的作家如朱彝尊,他在明亡之后曾经从事过一段抗清斗争,后来依附曹溶,多历边塞之地,写有《百字令·度居庸关》、《消息·度雁门关》等作品③。还有一些人为入幕之士,如易宏,广东新会人,康熙十八年(1679)吴兴祚总制两广,招其入幕,后吴氏被任命为归化城右翼汉军副都统,于是携易宏出塞,遍历西北诸地。

第四种是遣戍边塞的流人。清代乾隆元年(1736)之前,东北苦寒之地是遣戍流人的主要地区,据不完全统计,计有万人之多。这些人中,不少都是著名文人,他们以自己的笔,写出了在边塞的种种感受。特别是

---

① 这首词写道:"年华几许,怎芳春两度,不曾怜惜。古戍黄云嘶马去,客里又逢寒食。冷雨攒衣,颠风掣帽,俄顷前村黑。瓦炉松火,恁时尽也消得。 凝想水国繁华,画裙罗扇,处处喧歌席。柔橹呕哑花影下,绿腻葡萄千尺。异地今朝,伤心杨柳,才露些儿碧。十三山下,伴人一片穹石。(自注:去年春日,扈从喜峰口,今春扈从乌喇。两岁春光,俱在塞外。)"南京大学中文系《全清词》编纂研究室编《全清词·顺康卷》,北京:中华书局,2002,第8447页。

② 《全清词·顺康卷》,第808页,第835页。

③ 《全清词·顺康卷》,第5258—5260页。

顺治十五年(1658)，江南发生科场案，不少文人被流放于此，他们的创作，成为中国文学史上的一道奇观。如吴兆骞顺治十四年(1657)参加江南乡试，考中举人，却因主考方猷等作弊被劾，次年三月，清廷在北京覆试江南举人，以检验是否有弊端。覆试之日，两旁有士兵巡逻。吴兆骞因而战栗恐怖，不能落笔，交了白卷，似乎坐实了作弊的罪名。于是，十一月间，与其他一同考试的七人各被责四十大板，家产籍没入官，父母兄弟妻子并流徙宁古塔。在宁古塔，他写有《百字令·家信至有感》①等作。还有丁澎(1622—1685)，顺治十二年(1655)进士，官刑部主事，调礼部郎中。顺治十五年(1658)充河南乡试副考官，以科场案牵连，谪徙尚阳堡五载。在尚阳堡，他写有《贺新凉·塞上》②等作。这一类的遣戍之作，少见写于西北者，也许，一直要到乾隆之后，纪昀、洪亮吉、林则徐、邓廷桢等人来到西北，才能写出相媲美的作品。

另外，还有一批边塞词的作家，在送人至边塞时，也写了相关的作品。他们在送人的时候，也许还没有边塞的经验，于是驰骋想象，也在作品中写出了边塞的景象和情怀。相关的作家作品如董元恺《塞垣春·送友人出塞，和周清真韵》、徐倬《金缕曲·送合素塞上》、毛奇龄《春从天上来·拟昭君词送友出塞》、孙序皇《雨淋铃·送人出塞》、陈喆伦《内家娇·送人出塞》、金烺《玉烛新·送人之塞上》等。还有一些人，只是具有文学史的意识，体现对某一特定题材的兴趣，类似于练笔。如柴静仪有《风入松·拟塞上词》："少年何事远从军。马首日初曛。关山隔断家乡路，回首处、但见黄云。带月一行哀雁，乘风万里飞尘。　茫茫塞草不知春。画角那堪闻。金闺总是书难寄，又何用、归梦频频。几曲琵琶送酒，

---

① 《全清词·顺康卷》，第 5986 页。
② 《全清词·顺康卷》，第 3191 页。

沙场自有红裙。"①柴静仪是柴世尧之女，与林以宁、顾姒、钱凤纶、冯娴号称"蕉园五子"。她写作边塞词，如题所示，只是一种"拟作"，其本人当然并无任何边塞的经验，其丈夫是否有边塞之事，尚可再考，可能性恐也不大，是则柴氏不过是对这一题材感兴趣罢了。不过，女子加入这个系列中，仍然是清代值得注意的现象。

三、清初边塞词的主题取向

如前所述，边塞词在前代尚不够发达，因此，对于当时人来说，此类作品一出现，就引起很大的关注。如周在浚《沁园春·读文房塞上集》："君为予言，潼关一望，山川壮哉。记玉门西顾，微峰带雪，华山高处，下界闻雷。千古英姿，卫公堪继，告岳雄文心胆开。伤心处，太悲凉激烈，慷慨兴哀。　功名塞上良媒。效博望从容去复回。但悲鸣笳管，犹思汉殿，寂寥书史，半付秦灰。沙碛荒烟，马前残雪，自古征人多异才。遨游好，休栖迟株守，恋此寒梅。"②蒋景祁《风流子·读容若塞上诸词书后即用元夜元韵》："新词鸡禄塞，鲛绡写、千里暮云来。正鞭勒荒城，笳声吹断，烟销古碛，剑气横裁。长征路，江随鸿影度，岭向马头开。暗验刀环，阴山风雪，看题锦字，燕月楼台。　盈箱堆红豆，旗亭句、早已传唱铜街。更约小园春好，花底徘徊。待有酒如渑，衔杯休放，含毫欲下，击钵频催。他日南湖夜色，东阁官梅。"③丁介《贺新凉·和扶荔出塞词》："出塞春无力。梦家山、东风吹破，迷离寒食。万里浮云遮古戍，书断白狼河北。才七月、惊飙凄栗。未老辽阳霜染鬓，炙鱼油、长夜愁鲛室。难回首，海天

---

① 《全清词·顺康卷》，第2989页。
② 《全清词·顺康卷》，第7896页。
③ 《全清词·顺康卷》，第8767页。

黑。重貂肯暖穷边客。奈声声、琵琶别调,马嘶冰勒。双刃空磨英雄泪,鸭绿江涛同泣。听不了、子规秦吉。华表有时还化鹤,问蒲桃、酿酒珍珠滴。能一醉,几千日。"①这些以词写成的读后感,反映了词坛对这一主题的新鲜感。

这种新鲜感是和当时边塞词的主题密不可分的。归纳起来,这些主题大约可以分为以下几类。

第一类是表现出塞的豪情,展示强烈的用世之心。如冯云骧《踏莎行·塞上漫兴》:"雾锁孤城,天横野水。角声一带斜阳里。西风战垒皂旗愁,南山猎火黄羊起。　投笔书生,壮怀何已。酒酣拂剑霞光紫。二桃漫作卧龙吟,十年空负雕虫耻。"②冯云骧是山西大同人,顺治八年(1651)举人,顺治十二年(1655)进士,授大同府教授,内转国子监博士,迁户部主事,刑部员外郎。康熙十七年(1678)典福建乡试,第二年更举博学鸿儒。康熙三十一年(1692)以福建督粮道致仕归。冯云骧入清即参加科举,期待着在这个新的王朝里大展身手,做出一番事业。他的家本在大同,考中进士后又在大同任职,这里的边塞风光激励了他用世的雄心,其中关于战场的描写,或许出于虚拟,"投笔书生,壮怀何已"和"十年空负雕虫耻"的叙说,则体现了他对个人的期许。又如董元恺《沁园春·出塞》:"跨马西征,极望长城,无限苍凉。正金风万里,濛濛草白,穹庐千帐,历历榆黄。狮子屯空,九龙沟冷,落日孤鸿俯大荒。英雄恨,洒无边血泪,老尽沙场。　当年顺义降王。指晾马台倾古道旁。任臂鹰牵犬,紫髯碧眼,鸣鞭挟弹,绿鹿红羊。觱篥横吹,琵琶倒载,重酪旃裘锦绣香。真无外,只八埏一统,安用边墙。"③董元恺是顺治十七年(1660)举

---

① 《全清词·顺康卷》,第10354页。
② 《全清词·顺康卷》,第2759页。
③ 《全清词·顺康卷》,第3364页。

人,身世遭际,每有不平,于是西出秦关,东走粤峤,游大梁,过咸阳,眺邺台,陟夫椒,近七百首词中,多激昂慷慨之作,更时时发有边塞之音。这首词虽然在前面写边塞的苍凉,但表现了从天下大乱到天下大治的过程,最后指出"真无外,只八埏一统,安用边墙",更是表现出江山一统的豪迈,是伴随着改朝换代激发的情思。

这种情怀在观猎诸作中表现得也非常突出。以写出猎而显示豪情,是苏轼开创的传统。熙宁八年(1075)冬,苏轼在密州知州任上,曾写有《江城子·密州出猎》一词。对这篇作品,苏轼颇为自得,在给友人鲜于子骏的信中曾写道:"近却颇作小词,虽无柳七郎风味,亦自是一家。呵呵。数日前,猎于郊外,所获颇多,作得一阕,令东州壮士抵掌顿足而歌之,吹笛击鼓以为节,颇壮观也。"①虽然主要是说风格,但其中所具有的报国情怀,特别是建功边塞的激情,却是这种风格的支撑,因而影响后人甚大。清代初年,这一类的作品不少,如尤侗《十二时·观猎》、冯云骧《南乡子·观猎》、丁玥《满江红·观猎》、沈皞日《十二时·观猎寄高侍讲》、蒋景祁《十二时·观猎》等。如尤侗之作:"望平原、连天野烧,猎猎风吹千骑。缚袴褶、雕弓韝臂。盘尽山头谷尾。犬走鹰飞,猿啼雁叫,洒血成红雨。到日暮、叠鼓鸣笳,酹酒烹鲜,再杀一回足矣。 记少日、卢龙塞上,蛮府参军无事。戏逐孤儿,短衣匹马,射虎南山里。载黄獐满车,归从妻子夸示。 叹残年、抚髀生肉。郁郁谁能堪此。索米金门,摊书玉局,见猎空欢喜。问先生谁伴,嗟乎子虚亡是。"②前两叠写得神采飞扬,豪气贯云,后一叠虽然稍有低落,也是烈士暮年,壮心不已。曾经的边塞生活,是他一生的骄傲,观猎则正激发了他的这种豪情,映衬出对

---

① 苏轼《与鲜于子骏》,《苏轼文集》卷五十三,北京:中华书局,1986,第1560页。
② 《全清词·顺康卷》,第1571页。

这种生活的无限向往。

送人出塞，往往写得悲哀，清初词坛也不例外。但是，当时也有一些送人出塞者，写得很有豪情，如董元恺《塞垣春·送友人出塞，和周清真韵》："塞外天垂野。矗莽莽、征鞍卸。紫台一去，黄埃千里，关山如画。对大旗、落日萧萧也。毳幕烟，光飘洒。听银筝、初弄罢，半壁边愁堪写。驱马射雕还，恰便似、临邛闲雅。归雁过晴天，叫彻凄凉夜。正梦传、芳草泪落，寒云几处、悲笳月下。一往心如醉，向葡萄懒把。"①徐倬《金缕曲·送合素塞上》："蓬断惊沙卷。傍关门、笳声一派，燕归鸿遣。腰下吴钩谁解赠，带血模糊犹泫。望玉塞、千重蟠茧。年少不堪秋夜别，况三分秋色枯杨浅。休赋恨，壮猷展。　青山缺处青帘显。向当垆、金酥乳泛，黄羊脂扁。细柳将军闲较猎，镇日鞲鹰绦犬。磨盾鼻、雄文无免。十万健儿齐注槊，看平蛮、草檄书生典。骑拨叱，五花剪。"②我们尚不能完全了解当时的具体情形，但是，清代初年是一个特殊的时期，整个官僚机制的运作或还不够有序，满族又有尚武的传统，这仅仅是一般意义上的送友人出塞，还是具有某些特殊的内涵，还待再加细考。

这种强烈的建功立业的用世之心，让我们想起了唐代边塞诗的一个重要方面。唐代有不少文人是通过入幕，从军边塞，立边功而进身者，所谓的盛唐气象，在相当程度上在这个方面表现出来。我们当然可以说，从文体发展的惯性看，这是盛唐边塞诗的延续，但是，回到具体的创作情境，则清代初年的有异于明末不振的气象，一定也给了文人们巨大的激励，所以，这种强烈的用世之心也是时代精神的某种反映，可以为我们认识清初文坛提供别一种角度。

---

① 《全清词·顺康卷》，第 3327 页。
② 《全清词·顺康卷》，第 3449 页。

第二类是写边愁。边塞毕竟是苦寒之地,即使是怀有建功立业的雄心,一方面不见得能够得遂所愿,另一方面由于离乡背井,也难免怀念家园,痛感飘零之苦。首先是在边塞感到深深的孤独,如尤侗《贺新郎·塞上》:"天末卢龙道。看敽分、山崖耸峙,河流低绕。极望长城烟一抹,但见黄榆白草。又添得、孤鸿缥缈。寒月如霜沙似雪,想当年有客伤心早。重画出,边愁稿。　短衣自倚高楼啸。吊西风、一杯残酒,泪痕多少。漫说明妃出塞苦,不见玉关人老。更减尽、英雄怀抱。剩有琵琶浑不似,倩庐儿、弹出凉州调。公莫舞,乌啼了。"①其次是壮志消磨的苦闷,如徐旭旦《满江红·龙门塞上有感》:"塞上风高,那堪似、西湖春色。更极目、荒烟衰柳、冻云残日。香细博山沉水冷,琴调绿绮冰弦裂。恁萧斋、只有酒杯宽,浇肠结。　年少志,多磨灭。丈夫泪,羞重裹。看剑寒星落,晓弓逾月。宝气乍埋堪重惜,清光毕露随圆缺。看来年、走马遍长安,簪花节。"②第三是对故乡的思念,如卢绖《八声甘州·边调》:"北人歌、不觉自闻悲,南人也闻哀。是凄凉时候,风沙异境,万里传来。何必琵琶催拍,调出蔡姬才。但习边庭苦,总惯低回。　最怕寒宵孤客,正旅愁不奈,排遣难开。恰梅花闻落,疑上望乡台。却无心,听他曲罢,且倚床、对烛意全灰。关山雪、此时到处,一样成堆。"③所以,在塞外听到笛声,总会勾起乡情,如宋俊《兰陵王·塞上闻笛》:"风萧索。万叠龙堆似削。更何处、横竹一声,小调单于正初学。梅花天外落。认却。清商隐约。关山远、三弄未终,想见春衫倚东阁。　回思少年乐。但心逐闲云,孤影飘泊。故园杨柳应如昨。便梦掩青昼,袖沾红泪,纤手重携问旧诺。被馀韵惊觉。　听错。且斟酌。是换指梁州,情绪遥托。共伊憔悴天涯各。

---

① 《全清词·顺康卷》,第 1568 页。
② 《全清词·顺康卷》,第 1844 页。
③ 《全清词·顺康卷》,第 2723 页。

怎能得密语,暗投香幕。双环亲掷,待月华满,灯影薄。"①至于那些被遣戍边关的人,当然就更加具有排遣不了的边愁了,如吴兆骞《百字令·家信至有感》:"牧羝沙碛,待风鬟、唤作雨工行雨。不是垂虹亭子上,休盼绿杨烟楼。白苇烧残,黄榆吹落,也算相思树。空题裂帛,迢迢南北无据。 消受水驿山程,灯昏被冷,梦儿中叨絮。儿女心肠英雄泪,抵死偏萦离绪。锦字闺中,琼枝海角,辛苦随穷戍。柴车冰雪,七香金犊何处。"②

第三类是对君恩未遍的悲慨。塞外征戍是报君恩,与此同时,理想与现实又无法完全统一,这永远是一个矛盾。南宋时辛弃疾写了一首《破阵子》:"醉里挑灯看剑,梦回吹角连营。八百里分麾下炙,五十弦翻塞外声。沙场秋点兵。 马作的卢飞快,弓如霹雳弦惊。了却君王天下事,赢得生前身后名。可怜白发生。"③不管怎样风光无限,和心中的期望总有落差,这也就构成了边塞之作的某种旋律。像清代初年周纶的这首《忆秦娥·听戍者言》:"天涯路。荒荒野日黄云暮。黄云暮。年年笳吹,征衣如故。 君恩不到边庭戍。乡心空缝将军树。将军树。平安烽报,翠围深固。"④所谓"君恩不到边庭戍",或者理解为年年征戍,不得休歇,或者理解为征戍在外,未得赏赐,无论如何,都反映出一种阻隔,即使如此,这位征戍之人仍然尽忠职守,保证了"平安烽报,翠围深固"。这篇小词容量甚大,感情一波三折,富有层次。这种感情进一步发展,就会致力于揭示社会上的不公平,表达由于希望落空而导致的失落。揭露边塞征战中的苦乐不均,唐人高适的《燕歌行》已有榜样:"战士军前半死生,

---

① 《全清词·顺康卷》,第5984页。
② 《全清词·顺康卷》,第5986页。
③ 邓广铭笺注《稼轩词编年笺注》,上海:上海古籍出版社,1978,第204页。
④ 《全清词·顺康卷》,第7296页。

美人帐下犹歌舞。"①展示出深刻的矛盾。清初的边塞词尚没有这样的深度，作家们往往是从赏罚不均的角度来写的，如张安茂《水龙吟·边塞》："云横秋塞孤城，平芜日落千山紫。哀笳鸣月，画角吹霜，雁声天际。清啸筹边，氍毹未暖，欲眠还起。猛回头窃叹，五云深处，又金貂，传赐矣。　共笑殷忧如杞。太平时、金汤堪峙。渔阳老将，髀里肉生，征歌选伎。颁赐雕题，声灵遐被，何烦纡计。觑闲时早趁，张翰秋风，知几而退。"②在苦寒之地艰辛筹边的人，没有得到应有的重视，享受太平安乐的人则频频受到赏赐，这样的不公平，终于使得主人公心灰意冷，要学晋代辞官归里的张翰，知几而退。有时候，词人们还会有更激烈的写法，如董元恺的《贺新郎·塞外寻李陵碑未得，因读〈汉书〉本传有感》："塞外寻遗躅。没残碑、一编汉史，挑灯闲读。以少击多步敌骑，百战轻身驰逐。万矢尽、鞬汗山谷。独步出营还太息，看弃车、军士徒持辐。恨管敢，遂倾覆。　身名异域宁相辱。睨刀环、犹闻绪语，空劳握足。携手河梁滋别泪，千古清商一曲。羡俯仰、双飞黄鹄。汉节全归十九载，便男元、明岁仍遭戮。通国子，何须赎。"③李陵为汉廷忠心耿耿，出生入死，虽然有失节之事，可是汉朝对他却也是刻薄寡恩，以至于作者浏览《汉书》，为之一洒同情之泪。前往边塞本就是一种付出，不仅没有回报，反而遭受种种不公平，这就产生了类似的作品，在词中也算别调。

第四类是对边塞风情的描写。不管是戍边之士还是游边之士，以及以任何身份来到边塞的人，他们所面对的，往往不仅是以往没有过的生活，而且是以往不曾领略的风景。在边塞诗的传统里，本来就有描写边

---

① 刘开扬笺注《高适诗集编年笺注》，北京：中华书局，1981，第97页。
② 《全清词·顺康卷》，第2525页。
③ 《全清词·顺康卷》，第3376页。

塞风光的取向,所以,清初边塞词人也理所当然地用他们的笔,来描写他们所见到的奇丽风光。有关于西北的风光,如宋俊《临江仙·塞上》:"野旷天低处,云开阵雁,风引盘雕。荒林外,抟空木叶纷飘。萧萧。正沙塞合,浊流急、猎火频烧。披襟望,有银驼载甲,铁马衔镳。　遥遥。狂歌一曲,渐觉声断河桥。更无端击筑,几度鸣骹。劳劳。任青衫瘦,红闺远、白雪争高。凭谁伴,取陇头明月,烂醉村醪。"①这是宋俊留滞宝鸡金台时所写。也有关于东北的风光,如高士奇《水龙吟·松花江望雨》:"晓峰新翠飞来,锦帆半渡春江楫。恰才回首,碧罗天净,弱云微抹。咫尺苍茫,狂飙骤卷,怒涛喷雪。讶盆翻白雨,松林转黑,红一线,雷车掣。　如此风波怎去,急回船、渡头刚歇。野炉争拥,征衫未燎,薄寒犹怯。辽日遗墟,金源旧事。断垣残堞。有当年遗瓮,土花蚀绣,听渔人说。(自注:本朝初年,有渔人于江岸掘得宋钱一瓮。)"②这是高士奇陪同康熙皇帝巡行东北时所写。宋、高都是浙江人,是则无论是看到西北风光还是东北风光,都是印象深刻,表现生动。当然,他们的笔下并不仅仅表现边塞风光,他们也非常关注特定的塞外风情,也就是人物的活动,这些方面,他们始终怀着非常浓厚的兴趣。如尤侗《苏幕遮·塞上》二首之一:"朔云寒,边月苦。觱栗西风,吹乱黄沙舞。夜半雪深三尺许。毡帐驼峰,倒载琵琶女。　打围来,圈地去。银管炊烟,茶煮乌羊乳。蛮府参军穷塞主。匹马随他,看射南山虎。"③词中有倒骑骆驼,载着毡帐到处游走的牧女,有打围、圈地的盛大场面,有银管吹烟而煮奶茶的室内情形,这些,当然都让尤侗这位南方才子兴味盎然了。

第五类是对战争残酷的描写。在边塞诗中写战争之残酷,唐代的高

---

① 《全清词·顺康卷》,第5964页。
② 《全清词·顺康卷》,第8448页。
③ 《全清词·顺康卷》,第1539页。

适和岑参都有佳篇，如高适《燕歌行》："大漠穷秋塞草腓，孤城落日斗兵稀。身当恩遇常轻敌，力尽关山未解围。……边庭飘摇那可度，绝域苍茫无所有。杀气三时作阵云，寒声一夜传刁斗。"①岑参《献封大夫破播仙凯歌六首》之六："暮雨旌旗湿未干，胡烟白草日光寒。昨夜将军连晓战，番军只见马空鞍。"②清初的边塞词很少有这么直接的，人们表达类似的主题，往往是通过对古战场的凭吊。如冯云骧《忆秦娥·吊古战场》二首："烟明灭。战场遥望沙如雪。沙如雪。萧条老木，西风凄烈。 野花黯淡英雄血。惊蓬断草残戈折。残戈折。清霜鬼语，声声幽咽。""斜阳里。浮云惨淡天如水。天如水。战场怀古，荒墩残垒。 西风剪剪红旗死。秋林落叶惊鸦起。惊鸦起。不堪极目，平沙千里。"③这方面的作品，当然以纳兰性德写得最有深度，见后。不过，在清代初年，确实很少有用词这种文体来直接写边塞战争的，也许，当时的作家仍然无法完全摆脱传统的诗词之别，把这样的功能让给诗歌来承担了。

四、清初边塞词的表现方式

清代的边塞词无疑是在前代诗词传统的影响下发展起来的。杜濬有一首《减字木兰花》，题为《秋夜概括唐人边塞诗语为词》："阴山月黑。雪满弓刀行不得。远火星繁。知是前军保贺兰。 度辽年小。三戍渔阳人已老。无定河边。可有春闺梦里缘。"④可见作家们也是自觉地从前代边塞之作中吸取营养，来从事创作，因而有些手法也和前辈很有渊源。

在边塞诗中，闺怨是一个经常性的主题，这个主题由来已久，曹魏时

---

① 刘开扬笺注《高适诗集编年笺注》，第97页。
② 《全唐诗》卷二百一，第2103页。
③ 《全清词·顺康卷》，第2760页。
④ 《全清词·顺康卷》，第701页。

的陈琳就写有《饮马长城窟行》,表达思妇的痛苦,南朝时的江淹、吴均、王僧孺、萧绎、江总等也都有不少作品。唐代就更多了,其中又以捣衣寄远的内容较为常见,名篇佳作层出不穷,如李白《子夜吴歌》:"长安一片月,万户捣衣声。秋风吹不尽,总是玉关情。何日平胡虏,良人罢远征?"①杜甫《捣衣》:"亦知戍不返,秋至拭清砧。已近苦寒月,况经长别心。宁辞捣衣倦,一寄塞垣深。用尽闺中力,君听空外音。"②清初的边塞词当然也颇多此类怀人寄远之作,不过,有时也有一点小小调整,如顾蕙《菩萨蛮·征妇怨》:"谁家月下砧声动。高楼少妇拈针弄。欲整旧时衣。知他瘦与肥。 金戈迷满路。梦见应无据。十载滞关山。闺中绿鬓残。"③相别日久,欲寄寒衣,却不知良人身材身段是否变化,干戈满地,梦中亦难得见,所以思之倍加憔悴。试比较张籍《寄衣曲》:"织素缝衣独苦辛,远因回使寄征人。官家亦自寄衣去,贵从妾手着君身。高堂姑老无侍子,不得自到边城里。殷勤为看初着时,征夫身上宜不宜。"④二作似乎有一定的渊源,但顾氏通篇写女子的心理活动,仍有自己的特色。还有李蕃的《满江红·榆关寄内》:"寄来寒衣,件件自、芜湖城畔。正值新霜满地,西风如箭。多是线针因泪湿,暗添酸楚伤心换。想人生、富贵总无常,思量遍。 榕叶赋,蒸羊饭。霜风急,须眉健。半世功名吾舌在,百年杖履卿身见。好安排、几部未残书,归来看。"⑤李蕃是四川通江人,顺治十四年(1657)举于乡,康熙九年(1670)曾任职山东黄县,因刑案失律,流戍辽西,本篇即写于流戍之所,是接到妻子寄来的寒衣后所

---

① 李白《李太白全集》卷六,北京:中华书局,1977,第 352 页。
② 杨伦《杜诗镜铨》,上海:上海古籍出版社,1962,第 256 页。
③ 《全清词·顺康卷》,第 9285 页。
④ 《全唐诗》卷三百八十二,第 4280 页。
⑤ 《全清词·顺康卷》,第 3221—3222 页。

作。此类作品,一般是以第三人称,从妻子的角度写,本篇却是作者自己的口吻,先是悬想妻子的辛劳,然后写到自己的处境,最后以未来的假设而结束。这种写作方式,跳出了客观描写的模式,如李杜之作,而有了切近感,这是只有身在塞外才能具有的角度。身在塞外者以往也并不少见,可是清初流人是一个独特存在,也就能把这一类题材写得有声有色。

和以往的边塞之作一样,清初边塞词也经常会出现女性,所采用的写作手法往往是从对面写。在这方面,前人已有范例,如王昌龄著名的《从军行》:"烽火城西百尺楼,黄昏独上海风秋。更吹羌笛关山月,无那金闺万里愁。"①不说戍边之人思家,偏说家中之人愁苦,后来慢慢也成特定的写作手法,如耿湋《关山月》:"月明边徼静,戍客望乡时。塞古柳衰尽,关寒榆发迟。苍苍万里道,戚戚十年悲。今夜青楼上,还应照所思。"②不过,在边塞文学的系统中,特别是边塞词中,清初仍然可以大书一笔,其中又以纳兰性德的词最有代表性。纳兰性德和妻子的感情本来就很深,有了出使边塞的媒介,就更能在这个传统写法中腾挪生新。如《浣溪沙》:"万里阴山万里沙。谁将绿鬓斗霜华。年来强半在天涯。魂梦不离金屈戍,画图亲展玉鸦叉。生怜瘦减一分花。"③艰苦环境中,本来应该清减的是边塞之人,作品却别出心裁,写梦魂回家,妻子因思念而瘦削,比起王昌龄的作品,显得更加具体。又如《浪淘沙》:"野宿近荒城。砧杵无声。月低霜重莫闲行。过尽征鸿书未寄,梦又难凭。 身世等浮萍。病为愁成。寒宵一片枕前冰。料得绮窗孤睡觉,一倍关情。"④

---

① 《全唐诗》卷一百四十三,第1444页。
② 《全唐诗》卷二百六十八,第2979页。
③ 冯统编校《饮水词》,广州:广东人民出版社,1984,第60页。
④ 冯统编校《饮水词》,第175页。

这一篇不写梦而写想象，其实是同一个意思。词中说征戍在外，环境恶劣，心情孤寂，书难寄达，梦又无凭，因愁成病，孤衾冷清，乃有身世浮萍之感。最后一转，却又写到妻子身上，说是料得此时对方是"一倍关情"。这个"一倍"，并不是说他对妻子的思念就弱于对方，而是写出两人的相知，更加具有表现力。即使是表现一些传统题材，他也不离这个角度，如《台城路·塞外七夕》："白狼河北秋偏早，星桥又迎河鼓。清漏频移，微云欲湿，正是金风玉露。两眉愁聚。待归踏榆花，那时才诉。只恐重逢，明明相视更无语。　人间别离无数，向瓜果筵前，碧天凝伫。连理千花，相思一叶，毕竟随风何处。羁栖良苦。算未抵空房，冷香啼曙。今夜天孙，笑人愁似许。"①不仅写"只恐重逢，明明相视更无语"，而且具体点出"算未抵空房，冷香啼曙"，从而在这个传统的牛女题材中写出了自己的特色。看来，纳兰是有意识地在这个方面用力，所以总能变换出不同的花样。再如《一络索》："过尽遥山如画。短衣匹马。萧萧木落不胜秋，莫回首、斜阳下。　别是柔肠萦挂。待归才罢。却愁拥髻向灯前，说不尽、离人话。"②这一篇又预设相逢情形，从李商隐《夜雨寄北》来："君问归期未有期，巴山夜雨涨秋池。何当共剪西窗烛，却话巴山夜雨时。"③不过，纳兰又有自己的独特角度，如果只是"拥髻向灯前，说不尽、离人话"，那么还没有跳出李商隐的藩篱，可是纳兰以"却愁"二字，写出现在想象中已是难以为怀，真的相见，实在不知该如何应对那悲喜交集的场面，就显得比李商隐的写法还要深曲。

清代的边塞词喜欢加入女性的形象，是一个有趣的话题，或许除了从前代边塞诗获得资源外，还受到戏曲、小说的影响，这个话题留待以后

---

① 冯统编校《饮水词》，第44页。
② 冯统编校《饮水词》，第82页。
③ 李商隐著、冯浩笺注《玉溪生诗集笺注》，上海：上海古籍出版社，1979，第354页。

再说。不过,有时候,相关的创作也还颇有可议之处。如毛奇龄《春从天上来·拟昭君词送友出塞》:"河水东流。看万里寒风,塞外惊秋。谁遣倾国,远嫁边头。辞凤辇、下龙楼。记临行上马,赐与锦带共箜篌。卸宫妆,向深深氍幕,徐换貂裘。　平沙那堪晓发,似露下长门,月堕金沟。满地燕支,菱红枯紫,巧胜画笔涂匀。羡年年塞雁,归渡海岸与沙洲。愿仍还上林旧宿,同叫更筹。"①这个创意很不错,用昭君出塞来写边塞之情,只是,感情上或许相通,事情上无法相类,这样的写法新颖则新颖,只是不够贴切。还有仲恒《渔家傲·塞下》:"一望狼烟天欲暝。哀笳四起西风劲。饮马河边秋月冷。千山静。长空不见飞鸿影。　谁是当年霍去病。鞭梢指处天山定。少妇不知空咽哽。新传令。明朝又度燕支岭。"②写征戍无定之感,中间加上"少妇"一句,虽然也能说得通,毕竟觉得突兀。凡此,都是刻意求新之弊。

　　清初边塞词中还有一点比较独特的,是关注的事物更加琐细,试图弥补前人所未及留意之处,其中以写花之作最为突出。本来,塞外是荒凉苦寒之地,是摧残生命力的地方,一般人写塞外,当然也就是从冷落萧条落笔,但是,具体的生活并不如此单调,即使是写边塞,也有许多东西可以信手拈来,充满发现的意外。当时的词人把笔墨主要落在了花上面,要用充满美感的花,来反衬边塞生活。有写春花的,如高士奇《金缕曲·塞上见杏花》:"绝塞山无数。动羁愁、马头雁底,黑云黄雾。拚得今年春草草,落尽垂杨轻絮。知道是、东君留否。蓦地花开横小阜,据吟鞍、错认江村路。洒几点,洗红雨。　夭斜似解怜人语。问春风、玉门关外,缘何也度。嫩蕊秋香空艳冶,不见蝶围蜂舞。只惹却、晴丝牵住。已

---

① 《全清词·顺康卷》,第 3722—3723 页。
② 《全清词·顺康卷》,第 4865 页。

断青旗沽酒店,待踟蹰、画角频催去。摇鞭影,日亭午。"①这几朵杏花,不仅让词人想起了家乡的春天,而且给荒凉的塞外带来了一丝生机,所以就倍加珍惜。也有写秋花的,如揆叙《念奴娇·咏秋海棠》:"萧条沙塞,早丝丝红萼,暗催诗句。翠雀金莲凋落后,(自注:翠雀,塞外花名。)一种向人如语。拾蕊蜂稀,寻香蝶少,秋在花深处。春光不借,免教群卉争妒。 无奈吹谢吹开,西风阵阵,助悲凉情绪。轻着胭脂浓衬叶,画手应难摹取。香雾濛濛,粉霞澹澹,点缀松亭路。且来闲赏,迨天犹未多雨。"②在人们心目中,秋天的边塞更是一片萧条,所谓"大漠穷秋塞草腓",如高适所写。可是作者偏偏发现秋天的美,虽然在凛洌的西风中,花很快就会凋落,让作者平添凄凉情绪,但是,行进在边塞之中,毕竟能够给孤寂的心灵带来安慰。显然,清初的边塞词人在写边塞生活时,视野更加开阔了,他们用笔下的花,给荒寒的边塞增添了几分暖色,也给边塞词增添了一些新因素。

五、清初边塞词的翘楚:纳兰性德

要讨论清初的边塞词人,纳兰性德无疑是最有成就的。但是,当时以边塞为主要关注者,尚不止他一个人。有一位叫高玢的,虽然无法比拟纳兰的成就,但他是清初对边塞词特别用心的词人之一。高玢(1664—1744)是河南柘城人,康熙三十年(1691)进士,官至广东道监察御史。他出塞的具体事迹尚待考证,但是,对他自己来说,这一定是他生活中的一件大事,对他影响至深,所以,他把自己的作品起名为《出塞

---

① 《全清词·顺康卷》,第8447—8448页。
② 张宏生主编《全清词·顺康卷补编》,南京:南京大学出版社,2008,第2030—2031页。

集》,其中有词一卷,共四十一首,不少都是和边塞有关的作品。所以,他是清初比较全力创作边塞词的作家之一。

从高玢的词来看,他走过的边塞之地不少,从西北的拜达里河,归化城,到幽燕之地,都留下他的足迹。他颇能抓住塞外的一些生活情境,写出边塞的特点,如《如梦令·塞上杂事三首》:"塞上星流云散。剩得霜华一半。乳酪抵琼浆,酒味茶香谁惯。休叹。休叹。还似廉颇善饭。""小苑黄昏白昼。几许绿肥红瘦。岁岁鸟啼声,只怨刘郎去后。今又。今又。梦里春光依旧。""漠漠马头云涨。颎颎石鲸吹浪。底事去还来,两度鬼门关上。无恙。无恙。一任天公安放。"①或写饮食的特点,或写季节的变迁,或写生死的偶然,都是以一个小小的片段,说出一时的情思。他也曾叙述军队中的生活,如《钗头凤·军中戏成》:"金鼓骤。蒲牢吼。此间难着屯田柳。思景略。呼镇恶。双飞赤白,低吟浅酌。错。错。错。　被组练。挥长剑。纶巾羽扇谁曾见。驱骄鳄。抛繁弱。一帆沧海,满胸衡霍。乐。乐。乐。"②这是军人眼中的军队生活,所以让文人走开,着意刻画铁马金戈的场面,有其自己的角度。在他的词中,还可以看出一时重要的史事。如《渔家傲·归化城元宵和韵》:"醉月楼边春信漏。城南火树明如昼。番部侏㒲傩鼓骤。黄昏后。盘龙宝髻新妆就。(自注:时蒙古妇女初从满装。)　前度刘郎今日又。大青山色还依旧。只有去年人转瘦。樽前斗。旗亭共把青衫袖。"③"盘龙宝髻新妆就"一句让人们得知"时蒙古妇女初从满装",用短短几个字就写出了时代的变迁,非常精致。不过,总的来说,高玢的词从气象上看,比起纳兰的词,还是要差很多。

---

① 《全清词·顺康卷补编》,第 1723 页。
② 《全清词·顺康卷补编》,第 1724 页。
③ 《全清词·顺康卷补编》,第 1724 页。

纳兰的边塞词一直是学术界关注的热点之一,有关的研究很多,这里只想指出和同时代人相比,他的两个较有特色的方面。

第一是对社会历史的情感性思考。纳兰边塞词笼罩着一层悲哀的情调,是人所共知的事实,这并不是说他的边塞词都如此,比如下面的这首《浪淘沙·望海》:"蜃阙半模糊。踏浪惊呼。任将蠡测笑江湖。沐日光华还浴月,我欲乘桴。　钓得六鳌无。竿拂珊瑚。桑田清浅问麻姑。水气浮天天接水,那是蓬壶。"①这是在山海关眺望大海的情形,一种豪迈之情夹杂着浓重的惊喜,在纳兰词中堪称别调,其整体风格颇似李清照写《渔家傲》(天接云涛连晓雾)。不过,悲哀却是纳兰的基调,只是这种悲哀往往蕴含着他的思考。纳兰本属叶赫那拉氏,在部族战争中,被爱新觉罗部所灭,他来到东北,足迹所至,就经过明清战场,可能也经过他的部族当年的领地,尽管到了他这一代,已经完全融入爱新觉罗氏,但以他的善感,对王朝的兴废、人事的变迁,不能没有触动。所以,来到当年"龙战"之地,他只感到霸业易休,即使跃马横戈,也终将英雄老去,一切成空,因而在《南乡子》中写道:"何处淬吴钩。一片城荒枕碧流。曾是当年龙战地,飕飕。塞草霜风满地秋。　霸业等闲休。跃马横戈总白头。莫把韶华轻换了,封侯。多少英雄只废丘。"②何况,他还曾经经过原是自己部族所在地的小兀喇,想起世事变迁,有不能说,不忍说者。《浣溪沙·小兀喇》这样写:"桦屋鱼衣柳作城。蛟龙鳞动浪花腥。飞扬应逐海东青。　犹记当年军垒迹,不知何处梵钟声。莫将兴废话分明。"③就是因为,这种兴亡之感,不比一般,实在是无法"话分明"的。自古无不亡之国,即使如秦始皇当年声威赫赫,建造万里长城,以为江山永

---

① 冯统编校《饮水词》,第175—176页。
② 冯统编校《饮水词》,第139页。
③ 冯统编校《饮水词》,第62页。

固,千秋万代,事实上又怎么样呢?纳兰往东北走,势必经过古长城,《一络索》记载了他的心情:"野火拂云微绿。西风夜哭。苍茫雁翅列秋空,忆写向、屏山曲。　山海几经翻覆。女墙斜蠹。看来费尽祖龙心,毕竟为、谁家筑。"①末句的茫然,就是他对"今古河山无定据"②的直观认识,而在无法解释的情况下,也只能把这一切归为天命:"古戍饥乌集,荒城野雉飞。何年劫火剩残灰。试看英雄碧血,满龙堆。　玉帐空分垒,金笳已罢吹。东风回首尽成非。不道兴亡命也,岂人为。"③

　　一般认为,纳兰词中多悲哀情调,是因为其天性如此,但从这些边塞词来看,实则也是他对人类社会的观察所致,只是由于其善感的心性使得这些描写被推上了一个极端。纳兰以词为载体对历史的思考,即使其中表现出浓重的虚无感,仍然是非常珍贵的,在词这一文体中可谓非常罕见,是他对词体所做出的重大贡献,增强了其厚重性。至于其中的人生体悟,那是其天生素质所致,不是勉强可以达到的。王国维盛赞纳兰词,和这些都有关系,不可轻轻放过。

　　第二是情与景的矛盾性统一。这是一个非常微妙的问题,值得文艺理论研究者很好地思考。王国维《人间词话》评价纳兰性德说:"'明月照积雪','大江流日夜','中天悬明月','长河落日圆',此种境界,可谓千古壮观。求之于词,唯纳兰容若塞上之作,如《长相思》之'夜深千帐灯',《如梦令》之'万帐穹庐人醉,星影摇摇欲坠'差近之。"并总结其原因说:"纳兰容若以自然之眼观物,以自然之舌言情。此由初入中原,未染汉人风气,

---

① 冯统编校《饮水词》,第83页。
② 纳兰性德《蝶恋花·出塞》:"今古河山无定据。画角声中,牧马频来去。满目荒凉谁可语。西风吹老丹枫树。　从前幽怨应无数。铁马金戈,青冢黄昏路。一往情深深几许。深山夕照深秋雨。"冯统编校《饮水词》,第68—69页。
③ 纳兰性德《南歌子·古戍》,冯统编校《饮水词》,第82页。

故能真切如此。北宋以来，一人而已。"①王国维引的两首词如下。《长相思》："山一程。水一程。身向榆关那畔行。夜深千帐灯。 风一更。雪一更。聒碎乡心梦不成。故园无此声。"②《如梦令》："万帐穹庐人醉。星影摇摇欲坠。归梦隔狼河，又被河声搅碎。还睡。还睡。解道醒来无味。"③阔大的境界和琐细的归心放在一起，有其不协调处。试拿王国维用来做比较的诸作来对照，如谢朓的《暂使下都，夜发新林至京邑，赠西府同僚》、谢灵运的《岁暮》、杜甫的《后出塞》五首之二、王维的《使至塞上》。前两首虽然也写愁，但通篇有苍莽之气，浑然一体；后两首则或写军容，或写塞景，格调统一。纳兰将一对矛盾纳入词中，使得作品有了一种张力，其感情固然可以理解为是由于上述写悲所致，但是也因此将小令赋予了顿挫之感，情与景一并顿挫，则在不和谐中又体现出和谐来。

所以，纳兰的边塞词虽然从唐代边塞诗之后的传统来看，缺少了一些东西，但是，他在这一整体传统中，也能占有一席之地。至于就边塞词而言，那就更加是无人能出其右了。

六、总结

在边塞词的历史上，清初的有关作品达到了此前的最高峰。关于边塞词，唐代已经开始了萌芽，宋时正式形成，出现了一些著名的作家作品，但是，正如唐宋词在词史上所表现的一样，由于观念尚未更新，也使得参与者不够多，境界也不够开阔，因而给后人留下了很大的空间。金、元、明三代，词学衰微，边塞词的作家较少，但是，到了明末，边塞词有兴起的迹象，这一方面体现了时代的现实需求，另一方面也和词学复兴的

---

① 王国维《人间词话》，唐圭璋编《词话丛编》，北京：中华书局，1986，第 4251 页。
② 冯统编校《饮水词》，第 88—89 页。
③ 冯统编校《饮水词》，第 205 页。

趋势相符合。

清初边塞词的队伍广泛，有皇帝的扈从之士，有边塞的官员，有游边之人，有戍边之人，也有其他各种人等，这种普遍的创作群体，反映了社会上对这一题材的关注。从写作主题上来看，清初的边塞词主要体现在建功立业的雄心，边塞愁苦的抒写，君恩未遍的哀怨，塞上风物的描写，以及对战争的刻画，这些主题，基本上也就是文学史上对边塞文学的规定，但清人自有其符合时代特色的表达。至于写作手法，词这种文体尚有一定的限制，主要体现在侧面写的比较多，包括从女性的角度写，以及从物象的角度写，等等。

纳兰性德是清初边塞词创作中最有成就的词人，他的作品不仅多，而且有深度，特别是表达对战争的反思，以及其中所表现出来的巨大悲哀，在历代边塞文学中，都占有非常突出的地位。

清初边塞词是清代整体边塞词创作的开端，对后世有着巨大的影响。但是，清代的边塞词创作并不完全笼罩在这个思路之中，特别是发展到近代，又有了一个新的部类：海疆边塞词，那就不仅是对清初的重大发展，而且在中国文学史上也是非常新鲜的，需要另外撰文予以探讨。

第二节　战争体验与记忆叠加
——清代的《扬州慢》创作

南宋淳熙三年(1176)，姜夔到达扬州，感慨兵后景象，写下一首自度曲《扬州慢》。这篇作品在词史上地位甚高，好评如潮。前人所论，大多推重其善写"废池乔木"之感[①]，"'犹厌言兵'四字，包括无限伤乱语，他

[①] 郑文焯《郑校白石道人歌曲》，吴熊和主编《唐宋词汇评·两宋卷》，杭州：浙江教育出版社，2004，第2769页。

人累千百言,亦无此韵味"①,通篇写得"不惟清空,又且骚雅"②。确实能抓住此词特色。但是对于这篇作品,在词的创作领域中,开创了将城市记忆与战争描写相结合的模式,以及这种模式对后世,尤其是对清人词体创作产生重大影响的状况,却较少有人讨论。笔者拟对此略述管见。

一、姜夔《扬州慢》的基本模式及其在宋末的影响

姜夔《扬州慢》云:

> 淮左名都,竹西佳处,解鞍少驻初程。过春风十里,尽荠麦青青。自胡马、窥江去后,废池乔木,犹厌言兵。渐黄昏、清角吹寒,都在空城。 杜郎俊赏,算而今、重到须惊。纵豆蔻词工,青楼梦好,难赋深情。二十四桥仍在,波心荡、冷月无声。念桥边红药,年年知为谁生。③

词前有小序,介绍了作词缘由:"淳熙丙申至日,予过维扬。夜雪初霁,荠麦弥望。入其城,则四顾萧条,寒水自碧,暮色渐起,戍角悲吟。予怀怆然,感慨今昔,因自度此曲。千岩老人以为有黍离之悲也。"从中可以了解,这是由于北宋南渡之际,战火燃烧,扬州受到摧残,以往的繁荣不再,勾起了词人的满腔感慨,因此写下的作品。由此确立了这篇作品的两个基本因素:战争背景和今昔盛衰。

战争背景很简单,是指建炎二年(1128),金兵攻陷扬州,给这座繁华

---

① 陈廷焯《白雨斋词话》卷二,唐圭璋编《词话丛编》,北京:中华书局,1986,第3798页。
② 张炎《词源》卷下,《词话丛编》,第259页。
③ 唐圭璋编《全宋词》,北京:中华书局,1965,第2180—2181页。

的城市造成了极大的破坏。而从今昔盛衰的角度看,这篇作品蕴含着明暗两个结构。

从明的方面看,是唐宋的对比。这是宋人常常体现出来的倾向,因为唐代是一个令不少人都为之骄傲和留恋的盛世,而又由于身世经历的相似,姜夔对晚唐诗人杜牧表示了特别的兴趣。词中对于唐代繁华的书写,都是以杜牧及其作品加以支撑的,"竹西佳处"、"春风十里"、"豆蔻词工"、"青楼梦好"句,就分别出自杜牧之手。杜牧《题扬州禅智寺》:"雨过一蝉噪,飘萧松桂秋。青苔满阶砌,白鸟故迟留。暮霭生深树,斜阳下小楼。谁知竹西路,歌吹是扬州。"《赠别》二首之一:"娉娉袅袅十三馀,豆蔻梢头二月初。春风十里扬州路,卷上珠帘总不如。"《遣怀》:"落魄江湖载酒行,楚腰纤细掌中轻。十年一觉扬州梦,赢得青楼薄幸名。"《寄扬州韩绰判官》:"青山隐隐水迢迢,秋尽江南草木凋。二十四桥明月夜,玉人何处教吹箫。"①在唐代,扬州是长江中下游最繁华的城市之一。"扬州,胜地也。每重城向夕,倡楼之上,常有绛纱灯万数,辉罗耀烈空中,九里三十步街中,珠翠填咽,邈若仙境。"②唐文宗大和(827—835)年间,杜牧曾在扬州住过几年,对扬州的繁华有亲身体会,形诸笔墨,非常真切。正如清代诗歌批评家袁枚所说:"杜司勋诗'谁家唱水调,明月满扬州'、'谁知竹西路,歌吹是扬州'、'扬州尘土试回首,不惜千金借与君'、'二十四桥明月夜,玉人何处教吹箫'、'春风十里扬州路,卷上珠帘总不如'、'十年一觉扬州梦,赢得青楼薄幸名',何其善言扬州也!"③这是以杜牧眼中

---

① 杜牧撰、吴在庆校注《杜牧集系年校注》,北京:中华书局,2008,第 344 页,第 614 页,第 1214 页,第 545 页。
② 李昉《太平广记》卷二百七十三"妇人四",台北:文史哲出版社,1981,第 1151 页。
③ 余成教《石园诗话》卷二,郭绍虞编选《清诗话续编》,上海:上海古籍出版社,1983,第 1771 页。

的盛,来映衬姜夔自己眼中的衰。

从暗的方面看,则里面又隐含着鲍照《芜城赋》的结构。芜城即扬州,从西汉开始,就非常富庶,一片繁荣。但经过吴楚七国之乱,拓跋焘南侵时的破坏,特别是竟陵王刘诞起兵叛乱,被宋孝武帝讨平,有屠城之举,更受摧残。这些,都对鲍照心灵造成极大的冲击,因而写下这篇杰出的赋作。全文明显分成两个部分,前面写盛:"当昔全盛之时,车挂轊,人驾肩,廛闬扑地,歌吹沸天。孳货盐田,铲利铜山。才力雄富,士马精妍。……是以板筑雉堞之殷,井干烽橹之勤,格高五岳,袤广三坟,崒若断岸,矗似长云。"后面写衰:"泽葵依井,荒葛罥途。坛罗虺蜮,阶斗麏鼯。木魅山鬼,野鼠城狐。风嗥雨啸,昏见晨趋。饥鹰砺吻,寒鸱吓雏。伏暴藏虎,乳血餐肤。崩榛塞路,峥嵘古馗。白杨早落,塞草前衰。棱棱霜气,蔌蔌风威。孤蓬自振,惊沙坐飞。灌莽杳而无际,丛薄纷其相依。通池既已夷,峻隅又已颓。直视千里外,唯见起黄埃。"[①]两相映衬,对比鲜明,反映了非常深沉的思想。这种写法,无疑影响到了姜夔。以今视昔,今日犹昔,这正是一个非常合理的思路,和对杜牧诗的借用,相得益彰。

就文学创作而言,在南宋以前的其他文体中,这种结构模式并不算太新鲜,但在词里,围绕着一个城市去写,则还比较特别。所以,自姜夔之后,就引起了作家们非常浓厚的兴趣。在《全宋词》中,除姜作外,还有《扬州慢》6首,今昔盛衰的对比和感慨,也是其主要的模式。值得注意的是,这6首词中,绝大部分是写琼花的。题材如此相同,其中应有一定的群体意识,但《扬州慢》本就是姜夔的自度曲,珠玉在前,受其影响也是自然,不过若从他们选择此一词调而又在题材上有所立异来看,则也不

[①] 鲍照撰,丁福林、丛玲玲校注《鲍照集校注》卷一,北京:中华书局,2012,第22—23页。

排除其中的争胜心态。如赵以夫《扬州慢》：

> 十里春风，二分明月，蕊仙飞下琼楼。看冰花剪剪，拥碎玉成球。想长日、云阶伫立，太真肌骨，飞燕风流，敛群芳、清丽精神，都付扬州。　雨窗数朵，梦惊回、天际香浮。似闻苑花神，怜人冷落，骑鹤来游。为问竹西风景，长空淡、烟水悠悠。又黄昏羌管，孤城吹起新愁。①

词前有序："琼花唯扬州后土殿前一本，比聚八仙大率相类。而不同者有三：琼花大而瓣厚，其色淡黄，聚八仙花小而瓣薄，其色微青，不同者一也。琼花叶柔而莹泽，聚八仙叶粗而有芒，不同者二也。琼花蕊与花平，不结子而香，聚八仙蕊低于花，结子而不香，不同者三也。友人折赠数枝，云移根自鄱阳之洪氏。赋而感之，其调曰《扬州慢》。"琼花以产于扬州者为贵，韩琦曾有诗："维扬一株花，四海无同类。年年后土祠，独此琼瑶贵。中含冰麝芳，外团蝴蝶戏。酴醿不见香，芍药惭多媚。扶疏翠盖圆，散乱真珠缀。不从众格繁，自守幽姿粹。"②词的上片盛赞琼花的美丽和风神，以美女作比，则有杨贵妃的丰腴，赵飞燕的轻盈，千般姿态，万种娇媚，都集于一身。下片宕开一笔，回到序中所写友人赠花事。花香撩人，亦似慰人，所以花神骑鹤而至，怜人冷落孤寂。不过，琼花若从扬州来，词人当然就要急切地询问扬州的情况，那毕竟是一个多年来繁华富庶的地方。可惜，那里只有"长空淡、烟水悠悠"。最后一句，明显从姜夔而来，是姜夔"渐黄昏、清角吹寒，都在空城"的另一种写法。由此，可

---

① 《全宋词》，第 2664 页。
② 陈景沂《全芳备祖》前集卷五《花部·琼花》，影印文渊阁《四库全书》第 935 册，第 75 页。

以看出,赵作确实受到姜夔的影响,但又根据当时的情境,做了调整。作为咏物词,写得不粘不脱,当然也是接受了姜夔词体创作的另一种传统。值得注意的是,琼花身上,也寄托着家国之思。据记载,南宋初年,"金兵渡淮,趋扬州,直入观,揭花本去,其小者剪而诛之"。有一老道在被毁坏的琼花旁觅一小根,"默祷后土,移植之花处,日往护之。越明年二月既望,夜中天大雷雨,某诘朝起视两庑,蚯蚓布地皆满,所植根旁,则勃然三蘖,从根发出矣。自是遂条达不已。"①如此,则其中的今昔之感,也能和姜夔原作,有所接续。赵以夫生于宋孝宗淳熙十六年(1189),卒于宝祐四年(1256),他的感慨,有其特定的时代性。

同是写琼花,其中的立意,随着时代的变化,也会有一些不同。如李莱老《扬州慢·琼花次韵》:

> 玉倚风轻,粉凝冰薄,土花祠冷无人。听吹箫月底,传暮草金城。笑红紫、纷纷成雨,溯空如蝶,恐堕珠尘。叹而今、杜郎还见,应赋悲春。　佩环何许,纵无情、莺燕犹惊。怅朱槛香消,绿屏梦渺,肠断瑶琼。九曲迷楼依旧,沉沉夜、想觅行云。但荒烟幽翠,东风吹作秋声。②

李莱老是宋理宗景定前后的人,和周密的交往较为密切,大约经历了南宋的亡国。所以,他的这首词,可能写在宋亡之后。宋蒙战争中,扬州也是个非常重要的地点。临安陷落后,太皇太后降元,有诏书至扬州,劝守官李庭芝、姜才等投降,不为所动。由于元将阿术昼夜攻打,最后独

---

① 陈景沂《全芳备祖》前集卷五《花部·琼花》,影印文渊阁《四库全书》第935册,第73页。

② 《全宋词》,第2973页。

木难支,李庭芝、姜才被俘身死。词中所写,或者和这个背景有关。上片用杜牧伤春事,尚是沿习姜夔的写法,而下片谈到建筑,尤其是谈到隋炀帝的迷楼,则传达出更为深远的历史感。唐代冯贽《南部烟花记·迷楼》:"迷楼,凡役夫数万,经岁而成。楼阁高下,轩窗掩映,幽房曲室,玉栏朱楯,互相连属。帝大喜,顾左右曰:'使真仙游其中,亦当自迷也。'故云。"①北宋贺铸《思越人》:"红尘十里扬州过,更上迷楼一借山。"②迷楼,可见其盛,也可见其衰,描写中,有着反思之意,这一点,又是姜夔所没有写出的。而从描写上看,情调显得较赵作更为悲苦,或者也和创作的时代有关。

所以,从姜夔创调,到南宋诸人的继起之作,看得非常清楚,在描写战争的大背景中,历史记忆不断丰富,联想层面不断增强,这也构成了《扬州慢》的一种基调。

二、明清之际《扬州慢》的战争书写

元明两代,姜夔的影响较小,例如明代最为流行的词选《草堂诗馀》中,连一首姜夔的词都没有选,总的来说,这一时期,姜夔较受冷落。不过,到了清初,在词学复兴的大背景下,由于朱彝尊等人的大力宣扬,姜夔重又回到人们的视野中。

从元明两代的情形看,由于姜夔的作品没有得到很好的保存,其整体文献流通状况不是很正常,但这首《扬州慢》不大一样。这首词曾经被张炎的《词源》表彰,誉之为"平易中有句法"、"不惟清空,又且骚雅"③,而且被收在了宋代赵闻礼的《阳春白雪》中。这些著作都是可以看到的。

---

① 冯贽《南部烟花记》,陶宗仪《说郛》卷六十六,清顺治三年(1646)刻本。
② 《全宋词》,第526页。
③ 张炎《词源》卷下,《词话丛编》,第258—259页。

因此，这首作品仍然称得上是流传有序，在明清之际这个特殊的历史时期，其书写模式重又得到重视，也是理有必至。

首先，明清之际的词人在书写扬州时，将自己作为了姜夔的后来者，而且，将姜夔所描写的南渡，也加入自己的历史记忆中。如盛兆晋《扬州慢·游平山堂，用姜白石韵》：

> 隋苑杨花，红桥芍药，勾人且驻离程。望蜀冈高下，但柏翠松青。自嘉祐、才人去后，平山阑槛，几换刀兵。笑二分明月，如何独在芜城。　风流渺矣，诵当年、乐府堪惊。对北固山云，南徐水递，无限关情。帝子迷楼何在，空梁句、枉自吞声。看玉钩斜冷，年年芳草犹生。①

这首词将焦点聚集在文人身上。"嘉祐才人"指的是欧阳修。庆历八年（1048），欧阳修任扬州知州时，曾在城西北五里的大明寺旁修筑了一座平山堂。由于地势高，在堂前远望，镇江、南京等地都隐隐在目，目及诸山与堂的栏杆相平，所以叫"平山堂"。这个"当年乐府"，很明显的就是欧阳修在嘉祐元年（1056）写赠新任扬州知州刘敞的《朝中措·送刘仲原甫出守维扬》："平山阑槛倚晴空，山色有无中。手种堂前垂柳，别来几度春风。　文章太守，挥毫万字，一饮千钟。行乐直须年少，尊前看取衰翁。"②但由于"平山阑槛，几换刀兵"，则"堪惊"的，就又不仅仅是从欧阳修而来的今昔之异，而是蕴涵着巨大的沧桑之变，其中当然也包括姜夔《扬州慢》所展示的怆痛。所以，这首词也就将从欧阳修到姜夔的文学

---

① 南京大学中文系《全清词》编纂研究室编《全清词·顺康卷》，北京：中华书局，2002，第9919页。

② 《全宋词》，第122页。

书写,都添加在一起了。"空梁",隋代薛道衡《昔昔盐》中有名句:"暗牖悬蛛网,空梁落燕泥。"传说大业五年(609),隋炀帝将薛处死,处死前曾问:"更能作'空梁落燕泥'否?"① 将隋炀帝迷楼事和薛道衡命运联系在一起,也是服务于以文人为中心的描写。在这里,作者似乎是有意将文人(此处是作为城市繁华的代表)与刀兵、帝王等(此处是作为外在的历史力量的代表)对立起来,揭示文采风流终究敌不过无情历史的残酷现实。将城市的特征物与外在的历史力量对立,或者也是姜夔以来《扬州慢》词所蕴含的一种富有张力的结构。

其次,明清之际的词人填上了姜夔词中富有暗示性的记忆,如江尚质《扬州慢·广陵怀古》:

> 殿脚征歌,楼头劝酒,风流天子争名。骤惊涛入梦,已踏月无声。记往日、文选楼空,竹西歌罢,都付闲评。剩参军、一吊荒祠,再赋芜城。　迷离风景,算而今、鹤驭何轻。笑中散哀弹,分司俊赏,转眼成尘。底用平窥今古,兴亡恨、徒结青磷。只堤前芳草,年年多为愁生。②

姜夔的《扬州慢》主要是唐宋对比,但里面又隐含着《芜城赋》的结构,江尚质此词就将这种记忆明确化。词一开始写"风流天子"隋炀帝的奢靡生活,这个"记往日",既可以是今日之追溯,当然也可以是从隋朝往回看。所以有萧统的文选楼和嵇康的《广陵散》。词从六朝写到隋代,又贯穿唐宋,一直延续到当今的"兴亡恨",今昔感,记忆叠加,内涵丰厚。

---

① 刘悚《隋唐嘉话》卷上,上海:古典文学出版社,1957,第3页。
② 《全清词·顺康卷》,第863—864页。

最后一结,呼应开头,以隋炀帝搜集萤火虫满足游玩之欲,以及萤火虫与磷火并举(磷火也多在坟墓之间),将过往的战争串联到一起,写出浓郁的悲哀之情。

第三,如果说,江尚质的词是以古代的记忆为主,屈大均的《扬州慢》则主要写当代:

> 萤苑烟寒,雁池霜老,一秋懒吊隋宫。念梅花小岭,有碧血犹红。自元老、金陵不救,六朝春色,都入回中。剩无情、垂柳依依,犹弄东风。　君臣一掷,早知他、孤注江东。恨燕子新笺,牟泥旧合,歌曲难终。二十四桥如叶,笳声苦、卷去匆匆。问雷塘磷火,光含多少英雄。①

词写于顺治十七年(1660),是对南明往事的追思。开篇和江尚质一样,也从隋炀帝写起,言其在江都建筑离宫,夜晚游玩,捕捉萤火虫,放之为其照明事。但马上就转为史可法死难后,当地人不胜痛悼,乃为其设衣冠冢,葬于梅花岭下,接着又点出其殉国的原因,在于困守孤城,周边诸将领,各自保存实力,不相救援,导致不可收拾。下片发议论,说这是南明王朝最后的机会,孤注一掷,或有机会,但弘光皇帝重用阮大铖,只知逸乐,遂致无可挽回。雷塘在扬州市北,隋炀帝葬于此,但这句只是点出地点,实际上是写当时扬州城破后,将士、官吏、人民殉难者无数,如此,也和历史记载,如宋末坚守扬州的李庭芝等,呼应起来。

这首词虽然用了一些历史的意象,但主要还是书写时事,其意义在于,作者在历史的铺展中,增添了新的内容,为扬州的文学历史记忆,添

---

① 《全清词·顺康卷》,第5682页。

加了一笔，使得历史得以贯通。

但是，考察清代初年以《扬州慢》一调描写扬州的词，也可以发现，其中基本上没有对南明弘光元年、清世祖顺治二年(1645)"扬州十日"的直接记载，上面屈大均的词，写史可法殉国事，可算得上是有一定关系，但毕竟还不太直接。康熙元年(1662)王士禛司理扬州，红桥唱和，也只有淡淡的故国之思。或者，这在当时，还是一个应该避忌的话题。事实上，在后来清人的《扬州慢》书写中，这一段也往往被有意无意地忽略，政治考虑可能是重要的原因之一。

三、太平天国时期《扬州慢》的写实特征

清朝建立以后，经过一段时间的休养生息，康熙以后，特别是到了乾隆年间，扬州各方面都得到发展，繁荣昌盛，欣欣向荣，重新恢复了生机。但是，到了太平天国时期，扬州又遭到了严重破坏。据历史学家研究，"咸丰三年(1853)四月初，太平军占领扬州，四月中旬，太平军退出扬州。随后钦差大臣琦善、提督陈金绶、内阁学士胜保率军占领扬州。在这个过程中扬州城经历了极大的破坏：人口大量死亡，财产遭到巨大损失，建筑毁坏殆尽。""太平天国运动对扬州衰落的影响是巨大的，它使得扬州依托运河的交通优势彻底丧失，漕运大受影响。作为扬州重要经济支撑的两淮盐业遭受重大打击，扬州的其他商业部门也因长江航路受阻而大受影响。作为扬州商人中资本最为雄厚的徽商在战争中丧失了大量资本，从业人员也大量死亡，使得扬州商业后继无人。"[①]正所谓"国家不幸诗家幸"，在这一过程中，《扬州慢》的书写又形成一个小高潮。

太平天国战争中的《扬州慢》书写，最大的特点之一，就是以写实事

---

① 薛冠愚《太平天国运动对扬州衰落的影响》，载《淮阴工学院学报》2012年第4期。

为主,怀古的要素大大降低,因而是以当下的记忆,融入传统的记忆,使自六朝以来扬州的战争记忆,不断增加新的内容,使得《扬州慢》的战争记忆传统,进一步得到延续。如袁学澜的《扬州慢》二首:

井废胭红,钩埋苔碧,暝烟暗遍芜城。瞥陈隋冶梦,只鬼闪磷青。话仙阁、迷楼往事,乱蛩衰草,凄咽秋情。不堪听、幽怨红桥,何处箫声。　樊川载酒,怅寻春、迟到心惊。纵玉局琵琶,金瓶芍药,都付飘零。翠色蜀冈依旧,风流尽、野墓田平。更钞关灯火,繁华空逐云行。

险扼金焦,堑分吴楚,百年阻隘犹存。数邗沟变乱,又几见孙恩。蓦兵舰、乘潮压垒,绮窗珠户,惊碎花魂。尽摧残、歌舞凄凉,风月乾坤。　红羊劫换,渐淮商、盐榷牢盆。剩寂寞池台,阑珊士女,难醒春痕。箫鼓锦帆何处,馀斜日、草掩朱门。问颓垣荒蔓,几多金谷名园。①

词前有序:"扬州为六朝胜地,十里珠帘,二分明月。富擅盐策,艳吐琼花。自来乐易生殃,屡遭兵燹。壬寅、癸丑间,夷寇内讧,粤氛继起。红楼翠馆,都烬烽烟;玉柱金觞,委为尘土。香埋玉殉,吁可慨矣。运际中兴,平夷大难,城郭犹是,人民已非。休养生息,未逮百年;富庶殷繁,难期一旦。平山栏槛,莽作丘墟;巨室池台,稀闻钟鼓。歌姬乞食,名将收田。酒市筑声,无非变徵;花船弦索,尽是清商。对此螺桑,怆焉欲绝。为谱石帚此调,得词二阕,以继明远赋怨而已。"点明创作缘由,同时明确将姜夔原作中明、暗两个部分串联在一起。第一首尚是交织了多种记

---

① 袁学澜《零锦集词稿》卷二,清同治苏州护龙街文学山房刻本。

忆,从陈后主和张丽华的胭脂井,到隋炀帝的江都之行、迷楼往事,杜牧游春、欧阳修建平山堂,王士禛红桥修禊,跨越很大,都笼罩着一层哀伤的色彩,以见出当下的凄凉。蜀冈地势本高,这个历来有着杀伐之气的地方,现在已是"野墓田平",和当年的"山与堂齐"对读,更加显得触目惊心。如果说第一首是今古并写,还是以往书写模式的翻版的话,第二首则主要是写目前的状况。其中有两处描写,特别值得注意。第一处是写兵舰。扬州是清代的水路交通要地,攻守扬州,和船都有密切关系。1853年5月,太平天国北伐,即从扬州出发乘船到浦口登陆。1856年4月1日,秦日纲率太平军从金山渡河,兵分二路,夜袭江北大营,也和船有关。第二,词中写"红羊劫换,渐淮商、盐榷牢盆",这是带有美化的写法。古人认为,丙午和丁未这两个年份国家将有灾祸。由于天干的"丙"、"丁"和地支的"午"、"未"在阴阳五行里都属火,火为红色;而"未"的生肖为羊,故就将"丙午"、"丁未"出现的灾祸称为"红羊劫"。太平天国起事虽然并不在这两个年份,但由于其领袖洪秀全和杨秀清的姓氏,也就被称为"红羊劫"。事实上,"太平天国运动之后,原本资本雄厚的扬州盐商开始出现了资本不足的现象,商人们只得'借力于钱铺,以支持弥补'。所以,当时有俗谚称:'钱行通,盐务松;钱行塞,盐务息。'与全盛时期相比,情形恰好相反。扬州盐务既衰,商利脆薄,于是钱业日疲,弊端日甚,买空卖空,积弊莫除。光绪年间,扬州钱铺'半患资本短绌,故一经转运不及,即有倒闭之虑'。光绪二十五年(1899),淮南盐业极滞,'扬州钱铺殷实可靠者,不过数家,市上现在银时虑不敷周转,全赖上海、镇江等处通融挹注'。这种银根紧缺的窘境,制约着清代后期淮南盐场恢复生产的能力。盐务衰落后,扬州城市也日趋萧条"[①]。但无论如何,词中特别写了"淮商盐榷",即两淮的盐业,可见这个问题的重要。这也是写

[①] 薛冠愚《太平天国运动对扬州衰落的影响》。

实,也是重要的历史记忆。

就写实性而言,蒋春霖更为突出。蒋春霖是江阴人,道光二十八年(1848)后曾在两淮地区任盐官,咸丰末年曾居东台、泰州等地。这些地方和扬州距离很近,太平天国在扬州一带的战争,他算得上是亲历者,感触自然也很多。因此,这位被誉为"词中老杜"的词人,就用自己的史笔,作了细致的描写。他集子中有不止一首《扬州慢》,写扬州的兵火。如《扬州慢·癸丑十一月二十七日,贼趋京口,报官军收扬州》:

> 野幕巢乌,旗门噪鹊,谯楼吹断笳声。过沧桑一霎,又旧日芜城。怕双燕、归来恨晚,斜阳颓阁,不忍重登。但红桥风雨,梅花开落空营。　劫灰到处,便司空、见惯都惊。问障扇遮尘,围棋赌墅,可奈苍生。月黑流萤何处,西风黯、鬼火星星。更伤心南望,隔江无数峰青。①

词写于咸丰三年(1853),这年十一月,"金陵逆遣江西败退之贼援扬州,又令安徽湾沚之众由芜湖泊高淳湖,图窥东坝。兵勇击胜之。是时向大臣驻金陵,派兵围镇江。琦大臣营扬州,督攻均急。镇、扬二城之贼久困,金陵首逆遣伪丞相赖汉英等领江西败回之众,奔夺江北三汊河,纠合仪征贼党同援扬城。副都统萨炳阿率马队,总兵瞿腾龙、都司毛三元率步队冲其前,副将松龄等由中路水道截其后。贼退踞仪征,困扬城如故……。先是奉诏,以扬城围贼穷蹙,必歼除罄尽,无俾旁突滋扰。是月,赖汉英率贼党复由三汊河进扑,步步为营,死战不退,东路参将冯景尼之勇先溃,参将师长镳、盐知事张翊国等之勇骇散。扬城贼众于十一

---

① 蒋春霖撰、刘勇刚笺注《水云楼诗词笺注》,上海:上海古籍出版社,2011,第50页。

月二十六日夜全股突出,与赖汉英等由东南退窜赴瓜州"①。词题说"报官军收扬州",可见蒋当时并不在城里,但扬州往日的兵火,可以调动他的历史记忆,并赋予现实感。"过沧桑一霎,又旧日芜城"二句,写得意味深长。这个"沧桑一霎",是形容扬州在太平军占领下所经受的摧残,发生了沧海桑田般的变化。这个变化的结果,是"又旧日芜城",于是使得历史记忆叠加到现实之中。所谓"芜城",当然注入了六朝兴衰,"障扇遮尘,围棋赌墅"就是其具体的情形。但"红桥风雨"四个字,也隐约将清初扬州所遭到的劫难,点了出来,因为"红桥"始建于明末崇祯年间,至清初才暴得大名,王士禛司理扬州所倡导的红桥唱和,其中蕴有一定的兴亡之感,也是人们熟知的典故。由于涉及本朝之事,有所忌讳,故无法显言,但蒋春霖的写作有强烈的词史意识,他将本朝之史贯通起来写,并不意外。正是由于历史的相似性,就使他不需要亲临其境,仍然能写出"野幕巢乌,旗门噪鹊,谯楼吹断笳声"、"斜阳颓阁"、"梅花开落空营",以及"月黑流萤何处,西风黯、鬼火星星"。末二句是神来之笔,将前一场战争的结束和后一场战争的开始交织在一起,预示着这一场浩劫尚要延续:"更伤心南望,隔江无数峰青。"战火又烧到镇江了,那里会不会又是一个芜城呢? 这一结,既是写实,又开启了广阔的想象空间,体现了蒋春霖高超的写作功力。全篇书写真切,谭献曾给以高度评价,认为"赋体至此,转高于比兴矣"②。

太平天国乱后,扬州渐渐衰落,昔日繁华让位于上海。此时的扬州书写,又有别一番情调。如易顺鼎《扬州慢·舟泊广陵,用白石道人原韵赋感》:

---

① 杜文澜《平定粤匪纪略》卷二,影印清同治十年(1871)京都聚珍斋本,沈云龙《近代中国史料丛刊》第五辑第41册,台北:文海出版社,1967,第103—106页。
② 谭献《箧中词》今集五,《续修四库全书》第1732册,第683页。

远树髡烟,冻沟胶雪,过江第一邮程。叹隋家万柳,总未返春青。想前度、红桥战火,玉箫低哭,月也愁兵。让秋坟、诗鬼年年,来唱芜城。　　竹西响寂,只黄昏、吹角还惊。甚镜国居鹦,脂天过马,冷换柔情。大业繁华影子,如萤绿、堕水无声。怕樊川重到,珠帘旧路都生。①

这首词,交织了各种历史记忆,从六朝写起,贯穿了隋炀帝、杜牧之,而又和蒋春霖一样,用"红桥战火",既暗示清初的劫难,又点出刚刚过去不久的战争。现在的扬州,在作者笔下,已经一片冷寂,无声无息。其各种意象的色调之冷,令人感到万念皆空,这就预示着扬州的昔日繁华永远不会再回来了,不仅不会回来,而且一点踪迹都没有了。杜牧重来,找不到原来的道路,所有的扬州人也都找不到,因为,扬州的历史已经永远不可能再重复了。《扬州慢》一调在写扬州时,出现杜牧,是从姜夔以来旧有的传统,但如姜夔所写:"杜郎俊赏,算而今、重到须惊",袁学澜所写"樊川载酒,怅寻春、迟到心惊",都还只是"惊";即使如江尚质所写,"笑中散哀弹,分司俊赏,转眼成尘",也只是说那些所欣赏的东西,已经化为尘烟。试比较易顺鼎的描写:"怕樊川重到,珠帘旧路都生。"则就不仅是没有了具体的物,甚至连路都找不到了。这也就是说,整座城市,已经完全失去了原来的面貌。如此写法,更见沧桑巨变,刻骨铭心。因此,在某种程度上,这首词也就为清代《扬州慢》的历史书写,甚至可以说,是为那个古代历史中的扬州画上了一个句号。

四、《扬州慢》作为城市书写的丰富性

《扬州慢》是姜夔所创造的一种表现形式。作者之所以选择了扬州,

---

① 易顺鼎《楚颂亭词》,清光绪十年(1884)刻本。

在当时是受到了现实的震撼,而在文学史上之所以能够有那么大的影响,是因为扬州在中国的社会文化中,有着非常重要的地位,这造成了社会内容的连贯性,也造成了文学表现的连贯性。所以,以《扬州慢》一调来写扬州,才成为一个非常特别的现象。

当然,创作《扬州慢》,并不一定都要写扬州,但其内容确实往往都和城市有关,这也是姜夔创调之后产生的巨大影响力之一。显然,文学史的接受,已经将这个词牌划归城市书写的重要载体,在表现战乱之感时,尤其如此。

这一点,在姜夔创作此调后不久,就体现出来了。如前所述,南宋学习姜夔此调的,共有6篇作品,但已有作者跳出扬州,表达战乱。如罗志仁《扬州慢》:

> 危榭摧红,断砖埋玉,定王台下园林。听槛干燕子,诉别后惊心。尽江上、青峰好在,可怜曾是,野烧痕深。付潇湘渔笛,吹残今古销沉。 妙奴不见,纵秦郎、谁更知音。正雁妾悲歌,雕奚醉舞,楚户停砧。化碧旧愁何处,魂归些、晚日阴阴。渺云平铁坝,凄凉天也沾襟。①

罗志仁是遗民词人,字寿可,号壶秋。度宗咸淳九年(1273)预乡荐。曾作诗赞颂文天祥,讥讽留梦炎。今《全宋词》仅存其词7首,但已在词史上建立了重要的地位。厉鹗《论词绝句十二首》之九就说:"送春苦调刘须溪,吟到壶秋句绝奇。"②这首词是写长沙的,可算是对姜夔建立的模式的恰当移植。词写长沙被兵事。1275年10月,忽必烈派遣大将阿

---

① 《全宋词》,第3430页。

② 厉鹗《樊榭山房集》诗集卷七,上海:上海古籍出版社,1992,第513页。

里海牙率领5万大军围攻长沙,长沙守将李芾能够调遣的军民仅有3千人,经过大小数十战,终于不支,全家赴难。词从汉景帝第十子,即被分封长沙的定王刘发写起,其当年所居之蓼园,经过战乱,已经是断壁颓垣,破败不堪,连燕子归来,也见之惊心,更何况是作为万物灵长的人!纵然是青峰依然,但野烧痕深,战争的烙印难以消失。在这种凄凉的氛围中,唱起招魂之曲,真是"天也沾襟",所谓"天若有情天亦老"了。作者写出了长沙之战的惨烈,写出了元兵烧杀的残酷,也写出了自己深深的兴亡之感。

南宋之后,这一传统也一直保存下来。如清代太平天国时期,桂文燿《扬州慢·石帚此词为竹西作。辛丑春,闻吾乡兵燹,辄借此调写之》:

末丽鬟风,离支掌露,旧词多少芳妍。乍南来燕侣,说故国烽烟。记檐外、一星坠处,海珠忽热,惊损鲛眠。战春风、半夜潮声,吹到花田。　珠儿珠女,惜凌波、几幅裙襕。早山鹧将雏,花骀饷蕊,归在春先。怕有仙云娇堕,凭谁与、问讯梅边。怪客窗鹦鹉,朝来偏唱游仙。①

作者特别点出,姜夔的词是"为竹西作",即扬州蜀冈的竹西亭,自己则是模仿其形式,为自己的家乡而作。桂氏是广东南海人,词写于道光二十一年(1841),时英军攻陷虎门,水师提督关天培战死。上片言岭南女子鬟上喜戴茉莉花,岭南人士生活中喜食荔枝,这些经常被写入文学作品中。接着突然一转,写自己出门在外,家乡来客,告知战争之事,顺势引入关天培的战死,所谓大星坠落,现象异常:海里的珠石发热,南海的鲛人也被惊醒。下面继续想象,虽然春风和煦,却是战火不断,潮水无情,

---

① 桂文燿《席月山房词钞》,清钞本。

将战争的讯息带到花田(地名,在广州)。下片写自己的心情。广东女子,美丽轻盈,值此乱世,却已无湔裙之地。将雏之鹧鸪,嚼蕊之花驹,都已经回家,自己却他乡流落,无处可归。所以,听到笼中鹦鹉,吟唱游仙之词,展示想象中的自由空间,只能更使人增添无奈之感。这里,不仅有现实描写,不仅有今昔之感,更体现出对未来的深深忧虑。

五、总结

当然,自姜夔创调,虽然写了扬州,后来也写了其他城市,使得城市书写成为《扬州慢》的重要内涵之一,但这并不意味着《扬州慢》只能进行城市书写,也不意味着《扬州慢》只和书写战争有关。事实上,和许多其他词调一样,创时的原初思路和发展中的情形并不能完全对应,所以,以《扬州慢》一调表达其他各种题材的作品也非常多,对此,当然不应拘泥看待,这里只是谈谈其中的一个典型倾向而已。

这篇文章,主要希望达到这样几个目的:

第一,思考战争和文学的关系。在词体文学发展的过程中,战争是非常重要的催化剂,不少新的因素出现,都和战争有关。不同时期和战争相关的《扬州慢》,或许不一定有全新的变化,但战争的影响,仍然非常明显。

第二,思考文学创作中记忆的连续性。文学题材有其稳定性,也有其开放性。当某种特定的记忆成为人们共同感兴趣的素材,一方面,大家在创作中会围绕着它多元展开;另一方面,也会将与此相关的某些因素增加进去,不仅延续旧的记忆,而且增加了新的记忆,使其具有连贯性。

第三,思考在文学经典化的过程中,后继创作的重要性。一篇词作要成为经典,有很多方面的因素,选本、词话、评点、追和等,都值得重视。但像清代的不少《扬州慢》,虽然里面都有姜夔的影子,却并不一定直接点明。这种情况,其实也是姜夔《扬州慢》经典化过程中的一个重要组成部分。清代的词人,实际上是以自己的创作,在向他们的这位前辈致敬。

第三节 时代变局与词史书写
—— 太平天国战争与赵起的词体创作

一、问题的提出

晚清词学家谢章铤有一段著名的论述:

> 予尝谓词与诗同体。粤乱以来,作诗者多,而词颇少见,是当以杜之《北征》、《诸将》、《陈陶斜》,白之《秦中吟》之法运入减偷,则诗史之外,蔚为词史,不亦词场之大观欤! 惜填词家只知流连景光,剖析宫调,鸿题巨制,不敢措手,一若词之量止宜于靡靡者,是不独自诬自隘,而于派别亦未深讲矣。夫词之源为乐府,乐府正多纪事之篇。词之流为曲子,曲子亦有传奇之作。谁谓长短句之中,不足以抑扬时局哉! 于冈《唱晚词》颇得此意。①

谢章铤在创作上提倡"拈大题目,出大意义",在这段论述中,他认为,太平天国的战争,作为一个特殊的历史事件,所谓"国家不幸诗家幸",正是词人们大显身手的创作时机,但在战火纷飞,天下多事,生灵涂

---

① 谢章铤《赌棋山庄词话续编》卷三,唐圭璋编《词话丛编》,北京:中华书局,1986,第3529页。

炭之际,当时的词人却不能学习杜甫和白居易的关注现实的创作精神,仍然流连景光,自得其乐,因此深深遗憾词坛未能像诗坛一样,紧跟时代。他的这一批评有其道理,但未尽客观,当时用手中的词笔书写这场战争及其对各方面生活的影响的作品,其实并不少,可能是由于资料太过分散,他了解得还不够全面。不过,谢章铤仍然表彰了一位词人,认为在纷纷攘攘之际,其从事词体创作,颇能得杜、白之意,在当时是一个例外。这位词人就是赵起。

赵起,字于冈,常州人。赵翼孙。道光二十年(1840)举人。曾为官,治江南鹾务,领纲运,往来淮扬、徐海诸郡。赵起曾于"戊寅冬,僦居约园"①。大约非常喜欢,于是将这个原属谢氏所有的园林买下,以为母寿,因名其词集为《约园词稿》,凡十卷。词集编于咸丰六年(1856),四年后,太平军攻陷常州,赵起全家在约园投池自尽。

自咸丰元年(1851)洪秀全在广西起事,几年间,战火不断北延。咸丰三年(1853),太平军攻陷南京,定为首都,改名天京。其后,在南京的周边城市,如扬州、镇江、宣城等,不断发生战争。赵起居住于常州,地理位置和那些城市非常靠近,因此,他在编此词集时所说的"丙辰(咸丰六年,1856)夏,惊飙沓至,满目流离",就是对当时形势的描写。而他的词,也打上了鲜明的时代烙印,写出一些直面社会现实的作品,反映了太平天国战争中一个读书人的生活变化和心灵变化,用自己的词笔,展示了一段历史。

二、从小园林到大社会

战争中,一切节奏都被打乱,即使是日常生活,也会笼罩着战争的阴

---

① 赵起《南歌子》序,《约园词稿》卷一。

影。赵起居住在约园，虽然在一段时间里还算平静，但也能够明显感到战争的气氛。正是战争，使小园林与大社会形成了具有社会意义和文学意义的关系。

赵起的词共十卷，每卷一个主题，并无严格的时间先后顺序。但由于编辑时，江南战事正殷，常州周边一片混乱，人们的生活和情绪不能不受到影响，因此，其编排方式，也有着特定的考虑。

《约园词稿》的第一卷主要是描写约园之作，题为《幽居篇》，主人显然非常喜欢这个地方，其《好时光》一调，即表达这种心情：

> 小憩乌皮书几，蝇笔误、麝煤香。深柳几声娇鸟唤，清风入梦凉。　花国容久住，蜂与蝶、十分忙。料量嬉春酒，逞着好时光。①

词调选择《好时光》，取其本意，是为了和词意相配合，表达快乐之情、珍惜之意，那正是作者追求的"好时光"。赵起修葺这个园林的原意是提供一个温馨的所在，让母亲安度晚年。道光二十六年(1846)，经过较为充分的准备，终于渐成规模，"蔚然可观"，他也非常高兴，特地写《高阳台》一首：

> 一片平芜，几条曲巷，巍然留此丘园。剪棘诛茅，移居又是年年。主人惯逐征鸿起，负名花、少与流连。剩荒烟，柳岸斜拖，梅渚将湮。　萱堂八秩传觞咏，趁花朝击鼓，月下开筵。水面为亭，波心垒石为山。春畦剪韭秋林实，放渔舟、倚棹闲眠。

---

① 本书所录赵起词及题词，皆见光绪二十六年(1900)重刻本《约园词稿》，不一一出注。

是人间，桃源僻地，鸡犬皆仙。

这里不仅风景优美，而且寄托着人伦之情，在作者看来，简直就是城市中的桃花源，当然要好好经营。于是，约园中因地设景，有十二峰，分别是灵岩、绉碧、玉芙蓉、独秀峰、昆山片影、玉屏、朵云、舞袖、巫峡、驼峰、飞来一角、仙人掌，这些可能是给假山诸景起的名字。整个园林也按照许多著名景点的惯例，由二十四景组成，分别是：梅坞风清、海棠春榭、春生兰室、鞓红新馆、烟浮瑶岛、曲桥览胜、柳岸闻莺、药圃争妍、云溪水榭、隔院钟声、东郊塔影、莲渚招凉、小亭玩月、平台觞咏、烟波画舫、石梁观鱼、疏篱访菊、南山涌翠、阁袭天香、城角风帆、山半松涛、陡壁丹枫、西园秋实、息阴草堂。从这些景观中，可以想象约园的格局，主人的热情，以及为此投入的精力。每一座"峰"和每一处"景"，赵起都有一首词加以描写，可以说是用词体撰写的一部园林志。

赵起将第一卷这样安排，并不是无缘无故的。如果说，这一卷主要是写园林山水给人带来的快乐的话，则后面数卷，哀感渐多，除了漂泊之苦、悼亡之悲外，战乱造成的时局纷扰，对国家秩序带来的冲击，对城市建筑造成的破坏，对人民生命财产造成的损失，等等，也时时萦绕在他心头，体现在他笔下。特别是从第九卷开始，就较为明显地嗅出战争的味道，而至第十卷，则几乎就是集中在写战争了。

考察历代描写战乱的文学，可以发现一个较为共同的现象，即作家们在书写战争带来的灾难时，往往以过去的幸福生活作为参照，在对比中抒发感慨。如宋元之际的词人蒋捷的《贺新郎·兵后寓吴》："深阁帘垂绣。记家人、软语灯边，笑涡红透。万叠城头哀怨角，吹落霜花满袖。影厮伴、东奔西走。望断乡关知何处，羡寒鸦、到着黄昏后。一点点，归杨柳。　　相看只有山如旧。叹浮云、本是无心，也成苍狗。明日枯荷包冷饭,又过前头小阜。趁未发、且尝村酒。醉探枵囊毛锥在,问邻翁、要写《牛经》否。翁不应,但摇手。"①就是通过写当年家庭团聚之乐,来写现在四处漂泊之悲。不难看出,赵起也延续了这个思路。不过,他是以对一个词集的编排来加以展示的,可见当时的战争对他心灵的冲击。所以,卷一的题记这样写:"浮云变幻,人间何世。薪劳偶息,偃卧芜园。即景赋物,抚序怀人。感隙影之如驰,类闲居之所赋。"隐隐地就是要将园内的宁静与园外的动乱相对照,当然,这种"宁静",也只是表象而已。

三、《唱晚词》的书写指向

谢章铤对赵起的表彰,主要体现在《唱晚词》一卷,也就是《约园词稿》的第十卷,即最后一卷。这一卷的题词说:"暮蝉犹唱,老骥长鸣,声断五更,志在千里。咏叹之不足,慷慨有馀哀。月夜乌啼,霜天鹤警。弥怅四方之蹙蹙,遂增一夕之哓哓。"末二句用《诗经》,前者出《小雅·节南山》:"我瞻四方,蹙蹙靡所骋。"②后者出《豳风·鸱鸮》:"予室翘翘,风雨所漂摇,予维音哓哓。"③见出忧愁难遣之意,为全卷奠定了基调。

《唱晚词》一卷不尽是写太平天国战争,但这场战争无疑是最主要的内容。作者以《喝火令》一首编在此类作品的最前面,云:

铁瓮严更月,红桥静夜霜。数交阳九颇仓皇。几载疮痍未复,浩劫又红羊。　忠悃神应鉴,雄师力可降。幺魔肆毒狠如

---

① 唐圭璋编《全宋词》,北京:中华书局,1965,第3423页。
② 朱熹《诗集传》,北京:中华书局,2011,第169页。
③ 朱熹《诗集传》,第122页。

狼。谁养群奸,谁使尽披猖。谁把藩篱自撤,楚汉达吴江。

这首词有着开阔的视野,篇幅不长,思考的问题却多。开头两句分指镇江和扬州,正是太平军和清军不断交战的地方。古代术数家认为,四千六百一十七岁为元,初入元一百零六岁,外有灾岁九,称为阳九,即灾难之年。重点是这个"仓皇",即仓促。这些灾难来得太快了。在太平天国战争之前,赵起所能感受到的战争是什么呢?是鸦片战争。这是非常难得的将内忧外患放在一起书写的词作,展示出作者不同凡响的历史眼光。鸦片战争带来的灾难还没有平复,新的灾难又来了。作者认为,灾祸来临,当是内政有以致之,因此,下片连发三问:事件为何发生?声势为何扩大?为何诸城市都无法守卫,使得战火从两湖、汉江流域,一直延烧到江南一带?这是太平天国战争中写得非常有力度的一首词,体现了作者的高度。正因为如此,他才能身在常州,而将一座座陷于战火中的城市,纳入自己关切的目光中。谢章铤在《赌棋山庄词话》中称赞赵起,特地举此篇为例,并不是无缘无故的。

赵起所写到的战争有金陵之战、镇江之战、扬州之战、丹阳之战、金坛之战、徽州之战、宁国之战、安庆之战等,堪称一代词史。而且,他往往能够写出战争的始末和事件的发展,可见当时人们对这场战争是多么关切,消息的传递是多么及时。如写丹阳守卫战的《满江红》:

高垒深沟,戎帐外、频张空卷。这剧贼、狼奔豕突,捷如风卷。戍卒更衣成雁列,逻兵传火如鱼贯。计年年、待旦枕戈心,神堪鉴。 六千里,来转战。十万众,资渙汗。奈豆撒瓜分,贼如滋蔓。只手长支吴越在,忠肝竟作关张看。忽秋来、月落大星沉,同浩叹。

作者自注:"向欣然大帅所带兵勇,征调已空。贼四面环攻,只得扶病移驻丹阳。……逾月病殁。计咸丰三年春,贼陷金陵,润城离吾常不足二百里,迄今晏然,江浙永资屏翰,其功何敢忘也。"这里记载的向荣,历任湖南提督、广西提督等,咸丰时任钦差大臣。咸丰三年(1853)二月清军以江南大营围困天京,向荣在尧化门、黄马群、孝陵卫、高桥门、秣陵关、溧水一带建立防线。咸丰六年(1856)六月,江南大营破,向荣退守丹阳,秦日纲攻打月馀,向荣始终坚持固守。后太平军退,向荣因前期的失利忧忿而死。赵起所写,固然是史实,同时,他特别指出,镇江和常州相距不到二百里,中间隔着丹阳,如果没有向荣死守丹阳,常州是否还能保有当时安宁,实在不可预料,所以,他也是带着深厚的感情,记述这一事件。在描写方面,如"戍卒更衣成雁列,逻兵传火如鱼贯",写当时守军严阵以待的情形,非常细致。当然,他也没有想到,最终常州仍然不保,其命运早已是注定了的。

赵起在词中喜欢写人,特别喜欢写守军将领,以见在危急的形势中,一些力撑危局者的风采。伴随着这样的描写,有时也会使得他将笔触集中于相关城市,以强调其重要性。如《满江红·吊金陵》:

虎踞龙蟠,台榭圮、年年水啮。原早识、坚冰将至,冷霜先结。别馆笙歌春未歇,楼船樯橹风吹折。怅满城、只见乱鸦飞,鹃啼血。 城上角,空凄切。江上贼,来仓猝。叹衣冠文物,尽归尘劫。黄口涂膏泥尽滑,绿鬟填壑波难涉。看一行、翠羽共华缨,眥应裂。

在清代，南京是重要的经济中心、文化中心，在一定程度上说，甚至也具有强烈的政治象征意味。南京和常州相距不远，咸丰元年（1851），南京被太平军攻陷，居于常州的赵起非常关注。所谓"吊"，一吊虎踞龙盘的威势不再，二吊未能识得危险征兆，三吊逸乐之风误国，四吊城市战后的残破，五吊文化受到的洗劫，六吊妇女儿童的不幸命运……，写得淋漓尽致，一片沉哀。像"黄口涂膏泥尽滑，绿鬟填壑波难涉"二句，非常形象，把战争的惨象生动地表现出来。

另外，也正因为他居住在常州，距离南京不远，如果说，对战事的描写，对城市乱象的展示，多半是来自他人转述，或者个人想象的话，逃难到常州的人却是他亲眼所见的，如《水调歌头》：

> 大造岂愦愦，殃降视斯民。或者炎威特甚，霜意到秋零。金粉六朝佳丽，几处陂池台榭，完好尚如新。涂炭竟如此，浩劫究何因。　亡群兽，惊弓鸟，出波鳞。流离满目，人生到此不堪论。道路唏嘘流涕，今尚恣睢淫佚，彼独是何心。习俗移人甚，咏罢一沾巾。

赵起写太平天国战争，常常追究其发生的原因。此篇写由南京城漂泊到常州的流民，自然是充满同情，但对这些虽处苦难之中，仍不改淫靡之风的民众，也有哀其不幸、怒其不争的意思。词前小序写道："金陵难民留吾常者，不下万馀，饮食奢靡，性情嚣顽，值此流离，尚不知戒谨。"应视为从一个特定角度总结败亡之因。

四、日常生活与忧患意识

谢章铤在《赌棋山庄词话》中提到赵起时，一方面加以表彰，另一方面也表达了一点遗憾:"地则金陵、维扬等处,人则向荣、张嘉祥、邓绍良、袁甲三诸大帅,皆见于篇。虽其词未必入胜,然亦乱离之时能词者应有之言。但所填只此《满江红》十数阕,其馀则仍是栽花饮酒闲生计,未尽量也。"①他的这种看法,不尽准确。

事实上,赵起虽然很享受居住在约园中的岁月,但他并没有放弃一个读书人的责任感和忧患意识,他的目光,经常穿过园林,投向多灾多难的中国大地。如卷四所写《水调歌头·豫省黄河冲决,尚未堵筑》:

> 黄水尚如此,何处问桑田。可怜一带城郭,三版不曾湮。千里沦胥待命,闻道硁硁锥末,杯漏几时填。大厦倚梁栋,愁绪到鸥边。 壅河沙,侵湖涨,拍遥天。曲防一线,九秋风劲障狂澜。今岁长堤未筑,来岁洪波复驶,淮堰恐难坚。踏浪杳然去,篷底镇无眠。

这首词是写黄河的水患。有清一代,河患频频,到了嘉庆、道光年间,决溢之繁,度越前代。如道光二十一年(1841)九月,河南祥符县张家湾决口,"黄河大溜直奔西北城角,分流为二,由西绕南者十之八九,由北向东者十之一二,均汇向东南下注,至距省十馀里之苏村口以下,又分南北两股。其北股溜止三分,由惠济河经陈留、杞县、睢州、柘城至鹿邑之北归涡河,注安省亳州、蒙城,至怀远境荆山口入淮,归洪泽湖。其南股溜有七分,经通许、太康至淮阳、鹿邑交界之观武集西,冲成河槽九处,弥漫下注清水河、茨河、霍河,直趋安省太和县境,至宋塘河又分为二,其一由西淝河至硤石山入淮,其一由大沙河即颍河至八里垛入淮,该二股均

---

① 谢章铤《赌棋山庄词话续编》卷三,《词话丛编》,第3530页。

历阜阳、颍上两县地界,入淮后经临淮关及五河、盱眙二县境,归洪泽湖。"①为治理黄河,清政府花费了大量的人力和物力,正如道光三年(1823)东河总督严烺奏折所言:"从前豫省每年另案销银仅止数万两,多亦不过十馀万两及二十馀万两。近年往往多至百馀万,少亦不下八九十万。推求其故,实缘寻工增添,较之从前,不啻数倍。查乾隆五十年以前,豫、东两省黄河同知通判共十厅,自五十一年以后,南岸添设仪睢、中河、归河三厅,北岸添设卫粮、粮河二厅。……是用繁实由于工多,工多又由于历次漫溢,而河身淤高之所致也。查嘉庆五、六年,开归河北两道另案销银七、八万两,自嘉庆八年,衡工漫溢后,销银三十馀万至百馀万两。迨二十年睢工合龙后,每年销银总在九十馀万两及百馀万两。"②在这一过程中,出现了一些治河名臣,带来一些新气象,如黎世序于嘉庆十七年(1812)署理江南河道总督,十几年来,为治理黄河做出了很大成绩,其推广碎石坦坡之法,使得连年"工固澜安"③。史书这样记载:"世序治河,力举束水对坝,课种柳株,验土埽,稽垛牛,减漕规例价。行之既久,滩柳茂密,土料如林,工修河畅。南河岁修三百万两为率,每年必节省二三十万。"④宗室昭梿评价说,有赖于黎氏的努力,"南河赖以安澜者十有二载,为近代所罕有"⑤。这就是赵起创作这篇作品的背景。赵起说"大厦倚梁栋",即指黎世序这样的治河名臣。在中国历史上,黄河多有夺淮之患,所以赵起最后忧虑"淮堰恐难坚",为之深深担心。赵起曾往来于

---

① 中国水利水电科学研究院水利史研究室编校《再续行水金鉴》,武汉:湖北人民出版社,2004,第846页。
② 《再续行水金鉴》,第142页。
③ 黎学淳《黎襄勤公奏议》,台北:文海出版社,1982,第271—273页。
④ 赵尔巽等《清史稿》卷三百六十《黎世序传》,北京:中华书局,1977,第11379页。
⑤ 昭梿《啸亭杂录·续录》卷五,北京:中华书局,1980,第528页。

淮扬一带,对黄河水患有着实际的了解,对治理黄河的过程也不陌生,更重要的是他有着积极关注的心态,因此才能写得如此具体,如此生动。①

再如同卷《六州歌头·上海夷氛尚炽》:

> 惊飙欻起,溟渤肆长鲸。寰宇辑,沧波静,久承平。莫知兵。仓卒谁为使,乘轩鹤,蒙皮虎,灿毛羽,张牙爪,了无能。大纛临风,旷野脂膏尽,意尚纵横。拥貔貅十万,卧甲不曾醒。海上逡巡。黯愁魂。　好修战舰,造楼橹,堪决荡,殄妖氛。畏奔涛,如畏蜀,敢谁论。怅黎民鸟鼠,还同穴,洗兵雨,几时零。空遣戍,縻转饷,万黄金。苦念深宫蒿目,听频颁翠羽华缨。遂披猖若此,谋国竟何人。有泪泠泠。

这首词写 1842 年英军占领上海事。所谓"夷氛尚炽",看得出作者当时尚不知事件的走向,因而为之深深忧虑,也痛恨谋国者无能,导致如此变局。他的担忧很快成为现实,英军随后沿长江西进,攻占镇江,最后在南京签订了《南京条约》,使得清朝国势进一步衰弱。他还有《满江红》一词,哀悼战死于吴淞口的江南提督陈化成:"白浪掀天,渤海上、长年饮血。这丑虏、形殊狞怪,性逾猴黠。水驾前驱争鸟捷,火攻下策工蠭突。矢孤忠、半壁倚长城,歼妖孽。　承平久,情都怯。值懦帅,环骄卒。炮焰如雷吼,争锋仓猝。掎角元戎兵不继,掀髯老将情空烈。看徯时、埋骨到沙场,同凄切。"可见,他是身在园林,心忧天下,如果没有这样的基础,他也不可能写出谢章铤所表彰的那些作品。

---

① 张惠言曾写有《书山东河工事》一文,记嘉庆二年(1797)曹州河堤溃决事,批评当地官员腐朽无能,导致人员的伤亡。赵起写词深受张惠言的影响,他的这种关心民瘼的精神,也和张惠言一脉相承。

赵起的这些作品，都没有被谢章铤提及，或者是受编集体例的限制，并未编在最后一卷，而是插在中间，使得谢氏有所忽略。即使是某些直接描写太平天国期间史事的，由于按主题编集的缘故，没有放在最后一卷，也有同样的情形。如他有一词《八声甘州·悼汤雨生将军》，写南京被太平天国攻陷后，汤贻汾殉难事：

叹无端烽火已连年。又阑入江南。有廉颇旧将，潸然洒泪，计斩楼兰。不谓棘门儿戏，一夕驶归帆。卷甲如秋叶，星逼枪欐。　谁议婴城固守，纵龙蟠虎踞，众志难坚。听掀髯投笔，吟罢赴清涟。继忠贞、一门三世，怅围城覆卵可能全。倚修竹，学王孙藁葬，香到黄泉。

汤贻汾字雨生，武进人。生于乾隆四十二年（1777）。乾隆间，福建林爽文起事，祖、父皆抵抗而死。贻汾以荫入官，仕至乐清副将。不得于上官，辞归。喜金陵山水，筑室居之，号琴隐。咸丰三年（1853）太平军进攻南京，贻汾集兵勇力战。城破，与家人并投池自尽。汤氏原为武将，当此危急存亡之际，集兵勇而战，也符合其身份，最后赴水而死，一家三代，同样选择，让赵起感叹不已。汤氏虽是武将，却雅擅书画，当时颇有名气，所以他的行为，在当时文人圈里，引起了很大反响。只是赵起没有想到，七年之后，他也走上了同一条道路。或者也可以说，赵起之所以走上这条道路，原是有着深厚的思想基础，并非偶然。

像这样的作品，赵起是编排在卷八，即悼亡一类。事实上，写战争的，虽然主题集中，却也可能跨越部类，彼此交叉。因此，只有将前后联系起来看，才能得出更为全面的认识。

五、词史书写与比兴寄托的展示

　　清代词学理论的重要突破之一,就是词史意识不断完善成熟。陈维崧在《今词苑》的序中曾经明确指出,在词史上,"东坡、稼轩诸长调又骎骎乎如杜甫之歌行与西京之乐府",是词体创作的一个重大发展。典范在前,清代的词作也加以学习,步趋其后。所以,陈维崧认为,自己和友人一起所做的工作并不仅仅是选词而已,"选词所以存词,其即所以存经存史也夫"①。后来,周济对这个观点做了进一步发挥:"感慨所寄,不过盛衰。或绸缪未雨,或太息厝薪,或己饥己溺,或独清独醒,随其人之性情、学问、境地,莫不有由衷之言。见事多,识理透,可为后人论世之资。诗有史,词亦有史,庶乎自树一帜矣。"②至谢章铤,则更加具体化了,这就是前面所提到的那一段话。谢章铤认为,作词,特别是战乱之际作词,应该学习杜甫、白居易的诗歌传统,以成词场大观,以达"倚声家未辟之奇"③。

　　从这个角度看赵起的词,正是走的这一条道路。赵起所描写的太平天国战争中的遍地烽烟,以及人民的悲惨命运,乃是杜甫所描写的安史之乱中唐代社会的再现,而他在词中重点写殉难将领,以人为纲,也可以看到《诸将》,甚至《八哀》的影子。至于他笔下所写的城市残破,则可以和杜甫《春望》等诗对读。当然,受着历史条件的限制,杜甫笔下并没有出现那么多兵燹中的城市,事实上,赵起的那十多首《满江红》,写太平天国战争中诸多城市的境况,放在整部词史中,也是非常突出的。谢章铤所说的《秦中吟》,并不能和赵起的这些词作直接比附,他强调的是其直

---

① 陈维崧《陈迦陵文集》卷二,《四部丛刊初编》本。
② 周济《介存斋论词杂著》,《词话丛编》,第 1630 页。
③ 谢章铤《赌棋山庄词话续编》卷五,《词话丛编》,第 3567 页。

面现实、反映现实的精神。但即使是在形式上,也可以看出赵起对白居易新乐府精神的吸收。众所周知,白居易的新乐府往往题下有序,如《上阳白发人》是"愍怨旷也",《新丰折臂翁》是"戒边功也",《杜陵叟》是"伤农夫之困也",《卖炭翁》是"苦宫市也"。这些从《诗经》的小序中来的传统,被白居易作了现实的发挥。而词中有序,自北宋就开始了,至南宋姜夔,则发展到一个新高度,这个传统发展到清代已经不是什么新鲜的事。赵起书写战事的词序,并不仅仅是交代背景,或说明创作始末,而更强调历史记述,通过这些记述,进一步突出词中的内容,特别是写人之作,更是如此。如写金坛战事:"贼犯金坛,游击李鸿勋带兵数百守御有方,张提督嘉祥督兵痛剿,城得瓦全。后李在句容战殁,人皆惋惜。"这样,也可以把词作文本中文学性的描写更加具体化。

因此,可以说,赵起所创作的这些词,正是清代词史理论的非常具体的实践。词史理论是在清初的社会大变动的情形下产生的,在一定程度上,也是明清之际词体创作的总结。但是,康熙之后,经过乾嘉道,社会承平日久,虽然周济予以呼吁,但他提倡的观念还需要找到一个恰当的机缘来予以展示。正是太平天国的战争,使得从陈维崧到周济以来的某些理念,得到了词坛的呼应,并付诸实践,赵起正是其中的一个典型代表,而谢章铤也正是看到了赵起这样的创作,受到更多的启发,才进一步提出了更为明确的词史理论,尽管他对当时词坛的总结还是并不全面的。

从比兴寄托的角度来看赵起的词,也有可以申说者。清代的常州词派提倡在词的创作中体现比兴寄托之意,此一理论,最早见于初刊于嘉庆二年(1797)的张惠言《词选》。不过,正如学术界的共同体认,《词选》本是张惠言在歙县设馆教学所使用的教材,初刊后,似乎并未立即产生重大影响,一直要到道光年间,才真正引起了词坛的关注。但是,比兴寄托作为一种读词之法,路径渐渐明确,作为作词之法,还在不断摸索中,见仁见智,在所难免。赵起的创作启发我们对这个问题加以思考。

赵起经营约园,非常喜欢种兰,甚至其《约园词稿》的第九卷就题为"幽兰操"。在中国传统文化中,兰本来就有着重要的人格象征作用,赵起的这一文人雅趣,适逢天下多故,就增添了不一样的意味。如《八声甘州》:

> 过潇湘烽火遍春江,问谁起灵均。对几茎香草,暗伤憔悴,欲赋招魂。随地狂飙阑入,愁绝刈当门。空谷徘徊久,几度沾巾。　搔首晴空莫诉,郁青霞奇气,吐入芳心。遂临风蕴结,负异更超群。忆年年、肯将芳躅款柴关,仿佛故人情。更何日、倚平安修竹,浅醉微吟。

这首词,合屈原《离骚》之情和杜甫《佳人》之意于一体。屈原是楚人,所以有潇湘烽火之说,但太平天国打到江南,也正是从两湖过来的,这个暗示意味,非常奇妙。词中间又有起伏,或暗伤憔悴,或自负异禀超群,至篇末,则期待能如杜甫笔下的佳人一样,虽在空谷,志节仍存。这篇作品,即使不明所指,亦觉得其中有丰富内容,无限感慨,非常充实。再看小序:"盆兰将谢,贼氛尚嚣然未靖。"丝丝入扣,是写兰,也是写人,又无不和当时的局势联系在一起。至于其中是否有着从兰之高洁,引申到贤人君子之志,自我期许,以待大用之心,那又是见仁见智,可以做进一步思考。

以上是有感战事不顺,以兰花将谢,生发联想,而当捷报频传时,则又是另一番情形,如《念奴娇》:

乱云重叠,只杜兰仙子,知侬幽独。骇欸惊飙来仓卒,仗有奇花满屋。消遣愁怀,禳除灾祲,隐被花王福。茶烟榻畔,午馀清睡初足。　旌旗俱逐风靡,投杯愤起,击碎渐离筑。朽木求来支大厦,浩劫将传空谷。方叔元戎,擎天一柱,拭眼收残局。铙歌制就,庭阶无限芳馥。

小序说:"癸丑二月,约园盆兰特多异品,闻金陵向军门连获胜仗,作此。"虽然狂飙骤起,但幽兰吐艳,奇花满屋,就觉得一切灾难终将过去。上片尚是就花引申,下片则将笔触引向战乱,只是仍然秉承不粘不脱的咏物传统,先说倘若将非其人,国运衰败,一损俱损,则兰花虽在空谷,也难免遭到浩劫。而如今幸得猛将,铙歌奏响,兰花竞相吐艳,令人欣然生出乐观之情。

很显然,这一类创作,比的成分非常多,从传统上看,颇似杜甫《春望》中的"感时花溅泪,恨别鸟惊心"一类描写。但是,赵起的写作有其个人化特色,与其特定的生活密切相关。自张惠言比兴寄托理论问世后,人们往往在做不同的尝试,赵起的作品,或可视为一种特别的路向。周济曾经批评那种一有比兴寄托之念,往往在"感士不遇"等陈词滥调中寻找灵感的做法,赵起的作品,可以说是给出了另一种思考。赵起的《约园词》有一个并非足本的抄本,有不少涉及时事的作品都不见于此,估计是其逝世前数年所抄,封面有人写了四个字"毗陵词派"。如果是时人所写,则见出当时就有人对其常派特色有所体认;如果是后人所写,则也代表了后代对他的认识。

六、馀论

战争和词的发展,往往有非常密切的关系,这在晚唐五代、北宋南渡、明清之际等历史时期，都已经得到了证明。太平天国战争时期的词坛，也能够说明这个问题，而赵起则是一个较为明显的例证。

赵起的作品，前人关注较少，有赖谢章铤的表彰，让读者得以了解他描写太平天国战争的作品是非常有价值的。但即使如此，在批评史上，对他的这类作品的关注仍然不够，丁绍仪辑《国朝词综补》，倒是注意到了赵起，也知道赵以"常州陷，殉难"①，但所选的四首作品，分别是写秋海棠、墨牡丹以及写艳者，可见作为一个选家，丁氏并不认为赵的这些作品有多么突出。

这无疑有着词学观的选择，但也涉及对这一类作品的定位问题。谢章铤已经指出，这样的词，堪称"鸿题巨制"，应予彰扬，却"未必入胜"。这就提出了一个题材选择与创作成就的问题。从这个角度去看太平天国时期的词作，往往也能有类似的感受，即在选材上，确实能够"写大题目"、"出大意义"，但在艺术上，却无法和作为他们的榜样的杜甫、白居易等相比。当然，这样说，并不排除赵起确实有写得不错的作品，但总的来说，能够将内容和形式结合得非常好的作品还是太少了。文学不仅要有社会标准，还要有艺术标准，这原是自然而然的。本来，太平天国这么一个战乱的年代，正是文学家可以大展身手的好机会，可是，这一时期流传下来的作品，在清词发展中，除了蒋春霖等少数人外，还是缺少大家，显得不够突出，除了传统成见的束缚外，也和艺术上的不足有关系。

不过，太平天国时期的词坛，为晚清词学的发展积蓄了足够的能量，为晚清词坛反思词体创作的广度、深度和强度，探讨词的功能，提供了不少宝贵的资源。晚清词坛的繁荣，是词史发展的一个必然走向，尤其和太平天国时期的词坛，有着密切的关系。

---

① 丁绍仪《国朝词综补》卷四十一赵起小传，《续修四库全书》第 1732 册，第 369 页。

第五章　体式与格调

第一节　回文词的传承与发展

一、回文词的产生

回文"是讲究词序有回环往复之趣的一种措辞法"①,应用在古代诗歌中,"回复读之,皆歌而成文。"②回文诗的起源,据朱存孝《回文类聚序》:"自苏伯玉妻《盘中诗》为肇端,窦滔妻作《璇玑图》而大备。"③对这段话的前半部分,历来尚有争论,至于后半部分,则大致没有异议。回文诗的创作,自西晋以来,代有名家,尤其是唐宋两代,作者众多,唐代的白居易、权德舆、陆龟蒙等,都时有佳篇,至于宋代,更是盛况空前,王安石、

---

① 陈望道《修辞学发凡》,上海:上海教育出版社,2001,第 198 页。
② 吴兢《乐府古题要解》卷下,《四库全书存目丛书·集部》第 415 册,第 14 页。
③ 按此序不见于《四库全书》本《回文类聚》,转引自陈望道《修辞学发凡》,第 199 页。

苏轼、黄庭坚等，都做出了很大贡献。

词的回文，据目前所知，唐代尚未出现，至北宋中期，才得到词坛的关注，其原因，并不能单纯从文字游戏的角度认识。正如人们所熟知的，词的尊体途径之一，就是向诗歌靠拢，即引入写诗的方式来写词。回文正是其中的一个类型。

宋代回文词的最早尝试者，从目前材料看，可能是刘攽[①]，但其词不存，现存者以苏轼之作为最早，其后经过朱熹等人，有了一定的发展。但总的来说，回文词一体在宋代只是浅尝辄止，元明两代，作家作品都比较少，晚明时，开始引起较大的注意，而一直要到词学大盛的清代，由于作家往往善于将前人已经有所尝试但尚未来得及发展的一些形式加以发扬光大，回文也就自然成为重点关注的对象之一，因而较之前代，有了更进一步的发展。

回文词，由于特定形式的限制，就其所表现的内容看，是相对简单的，彭国忠曾概括回文词的内容为闺怨、闲情、写景三类[②]，从词史发展来看，大致如此。不过，到了明代，较之以前就丰富了一些。虽然王世贞的《别思回文》和丘濬的《秋思回文》[③]还是延续了苏轼一路，但像汤显祖以回文词题《邯郸梦》，就显然扩大了回文的内容。女作家沈宜修的《菩萨蛮·送仲韶北上》，共4首，写惜别之情，也有其独特之处。而到了清代，虽然还存在着大量的《春闺》、《秋闺》或《闺情》、《闺怨》之类的题材，

---

① 苏轼《与李公择》十七首之十三："效刘十五体，作回文《菩萨蛮》四首寄去，为一笑。不知公曾见刘十五词否？刘造此样见寄，今失之矣。"（《苏轼文集》卷五十一，北京：中华书局，1986，第1501页）显然，苏轼词是模仿刘攽而作。

② 彭国忠《元祐词坛研究》，上海：华东师范大学出版社，2002，第180页。

③ 卓人月《古今词统》卷五评丘作："随句倒读犹易耳，至尾读转，断鹤续凫，非巧手不能。"评价较高。卓人月汇选、徐士俊参评《古今词统》，沈阳：辽宁教育出版社，2000，第168页。

经常明确表示是学习苏轼①,但总的来说,回文词所表达的内容也还是有所扩充。苏轼《西江月》有题为《咏梅》的回文词:"马趁香微路远,沙笼月淡烟斜。渡波清彻映妍华。倒绿枝寒凤挂。 挂凤寒枝绿倒,华妍映彻清波。渡斜烟淡月笼沙。远路微香趁马。"②这显然启发了清人也用回文之体来写咏物词,如叶承宗《菩萨蛮·梅》:"晚梅新发南枝暖。暖枝南发新梅晚。三两欲开函。函开欲两三。 斗凤寒影瘦。瘦影寒凤斗。香暗引蛮觞。觞蛮引暗香。"③这尚可以说是从苏轼那里得来的灵感,至于吴山《菩萨蛮·回文咏月》:"薄云冰净光帘幕。幕帘光净冰云薄。清逼梦乌惊。惊乌梦逼清。 静阶流素影。影素流阶静。时露濯花移。移花濯露时。"④就是以回文词咏物时有意识地扩大题材了。还有詹贤《菩萨蛮·寿陈予嘉学博六十》:"菊篱清瘦香团绿。绿团香瘦清篱菊。春生座少尘。尘少座生春。 雁来归子燕。燕子归来雁。长龄祝巨觞。觞巨祝龄长。"⑤以回文的形式写寿词,也是以前所少见的。

二、清代回文词的形式变化

如前所述,总的来说,回文词所写的内容,显得比较单薄,因此,如果放在文学史发展的过程中,考察清代回文词的价值,形式上的变化是更值得提出来的。

和诗相比,词的回文相对困难,因为词是长短句,若想有规律地回环

---

① 如彭孙贻《菩萨蛮·春愁,效东坡回文》(絮飞花尽春馀雨),南京大学中文系《全清词》编纂研究室编《全清词·顺康卷》,北京:中华书局,2002,第1058页。
② 唐圭璋编《全宋词》,北京:中华书局,1965,第333页。
③ 张宏生主编《全清词·顺康卷补编》,南京:南京大学出版社,2008,第137页。
④ 《全清词·顺康卷》,第51页。
⑤ 《全清词·顺康卷补编》,第1700页。

往复，不是容易的事。当然，词虽然号称长短句，不少调式也还都是五、七言结构的形式，其中，《玉楼春》和《瑞鹧鸪》之类最像诗，因为它们实际上就是齐言的，只是分了上下片而已。根据这个特点，回文的时候，清人也有自己的处理方式，如姚之骃的二首《双带子》(《玉楼春》的别名)：

长亭小立怕分钗。去棹愁深积水涯。望处无边堤断影，郎舟别认错看回。　回看错认别舟郎。影断堤边无处望。涯水积深愁棹去，钗分怕立小亭长。

来时几日去成真。别赠将离惜远人。杯酒满行千滴泪，黛眉低蹙半宜颦。　颦宜半蹙低眉黛，泪滴千行满酒杯。人远惜离将赠别，真成去日几时来。①

事实上，是下片回环上片，将一首《双带子》变成了两首七言绝句。当然，此调若是从后向前回环，相对来说也比较容易。

回文词中，最常见的调式就是《菩萨蛮》，《回文类聚》卷四及其补遗所收回文词共57首，其中《菩萨蛮》就有53首。宋代作家写回文词固然多用《菩萨蛮》一调，宋代以后仍然如此。这不仅是由于回文词在最初呈现的作品就是苏轼创作的《菩萨蛮》7首，具有经典性，而且由于《菩萨蛮》是比较简单的五七言句式②，不仅容易操作，又仍然是长短句。在具体的创作实践中，《菩萨蛮》回文多是两句互回，从苏轼开始到明清许多

---

① 《全清词·顺康卷补编》，第1756—1757页。
② 宛敏灏先生就曾指出，使用《菩萨蛮》创作回文，"是因为全篇由五、七言句构成，且两两对称，具备互倒的条件。"宛敏灏《词学概论》，北京：中华书局，2009，第69页。

作家，莫不如此。明人马朴将此类称之为"逐句回文"①。由于这类回文最早出自苏轼之手，清初作家写作时，往往点明这一点，如彭孙贻《菩萨蛮·春愁，效东坡回文》："絮飞花尽春馀雨。雨馀春尽花飞絮。人惜可怜春。春怜可惜人。　句成愁字字。字字愁成句。愁更上高楼。楼高上更愁。"②而祝尚矣则将这种写法称为"穿心回文体"，如其《菩萨蛮·长夏客中遣兴。穿心回文体》："客中愁度空长日。日长空度愁中客。槐影密侵阶。阶侵密影槐。　友情浓似酒。酒似浓情友。吟密度浓阴。阴浓度密吟。"③

但是，大约从明代开始，就有作家对此有所不满，可能是认为这样写难度不够，而且意思也显得重复。《回文类聚》补遗中有丘濬《菩萨蛮·秋思》，序云："余幼时尝读朱文公、刘静修文集，俱有《菩萨蛮》回文词，惜其随句倒读，不免意复，不如至尾读回为妙。"他的词这样写："纱窗碧透横斜影。月光寒处空帏冷。香炷细烧檀。沉沉正夜阑。　更深方困睡。倦极生愁思。含情感寂寥。何处别魂销。"④其特点，不仅如他所说，可以"至尾读回"，而且，更重要的是一定程度上处理了"意复"的问题，使得作品能够显示出更多的区别。丘氏是明代前期的人，应该对后来汤显祖通体回环的写法有影响。对此，邹祗谟指出："词有檃栝体，有回文体。回文之就句回者，自东坡、晦庵始也。其通体回者，自义仍始也。"⑤如果考虑到丘氏的作品，则"自义仍始"之说或许不够严密，但是，

---

① 马朴《菩萨蛮·小轩秋夜，逐句回文》："桂香飘处回风细。细风回处飘香桂。光月映茅堂。堂茅映月光。　夜凉新露下。下露新凉夜。清趣乐轩明。明轩乐趣清。"饶宗颐初纂、张璋总纂《全明词》，北京：中华书局，2004，第1231页。
② 《全清词·顺康卷》，第1058页。
③ 《全清词·顺康卷补编》，第989页。
④ 朱存孝《回文类聚补遗》，影印文渊阁《四库全书》第1351册，第825页。
⑤ 邹祗谟《远志斋词衷》，唐圭璋编《词话丛编》，北京：中华书局，1986，第653页。

汤显祖所作显然更为出色，这就是题为《织锦回文》的二首《菩萨蛮》：

>梅题远色春归得。迟乡瘴岭过愁客。孤影雁回斜。峰寒逼翠纱。　窗残抛锦室。织急还催织。锦官当日情。啼断望河明。

>明河望断啼情日。当官锦织催还急。织室锦抛残。窗纱翠逼寒。　峰斜回雁影。孤客愁过岭。瘴乡迟得归。春色远题梅。①

无论从词意上看，还是从语言上看，当然都是后来居上。如前篇明写雁之孤，暗喻客之孤，而后篇实写客之孤，却以斜峰雁影，既烘托气氛，又暗作比喻，就写出了一定的变化。近人吴梅在其《词学通论》中说："小虫机杼，义仍只工回文。"②虽带贬义，也不能不承认这是汤显祖词的重要特色。至于晚明卓人月的《菩萨蛮·私欢迎送》：

>春宵半吐蟾痕碧。斜窥愁脸如相忆。空捻两三弦。朱扉寂寂然。　依期郎践约。悄步人疑鹤。小舒轻雾纱。妆袂蘸红霞。

>霞红蘸袂妆纱雾。轻舒小鹤疑人步。悄约践郎期。依然寂寂扉。　朱弦三两捻。空忆相如脸。愁窥斜碧痕。蟾吐半

---

① 《全明词》，第 1276 页。
② 吴梅《词学通论》，上海：复旦大学出版社，2005，第 108 页。

宵春。①

前一首写月光清澈,春宵相思,弹琴寄意,苦等伊人,远处传来轻轻的脚步声,情郎终于践约,顿时心花怒放,脸上的红霞仿佛也飞上了裙裾。后一首写女主人公脸上红霞尚在,而乍见遽别,恍惚中,听闻鹤步,疑是伊人尚在,惟门扉寂然,一片冷清。弹琴寄意,徒然想象,只见碧月西斜,倍感辜负春光。正如其词题所言,一写迎来,一写送往,很有巧思。这说明,到了晚明,对于传统的回文词,人们已经努力要变出更多花样来。

明代作家对于回文词的探索显然被清代作家注意到了,清人林企忠在其《菩萨蛮·早春阴雨》的小序中就指出:"尝见作者多将末联倒转,以调平仄,毕竟牵强。今皆以平仄二音之字填入,庶几合调。"他以自己的创作实践,表达了对汤显祖创造性的肯定②。黄埙则具体将汤显祖这种回文称为"全体回文",黄词题为《菩萨蛮·秋兴,全体回文》,如下:

秋山一叶红楼晓。飞云白露凝寒草。秋去落花残。霜多觉梦寒。 窗萝垂更绿。苔碧庭中玉。翠摇竹滴香。秋影落空塘。

回文为:

---

① 《全明词》,第2904页。
② 清人对汤显祖的回文词多有赞赏者,如沈雄说:"义仍精思异彩,见于传奇,出其馀绪以为填词。后人犹咏其回文,必指为义仍杰作也。"沈雄《古今词话·词评》卷下,《词话丛编》,第1029页。这个意思被冯金伯接了过来,他进一步指出,这个杰作就是"回文《菩萨蛮》"等。见冯金伯《词苑萃编》卷七,《词话丛编》,第1922页。

塘空落影秋香滴。竹摇翠玉中庭碧。苔绿更垂萝。窗寒梦觉多。　霜残花落去。秋草寒凝露。白云飞晓楼。红叶一山秋。①

类似的小令还有《浣溪沙》，也是人们常写的。如董元恺的《浣溪沙·春闺回文》：

莺语听残春院晴。屏云倚共晚寒凝。黛痕愁入远峰青。　庭满落花香寂寂，声和玉漏夜清清。轻红拂梦晓来醒。

回文为：

醒来晓梦拂红轻。清清夜漏玉和声。寂寂香花落满庭。　青峰远入愁痕黛，凝寒晚共倚云屏。晴院春残听语莺。②

这或者是从《菩萨蛮》的变化而得到的启发，希望写出另外的特色。

虽然回文中以五七言结构为常态，但清人也会尝试打破单句结构的样式，在更为复杂的状态中，进行重新组合。如甘国基《后庭花·秋日闺情》：

冽风秋冷衾如铁。怯心寒彻。热魂香梦惊难别。月明情结。　铁如衾冷秋风冽。彻寒心怯。别离惊梦香魂热。结情明月。③

---

① 《全清词·顺康卷》，第 7404—7405 页。
② 《全清词·顺康卷》，第 3243 页。
③ 《全清词·顺康卷补编》，第 1567 页。

这首词是四字句和七字句的组合。一般来说,四字句在整篇作品中,不是很容易处理,但在这一首词中,其排列组合有着严格的规律性,所以,下片开始,对上片的四句逐句回环,也还不是太困难的事。至雍乾年间高继祖的《七娘子·闺怨》:

> 短长亭隔人肠断。岸柳萦、舟系孤帆远。乱风吹雨,丝丝如怨。眼波横注愁深浅。　燕泥衔入闲空院。倩谁将、欲去春留绾。软红飞逐,梦魂消黯。敛娥双树啼莺倦。①

里面有三字句、四字句、五字句和七字句,逐句回读,可作:

> 倦莺啼树双蛾敛。黯消魂、梦逐飞红软。绾留春去,欲将谁倩。院空闲入衔泥燕。　浅深愁注横波眼。怨如丝、丝雨吹风乱。远帆孤系,舟萦柳岸。断肠人隔亭长短。

这显然更加复杂了,从中可以看出清人不断探索的意识。

三、部类跨越与诗词互通

清人在从事回文创作时,有时为了更多地体现出变化,也会跨越部类,安排得更加复杂。

和《菩萨蛮》一样,《虞美人》一调的回文,宋代也已经出现了,如北宋元祐时期王齐愈有《虞美人·寄情》:

---

① 张宏生主编《全清词·雍乾卷》,南京:南京大学出版社,2012,第3217—3218页。

黄金柳嫩摇丝软。永日堂空掩。卷帘飞燕未归来。客去醉眠欹枕䗶残杯。　眉山浅拂青螺黛。整整垂双带。水沉香熨窄衫轻。莹玉碧溪春溜眼波横。

彭国忠认为,"这种全首倒读的形式,要求应该更加严格,写起来更加困难,因为它必须充分考虑到句式的变动,如:下阕末句本为九字句,回环之后作为首句,后七字被截作七字句,'莹玉'倒成'玉莹'后与另一句组合,其他以此类推"。他还特别指出,"由于它不是像倒句那样直接显示倒读文字,故若非特别标示,一般是不会注意其回文性质的"。① 清代堵霞的《虞美人·闺情回文》就是这样的:"青青柳拂轻烟袅。处处啼莺悄。绿肥红瘦映窗纱。淡月影移频上石栏斜。　巢新语燕归来晚。却怨绡帘卷。夜深闲坐泪愁添。远望黛眉低锁暗情牵。"② 不过,为了避免读者"不会注意其回文性质",清人也往往作"特别标示",如屠文漪的《虞美人·秋闺》,共二组四首:

香肌玉减消脂粉。被拥长更恨。黛凝波敛醉还醒。䗶酒翠鬟双髻乱云轻。　孤鸾镜对山屏画。月皎乌啼夜。碧窗烟锁梦成空。往事凤衫罗染泪痕重。

重痕泪染罗衫凤。事往空成梦。锁烟窗碧夜啼乌。皎月画屏山对镜鸾孤。　轻云乱髻双鬟翠。酒䗶醒还醉。敛波凝黛恨更长。拥被粉脂消减玉肌香。

---

① 彭国忠《元祐词坛研究》,上海:华东师范大学出版社,2002,第179页。
② 《全清词·顺康卷》,第10896页。

其二：

新寒惹砌鸣蛩乱。夜夜人愁惯。露轻风细雁来初。向寄万千情字一缄书。　花红晕烛银屏背。寂寂纱窗闭。澹烟沉水在香篝。掩帐待谁和月望清秋。

秋清望月和谁待。帐掩篝香在。水沉烟澹闭窗纱。寂寂背屏银烛晕红花。　书缄一字情千万。寄向初来雁。细风轻露惯愁人。夜夜乱蛩鸣砌惹寒新。①

每一组都特别标示出来，表明写的是二首，而非一首，以免读者不能体会其创作深心。

更要提出来的是，由于《虞美人》一调正好56字，而且以三字、五字和七字句组成，所以也启发词人在诗词互通方面加以思考，展示出诗与词之间独特的血缘关系。这种尝试明代就已经有了，如张綖所作：

堤边柳色春将半。枝上莺声唤。客游晓日绮罗裯。紫陌东风弦管咽朱楼。　少年抚景惭虚过。终日看花坐。独愁不见玉人留。洞府空教燕子占风流。

对于这首词，张綖曾有一个说明："予尝作此调（按指《虞美人》），寓律诗一首于内。词虽未工，录之于此，以备一体。"②而在其《南湖诗集》

---

① 《全清词·顺康卷》，第10660页。
② 张綖《诗馀图谱》卷二，《续修四库全书》第1735册，第498页。

中,则题为《变体虞美人》①。将此词变换标点,正是一首七律:

> 堤边柳色春将半,枝上莺声唤客游。晓日绮罗稠紫陌,东风弦管咽朱楼。少年抚景惭虚过,终日看花坐独愁。不见玉人留洞府,空教燕子占风流。

或者说"以备一体",或者说是"变体",从目前掌握的数据看,这类作品可能正始于张綖。对此,清人敏感地注意到了,邹祗谟就指出:"近代张綖以一首律诗而回作一首填词。"②他所举出的律诗,正是上述"堤边柳色"一首,题为《舞春风》,只是他所说正好和张綖本人反过来。无论如何,《虞美人》和七律之间能够形成这样的变化,则是没有问题的。所以,顺康年间,就引起了词人的模仿,如傅燮词《虞美人·春怀,寓七言律诗一首》三首:

> 莺笙呖呖吹芳树。燕剪双双度。绮栊晓日映花红。错落疏阑倚竹翠茏葱。　午眠觉后情还懒。宿雨晴来暖。乍融好景与谁同。玩赏无端春色任东风。

其二:

> 成群娇鸟啼高树。几缕游丝度。画栊帘卷早霞红。泛泛池涵新柳绿葱葱。　人无一事闲怀懒。时到三春暖。气融花放万山同。似锦韶华樽酒醉轻风。

---

① 张綖《南湖诗集》卷一,《四库全书存目丛书·集部》第 68 册,第 335 页。
② 沈雄《古今词话·词品》卷上,《词话丛编》,第 843—844 页。

其三：

催花放柳东风倦。锦树歌莺伴。冶游何处鹧鸪愁。脉脉无端蝴蝶恨悠悠。　孤城容我耽吟癖。上巳同人集。曲流祓罢更登楼。一望清溪泛泛浴轻鸥。①

改换标点后，就是三首七律：

莺笙呖呖吹芳树，燕剪双双度绮栊。晓日映花红错落，疏阑倚竹翠苁葱。午眠觉后情还懒，宿雨晴来暖乍融。好景与谁同玩赏，无端春色任东风。

其二：

成群娇鸟啼高树，几缕游丝度画栊。帘卷早霞红泛泛，池涵新柳绿葱葱。人无一事闲怀懒，时到三春暖气融。花放万山同似锦，韶华樽酒醉轻风。

其三：

催花放柳东风倦，锦树歌莺伴冶游。何处鹧鸪愁脉脉，无端蝴蝶恨悠悠。孤城容我耽吟癖，上巳同人集曲流。祓罢更登楼一望，清溪泛泛浴轻鸥。

---

① 《全清词·顺康卷》，第8183页。按第三首词题为"诗词皆和周枚吉韵"。

但是，严格地说，这不过是变作七律，并无"回读"，不算回文。宛敏灏先生已经注意到了张绖的这类作品，总结说："此种形式除选调须符合一首诗的字数外，还要注意：1. 同时顾及诗韵和词韵；2. 要做到既可称为七言，又可分合为长短句；3. 要注意律诗的对仗；4. 变动后无论是诗是词，都要能成文理。"①我们看到，上引作品，确实能够达到这些标准。

张绖和傅燮詷的作品，虽然不是严格意义上的"倒读"，只是变换标点，成为七律，但是这无疑启发了后人在创作上的进一步发挥。如晚清朱杏孙有一首七言律诗，就动了大心思，不仅可以倒读为一首七言律诗，而且正读、倒读都是一首《虞美人》。诗曰：

孤楼绮梦寒灯隔，细雨梧窗逼冷风。珠露扑钗虫络索，玉环围鬟凤玲珑。肤凝薄粉残妆悄，影对疏阑小院空。芜绿引香浓冉冉，近黄昏月映帘红。

倒读仍为一首七律：

红帘映月昏黄近，冉冉浓香引绿芜。空院小阑疏对影，悄妆残粉薄凝肤。珑玲凤鬟围环玉，索络虫钗扑露珠。风冷逼窗梧雨细，隔灯寒梦绮楼孤。

正读为一首《虞美人》：

孤楼绮梦寒灯隔。细雨梧窗逼。冷风珠露扑钗虫。络索

---

① 宛敏灏《词学概论》，北京：中华书局，2009，第70页。

玉环围鬟凤玲珑。　肤凝薄粉残妆悄。影对疏阑小。院空芜绿引香浓。冉冉近黄昏月映帘红。

倒读仍是一首《虞美人》：

红帘映月昏黄近。冉冉浓香引。绿芜空院小阑疏。对影悄妆残粉薄凝肤。　珑玲凤鬟围环玉。索络虫钗扑。露珠风冷逼窗梧。雨细隔灯寒梦绮楼孤。①

朱杏村是清代晚期的人，与蒋敦复同邑（宝山，今属上海），据蒋氏记载："朱杏孙孝廉与余弱冠定交，即以诗文相切劘，曾绘《雪窗清咏图》，余记之。饥来驱去，劳燕分飞。杏孙虽获一第，家中落，草草劳人，非复昔时豪兴。"评价其词，则说："词钩心斗角，不喜傍人门户，于诸君子中，别调自弹。"蒋氏把这首《虞美人》记录在其《芬陀利室词话》中，正是为了说明朱的"不喜傍人门户"，"别调自弹"。而文理章法，也都非常通顺。心思才力，于此可见。《虞美人》正好56字，而且句式比较整齐，其形式变化的丰富性也许有其特殊的一面。从诗词发生的关联的角度看，则《调笑令》一体可以提供一定的参照。《调笑令》在中唐时已经出现，后来有了一些变体，至少在北宋秦观的手里，就有了诗词合体，如其《调笑令》十首，基本上是分咏古代女子，其一《王昭君》，诗曰："汉宫选女适单于。明妃敛袂登毡车。玉容寂寞花无主，顾影低回泣路隅。行行渐入阴山路。目送征鸿入云去。独抱琵琶恨更深，汉宫不见空回顾。"词曰："回顾。汉宫路。杆拨檀槽鸾对舞。玉容寂寞花无主。顾影偷弹玉筯。未央宫

---

① 蒋敦复《芬陀利室词话》卷三，《词话丛编》，第3670页。

殿知何处。目送征鸿南去。"①这并没有回文,但诗词一定程度上合体的现象,也许对后来《虞美人》在诗词之间的变化,有一定的影响。

四、丁澎的创作成就

在清代创作回文词的作家中,丁澎可能是最花心思者之一,他不仅写了不少回文词,而且努力变换形式,特别与一般作者不同的是,他曾创作 19 组回文词,不是通常的回为本调,而是回为另外一调,显然是希望在难度上下功夫。如下面两首:

卜算子　变减字木兰花

低幕卷绡红,暗月迷香步。偷摘双钗角枕横,腕碧缠金缕。啼鸟唤开帘,寂寂飞香雨。小立墙东去折花,柳色凝烟暮。

减字木兰花　回前调

暮烟凝色。柳花折去东墙立。小雨香飞。寂寂帘开唤鸟啼。　缕金缠碧。腕横枕角钗双摘。偷步香迷。月暗红绡卷幕低。②

如词题所言,这是将《卜算子》变成了《减字木兰花》,而且是以倒读也就是回文的方式完成的,其难度表现在将五、七言为主的句式,变成了以四、七言为主的句式。另外一组如下:

---

① 《全宋词》,第 464 页。
② 《全清词·顺康卷》,第 3197 页。

山花子　变三字令

横钗玉队绮罗丛。兰麝薰残试粉融。初闻歌艳人何奈,堕珠红。　魂消欲断燕楼空。屏翠分香鬓影㩝。留春谁倩昏黄月,透帘重。

三字令　回前调

重帘透,月黄昏。倩谁春。留䰄影,鬓香分。翠屏空,楼燕断,欲消魂。　红珠堕,奈何人。艳歌闻。初融粉,试残薰。麝兰丛,罗绮队,玉钗横。①

这是将《山花子》变成《三字令》,当然《三字令》也就是《山花子》的回文。作品所显示的难度,是将七字句和三字句的结构,完全变成了三字句。

丁澎是一个富有创造性的词人,他少有隽才,性格独特,据林璐《丁药园外传》:"丁药园先生名澎,杭之仁和人也。世奉天方教,戒饮酒。而药园顾嗜酒,饮至一石,貌益恭,言益谨,人咸异之。诗、赋、古文辞,自少年未达时,即名播江左。其后,仲弟景鸿、季弟渼,皆以诗名,世目之曰'三丁'。"②曾以科场案谪戍尚阳堡,归来后,梁清标评其词说:"从之索新篇,则又知方肆力于词学,撰著盈帙,出以示余,浏览再四,骎骎乎踞南唐北宋之室。猗欤盛哉! 益叹丁子之才,如万斛之舟,而又服其道气湛深,有大过者,不独为词人之雄也。"③宗元鼎评其词说:"康熙庚戌春,余读书于芜城道院,评阅丁药园仪部《扶荔词》三卷,曰:美哉斯词,庶不愧扶荔之名乎! 夫扶荔,汉武之宫也,在上林苑中。汉武既破南越,起扶

---

① 《全清词·顺康卷》,第3198页。
② 林璐《岁寒堂存稿》卷三,《四库全书存目丛书·集部》第283册,第807页。
③ 丁澎《扶荔词》卷首,《续修四库全书》第1724册,第599—600页。

荔宫，以植所得之奇草异木。宫中有甘蕉十二本，留求子十本，桂百本，蜜香指甲花百本、龙眼、荔枝、槟榔、橄榄、千岁子、甘橘，皆百余本。是宫中所植，不独一种，而宫名扶荔，岂非以荔枝又独异于群芳乎？……是愈出愈妍，后人驾前人之上，真可谓山间明月，凤管秋声，凄楚回环，伤情欲尽，其视《花间》《草堂》唐宋诸词人，不啻奴卢橘而婢黄柑，舆蒲萄而隶苔邅。此武皇宫中草木不止一本，而必以扶荔为名，无惑乎天宝妃子，独爱红尘一骑也。"①这都是他的同时代人，对他的词的创造性众口一词。他的那些题为"回前调"的词，都见收于《词变》一卷，可见是有意之举。

丁澎将一个词调回为另一个词调，其内在的驱动力是对长短句体性的敏感，尤其是选择杂言，增强了回文的难度，也是有意识地突出词的文体特征，进而与诗有所区隔的重要方式之一。他的这种努力，将回文词的创作发展到了一个新的阶段。

五、顾长发及其《诗馀图谱》

在清代回文词发展过程中，还有一个特别应该提出的人物是顾长发。顾长发是清初苏州人，曾著有《围径真旨》，四库馆臣评云："是编因圆周圆径古无定率，有高捷者剪纸为积，补凑方圆，得窥梗概，而不得周数。长发因以为径一者周三一二五，谓之智术。又谓甄鸾、刘徽、祖冲之、邢云路、汤若望诸人所定周径，皆未密合。"②可见其甚好新异之学。他在回文词创作中的贡献是撰写了一部《诗馀图谱》。这部著作沿袭明代张綎的同名之作，其独特之处，一是其性质是回文词，二是例词主要由其自己创作。

---

① 宗元鼎《扶荔词记》，丁澎《扶荔词》卷首，《续修四库全书》第1724册，第602页。
② 永瑢等《四库全书总目》卷一〇七，北京：中华书局，1965，第913页。

作为一部回文词的词谱,显然作者是将其定义为回文词创作的样板。其中的某些内容,如将诗学中《璇玑图》的方式纳入,或者不具备很强的操作性,可视为他个人的某种试验,这里我们可以选取他自己所创作的22调,44首作品,从中了解他心目中回文词创作的一般状况。

首先,从调式来看,顾氏创作的回文词都是小令,尽管他在自序中表示,这部词谱只是一个开始,今后还会涉及中调和长调的回文。但是,我们尚未发现他撰有续编。事实上,从词史的发展来看,回文词的创作,基本上就是以小令的方式出现的,顾氏的总结符合词史发展的实际,也说明他对词中回文一体的创作,还有促使其进一步发展的动机。这个动机虽然不一定具备可操作性,但也体现了顾氏的一种独创精神。

其次,从题材来看,这44首作品大多与艳情有关,这一点,也非常符合词史的一般情形。当然,清代初年的回文词创作,不少人已经努力突破了艳情的窠臼,但无疑地,艳情仍然是回文词创作的最大宗,顾氏以这种方式所做的总结,也能够起到示范的作用。

第三,既然以艳情为基本内容,则作为词谱,就必须提供一定的模式,总结出一定的规律,特别是如何选择特定的词汇,以及如何对这些特定词汇进行结构。我们看到,在这些词中,出现19次的字有"翠"、"晚"、"归"、"轻";出现20次的字有"楼";出现21次的字有"烟"、"燕";出现22次的字有"春";出现23次的字有"柳";出现24次的字有"雨";出现26次的字有"飞";出现30次的字有"愁";出现35次的字有"远"、"香";出现39次的字有"花"。这些统计不一定全面,但也能揭示出某种基本倾向,从中能够看出一些规律。比如,有些字搭配能力较强,比较容易和其他字进行组合。如"翠",分别可以有形容词、名词或副词等性质,如"翠山"、"翠烟"、"翠柳"、"山翠"、"绕翠"、"翠浮"。又如,有些字具有一定的历史积淀,如"楼",这个字尽管可以组成"高楼"、"翠楼"、"香楼"、"小楼"

等,但最常出现的是"西楼",达 6 次之多。"西楼"虽然只是一个含糊的方位,但由于月亮东升西落,在西面往往能看到下沉之月,在沉浸于思念之中的不眠之人看来,有着特别的感触,所以,古代作家往往选择这个意象。历史上的名篇就有李后主的《相见欢》:"无言独上西楼。月如钩。寂寞梧桐深院锁清秋。 剪不断,理还乱,是离愁。别是一般滋味在心头。"晏几道的名篇《蝶恋花》:"醉别西楼醒不记。春梦秋云,聚散真容易。斜月半窗还少睡。画屏闲展吴山翠。"李清照的名篇《一剪梅》:"雁字回时,月满西楼。"……还有很多时候,在回文的语境中,一个字的意思大多不会有什么变化,但有时候,也会发生一定的变化。或者是强调的对象不同,如《眼儿媚·秋眺》:"低云掩日雁孤飞。遥望倚楼西。衣沾泪雨,香闺空冷,怨别愁离。"下片是对上片的回文:"离愁别怨冷空闺。香雨泪沾衣。西楼倚望,遥飞孤雁,日掩云低。"在"飞"这个字的处理上,原来是"孤飞",现在变成了"遥飞",其实都是在西楼的人眼中所看到的,只是一个强调了其情态"孤",一个强调了其距离"遥"。或者是描写的情态不同。"泪雨"回文后变成"香雨",二者发生变化,但女子涂有脂粉,泪落如雨则当然就"香",如果理解为雨打在闺楼上,闺房可以称为香闺,如此,雨亦可香,潜在的内涵,仍可沟通。至于回文后,原来的字面意思被注入了更加隐微的内涵,变得语意双关的也有,如《诉衷情·春思》:"愁红惨绿早春归。燕垒砌香泥。柔条翠浮烟柳,细雨漫楼西。 忆久别,梦初回。恼莺啼。羞花对语,自投空信,雨换云移。"回文为:"移云换雨信空投。自语对花羞。啼莺恼回初梦,别久忆西楼。 漫雨细,柳烟浮。翠条柔。泥香砌垒,燕归春早,绿惨红愁。"原作末三句"羞花对语,自投空信,雨换云移",虽然"雨换云移"也似乎有着一些言外之意,但基本上仍是一种时间的标志,但回文之后,"移云换雨信空投",就更明显地用"巫山云雨"的典故,几乎是明示,主人公之所以"信空投",是因为其所思者已经变心,后面的情感,都是从这一点展开,这样,就由于词序的不同,使得作品多了一层言外之意。

词谱主要是明代才开始真正出现的,张綖的《诗馀图谱》是其中最重要的著作之一。顾长发沿用张綖所著之名,表示了他对这位前辈的致敬,同时说明,清代初年的词学批评家已经对回文词有了充分的认识,因而希望从理论上进行总结,也说明到了清初,回文词确实已经发展到了一个相当的高度了。至于顾氏所作,其郡人陈灃湘在序中回顾回文词的历史,认为是"创始难工,新奇莫辟",并称赞:"其回文一谱,词搜各调,巧迈诸家,洵可谓手造凤楼,斧修蟾魄矣。"①或有过誉,但对其独特性的说明则是如实的。

六、总结

从上面论述可见,回文词从宋代发展到清代,在内容上变化不大,词调选择也以小令为主,但是用于回文的词调更多了,尤其是表现形式上,有了更多的创造,这种状况,证明了邹祗谟的论断:"文人慧笔,曲生狡狯,此中故有三昧,匪徒乞灵窦家馀巧也。"②如果从道德主义的观点出发,这类作品确实意义不大,但是,文学本来就有游戏和娱乐的意味,"语言文字游戏,是一种自我娱乐活动,也是学习语言文字的一种重要的方式,它帮助我们去发现一种语言文字所潜藏着的巨大的表现能力"③。"人对文字游戏的嗜好是天然的,普遍的。凡是艺术都带有几分游戏意味,诗歌也不例外。……就学理说,凡是真正能引起美感经验的东西都有若干艺术的价值。巧妙的文字游戏,以及技巧的娴熟的运用,可以引

---

① 见顾长发《诗馀图谱》,清初抄本。
② 邹祗谟《远志斋词衷》,《词话丛编》,第 653 页。
③ 王希杰《修辞学导论》,杭州:浙江教育出版社,2000,第 521—522 页。

起一种美感,也是不容讳言的。"①不仅如此,用回文进行创作,还是文人生活的一种方式,不少作家以之进行唱和,就是明显的例证,因而不能简单地看作是无聊的事情。这也就是《回文类聚》的编者桑世昌在其相关论述中所称赞的:"情词交通,妙均造化,此文之所以为无穷也。"②至于朱存孝认为:"回文千首,虽有巧思,终为贼道,何堪入于书籍。"③那是别有认识角度,原不在一个层面上。

另外,词中回文,本是向诗中学来。清代词学兴盛,在尊体的大背景中,往往从诗歌中寻找资源,在题材选择、创作方法等方面,都有反映。回文不一定是最好的尊体代表,但在清人心目中,无疑也是见才气、锐思力的重要方式,因此,受到宋词中回文的启发,并加以发扬光大,增加各种变化,正是清人试图提升词的地位的重要方式之一。从文学史和美学的角度来看回文词,容或有不同的评价,但清人的创作动机应该得到理解。

清代词学号称复兴,而清代初年最为关键。在词的发展历史上出现的所有因素,几乎都在明清之际得到重新的思考,或者去粗取精,或者由小变大,或者由浅入深,种种情形不一,都说明在那一特定的时代,人们希望将词的发展推进到一个新的层面。他们的探索涉及非常多的角度,内涵也非常丰富,许多地方使后人无以为继。因此,虽然清代中后期仍有不少人从事回文词的创作,也发展出一些创新之处,如朱杏村以七律和《虞美人》的连环回文之类,但最有创造性的部分,似乎还是集中在清代初年。这一个特定的角度,也有助于我们对清初词坛的认识。

---

① 朱光潜《诗论》第二章《诗与谐隐》,《朱光潜美学文集》第二卷,上海:上海文艺出版社,1982,第47页。
② 桑世昌《回文集》,单宇《菊坡丛话》卷二十二引,《四库全书存目丛书·集部》第416册,第513页。
③ 朱存孝《回文类聚补遗》,影印文渊阁《四库全书》第1351册,第823页。

第二节　櫽栝词的特色与成就

櫽栝词，作为词的一种"杂体"[①]，近些年来，已经得到学术界一定的关注。思考的重点以宋词为主，通过宋代的櫽栝词，讨论了櫽栝词的概念内涵、基本内容、传承过程、创作动机、艺术手段等[②]。关于清代櫽栝词，学界则涉猎较少[③]。下面拟从题材、形制、创作心理、情感表现等对此进行研究。

一、题材和形制

清词复兴的重要特点之一，就是对宋人开创的许多创作途径，表现出浓厚的兴趣。一方面继承和学习，另一方面也力求有所发展。

清代的櫽栝词，从选择对象来看，比较多的是王羲之、陶渊明、白居易、苏轼等，这是宋代就已经确立的传统，也被清人延续下来了。从体裁来看，明以前櫽栝词中的楚辞、文、赋、诗、词等，清人都有继承，而在题材的选择上往往更加丰富多样。如徐喈凤櫽栝屈原《卜居》，陈聂恒櫽栝宋玉《登徒子好色赋》，释行悦櫽栝李白《大鹏赋》，何采櫽栝杜甫前后《观打鱼歌》、窦遴奇櫽栝白居易《醉吟先生传》，顾陈垿櫽栝温庭筠《江南曲》

---

① 罗忼烈在《宋词杂体》一文中即如此论说，见其《两小山斋论文集》，北京：中华书局，1982。
② 相关代表作有罗忼烈《宋词杂体》，见《两小山斋论文集》；吴承学《论宋代櫽栝词》，载《文学遗产》2000 年第 4 期；内山精也《两宋櫽栝词考》，载《学术研究》2005 年第 1 期；彭国忠《櫽栝体词浅论——以宋人的创作为中心》，载《词学》第 16 辑，上海：华东师范大学出版社，2006；等等。
③ 李睿有《论清代的櫽栝体词》一文，初步有所讨论，文载《中国韵文学刊》2016 年第 3 期。

等,都是以前少见的。

以词体来櫽栝其他文体,受到词调本身长度的影响,如篇幅最长的《莺啼序》,也不过 240 字,所以对被櫽栝者的篇幅,往往会有一定的选择①。但清人也会尝试新的体验。宋人在櫽栝词中对《庄子》感兴趣的,辛弃疾或可为代表,其《卜算子》题为"用庄语"②,但尚不能算是严格的櫽栝。另有三首《哨遍》③,多用《庄子》之语串联,显然是接受了苏轼櫽栝词的影响,只是杂用各篇之语入词,以表达自己的某种感受,还不算是直接针对某一篇的櫽栝。不过可能正是这种尝试,启发了清人进一步的探索。

《庄子》一书凡三十三篇,从篇幅来看,每篇往往都比较长,大致上都超过了明以前那些被櫽栝的文,清人选择这种题材,面临着新的挑战。如姚之骃《哨遍·櫽栝〈逍遥游〉》:

北冥鲲鱼,化为大鹏,水击三千里。抟扶摇,曾读齐谐记。负青天、如舟在水。蜩鸠笑,尘埃野马,图南何事。但枪榆而已。嗟小大相殊,椿菌自适,汤棘曾参是理。君无学、宋荣忘誉非。更须超、列子御风机,有待而然,都非其至。　至人无己。偃鼠鹪鹩差得计。越俎非由意。算吸风饮露,惟姑射、神人矣。人世半聋盲,空劳弊弊,大言河汉齐惊起。纵尧到汾阳,窅然丧气。天下岂真我事。道大瓠、五石瓢堪弃。叹人间、用大何容易。不龟手、药技虽微,百金之方,可买一朝兮裂地。犛牛大若垂云,不能执

---

① 从目前掌握的材料看,使用比较长的词调来櫽栝的,是《哨遍》,这显然是由于苏轼珠玉在前,形成榜样。有时候,为了克服词调长度的限制,作家们也会用联章体,不过这种情形较少。
② 唐圭璋编《全宋词》,北京:中华书局,1965,第 1946 页。
③ 三篇分别是《哨遍·秋水观》、《哨遍·用前韵》和《哨遍·赵昌父之祖……》,见《全宋词》第 1916 页,第 1946 页。

鼠，徒喝然耳。此乡大树厌斧斤，吾生合号逍遥子。①

《逍遥游》是《庄子》的首篇，全文差不多 1500 字，通过一系列的比喻，说明凡有所待，必不自由，揭示无己、无功、无名的境界，从而无所凭依，游于无穷。林云铭评云："篇中忽而叙事，忽而引证，忽而譬喻，忽而议论。以为断而非断，以为续而非续，以为复而非复，只见云气空濛，往返纸上，顷刻之间，顿成异观。"②刘熙载评云："《庄子》文法断续之妙，如《逍遥游》，忽说鹏，忽说蜩与学鸠、斥鷃，是为断，下乃接之曰'此大小之辨也'，则上文之断处皆续矣。而下文宋荣子、许由、接舆、惠子诸断处，亦无不续矣。"③檃栝之作也不断跳荡，再现了原作的特点。而篇末点题，将"逍遥"之意抉出，是很自然的收束。

姚之骃的弟弟姚炳也有这方面的作品，很可能他们兄弟有着明确的创作指向，共同在这方面进行尝试。其《哨遍·檃栝〈秋水〉篇》：

旷览百川，涯渚泾流，满眼都秋水。问望洋、谁免笑方家，又奚讥、河伯欣喜。语大理。须知一些礨空，我生豪末在马体。嗟伯夷为名，仲尼学博，只自多稊米。试思量、贵贱总随时。更小大之家那得知。千里骅骝，捕鼠狸狌，何伤乎异。　从今细审都差矣。天地难端倪。谢施反衍，圣人大胜惟无己。笑夔乃怜蚿，鸱徒吓凤，算来难语冰虫暑。自人灭天，牛穿马落，惟有神龟涂曳尾。但凭伊位得，屈伸踸踔，南北海蓬蓬纵所之。裁恍然、濠濮间意。君看蚿负悠悠，尽是寿陵子。试教俯仰两间，

---

① 张宏生主编《全清词·顺康卷补编》，南京：南京大学出版社，2008，第 1782—1783 页。
② 林云铭《庄子因》卷一，严灵峰编《无求备斋庄子集成初编》第 18 册，台北：艺文印书馆，1972，第 41 页。
③ 刘熙载《艺概》卷一《文概》，上海：上海古籍出版社，1978，第 7 页。

穷际管窥,锥指而已。孔非暴虎庄非鱼,公孙龙、井底蛙耳。①

《秋水》更长,将近 3000 字,前段写海神跟河神的对话,后段铺排六个寓言故事。不仅前段和后段没有关联,各寓言故事也都相对独立。不过,全篇大旨,仍在无为,其中又贯穿着相对论,以及认识世界的观念、养生保身的方式等。如果说,《逍遥游》一篇虽然跳荡,但中心脉络还比较完整的话,此篇则更加分散,因此,为之檃栝,并不容易。不过,作者抓住万物齐一的思想,倒也一定程度上能够写出其统一的意蕴。姚氏兄弟的尝试,也许算不上太精彩,不过,可以看出清人从事檃栝词创作时的多元思考。

清代檃栝词中,还有其他一些题材,可以一定程度上看出时代性。如金人望《沁园春·融谷书自来宾,檃栝札中语却寄,时将去柳州》:

几日东阳,便尔牢骚,满纸言愁。博陈赓五斗,腰惟添瘦,横梆三响,面更加羞。不分狂奴,强排新妇,都把春眠抛却休。鸡鸣起,看文移肆骂,于我何求。(自注:"文移肆骂老难堪",出放翁。) 说来我也啾啾。便痛定、还如痛未瘳。况新收旧管,点金莫办,墨云瘴雨,雪涕难收。休怆离巢,拟将誓墓,极目潇湘水北流。回头望,只愁人明月,尚挂城头。②

和一般作家创作檃栝词时面对的是前代或同代作家的相关作品不同,金人望是收到了友人的一封信,檃栝其意,以作回信。融谷,或是沈皞日,浙西六家之一。由于我们并不知原信的内容,所以暂时难以判断他的檃

---

① 《全清词·顺康卷补编》,第 1800—1801 页。
② 南京大学中文系《全清词》编纂研究室编《全清词·顺康卷》,北京:中华书局,2002,第 8783 页。

栝和原作之间是什么关系，但是，当时的词坛上有一件非常大的事，就是康熙十五年(1676)，顾贞观写《金缕曲》二首，寄给因科场案而被流放宁古塔的友人吴兆骞，这两篇作品"纯以性情结撰而成，悲之深，慰之至，丁宁告戒，无一字不从肺腑流出"①，而在形式上，以词代书，创为别格，在清代初年引起了很大反响，和者甚多，成为清初词学复兴的一道独特风景②。金人望与顾贞观是同时代人，他或者也是受顾的影响，因而用这种方式以词代书。当然，早在宋代，就有程大昌写《水调歌头》，小序中说："水晶宫之名，天下知之，而此邦图志，元不能主名其所。某尝思之，苕霅水清可鉴，邑屋之影入焉。而甍栋丹垩，悉能透现本象，有如水玉。故善为言者，得以哀撮其美而曰，此其宫盖水晶为之，如骚人之谓宝阙珠宫，正其类也。则岂容一地独擅此名也。兹承词见及，无以为报，辄取此意，稍加檃栝，用来况《水调歌头》为腔，辄以奉呈。若遂有取，可补地志之阙，不但持杯一笑也。"③不过，虽然也是檃栝，也是寄友人，似有一定的渊源，但所檃栝的内容，是自己对当地山水的认识，也还不能当作真正意义上的书信看待④。

---

① 陈廷焯《白雨斋词话》，唐圭璋编《词话丛编》，北京：中华书局，1986，第3832—3833页。
② 笔者曾讨论过当时受顾贞观影响而创作的同类词作，见《友情之深与词境之阔》，收入《读者之心》，北京：中华书局，2013。
③ 《全宋词》，第1525—1526页。
④ 万树《昭君怨·檃昭君书》二章："臣妾备员禁闼。谓得身依日月。虽死向昭阳。有馀光。　不意丹青志失。远窜尘沙异域。诚得报君恩。愿捐身。""第恐国家黜陟。却为贱工移得。南望汉关横。怆怀增。　有父尚存已老。有弟尚存犹少。陛下幸垂慈。少怜之。"(《全清词·顺康卷》，第5515页)檃栝传为王昭君所写的《报汉元帝》书："臣妾幸得备员禁裔，谓身依日月，死有余芳。而失意丹青，远窜异域，诚得捐躯报主，何敢自怜？独惜国家黜陟，移于贱工，南望汉关，徒增怆结耳。有父有弟，惟陛下幸少怜之。"(明贺复徵《文章辨体汇选》卷二百五十九，影印文渊阁《四库全书》本)檃栝古人书信而为词，也可以放在当时的大背景中理解。

櫽栝词的写作，从宋代开始，在形式上就追求多样性。比如，虽然大多数作品是以一首词去櫽栝另外一篇作品，但也有以一首词櫽栝几篇作品的，甚至有联章而櫽栝一篇者；大多数櫽栝词的篇幅比被櫽栝者短，但也有相反的。这些，在清代都得到了继承，而且有了多样化的展示。不过，有时清人也努力进一步写出一些不同来，如何采《南乡子·蔷薇，櫽栝皮陆唱和诗》：

晴绮照烟明。遥吹清香往往生。掩敛红芳迷蝶粉，横陈。翠蔓飘摇欲挂人。　应是董双成。戏剪神霞寸寸新。遇有客来堪玩处，窥邻。致得贫家似不贫。①

这首词櫽栝了唐代陆龟蒙和皮日休以蔷薇唱和的两篇作品，陆诗题为《蔷薇》：

倚墙当户自横陈，致得贫家似不贫。外布芳菲虽笑日，中含芒刺欲伤人。清香往往生遥吹，狂蔓看看及四邻。遇有客来堪玩处，一端晴绮照烟新。

皮诗题为《奉和鲁望蔷薇次韵》：

谁绣连延满户陈，暂应遮得陆郎贫。红芳掩敛将迷蝶，翠蔓飘摇欲挂人。低拂地时如堕马，高临墙处似窥邻。只应是董

---

① 《全清词·顺康卷》，第4646页。

双成戏,剪得神霞寸寸新。①

何采将陆、皮二人的唱和檃栝成一篇,作品中自成对应关系,显得很有创意。但也做了一些调整,比如把原作的"中含芒刺欲伤人"的意思删掉了,不仅更加突出其外在美貌,而且特别点出"致得贫家似不贫"的功效,显得意味深长。

二、传承与争胜

如果考察宋以来的檃栝词,可以发现,被檃栝的不少篇目是历代作家所共同喜爱的,类似于同代或异代的同题共作。既然是同题共作,则也往往有或隐或显的争胜意识。具体在檃栝词的领域,宋人的创作已经显示出这一倾向。如刘将孙就常常表示对前人的不满,其《满江红》小序云:"五日风雨,萧然独坐,偶检康与之伯可《顺庵词》,见其中檃栝《金铜仙人辞汉歌》,自谓缚虎手,殊不佳。因改此调,虽不能如贺方回诸作,然稍觉平妥。长日无所用心,非欲求加昔人也。"②又《沁园春》小序:"近见旧词,有檃栝前后《赤壁赋》者,殊不佳。"③颇能看出宋人创作檃栝词时的某种心态。

清词复兴,一方面是以唐宋词为师法对象,另一方面也是以唐宋词为竞争对象,在檃栝词的领域也不例外。在历代檃栝词中,陶渊明的《归去来辞》是人们非常感兴趣的。对这篇著名作品的檃栝始自苏轼,可以看作是苏轼一生对陶渊明无比崇拜的一个侧面的表现。苏词《哨遍》

---

① 分别见《全唐诗》卷六百二十五、卷六百十三,王启兴主编《校编全唐诗》,武汉:湖北人民出版社,2001,第3175页、第3136页。
② 《全宋词》,第3526页。
③ 《全宋词》,第3528页。

如下:

> 陶渊明赋《归去来》,有其词而无其声。余治东坡,筑雪堂于上。人俱笑其陋,独鄱阳董毅夫过而悦之,有卜邻之意。乃取《归去来词》,稍加檃括,使就声律,以遗毅夫。使家僮歌之,时相从于东坡,释耒而和之,扣牛角而为之节,不亦乐乎。

> 为米折腰,因酒弃家,口体交相累。归去来,谁不遣君归。觉从前皆非今是。露未晞。征夫指予归路,门前笑语喧童稚。嗟旧菊都荒,新松暗老,吾年今已如此。但小窗容膝闭柴扉。策杖看孤云暮鸿飞。云出无心,鸟倦知还,本非有意。 噫。归去来兮。我今忘我兼忘世。亲戚无浪语,琴书中有真味。步翠麓崎岖,泛溪窈窕,涓涓暗谷流春水。观草木欣荣,幽人自感,吾生行且休矣。念寓形宇内复几时。不自觉皇皇欲何之。委吾心、去留谁计。神仙知在何处,富贵非吾志。但知临水登山啸咏,自引壶觞自醉。此生天命更何疑。且乘流、遇坎还止。①

这篇檃括之作,在文学史上评价很高,南宋张炎说:"东坡词……,《哨遍》一曲,檃括《归去来辞》,更是精妙,周、秦诸人所不能到。"②明代杨慎说:"《醉翁亭》、《赤壁前后赋》,当时俱括为词,俱泊然无味,独此东坡《归去词》特胜,不特其音律之谐也。"③苏轼创作这篇之后,宋代至少有五个人

---

① 《全宋词》,第307页。
② 张炎《词源》卷下,《词话丛编》,第267页。
③ 杨慎评本《草堂诗馀》,见邓子勉编《明词话全编·杨慎词话》,南京:凤凰出版社,2012,第770页。

也对《归去来辞》进行了櫽栝,分别是米友仁、叶梦得、杨万里、葛长庚和林正大。朱玲芝认为这六篇各有特色:"苏轼唱出了骄傲与阔达,米友仁唱出了归意与安闲,叶梦得唱出了感慨与惆怅,葛长庚唱出了归来之趣,林正大唱出了乐天知命。"①归纳各人的特点,虽不一定完全准确,但从立异的角度去讨论,是非常好的思路。

到了清代,作家们仍然对櫽栝陶渊明此作非常有兴趣,他们心目中的典范,当然更多集中在苏轼。清人发现,苏轼之后,宋代诸位作家櫽栝此篇,多回避了《哨遍》一调,于是直探本源,希望回到苏轼,并和苏轼对话。如何采的作品,不仅采用苏轼之调,而且在词题中也明确说是"读东坡词,因效其体"。词写道:

> 我与世忘,世与我违,长作归来计。觉今之为是昨为非。去留间、此心须委。途未迷。遥遥乃瞻衡宇,短僮稚子欢迎至。看松菊犹存,琴书足乐,悠然三径流憩。念一丘一壑性相宜。便窈窕崎岖以寻之。或命巾车,或棹孤舟,盘桓适意。 嘻。万物乘时。向荣灌木微涓水。舒啸东皋上,临流可以赋诗。况有酒盈樽,引觞自酌,消忧寄傲南窗倚。且仰眄庭柯,怡颜成趣,柴门虽设常闭。迫告余春及日迟迟。将植杖西畴以耘耔。驾言兮、更焉求耳。怀良辰而孤往,矫首遐观际。闲云冉冉,无心出岫,倦鸟飞飞还止。有奚惆怅复奚悲。请息交、绝游已矣。②

---

① 朱玲芝《櫽栝词概念辨析及其与音乐的关系探究》,载《中国韵文学刊》2015年第4期。
② 《全清词·顺康卷》,第4706页。

不过，虽然都是用同一词调櫽栝《归去来辞》，但在所选择的角度和立意上，各有其特定的思考。苏轼较为贴近原作，全篇最后的点题处"此生天命更何疑"，就是从原作中的"乐夫天命复奚疑"直接借过来，表达一种委运任化、复归自然的情怀。而何作则是从陶渊明"金刚怒目"一路发展过来，突出的是其对现实的批判精神。一开始的三句，"我与世忘，世与我违，长作归来计"，就直接点出其不能谐俗，是从原作的"世与我而相遗"一句变化出来，而至结束时，篇末见意，再一次强调，所谓归田园，就是"请息交、绝游已矣"。开篇点题，篇末呼应，中间则一系列穿插，可以看出结构的匠心。而从具体的描写来看，苏轼偏重刻画原作中的心境，何采则对其中主人公的行为更感兴趣，像苏轼在櫽栝时省略的"将有事于西畴"和"或植杖而耘耔"，就被何采浓缩为"将植杖西畴以耘耔"一句，以此来对人物进行描写。这些，都看得出，何采在采用苏轼创立的经典一调时，所体现出的立异心理。

在清代，虽然人们都非常尊敬苏轼，但希望摆脱苏轼设定的櫽栝套路，是较为普遍的心态。如释行悦的《倦寻芳·櫽栝渊明〈归去来辞〉》：

> 忙心形役，惆怅堪悲，如何方是。不远川途，而况茅斋可倚。是新交，咸谢绝，千岩万壑还知己。舟摇摇，望江南到眼，三山二水。　算归去、宽舒世界，不但琴书，还放禅几。门设常开，时对孝陵寒翠。因笑凄凉猿夜怨，我归鹤晓非常喜。是谁知，异天渊，欲言还止。①

这里的櫽栝，只是一个引子，或者说，是櫽栝其意，而非其辞。词中的主

---

① 《全清词·顺康卷》，第2118—2119页。

人公,在自己的世界里,不仅安置了原来的琴书,而且增加了原来没有的禅几;原作中的"门虽设而常关",改成了"门设常开",因为,开了门就可以"时对孝陵寒翠"。这一句,明写明遗民的心灵活动,暗含陶渊明"所著文章,皆题其年月。义熙以前,则书晋氏年号,自永初以来唯云甲子而已"①之意,用得非常巧妙,但毕竟和《归去来辞》的原文相去甚远,只能说,是一种借题发挥。因此,清人说的檃栝词意,有时注重的确实就是"意"。

苏轼檃栝陶渊明的词,作为经典,被后人所关注,而他自己的有些作品,也常被宋人当作檃栝的对象,同时也被清人所关注,其中最著名的就是前后《赤壁赋》。前后《赤壁赋》是清代人进行檃栝词创作时,最喜欢的题材之一,在创作过程中,他们也自然会对前代遗产发表见解。如顾陈垿有《念奴娇》一词,序中说:"檃栝《赤壁赋》为词,宋人已有之,然用字半溢赋外。明董文敏作此二首,又苦调有出入。"②这个意思被王遵岷表述得更为具体,其《念奴娇》的序中说:"宋人有檃栝赤壁词,明董文敏病其字溢赋外,作《念奴娇》二首,刻意矫之,今入《延清堂石刻》。跋语极自喜,然于调颇不合。予与玉停、天游辈辄复为此,非敢求胜古人,或免后人吹索耳。"③顾、王二人引董其昌语,批评宋人檃栝之作太自由了,同时又进一步批评董氏所作不谐声律。董氏所指宋人以《念奴娇》檃栝前、后《赤壁赋》者,应该是林正大的两首(题为《酹江月》,即《念奴娇》):

泛舟赤壁,正风徐波静,举尊属客。渺渺予怀天一望,万顷凭虚独立。桂桨空明,洞箫声彻,怨慕还凄恻。星稀月淡,江山

---

① 沈约《宋书》卷九十三《陶潜传》,北京:中华书局,1974,第 2289 页。
② 《全清词·顺康卷补编》,第 2052 页。
③ 《全清词·顺康卷补编》,第 1817 页。

依旧陈迹。因念酾酒临江，赋诗横槊，好在今安适。谩寄蜉蝣天地尔，瞬目盈虚消息。江上清风，山间明月，与子欢无极。翻然一笑，不知东方既白。

雪堂闲步，过临皋、霜净晚林木落。月白风清如此夜，与客行歌相答。网举松鲈，手携斗酒，赤壁重寻约。悲歌长啸，划然声动寥廓。试问日月几何，江流山色，今日应如昨。履遍巉岩风露冷，水面怒涛惊跃。一叶中流，听其所止，适有孤飞鹤。横江东下，问予赤壁游乐。①

上面两首词中用着重号标出的字都是前、后《赤壁赋》所没有的，第一首共19字，第二首共18字，皆未超过全调100字的20%。就此而言，顾陈垿"半溢赋外"的批评似乎过苛。但问题不在于溢出之字的比例究竟有多大，从董其昌到顾陈垿、王遵岊，实际就檃栝词的创作方法提出了新要求，即檃栝词的用字必须集自被檃栝作品。

董其昌是明代最负盛名的书法家，他是否将书法中的集字方法移用于檃栝词的创作，不得而知，但我们做这样的联想，至少不能说毫无逻辑根据。董其昌檃栝前、后《赤壁赋》的《念奴娇》二首，《全明词》失收。董氏对其所作非常得意，尤其是檃栝《后赤壁赋》的第二首，董氏自认为可为东坡传神②。不过从词律来看，董作确实有问题：

寥天木下，雪堂人，见霜影一轮临户。俯仰江山曾游处，复

---

① 《全宋词》，第2447页。
② 容庚《丛帖目》，北京：中华书局，2012，第1232页。

行歌夜步。有客无酒,有酒无肴,网鱼来薄暮。水落江清,断岸鳞鳞孤露。 畴昔横口所之,披龙履虎,不谋诸妇。羽士元能起予,梦矣须臾动悟。悄然而悲,肃然而恐,何止风流过踞。鹤归来,赤壁望中如顾。①

明人在音律方面比较粗疏,深为清人所诟病。首先,董词98字,查《钦定词谱》,《念奴娇》一调凡12体,或100字,或101字,或102字,从无98字者;其次,从句读来看,董词不少处不合声律,显得生造。

正是出于对董其昌词作的不满,顾陈垿写下了两首格律谨严的《念奴娇》:

横江一棹,正杯中月上,秋清如洗。水渺茫兮山窈窕,一望苍苍露苇。赤壁雄风,东南人物,共化流波逝。唯馀此地,消人无尽悲喜。 客乎怨甚蜉游,适然成我,且乐今生耳。渔水樵山何穷者,万有取之如寄。天以遨游,属吾曹也,举目空斯世。箫歌幽绝,问吾斗酒竭未。

千山叶尽,有人行月下,啸歌声起。斗酒鲈鱼过赤壁,乐此夜游其二。放我于黄,从知脱网,落得江皋睡。攀松揖石,飞岩孤影幽细。 不识羽盖龙车,凛乎高处,此夜是何岁。我待凭风归去也,安得蹁跹举翅。笑悟从来,危惊履虎,今出玄中矣。悄然一梦,悲风划断江水。②

---

① 陈焯《湘管斋寓赏编》卷四,见邓实编《中国古代美术丛书》四集第八辑,北京:国际文化出版公司,1993。
② 《全清词·顺康卷补编》,第2052—2053页。

应该说，顾作与林作、董作各有特定的着眼点，不易遽加轩轾。如顾作第一首，主客对答，感慨古今一瞬，追求把握当下，似与林、董二人并无不同，但以凭虚御风之姿，展现出目空一切的气度，却又表现出了顾氏有异前人的风格追求。

我们前面的分析指出，檃栝词的创作多侧重于"意"的檃栝。但董其昌提出的贴紧原文的创作原则却得到了清代词人的认同，这就在"意"的檃栝之外，进一步增加了"文"的檃栝。顾陈垿一方面严格遵循集字方法，另一方面纠正董其昌忽视词律的毛病。凡此，都能够看出清人在创作檃栝词时，面对前代遗产的开放态度和批判眼光。可以说，正是在继承前人的基础上，清代词人创造了檃栝词中的集字体，不同于传统的较为自由的"意"的檃栝，集字檃栝兼顾"文"、"意"两方面，难度无疑更大，对于创作者来说也更具挑战性。

集字体檃栝词的出现，让我们进一步意识到檃栝词创作的复杂性。在檃栝词的创作过程中，不仅存在作者与原作之间的对话，还存在作者与檃栝词传统之间的对话。集字檃栝的创作方法突破了传统的檃栝词创作方法，是一种创新，而这种创新正是在林正大、董其昌和顾陈垿、王遵宬这些身处不同时代的作者的对话过程中产生的。董其昌表现出了突破传统的意愿，在他的潜意识里，或许是想通过制定更为严格的创作规则来超越前人。顾陈垿、王遵宬在继承董其昌的集字方法时，不忘对其词作的格律提出批评，同样充满了与前人争胜的意识。

在文学史上，作家的争胜意识是普遍存在的，但在檃栝词的创作过程中无疑表现得更为强烈，这或许跟檃栝词更具有"文学游戏"的性质不无关系。另外，檃栝词与集句诗词的创作方式颇为类似，董其昌等人在檃栝词的创作中提出集字的方法，是否受到集句诗词的启发呢？关于檃栝词中的集句现象，我们在下文还要有所涉及。

三、古情与今情

　　作家们在创作檃栝词时,面对前人浩如烟海的作品,之所以选择某些特定的内容作为檃栝的对象,肯定都有其原因。这里面,不能排除有的纯粹就是由于喜欢,而进行一些形式上的变动,以满足自己的某种心理需求,并借以检验掌握文字的能力。但是,也不可否认,相当多的作品,都是借他人之酒杯,浇自己之块垒。在这一方面,檃栝词有点像集句诗词,不同的是,集句是完全用成句,檃栝则要用自己的语言加以串联。在宋代,这种情况已经比较明显,如苏轼檃栝陶渊明诸作,显然和他仕途失意以及对人生的体悟有关。到了清代,由于经历了剧烈的社会变化,也由于檃栝传统给了作家更多的选择,因此,相关的表现就更为丰富,更为多样。

　　借檃栝而言志的作品,最明显地体现在明遗民的创作中。元灭宋,文天祥被执,在大都的监狱中,他集杜而成诗二百首,记录天下世事的变化,表达国破家亡之感,认为"凡吾意所欲言者,子美先为代言之","自余颠沛以来,世变人事,概见于此矣"①。但是,宋元之际,以檃栝词作如此表达的尚少见②。这种缺憾,被明遗民弥补了,他们将杜甫集句诗的精神,贯穿到檃栝词的创作中。如刘命清为明诸生,入清,以史馆荐,不应,屏迹林泉,馆课生徒以终老。刘氏以明遗民自居,其激励自己的重要方式之一,就是檃栝宋元之际爱国志士的作品。如《八声甘州·谢叠山辞聘书》:

---

① 文天祥《文山先生全集》卷十六《集杜诗自序》,《四部丛刊初编》本。
② 当然,宋元之际也不是没有,如蒋捷有《贺新郎·檃栝杜诗》,所檃栝的就是杜甫的《佳人》,虽然背后也有丧乱之感,但还并不那么直接。

元朝大制、世已更新。安定旧遗民。独息馀苫块,魂伤逝母,惨恻孤臣。某久形存心死,敢膺荐翘轮。恐贻讥天下,梦卜非人。　忠必须求孝子,肯情夺寝块,悖礼违亲。愿三年丧毕,并葬母高峋。莫学史嵩之起服,惹诸生哄怒,叫阁敷陈。启执事、成全大德,生我恩均。①

这首词檃栝的是谢枋得的《上程雪楼御史书》②。元朝平定天下后,为拉拢人心,广泛征求遗逸,特别对江南士人,更加用心。谢枋得由于名声太大,曾经先后五次被征聘,都辞谢不允,这是其中的一次,由御史中丞程钜夫向朝廷推荐,故谢枋得写下此书,表达自己的志向。前两句直用书中语:"大元制世,民物一新。"不过"安定旧遗民"则是刘氏自己的补充了,是代谢发表意见,分析新朝征召遗逸的目的。原文用了很大的篇幅谈到自己之所以不能应命,是由于母亲年老,词中也是抓住这一点,表达的中心思想是突出"惨恻孤臣"的身份,在新朝,已经是形存心死,如果去做官,那真是遗讥天下,而忠臣必出于孝子,则又回到母老的话题,有针对性地批判了史嵩之。当年史丁母忧,借故皇帝有诏,提前起复,为天下所不齿。宋元之际,有不少人认为,宋朝之所以亡国,正是由于德操败坏,所以,就以此作为强调:如果元朝认为自己取代宋朝是以有德代替了无德,那么,如何面对史这样的事呢?这就加强了辞聘的力度。结句陈情,有点像写信,带有顾贞观以词代书的雏形。如此写作,显然和刘命清自己的心态密切相关,他从谢枋得身上,找到了坚持的力量。当然,后来谢枋得苦辞不获,被押解北上,一路绝食,终至为国死节。在这个过程

---

① 《全清词·顺康卷》,第560页。
② 谢枋得《叠山集》卷四,《四部丛刊续编》本。

中,谢还写了不少其他文字,更为决绝。但这一篇无疑更符合当时刘命清自己的处境,因此他才拿来进行檃栝。与此相类似,他还用《八声甘州》的词调写了《文文山正气歌》《谢皋羽西台记》和《郑所南久久书》等,可以互参。

有时候,清人在进行檃栝词的创作时,也会明确说明,是对前人的作品有会于心,因而借来寄慨。如杨通俣《沁园春·括少陵咏马诸篇意寄慨》:

> 勇猛骁腾,回忆当年,走过皆惊。看毛彩成花,满身云裹,蹄高踣铁,四足风生。隅目晶荧,肉鬃碨礧,抖擞连钱意不停。如飞电,见昼驰泾渭,夕刷幽并。　此时万里横行。许知己、真堪生死凭。讵锦勒银鞯,尘中老尽,荒冈野陌,岁晚衰零。色暗萧条,骨高碑兀,错莫逢人惨淡清。雄心在,肯长闲枥下,中夜悲鸣。①

杜甫咏马诗有十几首,这首词檃栝不同作品,各取数句②,从而构成一个完整的结构层次:上片写此马建功立业之勇武神骏,下片写英雄迟暮之壮心不已,实际上体现的是作者自己怀才不遇,希望得到赏识,以做出一番事业的情怀,而他将杜甫诸咏马诗看作一个整体,重新连缀,构成篇章,也是从一个特定角度对杜甫诸咏马诗的解读。

另有一种情形,清人在从事檃栝词的创作时,虽然用的是原作的语

---

① 《全清词·顺康卷》,第8532页。
② 如"此时万里横行。许知己、真堪生死凭"数句,就来自《房兵曹胡马》:"所向无空阔,真堪托死生。骁腾有如此,万里可横行。"杨伦笺注《杜诗镜铨》卷一,上海:上海古籍出版社,1962,第6页。

句,但改变了原作的倾向,写出了别样情怀。如文廷式《沁园春·檃栝〈楚辞·山鬼〉篇意以招隐士》:

若有人兮,在彼山阿,澹然忘归。想云端独立,带萝披荔,松阴含睇,乘豹从狸。且挽灵修,长怀公子,薄暮飘风偃桂旗。难行路,向石茸扪葛,山秀骞芝。　最怜雨晦风凄。更猿狖宵鸣声正悲。怅幽篁久处,天高难问,芳蘅空折,岁晏谁贻。子或慕予,君宁思我,欲问山人转自疑。归来好,有华庭广燕,慰尔离思。①

《山鬼》原文是:

若有人兮山之阿,被薛荔兮带女罗。既含睇兮又宜笑,子慕予兮善窈窕。乘赤豹兮从文狸,辛夷车兮结桂旗。被石兰兮带杜衡,折芳馨兮遗所思。余处幽篁兮终不见天,路险难兮独后来。表独立兮山之上,云容容兮而在下。杳冥冥兮羌昼晦,东风飘兮神灵雨。留灵修兮憺忘归,岁既晏兮孰华予?采三秀兮于山间,石磊磊兮葛蔓蔓。怨公子兮怅忘归,君思我兮不得闲。山中人兮芳杜若,饮石泉兮荫松柏,君思我兮然疑作。雷填填兮雨冥冥,猿啾啾兮又夜鸣。风飒飒兮木萧萧,思公子兮徒离忧。②

---

① 文廷式《云起轩词钞》,《续修四库全书》第 1727 册,第 423 页。按龙榆生《介绍文学遗产的方式问题》引此词,文字略有不同。见张晖主编《龙榆生全集·龙榆生学术论文集》,上海:上海古籍出版社,2017,第 584 页。
② 洪兴祖《楚辞补注》,北京:中华书局,1983,第 79—82 页。

王夫之认为,《山鬼》一篇,"缠绵依恋,自然为情至之语,见忠厚笃悱之音焉"①。戴震认为:"《山鬼》六章,通篇皆为山鬼与己相亲之辞。"②马茂元认为:"篇中所说的是一位缠绵多情的山中女神,必然有着当地流传的神话作为具体依据,当非泛指。"③总之,都指出是写幽会或等待幽会中的感情变化,但是,在文廷式的词中,却把这一主题,改成了招隐,所谓:"归来好,有华庭广燕,慰尔离思。"龙榆生敏锐地看到了这一点,对其评价很高:"因了文廷式对词的语言和技法的熟练,虽然把作者的原意有了很大的搬动,而且多是采用原有的词汇,然而它的颜色是调和的,声音是谐婉的。"④搬动原意,却又能采用原来的词汇,而且色彩调和,音调谐婉,一气呵成,不见勉强牵率,功力非同一般。

文廷式的这篇作品,使人看到了清代檃栝词创作的一种倾向,即以更多元的视角,去处理与被檃栝之作的关系。有时候,一点小小的变化,也能看出后代作家所花的心思。如石同福《破阵乐·题木兰图,即括木兰诗义》:

> 女儿抱杼,惊闻可汗,传到军帖。十二军书卷卷,有阿爷名签其列。初买鞍鞯,尽除纨绮,上堂决别。喜迷离、莫把雌雄辨,向黄河流水,鸣鞭飞渡,青海朝屯,黑山暮宿,沙寒风烈。仓卒。万里戎行,十年死战,千古志,焉可灭。去日关山归路远,冷透征衣如铁。尚书郎,休题到,策勋之说。但乞明驼送

---

① 王夫之《楚辞通释》卷二,上海:上海人民出版社,1975,第 43 页。
② 戴震《屈原赋注》卷二,《万有文库》本,上海:商务印书馆,1930,第 22 页。
③ 马茂元《楚辞选》,北京:人民文学出版社,1980,第 104 页。
④ 龙榆生《介绍文学遗产的方式问题》,张晖主编《龙榆生全集·龙榆生学术论文集》,第 586 页。

我,及早还乡,开门重理,镜花云鬟,依旧当户虫声,听来未歇。①

这篇作品,基本上是表达《木兰辞》的原意,但是,作者显然有着再创作的动机,希望在结构上,有所调整。原作的开头是:"唧唧复唧唧,木兰当户织。不闻机杼声,唯闻女叹息。"后面写到木兰回归女儿妆的时候,是这样描写的:"开我东阁门,坐我西阁床。脱我战时袍,着我旧时裳。当窗理云鬟,对镜帖花黄。"还用同行伙伴的惊忙,以及雄兔和雌兔傍地而走的姿态,映衬出这件事情的不同寻常。在叙事诗中,这一结构是很自足的,但放在词体文学中,从某种程度上看,可能就有点散漫,因此,这首檃栝词从木兰的女儿之事写起,到回复女儿妆结束,结尾作"依旧当户虫声,听来未歇"②,将词中省略的"唧唧复唧唧"安置在这里,"依旧"二字,暗中呼应篇首,能够启发进一步的联想,虽然打破了原来的结构,但在一个新的结构中,倒显得更加完整了。

四、结论

词体创作至两宋而大盛,全面探索,多元尝试,开辟了非常广阔的道路。清代词学复兴,不仅承继两宋,而且力求发展,其经常性的做法,乃是发现宋人已开先河,但未及深入的创作手段,经过创造性的吸纳,将其发展到极致。檃栝词就是其中一个重要的方面。

清代的檃栝词创作,题材更加广泛,内容更加丰富,不仅接着宋人已

---

① 石同福《瘦竹幽花馆诗馀》,天津图书馆藏抄本。石同福是石韫玉子,席慧文夫。生于乾隆四十年(1775)前后。
② 关于《木兰辞》的开端一句"唧唧"之所指,有说织布声,有说叹息声,有说虫鸣声,石氏显然是取后者。

经尝试过的题材,继续变化出新花样,而且更广泛多元地涉及了许多文本,这一方面体现了清人希望扩大宋人开拓的情境,另一方面则体现了清人在不断文人化、学问化的影响下,努力调动阅读资源,尝试新内涵的追求。

櫽栝词中有一些类似母题的题材,往往是宋人率先创作的,有些在宋代就引起挑战,形成同题共作的热潮,带有竞争的意识。而清人从事此类创作,就不仅要面对宋人的成果,而且要面对同时代人的成果,竞争的心理往往得到进一步激发,因而构成特别的风景线。

櫽栝是通过阅读而进行再创作的一种形式。对于前代作品所体现的思想、感情或倾向,清代作家从事櫽栝的时候,当然经常是有所会心。但在这一过程中,他们也往往有所调整,有所变化,希望在櫽栝这个被规定好的模式中,注入自己的一些思考,这就使得櫽栝词呈现出了更为复杂的面貌。

在中国文学批评史上,对櫽栝词的评价一般不高,往往将其看作文人小慧,并非正道。这也不是没有道理。但是,文学是语言的艺术,櫽栝词所追求的是同一题材在两种文体类型之间的转换,对于作者来说,挑战非常大,是测试其语言敏感度、语言重组能力的重要指标。在这个意义上,清人进一步展开櫽栝词的创作,实际上也是对词体文学的边界的某种探索。

第三节　词与曲的分合与互动

——以明清之际词坛与《牡丹亭》的关系为例

词和曲的区别,在从事辨体的理论家那里,一般没有什么异议。基本上的看法是,曲中可以出现词语,而词中不应该出现曲语。不过,理论和实践并不一定总是完全合拍的,二者之间往往有着非常复杂的关系,需要进行具体辨析。笔者拟从明清之际词坛与《牡丹亭》的关系稍微涉及一下这个问题。

在展开论述之前,先要对"曲"的概念做一界定。总的来说,曲可以是非常单纯的内涵,仅指散曲;也可以是比较广泛的内涵,指各种戏曲,在明代尤以传奇为代表。清人在批评明词时的两段论述差不多涵盖了这个概念:吴衡照《莲子居词话》卷三云:"盖明词无专门名家,一二才人如杨用修、王元美、汤义仍辈,皆以传奇手为之,宜乎词之不振也。其患在好尽,而字面往往混入曲子。"①又谢章铤《赌棋山庄词话》卷九云:"明自刘诚意、高季迪数君而后,师传既失,鄙风斯煽,误以编曲为填词。"②下面我们就循着这一思路进行探讨。

一、王士禛的词曲之辨说

王士禛是清初文坛的一个影响力极大的人物,在不少方面都具有开创风气的意义。他在《花草蒙拾》中曾经提出过一个观点,引起后人很大的兴趣。其文云:"或问诗词、词曲分界,予曰:'无可奈何花落去,似曾相识燕归来',定非香奁诗。'良辰美景奈何天,赏心乐事谁家院',定非《草堂》词也。"③这一段话,前半部分谈诗词之别,后半部分谈词曲之别。前半部分不是笔者要讨论的课题,姑不论;下面仅看其后半部分。

"良辰美景奈何天,赏心乐事谁家院"二句出自汤显祖的《牡丹亭》第十出《惊梦》,杜丽娘来到花园中,看到美丽的景色,想起自己的青春,乃有如下一段《皂罗袍》:"原来姹紫嫣红开遍,似这般都付与断井颓垣。良

---

① 唐圭璋编《词话丛编》,北京:中华书局,1986,第2461页。
② 《词话丛编》,第3433页。
③ 《词话丛编》,第686页。

辰美景奈何天,赏心乐事谁家院! 朝飞暮卷,云霞翠轩;雨丝风片,烟波画船——锦屏人忒看的这韶光贱! 遍青山啼红了杜鹃,荼蘼外烟丝醉软。牡丹虽好,他春归怎占的先。闲凝眄,生生燕语鸣如剪,呖呖莺声溜的圆。"①《皂罗袍》是曲牌名称,显然,王士禛提出这两句,乃是用以指称曲。至于"《草堂》词",则是指《草堂诗馀》。《草堂诗馀》一书,系由南宋何士信所编,至明代有多次改编,是明代最通行的词选本,对此,明末毛晋曾有描述:"宋元间词林选本几屈百指,惟《草堂诗馀》一编飞驰。几百年来,凡歌栏酒榭丝而竹之者,无不捋髀雀跃。及至寒窗腐儒,挑灯闲看,亦未尝欠伸鱼睨。"②清初高佑釲作《湖海楼词集序》,批评明词时也说:"明词佳者不数家,馀悉踵《草堂》之习,鄙俚亵狎,风雅荡然矣。"③因此,王士禛提到"《草堂》词",鉴于其在明代的地位,实际上也就是指的词这种文体。

　　如上所述,清人在讨论词曲之辨时,有时也用"传奇"的概念。传奇和曲既有联系又有区别,以唱南曲为主、发展于明代的传奇,是一种长篇戏曲形式,其中有说有唱,而唱的部分即多为曲。从表演形式看,也可以说,曲是传奇的主体。另外,"传奇"又有一种内容的规定性,往往与爱情有关。明代不少传奇都有这样的特点,而倘若以这样的特点做进一步的观察,则一切以曲为基本主干的戏曲形式,都可以广义地纳入这个范围。王士禛专门挑出《牡丹亭》中与相思爱情有关的这一联,以之说明词曲之别的问题,放在他所处的特定背景中,并不是偶然的。

---

① 汤显祖《牡丹亭》,《中国古典四大名剧》,北京:人民文学出版社,1963,第53—54页。
② 毛晋《草堂诗馀跋》,施蛰存主编《词籍序跋萃编》,北京:中国社会科学出版社,1994,第670—671页。
③ 陈维崧《湖海楼词》卷首,陈乃乾辑《清名家词》第2册,上海:上海书店出版社,1982,第1页。

二、词与传奇在内容上的沟通

明代是戏曲高度发展的时代,虽然以《牡丹亭》的出现为最高峰,但是创作于元代的《西厢记》也有重大的社会影响。对这两篇作品,论者或说"新杂剧,旧传奇,《西厢记》天下夺魁"[1],或说"《牡丹亭梦》一出,家传户诵,几令《西厢》减价"[2],可能有讨论优劣、品第高下的意思,但是,基本上,人们总是将这两部作品放在一起比较,也已经说明了,它们实际上有着不相上下的影响力。《红楼梦》中对林黛玉青春启蒙的,正是这两部作品。书中第二十三回《西厢记妙词通戏语 牡丹亭艳曲警芳心》写到,林黛玉接过宝玉递过来的《西厢记》,"从头看去,越看越爱","虽看完了,只管出神,心内还默默记诵"。经过梨香院时,墙内正在排演《牡丹亭》,其中"良辰美景奈何天,赏心乐事谁家院"、"如花美眷,似水流年"诸句,让她心潮激荡,泪流不止。[3]《红楼梦》的作者生活年代稍后,但他所描写的情形,却应该是晚明以来现实生活的某种反映。

文学中各种文体之间的相互关系是一个饶有兴味的话题,这种关系有时明显,有时隐晦,需要放在文学史发展的过程中才能看清楚。比如,李清照的《如梦令》(昨夜雨疏风骤)一词,其中所表现的小姐和婢女之间的关系,就可能对后来明代传奇如《牡丹亭》有一定的影响。[4] 这个问题也可以倒过来看,当传奇发展到一定程度时,也会对其他文体如词产生影响。

---

[1] 贾仲明《凌波仙》,谢伯阳编《全明散曲》,济南:齐鲁书社,1994,第175页。
[2] 沈德符《顾曲杂言》,《丛书集成初编》第2684册,第5页。
[3] 曹雪芹《红楼梦》,武汉:长江文艺出版社,2005,第147—148页。
[4] 参看程千帆师、张宏生《说李清照〈如梦令〉》,陈祖美编《李清照作品赏析集》,成都:巴蜀书社,1992。

明清之际的龚鼎孳有词集《白门柳》,记载了他和顾媚的一段情缘,其中有对龚鼎孳初上眉楼的记载,有对二人分别后相思之情的刻画,有对彼此在艰苦岁月中相濡以沫的表现。余怀《板桥杂记》曾说龚鼎孳"有《白门柳》传奇行于世",由于目前我们尚未发现龚鼎孳有题为《白门柳》的戏曲行世,因此,大致可以判断,余怀所指,就是这一卷词。词在其发展之初,即有写故事的功能,以联章来加以结构,更是发挥了这方面的作用。南中胜流与旧院名妓之间的交往,以至两情相契,谈婚论嫁,当然都是传奇的好素材,明清之际这样的事情还有不少,如钱谦益与柳如是,冒襄与董小宛等,都在社会上引起大众广泛的兴趣。龚鼎孳用联章词来表达他和顾媚的一段感情,也就是写下了他本人的传奇。①

在明清之际,将词与传奇结合在一起,已经是一种有意识的安排。"云间三子"之一的李雯有《题西厢图二十则》词,分别是《蝶恋花·初见》、《一剪梅·红问斋期》、《生查子·生叩红》、《临江仙·酬和》、《定风波·佛会》、《清平乐·惠明赍书》、《踏莎行·请宴》、《河满子·听琴》、《苏幕遮·探病》、《解佩令·寄诗》、《青玉案·得信》、《唐多令·越墙》、《眼儿媚·幽会》、《误佳期·红辨》、《风入松·离别》、《惜分飞·惊梦》、《柳梢青·金泥》、《虞美人·寄愁》、《丑奴儿令·郑恒求匹》、《阮郎归·书锦》,将《西厢记》的整个剧情贯穿其中,为之题咏。显然,在李雯看来,用词的联章方式,也一样能表现出张生和莺莺的这一段传奇故事。②试比较龚鼎孳《白门柳》一集,该集共有五十九首词,今将叙事性较强的若干首按时间顺序编次,亦得二十首,如下(词题中关于用韵的说明从略):《东风第一枝·楼晤》、《蓦山溪·送别出关,已复同返》、《惜奴

---

① 参看张宏生、冯乾《白门柳:龚顾情缘与明清之际的词风演进》,载《中国社会科学》2001年第3期。
② 关于李雯词作与传奇的相通,承刘勇刚教授见告,特此致谢。

娇·离情》《十二时·浦口寄忆》《浪淘沙·长安七夕》《眼儿媚·邸怀》《兰陵王·冬仲奉使出都,南辕已至沧州,道梗复返》《祝英台近·闻暂寓清江浦》《风中柳·复闻渡江泊京口》《贺新郎·得京口北发信》《玉女摇仙佩·中秋至都门,距南鸿初来适周岁矣,用柳耆卿佳人韵志喜》《念奴娇·花下小饮,时方上书有所论列,八月廿五日也》《菩萨蛮·初冬以言事系狱,对月寄怀》《临江仙·除夕狱中寄忆》《玉烛新·上元狱中寄忆》《万年欢·春初系释》《绮罗香·同起自井中赋记》《石州慢·感春》《小重山·重至金陵》《西江月·春日湖上》。二者的结构方式很相似,都写出了一个完整的过程,可见,在明清之际,这种方式,似有共识。

  王士禛对龚鼎孳和李雯都不陌生,可以想见,他对二人的这一类创作,也是了然于心的。在《倚声初集》中,他和邹祗谟虽然没有选入龚的《白门柳》和李的《题西厢图》,却选入了邹祗谟本人的《惜分飞》二十首。邹祗谟的《惜分飞》共四十馀首,其中也暗含着一段情事,对此,陈维崧曾经有一段记载:"虞山吴永汝(字小法)母,故某尚书姬也。七岁善琴筝,十岁工染翰,乐府诗歌,一见即能诠识,有霍王小女之目。其母携之毗陵,十二而字予友邹大,后为雀角所阻。……邹大有《惜分飞》四十四阕,并制序以悼之。"①所谓"雀角",语出《诗经·召南·行露》:"谁谓雀无角,何以穿我屋？谁谓女无家,何以速我狱。"②比喻诉讼之事。邹祗谟的这四十馀首词,除了选入《倚声初集》的二十首外,不见于其现存作品中,或已失传。邹祗谟对他的这些词有一个总序,略谓:"仆本恨人,偶逢娇女。斯人也,四姓良家,三吴雅质。霍王小女,母号净持。卫氏少儿,

---

① 陈维崧《妇人集》,《丛书集成初编》第3401册,第17—18页。
② 朱熹《诗集传》,南京:凤凰出版社,2007,第13页。

父名郑季。清风细雨,无不讶为针神;绮月流云,咸共钦其墨妙。目成紫姑乩畔,娇小未谙;眉语朱鸟窗前,慧痴时半。画堂邂逅,礼犹待以家人;绮阁笑嗢,心直矜为乡里。乐府拟合欢之曲,妆台鲜累德之辞。心既悦君,身请为妾,珠楼所以设馆,江汜于焉待年。"①王士禛对《倚声初集》中选入的二十首有总评:"名士悦倾城,由来佳话;才人嫁厮养,自昔同怜。程村《惜分飞》词凡四十餘阕,无不缠绵断绝,动魄惊心。事既必传,人斯不朽,正使续新咏于玉台,不必贮阿娇于金屋也。"②尽管不是全部,邹祗谟的这些选入《倚声初集》的词仍然可以勾勒出一段"名士悦倾城"的故事。如第二首写二人初恋时的情态:"一点心相许。子姑乩畔偷眉语。"第六首写闺房情事:"竹叶同倾飞鹊盏。低觑玉儿青眼。细辫为侬绾。剩将寸发调伊懒。"第十六首写离别时以誓明志:"分手柴扉陈数愿。一愿郎心不变。二愿娘身健。今生为妾图方便。 三愿双环常裹绢。四愿重投凤钏。五愿频相见,香车再到回心院。"第十八首写情事之变:"毕竟书生真薄命。还是佳人薄幸。待把山盟订。海棠单受梅花聘。"③从以上这些材料看,邹祗谟所写的这些词,就是"名士"和"佳人"的一段关系,与龚鼎孳的作品也是同一思路。

如此看来,王士禛对明清之际以传奇之笔写词的风气是熟悉的,他本人也对邹祗谟的类似作品作出了好评,所以,他也应该承认两种文体在题材、内容上沟通的合理性。

三、词与曲语言互借的可能性

或者说,王士禛所提到的词曲之辨更有可能是与语言有关。事实

---

① 邹祗谟、王士禛《倚声初集》卷七,《续修四库全书》第1729册,第284页。
② 《倚声初集》卷七,《续修四库全书》第1729册,第284页。
③ 《倚声初集》卷七,《续修四库全书》第1729册,第283—284页。

上,当人们谈到词曲之别时,语言确实是经常被关注的一个问题。一般认为,词的语言雅一些,而曲的语言则相对平俗。这个判断,放在文学史上,也不能说没有道理,但是,究竟能够在多大程度上具有周延性,也还有待于检验。

欧阳修有一首《浣溪沙》,云:"湖上朱桥响画轮。溶溶春水浸春云。碧琉璃滑净无尘。 当路游丝萦醉客,隔花啼鸟唤行人。日斜归去奈何春。"①对于这篇作品,论者均给予较高评价,特别是末句,往往被专门提出来。如潘游龙云:"'隔花'句丽,'奈何'字,春色无边。"②黄苏云:"'奈何春'三字,从'萦'字、'唤'字生来,'萦'字、'唤'字下得有情,而'奈何'字自然脱口而出,不拘是比是赋,读之亹亹情长。"③而晚明的徐士俊更是看出了这一句对《牡丹亭》的影响,云:"('日斜'句)汤若士'良辰美景奈何天'本此。"④徐士俊可能只是不经意的一个评价,但其中表现出的信息颇堪玩味,它显示出,虽然词坛上辨体的声音越来越大,可在实际操作上,词曲之间的区别并没有非常明确的标准,也说明,既然汤显祖的这个句子可以从前代的词发展而来,则它影响到后代的词,也并非没有可能。

"良辰美景"、"赏心乐事"二语本出自谢灵运《拟魏太子邺中集诗序》:"天下良辰、美景、赏心、乐事,四者难并。"以此意运典者,如周世荣《永遇乐·西湖燕集》:"贤主佳宾,良辰美景,乐事心同赏。"⑤龚士稚《减字木兰花·元宵踏灯有赠》:"赏心乐事。美景良辰难具四。"⑥张潮《贺

---

① 唐圭璋编《全宋词》,北京:中华书局,1965,第143页。
② 潘游龙《精选古今诗馀醉》卷三,沈阳:辽宁教育出版社,2003,第106页。
③ 黄苏选评《蓼园词选》,尹志腾校点《清人选评词集三种》,济南:齐鲁书社,1988,第12页。
④ 卓人月汇选、徐士俊参评《古今词统》卷四,沈阳:辽宁教育出版社,2000,第122页。
⑤ 南京大学中文系《全清词》编纂研究室编《全清词·顺康卷》,北京:中华书局,2002,第1917页。
⑥ 《全清词·顺康卷》,第2956页。

新郎·和稼轩》:"听说当年繁华处,占尽赏心乐事。"①都能看出明显的传承关系。

不过,相较从谢氏而来的用法,下面的一些句子在意义上就有一定的变化:

陆求可《凤凰阁·别怨》:"总有良辰美景,难慰饥渴。"②

龚静照《望湘人·午日病中怀亲》:"说甚良辰美景,怅愁天恨海,女娲未补。"③

董汉策《雨中花慢·乙未冬日,将为京儿谋媾姻,与内子话次有感》:"竹马绣襜累累,良辰美景悠悠。"④

宫昌宗《摸鱼儿·中秋》:"月有团圆有缺,良辰美景难驻。"⑤

周斯盛《金菊对芙蓉·八月廿五日再至扬州,读冒青若中秋红桥泛舟词和韵》:"良辰美景须臾换,算只有、垂柳飘烟。"⑥

钱陆靖《百字令·怀云山弟》:"频年作客,遇良辰美景,倍添愁戚。"⑦

宫鸿历《金菊对芙蓉·忆别》:"良辰美景,九回肠断,一寸心灰。"⑧

---

① 《全清词·顺康卷》,第8839页。
② 《全清词·顺康卷》,第1405页。
③ 《全清词·顺康卷》,第2354页。
④ 《全清词·顺康卷》,第3632页。
⑤ 《全清词·顺康卷》,第6469页。
⑥ 《全清词·顺康卷》,第6960页。
⑦ 《全清词·顺康卷》,第9398页。
⑧ 《全清词·顺康卷》,第9820页。

张令仪《意难忘·纳凉有感》:"纵再对、良辰美景,益断愁肠。"①

上引诸句,基本思路都是表示面对"良辰美景"、"赏心乐事"所引起的感情遗憾,甚至是伤感,考虑到这些作品的写作年代都是明清之际,以《牡丹亭》在当时的影响力来看,不能说没有关系。当然,王士禛进行词曲之辨时,所举的例子都是七字句,而上述诸篇长短不一,可能效果有所不同,不过仍然无法排除其间的相似性。况且,《金菊对芙蓉》中的"良辰美景须臾换"一句,正是七字,也不见得放在词中就不妥。还有一个例子更能说明当时的词人确实是效法《牡丹亭》的,如下面这首蒲松龄的《昼锦堂·秋兴》:

红点苔蹊,翠铺松径,晴和绝胜春前。时向平原一望,万树含烟。带露依床花似醉,随风拂地柳如眠。梁间燕,君家何所,年年暂寄修椽。　堪怜。今日否,甚时泰,天公未有回笺。华发全无公道,偏上愁颠。月白风清如此夜,良辰美景奈何天。无人处,只对蟾蜍清影,尽意缠绵。②

下片构成对仗的两句,前一句檃栝苏轼《后赤壁赋》:"有客无酒,有酒无肴,月白风清,如此良夜何!"③后一句则全用《牡丹亭》成句。这一方面说明《牡丹亭》在当时的影响力,另一方面也说明,当时的词人借鉴曲中成句,并无心理障碍。

---

① 《全清词·顺康卷》,第 11441 页。
② 《全清词·顺康卷》,第 7986 页。
③ 苏轼《后赤壁赋》,《苏轼文集》卷一,北京:中华书局,1986,第 8 页。

除了对这两句有特别的爱好之外，明清之际的词人对《牡丹亭》的其他精彩的句子，也往往有明显的借鉴。民国年间李勔注纳兰性德词，就特别关注纳兰词与戏曲的关系，他的注释中涉及的戏曲范围要广泛得多，但《牡丹亭》无疑是其中最重要的部分之一。如下面这两个例子：

纳兰性德《忆江南》：江南好，唱得虎头词。一片冷香唯有梦，十分清瘦更无诗。标格早梅知。

李勔《饮水词笺》："孔尚任《牡丹亭》：十分清瘦怯秋寒。"①

纳兰在词中已经说明，"一片"二句是"《弹指词》中句"，《弹指词》的作者是顾贞观，顾氏的《浣溪沙·咏梅》这样写道："物外幽情世外姿。冻云深护最高枝。小楼风月独醒时。　一片冷香惟有梦，十分清瘦更无诗。待他移影说相思。"②但是，正如晏殊著名的《浣溪沙》（一曲新词酒一杯）中有些句子，虽然借鉴前人，由于已经构成全篇的一个不可或缺的部分，也可以认为是自作一样③，纳兰此联也应该如此看待。不过，李勔

---

① 李勔《饮水词笺》，台北：正中书局，1982，第84页。
② 张秉戍《弹指词笺注》，北京：北京出版社，2000，第13页。
③ 郑谷《和知己秋日伤怀》："流水歌声共不回，去年天气旧亭台。"（严寿澂等笺注《郑谷诗集笺注》，上海：上海古籍出版社，1991，第371页）吴曾《能改斋漫录》卷十一："晏元献公赴杭州，道过维扬，憩大明寺，瞑目徐行，使侍史诵壁间诗板，戒其勿言爵里姓名，终篇者无几。又使别诵一诗云：'水调隋宫曲，当年亦九成。哀音已亡国，废沼尚留名。仪凤终沉迹，鸣蛙尺沸羹。凄凉不可问，落日下芜城。'徐问之，江都尉王琪诗也。召至同饭，又同步游池上，时春晚，已有落花，晏云：'每得句，书墙壁间，或弥年未尝强对。且如"无可奈何花落去"，至今未能也。'王应声曰：'似曾相识燕归来。'自此辟置，又荐馆职，遂跻侍从矣。"（《丛书集成初编》第290册，第266页）按，关于后一条记载，夏承焘认为或为"臆谈"，见其《二晏年谱》，载《唐宋词人年谱》，上海：上海古籍出版社，1979，第231页。

的注释也有问题,因为《牡丹亭》的作者并不是孔尚任,这可能是他的笔误。《牡丹亭》原文见第二十出《闹殇》:"枕函敲破漏声残,似醉如呆死不难。一段暗香迷夜雨,十分清瘦怯秋寒。"①当然,若仅就字面来看,渊源应不止于《牡丹亭》,如北宋惠洪就曾写《上元宿百丈》一诗,中有"十分春瘦缘何事,一掬归心未到家"②二句。南宋吴文英《朝中措·题兰室道女扇》也有"病起十分清瘦,梦阑一寸春情"③句,可是若是考虑到前一句"一段暗香迷夜雨"和"一片冷香唯有梦"的关系,则认为纳兰词(或说顾贞观词)出自《牡丹亭》,也还是更为恰当的。又如:

纳兰性德《浣溪沙》:魂梦不离金屈戌,画图新展玉鸦叉。生怜瘦减一分花。

李勖《饮水词笺》:"《牡丹亭·写真》:晓寒瘦减一分花。"④

这一句出自《牡丹亭》第十四出《写真》:"〔贴〕小姐,你自花园游后,寝食悠悠,敢为春伤,顿成消瘦?春香愚不谏贤,那花园以后再不可行走了。〔旦〕你怎知就里?这是:'春梦暗随三月景,晓寒瘦减一分花。'"⑤以女子拟花,原是诗词中常见的手段,李清照词中也常用,如"绿肥红瘦"、"露浓花瘦"⑥等等。但是,纳兰词中又不仅"瘦减一分花"全从《牡丹亭》来,前面"梦"的脉络也是一样,所以,说纳兰词借鉴《牡丹亭》的写

---

① 汤显祖《牡丹亭》,《中国古典四大名剧》,第109页。
② 释惠洪《石门文字禅》卷十,《四部丛刊初编》本。
③ 《全宋词》,第2933页。
④ 李勖《饮水词笺》,第142页。
⑤ 汤显祖《牡丹亭》,《中国古典四大名剧》,第76页。
⑥ 李清照《如梦令》、《点绛唇》,见胡云翼编《李清照漱玉词》,香港:汇通书店,1962,第23页,第26页。

法,应该并非牵强。

另外,还有纳兰《浣溪沙》"雨歇梧桐泪乍收",李勘注:"《牡丹亭·悼殇》:剪西风泪雨梧桐。"①纳兰《卜算子·塞寒》:"戚戚凄凄入夜分,催度星前梦。"李勘注:"《牡丹亭·魂游》:生性魂游无那,此夜星前一个。"②纳兰《采桑子》:"红泪偷垂。"李勘注:"《牡丹亭·劝合》:红泪偷弹。"③纳兰《寻芳草·萧寺纪梦》:"来去苦匆匆,准拟待、晓钟敲破。"李勘注:"《牡丹亭·欢挠》:春宵美满,一霎暮钟,敲破娇娥。"④纳兰《临江仙》:"幽窗冷雨一灯孤。"李勘注:"《牡丹亭·悼殇》:冷雨幽窗灯不红。"⑤纳兰《东风齐着力》:"最是烧灯时候,宜春髻、酒暖葡萄。"李勘注:"《牡丹亭·惊梦》:倒着宜春髻子恰凭栏。"⑥纳兰《台城路·上元》:"莫恨流年逝水,恨销残蝶粉,韶光忒贱。"李勘注:"《桃花扇·传教》:锦屏人忒看得韶光贱。"⑦如同李勘若干注释引起非议一样,他对纳兰词与《牡丹亭》之间的渊源关系,也不一定都解释得非常确切,但这并不影响其基本走向⑧。

---

① 李勘《饮水词笺》,第128页。
② 李勘《饮水词笺》,第211页。
③ 李勘《饮水词笺》,第231页。
④ 李勘《饮水词笺》,第292页。
⑤ 李勘《饮水词笺》,第372页。
⑥ 李勘《饮水词笺》,第407页。
⑦ 李勘《饮水词笺》,第454页。按这一句显然出自《牡丹亭》中《皂罗袍》,李勘偶误。
⑧ 李勘对纳兰词与《西厢记》的关系也非常关注,如下面这些例子:纳兰性德《忆秦娥》:"长漂泊,多愁多病心情恶。"李勘注:"《西厢记》:我是多愁多病身。"(第258页)纳兰性德《浪淘沙》:"端的为谁添病也,更为谁羞。"李勘注:"崔莺莺诗:为郎憔悴却羞郎。"(第306页)纳兰性德《虞美人》:"多情自古原多病。"李勘注:"《西厢记》:我是多愁多病身。"(第332页)纳兰性德《金缕曲·寄梁汾》:"正萧条、西风南雁,碧云千里。"李勘注:"《西厢记》:西风紧,北雁南飞。"(第491页)纳兰性德《浣溪沙》:"黄花时节碧云天。"李勘注:"《西厢记》:碧云天,黄叶地,北雁南飞。"(第158页)按这一条和上一条显然最早出自范仲淹《苏幕遮》"碧云天,黄叶地,秋色连波,波上寒烟翠"。不过,《西厢记》中所写,是"碧云天,黄花地,西风紧,北雁南飞",是"黄花"而不是"黄叶"。前人所作注释,往往凭记忆而不复核对原文,文字有所出入,也不足为奇。

值得我们关注的,是李勋的注释思路,他显然认为,在明清之际,词与传奇的相通,是一个普遍的、正常的现象,作家不仅不避其同,而且更以从传奇中借鉴词语或表达手法为荣。这一现象,值得深思。

四、王士禛的理论及其选词实践的离合

那么,上述现象是否就是王士禛所针对的呢？这个可能性当然无法排除,不过,王士禛提出的词曲之辨的主张,是在其《花草蒙拾》之中,而《花草蒙拾》的首次刊刻,可能就是附在《倚声初集》里的。所以,作为《倚声初集》的编者之一,王士禛对入选作品的选择,就成为我们考察他的理论观念的重要验证。

王士禛显然对《牡丹亭》非常熟悉,他在《倚声初集》中所作的评语,多次提到汤显祖的这部名作,其中包括几个方面。

第一是内容。周铭有《虞美人·怜病》:"病魂才别书帷去。又借香奁住。怅怅瘦骨怯春纱。犹向药烟影里问残花。 晓来强起妆台立。揽镜愁眉窄。侍儿且罢掠云鬟。恐怕春风多厉不胜寒。"王士禛评云:"似《还魂记》中语。"[①]试比较《牡丹亭》第十四出《写真》,杜丽娘游园碰到柳梦梅之后,相思成病,春香说:"小姐,你自花园游后,寝食悠悠,敢为春伤,顿成消瘦?"并表示自己的担心:"小姐,你热性儿怎不冰着,冷泪儿几曾干燥?这两度春游忒分晓,是禁不的燕吵莺闹。你自窨约,敢夫人见焦。再愁烦,十分容貌怕不上九分瞧。"杜丽娘就十分吃惊:"咳,听春香言话,俺丽娘瘦到九分九了。俺且镜前一照,委是如何。"照完镜子之后,感到非常悲伤:"哎也,俺往日艳冶轻盈,奈何一瘦至此!若不趁此时自行描画,流在人间,一旦无常,谁知西蜀杜丽娘有如此之美貌乎!"于是

---

① 《倚声初集》卷九,《续修四库全书》第1729册,第310页。

强支病体,开始梳妆:"杜丽娘二八春容,怎生便是杜丽娘自手生描也呵!这些时把少年人如花貌,不多时憔悴了。不因他福分难消,可甚的红颜易老?论人间绝色偏不少,等把风光丢抹早。打灭起离魂舍欲火三焦,摆列着昭容阁文房四宝,待画出西子湖眉月双高。轻绡,把镜儿擘掠,笔花尖淡扫轻描。影儿呵,和你细评度:你腮斗儿恁喜谑,则待注樱桃,染柳条,渲云鬟烟霭飘萧;眉梢青未了,个中人全在秋波妙,可可的淡春山钿翠小。"①以书帙和香奁对举,写到消瘦与梳妆,还有特别对小姐和侍儿关系的揭示,看得出,王士禛的评语是有根据的,虽然还并不能完全加以比附②。

第二是情致。汤显祖写《牡丹亭》,以情之深至见长,即如其《题词》所说:"天下女子有情,宁有如杜丽娘者乎!梦其人即病,病即弥连,至手画形容,传于世而后死。死三年矣,复能溟莫中求得其所梦者而生。如

---

① 汤显祖《牡丹亭》,《中国古典四大名剧》,第76—77页。
② 按从写作思路来看,王士禛也还会以其他的文体与词作相比较,如贺裳有《菩萨蛮·秋宵》:"秋宵正恨银河阔。谁将玉指弹窗槅。欹枕试徐听。还疑风竹声。 擎灯开户视。信是玉郎至。含笑出房迎。相携入画屏。"王士禛评云:"此等极是当行妙思,却从《霍小玉传》来。"(《倚声初集》卷四,《续修四库全书》第1729册,第248页)具体的"妙思"如何,我们无法从《霍小玉传》找到直接的对应,也许,《传》中所写李益初见小玉的那一段,可以作为参照。不过,我也颇疑王士禛之所指实际上是《西厢记》,将该剧张生所咏之诗"待月西厢下,迎风户半开。拂墙花影动,疑是玉人来"及其前后情节加以对照,可能更加符合词中的情境。但是,不管怎么说,王士禛从这一类的戏曲传奇中去寻找词作的渊源,仍然是值得关注的现象。还有,对于以词写梦,王士禛也往往敏感地联想到汤显祖,如董以宁《月上海棠·月照》:"画廊曲曲通金井。卷湘帘、月照流苏冷。任睡桃笙,最贪看、遍身花影。钗横处,盘手灵蛇委枕。 香沉小鸭馀残饼。镜台边、早沁明朝粉。好梦中间,料应知、有人眮近。那知被,梦里人见惊寝。"王士禛评云:"文人言梦,多得好句,至文友而翻新领异,虽《临川四梦》,亦觉言烦。"(《倚声初集》卷十三,《续修四库全书》第1729册,第354页)董氏这篇词作是否就能傲视《临川四梦》,是另外一个问题,王士禛的评价思路才是我们应该关心的。

丽娘者,乃可谓之有情人耳。情不知所起,一往而深。生者可以死,死可以生。生而不可与死,死而不可复生者,皆非情之至也。梦中之情,何必非真?天下岂少梦中之人耶!必因荐枕而成亲,待挂冠而为密者,皆形骸之论也。……嗟夫!人世之事,非人世所可尽。自非通人,恒以理相格耳!第云理之所必无,安知情之所必有邪!"①从这一点出发,王士禛往往将词中写情深挚者视为具有临川之笔,如陈维崧《蕃女怨·五更愁》:"榕亭一夜残灯警。霜浓虫省。五更风,十年事,无形无影。梅花窸窣惨人听,半池冰。"王士禛评云:"入情语,惟临川句中能之。"②写一个女子和情人分别十年,相思情深的心态,非常动人。大约当时人就有这一类的思路,凡是表现男女深情的,都可以联系汤显祖的传奇创作来理解,俨然已成时代风气,当然也可以看出《牡丹亭》一类作品的巨大影响力。

第三是语言。《牡丹亭》对词坛的影响,有时从语言上也能直接看出来,王士禛也对此有所说明。陈维崧《蝶恋花·偶感》:"着意银床花露泫。为问东风,此去何时返。惆怅小楼风力软。菱花莫道芳心浅。　昨夜莺声花里散。几抹雕墙,似有残霞展。楼上轻红才一转。玉人依旧连天远。"王士禛评云:"末二语非临川不能。"③这尚是从风格上说的,至于直接使用,王士禛也有体察:"义仍云:'恰三春好处无人见。'宗丞'无人见处惜红颜',意亦正尔。"这里提到的词作,是宋徵舆的《玉蝴蝶·美人》:"双脸低垂金雀,轻盈十五,自整云鬟。妆罢罗衣束素,愁着春寒。凝眸远、清清斜照,颦眉近、澹澹蛾弯。更无端。花前风雨,梦里相关。　珊珊。小屏微启,软帘高揭,独倚栏杆。庭院深深,无人见处惜红颜。

---

① 汤显祖《牡丹亭》,《中国古典四大名剧》,第1页。
② 《倚声初集》卷一,《续修四库全书》第1729册,第222页。
③ 《倚声初集》卷十一,《续修四库全书》第1729册,第334页。

掩纱窗、一声长叹,临玉镜、双泪偷弹。到更阑。月华空映,盼尽青鸾。"①试比较《牡丹亭》第十出《惊梦》:"你道翠生生出落的裙衫儿茜,艳晶晶花簪八宝填,可知我常一生儿爱好是天然。恰三春好处无人见。不提防沉鱼落雁鸟惊喧,则怕的羞花闭月花愁颤。"②连抒情的脉络都很相似,王士禛的眼光确实非常敏锐。

这样,我们就看到一个有趣的现象:在王士禛见载于《倚声初集》的词话《花草蒙拾》中,他提出了词曲辨体的主张,要求词体创作至少要在语言上和《牡丹亭》这样的传奇保持距离,但是,在对《倚声初集》中所选录的作品进行评价时,他又非常称赞词与《牡丹亭》所发生的种种联系,即使对语言上的联系,也不吝赞美。结合明清之际词的创作中大量存在的学习《牡丹亭》的现象,王士禛的做法或许不是偶然的。

五、辨体的意图与实际的创作

中国文学的辨体,到明代进入了一个新的阶段,出现了一些重要的著作,如吴讷的《文章辨体》和徐师曾的《文体明辨》,前者将各类文体分为五十九类,后者更予以细化,分为一百二十七类,将从魏晋以来开始盛行的文体学研究③,发展到一个新的高度。这样的著作在明代出现,肯定不是偶然的,这与明代文学批评的发展有密切的关系,说明中国古代

---

① 《倚声初集》卷十六,《续修四库全书》第1729册,第392页。
② 汤显祖《牡丹亭》,《中国古典四大名剧》,第53页。
③ 从魏晋开始,辨体开始繁荣发展,人们比较喜欢引用的例子有:曹丕《典论·论文》:"夫文本同而末异,盖奏议宜雅,书论宜理,铭诔尚实,诗赋欲丽。"陆机《文赋》:"诗缘情而绮靡,赋体物而浏亮,碑披文以相质,诔缠绵而凄怆,铭博约而温润,箴顿挫而清壮。"《文心雕龙·定势》:"章表奏议,则准的乎典雅;赋颂歌诗,则羽仪乎清丽;符檄书移,则楷式于明断;史论序注,则师范于核要;箴铭碑诔,则体制于弘深;连珠七辞,则从事于巧艳:此循体而成势,随变而立功者也。"

文学发展到一定程度,辨体的需求越来越强。

诗词的辨体宋代就开始了,李清照在其《词论》中曾经批评:"晏元献、欧阳永叔、苏子瞻,学际天人,作为小歌词,直如酌蠡水于大海,然皆句读不葺之诗尔。"①宋末的张炎也曾从功能上指出诗词之别,他在《词源》中指出:"簸弄风月,陶写性情,词婉于诗。盖声出莺吭燕舌间,稍近乎情可也。"②宋代以后,人们也从不同侧面涉及这一问题,如明代李开先《西野春游词序》:"词与诗,意同而体异。诗宜悠远而有馀味,词宜明白而不难知。"③又朱承爵《存馀堂诗话》:"诗词虽同一机杼,而词家意象亦或与诗略有不同,句欲敏,字欲捷,长篇须曲折三致意,而气自流贯,乃得。"④到了清代,这更成为一个话头,经常被提起。以明清之际而言,就有李渔指出:"词之关键,首在有别于诗。"⑤可见,这一问题已经得到普遍的关注。

词曲之辨则似乎是明代才开始引起特别关注的,显然与创作实践中大量的词曲不分有关系。与王士禛大致同时代的李渔,由于本身既善词,也善曲,在其著作中,多次涉及这个问题,如《窥词管见》:"作词之难,难于上不似诗,下不类曲,不淄不磷,立于二者之中。"⑥《闲情偶寄》卷一《词采》:"曲文之词采,与诗文之词采非但不同,且要判然相反。何也?诗文之词采贵典雅而忌粗俗,宜蕴藉而忌分明;词曲不然,话则本之街谈巷议,事则取其直说明言。"⑦这说明,至少到了明清之际,词曲之辨已经

---

① 胡云翼编《李清照漱玉词》,第56页。
② 《词话丛编》,第263页。
③ 李开先《李开先集·闲居集》卷六,北京:中华书局,1959,第334页。
④ 见何文焕辑《历代诗话》,北京:中华书局,1981,第794页。
⑤ 李渔《窥词管见》,《词话丛编》,第549页。
⑥ 李渔《窥词管见》,《词话丛编》,第549页。
⑦ 李渔《闲情偶寄》,杭州:浙江古籍出版社,1985,第16页。

进入了实际讨论的阶段,王士禛的说法并非空穴来风。

不过,在强调辨体的同时,也不应该忽视破体,这实际上是一个问题的两个方面。中国的批评家早就提出了文体之间通变的可能性,如刘勰《文心雕龙·风骨》说:"洞晓情变,曲昭文体,然后能莩甲新意,雕画奇辞。昭体故意新而不乱,晓变故辞奇而不黩。"《通变》也说:"夫设文之体有常,变文之数无方,何以明其然耶?凡诗、赋、书、记,名理相因,此有常之体也;文辞气力,通变则久,此无方之数也。"①这本是具体写作中必须面对的问题,因而其总结也是实事求是的。

然而,所谓破体,从理论上来说,也并不是随意的,在这方面,前人也有论述,如明人吴讷《文章辨体·凡例》:"四六为古文之变,律赋为古赋之变,律诗杂体为古诗之变,词曲为古乐府之变。"②吴承学据此进行了细致的研究,指出"古文、古赋、古诗、古乐府是正体,四六、律赋、律诗、词曲是变体。变体的地位不能与正体相提并论。"所以,"诗、文与词、曲相较,诗文品位较高,词曲则被视为旁门变体。"③在这种情况下,虽然人们多承认诗词有别,以诗为词大体上能得到文坛的接受,而以词为诗则几乎是众口一词的否定。词曲之间的关系也是同样,以词为曲能够得到认可,以曲为词则肯定是无法接受的。时代有先后,文体有尊卑,在讨论变体和破体时,首先要明白这个问题。从这个角度来看王士禛的论述,他说"'无可奈何花落去,似曾相识燕归来',定非香奁诗。'良辰美景奈何天,赏心乐事谁家院',定非《草堂》词"④,显然也体现了这种尊

---

① 王利器校笺《文心雕龙校证》,上海:上海古籍出版社,1980,第196页,第198页。
② 吴讷《文章辨体》,《四库全书存目丛书·集部》第291册,第7页。
③ 吴承学《中国古代文体形态研究》第十六章《破体之通例》,广州:中山大学出版社,2000,第360页。
④ 王士禛《花草蒙拾》,《词话丛编》,第686页。

卑观。

不过,理论上的规定虽然是明确的,在实际操作中,却有着相当的模糊性。首先,什么是诗语,什么是词语,什么是曲语,判别标准,往往因人而异。而且,曲语不一定都表现在曲中,词里原来也有这一路的风格,只是在词的发展过程中,也许被某些人有意识地回避了;其次,即使是交叉使用,所创造的美学感受,也可能是非常别致的,不见得就非常不协调,说到底,也有一些个性化的东西在内①。所以,我们就看到,一方面,人们承认辨体的重要性,也承认各体之间的高下尊卑,但在具体的创作中,并不一定严格执行。创作,本来就有相当的随机性,根本无法纳入一个框框里。

当然,王士禛和他的同时代人,显然也都非常明确地知道辨体的迫切性,因为明词衰落的原因之一,按照学术界通行的看法,就是词曲不分,所以,他们也希望从这里入手,扭转颓势,但是,一方面是长期的惯性,另一方面是操作标准的不确定性,使得词作曲语,或从传奇中吸收资源,成为当时的一个显著的现象,甚至努力辨体的批评家本身也不

---

① 比如,《牡丹亭》之《游园》一出,杜丽娘唱腔中有"朝飞暮卷,云霞翠轩,雨丝风片,烟波画船"数句,其中"雨丝风片",传统上被认为很尖新,是曲语而非词语,但是,明清之际的词人写词,也喜欢将其用在作品里,如胡山《凤凰台上忆吹箫·写怀次陈水镜韵》:"何事多愁,偏生多病,一般不耐春寒。尽雨丝风片,湿压阑干。清课炉香茗椀,雕檐外、竹报平安。窥妆镜,掀髯一笑,鬓早羞潘。 无端。思量旧梦,有月下弹筝,灯下扶冠。唱晓风残月,笛凤笙鸾。香扑花前春酒,豁双眼、醉看青山。当年话,再休提起,口素腰蛮。"(《全清词·顺康卷》,第532页)又龚鼎孳《烛影摇红·吴门元夜值雨,和张材甫上元韵》:"花信争传,玉钩草色寒犹浅。雨丝风片骋мелан愁,谁记张灯宴。粉雾檀云暗卷。伴名香、银梅小苑。画桥烟暝,酒市人归,寂寥弦管。 金翠吴宫,烛龙几照朱门换。青骢纨扇忆长安,人醉雕栏远。十里香尘不断。惜流年、欢长漏短。月迷江馆。客散旗亭,一行春雁。"(《全清词·顺康卷》,第1130页)从审美感觉来说,也还算是协调的。

免于此。① 这些,可以提供我们思考创作理论和创作实践的关系问题,不至于将丰富复杂的现象简单化了。

第四节　学术走向与创作选择
——姚鼐弃词不作与乾嘉年间的词学观念

一、问题的提出

在传统的文体品阶中,词的地位较低,原是文学史上长时间的共识。即使是在号称词学复兴的清代,虽然词的创作和理论都取得了不少成就,仍然有不少文人延续传统,鄙视词体②,因而有一些著名作家或学者就号称不写词。不过,在清代,也有人,同是著名作家或学者,同是号称不写词,主要原因却不是由于鄙视,而是由于对词有了更进一步的认识,

---

① 按王士禛本人就没有完全遵守自己的辨体说,不仅在词中,而且在诗中也用曲语。如其《秦淮杂诗》二十首之一:"年来肠断秣陵舟,梦绕秦淮水上楼。十日雨丝风片里,浓春烟景似寒秋。"(惠栋《渔洋山人精华录训纂》卷五,《四部备要》本)说明这个问题确实很复杂。晚清著名词学批评家陈廷焯在其《白雨斋词话》卷五中说:"诗中不可作词语,词中不妨有诗语,而断不可作一曲语。温、韦、姜、史复起,不能易吾言也。"(《词话丛编》,第3940页)如果看了王士禛的这首诗,就会承认,其实也无法绝对化。

② 如乾嘉之际的大学者纪昀在主持删定《四库全书总目·词曲类》时就说:"词、曲二体在文章技艺之间,厥品颇卑,作者弗贵,特才华之士以绮语相高耳。"(永瑢等《四库全书总目》卷一百九十八,北京:中华书局,1965,第1807页) 段玉裁在其《怀人馆词序》中也说:"予少时慕为词,词不逮自珍之工。先君子诲之曰:'是有害于治经史之性情,为之愈工,去道愈远。'予谨受教,辍勿为。"(段玉裁《经韵楼集》卷九,上海:上海古籍出版社,2008,第223页)刘盼遂《段玉裁年谱》亦引此段,系于乾隆二十年(1755),刘氏指出:"此事固应在从学蔡一帆之后,蔡精于词律者也。"但其弃词不为的具体时间,已无法确知。刘谱见聂石樵辑校《刘盼遂文集》,北京:北京师范大学出版社,2002,第400页。

例如姚鼐。这个问题值得探讨。

姚鼐《惜抱轩诗集》后集附词,其自跋有云:

> 词学以浙中为盛,余少时尝效焉。一日,嘉定王凤喈语休宁戴东原曰:"吾昔畏姬传,今不畏之矣。"东原曰:"何耶?"凤喈曰:"彼好多能,见人一长,辄思并之。夫专力则精,杂学则粗,故不足畏也。"东原以见告。余悚其言,多所舍弃,词其一也。①

这段话中的王鸣盛(1722—1797),字凤喈,嘉定人,提倡以汉学考证方法治史,是"吴派"的考据学大师,其《十七史商榷》、《尚书后案》、《蛾术编》等皆有盛名。戴震(1724—1777)字东原,安徽屯溪人。他是与吴派并称的皖派的主要代表,代表作有《考工记图注》、《尚书今文古文考》、《孟子字义疏证》等。姚鼐(1732—1815)字姬传,安徽桐城人。清代著名散文家,与方苞、刘大櫆并称为"桐城三祖",著有《惜抱轩全集》等,编选《古文辞类纂》等。这三个人都是乾嘉时期的著名学人,并立大将旗鼓,既互相尊重,又互相竞争,而且很关心彼此的学问路向。王鸣盛通过自己的观察,认为姚鼐旁骛太多,因此在学问上不足为惧,戴震将此言转述给姚鼐,姚就悚然而惊,遂弃词不作。②

姚鼐不仅终身照此行事,而且还把这一层意思贯穿到了教学授徒的过程中。据陈用光《银藤花馆词序》:

---

① 姚鼐《惜抱轩诗集后集》,刘季高标校《惜抱轩诗文集》,上海:上海古籍出版社,1992,第646页。
② 按姚鼐虽然号称弃词不作,以前所作仍然有8首保存了下来。丁绍仪曾评其《桂枝香》(西风绕舍)、《水龙吟》(楚江漠漠连天),认为"虽专门家无以过,微嫌隶事稍多耳"。丁说见《听秋声馆词话》卷十五,唐圭璋编《词话丛编》,北京:中华书局,1986,第2769页。

诗馀之学,肇于唐末,历代工之者,无虑数十家。至我朝而朱竹垞氏称大宗焉。余少时谒姬传先生于江宁,先生语余曰:"子来从学甚善,顾子之意何居?将专工一家之业以蕲其至乎?抑欲汇聚古今文士所能以矜于人乎?夫人之材力,有所能,有所不能。才广而好为苟难,君子之所戒也。曩余官京师,王西庄谓余曰:'始吾畏子,今不畏子矣。郑康成不以文名,曾子固不以诗名,古之人且有然矣。今子欲合康成、昌黎、子美、太白,下逮姜史锺王为一手,毋乃志奢而愿难副乎!'余心韪其言,乃舍弃诗词,而专力于古文之学。今子欲学古文,亦宜知此意。若诗馀俪体,非殚毕生之力为之不能工,子材力不相近,则于二者姑舍是可耳。"用光少亦好为词,自是遂不敢复作。①

总结上述材料,可以了解,王鸣盛对于姚鼐从事词的写作发表的看法对姚氏刺激很大,以至于他始终念念不忘。同时也可以看出,姚鼐之所以不作词,和其他学人并不完全一样。原因在于,他意识到,他所面对的,已经不是传统观念中的一个"小道",而是新的知识系统中的一个类别,即词学。

不过,陈用光《银藤花馆词序》中引述姚鼐对自己的教诲,姚为表达为学必须有所不为的意思,而说自己在文学选择上是"舍弃诗词",从实际情况看,词或如此,诗则不然。或许就投入的精力而言,他在古文上下的功夫要远远超过诗,但他在诗学上的成就也不容低估。这一点,后人看得很清楚。如吴汝纶说:"先生诗勿问何体,罔不深古雅健,耐人寻绎。

---

① 陈用光《太乙舟文集》卷六,《续修四库全书》第1493册,第367—368页。

彼自谓才薄,观于诗殊不然。"①王文治说:"(姚)深于古文,以诗为馀技,然颇能兼杜少陵、黄山谷之长。"②姚莹更详细指出:"(姚)诗以五古为最,高处直是盛唐诸公三昧,非肤袭貌取者可比。七古用唐调者,时有王、李之响,学宋人处时入妙境,尤不易得。七律工力甚深,兼盛唐、苏公之胜。七绝神俊高远,直是天人说法,无一凡近语也。"③创作如此,理论也是如此,他著有《今体诗钞》,其中对诗歌创新的追求,对具体诗法的探讨等,都有其特定的思考。

姚鼐号称自己舍弃诗学,并不符合事实。他或许没有用尽全力,但即使如此,无论在创作上,还是理论上,他的诗学都很有成就,自成一格,区别仅仅在于是否达到了他心目中的诗学高度而已。从这一点可以看出,他对所谓"学",有自己的理解。因此,他之所以不作词,也正是由于他认识到了,词既已成为"学",就不能简单地对待。他曾经在讨论碑志和诗歌时这样表述:"论文之高卑以才也,而不以其体。"④就是这个意思。

二、姚鼐所面对的乾嘉词坛

姚鼐几乎完整地经历了乾嘉两朝。作为对文学有着敏锐感觉的学者,他显然非常了解当时的词坛创作情形,前面所引他的自述,有"词学以浙中为盛"的说法,证明了他的眼光。

那么,在姚鼐生活的时代,词坛的状况是什么样的呢?

从词的走向来看,经过近百年的发展,清词复兴的繁荣局面已经形

---

① 姚永朴《惜抱轩诗集训纂序》,姚鼐撰、姚永朴训纂《惜抱轩诗集训纂》,合肥:黄山书社,2001,第1页。
② 王文治《梦楼诗集自序》,《梦楼诗集》卷首,清乾隆刻本。
③ 姚莹《识小录》,合肥:黄山书社,1991,第133页。
④ 姚鼐《惜抱轩文集后集》卷一《陶山四书义序》,《惜抱轩诗文集》,第270页。

成。清初的名家,如毛奇龄、曹尔堪、王士禛、彭孙遹、邹祗谟、龚鼎孳、蒋景祁、曹溶、李良年、汪森、曹贞吉、纳兰性德、顾贞观等,都领一时风骚。更重要的是出现了陈维崧和朱彝尊两位词坛领袖,其专力为词,奖掖后进,"嘉庆以前,为二家牢笼者,十居七八"①。这样繁荣的局面,是明代词坛所不可想象的。

进入乾嘉,从清初而来的各种路向,都得到了不同程度的传承。在乾嘉人的心目中,从事词的写作,并获得词坛的认同,珠玉在前,需要付出更大的努力,为之精心经营。

试以咏物词为例。咏物词在北宋比较薄弱,南宋开始受到较大的关注,至宋元之际的《乐府补题》唱和,达到了一个高峰。清初词学复兴中,以拟《乐府补题》唱和作为重要标志之一,不是没有原因的,而《乐府补题》的重新为世人广泛认知,也正是朱彝尊等所大力推动的②。在这些作品中,学问化的倾向非常明显,而所谓学问化,主要体现在典故的使用上。若能积累深厚,自是得心应手,老题材可以由于改变材料而写出新感受,新题材则更能体现对传统的超越。朱彝尊的《茶烟阁体物集》中共收词112首,其中有33首带有作者自注,解释典故之所由来,这就不仅是炫才,也能考虑到读者的接受。顺康词坛的这种倾向,在乾嘉词坛得到了延续。厉鹗以一代文史大家的身份,从事填词,在提倡雅洁之风的同时,多方面展露学问,对当时词坛有重大影响。如钱芳标、朱彝尊等的《雪狮儿》咏猫唱和,乾隆年间曾进一步引发了词坛的竞赛心理,郭则沄《清词玉屑》记载说:"华亭钱葆馚以《雪狮儿》调咏猫,……一时和什如

---

① 谭献《箧中词》今集三,《续修四库全书》第1732册,第636页。
② 朱彝尊《乐府补题序》:"《乐府补题》一卷,常熟吴氏抄白本,休宁汪氏购之长兴藏书家。予爱而亟录之,携至京师。宜兴蒋景祁京少好倚声为长短句,读之赏激不已,遂镂版以传。"《曝书亭集》卷三十六,《四部丛刊初编》本。

云。竹垞和成三阕,遍搜猫典。后厉樊榭与吴绣谷复效其体。樊榭有词四阕,选典益僻,自稗官琐录,以逮前人诗句,古时俗谚,搜罗殆备。"①他特别指出厉鹗在用典上后出转"僻",是一个准确的观察。此外,著名经学家焦循,其词《全清词·雍乾卷》收 115 首,至少有 35 首带有自注,这 35 首基本上都是咏物词,体现了对朱彝尊的进一步发展。如《河传·波斯鸡冠》:"承露。常住。杉树。郁瑟泥沙。秋风紫绮隔窗斜。罗差宝鬘华。　六师外道昙幻。刹那念。发共恒河变。雄冠又学圣人徒。侏儒。魋头七丈殊。"②一共才 51 个字,但是,由于所咏之物罕见,正好是逞才使气的绝佳题材,因此,其自注不惜连篇累牍,接近千字,且多用佛书,非常生僻。王鸣盛的《琐窗寒·咏井》,所咏之物并不生僻,但作者主要是从诗中寻找素材,自注有孟郊、王昌龄、李贺、张籍、古乐府、李商隐、李白等写井的诗句,除了体现出对诗的精熟之外,也隐隐有以诗为词的意思。至于倪象占的两首《小诺皋》,一首咏蚤,一首咏虱,如后者,作者自注中所引到的书,就有《谈苑》、《尸子》、《问答录》、《史记》、《战国策》、《山堂肆考》、《商君书》、《清议录》、《阿房宫赋》、《大人先生传》、《列子》、《南楚新闻》、《鸡肋编》、《千金方》、《稽神录》、嵇康《绝交书》、《晋书》、《墨客挥犀》、李商隐《虱赋》、《抱朴子》、陆龟蒙《后虱赋》、《淮南子》、《酉阳杂俎》、《醇史》、《邵氏录》(《邵氏闻见录》)③。不仅时间跨度大,而且种类繁多,流品很杂。这种风气当时弥漫整个社会,即使姚鼐不怎么写词,当他偶一出手,也不能不受影响,即如丁绍仪所评:"虽专门家无以过,微嫌

---

① 郭则沄《清词玉屑》卷十一,朱崇才编纂《词话丛编续编》,北京:人民文学出版社,2010,第 2855 页。
② 张宏生主编《全清词·雍乾卷》,南京:南京大学出版社,2012,第 8253 页。
③ 《全清词·雍乾卷》,第 7038—7040 页。按这两篇作品所征之事还有标为"欧阳修诗"、"释子书"、"唐人小说"者,但未列具体篇名。

隶事稍多耳。"

清词的发展,很注意和号称词之大盛的两宋对话,往往刻意寻找那些在宋代已有萌芽,而未及深入发展的现象,做出自己的回应。例如三种基本上可以认为是苏轼创造的杂体词——回文词、檃栝词和集句词,就引起了清人的浓厚兴趣。回文词由简单到复杂,由自体回环到另成一调,甚至有专门的回文词谱出现。檃栝词不仅深化了以往的传统内容,而且开辟了许多新题材,致力于不同层面的对话。集句词不仅集词句,也集诗句;不仅集群体,也集个体,甚至集中聚焦特定的风格。乾嘉时期,这些都得到了进一步的关注,相关作品争奇斗艳,非常丰富。即以集句词而言,清代初年,以朱彝尊为代表,取得了一定的成就,但清初的集句词几乎都是集唐诗,集句的形式和范围都不丰富,相关的理论阐述也不多。而至乾嘉及之后,则进入多元化发展的成熟期,不仅广集六朝诗、唐诗、宋词、元曲,乃至明人传奇和本朝诗词,而且在内容题材和艺术审美上都做出了很大的开拓,使得集句词从单纯的游戏性向着游戏性与抒情性兼重的方向发展,体现了清初以来各类词集文献整理的影响力,既满足了炫才争胜的心理,也推动了词的经典化。① 不言而喻,从事这样的创作,需要对文学传统有深入的了解,需要具有特别的文字功力,也需要付出很大的精力。

乾嘉时期,人们希望更为本质化地思考词的文体特征,因此在创作中,就多层面、多角度地去体现词的音乐性。如张埙即有意识地以古乐府为内容,创作了数十首作品,其所用之题如《将进酒》《艾如张》《公无渡河》《上留田行》《董逃行》《白头吟》等,都是用特定的词牌来写古乐府,似是复古,实际上反映了他的现实的文学情怀。如《长亭怨

---

① 参考曹明升《论清代中期的集句词》,载《文学遗产》2016 年第 5 期。

慢·驱车上东门行》:"挽车上、东门之路。不见人形,但题人墓。药送神仙,寿凋金石白杨树。杂依松柏,犹宛转、入门户。下有陈死人,永杳杳、黄泉难寤。 朝露。叹阴阳浩浩,逝者直如斯去。人生对酒,也就是、纸钱羹脯。有一二、吊客青蝇,也无异、衰麻儿女。算只让圣贤,还不流光虚度。"《阳关引·出门行》:"九曲黄河涝。四扇潼关墺。空墙古驿,萧萧柳,离离枣。有官人带剑,岂是夷门老。络马头,朱缨一点太行小。 某某名都势,乡团堡。但飞鸿逝,霜花白,戍楼晓。听楼中芦管,绿发为翁媪。不些时、离人一夜首蓬葆。"①明代杨慎曾经就词的起源,提出"在六朝,若陶弘景之《寒夜怨》、梁武帝之《江南弄》、陆琼之《饮酒乐》、隋炀帝之《望江南》,填词之体已具矣"②,认为词体起源于六朝。张埙以词调来写汉魏乐府,对其动机并未作出明确表述,但背后应该体现着他对词的发展的一些认识,因而他的这一组作品,也就有了非常特殊的意义。

另一方面,人们不仅关注历史传承中同是乐府而体现出的音乐的一致性,同时也关注押韵的规范性。众所周知,词的创作,不像诗,一直没有严格的词韵,在创作上,相当随意,不少人的创作都是非常个人化的,往往以方言押韵,缺少公认的标准。尽管不断有人予以探索,但都是不成系统的,也就缺少认可度,直到戈载作《词林正韵》,才使得词坛有了较为一致的取向,尽管与诗韵的接受度还是不同。对此,作家们在创作上也有所思考。如王时翔曾写三十首《浣溪沙》,内容以艳情为主,这并不稀奇,但其写法,是按照平水韵的平声韵一路写下来,分为二组。第一组是一东、二冬、三江、四支、五微、六鱼、七虞、八齐、九佳、十灰、十一真、十

---

① 《全清词·雍乾卷》,第4798页。
② 杨慎《词品序》,《词话丛编》,第408页。

二文、十三元、十四寒、十五删,第二组是一先、二萧、三肴、四豪、五歌、六麻、七阳、八庚、九青、十蒸、十一尤、十二侵、十三覃、十四盐、十五咸。殷如梅则写有《金缕曲》二十首,明确要求限韵,如咏眉,"限二十二养"等。戈载是嘉道年间的人,《词林正韵》道光元年(1821)才开始刊印,而王是康熙后期、乾隆早期的人(殷出生在乾隆早期,时代稍晚)。他们的这类创作,可以视为一个信号,标志着词坛对用韵更加重视,创作时需要用心琢磨,也体现了更为敬业的态度。

还有,乾嘉年间的词坛,作家们非常喜欢创作大型的联章词。如郑燮有《念奴娇·金陵怀古》十二首,吴锡麒有《洞仙歌·田家词》十二首。保培基用《穆护砂》、《夜半乐》、《宝鼎现》、《莺啼序》、《玉抱肚》、《六州歌头》、《哨遍》、《戚氏》这些长调分写《越绝书》、《白头吟》、《胡笳》、《会真诗》、《乌丝盟》、《新声曲》、《漱玉词》、《焚馀草》,实际上是以词的形式撰写的读书笔记。沈长春则用《金缕曲》之调,分写颓垣、覆水、枯木、碎花、败絮、敝裘、炧香、破甑、冰雀、败鼓、破镜、秃笔、埋剑、敝屏、腐草、覆舟、病马、病鹤、破琴,这都是些凋敝之物,集中在一起,颇见一时心态,也需要精心结撰。至于朱昂《百缘语业》以一百首《沁园春》,转换不同角度,写艳情、闺情及闺阁之事,更是前无古人的宏大结撰。

以上这些,从审美的角度看,或许有不同的评价,但放到那个特定的背景中,就可以看出,这是作家们希望有所突破、有所创新的一种努力。而要达到这个目标,则要求特别的心思才力,以及付出特别的努力。不可能是即兴式的创作,更不可能仓促成篇。

三、乾嘉年间对词学观念的探讨

考察乾嘉词坛,还应该注意一个重要的现象,即对词学观念的不断探讨。

词学这个概念,最早似见于南宋初年王灼的《碧鸡漫志》,该书卷三谈到王平创制《霓裳羽衣曲》时说:"宣和初,普州守山东人王平,词学华赡,自言得夷则商《霓裳羽衣谱》,取陈鸿、白乐天《长恨歌传》,并乐天《寄元微之霓裳羽衣曲歌》,又杂取唐人小诗长句,及明皇、太真事,终以微之《连昌宫词》,补缀成曲,刻板流传。"①不过这个词学,大约指的还是创作。至清初开始重视声调格律,词学的概念渐有明确的指向,这在成书于康熙二十六年(1687)的万树《词律》,以及成书于康熙五十四年(1715)的《钦定词谱》中看得更为清楚,所谓"词学",大致都和律谱有关。

乾嘉年间,顾广圻在为秦恩复《词学丛书》所作的序中开宗明义即这样说:"词而言学,何也?盖天下有一事即有一学,何独至于词而无之?"明确提出词应有学。什么是词学?他解释说:"循其名,思其义,于《词源》可以得七宫十二调、声律一定之学,于《韵释》可以得清浊部类、分合配隶之学,于《雅词》等可以博观体制,深寻旨趣,得自来传作,无一字一句任意轻下之学。"因而得出结论:"有词即有学,无学且无词。"②他在序中共提出了三个方面,前两个方面主要谈词的声韵格律,后一个方面主要谈词的韵致。可以看出所谓学,最主要的层面之一,就是指向和声韵格律有关的专门之学。顾氏出生在乾隆中期,以校勘之学而名世,其学师从江声,而江声又师从惠栋,皆重文字、音韵、训诂,一脉相承。顾氏治词学亦受其经史之学的影响,探讨词的韵律,往往从文字、音韵、训诂入手,是乾嘉学风的一个重要体现。"词学"这一概念,在他手里,有了如此明确的表述,并不是偶然的。

北宋以来,词的尊体不断得到加强,人们已经认识到,词的境界不断

---

① 岳珍校正《碧鸡漫志校正》,成都:巴蜀书社,2000,第55—56页。
② 顾广圻《词学丛书序》,《思适斋集》卷十三,《续修四库全书》第1491册,第100页。

开阔,几乎无事、无意不可以入词,越来越接近普遍意义上的抒情诗。但是,在此同时,人们也有反思:既然词越来越接近诗,那么,其文体存在的意义何在呢?于是作为解决之道之一,就体现为对声韵格律的愈益深入的探讨,以此展示词体的特点。特别是南宋以后,在相当长的一段时间里,词的创作标准严重缺失,这启发人们通过探讨唐宋词的创作格律来严格规范,这一趋势明代已经展开,自清代进入了一个新阶段。朱彝尊批评明词,重要的内容之一,就是其声律的错舛。如《水村琴趣序》从总体上批评明词"排之以硬语,每与调乖;窜之以新腔,难与谱合"①;《词综发凡》批评"周白川、夏公谨诸老,间有硬语,杨用修、王元美则强作解事,均与乐章未谐"②,都是这方面的例子。正是在这样的背景下,出现了万树的《词律》。《词律》是清初学人治词的最重要的成果之一,《四库全书总目》对其评价甚高:"是编纠正《啸馀谱》及《填词图谱》之讹,以及诸家词集之舛异。……唐、宋以来倚声度曲之法久已失传,如树者,固已十得八九矣。"③这个看法,一定程度上可以代表乾嘉之际对这一问题的基本认识,也启发时人的讨论。宋人王辟之《渑水燕谈录》卷八曾记柳永写《醉蓬莱慢》进呈,仁宗不喜其用"渐"字,又认为"波翻"应作"波澄",于是斥退不用,其中所涉及的,不仅是情感,也有下字和用语,对此,焦循发表了自己的看法:"柳屯田《醉蓬莱》词,以篇首'渐'字与'太液波翻''翻'字见斥,有善词者问,余曰:词所以被管弦,首用'渐'字起调,与下'亭皋落叶,陇首云飞',字字响亮。尝欲以他字易之,不可得也。至'太液波翻',仁宗谓不云'波澄'。无论'澄'字前已用过,而'太'为徵音,'液'为宫音,'波'为羽音,若用'澄'字商音,则不能协,故仍用羽音之'翻'字,两

---

① 朱彝尊《曝书亭集》卷四十,《四部丛刊初编》本。
② 朱彝尊、汪森编《词综》卷首,上海:上海古籍出版社,2005,第15页。
③ 永瑢等《四库全书总目》,北京:中华书局,1965,第2809页。

羽相属。盖宫下于徵,羽承于商,而徵下于羽。'太液'二字由出而入,'波'字由入而出,再用'澄'字而入,则一出一入,又一出一入,无复节奏矣。且由'波'字接'澄'字,不能相生,此定用'翻'字,'波翻'二字同是羽音,而一轩一轾,以为俯仰,此柳氏深于音调也。"①焦循直言批评宋仁宗,有着声韵格律上的依据,而对这个问题的进一步思考,又涉及诗词之别。

诗词之别是词学史上的大问题,至少在北宋年间,就已经得到关注。陈师道指出苏轼以诗为词不是"本色"②,李清照批评晏殊、欧阳修、苏轼的词作是"句读不葺之诗"③,都是较早的讨论。至乾嘉年间,杭世骏在其《陈江皋对鸥阁漫语序》中是这样说的:"诗道广,词道狭,自邦畿以至天末,人皆可以为诗,而词则淮楚以北,鲜有及者。盖其道以欢欣闲适为主,追风雅之末轨,畅人心所欲言。风日既佳,鱼鸟可玩,水边竹所有其地,舞裙歌扇有其人,香炉茗椀有其供。有洞箫缇瑟、凄戾宛转之音,有画屏银烛、藏钩赌酒之乐,有登高望远、怀人感旧之情,有上如抗下如坠,抑郁不得泄,骀荡不得返之趣。吾故曰:非其地,不可以为词。强而为词,词亦似诗。"④这篇序言的一些基本观点,明显出自朱彝尊。朱氏在《紫云词序》中说:"昌黎子曰:欢愉之言难工,愁苦之言易好。斯亦善言诗矣。至于词,或不然。大都欢愉之辞工者十九,而言愁苦者十一焉。故诗际兵戈俶扰、流离琐尾,而作者愈工;词则宜于宴嬉逸乐,以歌咏太

---

① 焦循《雕菰楼词话》,《词话丛编》,第1495页。
② 陈师道《后山诗话》:"退之以文为诗,子瞻以诗为词,如教坊雷大使之舞,虽极天下之工,要非本色。"何文焕《历代诗话》,北京:中华书局,1981,第309页。
③ 李清照《词论》说:"至晏元献、欧阳永叔、苏子瞻,学际天人,作为小歌词,直如酌蠡水于大海,然皆句读不葺之诗尔。"王学初校注《李清照集校注》卷三,北京:人民文学出版社,1979,第195页。
④ 杭世骏《道古堂文集》卷十四,《续修四库全书》第1426册,第338页。

平,此学士大夫并存焉而不废也。"又《陈纬云〈红盐词〉序》中说:"词虽小技,昔之通儒钜公,往往为之,盖有诗所难言者,委曲倚之于声,其辞愈微而其旨愈远。善言词者,假闺房儿女子之言,通之于《离骚》、变雅之义。此尤不得志于时者所宜寄情焉耳。"①这些话,就是"以欢欣闲适为主,追风雅之末轨,畅人心所欲言"数句所自出,可以看出朱彝尊的词学理论对乾嘉词坛的影响。但杭氏说"诗道广,词道狭",则带有明显的辨体意识,一百多年以后,王国维提出:"词之为体,要眇宜修,能言诗之所不能言,而不能尽言诗之所能言。诗之境阔,词之言长。"②二者颇有渊源。至于杭最后又说:"非其地,不可以为词。强而为词,词亦似诗。"提出创作词要有其基本的条件,否则就是诗而非词,也就是说,词的创作有其独特性,不能与诗相混,这个观点令人深思,体现了雍乾之际学者们对诗词之别的一种认识。

同样是讨论这个问题,陈沆则从另一个角度立论,他在《小波词钞序》中这样说:"或曰:谈艺而至词,文字之品陋矣。凡诗中长语,大抵入词。丛谈亵事,拉杂写之,都无决择,去南北曲一间耳。引喉而歌,反不若曲之易晓,诗人不为此。嘻! 然乎哉? 长短句韵语见于《书》、于《诗》、《楚骚》,变而为汉魏乐府,辞意尚古质。六朝诸弄曲,骎骎乎词矣。唐伶所歌皆五七言近体诗,开、宝后词亦并丽教坊。两宋词学大盛,极工变之能事。金、元、初明作者亦正不乏。词固均出诗人手也。第超才绝艺,语妙天下,所为融情景于一家,会句意于两得,安有不从温柔中来,而可称尤雅者? 《草堂》选雅俗混淆,吾浙竹垞朱先生撰《词综》一书,诮其无目,未闻取材于诗,惟陈言务去,而取材于词,可变雅为俗也。词之为物,匹如活色生香,果沾溉于残膏剩馥者乎? 稽宋乐制词,且列诸登歌,名公如

---

① 并见朱彝尊《曝书亭集》卷四十,《四部丛刊初编》本。
② 王国维《人间词话删稿》,《词话丛编》,第 4258 页。

寇、范、欧、苏，理学如新安、西山、龙川，节烈如信国，类多娴习其事，郁为一代典章。"①这篇序写于乾隆十三年（1748），其基本观点是，首先，从《诗经》《楚辞》、汉魏乐府以至六朝诸曲，诗的发展轨迹历历可见，而词则是其中重要的一环。其次，从唐到明，词均出于诗人之手，成就突出，能够达到"融情景于一家，会句意于两得"的境界。这两句原是姜夔评价史达祖的话，拿来评词，具有一定的倾向性。第三，词代诗兴，当有过于诗者，正因为词不同于诗，所以有取于词，正是"陈言务去"，体现了创造精神。第四，两宋不少著名人物都写词，名臣如寇准、范仲淹、欧阳修和苏轼，理学大家如真德秀、陈亮，忠烈之士如文天祥，他们并不鄙薄词体。凡此种种，当然都说明了词之为体，并不能以小道视之。这实际上是进一步为词的创作寻找理论根据。

从诗词之别出发，乾嘉之际的凌廷堪对词乐也做出了深刻的研究，他的《燕乐考源》一书梳理了古代对于燕乐的有关记载，纠正了隋代郑译"把龟兹的音律，附会上中国古代音律的名义"②的错误，提出燕乐是由琵琶弦而定其律的说法，从而对词的起源的研究做出了重大贡献。而凌氏自己的创作，往往标上宫调，很好地体现出将研究和创作相结合的思路，颇可以和南宋姜夔自度曲标注旁谱相参，是乾嘉之际学人词的一个特殊表现。例如作品中题为"仙吕宫"的，就有《桂枝香·和〈乐府补题〉天柱山房拟赋蟹》《红情·樱》《绿意·笋》《疏影·腊梅》《声声慢·怀酌亭》《暗香·忆朐浦梅花》《八声甘州·滕王阁》《卜算子·吹台》等。至于生在乾隆末年的戈载，虽然主要活动时间已经到了道光，却也体现出了乾嘉之学的精神，其《词林正韵》"细入豪芒"，使得"词之道尊"③，在精神上正是相一致的。

———

① 冯乾编校《清词序跋汇编》，南京：凤凰出版社，2013，第469页。
② 刘尧民《词与音乐》，昆明：云南人民出版社，1982，第249页。
③ 俞樾《绿竹词序》，冯乾编校《清词序跋汇编》，第924页。

经过乾嘉学人的推阐,词作为专门之学更加引起学界的关注,特别对晚清词坛,影响巨大。程千帆先生曾经指出:"自清季临桂王氏、归安朱氏昌明词学,昔贤校雠笺疏之术但以施诸经史子籍,少降亦仅及诗文而止者,乃始施之于词。"①清末不少些著名词人都精于词籍校勘,以此提供善本,树立典范,并在此基础上从事创作。据徐珂《近词丛话》记载况周颐的话:"余自同治壬申、癸酉间,即学填词,所作多性灵语,有今日万不能道者,而尖艳之讥,在所不免。光绪己丑,薄游京师,与半塘共晨夕,半塘词夙尚体格,于余词多所规诫。又以所刻宋、元人词属为校雠,余自是得窥词学门径。所谓重拙大,所谓自然从追琢中出,积心领神会之,而体格为之一变。半塘亟奖藉之,而其它无责焉。夫声律与体格并重也,余词仅能平侧无误,或某调某句有一定之四声,昔人名作皆然,则亦谨守弗失而已,未能一声一字,剖析无遗,如方千里之和清真也。如是者二十馀年,继与沤尹以词相切磨,沤尹守律綦严,余亦恍然向者之失,断断不敢自放,乃悉根据宋、元旧谱,四声相依,一字不易,其得力于沤尹与得力于半塘同。"②又记载"光绪庚寅辛卯间,况夔笙居京师,常集王幼霞之四印斋,唱酬无虚日。夔笙于词不轻作,恒以一字之工、一声之合,痛自刻绳,而因以绳幼霞。幼霞性虽懒,顾乐甚不为疲也。"③从一个重要方面,将词的尊体发扬光大④。

所以,到了乾嘉之际,词学的复兴有了更为明确的定义,更为具体的内涵,所谓词学,也就有了特定的意义,有了实实在在的指向。人们或可

---

① 程千帆师《唐宋词人年谱序》,夏承焘《唐宋词人年谱》,杭州:浙江古籍出版社、浙江教育出版社,1998,第 1 页。
② 《词话丛编》,第 4227—4228 页。
③ 《词话丛编》,第 4228 页。
④ 关于晚清词集校勘的成就,参看张晖《词集校勘与清季民初词学》,见《清词的传承与开拓》,上海:上海古籍出版社,2008。

以从自己的观念出发,不去碰词学,却无法否认词学是专门的学问,若不下一番功夫,无法达到专精。时代的观念已经发生变化,以前那种以一字、一句或一篇而名世,已经不太容易了。所谓以词名家,其中所蕴含的概念,和以前相比,又是大大不同了。

四、乾嘉学术对专精的强调

对于姚鼐弃词不作的认识,在了解了乾嘉词坛的一般风貌之后,还应该结合乾嘉学风来做进一步思考。

姚鼐是乾嘉学派的重要代表之一,他对待词学的态度,也是乾嘉学风的某种表现。乾嘉学人对治学有一种重要的集体性思维,即人的性分不同,兴趣各异,才力有别,分心旁骛,必不能精纯,因此希望能够专注。相关论述,如戴震说:"学贵精不贵博,吾之学不务博也。""知得十件而都不到地,不如知得一件却到地也。"[1]周书昌说:"涉猎万卷,不如专精一艺。"[2]在这一点上,在当时的学人中,不管是宗汉还是宗宋者,不少人的基本看法都是一致的。

乾嘉之际到底有多少学人,不同的标准,会得出不同的结论,如果谈到知名者,或许可以《乾嘉学术研究论著目录》[3]一书所收为代表。这部

---

[1] 段玉裁《戴东原先生年谱》,《戴震文集》附录,香港:中华书局香港分局,1974,第248页。

[2] 桂馥《上阮学使书》,《晚学集》卷六。原文是:"自束发从师,授以高头讲章,杂家帖括,虽勉强成诵,非性之所近。既补诸生,遂决然舍去。取唐以来文集、说部,泛滥读之,十年不休。三十后,与士大夫游,出应乡举,接谈对策,意气自豪。周书昌见嘲,云:'君因不喜帖括,遂不治经,得毋恶屋及鹊乎?涉猎万卷,不如专精一艺,愿君三思。'馥负气不从也。及见戴东原为言江慎修先生不事博洽,惟熟读经传,故其学有根柢;又见丁小雅自讼云:'贪多易忘,安得无错!'馥憬然知三君之教我也。前所读书,又决然舍去。"(《丛书集成初编》第2518册,第165—166页)

[3] 林庆彰主编《乾嘉学术研究论著目录》,台北:"中央"研究院中国文哲研究所,1995。

书共收著名学者七十四人,就我们目前掌握的材料看,其中,江永、程廷祚、陈宏谋、杭世骏、惠栋、秦蕙田、全祖望、卢文弨、庄存与、戴震、纪昀、程瑶田、赵翼、余萧客、朱筠、翁方纲、金榜、段玉裁、任大椿、章学诚、汪中、庄述祖、刘台拱二十三人是不写或基本上不写词的。其中原因,难以详论。顺康之际的顾贞观在《答秋田求词序书》中有这样一段论述:"国初辇毂诸公,尊前酒边,借长短句以吐其胸中。始而微有寄托,久则务为谐畅。香严、倦圃领袖一时。唯时戴笠故交,担簦才子,并与燕游之席,各传酬和之篇。而吴越操觚家,闻风竞起,选者作者,妍媸杂陈。渔洋之数载广陵,实为斯道总持。二三同学,功亦难泯。最后吾友容若,其门地才华,直越晏小山而上之。欲尽招海内词人,毕出其奇。远方骎骎,渐有应者。而天夺之年,未几辄风流云散。渔洋复位高望重,绝口不谈。于是向之言词者,悉去而言诗古文辞。回视《花间》、《草堂》,顿如雕虫之见耻于壮夫矣。虽云盛极必衰,风会使然,然亦颇怪习俗移人,凉燠之态,浸淫而入于风雅,为可太息。"①他总结清初词坛的发展,由极度繁荣,到渐归平淡,经历了一个大起大落的过程,其中说到"于是向之言词者,悉去而言诗古文辞",是一个值得注意的观察。从这个角度看,乾嘉年间的不少学人在创作上较少涉足于词,除了传统的小道观之外,或者也有词学盛极难继,需要另起炉灶的意思。但是,与此同时,也不能忽略乾嘉年间学人的治学态度。

也许正是出于这样的思路,焦循就专门写了《词说》一文,发表对词的见解,其中论述诗词与古文、经学的关系时说:"学者多谓词不可学,以其妨诗、古文,尤其非说经所宜。余谓非也。人秉阴阳之气以生者也,性情中必有柔委之气寓之。有时感发,每不可遏。有词曲一途分泄之,则

---

① 谢章铤《赌棋山庄词话》卷七,《词话丛编》,第 3530 页。

使清劲之气长留存于诗、古文。且经学须深思冥会，或至抑塞沉困，机不可转，诗词足以移其情而转豁其枢机，则有益于经学不浅。文武之道，一张一弛，古人一室潜修，不废弦歌。其旨深微，非得阴阳之理，未云与知也。"①这可能就是针对前面提到的段玉裁诸人的。焦氏站在经学本位的立场上，认为人的感情有着多面性，偏执一端，反而不得畅达。这是一个学人根据自己的治学和创作实践，对词的价值所进行的思考。因此，杭世骏在其《江玉屏词序》中也这样写道："金牛湖灵秀甲天下，茶樯酒幔，牵拂于荷香柳影之间，造物特钟美于是，以供词客之陶写。故吾乡人士，无不工为倚声者，而余独否。一则搓酥滴粉，既性所不近；二则拙口钝辞，复不能作酸甜之语；三则每有所作，辄为石友厉君樊榭所压。他人以词见工，余独以词见丑，遂止不复为。"②按照文中的表述，他是认为自己在性情上不近于词，语言上不善于词，即有所作，也无法超越厉鹗诸人，因而就辍不为词了。这虽然比较个人化，仍然使我们看到，他之不为词，并不是看不起词，而只是觉得自己不适合作词，在这一点上，他和姚鼐、焦循都可以相通。

因此，从姚鼐所浸染的乾嘉学风来看，他之不写词，并不是（至少不完全是）由于看不起词，而是认为，词作为一门学问，"非殚毕生之力为之不能工"，如果过多涉猎，将使自己的学问不够精粹。他要求自己的学生陈用光不写词，也不是出于什么"小道"说，而是认为其"材力不相近"。关于治学要取"材力相近"者这一点，他曾经多次作过表述，在《谢蕴山诗集序》中，他说："文章、学问一道也，而人才不能无所偏擅。"③在《复秦小岘书》中，他也说："人之才性偏胜，所取之径域又有能有不能焉。凡执其

---

① 焦循《雕菰集》卷十，《丛书集成初编》第2191册，第153—154页。
② 杭世骏《道古堂文集》卷十四，《续修四库全书》第1426册，第340页。
③ 姚鼐《惜抱轩文集》卷四，《惜抱轩诗文集》，第55页。

所能为而呲其所不为者,皆陋矣。……如鼐之才,虽一家之长犹未有足称,亦何以言其兼者。"①姚鼐从"学"的角度出发,认为词也是学术的重要一种,这种明确的思路,在某种程度上,体现了从清初以来的新发展,也应该代表了当时不少学人的看法。甚至连传话给姚鼐的戴震,我们暂时也还没有发现其有词传世,如果真是如此的话,则很有可能这位皖派巨擘也深受震动,因而更加专注于其他学问。

当然,应该指出,人都是复杂的,人们所做的各种选择,也有着具体时空的限制,不能一概而论。即以王鸣盛而言,他虽然发表了上述的让后人非常震惊的言论,他自己却并未实践,仍有词作,而且,他也是把词当成专门之学来看待的,他曾说:"词之为道最深,以为小技者,乃不知妄谈。"②在这一点上,他和姚鼐倒是相差不远的。

五、桐城家法对姚鼐的影响

姚鼐是所谓"桐城三祖"之一,他的文学选择,除了和当时他所处的时代有关,和乾嘉词坛的创作实践和理论探讨有关,和乾嘉学风追求专精的取向有关外,也和他作为桐城派的继承者和开拓者,对于桐城传统的认识有关。

姚鼐在《刘海峰先生传》中曾写道:"天下言文章者,必首方侍郎。方侍郎少时,尝作诗以示海宁查侍郎慎行。查侍郎曰:'君诗不能佳,徒夺为文力,不如专为文。'方侍郎从之,终身未曾作诗。"③查慎行为王士禛弟子,虽是浙江海宁人,后来却和桐城派关系密切。不过,对于方苞之所

---

① 姚鼐《惜抱轩文集》卷六,《惜抱轩诗文集》,第105页。
② 王鸣盛《蛾术山人词评论》,冯乾编校《清词序跋汇编》,第638页。
③ 姚鼐《惜抱轩文集后集》卷五,《惜抱轩诗文集》,第308—309页。姚鼐对方苞的这个印象,也被马其昶记载在《桐城耆旧传》卷九,合肥:黄山书社,1990,第324页。

以弃诗不作,还有另外一个说法,这就是方本人的记载:

> 苞童时,侍先君子与钱饮光、杜于皇诸先生,以诗相唱和,慕其铿锵,欲窃效焉。先君子戒曰:"毋以为也!是虽小道,然其本于性质,别于遭遇,而达以学诵者,非尽志以终世,不能企其成。及其成也,则高下浅深纯驳,各肖其人,而不可以相易;岂惟陶、谢、李、杜峣然于古昔者哉!即吾所及见宗老涂山及钱、杜诸公,千里之外,或口诵其诗,而可知作者必某也。外此,则此人之诗,可以为彼,以遍于人人,虽合堂同席,分韵联句,掩其姓字,即不辨其谁何,漫为不知何人之诗,而耗少壮有用之心力,非躬自薄乎?"苞用是遂绝意于诗。①

方苞的父亲方仲舒认为,诗是专门之学,首先要有天赋和才情,其次要有自己独特的风貌,自成面目,才可以为之。他没有对方苞提出具体要求,但方苞显然了解父亲的意思,于是将这一段话记载下来。但是,这还只是从是否适合写诗,以及写诗时要追求的目标说的,并没有涉及其他。在另一篇文章中,方苞将父亲的意思更进一步明确化了:

> 余儿时见家君与钱饮光、杜于皇诸先生以诗相切劘,每成一篇,必互相致,或阅月逾时,更索其稿以归而更定焉。余慕其铿锵,欲窃效之。而家君戒曰:"汝诵经书、古文未成熟,安暇及此?且为此,非苟易也。"②

---

① 方苞《荐青山人诗序》,刘季高校点《方苞集》,上海:上海古籍出版社,1983,第103页。

② 方苞《乔紫渊诗序》,《方苞集》,第610页。

方苞父亲劝阻其写诗时给出的两个理由，后者前文已述及，而前者，则涉及治学的选择，涉及博通与专精的关系，是带有时代性的看法。

方苞也确实以此作为治学的指引。虽然他的集子仍然有十几首诗，说明他并没有完全放弃儿时的兴趣，但总的来说，这些诗写得较为一般，看得出来，他并没有在作诗上投入太多的精力。而他对于诗学，确实也有自己的理解，他的不作诗，也是建立在这些理解之上的。在《蒋詹事牡丹诗序》一文中，他曾具体说明自己放弃写诗的原因：

> 余性好诵古人之诗，而未尝自为之。盖自汉、魏到今，诗之变穷，其美尽矣。其体制大备，而不能创也，其径涂各出，而不能辟也。自赋景、历情以及人事之丛细、物态之妍媸，凡吾所矜为心得者，前之作者已先具焉。故骛奇凿险，不则于古，则吊诡而不雅；循声按律，与古皆似，则习见而不鲜。以此知诗之难为也。①

他回顾文学史，认为诗歌发展，屡经变化，已达极致。如果自创新法，无视古则，则显得不够雅驯；如果完全按照古人之法操作，则又缺少创造性。在这种情况下，他选择了回避，即扬长避短，在更有发展空间的古文创作上进行探索。当然，他之所以不作诗，正建立在"知诗"的基础上，正如他在《乔紫渊诗序》中所说："余于诗虽未之能也，而其得失则颇能别焉。"②

方苞比姚鼐大六十多岁，是桐城派的开山，从辈分上说，要比姚鼐高

---

① 方苞《蒋詹事牡丹诗序》，《方苞集》，第607页。
② 方苞《乔紫渊诗序》，《方苞集》，第611页。

两辈,中间还隔着刘大櫆。对这位祖师,姚鼐非常尊敬,非常推崇,不仅指出"望溪先生之古文,为我朝百馀年文章之冠",而且更认为"天下论文者,无异说也"①。他也是以方、刘的传人自居的,他所建立的桐城谱系是"昔有方侍郎,今有刘先生"②,就是这个意思。这一点,不仅其弟子予以认同,如管同《国朝古文所见集序》:"余受学桐城姚先生,先生之文出刘学博,学博之文源于方侍郎。"③而且后世学人也是这样看待,如陆继辂《七家文钞序》:"我朝自望溪方氏别裁诸伪体,一传为刘海峰,再传为姚惜抱。"④当然,姚鼐的古文理论在许多方面都在方、刘两位前辈之外,做出了进一步的发展,但他仍然有着非常正宗的桐城一脉,也是必须予以充分认识的。

正是在这一脉络之中,我们可以看到,姚鼐对方苞不作诗的举动,有着特别的敏感,因而将其予以转换,用到了词学之中。方苞不作诗,更不作词,但他为什么没有对此发表意见呢?可能是因为,在方苞的时代,从一定程度说,词学还没有到了必须回应的程度,而他个人也不一定有这个意愿,而到了姚鼐,一方面,他本人对词深感兴趣,另一方面,词学也确实发展到了无法忽视的地步,因此,他才会做出这样的选择,发表这样的言论。

六、文学渊源和辨体之说

姚鼐之所以弃词不作,除了上述诸原因外,也和他个人的某些文学

---

① 姚鼐《惜抱轩文集后集》卷一《望溪先生集外文序》,《惜抱轩文集》,第267页。
② 姚鼐《惜抱轩文集》卷八《刘海峰先生八十寿序》,《惜抱轩诗文集》,第114页。
③ 管同《因寄轩文二集》卷一,《续修四库全书》1504册,第465页。
④ 陆继辂《崇百药斋续集》卷三,《续修四库全书》第1487册,第81页。关于姚鼐和方苞的关系,或者还有一些更为复杂的因素,参看王达敏《姚鼐与乾嘉学派》第五章《桐城文统》,北京:学苑出版社,2007。

观有关。这一点，可从其文学渊源上去做些考察。

姚鼐诗学与王士禛的诗学关系密切，是学者们都注意到的事实。刘体仁曾说："七律较五律多二字耳，其难什倍。譬开硬弩，只到七分，若到十分满，古今亦罕矣。"对此，王士禛非常称道："予最喜其语。因思唐宋以来，为此体者，何翅千百人，求其十分满者，唯杜甫、李颀、李商隐、陆游，及明之空同、沧溟二李数家耳。"而姚鼐也敏锐地注意到这一点："惜抱默主此论而极阐之。"①所以他"教后学学诗，只用王阮亭《五七言古诗钞》"②，认为"论诗如渔洋之《古诗钞》，可谓当人心之公者"③，尽管他对王士禛的诗学也有一些不满之处。

王士禛的诗学，体大思精，涉及广泛，其中对辨体非常重视。他在《池北偶谈》中引王世懋《艺圃撷馀》语："作古诗须先辨体，无论两汉难至，苦心摹仿，时隔一尘。即为建安，不可堕落六朝一语。为三谢，不可杂入唐音。小诗欲作王、韦，长篇欲作老杜，便应全用其体，不可虎头蛇尾。"④又在《然灯纪闻》中说："为诗各有体格，不可混一。如说田园之乐，自是陶、韦、摩诘；说山水之胜，自是二谢；若道一种艰苦流离之状，自然老杜。不可云我学某一家，则无论那一等题，只用此一家风味也。"又说："为诗要穷源溯流，先辨诸家之派，如何者为曹、刘、何者为沈、宋，何者为陶、谢，何者为王、孟，何者为高、岑，何者为李、杜，何者为钱、刘，何者为元、白，何者为昌黎，何者为大历十才子，何者为贾、孟，何者为

---

① 王士禛撰、张宗柟编《带经堂诗话》卷一，赖以庄批语，重庆北碚区图书馆藏清同治十二年(1873)广州藏修堂刻本。转引自蒋寅《海内论诗有正宗，姬传身在最高峰——姚鼐诗学品格与渊源刍论》，载《文艺理论研究》2015年第5期。
② 姚鼐《与管异之同》之一，《惜抱先生尺牍》卷四，《丛书集成续编》第130册，上海：上海书店出版社，1994，第925页。
③ 姚鼐《今体诗钞序目》，姚鼐《今体诗钞》卷首，《四部备要》本。
④ 王士禛《池北偶谈》卷十二，《王士禛全集》，济南：齐鲁书社，2007，第3108页。

温、李,何者为唐,何者为北宋,何者为南宋。析入毫芒,学焉而得其性之所近。不然,胡引乱窜,必入魔道。"①这些论述,可以看出王士禛自觉的辨体意识。

正是由于王士禛对辨体有着自觉的意识,所以,他也能将其扩大开来,旁及词的领域。

王士禛在《花草蒙拾》中曾经提出过一个观点,引起后人很大的兴趣。其文云:"或问诗词、词曲分界,予曰:'无可奈何花落去,似曾相识燕归来',定非香奁诗。'良辰美景奈何天,赏心乐事谁家院',定非《草堂》词也。"②这一段话,前半部分谈诗词之别,后半部分谈词曲之别。关于后一部分,我曾有专文探讨③,与此处所论无关,而前一句则是说,虽然词与香奁诗都写艳情,但词和诗的风格不同,"无可奈何"二句是词的风格。

我们尚无直接的证据说明王士禛的诗词辨体说直接影响了姚鼐,但是,王士禛的诗歌辨体和诗词辨体等,是其整个文学活动中的重要环节,以姚鼐和王氏的渊源,当然会有所了解。而且,清初以来,由于对明词衰微的反思,词的辨体呼声非常大,姚鼐是视野非常开阔之人,对此情形,他当然也会有所了解。

更重要的是,词原是音乐文学,虽然南宋以来,其音乐性逐渐减弱,以至于词乐渐渐失传,但在清词复兴的大背景中,对词的音乐性的重视,成为其中非常重要的一环。这种重视,如前所述,更多是从声韵格律的路向展开的。而桐城派的古文,包括诗学,也正是以对"声"的重视而著

---

① 王士禛口授、何世璂述《然灯纪闻》,郭绍虞编《清诗话》,上海:上海古籍出版社,1978,第120页。
② 《词话丛编》,第688页。
③ 参看本书第五章第三节《词与曲的分合与互动》。

称的。桐城派的先进刘大櫆即说:"音节高则神气必高,音节下则神气必下,故音节为神气之迹。一句之中,或多一字,或少一字;一字之中,或用平声,或用仄声;同一平字仄字,或用阴平、阳平、上声、去声、入声,则音节迥异,故字句为音节之矩。积字成句,积句成章,积章成篇。合而读之,音节见矣;歌而咏之,神气出矣。"①这也启发了姚鼐,他曾这样教诲学生陈用光:"诗、古文,各要从声音证入,不知声音,总为门外汉耳。"②一直到后来桐城派的殿军曾国藩也说:"凡作诗,最宜讲究声调。……先之以高声朗诵,以昌其气;继之以密咏恬吟,以玩其味。二者并进,使古人之声调,拂拂然若与我之喉舌相习,则下笔为诗时,必有句调凑赴腕下。诗成自读之,亦自觉琅琅可诵,引出一种兴会来。古人云'新诗改罢自长吟',又云'锻诗未就且长吟',可见古人惨淡经营之时,亦纯在声调上下工夫。"③这些都是一脉相承的。

桐城派的因声求意,主要说的是诵读,不过也与创作有关,这和词中的声调,并不完全是一回事。但清初以来,词的辨体过程中,人们认识到词的声气和诗不同,和曲也不同,彼此之间有着非常密切的关系。因此,姚鼐对于词学,具有辨体的意识,和他的诗学渊源有关,也和桐城派的文学观念有关。将这些联系起来,就可勾勒出更为清晰的图景。

七、总结

姚鼐弃词不作,虽然看起来是他个人的一个选择,但放在那个特定的时代,却体现了文学史发展的一个重要内容。

乾嘉时期,词的创作进一步发展,不少作家将其作为重要的事业看

---

① 刘大櫆《论文偶记》,北京:人民文学出版社,1959,第 6 页。
② 姚鼐《与陈硕士》,《惜抱先生尺牍》卷七,《丛书集成续编》第 130 册,第 964 页。
③ 曾国藩《谕纪泽》,《曾国藩全集·家书》,长沙:岳麓书社,1985,第 418 页。

待，因而投入了很多心思才力，精心结撰。乾嘉时期对词学特性的探讨，使得声韵格律之学得到了很大的重视，一字一句的辨析和切磋，成为常见的现象。词学作为专门之学的一种，已经得到较为普遍的认可。这些，构成了姚鼐所面对的重要文学生态。

从学术上看，乾嘉学人面对着出版繁盛、知识量不断增多的局面，因而普遍认为，学海无涯，人生有限，因此在治学上应该追求专精，而不应好博贪多。词学既然是学的一种，则在全面考虑自己的性分、爱好、特长、学养等因素之后，是否也要涉猎其中，要做一个全面的考量。就姚鼐本人来说，这在某种程度上，仍体现了桐城家法，如方苞弃诗不作，所给予他的启示。而在文学传承上，倘考虑他所接受的资源，其中王士禛在文学上的辨体之说，可能给了他很大的影响。

当然，如此立论，并不是说，至乾嘉年间，词的小道说就不存在了，作为一种传统观念，这一说法并不一定全面动摇，在某些人身上甚至可能还很顽强。但至少在姚鼐身上，我们看到了一些变化。这种变化，可以启发我们对清代词学做更多元的思考。

后 记

这是我研究清词的第三本书了,不知不觉,距离上一本《清词探微》的出版,已过了十年。岁月如梭,令人心生感慨。

十年间,社会生活发生了很大的变化,而对我来说,最重要的工作之一,仍然是编纂《全清词》。继 2012 年出版《雍乾卷》16 册后,我们最近的成果是编出了《嘉道卷》30 册,将于 2020 年推出。本书的不少内容都和从事这项工作密切相关,是在编纂过程中,不断受到激发,自然而然产生的。我本来还有其他一些研究计划,但服务于这个大目标,必须顺势而为,有所调整。生活的常态本来如此,顺其自然是最佳选择。

在上一本书的后记中,我曾提到开展《全清词》编纂时的构想,其中的一个重要内涵是,不仅要编出一部书,还希望能够培养一批人。这些年,我的一些学生参与这项工作,将文献整理和理论阐发结合起来,对清词和清代词学进行探索,不断有所成就。特别令我高兴的是,在本书撰写的过程中,我和诸生时有切磋,或谈创作背景,或谈文本建构,或谈文字训诂,或谈艺术表现。他们的有些意见,已经吸收进本书。这其中的快乐,又有超出文章撰写之外者。

本书是在十年间陆续写成,其中的不少内容曾在海内外相关研讨会上发表,承蒙与会学者赐予高见,益我甚多。现在整合出版,仍然热切期待着学界同道的指教。

张宏生

2018 年冬日于南京板桥半江楼

图书在版编目(CIP)数据

经典传承与体式流变:清词和清代词学研究 / 张宏生著.—南京:南京大学出版社,2019.12
(清词研究新境域丛书/张宏生主编)
ISBN 978-7-305-22542-0

Ⅰ.①经… Ⅱ.①张… Ⅲ.①词(文学)-诗词研究-中国-清代 Ⅳ.①I207.23

中国版本图书馆 CIP 数据核字(2019)第 165688 号

出版发行	南京大学出版社		
社　　址	南京市汉口路 22 号	邮　编	210093
出 版 人	金鑫荣		

丛 书 名　清词研究新境域丛书
主　　编　张宏生
书　　名　经典传承与体式流变:清词和清代词学研究
著　　者　张宏生
责任编辑　陈瑞赞　李　亭
责任校对　刘　丹

照　　排　南京紫藤制版印务中心
印　　刷　江苏凤凰通达印刷有限公司
开　　本　635×965　1/16　印张 25.75　字数 309 千
版　　次　2019 年 12 月第 1 版　2019 年 12 月第 1 次印刷
ISBN 978-7-305-22542-0
定　　价　88.00 元

网　　址:http://www.njupco.com
官方微博:http://weibo.com/njupco
官方微信:njupress
销售咨询热线:(025)83594756

＊ 版权所有,侵权必究
＊ 凡购买南大版图书,如有印装质量问题,请与所购图书销售部门联系调换